MW01439709

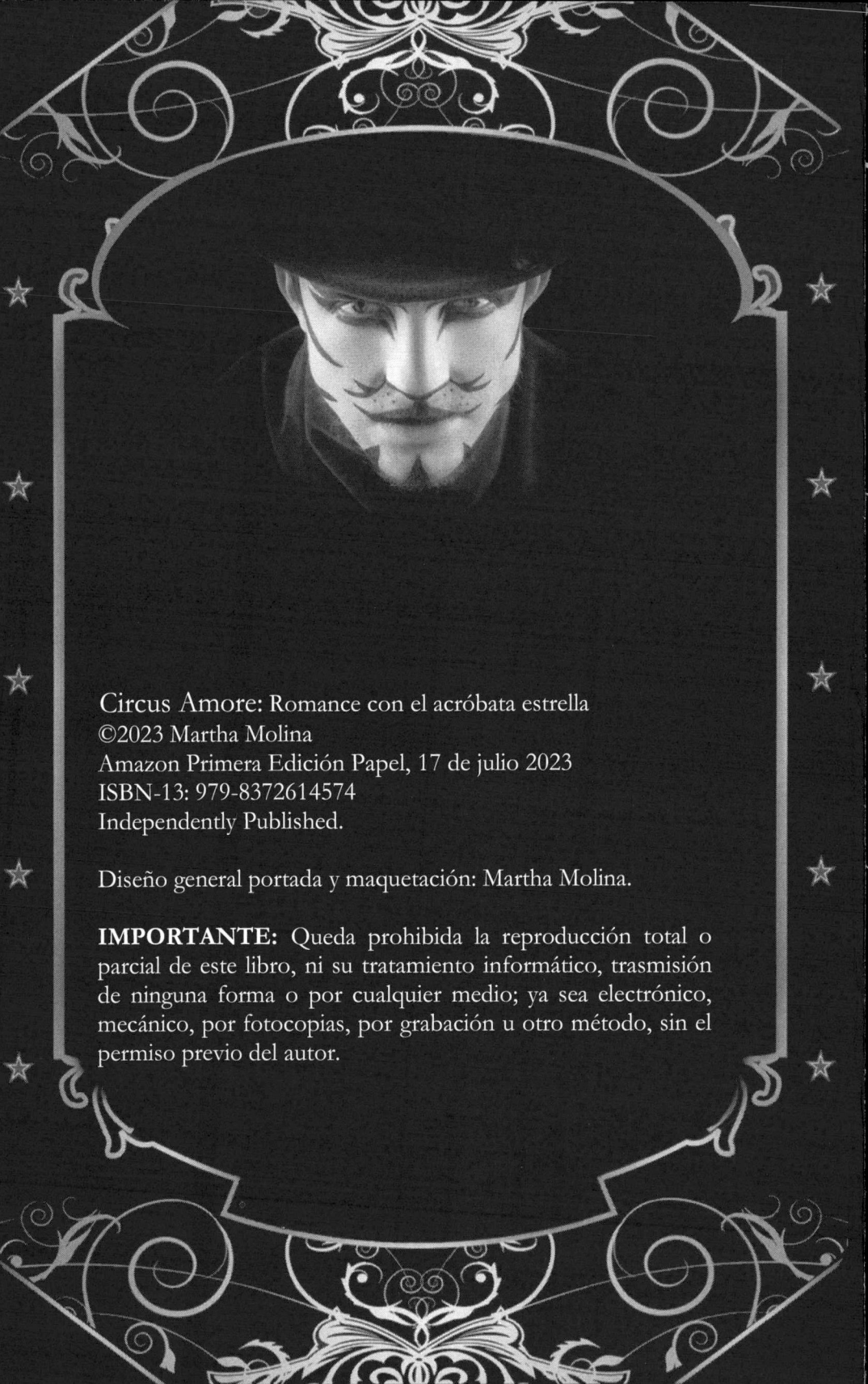

Circus Amore: Romance con el acróbata estrella
©2023 Martha Molina
Amazon Primera Edición Papel, 17 de julio 2023
ISBN-13: 979-8372614574
Independently Published.

Diseño general portada y maquetación: Martha Molina.

IMPORTANTE: Queda prohibida la reproducción total o parcial de este libro, ni su tratamiento informático, trasmisión de ninguna forma o por cualquier medio; ya sea electrónico, mecánico, por fotocopias, por grabación u otro método, sin el permiso previo del autor.

CIRCUS AMORE

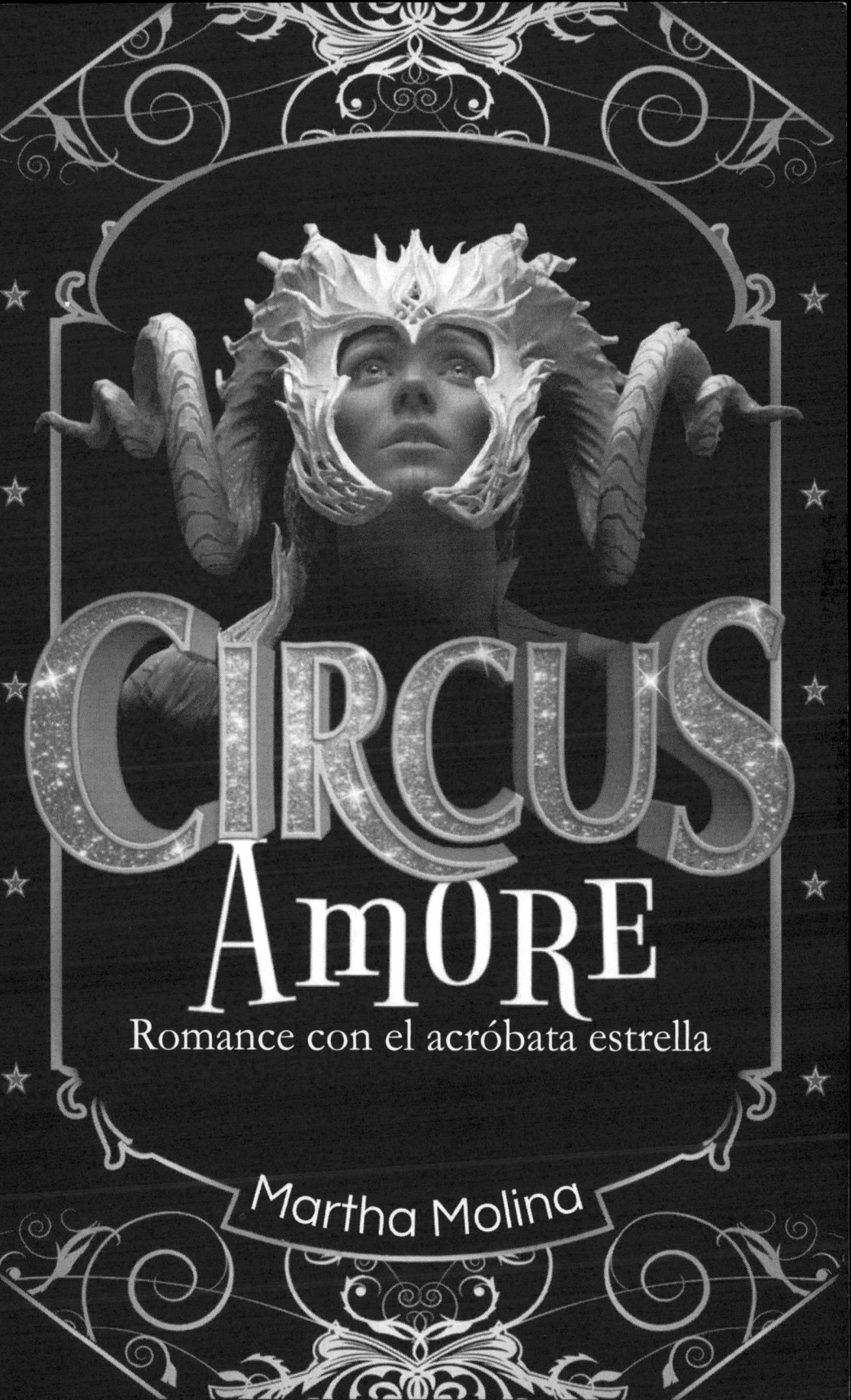

Romance con el acróbata estrella

Martha Molina

Para todo creyente en la magia del circo.

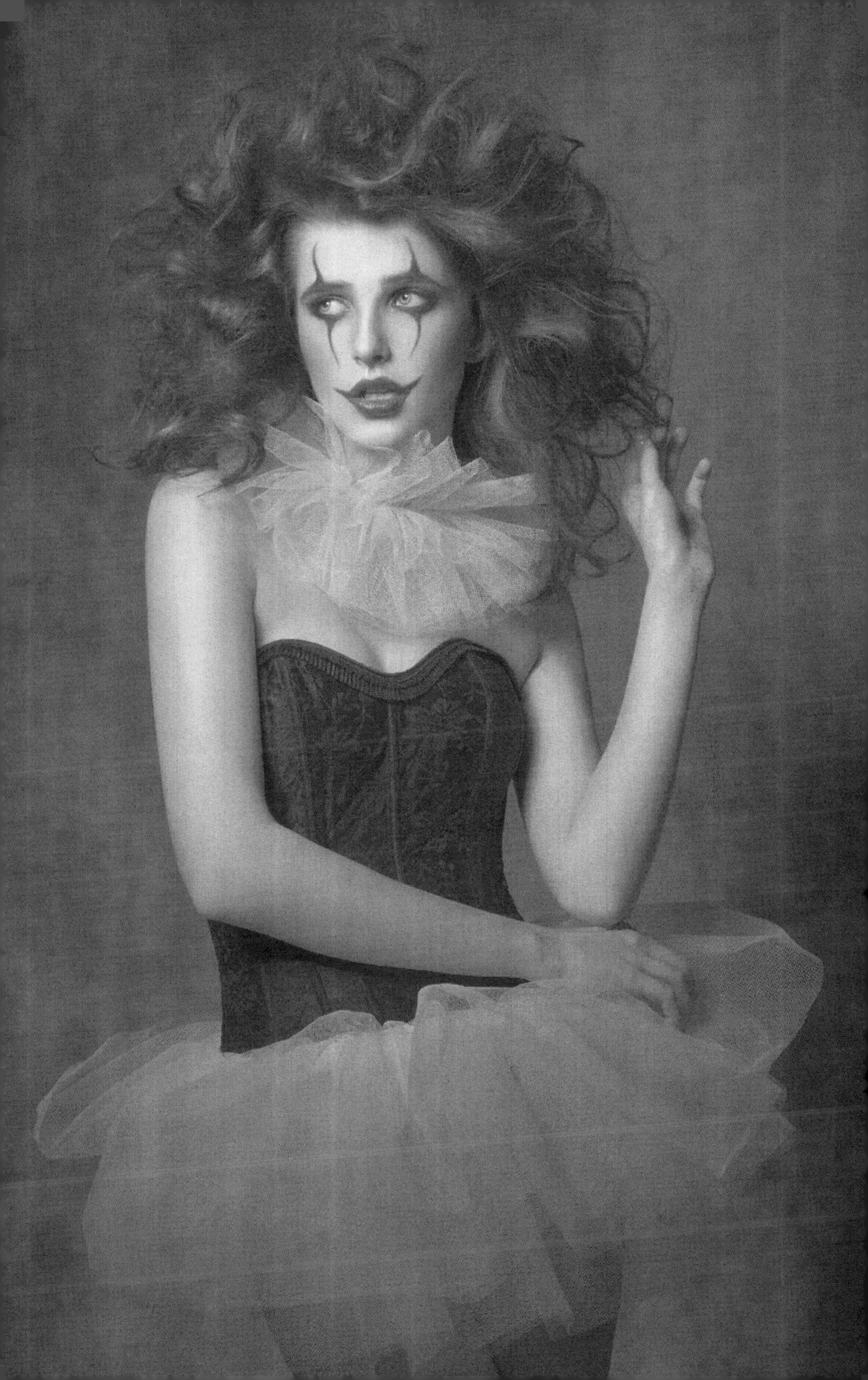

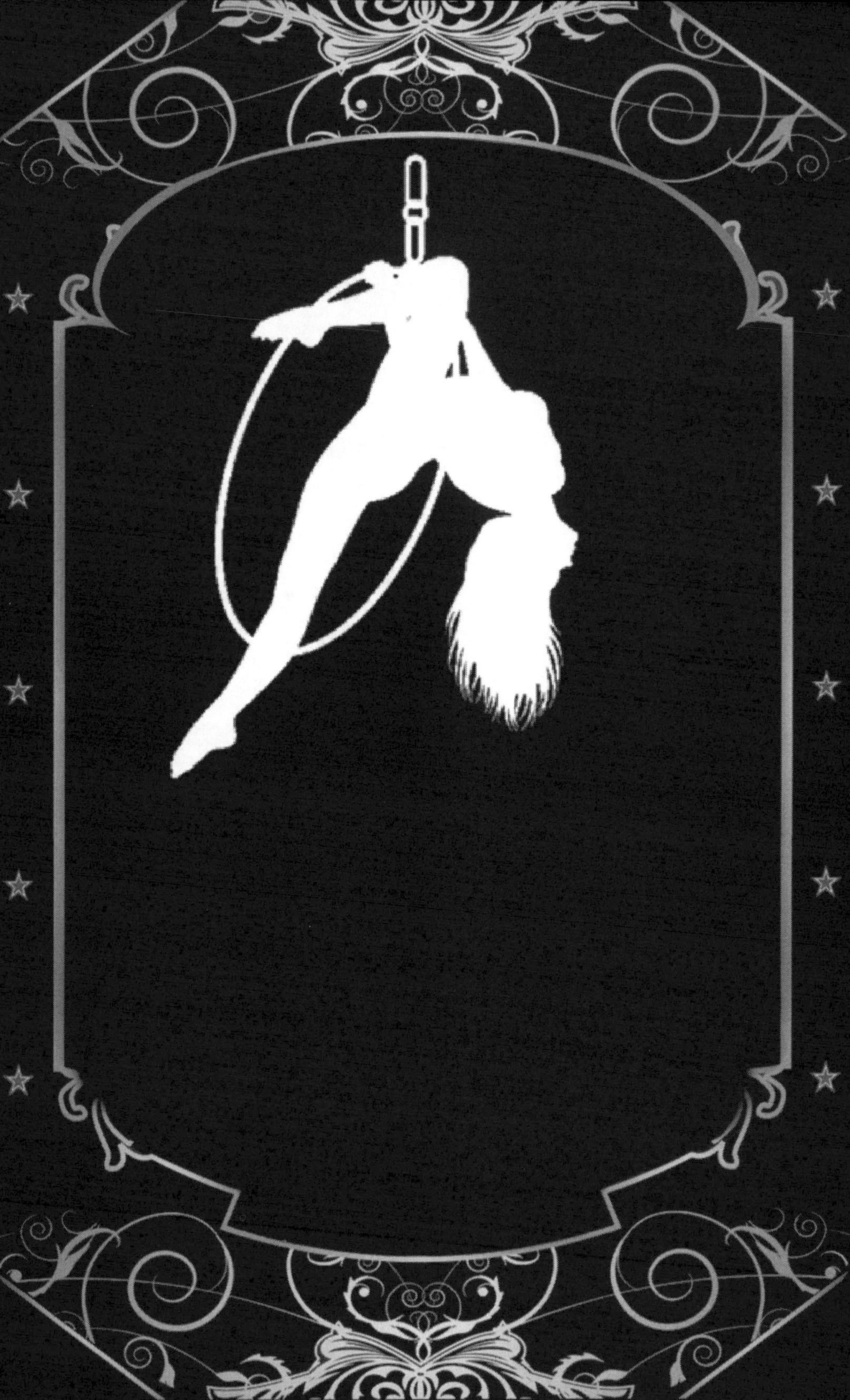

Prólogo

> «Siempre el circo, en las buenas y en las malas.
> Siempre el circo...».
>
> Tino Ponce, maestro de pista.
> Circo México.

Amatrice, *Italia. Otoño del 2007*

El crepúsculo se anunciaba y las luces del circo se encendieron por el perímetro, resaltando desde lejos, el rojo y el blanco que tanto lo caracterizaban. Los olores a dulce de algodón, palomitas de maíz y manzanas caramelizadas, impregnaban el ambiente. Todo aquel que trabajaba para el viejo Nalessi, maestro de pista y propietario de dicho circo, se afanaba por terminarse de vestir y organizar la Gran Carpa, antes de ser invadidos por los curiosos provenientes del pueblo adonde ellos arribaron esperanzados hacía unos días. No había un trabajo específico para cada artista que allí actuaba: el malabarista estrella vendía la boletería y los demás acomodaban las sillas alrededor de la arena, mientras los contorsionistas fungían de vigilantes, barrenderos y diseñadores gráficos; al que fuese incapaz de sobrellevar más de un oficio o les disgustase sentirse «rebajados», mejor buscara empleo en otra parte, debido a que representaban una inversión del cual no valía la pena hacer. Era imperativo fuesen útiles dentro de los linderos o se les consideraba incompetentes.

Pronto los pueblerinos asistirían con sus bolsillos repletos de dinero, dispuestos a gastar hasta el último céntimo, con tal de apreciar un buen espectáculo. Aunque, en los tres anteriores, les fue pésimo; el clima se desató pendenciero, la falta de tecnología los hacía a ellos menos llamativos y la gente cada vez perdía interés. A don Vittorio le desagradaba la baja venta, traduciéndose esto en despidos, y, al hacerlo, más de uno sufría; porque, para ellos, todos eran una familia que debía mantenerse unida, pese a las adversidades. Por desgracia, para el dueño, las cuentas eran las cuentas y él se jactaba de ser un excelente empresario.

De algún modo se las arreglaban para que el dinero les alcanzara y el hambre no los azotara, pero si no lo lograban, tachaban de la lista de empleados a los menos efectivos.

Doce años transcurrieron desde que Leonora Menduni, en sus gloriosos dieciocho años, decidió abandonar su casa para seguir al enigmático Stefano Nalessi, hijo del sujeto en cuestión. Un día, caminando por la plaza principal de su pueblo natal, una camioneta desvencijada, con afiches de un payaso sonriente en ambas puertas, pasó a baja velocidad, anunciando la llegada del circo.

El chico que hablaba a través de un megáfono, la impactó. Sus ojos marrones y mirada pícara la atraparon enseguida. Fue como si una fuerza vertiginosa se removiera dentro de Leonora y la empujara a seguir la camioneta, junto con los niños alegres que corrían y saltaban fascinados de lo que escuchaban. El circo… ¡Había llegado el circo! Y este rompería con el tedio del pueblo al que a diario padecían por la desidia de sus residentes. Nada ocurría allí, salvo los chismes de las envidiosas que no sabían qué hacer con su tiempo libre.

Desde ese preciso instante, la joven ansió algo diferente en su vida. ¡Salir al mundo! Explorar otras tierras, tener mil aventuras y experimentar el amor.

En cambio, en Amatrice…

Se frustraba.

La universidad era solo para los *riquillos* que tenían cómo pagar y así forjarse una profesión que después les devengara dinero y prestigio.

En cambio, sus padres por ella nada harían, ahondaban en la miseria, obligándola a trabajar desde muy temprana edad como camarera en hostales y hoteles para los turistas visitantes de los pueblos vecinos. Siempre fue la hija de la costurera y del panadero; la hermosa, pero pobretona morena con aspiraciones imposibles de alcanzar. Lo único que aseguraba su existir era su belleza: la tenían prevista para convertirse en la esposa del Notario, el más acaudalado, obeso y libidinoso hombre en toda la comarca. Lo que este se proponía, lo conseguía. Y Leonora era su principal objetivo.

Debido a esto y a que sus hormonas hacían de ella una irracional, hizo sus maletas y se marchó con los excéntricos artistas, sin mirar atrás. Desde ese entonces, vivía el día a día, viajando por cada rincón del país, en una caravana de dieciocho remolques, entre carpas remendadas y animales exóticos.

Razón suficiente para arrepentirse después de ello...

—¡Mamá, mamá! —la llamó una morenita de ocho años, quien entró llorosa a la carpa asignada para el vestuario de las mujeres, y buscó los brazos de la que siempre la protegía para que la abrazara. Había acabado de sufrir un terrible pellizco en su brazo izquierdo por culpa de un *comemocos*.

—¿Qué sucede? —Leonora dejó sobre la improvisada peinadora, el cepillo del cabello, con el que se arreglaba, para atender a la niña. El bonito peinado estaba casi listo, solo le faltaba agregarle un par de plumas rojas.

—¡Me pellizcó! —la pequeña se quejó, aferrándose al pecho de su madre. Gimoteaba, adolorida y molesta por haber sido tan tonta. No debió enfrentarse sola.

—¿Quién? —la mujer demandó saber, haciéndose una idea del culpable del llanto de su hija.

Se sorbió la nariz.

—*Lo-Logan*...

Leonora suspiró, llenándose de paciencia. Esos dos eran como perros y gatos: reñían por casi todo.

—En esta ocasión, ¿por qué lo hizo? —su voz se endureció. Cuando *aquel* no *jalaba* de las coletas a su niña, la empujaba hasta hacerla caer. Ahora, la pellizcaba. Tomaría medidas extremas, debido a que los Sanders hacían caso omiso de las maldades del chiquillo. Su hija para nada sería blanco de un malcriado estadounidense.

La pequeña se separó de su madre y, entre hipos, respondió:

—Me pidió la pelota.

—*¿La que le pertenece* a él? —La niña asintió y se enjugó una lágrima. Lucía un vestidito azul celeste y de encajes blancos, del cual lo tenía sucio—. Valeria, ¿cuántas veces te he dicho no tomar lo que no es tuyo? —la reprendió. Desde bebita le inculcaron el respeto hacia lo ajeno.

—¡La tomé prestada! —protestó vigorosa. Sus ojos grandes y marrones, se abrieron de par en par, con sus pestañas húmedas por las lágrimas.

—¿Le pediste permiso?

¡Huy!

A la niña se le olvidó.

—Quería jugar —se excusó como corderito degollado para salvarse de una fuerte regañina. No era para hacer tanto alboroto.

—Valeria...

—¡Me pellizco! Mira, aquí... —extendió el brazo, mostrando la parte afectada; con desespero trataba de evadir el castigo que se le venía encima, su madre era estricta en muchos aspectos.

Leonora observó el moretón que comenzaba a formarse en el bracito de la niña y gruñó.

—Te habrías ahorrado el dolor, si le hubieras pedido permiso —le hizo ver con ojeriza. Condenada criatura, le retorcería las orejas si lo pillaba agrediendo de nuevo a su hija. Se encargaría de hacérselo saber a su suegro para expulsar de una vez por todas a esa gentuza. Se creían superiores a los demás por ser de la tierra de las hamburguesas y por dominar más de un acto circense. Maldito el día en que *esa pareja* –con un niño a cuestas– atravesó el Atlántico para buscar nuevos horizontes, y fueron contratados para «refrescar» el personal.

¡Ja! Solo eran un par de idiotas que congeniaron con su esposo desde un principio. Entre los tres construían castillos en el aire.

—No es justo...

—¿Qué no es justo? —El lamento de la niña, llamó la atención de un hombre, cuya grave voz retumbó repentina.

Hablando del diablo... Leonora apretó la mandíbula para evitar lanzar una increpación y reanudó su arreglo personal, manteniendo el ceño fruncido y los ademanes toscos mientras se miraba en el espejo.

—¡Papi! —Valeria saltó a los brazos de su padre. El pantalón de satén naranja que este usaba, contrastaba en gran medida con el chaleco verde esmeralda, apenas cubriéndole el torso. Faltaban escasos minutos para que su acto de cuchillos fuese anunciado y dejase a más de uno con el alma en vilo.

Este lanzó una mirada interrogante a su mujer. La niña presentaba señales de haber llorado a raudales. En cambio, la otra hacía evidente su molestia frente al espejo, atusándose en la cabeza las plumas que tomó con rudeza de una cajita.

El silencio predispuesto causó aprensión en el recién llegado.

Algo malo pasaba.

—Ve a jugar con Logan —le ordenó a la pequeña, bajándola a su vez, y esta agrandó sus ojitos como cachorrito regañado.

—No quiero —chilló—. Él me...

—Vete, Valeria —Leonora interrumpió con voz contenida—. Necesito hablar con tu padre.

—Pero, mamá, Logan es muy...

—¡AHORA! —perdió la paciencia. Se largaba o le daba un par de nalgadas por desobediente. Esa noche no estaba para soportar sandeces de nadie, ni los de su propia sangre.

Valeria obedeció a regañadientes, le cobraría el pellizco a ese piojoso. ¡Porque tenía piojos! Lo vio rascarse mucho la cabeza.

Stefano se sorprendió. Su esposa jamás le había gritado a la niña de esa manera. ¿Qué sucedía?

En el preciso instante en que le iba a exigir explicación, Isabella y Clotilde –contorsionistas y bailarinas de Can Can– entraron para cambiarse de indumentaria. Los payasos reventaban de la risa a la audiencia y ellas pronto cerrarían sus actuaciones con un rocambolesco baile.

Visiblemente incómodo, les pidió en silencio de dejarlos a solas, lo que iba a discutir con Leonora, no requería la atención de terceras personas.

Las aludidas se volvieron sobre sus talones y se marcharon con la cotilla en la punta de la lengua. ¡Caramba!, al parecer se avecina otra pelea entre los Nalessi.

Stefano se sentó en un banquito al lado de su mujer.

—¿Puedo saber qué te sucede?

Leonora resopló a la vez en que tomaba el labial. ¿Y todavía se atrevía a preguntar? Ella muchas veces se lo hizo saber.

—Me suceden muchas cosas.

Cielos... Ahí iban otra vez...

Este la miró, con precaución, decidido a indagar qué provocaba el malhumor que tenía desde la primavera pasada.

—¿Cómo qué? —Ya no recordaba cuándo fue la última vez que ella sonrió; lo que antes la hacía reír, ahora la molestaba.

Leonora le dio un toque más al carmín de sus labios y se quitó el exceso con una servilleta, del cual Stefano no entendía por qué las mujeres hacían eso: pintarse y repintarse, para luego quitárselo y quedar como antes.

—Estoy cansada.

Él respiró profundo; sabía por dónde venían los tiros. Esas particulares palabras se las repetía cada noche al acostarse y cada mañana al despertar.

«Estoy cansada».

—Ya lo hemos discutido: debemos esperar... —replicó cansino. Su mujer se había hartado de la vida errante; hacía meses ansiaba ser como los demás: instalarse en una ciudad, poseer una casa fija y prosperar. En el circo no lo conseguiría.

—¿Hasta cuándo? —Se volvió a él— ¿Hasta ser ancianos? Stefano, ¡ya tengo treinta!

—Aún somos jóvenes, tenemos un futuro por delante.

Leonora sonrió sarcástica, valiéndole un carajo si su actitud avinagrada lo ofendía. A él le faltaban lentes para ver, que dicho «futuro», no lo tendrían si seguían atados a las patas del mandamás. Solo eran peones ataviados en maltrechas lentejuelas.

—Estoy en desacuerdo —se puso en pie, su cuerpo se moldeaba a la perfección en un *leotardo* de pedrerías y unas mallas tipo-red de color negro que traslucían de manera provocativa sus torneadas piernas—. Es hora de un cambio.

Sip, ahí iban...

Desde su asiento, Stefano miró hacia la abertura de la carpa, previniendo no ser escuchados por aquellos que gustaban esconderse detrás de estas con la intención de parar la oreja. Los conflictos maritales eran la comidilla entre su gente. Un feo gesto levantaba suspicacias.

—¿Estás pensando en un cambio, cuando *d'amore* ha sido lo mejor que te ha pasado en la vida?

Leonora jadeó.

Qué bastardo.

—¡¿Lo mejor?! ¡¿Lo mejor?! —se indignó—. ¡No es lo mejor! Te diré lo que sería «mejor»: una casa de cuatro paredes que no ruede por ahí expulsando monóxido —comenzó a enumerar con la mano—, un trabajo bien remunerado que no requiera viajar por pueblos mugrientos y una escuela para Valeria, con amigos que no la agredan. ¡Oh, sí, querido esposo! —exclamó ante su sorpresa—. Nuestra hija es víctima de *bullying* por parte del engendro de los Sanders. ¿O qué pensaste, que ella es feliz aquí? ¡Pues no!

—Yo no sabía...

—Ahora lo sabes. Somos infelices.

—Lo siento, *bombón*, comprendo que es duro vivir así, pero...

—Te equivocas, no comprendes lo que es vivir así.

—Por supuesto que lo sé: nací en *d'amore* —al igual que muchos más integrantes de ese circo.

—Pero yo no —espetó, airada—. Estoy hasta la coronilla de hallar pelos de león en la comida o pisar mierda de camello mientras camino hacia algún remolque, o de compartir la letrina con treinta personas que *cagan y mean* podrido. Esto no es vida.

—Lo escogiste al aceptarme —recordó, dolido. Para él, convivir con payasos, trapecistas o magos, era todo un honor. Qué Dios lo protegiera de la monotonía existente más allá de las descoloridas rejas de las viejas carpas.

Leonora se miró en el espejo de la peinadora, iluminada con un marco de bombillas blancas que no emitían mucho calor. Según su apreciación, ella lucía como la mala imitación de una bailarina de Las Vegas, pese a recibir a menudo elogios de otros sujetos.

—Durante un tiempo lo disfruté —admitió entristecida—, pero ya no, doce años son suficientes.

Stefano se enfocó en sus lustrosos zapatos de charol negro y soltó una exhalación, fue más un lamento interno que la mirada ceñuda demostraba por la ingratitud de su esposa. Le hubiese gustado darle los lujos que esta tanto deseaba, pero él no podía cambiar lo que era, aunque las estrellas estuviesen en su contra.

—No pienso abandonar el circo —manifestó tajante—. Soy lo que soy y moriré siendo un cirquero.

Leonora esbozó una sonrisa indolente.

—Qué esperanzador… —espetó. Para los Nalessi, los Sanders y otras familias que con ellos convivían, el circo lo era todo—. Lo siento, no puedo seguir así.

Stefano levantó la mirada. Las alarmas en su cabeza comenzaron a sonar ruidosas.

—¿A qué te refieres?

—¡A esto! —Abrió los brazos e hizo un paneo a su rededor—. ¡¡No lo soporto más!!

El corazón del hombre comenzó a palpitar desaforado.

—Es solo temporal. Tengo muy buenas ideas para *d'amore*...

—¡DE LAS QUE TU PADRE JAMÁS ESCUCHA! —gritó furiosa. En más de una ocasión su esposo le expresó a su suegro, tomar otro rumbo con respecto al circo: nuevos actos, nueva sangre, pedir un préstamo al banco y cambiar de imagen, o buscar un socio importante. Lo que fuese para sacarlos de la categoría «C», del cual estaban encasillados, y los elevaran a la élite de entre los de su tipo.

Las actuaciones dejarían de limitarse a pueblos remotos, sino a las grandes ciudades.

—Disculpa, cariño —agregó con resquemor—, pero tus «grandes ideas» jamás se realizarán, mientras no le pongas carácter. Solo acatas sin rechistar las órdenes de tu padre.

—Es el dueño.

—Y tú, su hijo. ¡Haz algo!

Stefano se levantó como un huracán del banquito.

—Cómo qué, ¿eh? Por él tenemos un plato de comida sobre la mesa cada día.

A la mujer, tal respuesta le pareció conformista.

—No, pues, ¡el gran benefactor!

—Deja tus sarcasmos.

—O si no, ¿qué…? —Se acercó y lo encaró—. ¿Vas a azotarme como lo hace don Vittorio con las fieras? Porque, al parecer, por estos predios se resuelven las cosas de esa manera. —Algunas de sus compañeras recibían maltratos físicos por parte de su pareja.

—Nunca te he puesto las manos encima —se defendió de una indirecta injustificada. Al contrario, la mimaba y la protegía de los que pretendían ofenderla, solo porque prefirió a un *saltimbanqui* que a un doctor.

Ella bajó la mirada, su esposo tenía razón. Era un caballero con sueños tontos y sin más aspiraciones.

No obstante, llegó al límite de sus fuerzas. Tomaría una decisión de romperle a más de uno el corazón.

—Quiero marcharme.

El joven Nalessi, parpadeó.

—¿«Marcharte»? —Que no fuese lo que se imaginaba.

Leonora levantó la mirada, y, con ojos llorosos, respondió:

—A casa. Te dejo.

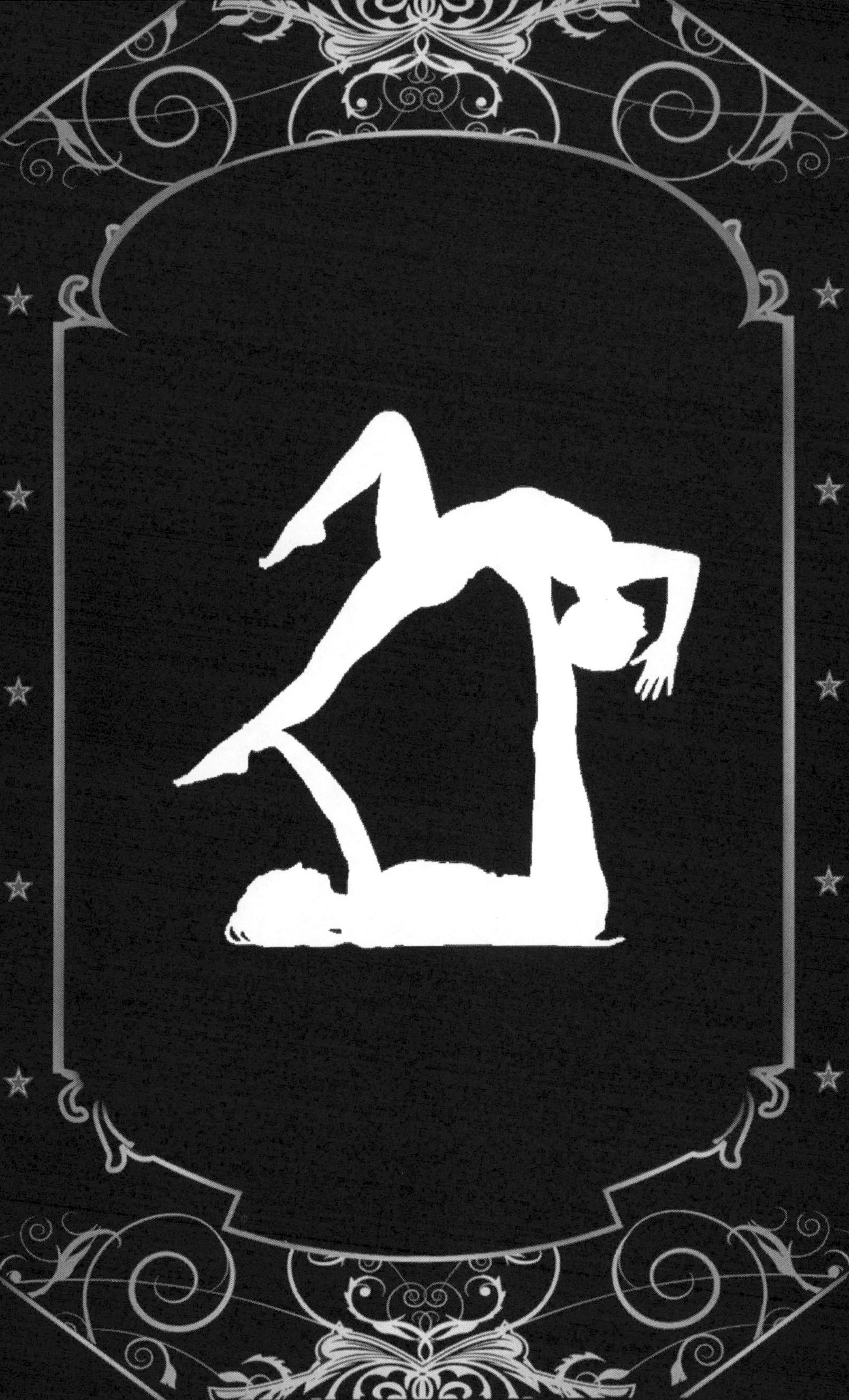

Capítulo 1

«Cuando actuamos, no estamos actuando, estamos sacando lo que tenemos dentro, y, para nosotros, lo más importante que dejar al público es una emoción».

Denise García, artista circense.
"Toten", Cirque du Soleil.

14 de Julio, 2017

Si de algo Valeria estaba segura, era que las cenas organizadas por sus padres para los socios de Walker & Asociados, eran bastante aburridas. Su padrastro con frecuencia los invitaba, con el fin de conseguir que lo nombraran socio de la prestigiosa firma de abogados del cual él llevaba una década trabajando para ellos de manera incansable en Nueva York.

Sentarse en un comedor de diez puestos, rodeada de vejestorios, un viernes por la noche, era un padecimiento. Fabio y Sabino —sus medios hermanos menores— rodaban con suerte al no exigírseles estar allí presente. A los gemelos de siete años los confinaron a su habitación para evitar que hicieran travesuras, y del que Valeria consideró hacer lo mismo para ver alguna película, ya que le negaron salir con sus amigos, pero comportarse con berrinches le hubiese valido el regaño del siglo por parte de sus progenitores.

Desde que cumplió la mayoría de edad, hacía tres meses, la tomaban en cuenta para todo. Por supuesto, siempre y cuando, fuese un bonito adorno que engalana dichas cenas. A uno de los socios —el único soltero y el más «joven»— se le antojó la compañía de una agraciada doncella que le hiciera afable la velada, y se lo hizo saber a sus padres, quienes sonrieron, conscientes de que le sacarían provecho a aquella situación. Sin embargo, no pretendían venderla al mejor postor entre esos hombres de traje y perfume de diseñador, que asistieron con sus respectivas esposas emperifolladas, sino tenerla como un *As* bajo la manga que los ayudaría a ganar la partida, ignorando que el sujeto en cuestión tenía intenciones perversas con respecto a la hija.

—Ha estado callada, señorita Davis —inquirió a la chica frente a él—. He de suponer que la conversación no es de su agrado. ¿O piensa en algo que la mantiene ausente? —Robert Conrad la atravesó con la mirada, mientras alzaba su copa de vino, con ademanes engreídos, para tragar el camarón que tenía atorado en la garganta. Sorbió un poco, y, por encima del borde de la copa de cristal tallado, sus ojos insondables se posaban sobre la reciente belleza que la morenita desarrolló al darse un leve estirón. La víspera de la Navidad pasada, cuando los David asistieron al bufete para celebrarlo junto a los empleados, lucía como una niña desnutrida, ahora ansiaba follarla.

Valeria pinchó su camarón como si le pinchara el brazo al otro. Lástima que no era bruja. ¡Le lanzaría maldiciones!

—Nalessi —corrigió, detestando que la llamaran por el apellido de su padrastro, pues este jamás tuvo intenciones de adoptarla—. Y tiene razón.

El abogado, que tenía el hábito de teñirse el cabello y las cejas de negro para ocultar las canas que reflejaban sus cincuenta y cinco años, esperó a que la chica continuara, pero, como no lo hizo, preguntó:

—¿Con respecto a qué? No me quedó claro, disculpe —la desafió en un deje socarrón, puesto que le demostraba ser indomable como a las jovencitas que a él tanto lo excitaban. Lo que en el sexo sería candente. El gusto que se daría…

—A lo de «ausente» —contenía las ganas de bostezar. Un minuto más con esa gente y se dormía sobre su plato.

El resto de los presentes se incomodaron por su desfachatez. Vaya que los jóvenes cambiaron, lo único que hacían era mantener las narices pegadas en el móvil.

—O sea que... —sonrió despectivo— no ha escuchado palabra alguna de lo que decimos. Lo que, en resumidas cuentas: la aburrimos. —Él y sus socios, rieron.

—¡Oh, no, no, no! ¡En absoluto! —Leonora sonrió nerviosa, interviniendo enseguida para evitar mayores males—. Es solo que no tiene nada que aportar, es tímida, perdónenla —la grosería de su hija no les echaría a perder la cena, invirtieron mucho esa noche para que su falta de comunicación fuese evidente, bastante que le pidieron de estar en buena disposición, y lo que hacía era mantener el ceño fruncido.

—La perdonamos —Robert sonrió ladino, la joven era deliciosa. A él no le importaba si sobre los hombros de esta tenía una cabeza hueca, solo le interesaba que se comportara en la cama como una zorra.

En cambio, en Douglas Davis, la negación del apellido por parte de su hijastra, fue un insulto.

—Me temo que tendrá que oírnos por un rato más, señorita... —Robert se percató de un asunto que casi pasa por alto—. ¿Dijo Nalessi? Tenía entendido que era... —miró de reojo al señor Douglas, visiblemente molesto— Davis...

—Es el apellido de mi primer esposo —Leonora enrojeció avergonzada, siempre esforzándose por borrar todo de *aquel*, presentando a su retoño como si fuese hija de su nuevo compañero sentimental. Con este consiguió una superación económica y un prestigio de la que, ni en un millón de años, hubiese obtenido al lado de un fracasado. No pudieron cambiarle el apellido por muchas razones que prefería Valeria jamás se enterara.

Las damas se miraron entre ellas, sin expresar nada, ya que sus opiniones no eran requeridas, pero al ser tan cotilleras fue inevitable agrandar sus ojos sutilmente maquillados y expresar sorpresa. ¡¿Está casada por segunda vez?! ¿Quién fue antes su marido? ¿Por qué se separaron? ¿Fue por infidelidad?

Lo más probable.

Y de parte del que siempre causa dolores de cabeza.

El marido...

Dominic Edwards, vicepresidente y uno de los más antiguos de la firma, esbozó un gesto de desaprobación.

—Vaya, quién lo diría… —en su voz una nota de censura. La señora Davis era una cajita de sorpresas, tan remilgada y pasó antes por las manos de otro sujeto. Que no lo volvieran a invitar, porque jamás asistiría.

La anfitriona, sentada a la izquierda de su marido, quería que se la tragara la tierra. Lo que no terminó de decir el anciano fue evidente para ella, quien se removió incómoda en su silla de caoba, que apenas atinó en limpiarse las comisuras de sus labios con la servilleta de satén mostaza, para simular su desconcierto.

—Fue un mal matrimonio… —apenas respondió, ni se atrevía en levantar la mirada, concentrándose en los alimentos a medio acabar de su plato. ¡Valeria la oiría esa noche! Por su culpa, ella tenía que dar explicaciones.

El anciano de cabello muy blanco y en actitud despectiva, arqueó una ceja ante la réplica. ¡Mujer de poco temple que no cumplía a cabalidad los dictámenes religiosos! Por supuesto, asumiendo que se casó *con el otro* en una iglesia.

—*Mi Gertrudis* y yo, cumpliremos para septiembre, cincuenta de casados —dijo a la vez en que posaba de manera petulante su arrugada mano sobre el de su esposa sentada a su izquierda, siendo él, el que se hallaba del otro extremo de la mesa, destronando a la ama de casa que mantenía una sonrisa congelada por las penurias que su rebelde hija le causaba—. No hay otra como ella.

—¡Felicitaciones! —exclamaron los demás matrimonios, quienes dejaron de comer para aplaudir con sonrisas fingidas el aniversario que les valía un carajo en su fuero interno. Ellos no gozaban esa «dicha» que el hipócrita tanto pregonaba, tenía una amante de veintiún años, metida en un *duplex* que él le pagaba para retozar sin que la vieja se diese cuenta. Era la única en la ciudad que no lo sabía.

Douglas Davis captó lo que su jefe expresó entre líneas.

—Yo agradezco que *mi Leonora*, haya llegado a mi vida —la defendió, aunque ella no lo necesitaba, igual quería hacerlo porque la amaba—. Tuve suerte de conocerla en unas vacaciones que hice a Italia hace nueve años. —En aquella ocasión quedó flechado ante la exótica mujer que batallaba en una plaza con una chiquilla que lloriqueaba por querer comer un helado de cono que su madre no podía pagar por falta de dinero.

El vicepresidente asintió condescendiente. Usaba un corbatín de moño azul oscuro que hacía lucir anticuada su indumentaria.

—Entiendo: las italianas suelen ser muy... —iba a decir «fogosas», pero optó por un término menos escandaloso— leales.

—Si me permiten agregar: su belleza es incuestionable.

Leonora esbozó una sonrisa tímida a lo expresado por el socio de rango menor entre los peces gordos del bufete. Tal aseveración le subió la moral a la anfitriona, pues a pesar de que contaba con cuarenta años, su semblante aún conservaba la lozanía de una jovenzuela agraciada.

—Gracias, señor Conrad.

—Aunque, claro —ignoró a la dama—, *se aburren* rápido en los asuntos de los mayores. Mejor darles una tarjeta de crédito, del que las mantendrá un rato entretenidas en un centro comercial, mientras nosotros dirigimos al mundo. ¿O me equivoco?

El comentario provocó que los caballeros estallaran en sonoras carcajadas, dándole la razón. A las mujeres, en especial las jóvenes, habría de dejarlas para un destino y nada más: procrear hijos.

Esto desagradó a las esposas de los socios y a las dos residentes de la bonita casa de ladrillos rojos, debido a la connotación machista de ese que distaba de ser un adonis, puesto que se asemejaba a una comadreja. Las había tratado de interesadas y estúpidas.

Robert bebió otro sorbo de su copa y se relamió los labios, saboreando su vino y el impúdico pensamiento que pasaba por su cabeza. Se las arreglaría para concertar una cita con la menuda muchacha, cuyas curvas sinuosas se amoldaban a la perfección en su escultural cuerpo. Los senos turgentes eran dos pequeñas montañas que debía conquistar.

Leonora se desinfló.

El halago iba dirigido a su hija, no a ella.

—Estamos acostumbradas a medirnos en cualquier situación; incluso, la de los mayores.

—¡Valeria! —Leonora reprendió con ganas de propinarle un pescozón. ¿Qué le pasaba a esa insensata? Parecía que se empeñaba en sabotear la cena.

—Descuide, señora Davis, no me ofendió. Es una joven honesta. —*Más bien, provocativa*, pensó con lascivia.

Valeria contenía el asco que le producía el sujeto, tenía la costumbre de saborearse los labios cada vez que la miraba con morbo. Contaba los días para marcharse a la universidad, eso le daría la excusa de mantenerse ocupada y librarse de las molestas cenas de negocio de sus padres.

Por desgracia, no le causaba emoción cursar una profesión que eligieron por ella. La medicina, el derecho, la arquitectura..., profesiones que a su progenitora enorgullecería, pero que a Valeria le quedaban grande. Jamás contempló estar en un quirófano, luchando con el bisturí o defendiendo a un extraño de la Justicia, menos trazando planos de una construcción a gran escala. Solo quería ser libre, desenvolviéndose en lo que más amaba y en lo que por tantos años tuvo que enterrar en el fondo de su corazón, sin poderse expresar.

Pero ¿qué debía hacer?

La obligarían a estudiar las leyes de los hombres, pese a su negativa. Porque, entre los Davis, el éxito se equiparaba con las cuentas bancarias. Y, para obtenerlo, tenía que quemarse las pestañas entre los libros.

—Siempre es un placer escucharlos a ustedes: son muy cultos— Leonora elogió en un intento de evitar rencillas. Si el desaire de su hija, provocaba que su esposo perdiera la oportunidad de hacerse socio, la mandaría de vuelta a Italia con su abuela materna. Esta se encargaría de ponerla en cintura, antes de que los ángeles dijeran «amén».

La cena transcurrió por treinta minutos más, luego otros treinta en los sillones de la sala, fumando tabaco y bebiendo coñac, pese a que las damas en cuestión detestaban el humo revoloteando sobre ellas, ya que impregnaban sus costosos vestidos. En la segunda planta, los gemelos se asomaban sin ser vistos, a excepción de Valeria, que soportaba las muecas que estos le hacían.

Se levantó con el pretexto de llevarlos de regreso a la habitación y así librarse de los viejos, aunque fuese por unos minutos. Pero su madre lo impidió, ordenándole a una de las sirvientas para que lo hiciera en su lugar, disponían de personal doméstico capacitado para ocuparse de ello. Valeria solo tenía una única función: ganarse las atenciones del soltero del grupo.

Este era una pieza clave en el peldaño a subir de su esposo.

La joven ahogó una palabrota y se sentó en su sillón, sin más remedio que soportar el humo del hediondo tabaco que los socios de su padrastro fumaban a sus anchas. Robert Conrad la escaneaba de arriba abajo, apreciando el recatado escote de su vestido color rosa, que la hacía lucir tan niña y a su vez, tan sexy...

—La felicito, señora Davis, tiene una hija hermosa —apreció siéndole difícil ocultar el bulto que se asomaba entre sus piernas. Las cruzó antes de que alguno se diera cuenta de su excitación, la imaginaba desnuda mientras él la montaba como a una potranca salvaje.

La mujer sonrió.

—Se lo agradezco —dijo—. Mi nena es un tesoro invaluable. —La preparaba para ser exitosa y no sufrir por sueños tontos.

El sujeto se relamió los labios por enésima vez.

—De seguro que sí —sus ojos llamearon. Él se encargaría de robar ese *tesoro*.

Valeria se removió en su asiento. Lo que daría por estar lejos de allí. ¿Por qué no ponía los puntos sobre las íes a cada quién?

Lo meditó. Por un motivo: carecía de fortaleza.

¿Y todo por qué? Su padrastro era dominante, su madre le exigía más de lo que ella podría ofrecer, sus hermanos la atormentaban y su padre biológico era indiferente.

Un aspecto la salvaba de perderse en la apatía: la esperanza. Deseaba retroceder el tiempo y volver a esa época de su niñez en que fue feliz. La melodía de la orquesta que sonaba estridente, los cómicos enanos que desternillaban de la risa al público de todas las edades, con sus ocurrencias y torpezas, que no era más que actos bien ejecutados sobre la arena; las chicas que se retorcían entre sí, adquiriendo una posición corporal imposible para el común denominador, pero tan fáciles para ellas, que cualquiera diría que no tenían espina dorsal; el traga-sables, el escupe-fuego, el mago que sacaba un conejo de su chistera y del que luego hacía desaparecer sin que nadie se hubiese dado cuenta que lo había escondido detrás de las cortinas. Un sinfín de anécdotas que la hacían reír.

Recordaba con añoranza las veces en que su papá le enseñaba a balancearse en el trapecio y hacer piruetas en el piso. Cada familia tenía la tarea de entrenar a sus descendientes, traspasándole los conocimientos adquiridos de generación en generación. Disfrutó de las clases de baile que su madre le daba todos los días a las nueve de la mañana, de escabullirse en el tráiler de doña Paulina para probar ese rico dulce de durazno que solía preparar los fines de semana; de bañarse en la pileta de los elefantes, de formar parte de los actos de los payasos...

Rememorarlo ocasionó que suspirara para sus adentros. Su vida cambió drástico cuando sus padres decidieron separarse.

—Valeria. ¡Valeria! —la madre elevó un poco la voz para capturar su atención y la joven en el acto se percató de los estrictos pares de ojos puestos sobre ella—. ¿Qué piensas de la proposición del señor Conrad?

La pregunta de Leonora, inquietó a la muchacha.

¿Qué rayos propuso ese baboso?

—¿*Pu-pueden* repetirme de qué…?

—Trabajar para él. Necesita una secretaria.

Valeria quedó de piedra. ¡Por supuesto que no aceptaría! Estaría loca si trabajaba para ese viejo verde.

—Sería por las tardes y como ayudante de Doris —Robert comentó al instante con ese aire de inocencia que hasta él mismo se la creyó—. Mi secretaria necesita ayuda; mucho papeleo que organizar. ¿Qué te parece? No interrumpirá tus estudios cuando comiencen.

Tanto él, como el resto de los que se hallaban en la sala, aguardaron su respuesta.

Valeria tragó en seco.

Atrapada.

—Bueno… —desesperada, buscaba el pretexto para declinar la oferta, pero no lo encontraba.

—Acepta —su padrastro le ordenó. Muchos darían hasta un brazo con tal de formar parte de tan emblemático bufete.

La joven bajó la mirada y asintió. ¿Qué caso tenía negarse? Ellos comandaban su vida.

—Bienvenida a Walker & Asociados —expresó el vicepresidente sin levantarse de su asiento para estrecharle la mano. Con darle la bienvenida, bastaba.

Los ancianos hicieron lo mismo por formar parte del equipo, y las esposas de estos la miraron con recelo. Otra más...

Leonora sonrió. Su nena comenzaba a dar los primeros pasos hacia el éxito laboral.

Y su esposo se beneficiaría.

—¿Cómo se dice, Valeria? —exigió a la aturdida muchacha. Que no se dijera que carecía de modales.

—Gracias —apenas musitó. Odiaba la idea de trabajar en un lugar avinagrado, pero no tenía alternativa, si lo rechazaba se ganaría el enojo de sus padres y, si aceptaba, moriría de a poco.

En la secundaria, su orientadora –una psicóloga a medio tiempo– le aconsejó que practicara un *hobby*, algo así como escultura o pintura. Medios efectivos para distraer la mente y superar la depresión que ocultaba, intuyendo en ella un alma afligida que se empeñaba en usar una máscara de felicidad y sumisión. Jamás informó a los padres a causa del temor de Valeria y porque la ética laboral impedía revelar a otros, confidencias realizadas dentro de su consultorio. Sin embargo, no escarbó bien en su interior; si lo hubiese hecho, le diría que se enfocara en actividades más osadas.

Lo cual Valeria acató.

Aunque, en vez de inclinarse por las Bellas Artes, tomó un curso de danza aérea y lo hizo durante dos años a escondidas.

Sonrió para sí misma sin que los demás se diesen cuenta. Si su madre se enteraba de que se mantenía en forma, danzando en un aro o «enrollada» en una tela estilizada a más de cinco metros de altura, pegaría el grito al cielo. Su hija debía comportarse cual princesa acorde con los dictámenes de la sociedad, no como un chimpancé alocado. Si alguno de los amigos cercanos de su padre se enteraba sería todo un escándalo, el pasado quedó atrás y por ningún motivo se enlodaría de nuevo.

Valeria empuñó una mano, negándose a madurar. Para ella, la danza aérea era un arte difícil de prescindir, se había convertido en su oxígeno que la revitalizaba y la mantenía cuerda.

—Imagino que debes estar emocionada —la voz de Robert Conrad era ronca—. Aprender *de los que saben...* —¡Oh, las oportunidades que tendría para seducirla! Una joven con deseos de superación era presa fácil para los tiburones.

—Sí, así es —se esforzó en sonreí al mentir. Si fuese por ella, huiría, pero le faltaba valor. Si tan solo...

Cabeceó ante una idea descabellada que emprendió el mes pasado. Si tan solo... Se preguntaba cómo tuvo el valor *para hacerlo*, la realidad le indicaba que no soñara despierta, que estudiara en una sosa universidad y trabajara contra su voluntad para un abogado libidinoso.

Dudaba que le quedara tiempo libre para practicar la danza aérea. Tendría que olvidarse de ello y concentrarse en lo que le deparaban de ahora en delante.

Si tan solo...

Capítulo 2

«Internet me ayuda a estar conectado con mi familia, mediante email o la cámara web».

Micah Nanvo, danza del fuego.
"Alegría", Cirque du Soleil.

Dos fuertes golpes en la puerta de la habitación sacaron a Valeria de los brazos de Morfeo. Sus pequeños hermanos tenían la pésima costumbre de despertarla cuando ella se tomaba una siesta después del almuerzo. En una ocasión a uno de ellos le lanzó un almohadón, habiéndose levantado en una exhalación para darle su merecido; para su desdicha, el rostro de su padrastro lo interceptó. No la reprendió en ese entonces, sino que la miró de tal modo que le hizo temblar las piernas. Douglas Davis fue educado a la antigua, bajo el rigor de un tutor estricto. Cada vez que él, en su juventud, se rebelaba por alguna circunstancia, las palmas de sus manos sufrían las consecuencias. Las veces en que lo comentó, a Valeria y a sus hermanos se le ponían la piel de gallina. Douglas tenía cicatrices como evidencia de la vara que azotaron en su espalda, brazos y piernas.

Por fortuna, no era del tipo de hombre que caía en el ciclo de niño-maltratado: adulto-maltratador. Pero su acérrimo carácter valía para doblegar hasta el más brioso de los hombres. Se desperezó y echó un vistazo al reloj despertador en la mesita de noche, marcando en las manecillas la 1:30 de la tarde. Ese lunes había iniciado y no con los mejores ánimos. Sería su primer día de trabajo en un lugar aburrido, con gente aburrida y vestida con ropa aburrida.

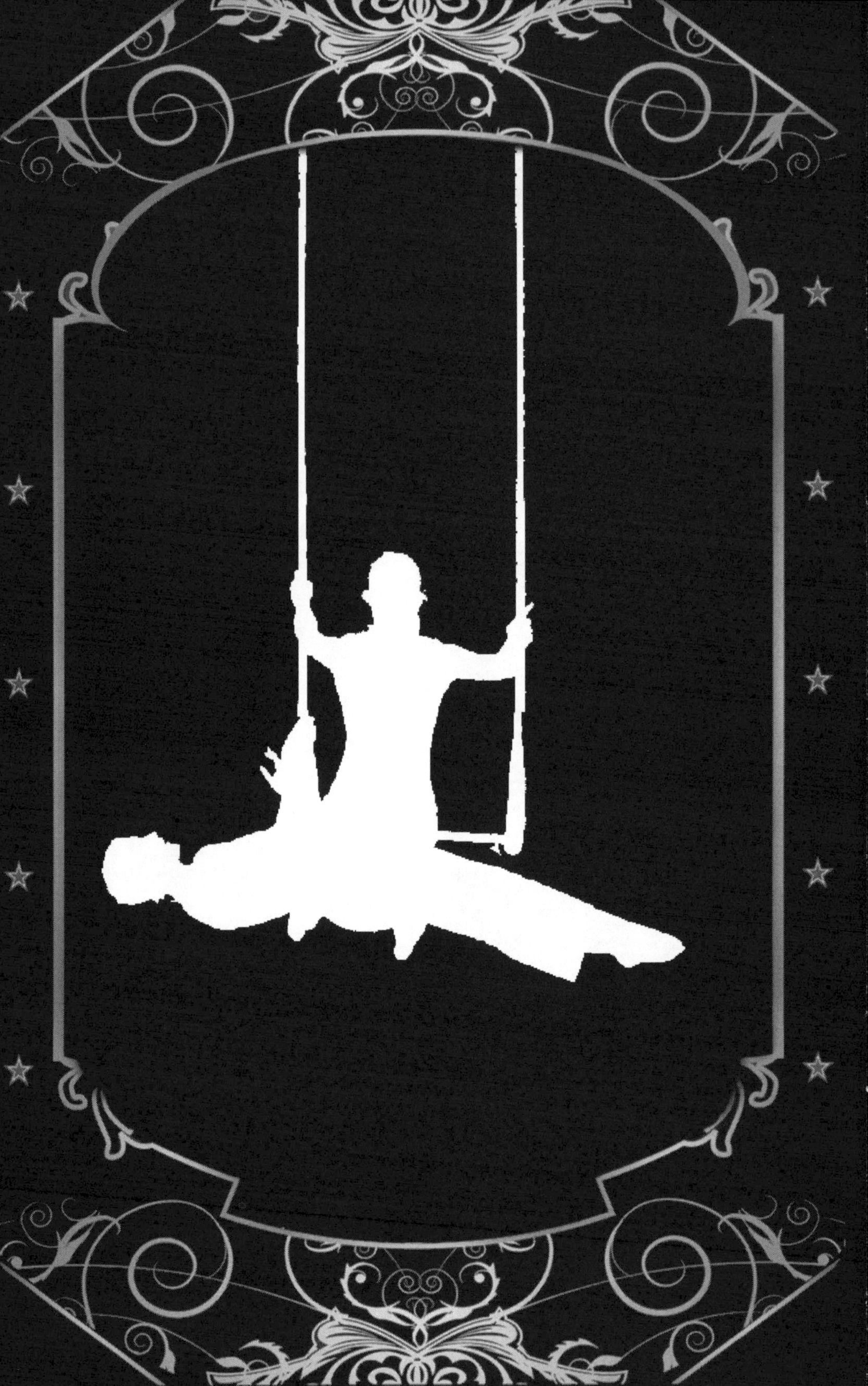

Suspiró. Y pensar que ella pronto estudiaría para ser como una de ellos...

Le hubiera gustado dormir por más tiempo, pero hacerlo sería mal visto por su padrastro. Para él, quién remoloneara más de la cuenta, se le hacía el día corto; por extensión, sería alguien que no daría frutos.

Se levantó antes de que otro par de golpes retumbara en la puerta y arrastró los pies hasta el baño privado; una cepillada enérgica en los dientes y una ducha, la despabilarían. El café se encargaría de inyectarle energía en cuanto estuviese lista.

Envuelta en la toalla, tomó su móvil que dejó sobre la cama, para revisar su correo electrónico, aprovechando los diez minutos que le quedaban para ir a trabajar. Se le hizo una costumbre desde que *mandó el vídeo*, esperando respuestas que le cambiarían su destino. Pero cada vez que lo hacía, se desilusionaba.

Sin embargo, no perdía la esperanza.

El vídeo —de quince minutos de duración— era un resume del cual hablaba de sus experiencias, estudios y habilidades. Un requisito que los reclutadores pedían para conocer con antelación a los aspirantes. Además, cada uno de estos debía hacer una pequeña demostración de flexibilidad, fuerza y equilibrio. Sonia Cooper, su entrenadora de danza aérea, la ayudó a hacerlo en la academia; todos allí fueron cómplices, orientándola para que se luciera en su presentación. A Valeria le costó dominar el miedo escénico frente a las cámaras, pero lo hizo y habló de sí misma por cinco minutos y, durante los otros diez, el aro colgante fue el postre.

Miró la pantalla de su móvil y se mordió el labio inferior.

¿Estaría el correo electrónico allí, aguardando a que fuese leído para alegrarle la tarde?

Tal vez, sí.

Tal vez, no.

Aun así..., oprimió el ícono del Hotmail.

Nada.

Sonrió entristecida. ¿En qué estaría pensando? ¿Qué la llamarían por su «brillante» vídeo? Por supuesto que no.

Apagó el móvil, sin ánimos de echarle un vistazo a sus redes. Convivir con dos tiranos, la desmoralizaba; qué envidia con esas chicas, cuyos padres las apoyaban en sus decisiones. Los suyos jamás lo hacían.

—Admítelo, te faltan agallas —se reprendió en voz baja, su cobardía alcanzaba límites vergonzosos.

De ser valiente, se enfrentaría a ellos y les expresaría lo que deseaba hacer con su vida.

Saltar, reír, soñar...

Muy inmaduro de su parte; aun así, todos desean lo mismo.

Por lo menos, ella sí.

Abrió el clóset e hizo un mohín frente a su ropa. Alguien que la salvara de la nefasta tarde que tendría, porque ella no sabía cómo huir de ellos.

*****

—Debes preparar el café, apenas llegues. Ya sabes: dos cucharadas colmadas y dos de azúcar. En cuanto *él* entre a su oficina, saluda. Sé cortés; al señor Conrad le desagrada que se omitan los formalismos. ¡Nada de tutearlo! Te echará a patadas. La pobre de Romina, olvidó hacerlo y hasta el sol de hoy no he vuelto a saber de ella. Así que...

Doris White orientaba a la abrumada chica, que miraba de un lado a otro como ovejita perdida en medio de la selva. Llevaba media hora instruyéndola con los tejemanejes de la oficina, hablando rápido porque el tiempo lo tenía limitado a causa del caso que su jefe llevaba sobre la demanda de divorcio de los Robinson: una pareja de millonarios que se vieron envueltos en un escándalo por drogas e infidelidad.

Por lo pronto, los principales oficios de la muchacha serían preparar y servir el café, archivar y redactar documentos de menor importancia; los más relevantes se encargaría la secretaria, quien impondría más trabajo si esta daba la talla.

—¿Dónde me siento? —buscaba el escritorio asignado.

Doris señaló hacia una silla ubicada en una esquina y Valeria tuvo que contenerse de esbozar un mohín.

La tendrían como perrito regañado.

—Tráela y ponla ahí... —dijo la mujer, autoritaria. Sus uñas largas y pintadas en escarlata, su pelo rubio alisado, su maquillaje resaltando sus rasgos caucásicos y treintañeros, y su atuendo conforme a las normas impuestas en la presidencia. Se esmeraba por lucir bien para impactar a los señores que día a día entraban y salían con sus portafolios de piel de lagarto y una sonrisa de suficiencia.

La chica obedeció, dejando la silla justo al lado del escritorio de la secretaria.

—Contestarás todas las llamadas. Recuerda, debes decir: «Oficina del doctor Conrad, buenas tardes. ¿En qué le puedo servir?» —indicó Doris, quien no le agradaba la muchacha. Por ese bufete pasaron interminables desfiles de jóvenes ambiciosas, pero tontas. La mayoría, pendientes de sus móviles y no de sus labores. Por una oreja les entraba lo aprendido y por la otra les salía.

Hizo una apuesta con Rebecca Green, recepcionista general en el *lobby*, a que la chica le abriría las piernas al doctor Conrad antes del atardecer. Todas se deslumbraban por su billetera abultada y labia. Les prometía lunas y estrellas, y estas ante él caían redonditas.

—¿Con qué comienzo? —De tantas instrucciones, Valeria se confundió. ¿Era archivar la correspondencia o revisar el fax?

Doris puso los ojos en blanco, por lo visto, ella ganaría la apuesta. La nueva carecía de cerebro.

—Café. Prepara el café. —Menos mal que solo la tendría por las tardes o la tarada le causaría migrañas.

Valeria sonrió apenada.

¡Qué cabeza la suya!

Los nervios jugaban en su contra.

—Sí, por supuesto. —Se dio prisas para hacerlo. Su primer día comenzaba a ser un desastre y de una crítica de sus padres no se salvaría. Estos le advirtieron de estar pendientes de ella, en constantes llamadas que harían para saber de sus avances.

—Ya sabes: ¡fuerte y con dos de azúcar! —le gritó la mujer, sentándose en su silla—. ¿O te lo escribo en un papel para que no se te olvide?

Esta reprimió una mirada severa. Al llegar un nuevo asistente, todos los empleados se convierten en sus jefes; incluyendo al que saca la basura.

Valeria, ven aquí. Valeria, ve allá.

Valeria, no te muevas. Valeria, no sonrías.

¡Valeria! ¡Valeria! ¡Valeria!

—Buenos días, doctor Conrad. ¿Cómo amaneció usted?

—¿Ya llegó la nueva asistente? —preguntó sin devolver el saludo a la secretaria, ansioso por meterle mano al respingado trasero que la jovencita ostentaba.

—Sí, señor, está preparando el café. Aunque ella es muy…

—Bien. Que me lo lleve al despacho.

—Por supuesto; le indico enseguida.

Valeria, quien escuchó al *baboso* llegar a la oficina, se escondió en el área reservada para el cafetín y maldijo la hora en que cedió a la presión de sus padres por aceptar trabajar en ese lugar. ¡Debió mantenerse firme!

—¡Oye, nueva! —Doris la llamó en un susurro en cuanto su jefe se encerró en el despacho, molesta porque él siempre la ignoraba cuando había carne fresca—. ¡Date prisa!

Controlando que sus movimientos no fuesen toscos, Valeria tomó el tarro que contenía el aromático café molido y lo vertió con prisas en una bolsita de papel asignada para la cafetera eléctrica. El nerviosismo hizo que parte de los minúsculos gránulos cayesen sobre la encimera de granito, causando un desorden del que seguramente la antipática secretaria la regañaría. Ya tenía una lista larga de sus deficiencias como aprendiz.

Mientras se preparaba, sacó de un estante alto, un pequeño juego de taza y plato, con estampados de arabescos dorados, y una charola del mismo tono para que se viera elegante. El azúcar no tardó en endulzar el líquido negro que prometía despertar hasta un muerto, y lo llevó renuente hacia lo que, para ella sería, la oficina del diablo.

Se tomó un segundo para respirar y luego tocó a la puerta con suavidad. Una voz profunda le permitió pasar.

—Buenas tardes, señor…

—¡Buenas para ti, hermosa! —la tuteó en un salto que dio de su asiento para recibir la taza que la menuda muchacha de cabello marrón, le extendía en su charola—. ¿Cómo te están tratando? Espero que bien. —Sabía que Doris era estricta con las nuevas asistentes y él no deseaba que espantara a esa conejita de ojos achocolatados y mirada asustadiza. Se la quería *comer*.

—Me están tratando bien; gracias, señor Conrad —mintió, recalcando la distancia que debía existir entre empleada y empleador. La condenada secretaria se creía la propietaria del bufete, gritándola y tratándola como si fuese idiota.

Robert Conrad, estando a un escaso paso de la joven, acercó la humeante taza a sus labios sin que sus ojos oscuros se apartaran de los de ella, y sorbió de un modo que a Valeria le pareció repugnante.

—*Mmmm*... —estiró los labios, luego de haberlo probado—. Qué delicia...

Valeria medio sonrió sin agradarle el halago. ¡Por supuesto que a este le gustó el café! Se había preparado de acuerdo a sus exigencias.

—Eh... Con su permiso —se volvió hacia la puerta, para marcharse, pero Robert la detuvo al sujetarla del hombro.

—¿Por qué te retiras tan rápido, si no te he dado la orden de hacerlo? ¿Acaso me temes? —Sonrió ladino. Él olía a leguas el temor de la chica y se regodeaba de ello, indicaba que la dominaría con facilidad. Hasta la azotaría.

Valeria sintió que el hombre le había clavado las uñas al detenerla y se sacudió molesta por su atrevimiento. Que ni se atreviera de abusar de ella, porque le daría una patada en la entrepierna.

—Discúlpeme, creí que podía retirarme. Solo le traía el café. —Puso la charola como escudo protector en su pecho, listo para asestárselo en la cabeza, de ser necesario.

Robert Conrad saboreó una vez más el café, con la promesa interna de que en menos de una semana la *morenita* estaría con él en un hotel, gimiendo en voz alta. Ninguna había resistido a sus encantos más allá del tiempo estipulado, todas se las daban de «virginales» y no eran más que unas come-hombres con mucha experiencia.

No volvió a sentarse frente a su escritorio, más bien, permanecía casi invadiendo el espacio de la muchacha. Se terminó la bebida caliente y dejó la taza sobre la charola, de la que Valeria acomodó al instante entre sus manos para abandonar el despacho. Forzó una sonrisa acartonada y rogó para sus adentros que el bastardo la dejase ir o tendría que renunciar antes de que finalizara la tarde. Estaba dispuesta a que en su casa se desatara una discusión de proporciones bíblicas, pero ella no fue contratada para que la tratasen de esa manera.

—¿Ya me puedo marchar? —inquirió, contenida. Evitaba que notase que estaba molesta, le daba oportunidad para que se comportara con propiedad, no le daría el gusto para que luego hablara pestes de ella. En cambio, Robert alzó la mano con elegancia y le permitió que la escurridiza potranca volviese a sus oficios. Un brazalete de diamantes o tal vez un collar de perlas cultivadas, la haría más «servicial». Al final de cuentas, todas eran igual de interesadas.

*****

—Qué día… —Valeria rezongó, arrojándose a la cama, mientras su bolso caía a un lado de manera descuidada. Tener que soportar a un hombre libidinoso que no dejaba de llamarla por nimiedades, fue bastante agotador. La desnudaba con la mirada, sin reparar que su secretaria lo observara con malicia desde su puesto, lo que le valió a la chica su enojo y malos tratos, se había ganado sin proponérselo a una enemiga. La mujer llegó a demostrarle los celos que la aquejaban.

Se quitó los zapatos y acomodó las almohadas debajo de su cabeza. Consultaría por millonésima vez el correo electrónico, a ver si tenía suerte.

Y la tuvo.

Una notificación, entre las docenas que a diario recibía a través de las redes que solía navegar, resaltaba como luces de neón en la oscuridad.

Valeria se sentó de golpe en la cama y contuvo la respiración.

Cielos… ¿la aceptaron?

La emoción hizo que se llevara la mano al pecho, porque fue inevitable que se imaginara viajando por el país entre grandes artistas. Pero… ¿y si no?

Como siempre su negatividad salía a flote, apabullándola con miles de razones que ellos debieron tener para rechazarla. Aun así, tenía probabilidades, aunque fuesen remotas.

Sacudió la cabeza para alejar ese aspecto que tanto caracterizaba a su familia y se dejó llevar por la ilusión de ser aceptada. No era tonta, sabía que existían otros mejores que ella, quizás, más originales y osados que la opacarían apenas hicieran despliegue de sus habilidades sobre el escenario.

Sonrió azorada.

Ni siquiera tuvo esa sensación cuando recibió la carta de la NYU, para nada experimentó se le contrajera el estómago y se le revolvieran las tripas por el anhelo. Se limitó a leer aquella carta, tan calmada como quien lee el periódico con una taza de café.

Pero, con esta, se persignó y oprimió el buzón para abrirlo.

Un «sí» o un «no», le daría alegría o tristeza. Porque, según la respuesta que recibiera, sería el camino que escogería en adelante.

Con el corazón martillándole fuerte, leyó:

Felicitaciones, el video que envió nos ha encantado.

La esperamos en el Teatro Bernard B. Jacobs para una audición en vivo, el día 22 de julio a las ocho de la mañana, en el 242W y 45th St, New York, NY. Favor venir con ropa apropiada para el acto que tenga programado y su música correspondiente grabado en un CD o USB. También traer una carpeta con un breve currículo, una foto suya de cuerpo completo y otra del primer plano de su rostro.

Sea puntual.

—¡Oh, por todos los santos! —Valeria lloró, queriendo gritar de felicidad e informarle a su madre de las Buenas Nuevas, acabadas de recibir. Le habían escrito. ¡El famoso circo le había escrito! Bueno..., la empresa de entretenimiento que los representaba, pero le daba igual.

Tuvo que contenerse para no salir corriendo y abrazar a su madre. Ella no recibiría la noticia de buena gana, hubiese sido como clavarle un puñal en el corazón; traicionarla, por así decirlo, debido a que durante tantos años escuchó a través de sus labios, el desprecio hacia esa gente. Los consideraba sin rumbo fijo, conformistas de su miseria y desenfrenados. Que su hija hiciera planes a sus espaldas, para dedicarse a un oficio deplorable para cierto sector «aristocrático», la hubiese matado de un infarto.

Aun así, no perdería esa oportunidad, la audición se llevaría a cabo en una semana en Nueva York. Lo que implicaba que tendría que perderse del radar de sus padres durante unas horas y presentarse en el lugar convocado.

Admitía que estaba mal mentirles, pero…

¿Qué alternativa le quedaba?

Capítulo 3

«Esto es el Circo. El circo es para los niños.
Y no quiero decir los de cinco años, quiero decir: los de cincuenta.
Porque entrar en el circo es convertirse en niño, es olvidarte del mundo, del marido,
de la mujer, del jefe, del tráfico, del alquiler, del banco. Todo. Es sentirte un niño».

Patrick Flynn, manager de la Compañía.
Cirque du Soleil.

—Estoy muy nerviosa... —expresó una chica de cabellos rubios ensortijados, comiéndose las uñas detrás de Valeria, mientras ambas observaban tras bastidores a los aspirantes del circo.

—Sí, también —respondió esta sin dejar de ver hacia la tarima. La audición se llevaba a cabo en pleno corazón de la ciudad, lo que le permitió que no tuviese la necesidad de viajar ni pedir permiso en su trabajo, ya que se convocó para un fin de semana, y esto tomaba todo el día. Por lo general, los reclutadores solían hacerlo en el Madison Square Garden, pero por cuestiones ajenas lo hicieron en un teatro. El número de convocados se le hizo exagerado a Valeria, que esperaba una modesta concentración que apenas superara la treintena. La convocatoria se contabilizaba por los trescientos jóvenes entre los dieciocho y veinticinco años, de diferentes puntos del país y hasta de varios continentes, cuyos idiomas confluían entre el inglés, el francés, el mandarín y el ruso. Todos nerviosos y ansiosos por demostrar sus talentos frente a los jueces. La batalla para optar por una vacante en Circus Amore había comenzado.

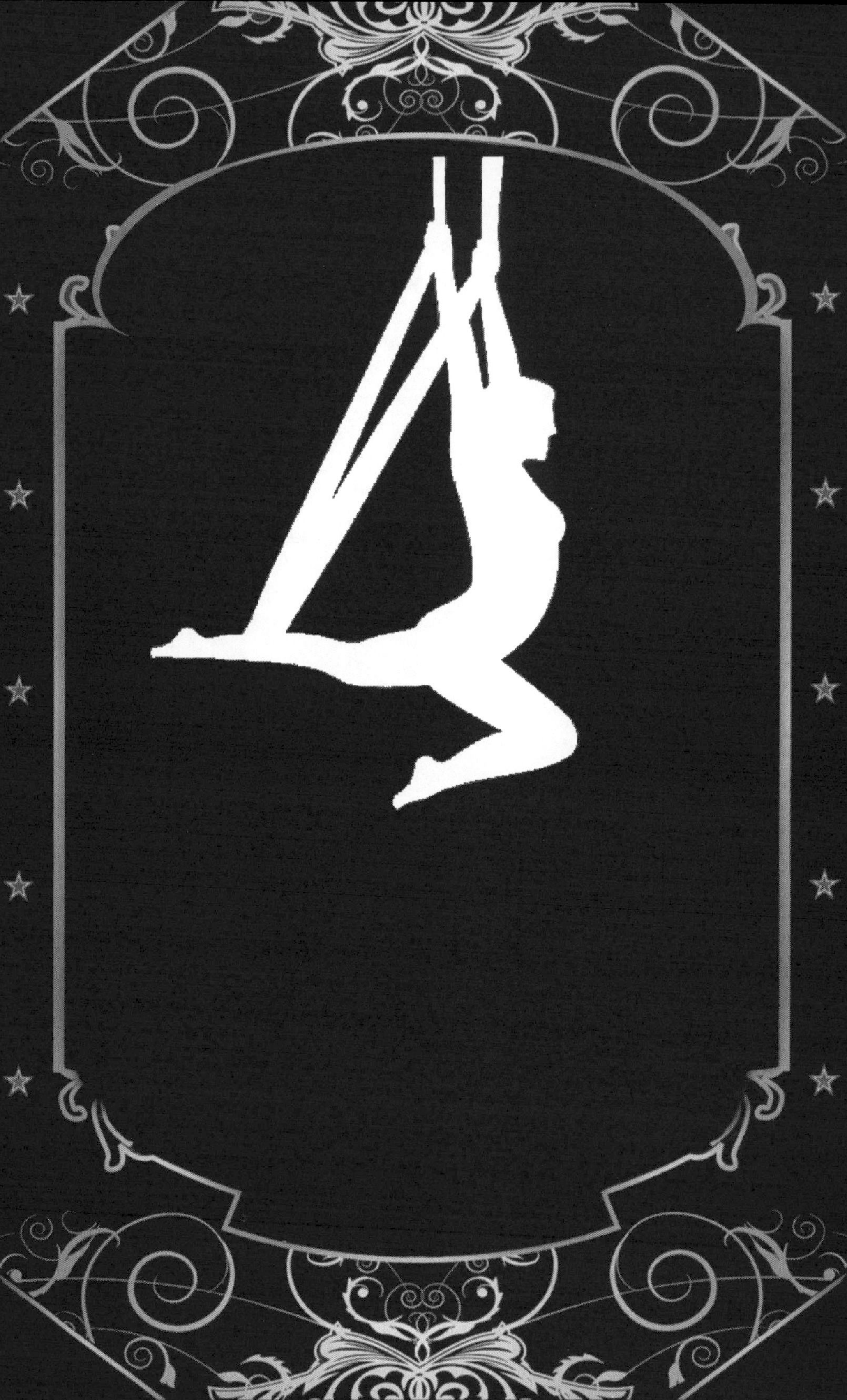

Los noticieros reseñaban por la televisión el evento que ocurría una vez al año: quién fuese capaz de doblegar sus temores y revertirlo a favor en la arena, le daban la bienvenida; de lo contrario..., que se despidiera. La compañía de entretenimiento necesitaba gente con temple de acero, no blandengues que se desmayaban a la primera.

—Me va a dar un *patatús*. Esto de esperar es horrible.

Valeria miró por sobre su hombro y le sonrió a la chica que lucía tan nerviosa como ella. Era menuda, de nariz respingada y el cabello enmarañado como el de un panal de abejas.

—Descuida —le dijo—, se te pasará en cuanto te llamen. Ya verás.

—¿Tú crees? —Los ojos de esta se cristalizaron, implorando a todos los santos que conocía, que su presentación saliera perfecta. Le había puesto empeño en su práctica para destacarse entre los demás. Si su tobillo se torcía o se fracturaba las costillas, eso sería todo por ese año.

—Esperar es la parte más difícil —Valeria vagó por sus lejanos recuerdos—. Después te entregas al acto.

La chica amplió una sonrisa, agradecida por su buen gesto de apaciguar su ansiedad.

Lucía unas mallas, verde esmeralda, debajo de unos pantaloncillos morados, haciendo juego con una camiseta y unas medias calentadoras del mismo color. Lo contrario a Valeria, quien había optado por unas sencillas mallas azul oscuro, previniendo que su elección en el atuendo fuese del desagrado de los jueces. Sonia –su entrenadora– le aconsejó evitar los colores estridentes, para que las tonalidades no impactaran de forma negativa durante la ejecución. Algunos reclutadores que solo se limitaban a la elección de los artistas, no toleraban las tonalidades *chispeando* en sus irises, ya que estarían más pendiente de esto que de lo que haría el aspirante sobre la tarima.

Una incongruencia, pues el color era primordial en el circo.

—¿Tienes experiencia en esto? En... ¿las audiciones? —la rubia ensortijada agregó cuando la otra no le comprendió.

Valeria observó los rostros impávidos de los jueces y negó con la cabeza. Estos se hallaban sentados en la quinta fila de los asientos de la planta baja. Desde allí, apreciaban quien se destacaba o salía con las tablas en la cabeza.

—Es mi primera vez —respondió con parquedad. La escasa experiencia que tuvo fue con el público cuando era una niña. Pero, ante personas que la juzgarían, no.

Aun así..., le llamó la atención uno de los jueces.

Era contemporáneo a ella, de cabello castaño y mirada intensa.

Valeria sopesó que aquel no cuadraba entre esa gente. Desentonaba por su juventud y por la seriedad que demostraba, como si le hubiesen impuesto estar allí contra su voluntad.

La rubia, que apenas medía un metro cincuenta de altura, hizo una mueca.

—También es mi primera vez —dijo—. Y sospecho que somos las únicas —señaló con el pulgar hacia atrás. Los demás aspirantes charlaban relajados en el piso, mientras que otros, estiraban sus brazos y piernas para no enfriar sus músculos. Sin lugar a dudas: egresados de escuelas de circo, acostumbrados a hacer audiciones de diferente índole, ataviados con ropa deportiva ajustada. De eso era bien sabido que muchos aceptaban pequeños trabajos en comerciales de televisión o cine para mantenerse latente en el medio.

—Bueno, por algo se empieza, ¿no?

—Sí, así es —la chica sonrió, intuyendo que ambas serían buenas amigas—. Hola, soy Khloe —se presentó sin darle la mano para estrecharla—, es un placer conocerte.

—Igualmente, Valeria. Pero puedes decirme «Val».

Khloe estudió a la morena con la mirada.

—Tienes un bonito acento —comentó—. ¿De dónde eres? —Por más que repasara en su mente, los diferentes acentos que escuchaba en Nueva York, a ella le costaba dar con el de la chica.

—De acá...

—No pareces oriunda —frunció el ceño, extrañada. Tenía años viviendo en la ciudad y para nada se le asemejaba—. ¿Eres extranjera?

Valeria se avergonzó, olvidándose de contarle un detalle importante de su identidad.

40

—Sí, nací en Italia. —En un circo humilde del que a menudo recordaba. Pero no se lo diría. ¿Qué caso tenía?

—Vaya, qué bien —Khloe arqueó las cejas ante la agradable sorpresa—. Mis abuelas son de allá —sonrió—. ¿Y de dónde exactamente? —preguntó, haciéndose escuchar por encima de la música de fondo. Al estar detrás de las cortinas laterales del escenario, los decibeles musicales estaban en pleno. En ese momento una asiática arqueaba su espalda hacia atrás, metiendo su cabeza ente sus piernas, a tal punto, que sus huesos parecían elásticos.

—*¡Chist!* —A poca distancia de ellas, una señora vestida de negro y que sostenía una carpeta roja entre sus manos, la hizo callar. Debían guardar silencio para evitar distracciones. Un accidente era lo que menos necesitaban las nuevas promesas.

La joven esbozó un gesto apenado a la mujer, y, sin sonido de voz, le expresó «lo siento».

Esta la reprendió con la mirada.

Novatos…

En el preciso instante en que Valeria le iba a responder a la chica, la música cesó y la hosca mujer llamó al siguiente en la lista.

—¡Cinthya Moll! —exclamó demandante.

Las cabezas de varios aspirantes miraron hacia los lados y otros hacia el fondo de donde aguardaban su turno. Enseguida, la aludida apareció de la nada como si flotara, en una malla negra de cuerpo completo y una bata traslúcida abierta para que se asemejara a una capa. Caminaba de puntillas con sus zapatillas de bailarina, haciéndolo con tal gracia que atrapaba las miradas de los presentes. ¿Quién era ella?

—Es hermosa —Khloe susurró con soterrada envidia. La chica que se ubicó en medio del escenario, eclipsaba a las demás féminas con su belleza. Alta, rubia platino, de pechos grandes y figura esbelta. Una diosa entre mortales.

Valeria se limitó a observarla, le tenía sin cuidado que fuese agraciada, sino que diera la talla y les pateara el trasero a todas las que se presentarían después de ella, ya que eso representaba un puesto menos al que optar entre el personal artístico.

Los reflectores del techo apenas iluminaban a la bella aspirante de cabello suelto, cayéndole como cascadas onduladas sobre la espalda; no había orquesta que la acompañara en su presentación, salvo el USB que le extendió a uno de los asistentes.

Esto a Valeria le hizo reparar en algo.

Ingresó a los bastidores, su morral de cuero marrón se hallaba entre un chico de mallas grises y una chica afrodescendiente bastante alta. Se acuclilló, lo abrió y revolvió lo que tenía dentro. ¿Dónde estaba? Tenía la seguridad que…

Oh, oh…

—Mierda —expresó mortificada. ¡¿Cómo pudo ser tan tonta?!

—¿Qué sucede? —Khloe se preocupó, alternando la mirada entre Valeria y la chica que estaba a punto de iniciar su acto, suponiendo que habría algo malo con esta que alteró a la otra, pero no halló nada, sino la misma perfección.

Valeria la miró azorada.

—Se me quedó el CD… —la pieza musical que preparó en el disco compacto, exigido por la Compañía, se le quedó sobre la cómoda de su dormitorio por estar de apurada. Se había levantado antes de la hora habitual, para no alertar a nadie, sus hermanitos eran muy preguntones y ella se delataba cuando los nervios la atacaban. La noche anterior le comentó de pasada a su mamá de ir de compras con Rosana para tener un guardarropa apropiado para el bufete, ya que le exigieron lucir más «profesional». Por supuesto, mentira respaldada por su amiga que se encargaría de hacer las compras por ella; ambas de la misma complexión y gustos. La tarjeta de crédito –extensión de la mamá– fue entregado por Valeria en una planificación hecha días atrás, cuando tuvieron oportunidad de verse. Desde que recibió la notificación, ejecutó un plan de acción para que nadie le impidiera asistir a la audición.

Aun así, no salió como quiso. Eso de mentirle a sus padres era bastante estresante.

—¿Y qué…? —Khloe se encogió de hombros sin que esto representara un inconveniente—. Seguro que más de uno de *esos tarados…* —señaló con su barbilla— tampoco trajo el suyo. Así que, relájate.

Muy dentro de su ser, Valeria esperaba que fuese así. Por desgracia, la música era un requisito indispensable para entrar en ambiente. ¡Lo era todo! Inspiraba misterio, alegría, tristeza, lo que ella se propusiera trasmitirle con su acto al público. ¡Caramba, estaba frita! Por no haberse asegurado que lo tenía en el morral, su presentación se vería comprometida. Si la rechazaban, jamás se lo perdonaría.

Suspiró desalentada, danzaría entre las telas al compás del mutismo.

Aburrido, muy aburrido.

Sin embargo, era lo de menos.

Hubo a quienes les fue peor...

Por los nervios, algunos aspirantes trastabillaban y caían de bruces en el piso; otros con dotes de malabaristas, terminaban golpeándose la cabeza con los pinos de madera. A más de uno le fue pésimo en las piruetas y en las argollas. Los jueces fruncían el ceño y los tachaban de la lista.

A algunos les fue muy bien, como a la rubia platino, que comenzaba a bailar entre el ballet clásico y el contemporáneo; dos movimientos dispares que causaban sensación. La joven se lucía en su presentación, sin cohibirse de verse ridícula. Una maravilla en carne y hueso.

Valeria aguardaba a que fuese llamada, estaba entre las últimas. Los jóvenes eran solicitados por orden de llegada y no alfabético; de ese modo, evitaban contratiempos: si llegaban dentro del horario establecido, bien por estos; de lo contrario, mala suerte y hasta el próximo año, si es que los llamaban por segunda vez.

Observó la decoración del teatro hasta donde le alcanzaba la vista. La arquitectura de la edificación era exquisita: antigua, de finales de los veinte cuando las mujeres acudían con sus parejas, ataviadas de plumas y lentejuelas, y los hombres, de cuello de pajarita y vaselina en sus cabelleras.

La belleza del lugar era incuestionable y hasta intimidante. No era ajena a esos sitios que, con frecuencia, sus padres la llevaban al ballet. Al igual que ellos, los neoyorquinos se jactaban de vivir en una ciudad que ofrecía un sinfín de música, danza y obras de teatro. Una variedad de gustos que encantaba a cualquiera.

—Lo hace bien —Khloe comentó y ese cariz de envidia seguía latente en sus ojos azules.

Valeria asintió. La rubia platino se lucía.

Los retortijones hacían estragos en sus intestinos, mientras que Khloe, a su espalda, sacudía el pie de manera convulsiva contra el piso de madera, con la férrea convicción de que la chica era una fuerte competidora.

Cinco minutos transcurrieron hasta que la rubia platino terminó su audición. Se deslizó, con aires de suficiencia, por el lado de las chicas, dejando una estela de perfume costoso y sudor a su paso. Los aplausos resonaron tras las cortinas, otorgados por los muchachos heterosexuales, embelesados por sus sensuales movimientos, del que a su vez fantaseaban con tener las piernas de esta, alrededor de sus caderas y follarla hasta por donde no le llegara la luz.

Los jueces conversaban entre ellos, confidentes. Sus expresiones eran menos frías, quizás deslumbrados por la actuación de la rubia. Hasta el momento la mejor del día. La más osada, la más erótica…

—Antonella Davis —la coordinadora la llamó por su segundo nombre.

—¡Ay, mi madre! —la aludida palideció.

—¿Quién es? —Khloe miró a los lados para saber cuál chica era la siguiente. Todos, al igual que ella, estaban a la expectativa de la pobre alma que tendría que lucirse después de que la otra se adueñara de la tarima.

—Yo —Valeria sentía un nudo en la boca del estómago.

Khloe se apiadó de la morena, meditando en su fuero interno de que ese no fue el nombre que le dijo, sino otro. ¿Cuál fue? No lo recordaba, tal vez escuchó mal…

—Suerte —le dio un leve apretón en el brazo izquierdo, dándole la impresión de haberle mentido al presentarse—. O debo decir: «¿Qué te rompas una pierna?». Porque se dice eso en el teatro, ¿no? Aunque no sea una obra, pero es igual…

—Está bien, Khloe, con «suerte» me basta.

—Suerte, entonces —la rubia menuda expresó sonriente.

Valeria se estremeció ante el hecho de utilizar su segundo nombre y el apellido de su padrastro. Sabía bien para quiénes audicionaba, por lo que consideraba que debía omitir el suyo. De ese modo, no habría influencias innecesarias ni comparaciones que después la perjudicarían. Si la aceptaban, sería por mérito propio, no por estar ligada a la figura principal de Circus Amore.

Cerró los ojos y respiró profundo, era hora de dar todo de sí. En ello se jugaba su futuro.

Descalza, subió al escenario, con el corazón galopante y las piernas temblorosas, mientras Khloe cruzaba los dedos para darle fortaleza; que la suerte obrara a su favor y le permitiera demostrar a los jueces de lo que sería capaz de hacer.

—Hola... —saludó nerviosa. Estar en medio del escenario y frente a unos sujetos que inspiraban temor, la amilanaban.

Estos no respondieron, enfocándose en las carpetas que les alcanzaba uno de los asistentes del recinto. La información pertinente sobre cada aspirante, reposaba sobre sus piernas.

—¿De qué parte eres de Nueva York? —preguntó uno de ellos. Eran cinco en total, con expresiones intelectuales e intimidantes, y en apariencia de ser cuarentones, a excepción del más joven, que de ella ni reparaba.

La muchacha, carraspeó, meditando qué caso tenía preguntarle, si su currículo hablaba por sí solo. Aunque, lo más probable, necesitaban escucharlo de sus labios.

Entrar en confianza.

—De Alto Manhattan—respondió temblorosa.

Se percató que, en uno de los balcones de la segunda planta a su derecha, la solitaria silueta de un hombre, la observaba en silencio. Valeria entrecerró los ojos para verlo mejor, pero los reflectores se lo impedían.

Los jueces —ensimismados— continuaron leyendo su currículo; sobre todo, el más joven. Parecía ido.

—Tienes experiencia en el circo —dijo el mayor de todos. Usaba gruesos lentes que parecían paneles solares—. ¿En dónde trabajaste y por cuánto tiempo? Aquí no lo especificas.

A Valeria no le extrañó que hicieran esa pregunta. Era muy evidente la falta de información.

—Fue cuando niña, en un circo pequeño —rogaba que no le preguntaran por el nombre del mismo, eso revelaría muchas cosas—. Fue pasajero.

Miró hacia el balcón y la silueta masculina se removió en su asiento, al igual que el juez más joven, quien levantó rápido la mirada hacia ella.

—¿Qué te animó *audicionar* para Amore? —preguntó este último con un presentimiento latente en su pecho.

Valeria sonrió melancólica.

—Porque deseo volver a sentir la energía vital que recorría mis venas.

Los jueces conversaron entre ellos. Lo expresado reflejaba pasión. ¡Bien dicho!

Por otro lado, el joven estudió la fotografía del rostro de la chica. ¿Sería posible que ella…? Soltó una sonrisa entristecida, mientras cabeceaba como si quisiera sacudir sus atormentados pensamientos.

No.

El nombre que la identificaba no correspondía. *Aquella* estaba lejos, muy lejos en la inmensidad del viejo continente.

—¿Qué nos vas a presentar? —*El de los gruesos lentes* se interesó por apreciar lo que la muchacha les ofrecería.

El corazón de Valeria se aceleró.

—Tela acrobática.

—El escenario es suyo —dijo el hombre a la vez en que extendía la mano, invitándola a danzar—. Deléitenos.

Ella se volvió hacia el escenario y se paralizó.

¡Cielos!

¿Y la música?

Miró con estupor a uno de los asistentes que se acercaba a ella para recibir el supuesto CD o el USB que traería, pero esta avergonzada le mostró las manos vacías.

El asistente, un larguirucho pelirrojo, le sonrió comprensivo.

—Descuida —le susurró—, tengo algo para estos casos. —Se marchó hacia un extremo del escenario y al cabo de los segundos, retornó con un violín—. ¿Qué deseas que toque? Vivaldi, Mozart, Gavinies… —grandes maestros de la música clásica, del cual él estaba en la capacidad de ejecutarlas.

Valeria amplió la sonrisa. ¿Qué probabilidades habría de fallar? ¡Muchas! Aun así, se libró de una increpada o una burla por parte de los jueces.

—¿Conoces «Devils Trill», de Vanessa Mae? —El pelirrojo asintió. Una excelente adaptación de Giuseppe Tartini: muy actual—. Pues, esa…

La joven se preparó para su actuación.

Desde arriba, dos larguísimas telas de color rojo y casi unidas, bajaron lento hasta rozar las tablas. Una vez que se desplegaron de forma vertical, Valeria tironeó de estas con suavidad hacia abajo para asegurarse de que fuesen seguras y así evitar una caída por no haber estado bien sujetas desde sus arneses.

Al ritmo del violín ejecutó volteretas y contorciones en el piso, como preámbulo de lo que vendría. Luego se trepó con gracia, sujetándose a la vez de las telas mientras subía hasta una altura de cinco metros; enrolló ambas piernas, una por cada tela y se abrió para dividirlas, quedando ella suspendida en el aire de esa manera. El escorpión, la *medialuna*, la gacela, el *split* invertido… Figuras de nivel medio y principiante, exigidos para demostrar la fuerza y el equilibrio en la danza aérea. Por supuesto, con la libre expresión del artista. A ratos sus piernas se abrían de par en par; en otras, Valeria quedaba colgada de cabeza, realizando cada movimiento con pericia. «Volaba» sobre el escenario, demostrando a los jueces y a quienes la observaban, que ella estaba más allá del nivel superior. Su cuerpo se enrollaba y desenrollaba, dejándose caer a una velocidad vertiginosa que alarmaba a los presentes.

El joven juez, mantenía la boca abierta, maravillado por tan brillante ejecución. Le recordaba a alguien que conoció en el pasado, pero que, por cuestiones del destino, no volvió a ver. La chica se destacaba por su talento y osadía. No le temía a la muerte, al contrario, maniobraba con esta y la hacía su amiga.

Se preguntaba, en qué circo habría adquirido dicha destreza en su niñez. Existían tantos que sería difícil localizarlos. Aunque, ella no dijo si provenía de algún país en específico, como México o Italia…, asumía que podría ser en los Estados Unidos. Por desgracia, la mayoría desaparecían con los años por las pocas ganancias y porque los circos más grandes se los tragaban.

Miró hacia el balcón y *el que tomaba* las decisiones finales, se marchó antes de que la chica terminara. Una señal que indicaba su falta de interés.

Se lamentó, porque hasta ese instante estaba seguro de haber hallado a una maravillosa artista.

La más interesante y hermosa de todas.

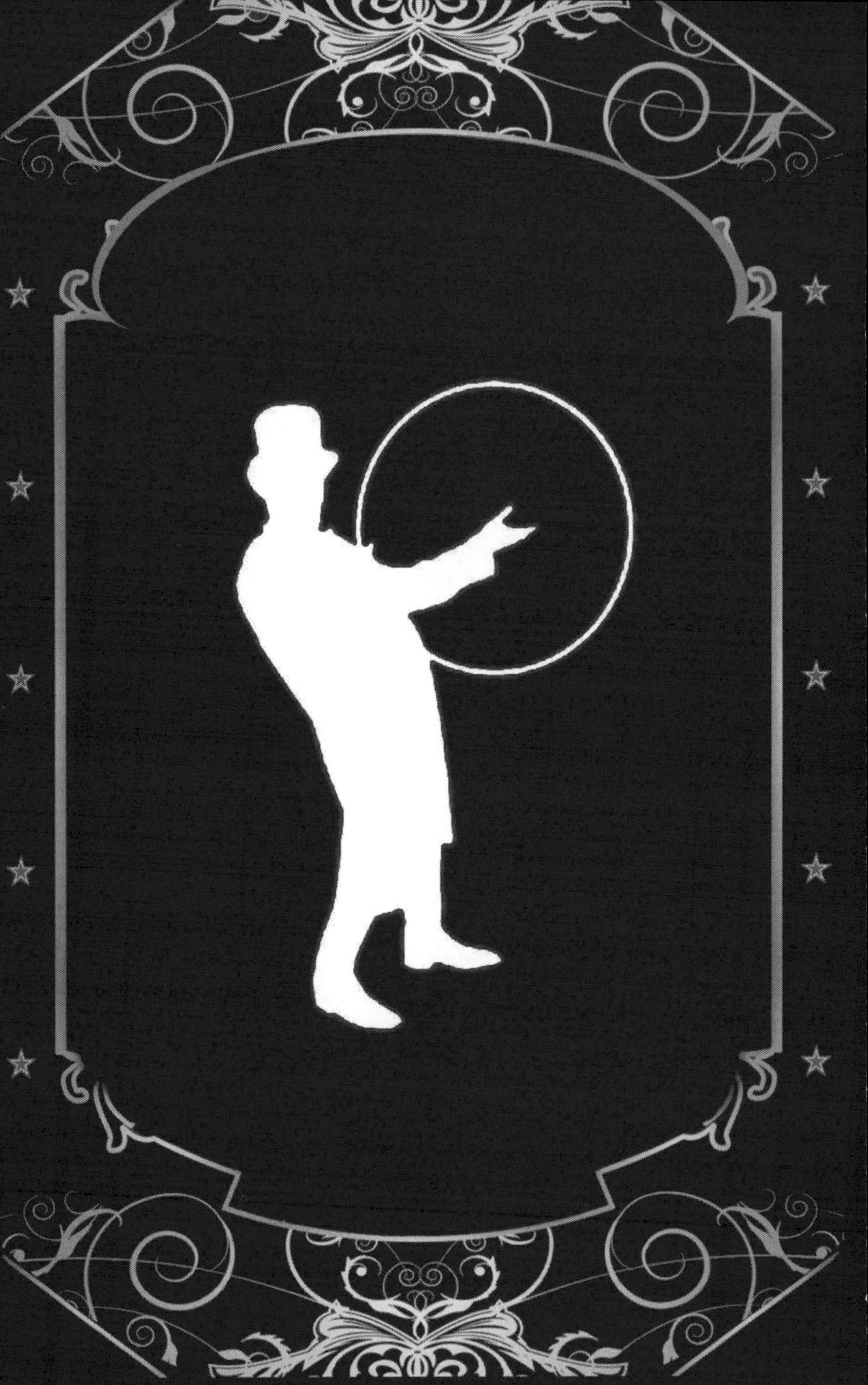

Capítulo 4

—Buenas tardes. Le traigo su café, señor Conrad.

—¡Oh, Valeria! —la tuteó—. Deliciosa, *deliciosa*, Valeria... ¡Adelante!, la tarde no comienza bien si tú no pasas a saludarme. Qué mal que *no te tenga* el día completo...

Valeria esbozó una sonrisa desabrida, mientras entraba al despacho del viejo baboso de cabello tinturado, sentado detrás del escritorio, y le dejó el café en un extremo, teniendo cuidado de no salpicar los documentos ahí apilados. «El día completo». Sería el colmo de sus males tener que aguantarlo por más tiempo, si con las horas que padecía, se las ingeniaba para desaparecer de su radar cuando hacía acto de presencia en la oficina.

—Mis estudios me lo impiden —caía en una monótona conversación que se hacía cansona cada vez que le llevaba el café—. Apenas me da oportunidad para almorzar en el cafetín de la universidad y salir de allí para el bufete.

—Es porque no tienes auto —replicó, tomando la taza con ademanes elegantes—. Si tuvieses uno, no estarías apurada en un transporte público, pendiente de tu reloj. Eso déjaselo a los pobres, tú estás por sobre ellos; deberías manejar. Manejas, ¿verdad? —Valeria asintió—. Qué bien, porque me hubiese ofrecido para enseñarte... —sus labios se humedecían con la humeante bebida negra, sin apartar sus ojos de rapiña de la bella asistente.

Él le enseñaría *de todo* a esa chiquilla.

Valeria miró hacia la puerta, para marcharse, tan incómoda como siempre, pero el vejestorio nada que se lo permitía; esa era una de sus órdenes: permanecer ahí como estatua mientras él tomaba el café. Según ese sujeto, las tazas vacías sobre su escritorio, lucían como platos sin lavar en la cocina. Por extensión, tenía que aguantarse sus miradas libidinosas y comentarios que cada vez se hacían más personales.

—Gracias por el ofrecimiento, pero mi padrastro me enseñó cuando cumplí los dieciséis. —Aún recordaba los regaños que recibió de este por perder la paciencia con ella. Lo que más le dificultó aprender, fue a retroceder y aparcar entre dos vehículos estacionados a cierta distancia uno de otro. En una ocasión quebró con el parachoques, uno de los faroles delanteros del Mercedes-Benz del vecino que estaba a un costado de la acera, del cual su padrastro tuvo que costear la reparación y ella prescindir el uso del móvil por una larga semana por no haberse fijado.

—¿Y por qué no manejas?

—Porque no tengo auto —respondió con soterrada molestia ante lo obvio.

Robert rio por el carácter de la chica.

—Me refiero a, ¿por qué tus padres no te lo han comprado? Ya tienes edad para portar licencia.

Porque son tacaños, pensó con resquemor, *y tampoco me dejan trabajar en un lugar donde gane dinero.*

Para sus padres, sobre todo, su padrastro, no era correcto que recibiese remuneración como asistente en el bufete. Se suponía que estaba en período de aprendizaje; su labor debía ser *ad honorem*. Por lo que, sería humillante que la gente viese a una «Davis», barriendo el piso o atendiendo detrás del mostrador de un establecimiento de hamburguesas.

No se lo comentó en voz alta; a cambio, respondió:

—Consideran que debo esperar... —Para ellos, su princesita no debía manejar sola, ya que se exponía a los peligros propios de las calles, por lo que le asignaron un chofer para que la llevara a todas partes. José Pérez, con veinte años de servicio para Douglas Davis, se mantenía siempre uniformado y detrás del volante del Buick de su mamá, como el *negrito* que transporta a *Miss Daisy,* en los años sesenta. Esto le causó muchas vergüenzas, ya que sus amigos eran independientes, disponiendo de medios para movilizarse, ya fuese utilizando el metro, el bus o sus propios autos.

Robert se puso en pie y se acercó a la muchacha, cual puma que caza cervatillo.

—Hum... Si fueras *mi novia*, te regalaría uno. Te verías hermosa en un deportivo. ¿Te gusta convertible o cupé?

—Tengo que... —señaló con el pulgar hacia atrás—. Doris me necesita, dijo que tenía unos papeles que debía fotocopiar; son muchos... ¡Con su permiso! —Y salió pitada fuera del despacho, como alma que lleva el diablo, sin que el otro le permitiese abandonar su puesto. Sentía que detrás de ella, sus ojos se clavaban con morbo en su trasero; el estremecimiento en su espalda era tan escalofriante que Valeria se atemorizó. Ese hombre no descansaría hasta tenerla en su cama.

Una hora después, frente a la fotocopiadora, realizaba la tarea encomendada por la secretaria. Cada documento firmado por los clientes, se respaldaba por dos copias; una quedaba archivada en el bufete y otra en los tribunales donde se procesaba los casos judiciales. Se cuidaban de clientes despistados o empleados incompetentes. Al igual que funcionarios que sufrían de «amnesia».

El cuarto donde se hallaba dicho aparato, no le brindaba espacio para moverse. Sus codos a menudo se golpeaban en los estantes que almacenaban pilas de hojas blancas y un sinnúmero de cajas, cuyo contenido desconocía. Asumía que en estos se guardaban los talones de facturas, carpetas o documentos con fechas vencidas. Una ratonera que la ahogaba.

Dio un furtivo vistazo hacia Doris, sentada en su escritorio, y sacó su móvil, escondido en el bolsillo de su chaqueta sastre de líneas grises en diversos tonos. La antipática mujer mantenía su nariz ganchuda sobre el monitor, con el ceño fruncido y tecleando con rapidez los memorandos exigidos en una hora. Dentro de la oficina se prohibía las llamadas personales a menos que fuese una emergencia. A quien pillaran navegando por las redes sociales, lo despedían al instante, puesto que tenían que mantener la mente centrada, dando la máxima capacidad en el trabajo; un error y todos pagaban las consecuencias.

Pese a ello, Valeria se atrevió a consultar el Hotmail.

Era como si revisara su móvil en medio de un campo de batalla, donde ella estaba refugiada en las trincheras para que ninguna granada le diera en la cabezota o un enemigo la ultimara a balazos por bajar la guardia. Consultaba cada vez que podía, calculaba que unas diez veces al día desde que realizó la audición: en el baño, en el cafetín, al levantarse o al acostarse, donde fuese y a la hora que sea. Después de terminar su presentación, los jueces le informaron que había superado el proceso de selección, más no el definitivo, del que tendría que esperar a recibir un nuevo correo en un plazo de tres días, donde le notificarían la decisión del circo.

Pero había pasado una semana.

La más torturante de todas.

Comenzaba a perder las esperanzas, repasando en su cabeza qué fue lo que salió mal para no recibir noticias. ¿El hecho de olvidar el CD? Por lógica de los acontecimientos los jueces se tuvieron que haber dado cuenta de ese despiste. ¿Alguien les fue con la cotilla? ¿La mujer de la carpeta roja? Aunque el pelirrojo estuvo ahí para casos de emergencia, lo cual restaba puntos, ya que reflejaba inmadurez o irresponsabilidad por parte del aspirante, por no tomar las medidas pertinentes. ¿Acaso fue su poca elocuencia al hablar de sí misma? Si mal recuerda, ella balbuceó como boba. Debió mostrarse más segura como aquella rubia platinada que dejó a todos sin habla por su destreza y belleza. O puede que también su danza en las telas fue decepcionante, que hasta *aquel sujeto* en el balcón se levantó de su silla para largarse antes de que ella terminara. Lo había aburrido.

Se entristeció. Los jóvenes rechazados ese día, fueron los afortunados, la espera por saber si entraban o no era apabullante.

Cuidando de ser atrapada por Doris, encendió el móvil, aprovechando que la fotocopiadora emitía ruido, y fue directo al ícono del correo electrónico.

—Vamos... —la Internet ese día daba problemas o eso le parecía por su ansiedad.

La bandeja principal se abrió y de esta un correo la tensó.

¿Quiere estar al corriente de las mejores tendencias?
¡Síguenos en...!

—¡Ay, ese no es! —gruñó a punto de estrellar el móvil contra los estantes. El nerviosismo hizo que oprimiera correo basura.

Se tomó una respiración y abrió el correcto.

Valeria agrandó los ojos. El correo ocupaba unos párrafos.

—Diosito lindo, ¡Diosito lindo! —rogó con el corazón golpeándole el pecho y leyó:

«Estimada señorita Davis:

Es un placer notificarle que usted ha sido aceptada para formar parte del mejor espectáculo del mundo. Su impecable presentación nos impresionó, demostrando todas las cualidades que se requiere para ser uno de nuestros talentosos artistas.

La invitamos a que se presente personalmente en nuestras instalaciones en la dirección indicada más abajo, el 08 de septiembre del año en curso.

En unos días recibirá por correo tradicional la documentación necesaria para trámites legales, así como también las normativas y consejos para su adaptación en el tren, Campo de Entrenamiento y buenas relaciones en nuestro equipo.

Sin más a que hacer referencia, nos despedimos.

John Smith
Gerente, Richmond Entertainment.
¡Bienvenida a Circus Amore!».

—¡*Síííííííí!* —Valeria saltaba en el exiguo cuarto, sin aún creerse su suerte. Varias hojas a fotocopiar, cayeron al piso, sin que a ella le importara que luego le *jalaran* de las orejas por desordenada.

La aceptaron.

—¡¿Qué es ese escándalo, Valeria?! ¿Estás con el móvil? —Doris se levantó de su asiento para mirar hacia dónde se hallaba metida la muchacha. Pobre de esta, si era así, le daría el motivo para que el señor Conrad la despidiera. Las empleadas que descuidaban el trabajo, para charlar con sus amiguitas, se eliminaban de la nómina.

Valeria se apuró en esconder el móvil detrás de una de las cajas, y recogió las hojas esparcidas en el piso.

La habían aceptado.

—¿Qué haces? —Doris entró y buscó con la mirada el motivo de su alegría. La chica lucía radiante.

—Lo que me ordenó —acomodaba las hojas recogidas a un lado de la fotocopiadora. Oprimió unos botones sobre el aparato, iniciándola de nuevo. ¡La habían aceptado!

—¿Y por qué chilló? —la miró suspicaz, detallando que las comisuras de sus labios las mantenía estiradas, cual Guasón al cometer una fechoría. ¿Qué hizo esa desgraciada? ¿Se anotó *un gol* con su jefe?

—Cantaba —mintió para salvarse de más trabajo anexado como castigo.

La mujer dudada de la veracidad de la muchacha, pero no tenía pruebas fehacientes para acusarla. No obstante, se aferró a un hecho:

—Te agradezco que los «cantos» los dejes para la ducha, aquí laboramos con seriedad —la reprendió, dándose el gusto de hacerlo. Ese rostro angelical no la engañaba, las agazapadas como ella las conocía muy bien con ese aire inocente ensayado y eran unas embaucadoras que le provocaba gritar furiosa a todo pulmón.

—Por supuesto, no volverá a pasar. —¡La aceptaron! *¡Yipiiiiiiiiii!*

La secretaria hizo un mohín despectivo y se marchó, no sin antes exigirle las copias que debía sacar. Después de terminar, la pondría a organizar una vez más los archiveros del sótano.

Valeria respiró aliviada de no ser descubierta, secándose el sudor que perlaba su frente y sonrió nerviosa. La habían aceptado.

Lloró, sin dar crédito a lo leído. Tantas veces en que la inseguridad la atacó inmisericorde, creyendo que su timidez o la torpeza de no haber llevado su propia música, la había perjudicado. Pero se equivocó y daba gracias por ello. Lejos de pasar desapercibida, se había lucido; de otro modo, los encargados de la audición no se hubiesen molestado en escribirle.

Ansiaba correr a su casa y hacer las maletas. Suponía que firmaría contrato por un año y tendría que disponer de suficiente muda de ropa para cambiarse. Aunque... Meditó la cantidad necesaria que tendría que llevar. Tal vez, poca, los trajes coloridos serían su nuevo guardarropa. Era imperativo controlar la ansiedad, la partida fue programada para dentro de, poco más de un mes, y, durante ese tiempo, sus padres harían lo que fuese con tal de retenerla en la casa; invirtieron en ella, años de educación y manutención, esperando que se los devolviera convertida en una profesional que los hiciera sentir orgullosos. Como padres, deseaban lo mejor para sus hijos, sin que estos se perdieran del camino hacia la formación, manteniendo sus metas fijas y realizables. La fantasía era para los soñadores, el lucro para los calculadores.

¿Qué tenía que perder? Odiaría que pasaran los años y despertara un día con canas y arrugas, arrepentida de no haber sido valiente.

Su destino no estaba entre libros y leyes.

Su destino se hallaba entre payasos y trapecios.

Continuó con la tarea encomendada, pero esta vez con una gran sonrisa. Ni las sucias miradas del señor Conrad o la hosquedad de la secretaria, empañarían su felicidad. Estaba por retroceder el reloj a ese instante en que todo se fue al infierno; dejaría pasar los días prudentes para hablar de sus planes con sus padres. Tendrían que aceptar y que fuese lo que Dios quisiera.

A miles de kilómetros de allí, Logan Sanders observaba las fotos de su niñez en el piso de su habitación.

Eran un tesoro invaluable que se mantenían protegidas en un baúl grande de cuero curtido y hebillas metálicas, obsequiado por su difunto padre y del que este a su vez lo heredó del suyo. En la mayoría de las fotos se apreciaban gestos humorísticos que Logan hacía con sus amigos y algunos empleados del circo. Una costumbre de retratar las vivencias en ciertas fechas o en ocasiones especiales.

Los álbumes, algunos deteriorados y otros en perfectas condiciones, tenían años guardados bajo un cúmulo de objetos personales que no estaban al alcance de los demás. Pero ese día tuvo la imperiosa necesidad de sacarlos y sumergirse en el pasado para rememorar algunas anécdotas como, por ejemplo: cuando Daisy —la leona— le mordió una nalga a su domador que se descuidó mientras recogía el látigo del suelo, o cuando Rafael Patronilo, por accidente cayó de cabeza en una cubeta llena de orina.

¡Cómo extrañaba esos tiempos! Amore fue tan diferente en aquel entonces, donde todos compartieron momentos buenos y malos, del que el compañerismo se afianzó hasta tratarse como hermanos. Tuvieron muchas carencias, pero se sintieron libres.

Ahora, no reconocía a nadie. Se manejaban bajo contratos e infinitos reglamentos que intimidaban.

Descalzo y sin camisa, recostó la espalda contra el baúl que reposaba a los pies de su cama, y melancólico miró hacia el techo. Su casa –ubicada en la ciudad californiana de Santa Helena, en el condado de Napa– se le antojaba extraña cada vez que la visitaba; rodeada de flores silvestres y extensiones verdosas que llegaban hasta donde le alcanzaba la vista. Era grande en comparación con la de sus vecinos y, a pesar de ello, se asfixiaba porque su hogar, su *verdadero hogar*, no radicaba en una bonita casa campestre de dos plantas, sino en una que viajaba sobre rieles.

Suspiró y bajó la mirada hacia las fotos. En medio de los múltiples rostros, pegados en las acartonadas hojas negras, resaltaba uno, cuyos ojos achocolatados y traviesos, lo miraban con fijeza.

Teniendo cuidado de no dañarla, Logan despegó la fotografía de los *ganchillos* dorados que la inmovilizaban en sus esquinas y la observó detenidamente: la pequeña Valeria sonreía, colgada de los brazos de su padre.

Era su sombra, a la que se escabullía con frecuencia para verlo desafiar a la muerte. Stefano ejecutaba uno de los actos más osados en el que arriesgaba la vida de su esposa. Solía lanzarle dagas o cuchillos, bastante afilados, cada vez más cerca de esta, amenazando con cortarle una oreja. La gente jadeaba admirada, Valeria se tapaba la boca por la forma en cómo sus padres «jugaban» con los cuchillos. ¡Ella quería hacerlo también! Se veía tan fácil...

En una ocasión, intentó emular a su padre, convenciendo a Leonardo Benedetti, de seis años, de ubicarse en medio de una diana improvisada que estaba sobre una silla, justo a la altura del niño. Y antes de que ella lanzara el primer cuchillo hacia este, fue detenida por uno de los hombres que limpiaba las jaulas de los animales que estaban cerca. Tal osadía le valió a Valeria un par de nalgadas y la prohibición de acercarse a todo lo que fuese corto-punzante por el resto de sus días.

—Eras terrible... —expresó sonriente ante los recuerdos. Esa *loquilla* llevaba con dignidad el apellido paterno, sin temerle a los retos; se emocionaba con casi todo lo que sucedía a su alrededor, saltando de carpa en carpa, enloqueciendo a sus moradores con sus constantes preguntas y persecución continua. Su incansable curiosidad la metía en problemas con más frecuencia de lo que ella hubiese querido y, aun así, se ganaba el aprecio de los mayores—. Pero tuviste que irte... —se lamentó sin dejar de observar a la pequeña picarona en la foto. Lucía un par de coletas pequeñas y desniveladas, vaqueros con florecitas pintadas en las perneras y una camiseta de rayas horizontales, rojo con blanco, que la hacía ver más gorda, pero que no le restaba encanto. Su ombligo sobresalía del orillo de la camiseta que se alzaba por estar colgada del padre, como un mico trepador.

Sonrió.

Le parecía que fue ayer.

Al instante, la sonrisa se borró de su rostro. Aquel incidente no fue el motivo por el que la señora Nalessi dejara a su esposo y se llevara a su hija pasa siempre; fue a causa de él, de sus bromas pesadas, de sus burlas y de su estupidez... Una cuestión del cual nadie le refutaría. Fue un niño despiadado.

Él mismo lo escuchó de los labios de esa mujer. O, al menos, parte de la conversación, ya que no se atrevió a escuchar más, pues lo que sus propios oídos lograron captar, lo apabulló de tal modo, que vomitó la cena detrás del tráiler de los hermanos siameses.

Pasaron diez años desde que la vio partir y lo recordaba como si fuese ayer.

Valeria suplicaba quedarse en *d'amore*, al lado de su padre y su abuelo Vittorio. Su escasa edad no la preparó para soportar ese tipo de separación; se desgarraba por dentro, pataleando en un intento por hacer entrar en razón a su madre y mantener unidos los lazos consanguíneos a cómo diera lugar.

Pero no lo logró.

Y por culpa de él.

Una carga que Logan llevaba a cuesta desde entonces.

Olió la fotografía, como si con esto lograra aspirar el perfume a jazmín que ella solía usar. Siempre le había gustado, pero nunca se lo dijo. En cambio, la molestaba al decirle que apestaba a zorrillo y que era mejor que se alejara para no tener que recurrir a aromatizantes.

Por supuesto, un puntapié recibía como respuesta.

Rio.

¿Qué estaría haciendo ella en estos momentos? ¿Estaría estudiando alguna profesión? O estaría casada y llena de hijos.

Por algún motivo, le desagradó.

—Casada... —se le hacía poco factible. Valeria era dos años menor que él. Lo más probable, es que estuviese terminando la secundaria o iniciando alguna universidad, rodeada de compañeros de estudio con las hormonas alborotadas, y no atada a un pueblerino ignorante que se sudaba la frente para lograr el salario del mes.

Miró una vez más la foto, aturdido de encontrar una semejanza con *la aspirante* que se desenvolvió con maestría sobre las telas, que casi se levanta de su asiento para aplaudirle.

¡Cómo se parecía! Sus ojos, sus labios, su cabello... Hasta la sonrisa le era característica.

—Coincidencia —sacudió la cabeza en rechazo a la comparación. Era una coincidencia, de cuyos rasgos físicos, encontraría en más de una chica de tez morena.

Sin embargo, qué inquietante fue; apenas vio a Antonella Davis, subir al escenario, se estremeció.

Su corazón se paralizó. La aspirante lo atrapó con su nerviosismo y sorprendente parecido. Por un instante creyó que se trataba de Valeria, pero pronto comprobó que era otra chica.

Le costó ocultar la decepción y mantener la mente fría para que los demás jueces no viesen la perturbación que padecía; años pasaron y seguía latente ese sentimiento que lo aquejaba. Por culpa de él...

¡Caramba! Tanto tiempo ha pasado y la seguía recordando. Porque una persona normal olvidaba parte de su infancia; si sufrió, gozó o se enojó por alguna circunstancia, quedaba oculto tras una densa neblina. El transcurso de los años se encargaba de hacerle olvidar muchas vivencias al niño, dejando en su memoria los recuerdos más importantes o impactantes, para que siguiera adelante

y se enfocara en lo que el destino le ofreciera: crecer, estudiar, casarse, tener hijos…

Pero él no era normal, recordaba todo con claridad. Y, por ello, le dolía sus recuerdos: a Valeria se la llevaron lejos por su culpa.

Devolvió la foto a su lugar y guardó los álbumes en el baúl, lamentándose de no haber tenido con ella una segunda oportunidad.

Frunció el ceño.

—¡¿Segunda oportunidad?! —Sonrió por los pensamientos que se le cruzaron—. ¿Y de qué…? —¿De perdonarlo por las veces en que le fastidió la vida o por…?

Cerró fuerte la tapa del baúl, molesto por remover viejas heridas.

—¡Solo era un niño! —se excusó como si las paredes tuviesen oídos. Nadie a la edad de diez años se comportaba con madurez. Lo único en que pensaba en ese entonces era en librarse lo antes posible de su rutina diaria de acrobacias y malabarismo, para jugar con sus amigos y meterse con la chiquilla que le hacía hervir la sangre.

Aun así…, le costaba perdonar que, por su culpa, el actual maestro de pista, hubiese sufrido una terrible pérdida.

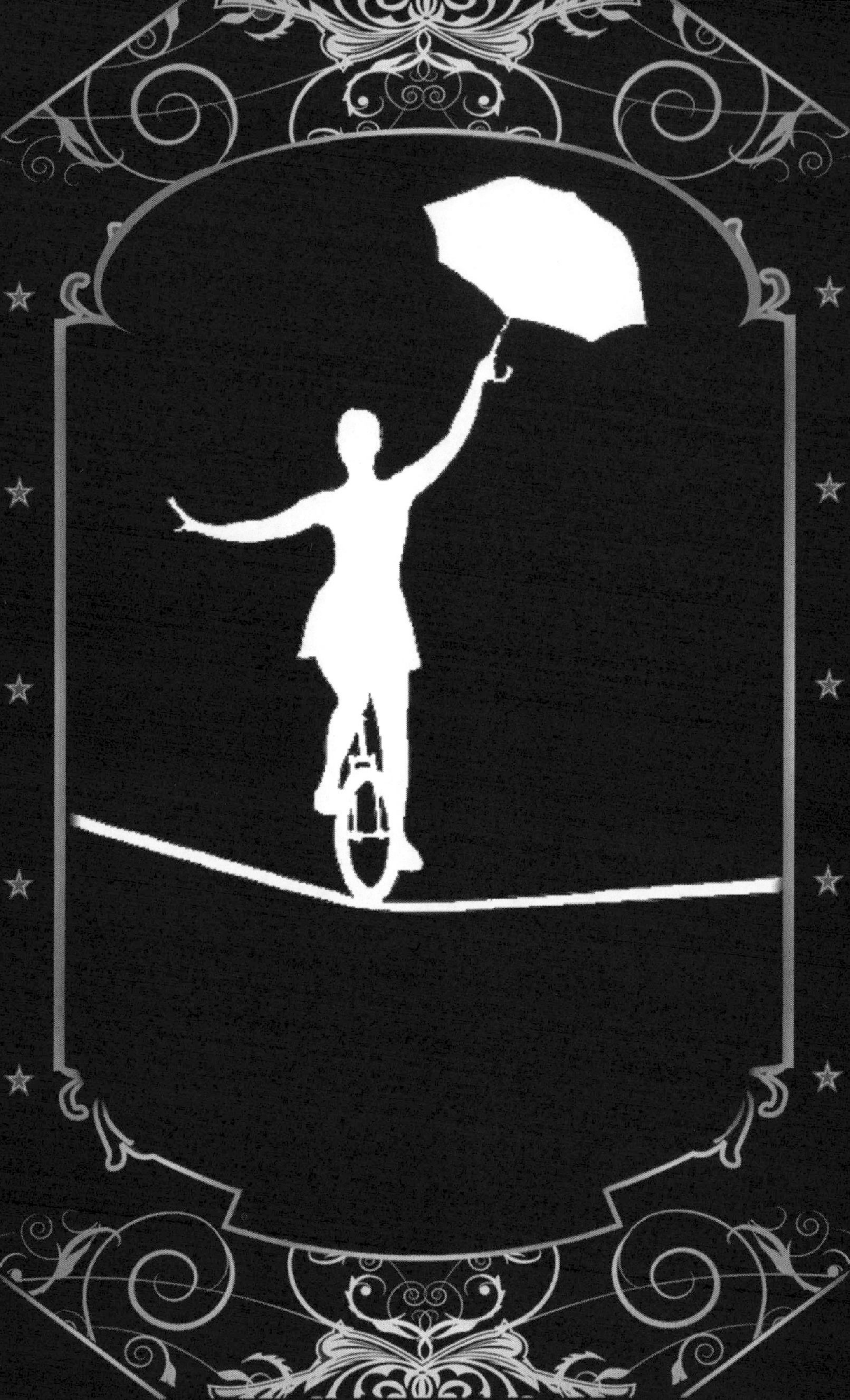

Capítulo 5

«Mi familia tuvo que aceptar este modo de vida».

Ítalo Pérez, payaso.
Circo Los Vásquez.

Finales de agosto.

—¿Aún no le dices?
—No. *Ella* hará lo que sea para que no me presente. Mejor la mantengo al marguen hasta que llegue el día.
—¿Será prudente? Le dará un patatús cuando se entere...
—Lo más probable. Pero no me queda de otra: mamá odia todo lo que sea del circo.
—¿Por qué? A mí me parece genial lo que estás por hacer.

Valeria sonrió ante el comentario de su amiga. Era la única que se mantenía en contacto, luego de terminar la secundaria; algunos se marcharon de Nueva York para buscar nuevos rumbos y otros –los que seguían en la ciudad– olvidaron las amistades que una vez tuvieron. Ese día acordaron almorzar juntas. Rosana Ávila trabajaba como vendedora de artículos de cuero, en Brookfield Place, por lo que estaban cerca.

Después de charlar un rato, Valeria se marchó a lo que consideraba su agonía. Doris la recibió con malas caras y enseguida le mostró la montaña de papeles a clasificar en el archivador. Cada carpeta contenía datos importantes sobre los clientes y los casos que con estos llevaban, del cual a menudo se actualizaban y se mantenían al alcance para futura información. Valeria soportó los gritos del señor Larson que se quejaba al teléfono por la demora al contestar; las líneas telefónicas con frecuencia se colapsaban por la entrada y salida masiva de llamadas que se hacían en la oficina; aunado a esto, el subir y bajar por las escaleras, repartiendo correos y remesas, la agotaban. Los ascensores los vetaron a los asistentes, a fin de evitar ocupar «espacio» del que el cliente se pueda molestar. La comodidad y buena imagen en Walker & Asociados debía brindarse en todos los aspectos; al personal de servicio y los empleados menos importantes les tocaba movilizarse entre los 344 escalones existentes a lo largo del edificio de cinco pisos. Valeria los contó todos.

Le dolían los pies, tras seis horas continuas sin poderse sentar. Parecía un castigo impuesto por la secretaria, que siempre encontraba alguna tarea por realizar, como vaciar la papelera en el contenedor del segundo piso, para que, el del cafetín de la oficina estuviese lo más limpio posible; traer un *espresso* desde la cafetería más cercana, ya que a Doris le desagradaba el que ella preparaba. Cuando el trabajo se hacía pesado, una carrera de tres manzanas tenía que hacer para buscar los tallarines en salsa agridulce o la comida italiana, que tanto Doris como el señor Conrad y los abogados que estuviesen con él, pedían para almorzar. Y pobre de ella si se equivocaba con el mandado, un giro en los talones y a correr de nuevo para reparar su error al teléfono. La maldita secretaria prefería que buscara la comida en vez de *los deliverys* que la trajeran hasta ellos. La trataba peor que a una esclava.

Pasaban de las diez de la noche y ese día en especial a Valeria le tocó trabajar horas extras.

La firma llevaba el caso de un asesinato perpetrado meses atrás y cuyo supuesto asesino era el hijo de una familia acaudalada. El señor Conrad, cabecilla de los cuatro abogados que lo representaban, buscaban con desespero lo que les sirvieran para desechar las pruebas irrefutables que señalaban al joven como el único implicado y salvarlo de la cadena perpetua o cincuenta años en prisión. Pero si lograban demostrar su «inocencia», el bono que recibirían por parte de los progenitores, permitiría que cada uno de ellos se fuese a Japón o las Islas Polinesias en sus próximas vacaciones.

Luego de esperar un taxi por veinte minutos, Valeria comenzó a desesperarse. Todos rodaban ocupados hacia sus destinos; a pesar de que la ciudad bullía las veinticuatro horas, no dejaba de ser preocupante para una mujer sola; subirse a un colectivo, era tan peligroso como trasladarse en el subterráneo cuando la inmensa mayoría reposaba sus cabezas sobre la almohada y los amigos de lo ajeno merodeaban la noche.

Por desgracia, José se reportó enfermo desde el día anterior y su padrastro viajó por negocios; ni modo pedirle a su mamá que la buscara, el cóctel del que solían extenderse hasta la una de la madrugada, la mantenía «atorada» con sus amistades de sociedad, mientras que el ama de llaves hacía las veces de niñera con los gemelos. Y a esta no la podía molestar.

Por lo tanto, no pidió un taxi desde la oficina, Doris se marchó antes, dejándola con un enredo de documentos que le costó acomodar. Pero huyó tan pronto se percató que quedaba a solas con el señor Conrad.

Ahora se hallaba en la parada del bus, aguardando a que algún transporte público la sacara del atolladero.

—¿Qué haces ahí? ¡Móntate! —la voz de un hombre que proveía a través de la ventanilla baja del copiloto de un Lexus de color índigo, de reciente fabricación, la sobresaltó. El señor Conrad la tomó con la guardia baja, frenando frente a ella, que Valeria se vio en el predicamento de aceptar.

Rechazarlo, sería preparar las orejas para que su madre la increpase por idiota, a ningún socio de la firma se le debía despreciar y más si estos se ofrecían para llevarla sana y salva hasta su casa.

Valeria se armó de valor y subió resignada al vehículo de alta gama. Oraba para que el vejestorio no se pusiera en plan de baboso; ya vería cómo se las arreglaría en los siguientes días para soportarlo, restaba poco para marcharse lejos.

¡Qué pasara el tiempo rápido!

Robert estiró los labios en una sonrisa satisfecha en cuanto la jovencita se subió. Se felicitó para sus adentros y ya planeaba sus próximos movimientos. La estudió, era un bonito adorno que embellecía la fina tapicería de cuero de su Lexus. Por ese asiento se posaron muchas jóvenes que tuvieron que ofrecer sus encantos a cambio de costosos regalos. La hijastra de Douglas resultó ser la más esquiva de todas y esto a él no lo desanimaba, ya ha engalanado a algunas que supieron mover sus fichas y del que él al final ganaba la partida. A esta le permitiría mantenerse a cierta distancia; en cuanto bajara las defensas, ni se enteraría quién le dio su *Jaque mate*.

—¿Por qué se marchó tan rápido? —inquirió, controlando su enojo mientras retomaba la vía—, pensaba llevarla. ¿Acaso la incomodo?

—No señor, es solo que tenía prisas —el cinturón cruzando su pecho y su bolso reposado en sus muslos.

—Ah, bueno, no deberías tenerlo —dijo—. Yo puedo llevarte las veces que salgamos tarde.

—No debería molestarse. Un taxi...

—Del cual no pasó —recalcó en un adelanto que hizo a otro auto, manejaba con cierto exceso de velocidad—. ¿Cuánto estuvo ahí parada? ¿Se da cuenta de la hora? Podrían haberla atracado.

—Llamé, pero ninguna línea contestó —mintió. Haberlo hecho, habría implicado que las garras de ese hombre hubiesen caído sobre ella en el despacho. De hecho...

Robert Conrad se relamió los labios.

—Insisto en que te hace falta un auto. ¿Se dio cuenta que lo necesita? Una joven bella y con ese cuerpo... —miró de refilón los senos de la joven bajo la blusa blanca y la chaquetilla entreabierta—, es mucha tentación para los pervertidos.

Como usted, Valeria se sentía desnuda en su presencia.

—Qué hambre tengo... —Robert bostezó—. ¿Y tú? —Valeria cabeceó, intuyendo lo que se proponía. Por supuesto que tenía hambre, ¡sus tripas le rugían!, pero comer con ese sujeto no era aconsejable—. Se me antoja merluza a la *beurre blanc*, es una delicia. ¿Lo has probado? —Ella volvió a cabecear—. Pues, la invito a cenar a mi restaurante favorito: el ambiente y el servicio es de primer nivel.

—No es necesario —se inquietó—, de seguro me tienen comida guardada.

El otro hizo un gesto de desechar la réplica.

—Sería «bueno» para tu padrastro que accedas —la amenazó con dulces palabras, de la que a Valeria le supieron a hiel—. Las...

«buenas relaciones» son clave fundamental en el ascenso. Sin las *relaciones*, no hay éxito, ¿me entiendes?

—Perfectamente —en resumidas cuentas: si no retozaba con él, a su padrastro no lo harían socio.

—Entonces… ¿Cenamos?

Valeria vació. ¡Cómo se libraba de esa!

Y, antes de albergar una negativa en su cabeza, el otro expresó:

—De ti depende.

Cruzaron la avenida de las Américas, en sentido norte del distrito financiero de Manhattan, luego cayeron por una de las calles aledañas por donde se concentran los mejores restaurantes para degustar un buen *gourmet*. Tras estacionar frente al establecimiento y posteriormente entregarle las llaves al *valet parking* para que este acomodara el auto en el lugar disponible, Robert Conrad y Valeria Davis entraron por la puerta principal de *Maison Delphine*.

La joven se incomodó en cuanto la mano de su jefe se posó en su espalda y la empujó con suavidad hacia donde se hallaba el *maître*, quien sonrió en el acto al ver al hombre llegar en compañía de una agraciada jovencita que podría ser su hija, pero que bien sabía que no lo era, dado su historial de conquistas. Los condujo a una mesa reservada para una pareja que solicitó con antelación el comedor VIP, omitiendo que el cliente en cuestión que tenía en frente no se haya tomado la molestia en telefonearles, pues este era más importante que los otros. Los condujo al sitio en cuestión sin hacer preguntas y sin preocuparle que después a él lo increparan cuando la pareja llegara. Sus órdenes, por parte del propietario, era la de atender al señor Conrad como si fuese un rey. Solía traer al restaurante a sus amigos, de *tarjetas corporativas premium*, que gastaban gruesas cantidades de dinero cada vez que los visitaban.

A más de una comensal femenina no le pasó por alto la diferencia de edad entre los recién llegados, la morena parecía tener cuarenta años menor que este, siendo seguro una *sugar baby* que dependía de su *daddy*, para pagar sus cuentas, ya que era una floja sinvergüenza que le daba pereza trabajar.

Valeria bajó la mirada y, abochornada, no tuvo más alternativa que dejarse llevar por su jefe. Entraron a una habitación apartada, cuyo exquisito decorado simulaba el comedor de una familia adinerada. La mesa era de ocho puestos, candelabros a lo largo del tope, lámpara de araña y ventanales vestidos con cortinas que se abrían a los costados para permitir la vista de la ciudad nocturna.

El *maître* descorrió primero la silla del señor Conrad y luego el de Valeria, a quien le desagradó el hecho de que el sujeto se preocupó más por el caballero en cuestión que por la dama.

En francés este consultó si deseaban pedir el menú o la carta de vinos, a lo que el señor Conrad le contestó a la perfección que les trajera una botella de Sauvignon Blanc, ya que deseaba «relajar» su paladar antes de cenar.

Esto alarmó a Valeria, que dominaba también el idioma, gracias a la temporada en que ella y sus padres vivieron en Francia. ¿El baboso deseaba emborracharla?

—Yo no puedo beber, aún no cumplo la edad legal para tomar bebidas alcohólicas —comentó para aclarar cualquier confusión gestada por ambos hombres.

Robert esbozó un gesto apenado y el *maître*, mientras tomaba nota mental, contuvo una sonrisita. Las novias del señor Conrad cada vez eran más jóvenes. Pronto habría de servirles leche.

—Puede tomarse una copita, no le diré a tus padres. Y aquí nadie repara en lo que consuman los clientes. ¿Ves? —Robert hizo un paneo al comedor privado—, estamos a solas…

—No me gusta tomar —mintió—, gracias. —Enterraba las uñas en sus palmas, escondidas bajo la mesa para controlar espetarle una palabrota. Su bolso manteniéndose consigo, en caso de emprender una carrera. En su fuero interno se reprendía por no haberse aventurado a tomar el metro, a esas alturas ya estaría llegando a su casa. Qué tarada.

Una sonrisa se dibujó en los labios de su acompañante. Le divertía la inocencia de la muchacha. «No le gusta tomar». Él le haría probar *líquidos* viscosos y amargos.

—Siéntate en la libertad de pedir lo que gustes: un vino rosadito, champaña…

—Agua.

—¿Nada más? La merluza se acompaña con un buen vino blanco. Hay unos que son suaves para tu *virginal* paladar…

—Solo agua.

Robert tuvo que inhalar profundo para llenarse de paciencia y mantener su compostura. La muchacha se las daba de remilgona.

Alisó el copete inexistente de su cabello tinturado y luego cuadró los hombros contra el respaldo de su silla para que su postura estuviese recta y así lucir más soberbio. *Paciencia*, se pidió. *¡Ya caerá!*

Observó la tensión en esta y creyó pertinente en aprovechar su estado de vulnerabilidad. Si no la intimidaba esa noche, dudaba tener otra oportunidad semejante. Era batalladora.

—Durante dos años tu padre ha intentado ser socio del bufete; por desgracia los socios mayoritarios aún no lo ven con buenos ojos. Dudan de su... habilidad, le hace falta arrojo.

Valeria quiso espetarle que Douglas Davis era su padrastro, pero optó en mantener sellados sus labios para que nada de lo que ella dijera se usara en su contra. Al menos algo ha aprendido al trabajar con esos buitres.

—Es un buen abogado.

—Precisamente.

Ella se removió en su asiento, la llevaba por terrenos pantanosos.

—¿Acaso es malo?

Robert asintió y su expresión maquiavélica erizaba la piel de los brazos de la muchacha.

—Un abogado no debe tener escrúpulos para defender en un juzgado a un asesino, cuyas pruebas sobre este pesen. Debe ser capaz de liberarlo, cueste lo que cueste, así pase por encima de la víctima.

—Y mi «padre» no llena esos requisitos por ser honesto.

—Por no tener pantalones.

—Es usted ofensivo.

—Y tú, inocente, mi querida Valeria. Las firmas más fuertes están integradas por lobos feroces, no por corderitos que son fáciles de sacrificar. A menos que... —sonrió pendenciero—, yo aconseje a los socios para que le den una oportunidad. Ellos suelen escucharme en las reuniones por mi extraordinario olfato para los negocios.

—Él ha demostrado en muchas ocasiones que tiene las agallas para llevar litigios difíciles. Esto que usted expresa me suena a chantaje.

Se carcajeó.

—Sin duda alguna serás una gran abogada: sabes leer entre líneas y te gusta batallar.

Valeria se lamentó sin hacerlo evidente, ya quisiera ella tener el valor frente a sus padres y expresarles mil verdades, pero el temor de caer en las garras de un sujeto mañoso la impulsaba a no quedarse callada.

—¿Por qué me trajo aquí?

—Para cenar —respondió, haciéndose el inocente. En ese instante, el *maître* y un chico le traían el Sauvignon y una copa, junto con el vaso con agua. Robert abanicó desdeñoso la mano para que estos se largaran, después de que le sirvieron el vino, indicándole de volver cuando los platillos –solicitados sin consultar la aprobación de Valeria– estuviesen listos, tiempo suficiente para domar a la potranca.

Ella quería hablar claro.

Y al él le gustaba negociar.

—Le seré sincero —agregó—: esta noche te acuestas conmigo y yo me encargaré de hablar bien de tu padre a los socios.

La propuesta ofendió a la muchacha.

—Viejo, hijo de... ¡No! —hizo ruido al echar hacia atrás su silla y se levantó de volada, mientras que el señor Conrad seguía impasible en su sitio—. Le diré a mi padre lo que pretende.

—Hazlo y él jamás obtendrá la sociedad.

Valeria se tragó la rabia para no vociferar palabrotas que escucharía hasta los cocineros del restaurante.

Lo señaló.

—Usted, por lo visto, ha leído muchas novelas porno, donde el jefe millonario chantajea a la empleada mortificada para que venda su cuerpo. Conmigo no va a funcionar, porque no soy de las que lloriquean por los rincones. ¿No le darán la sociedad? No lo hagan. Yo impondré una demanda contra usted y contra varios empleados de su maldito bufete, por abuso y acoso sexual.

Una de las comisuras de los labios delgados del hombre se elevó sutil.

—¿Acoso? Solo he tenido la amabilidad de invitarla a cenar.

—Me hizo una propuesta sexual: eso es acoso.

Sacudió la cabeza.

—Usted entró por sus propios medios; nadie la obligó, pudo negarse. Tengo testigos. Muchos, por cierto...

Valeria apretó los dientes, propiciar un enfrentamiento sería perjudicial para su padrastro. Aunque también para este.

—Es cierto que no me puso una pistola en la cabeza ni me arrastró contra mi voluntad para que lo acompañara, y que todos los que se hallan presente en este restaurante lo respaldarán. Pero un escándalo de ese tipo sería noticia nacional. ¿Se imagina un escuadrón de feministas furiosas frente a su bufete, acusándolos durante meses por corrupción y acoso? Sus adinerados clientes no volverán a pisar Walker & Asociados para no verse envueltos. ¡Sería la ruina! Los reporteros harían muchas preguntas y hasta la policía. Apenas me he graduado en la secundaria y me ha invitado a beber. El *maître* y el mozo son testigos; una apretada de tuercas por parte de los amigos *que mi padre tiene* en el Congreso y en el FBI, los harán cantar como pajaritos. No nos subestimes, los Davis somos aguerridos.

—¿Ahora es una «Davis»? —hizo alusión a la vez en que esta le aclaró que era una «Nalessi». Apellido de un extranjero que daba de qué hablar. Él ya investigó.

—Cuando me conviene. No nos jodan y nosotros no los jodemos a ustedes.

La férrea réplica de la muchacha causó admiración en el otro, debido a que no daba su brazo a torcer para él salirse con la suya, a expensas de la familia. Su deseo por ella aumentó, lo dejaba sin fichas en el tablero de ajedrez. Por lo pronto, le concedería esa pequeña victoria, a él no le convenía que se levantara una demanda que manchara su historial profesional, ya había recibido una amonestación por parte del presidente, cuando la esposa de este lo descubrió sin querer, acorralando a la anterior asistente.

Una queja más y los socios le quitarían las acciones por incumplir el contrato.

Valeria no agregó más, rodeó la mesa y se encaminó hacia la salida del comedor privado. Y, antes de abrir la puerta, se detuvo para volverse hacia este.

—Está de más decirle que renuncio.

—Qué pena, porque tiene madera para ser abogada. Considérelo y te daré el trato que te mereces. Se lo expresaré a tu padre.

—¿El acoso? —preguntó sarcástica.

—Su habilidad para intimidar. A él le complacerá.

—Más bien, coméntele que le darán la sociedad, no lo dejen perder.

Robert alzó su copa hacia la chica para brindar por eso. Su deseo pasó a ser obsesión. La quería a toda costa.

Mataría por ello.

Capítulo 6

«No hay niños: no hay circos».

Don Gilberto Ponce, propietario.
Circo México.

—¡De ninguna manera echarás tus estudios a la basura! —Leonora gritó a su hija—. ¡¿Cómo osas plantearme semejante disparate?! ¿Estás loca?

—No, pero...

—¡Pero nada! No lo consiento —la interrumpió fuera de sí. Sobre su cadáver se iría de la casa para seguir a unos mequetrefes.

Valeria se mantenía detrás de la encimera central de la cocina, como medida de protección. Esperó hasta el último día para darle la noticia, teniendo que fingir estar enferma o que iba a trabajar, cuando en realidad ganaba tiempo antes de que estallara la guerra.

—Tendrás que hacerlo, mamá —estaba decidida a retomar el camino perdido.

Leonora sonrió desdeñosa. De tal palo, tal astilla. Y esta, por lo visto, se empeñaba en seguirle los pasos a aquel maldito.

—Lo siento, Valeria, no tienes mi permiso.

La joven se cruzó de brazos, airada. Fabio y Sabino mantenían la cuchara a centímetros de sus bocas, pendientes de lo que acontecía entre su progenitora y su hermana. La crema de apio hacía rato se había enfriado, pero ellos comprendían bien que la cotilla era más interesante a lo que tenían que almorzar.

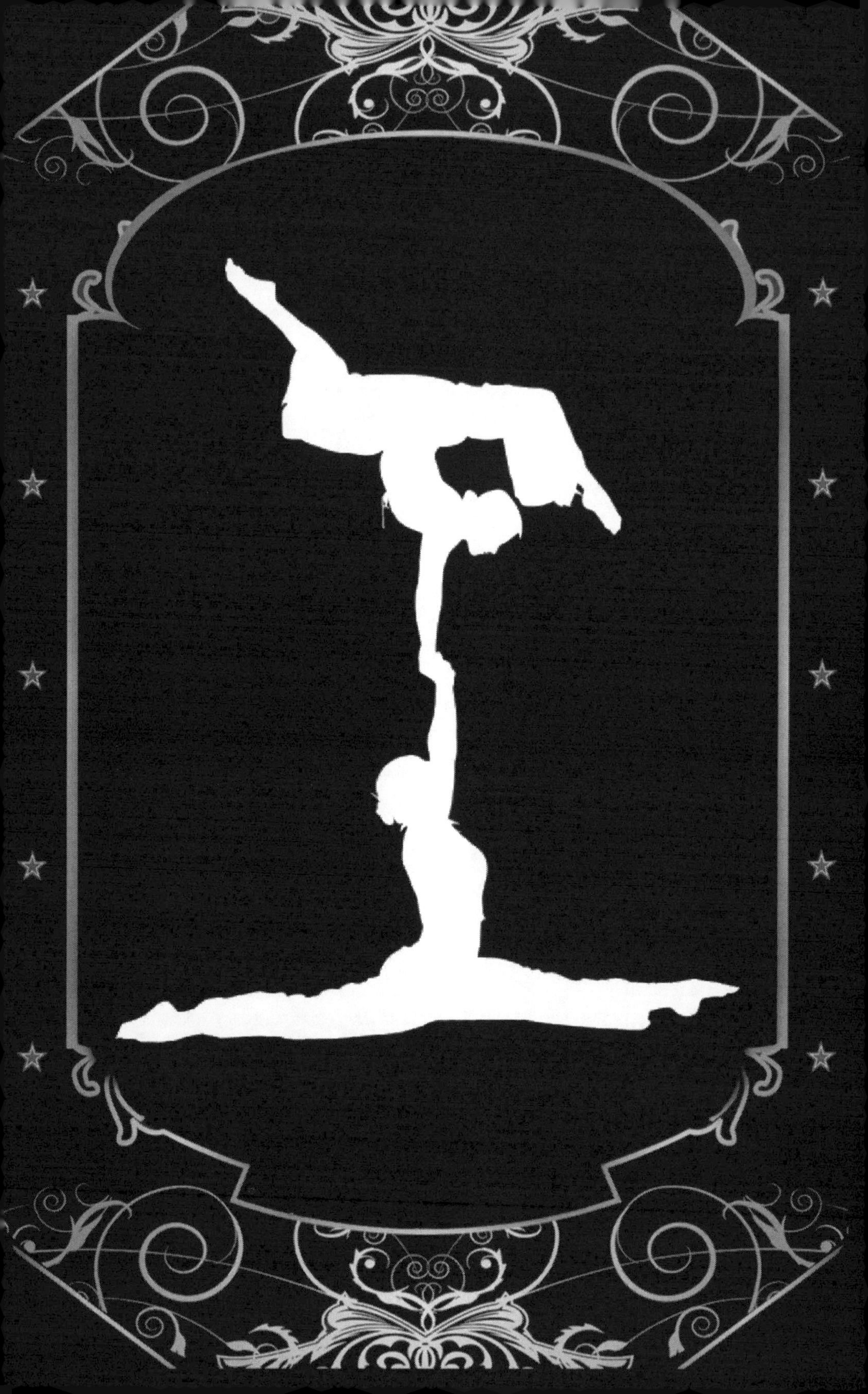

—No lo necesito, soy mayor de edad —replicó, llenándose de valor—. Puedo tomar mis propias decisiones. —Si dejaba pasar ese momento, jamás tendría otra oportunidad. En las veces que fingió malestares menstruales o migraña, meditó sobre su almohada en cuándo debía ser apropiado para soltarle la bomba, tuvo que hacerlo justo esa tarde, del que la cuenta atrás del cronómetro había llegado al final. Su boleto –comprado en efectivo– yacía guardado en el bolsillo externo de su morral. Así que, la pugna por la que dominara la discusión, arrojaría como resultado que, quién ganase, se saldría con la suya a expensas de la felicidad de la otra.

—Pues, lo haces de la manera incorrecta —Leonora pensaba que su hija era ilusa—. La universidad debería ser tu prioridad, no arriesgar tu vida en un trapecio.

Valeria suspiró.

—Deja que lo intente...

—¿Para qué?, ¿para pasar necesidades? —Que se bajara de las nubes y pusiera los pies sobre la tierra. Una chica como ella, acostumbrada al lujo y las comodidades, tiraría la toalla antes del primer mes. Le dolía que le hubiese ocultado que tomaba clases de danza aérea en una escuela especializada. Eso demostraba su determinación a destruir su futuro y alejarse lo más pronto posible de Manhattan.

La joven resopló, decidida a defender lo que consideraba su felicidad.

—No será así —replicó—. Soy consciente de que será duro, estoy preparada para ello.

Leonora rodeó la encimera y la encaró.

La otra dio un paso atrás.

—Juro que a veces pienso que no eres mi hija —comentó exasperada, pensando en más de una ocasión que se la cambiaron en el hospital, porque no entendía que fuese tan cabezota y se dejara llevar por lo que la perjudicaría.

Valeria sonrió indolente.

—Claro que sí. ¿Se te olvida que una vez te fugaste de tu casa para seguir al circo? La pasaste bien: lo que se hereda, no se hurta.

Una bofetada le cruzó la cara.

Los gemelos se sobresaltaron y apuraron la última cucharada de la crema de apio, no vaya a ser que pagaran los platos rotos por culpa de Valeria que se negaba a obedecer.

—¡Insolente! —gritó la mujer, sus ojos enrojecidos—. ¡No sabes nada de lo que padecí…! No —se corrigió—. ¡*Padecimos* en ese miserable circo! Pasamos hambre, humillaciones, incomodidad y hasta golpes. ¡Sí, golpes! —elevó la voz en cuanto la joven intentó protestar—. Porque fuiste víctima de *aquel mocoso*. ¿O se te olvidó que te pellizcaba y te ponía apodos espantosos? Jamás te dejaba en paz y se encargaba de que los demás niños te hicieran lo mismo.

Valeria, que se sobaba adolorida el rostro, expresó contenida:

—Solo era un niño idiota. En cuanto al resto… —la miró con rabia— son exageraciones.

—¡¿Cómo te atreves?! —Leonora jadeó—. Si no es por mí —se señaló—, habríamos pasado quién sabe por cuántas penurias.

—Te duele que te refresque la memoria, pero las cosas sucedieron de otro modo. —Los recuerdos que tenía del circo eran maravillosos. La comida que sirvieron allá no fue la más abundante, pero sí deliciosa; los mayores eran unidos y defendían su entorno a capa y espada, y su padre…—. Papá nos amaba —musitó entrecortada, desechando un hecho que tenía clavado en su corazón como una espinita dolorosa que le recordaba que del todo no era cierto.

Algunas palabras ininteligibles –en italiano– su mamá increpaba como si se acordara de la vecina que más odiaba.

—No sé por qué discuto esto contigo —respiraba por la herida—. Eras una cría cuando nos marchamos y en esa época lo mirabas todo desde un prisma de «magos y hadas», no percibías la realidad de los adultos, a la que algún día tendrás que despertar. Porque *d´amore* no fue un paraíso, ni tu padre un dechado de virtudes: fue un infierno al que juré jamás volver.

—Tú, no. Pero yo, sí.

Leonora palideció.

—Eso está por verse.

Valeria la desafió con la mirada.

—Hace semanas le envié a la directiva el contrato firmado. Soy parte del circo. —Fue afortunado que el ama de llaves estuvo pendiente del correo y se lo entregara directo a ella sin notificarle a la señora de la casa, puesto que Leonora habría abierto el paquete y escupido fuego por la boca tan pronto leyese los documentos.

La mujer alzó la mano para darle otro bofetón a su hija, pero se contuvo, bajándola en un puño.

—Muchacha insensata... ¿Qué no has aprendido nada? ¡Sufrirás! Padecerás incomodidades; la gente... —su voz se quebró ante un recuerdo desagradable—, *la-la* gente murmurará en tu cara. Te insultarán, ya verás.

—No será así, los tiempos han cambiado.

Sacudió la cabeza.

¿Qué hizo para merecer eso?

Su hija, una cirquera...

A buena hora Douglas decidió viajar a Denver para verse con un cliente; un conflicto por herencia de enorme envergadura que le arrojaría estupendos honorarios. De estar presente, hubiese encontrado el modo de hacerla desistir e impugnar el contrato.

¡Ah, pero se encargaría de hablar con su exesposo! Lo obligaría a rechazar a Valeria. Si tenía que desembolsar una gruesa cantidad de dinero, lo haría. Pero si se empeñaban en hacerla parte de sus filas, se armaría la Tercera Guerra Mundial.

—Lamentarás haberme llevado la contraria.

La joven bajó la mirada.

—Es mi decisión, mamá. Es algo que necesito hacer.

—¿Por qué? —le costaba comprender—. ¿Lo haces por tu padre? ¿Él te llamó y te propuso una vacante? —Lo mataría de ser así, bastante que se esforzó para mantenerlo alejado de su vida. Su influencia era como un veneno que se expandía por el cuerpo y se debía extirpar. Una enfermedad que corroía las entrañas y marchitaba el corazón.

—No —Valeria respondió entristecida. Su padre jamás la había llamado ni escrito una mísera carta. Y no por ignorar su paradero, sino porque no le importaba—. Él no sabe nada al respecto. —Lo sabría en su momento, cuando ella viajara.

—¿Entonces...?

Levantó la mirada llorosa hacia su progenitora.

—¡¿No entiendes?! ¡Amo el circo! —Sobre todo a Circus Amore, el mejor de los circos del mundo. Allí nació, haciendo de ella una artista que dio sus primeros pasos. Aprendió las artes circenses con extrema facilidad, llevándolo en la sangre como toda una Nalessi. Si sus padres se oponían, ella lucharía.

Leonora entornó los ojos.

—Te marcharás sin mi bendición.

A la joven se le hizo un nudo en la garganta. Le hubiera gustado que fuese lo contrario, pero qué se le iba a ser...

Suspiró.

—Mamá —la llamó con profundo pesar—, te quiero. Pero debes entender que tengo que intentarlo. Si no me gusta... —lo que dudaba— retomaré mis estudios. —Apenas llevaba un par de semanas de clases y ya sufría un calvario. Eso no era lo suyo.

—¿Y tu trabajo de medio tiempo en el bufete?, ¿lo piensas abandonar? ¡Oh, Dios!, el señor Conrad... Él fue tan gentil de aceptarte entre su personal, para que tú le pagues de esta forma. ¿Qué dirá de tu padre? ¿O de mí?

—Nada tiene que decir que le afecte. Ya no trabajo para él.

—¡¿Qué?!

—Renuncié hace unos días.

Leonora ordenó al ama de llaves de llevar a sus hijos hasta su habitación, para que las dejaran a solas, estaba por escupir una letanía de improperios que no deseaba escucharan por su enojo. Era inaudito que estuviese pasando por esa situación, ¡¿en qué cabeza cabe renunciar?!, condenada muchacha, ellos allanándole el camino para que lo transitara libre hacia el éxito y esta se encargaba de poner piedras para obstaculizarlo.

—¡¿Por qué renunciaste?!

—Porque no es lo mío.

—¡ESTÁS ESTUDIANDO PARA SER ABOGADA!

—¡¡Es lo que ustedes desean!! —replicó a la vez en que observaba los movimientos alterados de su madre, quien resoplaba como toro salvaje a punto de embestirla.

Un Ave María en su lengua natal y una persignación hacia el Santísimo realizó Leonora para evitar enloquecer por culpa de su hija. De la jarra de agua que reposaba en la encimera central, se sirvió medio vaso y se zampó el líquido cristalino en varios gruesos tragos, ya que le costaba calmar el espíritu mediante la oración. Luego de secarse con delicadeza las comisuras de sus labios con las yemas de sus dedos, se volvió hacia su rebelde retoño.

—Douglas depende de tu buena disposición para él escalar posición —comentó—. Si eres grosera, a él le afecta. Si actúas como una maleducada, a nosotros nos señalan. ¿Entiendes? Los hijos son el reflejo de sus padres: si son irresponsables es considerado un fracaso.

—Nada le va a pasar, eso te lo aseguro.

—¿Eso crees?

—Sí. —Aún le parecía irreal que ella haya tenido el valor de enfrentarse a ese lobo hambriento y haber sobrevivido.

—Escúchame bien, muchachita: si por tu ingratitud le cuesta la sociedad a Douglas, jamás te lo perdonaré.

—No pienso volver a ese lugar. Hay miles de bufetes al que puedo trabajar. —Eso en caso de que no le vaya bien en el circo.

—¿Por qué no? —le costaba comprender—. El señor Conrad es tan fino y tan caballero.

Caballero... Era un maldito pervertido.

—No es lo mío.

Leonora alucinó en colores.

—Sino la de estar *saltando de cuerda en cuerda* como un chimpancé. Dios..., ¡¿qué hice para merecerte?! No lo puedo creer, dejar tus estudios y tu trabajo que te abrirá muchas puertas, por *aquello* que no tiene nombre. No, ¡no, no, no! ¡¡Definitivamente no!! Estás errada si piensas que me quedaré de brazos cruzados a que seas una fracasada —amenazó, echando fuego por los ojos.

—Deja el drama, mamá.

—¡¿Drama?! ¡¿Drama?! ¡Yo no hago «drama»! Solo te digo lo que va a pasar: ¡nos perjudicarás! Porque eso que te motiva a rebelarte, no es más que un capricho de niña consentida, y, cuando te des cuenta por ti misma lo que es el circo en realidad, volverás con la cola entre las patas. Ya verás y el daño estará hecho en la familia. —Bastante aguantó ella entre pulgas y garrapatas, para que su retoño cometiera los mismos errores.

Aun así, ¿qué habría aprendido en esa escuela de danza en dos años? Lo más probable, la directiva se arrepentiría de haberla contratado. Era consciente que, para alcanzar un nivel profesional en acrobacia, se debía de dedicar más tiempo. En su niñez, poco practicó, por lo que tomar clases a escondidas, un día a la semana o cuando sus obligaciones lo permitiesen, no era suficiente.

Valeria retrocedió otro paso ante la proximidad de su madre.

—No vas a detenerme —dijo, dominando su temor.

La mirada de la mujer se oscureció.

—Como me llamo: Leonora Fabiana Giordana Davis, ¡que así será!

Sin replicar y con lágrimas desbordándose en las mejillas, la joven se marchó de la cocina, dejando atrás a su madre que la llamaba a los gritos. ¡Qué rabia! ¿Por qué siempre la comandaban como si careciera de voluntad propia? Ya no tenía ocho años, del cual debía acatar sin rechistar las órdenes de los demás. Había crecido y tomado una decisión.

—¡Valeria! ¡Valeria! —La perseguía dando pisadas fuertes. El ama de llaves y los gemelos que, desde la planta alta, alcanzaban a escuchar la discusión, meditaban que esta no se salvaría de una zurra—. ¡Valeria Antonella, vuelve acá! ¡¡Valeria!!

Pero la joven fue más veloz, encerrándose en su habitación, mientras la puerta se azotaba con violencia. Disponía de un día para hacer las maletas y poner todo en orden; ya había dado el gran paso, ahora le tocaba transitar por un camino reñido que le costaría el respeto de su familia y el de sus conocidos. Según ellos: el circo era para disfrutarlo entre el público, no delante de este.

Capítulo 7

> «Mi cuarto es una cosa bien peculiar;
> porque te cuento que la cama se convierte en mesa,
> ¡la mesa se convierte en cama!, y luego se convierte en un área para cambiarme».
>
> Miguel Ángel Juan Llavat, payaso.
> Circo Ringling Brothers.

La alarma de una llamada resonaba en el morral de Valeria.

Su madre se comunicaba al móvil por décima vez, después de haberse marchado de la casa sin escuchar sus advertencias. Trataba de hacerla razonar de que, trabajar para un circo, en especial *ese circo*, le traería sufrimientos.

Ignoró la llamada y apagó el móvil para que no volviera a repicar, guardándolo en su morral. El taxi que tomó al salir del aeropuerto, vadeaba a prisas el tráfico; la hora pico estaba por caer, las cornetas y los insultos de los conductores estresados, la ensordecían. Sudaba a raudales por el cambio de temperatura; Florida era caluroso, pese a que el verano no sofocaba a los residentes como a ella le sucedía; el estado se destacaba por ser destino de millones de turistas que la visitaban a diario por sus playas, su cálido clima y por ser el hogar de Walt Disney.

—¿Nueva o de visita? —preguntó el taxista, mirando a Valeria a través del espejo del parabrisas. Sus ojos se agrandaron cuando ella le dio la dirección a donde se dirigían.

—Nueva —le sorprendió que el hispano demostrara interés.

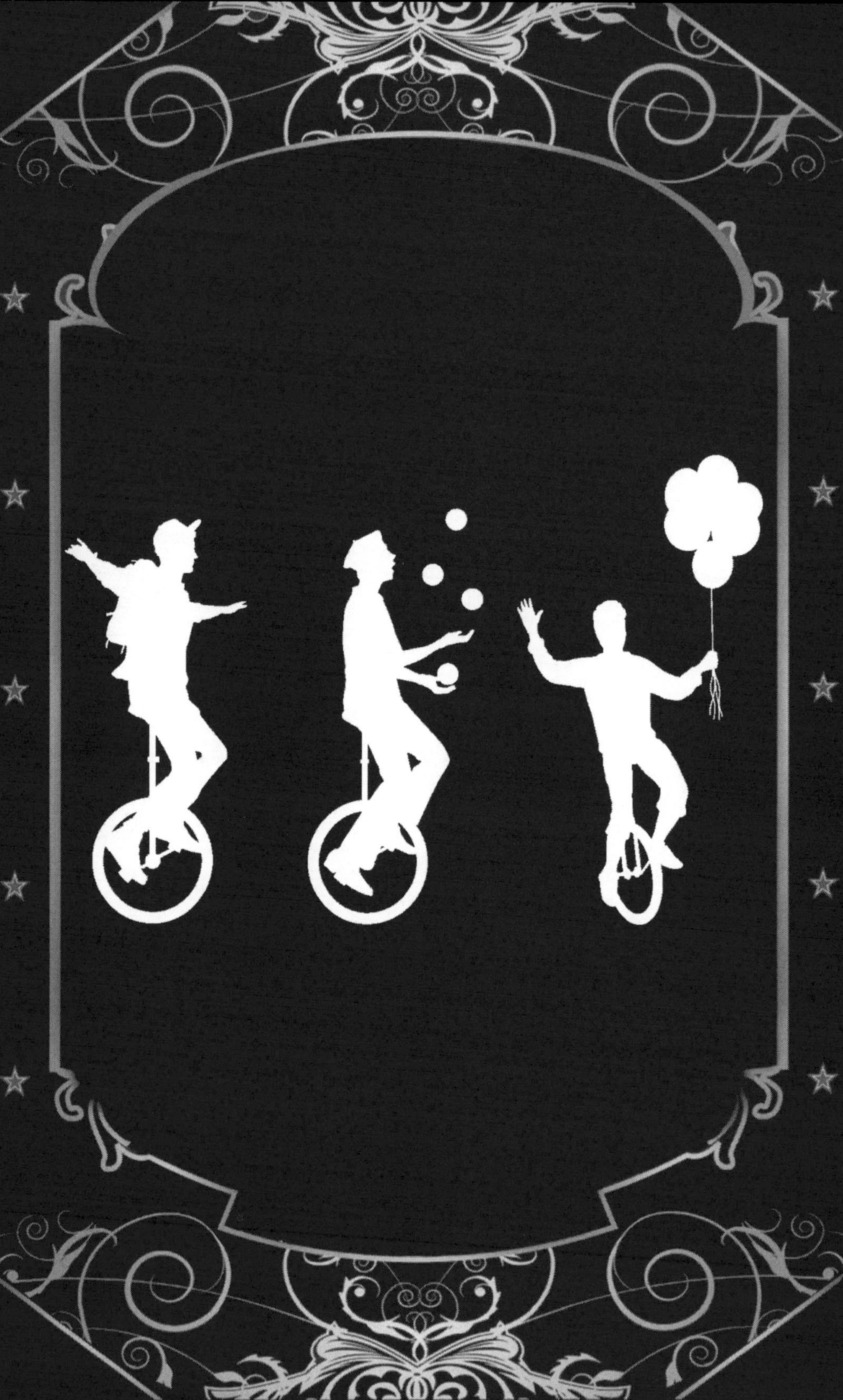

El taxista sonrió, alternando la vista entre la autopista y la chica. Le complacía tener como pasajera a una contorsionista o una posible trapecista. Lo que fuese, la vería en una de las funciones.

—Mi esposa, mis hijos y yo, somos fieles seguidores del circo. Asistimos cuando se presenta en la ciudad —informó henchido de orgullo. Era la primera vez, desde que comenzó a trabajar en la línea de taxis, hacía cinco años, que se dirigía hacia la sede principal.

Valeria sonrió tímida.

—Me alegra oírlo, señor...

—Rodríguez —respondió sin pretender cambiarse por nadie. De ser por él, les otorgaría una medalla o trofeo a esos artistas que arriesgaban el pellejo cada día, solo para entretener al público—. ¿Es usted trapecista? —Su curiosidad se reflejaba en el espejo del parabrisas; en cuanto llegaran a destino, le pediría a la joven que se tomara una *selfie* con él. De otro modo, su esposa no le creería.

—Aún no lo sé —Valeria padecía fuertes retortijones en la medida en que el auto avanzaba hacia su destino. El contrato enviado por la directiva, semanas atrás, no especificaba el acto que realizaría: solo el salario a recibir durante el año, sus obligaciones como artista, beneficios que recibiría, entre otros aspectos.

El taxista cruzó una intercepción y luego dobló hacia la izquierda, hacia unos galpones enormes de diferentes industrias.

—Lo que le impongan, lo hará bien. Tiene pinta de trapecista.

Valeria se carcajeó, liberando un poco el nerviosismo que la aquejaba. El taxista tenía buen ojo, desde pequeña estuvo montada sobre el trapecio, haciendo de ese tipo de espectáculo uno de sus favoritos. Pero no estaba segura de cuál sería su asignación, lo más probable, de bailarina, donde suelen ubicar a las novatas.

—Gracias, señor Rodríguez. Espero estar a la altura de las circunstancias.

—Estoy seguro de ello —vaticinó mientras giraba el volante hacia la derecha. Las calles se cerraban, haciéndose cada vez más estrechas.

Llegaron a la dirección indicada, adentrándose por un camino de tierra, flanqueado por bosques y pequeñas lagunas artificiales, y luego avanzaron en línea recta hasta el fondo, donde un letrero –en una garita– advertía no causar ruidos molestos en aquella zona.

—Identificación. ¿A qué vienen? —inquirió el vigilante al asomarse a la ventanilla del taxista. Valeria le mostró la carta de aceptación y este aprobó el ingreso.

Valeria jadeó al ver el famoso tren negro estacionado a un lado de las vías. Los rieles se abrían paso, de modo que ese *monstruo metálico* entrase y saliese sin inconvenientes de sus instalaciones.

El taxi se detuvo al lado de una plazoleta.

Las maletas de la chica estuvieron sobre el pavimento en menos de un minuto.

—¡*Wow!* —el taxista exclamó sin salir de su asombro—. Así que este es el lugar...

Valeria miró a su rededor y asintió embobada. Sí, ese era «el lugar». *Qué belleza...*

Casi rompe en llanto.

Flanqueada por palmeras, una casona de estilo colonial de una manzana de ancho y de tres pisos de alto, se erguía frente a ella, con el emblema de un toldo rojo con blanco y el nombre de Circus Amore en grandes letras doradas coronando la fachada.

Magnífico, era la palabra que pasaba por su mente. La edificación representaba fidedigna al circo. En este convergía todo: los sueños, las ideas, la grandeza... El epicentro donde la maquinaria circense maniobraba.

—Qué estacionamiento tan grande... —el taxista observaba el inmenso terreno dispuesto para los vehículos de la gente que allí trabajaba. Calculaba un espacio para doscientos autos.

—De haberlo sabido, hubiese traído el mío —Valeria dijo, con socarronería, aunque no era cierto, su medio de transporte privado fue el auto de su mamá. Pero reconocía que en ese estacionamiento habría lugar hasta para estacionar un avión.

Rodó los ojos hacia unos techos de galpones que se alcanzaban a ver por encima de la arboleda que circunda la zona, hacia su derecha, y, del cual, estos se hallaban un tanto retirados de la inmensa casona y del tren. ¿Qué almacenaban?, pensó. Tal vez un sinfín de probabilidades.

Se preguntaba qué habría más allá de los terrenos de la sede; los olmos y las palmeras servían como barrera infranqueable para los curiosos indeseables.

—Por aquí, por favor.

La joven se sobresaltó ante una voz chillona y masculina que provenía detrás de los arbustos de la plazoleta.

El hispano señaló. Un hombre de metro treinta de estatura y radiotransmisor en mano, se aproximaba.

—Por aquí —repitió sin saludar, vestido él en vaqueros oscuros, camisa blanca y zapatos de charol bien pulidos. Muy elegante.

Las palpitaciones de Valeria se incrementaron. Estaba en casa.

—Si necesita de los servicios de un taxista —el señor Rodríguez le extendió su tarjeta—, estaré a sus órdenes.

—Lo tomaré en cuenta, gracias —recibió la tarjeta.

El taxista se marchó y Valeria quedó en la plazoleta, junto con el pequeño hombre, contemplando la fabulosa sede. Las piernas le temblaban, sin evitar que las lágrimas afloraran. Estaba de vuelta en casa, después de tantos años de ausencia. Muchas cosas cambiaron: otro país, otras instalaciones, otros artistas, pero al final el mismo sentimiento.

Se enjugó las lágrimas con el dorso de la mano y, aturullada, rodó las dos maletas, siguiendo al hombre que la hacía sentir como si ella fuese gigante. Los rugidos de los animales la sobresaltaron, y, por la intensidad del ruido, calculaba estaban cerca, al igual que los olores a heces de estos que llegaban a sus fosas nasales.

A unos metros y a través de los espacios abiertos que permitían los troncos de los árboles que allí crecieron, vislumbró tres corrales de madera; aunque intuía eran para criaturas más «dóciles» y no para aquellos que desgarran extremidades.

No obstante, estaban vacíos. Quizás los animales dóciles los mantenían refugiados por el abrasador sol o por otra causa.

Aceleró el paso y tuvo cuidado de no llevarse por delante al pequeño hombre, cuando se percató de un grupo de jóvenes apostados en un extremo de la edificación.

—Cielos... —masculló en voz baja. Por lo visto, había llegado tarde el primer día.

Saludó a unos cuántos con una sonrisa tímida y se mezcló entre ellos, sin hacer ruido. Todos escuchaban atentos a lo que una anciana de cabello corto y en puntas, les decía. Se podía palpar que también estaban nerviosos, con sus maletas y morrales a sus pies, sin dar crédito a su suerte.

La anciana repetía algunos requerimientos que se debían seguir para evitar disgustos en el Campo de Entrenamiento. Aconsejaba no traspasar los límites del bosque, por cuestiones de seguridad. No nadar en las lagunas, ya que se reservaban exclusivamente para los animales. Respetar a cabalidad el horario de trabajo y las horas que tenían permitido para el descanso.

Ingerir licor o drogas estaba penalizado y, si los trasgredían, anularían el contrato que firmaron. Una de las cláusulas lo especificaba con claridad.

—Hola...

Un susurro a su espalda, llamó la atención de Valeria.

Se volvió y una rubia de cabellos ensortijados, le sonrió.

—¡Hola! —susurró encantada de encontrar allí a Khloe. Al menos no se sentiría sola entre extraños.

—¡*Chist!* —exigió silencio una chica alta, dos pasos más atrás. Valeria se percató que se trataba de la rubia platinada. La misma que opacó su presentación y el de las demás chicas en la audición.

Khloe torció la nariz. La animosidad hacia esta sin disimulos.

—Jirafa engreída... —desde que puso un pie dentro del *campus*, esa chica no paraba de quejarse.

La anciana terminó de aconsejar a los jóvenes y extendió la mano para que uno de sus asistentes le entregara una carpeta.

La abrió y, con mirada circunspecta, dijo:

—Levanten la mano cuando mencione sus nombres y apellidos. Necesito comprobar que todos están aquí. ¿Entendido?

—¡Entendido! —respondieron todos a viva voz.

—Bien —carraspeó y comenzó a nombrar por orden alfabético a los jóvenes—: Akira Yamamoto.

—Aquí... —cohibida, la aludida alzó la mano.

La anciana la miró seria y continuó con la lista.

—Alina Moore, Andrew Johnson, Arnold Hall...

Valeria observó que el grupo era pequeño; unos veinte aproximados. Un número bajo para la cantidad que hubo de audiciones que se hicieron en varias ciudades del país.

En una ocasión, leyó en la web oficial, que solicitaban músicos, tramoyistas, técnicos y artistas. Cada uno indispensable para el buen funcionamiento del circo. Pero que, por razones ajenas a su voluntad, el personal se renovaba cada año.

—Antonella Davis.

Al escuchar el nombre que dio en la audición, se estremeció. En ese entonces ella mintió al identificarse, pero al firmar el contrato tuvo que suministrar el verdadero por cuestiones legales.

—Presente... —levantó la mano, tan temblorosa como el resto de los jóvenes, sin comprender por qué le seguían la corriente. ¿O *aquella lista del teatro* jamás fue renovada?

La anciana al verla, frunció el ceño. ¿A quién se le parecía? Tantas novatas que pisaron esos predios y ninguna le causó impresión. Estaba segura que ese rostro lo había visto en alguna parte, tal vez en una de las ciudades donde Amore se presentó.

La estudió en silencio y con un presentimiento golpeándole en la boca del estómago. La muchacha lucía asustadiza, como un pajarito recién escapado de su jaula. Algunos chicos intercambiaron miradas interrogantes, extrañados por la actitud de la anciana. Sin embargo, permanecían más pendientes a ser llamados que interesarse por la recién llegada.

Mientras tanto, la anciana consideró que en la joven morena había gato encerrado, pero lo dejó pasar.

Continuó con la lista y al terminar, informó:

—Pasarán al comedor a almorzar, luego los guiaremos al tren, hacia sus determinados camarotes. —En esa parte se escucharon jadeos y exclamaciones—. Por favor, siéntanse bienvenidos y que el circo sea su hogar de ahora en adelante.

Los vítores se alzaron al instante. Pronto se alojarían dentro del legendario tren.

La anciana dio un último vistazo a Valeria y giró sobre sus talones, rumbo a uno de los galpones. Después de todo, ¿cuántas personas compartían un parecido físico? Medio planeta.

Dos efectivos encargados del recibimiento, condujeron al grupo hacia el área del comedor; que almorzaran antes de que desfallecieran por inanición, que no se dijera que en Amore a sus empleados les hacían pasar hambre.

Las maletas las dejaron abandonadas en el lugar donde la anciana *pelos-de-púas-blanco* repasó la lista, pues carecía de sentido arrastrar con estas hacia el interior de la edificación, para luego estar de vueltas al exterior al cabo de los minutos. Esto los retrasarían y el tiempo lo tenían en contra, ya que debían alojarse cuanto antes para que no les agarra la noche mientras se acomodaban.

El grupo fue conducido hasta el cafetín, donde una chica con uniforme negro les entregaba, al entrar, mapas fotocopiados para que lo estudiaran en sus respectivos camarotes y así al siguiente día estuviesen familiarizados del entorno.

Con los mapas bajo las axilas o en los bolsillos de sus pantalones, mientras sostenían las bandejas en la que ellos mismos se servían la comida extendida en la encimera del bufé, murmuraban animados de cómo sería el día a día mientras rodaban sobre rieles. Uno de los chicos comentó que la experiencia se compararía al de una película de género postapocalíptico, sobre los últimos sobrevivientes humanos que se las arreglaban para vivir dentro de un tren y, del que, bajarse de este implicaba la muerte, ya que el clima gélido en el acto los congelaría.

De momento, el «monstruo negro» yacía sin la locomotora y con veintiocho vagones, anclados entre sí, incluyendo los cuatro que transportarían los animales. Estarían bastante apiñados.

—Recuerden no aventurarse en merodear por el cerco de árboles ni nadar en los lagos, a menos que deseen ser la comida de los caimanes —advirtió el hombrecillo con su voz aguda, pero seria, tras cruzar el umbral de la zona del comedor. Ninguno de los chicos reía divertido por su pequeño tamaño, debido a que este mantenía el ceño fruncido para hacerse respetar—. ¡Ah! —agregó imponente—, muchos merodean por ahí, cuiden sus extremidades inferiores al caminar. Les arrancarán las patas si los muerden.

Los jóvenes, en sus respectivas mesas, intercambiaron entre ellos miradas mortificadas. ¿Y cómo harían para ensayar? ¿Tendrían que ser escoltados por domadores o cazadores de caimanes? El apetito a más de uno se les quitó. Eran muy altas las probabilidades de terminar en las fauces de alguno de esos lagartos.

*****

Lo primero que golpeó el olfato de Valeria, al subir al tren, fue el olor a hierro oxidado e insecticida que imperaba en todas partes. La temperatura oscilaba alrededor de los 38 grados centígrados. El aire acondicionado brillaba por su ausencia, por lo que la enorme maquinaria parecía una olla de presión. La señora Morgan –la hosca anciana– guio al grupo hacia los camarotes. Estos se dividieron en tres categorías: artistas, músicos y ayudantes.

Según el mapa, los primeros –los artistas– conformaban noventa en total, del cual ocuparían nueve vagones. Cuatro para las chicas y cinco para los chicos.

Los segundos –los músicos– ocuparían un vagón, del cual estaría ubicado en la sección masculina, a excepción de Maya Brown, quien, por ser la única de esta población, compartiría camarote con una veterinaria. Pese a esto, los músicos eran importantes, aunque con cierto «rango menor» a los anteriores.

Y, los terceros, en esta clasificación se contaban los tramoyistas, luminotécnicos, conductores de grúa, chef, asistentes de cocina, limpieza, vestuaristas, costureras…, ubicados en cinco vagones en sentido hacia la cola del tren para los hombres y al final de los vagones de las artistas para las mujeres de esa misma sección.

De ese modo, evitaban la mescolanzas y posibles enfrentamientos entre ellos, puesto que cada vagón albergaba cinco camarotes con capacidad para dos personas. Lo que en resumidas cuentas serían diez integrantes por cada sección. La directiva consideraba que lo mejor era que estos compartieran según sus funciones y género para una armoniosa convivencia. Así evitaban los conflictos.

—¡Qué emoción! —Khloe subía a través de una pequeña plataforma improvisada, pues fue necesario que lo pusieran a falta de escalones del tren. Las que tenían las piernas largas, ingresaban sin problemas, pero las que no… se las ingeniaban. El tren no estaba apostado en una estación para tal fin, sino a unos metros de la sede, cerca del bosque y el camino de tierra hacia la salida.

A las muchachas les asignaron el vagón colindante al Vista, lo que era bueno y malo al mismo tiempo, según lo que comentaron las que atendían el cafetín, a ese vagón de esparcimiento solo entraban *los veteranos*, ellas tendrían que conformarse con verlo a través de las ventanillas de las puertas conectoras. Pero aún no les causaba curiosidad, el hedor allí a todas las noqueó.

—¡*Fo!* ¿Qué apesta? —Khloe se tapó la nariz con la mano.

—Insecticidas —Valeria encabezaba la marcha; maniobraba con dificultad sus maletas para no chocar con las paredes metálicas del estrecho pasillo; en una cargaba sus ropas particulares y en la otra: frazadas, sábanas y toallas. El maquillaje lo guardaba en el estuche que tenía atado sobre una de las maletas.

Antes de partir a Florida, la profesora de danza aérea le advirtió sobre esos menesteres. Si carecía de ello, la compañía cirquera se lo proporcionaba, a cambio de una buena suma de dinero. Nada era barato por esos predios.

—¡*Arrrrrgggbh!* —Se detuvo al percatarse de las cucarachas esparcidas patas arriba a lo largo del vagón.

Las chicas se detuvieron, chocando unas con otras.

—¡¿Qué es eso?! —Cinthya chilló detrás de Khloe—. ¿No tuvieron tiempo para limpiarlas? Vaya bienvenida…

Valeria hizo un gesto de asco y rodó las maletas sobre las inertes cucarachas.

Al parecer, esa tarea les tocaba a ellas.

Y, lo más probable, también para el resto de los nuevos integrantes del tren.

Todas las que se hallaban allí observaron los camarotes, a excepción de uno que tenía sobre la puerta un papel pegado en el que indicaba que estaba reservado.

La platinada estuvo a punto de ignorarlo al pretender arrancar el papel, pero como si presintiera que después se metería en problemas, optó por ocupar el siguiente. Akira Yamamoto la siguió. El resto se apuró en tomar los disponibles.

—¿Compartimos uno entre las dos? —Khloe sugirió a Valeria, justo en el instante en que esta avanzaba hacia el último camarote. Desde el cafetín, la rubia menuda tomó la decisión de hacerlo. No le apetecía compartir con una desconocida; cuando retornaran *las veteranas*, impondrían en todas las áreas su presencia.

—Claro —Valeria se devolvió enseguida. Las dos se agradaron desde el primer instante en que se conocieron.

Khloe deslizó la puerta del tercer *dormitorio* y palideció.

—¿Qué pasa? —la otra se preocupó mientras se acercaba.

—Es tan diminuto... —observaba que el camarote apenas medía unos dos metros por tres de ancho—. ¡¿Y se supone que aquí van a dormir dos personas?! Qué horror...

—Bueno, es el camarote de un tren —Valeria rodaba los ojos por cada esquina de esa *cajita de fósforo*. El ambiente fue diseñado para ahorrar espacio y no para la comodidad de los pasajeros.

Todo era metálico: litera, clóset, piso, techo, paredes...

Miró hacia el baño, ubicado en una esquina a la izquierda y deslizó la puerta.

Inodoro y lavabo.

Diminuto y metálico.

¡Metálico, metálico, metálico!

—¿Arriba o abajo? —Khloe estudiaba la angosta litera pegada en la pared este, sin dejar de sonreír, mirándolo todo con la misma atención que su compañera.

—El que sea —Valeria se encogió de hombros, le daba igual donde dormiría: si besando el techo o rozando el piso.

—¡Tomo la de arriba!, me gusta la altura —dijo la rubia ensortijada, lanzando su bolso a la parte superior de la litera. Su maleta quedó aguardando en la entrada.

Valeria deslizó las suyas, hacia el lado izquierdo, estudiando los estantes que se hallaban por sobre sus cabezas y que rodeaban el exiguo dormitorio. Ambas tendrían que ingeniárselas para organizar sus pertenencias y no ser tragadas por el desorden.

De momento, limpiarían el cubículo del polvillo y las cucarachas que por ahí yacían muertas. La realidad de cómo se viviría en el circo de ahora en adelante, le explotó en la cara como una granada.

Sería dura.

Muy dura.

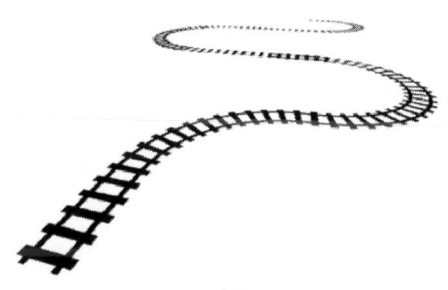

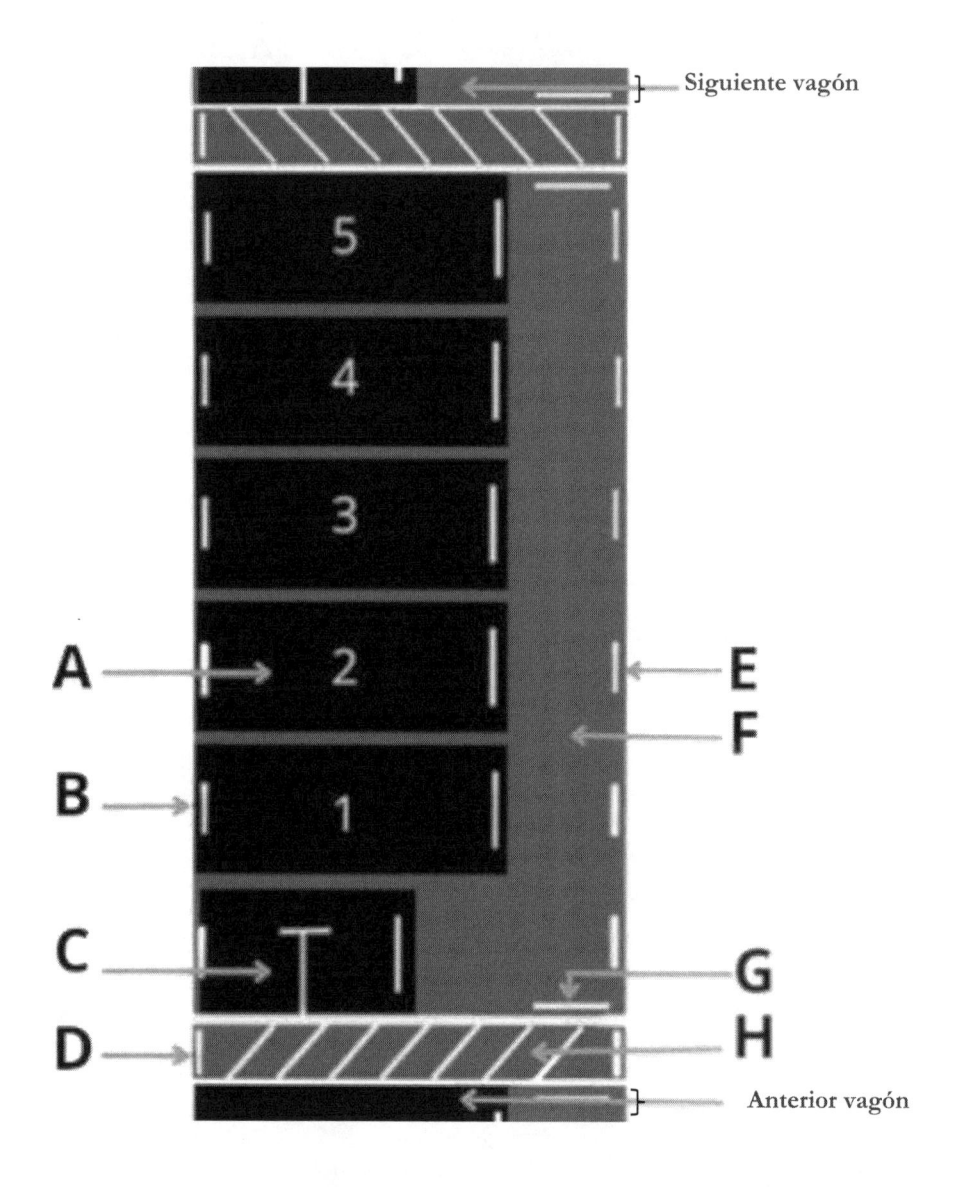

Distribución de los vagones-dormitorios
(Artistas - Músicos – Ayudantes)

A. Camarotes (1 al 5)
B. Ventanilla
C. Área de duchas
D. Portezuela
E. Ventanilla
F. Pasillo
G. Puerta conectora
H. Pasillo conector

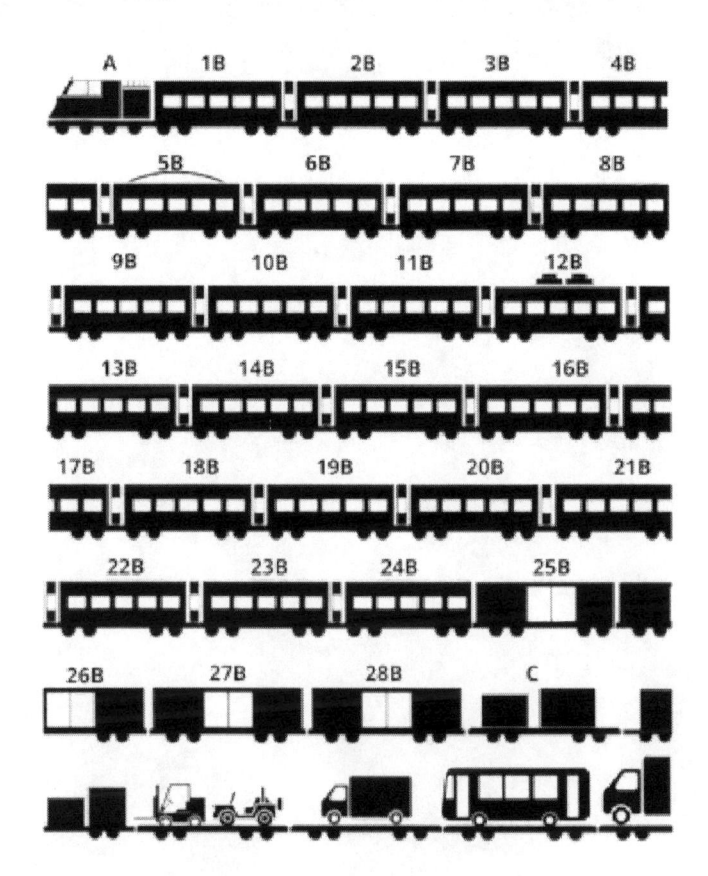

Distribución del tren
Sección Maquinaria (A)
Locomotora

Vagones Sección Norte
Dormitorio Maestro de Pista (1B)
Dormitorios de la directiva (2B y 3B)
Enfermería (4B)
El Vista (5B)
Dormitorios Femeninos/artistas
(6B al 9B)
Dormitorios F/ayudantes (10B y 11B)

Vagón intermedio
Comedor (12B)

Vagones Sección Sur
Dormitorios Masculinos/artistas
(13B al 17B)
Dormitorios M/músicos (18B)
Dormitorios M/ayudantes (19B al 21B)

Vagones servicios
Lavandería (22B)
Costura (23B)

Vagones de carga
Depósito Material Publicidad (24B)
Vagones de los animales (25B al 28B)

Sección de Carga y vehículos (C)
Carretas

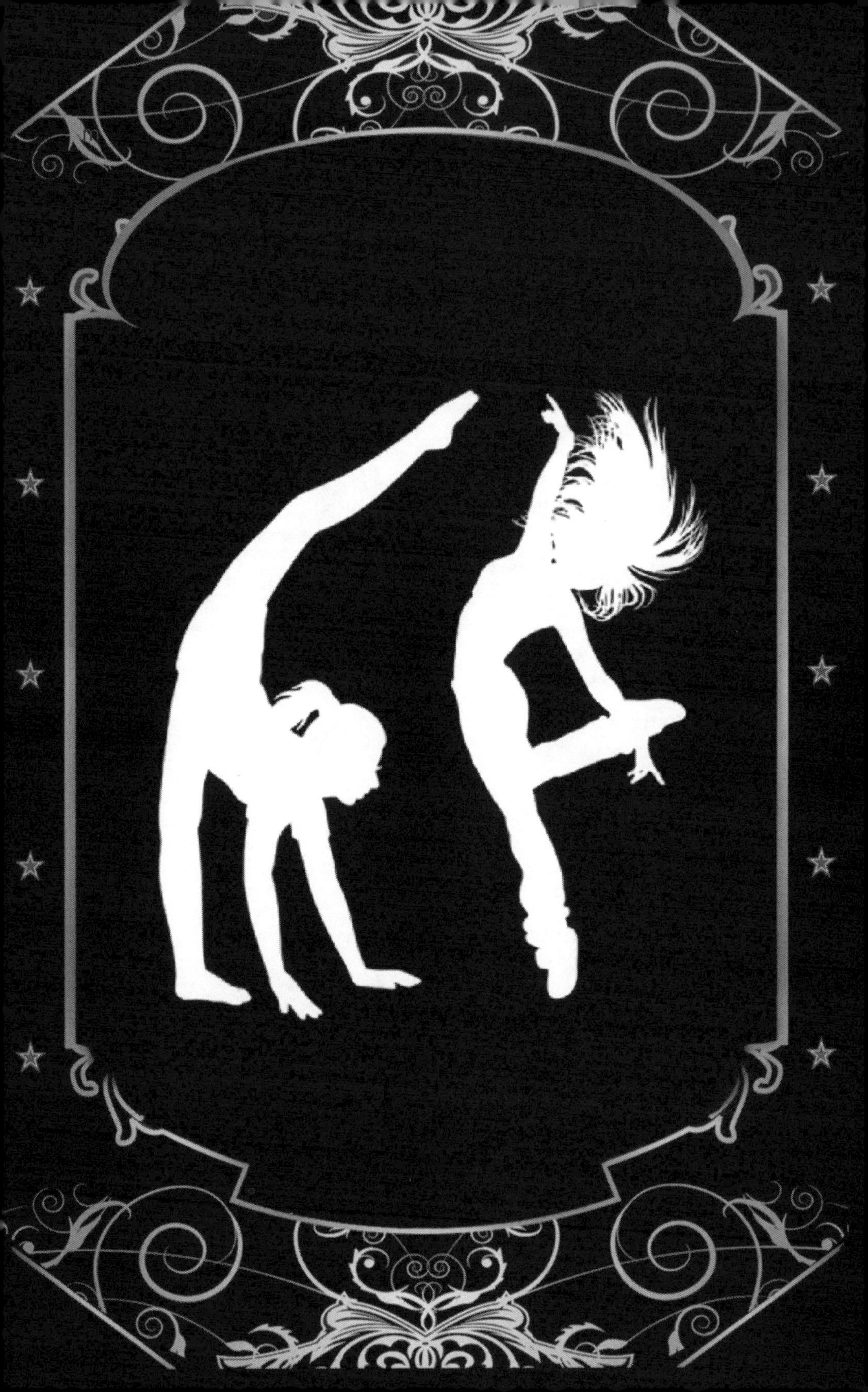

Capítulo 8

«Es duro el circo y es bonito. Son dos cosas».

Tino Ponce, maestro de pista.
Circo México.

El fin de semana pasó en una exhalación.

Valeria despertó en cuanto la alarma en su móvil sonó a las siete de la mañana. Estiró la mano hacia la mesita plegable, atornillada al ras de la ventanilla del camarote, y lo apagó luego de que Khloe se quejara en su litera de arriba por ser tan temprano. Aun así, Valeria la animó a levantarse, para ese lunes se había pautado una reunión en el Galpón D, algunos miembros de la directiva estarían presente, por lo que, más les valía causar buena impresión en el primer día formal desde que llegaron el pasado viernes.

—Qué sueño tengo —Khloe dejó caer sus pies fuera de la litera, seguía sentada en su cama, con las greñas alborotadas y las ojeras marcadas en su rostro—. No dormí nada por el calor...

Debajo de esta, Valeria asentía mientras revisaba sin abrir los audios enviados por su mamá, ambas pasaron una noche infernal, del que sudaron a raudales y les picaron los mosquitos de forma inmisericorde por ellas no poder arroparse con las frazadas a causa de las elevadas temperaturas. Debido a la inactividad del tren, no tendrían electricidad hasta que estuviese en marcha; por extensión, pasaban por la penosa necesidad de soportar el caluroso clima, al no contar con un sistema de aire acondicionado que les refrescara el ambiente.

A la señora Morgan le faltó advertirles sobre ese predicamento.

—Tampoco yo —contestó enronquecida por tener la garganta seca. Tuvo cuidado de no golpearse la cabeza con los laterales de la cama de su amiga y se levantó a la vez en que bostezaba. Usaba un pijama de pantaloncillo corto y franelilla, del que agradecía haber tenido la intuición de equiparse de ropa ligera, o habría tenido que dormir en bragas.

Aun así, la directiva no tomó en cuenta dichos padecimientos, pese a que estos preveían los inconvenientes que los artistas enfrentarían durante el viaje: el clima, los vuelos cancelados, enfermedades, entre otros factores, impidiéndoles presentarse a tiempo. Durante esos días libres, Valeria y Khloe hicieron amistades con Maya Brown, de California, quien optó para el puesto de guitarrista; Jackson Thomas, proveniente de Illinois, como payaso y malabarista; y Tristan Anderson –de Chicago– aspiraba a ser el motociclista estrella en el Globo de la Muerte.

Procuraban comer en la misma mesa y charlar de tonterías para que las horas pasaran volando; hasta ese momento aguardaban a que la señora Morgan les informara sobre los actos a practicar. Dejaron que durante ese fin de semana se adaptaran al entorno, mientras retornaban los artistas más antiguos.

Las que fueron asignadas como bailarinas, eran otro cantar, se mantenían apartadas, poco interesadas en entablar conversación con los que limpiaban o los que ellas consideraban: por debajo de su nivel social. Según Jackson, cuyo amigo trabajó un par de años en Amore, existía una regla que no debía ser ignorada: jamás relacionarse con la directiva o el personal de servicio.

Al que infringiera le acarrearía un boleto de regreso a su casa.

Se decía que era permitido enamorarse de un payaso, de un malabarista, de un músico, pero no de aquellos que regían el circo o lo limpiaban. Dos polos opuestos que reflejaban el clasicismo imperante en ese mundo.

Khloe se desperezó al estirar un poco los brazos y también bostezó, contagiada por la soñolencia de Valeria.

—Si hoy nos permiten salir a la ciudad, compraré un ventilador de carga solar —comentó a la vez en que saltaba hacia el piso metálico—. ¿Me acompañas si nos dan permiso? —Meditó que sería infructuoso adquirir uno eléctrico, a causa de la oscuridad imperante que han aguantado. Una vez que cae el sol después de las nueve p.m., se iluminaban con las linternas de sus móviles. Ni siquiera disfrutaban navegar por las redes, el WiFi de la Compañía estaba vetado para ellos y las cuentas telefónicas de más de uno llegaban a sus días límites de servicio.

Valeria, ya enrollada en su toalla para darse una rápida ducha en el baño del vagón, se volvió hacia Khloe y asintió con una sonrisa forzada. Al marcharse contra la voluntad de sus padres, tuvo que entregar la tarjeta de crédito a su mamá y disponer de sus ahorros guardados en una cajita escondida en la gaveta de su cómoda. Dinero que obtuvo a través de sus otrora compañeros de estudio, quienes le pagaron para que les hiciera las complicadas tareas de la secundaria.

La propuesta de su amiga implicaba que debía ayudarla con la mitad del costo del ventilador, pues le avergonzaba no aportar ni un céntimo. Aun así, cuidaría del limitado dinero que tenía para que le alcanzara en los gastos que más adelante se le presentaran.

Se calzó sus pantuflas y, con un bote de champú en una mano, salió del camarote, sin la necesidad de deslizar la puerta, ya que permanecía abierta a causa del calor. Todas las ventanas del pasillo del vagón se hallaban también en las mismas condiciones, lo que motivó el aluvión de mosquitos que las masacraron.

—Hola —saludó a Akira y a Cinthya que conversaban en voz baja a mitad de camino.

Estas –envueltas en sus albornoces– respondieron desabridas como si le hicieran un favor al saludarla.

—Ya llegaron las veteranas —dijo Akira, molesta. La noche anterior, las condenadas hicieron ruido al rodar sus maletas por el angosto pasillo, espantando su sueño acabado de conciliar.

Así que fueron ellas, Valeria también las oyó llegar. Khloe susurró una increpación por el ruido que causaron, creyendo serían las muchachas que buscaban la manera de dormir más cómodas.

No agregó comentario para evitar ser escuchada, y se dirigió hacia el baño que compartían todas las que se hospedaban en ese vagón, pero antes de dar siquiera un paso hacia ese punto, la mano imponente de la rubia platinada se posó sobre su hombro.

—¿A dónde vas?

—A las regaderas —sacudió de mala gana la mano de la chica alta, por detenerla de esa manera.

—¿No te das cuenta de que estamos primero?

—Están ahí, *paradotas*, cotillando. La que primero llegue: primero se baña. —Y se marchó de volada hacia el baño ubicado en un extremo de la hilera de camarotes.

Cinthya la llamó y Akira trató de alcanzarla, pero la morena fue veloz y se encerró en una de las dos estrechas duchas disponibles.

Cerró la cortina de plástico, mientras la asiática gruñía palabrotas, del que a continuación las dirigió a su compañera, quien pretendía pasarse de lista al tomar la otra ducha. Valeria esparció un poco de champú en su cuero cabelludo y masajeó a prisas para no demorarse mientras las otras reñían. Luego de enjuagarse, salió goteando y envuelta en su toalla, paralizándose en el acto en cuanto una chica de pelo teñido de azul, la miraba avinagrada.

Detrás de esta, Akira y Cinthya enmudecieron ante la amenaza silente de una ruda morena de brazos fuertes que parecía ser la guardaespaldas o la novia *machorra* de la *peliazul*.

—Las veteranas tenemos prioridad —espetó esta última, casi tan alta como la rubia platinada—, ustedes se bañan después que nosotras. ¿Les queda claro?

Akira y Cinthya, asintieron, mientras que la más baja del grupo negó con la cabeza.

—¿En qué parte de las normas se especifica? —cuestionó sin que le temblara la voz. El piso, bajo sus pantuflas, encharcándose con la humedad de su cuerpo. El bote de champú bien agarrado, se lo asestaría en la cabezota si la agredía.

Los ojos negros de la odiosa recién llegada se clavaron rapaces sobre los marrones de la joven que la encaraba.

—La antigüedad nos da el privilegio. Última advertencia, luego no lloriquees por las consecuencias.

—¿Es una amenaza? —Se preparó a pelear desnuda. Dudaba que su toalla aguantara una pelea con esa larguirucha de metro ochenta.

—¡Antonella! —Khloe la llamó, cabeceando angustiada para que no cometiera la locura de irse a los puños con una de las artistas principales de Amore. Se disponía a asearse, cuando se paralizó por el grupo que se concentraba a la entrada de las duchas.

La joven captó la preocupación de su amiga y razonó al instante de su estupidez. Tanta discusión con su madre, y, por no aguantar una orden impuesta por una engreída de greñas coloradas, saldría por la puerta trasera del Campo de Entrenamiento.

—Lo siento, como no había nadie que me advirtiera, me duché primero —se excusó contenida. Akira y Cinthya la miraron molestas por la evidente mentira—. A partir de ahora, procuraré esperar...

La *peliazul* sonrió desdeñosa.

—Ándate con cuidado que te puedes ir de bruces por arisca —le advirtió dando hacia esta un paso amenazante para intimidarla—. Tienes la apariencia de ser problemática. No los causes y nos llevaremos bien. ¿Entendido?

Valeria asintió renuente.

Su mandíbula apretada.

La chica le golpeó el hombro con su brazo, al pasar por su lado, rumbo a la ducha. Akira y Cinthya se alegraron de la increpación que esta recibió, pero borraron sus sonrisas perniciosas al percatarse que la muchacha de brazos fuertes tomó la otra ducha, dejándolas con la rabia atragantada. Al menos disfrutaron de cómo a la tal Antonella la pusieron en su lugar.

*****

Media hora después los artistas –nuevos y veteranos– se hallaban reunidos en el galpón indicado.

Valeria se removió inquieta ante la cantidad de personas aglomeradas en la pista bajo techo. Calculaba unos ciento cuarenta o ciento cincuenta conformados por domadores, artistas, técnicos, vigilantes y demás empleados, al encuentro de amigos que no vieron desde hace un par de meses, comentando entre ellos *por los que se marcharon* y por la sangre nueva que se ha anexado.

De inmediato buscó a su padre, sin moverse de su sitio, oteando entre los presentes a ver si lo pillaba, pero era difícil hallarlo de ese modo cuando la multitud se movía de un lado a otro, saludando, abrazándose, charlando de lo que hicieron durante sus vacaciones. En dos oportunidades creyó haberlo visto, agrandando sus ojos y acelerando su corazón por la emoción, para luego darse cuenta de que se trataba de sujetos que no conocía.

Él está por ahí, se decía a sí misma, preparándose para el momento en que cruzaran miradas. Lo más probable, la llamaría por su primer nombre, del cual más de uno se daría cuenta del parentesco que compartían en cuanto se abrazaran. Puede que tenga que admitir frente a sus compañeros que tuvo que «modificar» su nombre por cuestiones de orgullo; conjeturaba la criticarían severamente, pero lo soportaría, dado el caso de ser descubierta.

La impaciencia comenzaba a dominarla. ¿Dónde estaba?, ¿por qué no lo veía si era el maestro de pista? Debía ser el que a ellos les diera la bienvenida, como lo hacía las veces en que iniciaba cada espectáculo. «¡Damas y caballeros! ¡¡Bienvenidos a Circus Amore!!». La cacofonía de voces le impedía oír a su padre, por si este a ella la llamaba. ¿Por qué no se acercaba? ¿No la ha visto?, ¿tendría que introducirse en la multitud para buscarlo?

Como si alguien le dijera: «mira hacia allá», alzó los ojos hacia unos andamios erigidos para llegar hasta el altísimo techo del galpón, y enseguida notó que un chico de cabello castaño, sentado como un dios que aprecia a los mortales bajo sus pies, la observaba serio.

Valeria procuró esconderse un poco detrás de su amiga, con una fea sensación que la estremeció. Y volvió a buscar con la mirada a su padre, esta vez ansiosa de dicho encuentro. ¿Sabría él que su hija fue contratada por la Compañía?

Claro, ni tonto que fuese...

Sus ojos rodaron hacia el chico sobre el andamio.

¿Qué tanto la miraba?

La ponía nerviosa y Valeria ignoraba a qué se debía el motivo. Le provocaba mostrarle el dedo del medio y espetarle...

Un momento. ¿Acaso ese...?

Parpadeó para aclararse la vista. Khloe era su escudo protector sin darse cuenta, la joven de pelo ensortijado suspiraba por un muchacho de cabellera negra. No obstante, este no le causaba desconcierto a Valeria, como el que se hallaba sentado desde las alturas. ¿No era ese el que estuvo entre los jueces en la audición?

El más joven...

Por otro lado, el chico mantenía su atención fija en ella. Le inquietaba la nueva criatura que trataba de pasar desapercibida entre la gente. Lo atrapó desde el instante en que pisó tímida el escenario. Era cautivante, desenvolviéndose entre las telas.

Ruborizada, Valeria desvió la mirada y se encontró de repente con los ojos enojados de la chica de cabellera azul. En ese instante la observó bien: piel extremadamente blanca y figura perfecta, cuya animosidad iba dirigida hacia ella. La escaneaba de arriba abajo sin ocultar su desprecio, murmurando a las chicas a su lado, que la recién llegada era una resbalosa que se fijaba en los novios ajenos. Que ni se atreviera a poner los ojos sobre el suyo o le daría una paliza.

La pobre de Valeria se concentró en su amiga e ignoró a la avinagrada mujer. Si aquel chico era el juez o un miembro de la directiva, no debía fijarse en él.

O más bien: él en ella.

—Me va a dar algo. ¡Me va a dar algo! —Khloe exclamó, sintiendo su corazón desbocado. Aún procesaba que formara parte de un selecto grupo al que pocos pertenecían.

—Cálmate o te abofeteo —Valeria le advirtió socarrona. Al igual que su amiga, ella también estaba a punto de sufrir un colapso nervioso, necesitando que alguien la pellizcara para comprobar si alucinaba.

—Es en serio —la otra replicó—. ¿No te has fijado en los pectorales de aquel sujeto? —señaló con disimulo hacia su derecha.

Valeria siguió el trayecto de su dedo y arqueó las cejas. El muchacho era puro músculo, espalda ancha y cintura estrecha.

—Está para comérselo a besos —Khloe agregó fascinada del prospecto masculino que se hallaba cerca. Un galán como pocos, de porte regio y sonrisa guasona.

Valeria consideró que a su amiga la habían flechado.

—Te aconsejo, no pierdas el tiempo, debe tener novia. —Miró de refilón al *castaño* sobre los andamios. Sin duda, aquel también tendría un séquito detrás de él. Las veteranas aparentaban ser muy lanzadas.

Khloe hizo un mohín.

—Sí, puede ser... Y apuesto a que es una de *esas pendejas* con las que conversa animado. —Las chicas superaban a la rubia ensortijada en belleza y encanto. Morenas exóticas de pechos grandes, mientras que ella, baja y plana, la confundirían con una payasa.

—¡Buenos días a todos! —De repente saludó una mujer de mediana edad y ataviada en sudaderas. A su lado, la señora Morgan y el *hombre pequeño*, la flanqueaban.

—¡¡Buenos días!! —respondieron a viva voz y guardando silencio después.

—Para los que no me conocen: soy Esther Sanders —se presentó la mujer—. Y seré la coreógrafa principal. —Sonrió—. Como podemos apreciar, hay nuevos rostros —hacía referencia a los que fueron aceptados tras las audiciones. La *peliazul* miró de refilón a Valeria, como si esta jamás debió ser aceptada—. No son muchos los que se han sumado al circo —agregó Esther—, pero estamos contentos de que nos hayan elegido en su carrera profesional. A todos ustedes: ¡bienvenidos! —Algunos veteranos aplaudieron sin efusividad—. Extrañaremos a los que han partido y les deseamos lo mejor; porque, para Amore, es importante que cada quién se sienta libre de partir cuando lo crea conveniente. Somos una familia que cuida de los suyos como si fuesen nuestros propios hijos.

—Sí, claro... —susurró sarcástica una chica a otra—. «Rompa el contrato y te lo haremos pagar».

Khloe y Valeria se miraron preocupadas. ¿Habría repercusiones legales en caso de arrepentimiento?

Lo cierto es que, pese a la decepción de que su padre no se presentara; para Valeria, más que preocuparse por asuntos de esa índole, la desconcertaba el hecho de que el apellido de la mujer resonó en su cabeza.

Sanders...

—Hoy iniciamos los ensayos de la Apertura y mañana, la Clausura —Esther paseaba la vista por los jóvenes—. Ensayaremos hasta el mediodía y continuaremos por la tarde después del almuerzo. Disponen de cuatro semanas para aprender los dos espectáculos, más sus propias actuaciones. Les sugiero que se alimenten bien, pero ligero, a fin de evitar vomitar sobre sus compañeros. Ahórrenos molestias.

Los artistas veteranos se carcajearon y los novatos se miraron acojonados entre sí. Esa vergüenza no la pasarían.

—Roger —llamó al pequeño hombre, quien enseguida dio un paso al frente y asintió a la coreógrafa—. Reúne a tu grupo y ubíquense hacia la parte oeste—. Jesús —llamó a otro—: norte. ¡Olivia! —La joven de cabellera azul, dio un paso adelante—. Centro. ¡Axel! —El chico alzó la mano para que la mujer lo ubicara entre las jóvenes—. Caballos. ¡Y nada de payasadas con los sementales! No quiero otro accidente como hace dos años —desde ese entonces se lo recordaba. Y a Logan también...

Axel hizo un saludo militar y se giró sobre sus talones hacia las puertas del galpón.

—¿Dónde está Logan? —Esther buscaba al susodicho a su rededor—. ¡Logan!

Las risitas de algunas chicas, señalando hacia los andamios, enseguida lo ubicaron.

La mujer lo reprendió con la mirada.

—¿Podrías bajar, por favor? —ordenó en tono severo. Aunque en sus ojos brillaba hacia este el cariño.

—¡Mande, señora!

Desde la altura, Logan se lanzó hacia unas colchonetas voluminosas, rebotando y haciendo piruetas en el aire.

Al dejar de rebotar, se dejó caer al piso en una habilidad que causó admiración entre los novatos.

Los aplausos se hicieron fuertes en el acto.

—¡Ay, mi madre!, *este* está como me lo recetó el doctor... —expresó Cinthya.

Y, fue entonces que, atando cabos, los recuerdos de Valeria llegaron a su mente como una bola de demolición.

Qué mala suerte la suya.

¡¿Aún seguían en Amore?!

Por los nervios o por lo que fuese, no había reconocido a la señora Sanders y al idiota de su hijo, después de tantos años. Creyó o le pareció que su madre le comentó una vez que estos se marcharon, un tiempo después de que ellas se devolvieran al pueblo de sus abuelos maternos.

Sintió un ramalazo recorrer su espina dorsal. Él estaba ahí, en la sede, pavoneándose a sus anchas como si fuese el dueño del circo.

—No puede ser... —musitó perpleja de su pésima memoria. ¿Cómo es que no lo reconoció en el teatro? Esos ojos grises eran inigualables, emitiendo un fulgor en particular que deslumbraba. Lo más probable, se debiera a los reflectores que le impidieron observarlo mejor. Pero, en ese instante, bajo las tenues bombillas blancas del galpón, sí.

Khloe la miró preocupada.

—¿Qué sucede, *Nella*? —La palidez en su rostro se hizo evidente.

—Nada —ocultaba su aturdimiento—. Retortijones, es todo.

La rubia entrecerró los ojos, suspicaz. Dudaba de que fuesen nervios del primer día, más bien, un precioso chico de ojos de diamante la había impactado.

Logan pasó por el lado de la morena, sin dejar de verla. Durante un mes la pensó, deseoso de que los días corrieran para hablarle. Necesitaba comprobar que era la misma «Valeria» que conoció en el pasado, a la que tanto fastidió por ser incapaz de expresarle lo que sentía por ella.

Los latidos azorados de la muchacha se incrementaron. ¿Qué clase de juez era este que hacía piruetas como un artista más y la abrumaba con sus miradas intensas?

Ni se atrevió a mirar a Olivia, unos pasos más atrás, de la que sentía que le lanzaba dagas invisibles a su espalda.

—¿Para qué soy bueno? —inquirió Logan a Esther con tanta familiaridad que algunas novatas se sorprendieron.

La mujer, manteniendo el ceño fruncido, respondió:

—Al este. ¡Ahora!

Él hizo una reverencia y silbó, llamando a su tropa.

Varios chicos, tan altos y atléticos como él, saltaron hacia la pista. Hacían vítores, jactanciosos de ser el centro de atención.

Esther y la señora Morgan pusieron los ojos en blanco. En sus años mozos, el respeto hacia los superiores era primordial. De haberse comportado de esa forma en su época, les quemaban el contrato.

—Oye, *nueva*, ¿te vas a quedar ahí parada como estatua? ¡Muévete!

Khloe le dio un codazo a su amiga para despabilarla. Olivia Black la llamaba, rodeada de su grupo de bailarinas y trapecistas. Valeria no fue la única que estaba distraída en la pista, todos los recién ingresados esperaban a que fuesen llamados por los cabecillas. Pero la increpación fue dirigida a ella.

Así que caminó junto con Khloe y Cinthya, siendo recibidas con malas caras y murmuraciones enojadas.

En las siguientes tres horas ensayaron la Apertura.

El acto en sí era sencillo: movimientos improvisados y algunos estudiados. Los coreógrafos impartían sus indicaciones de diestra a siniestra, coordinando a los grupos. Los que tenían experiencia en el trapecio, hacían piruetas en el aire, sostenidos mediante arneses. Otros cabalgaban sobre caballos, alrededor de la pista de granito. Sería la antelación del magno evento, una muestra de lo que el público apreciaría en las horas en que duraría el espectáculo por las diversas ciudades de la Costa Este estadounidense.

Tal como Valeria le vaticinó al taxista, bailaría en la Apertura, en el Intermedio y el Cierre.

En el primero: ondearía banderas.

En el segundo: haría maromas.

En el último: una repetición del primero.

Las bailarinas experimentadas no les dirigían la palabra, recelosas de ser reemplazadas por estas en sus presentaciones. Valeria se percató que los celos profesionales estaban a la orden del día; pese a ello, se ganó la animosidad de una de ellas, y no precisamente de la rubia platinada, sino de la novia de Logan Sanders, el chico que una vez hizo de su infancia un infierno.

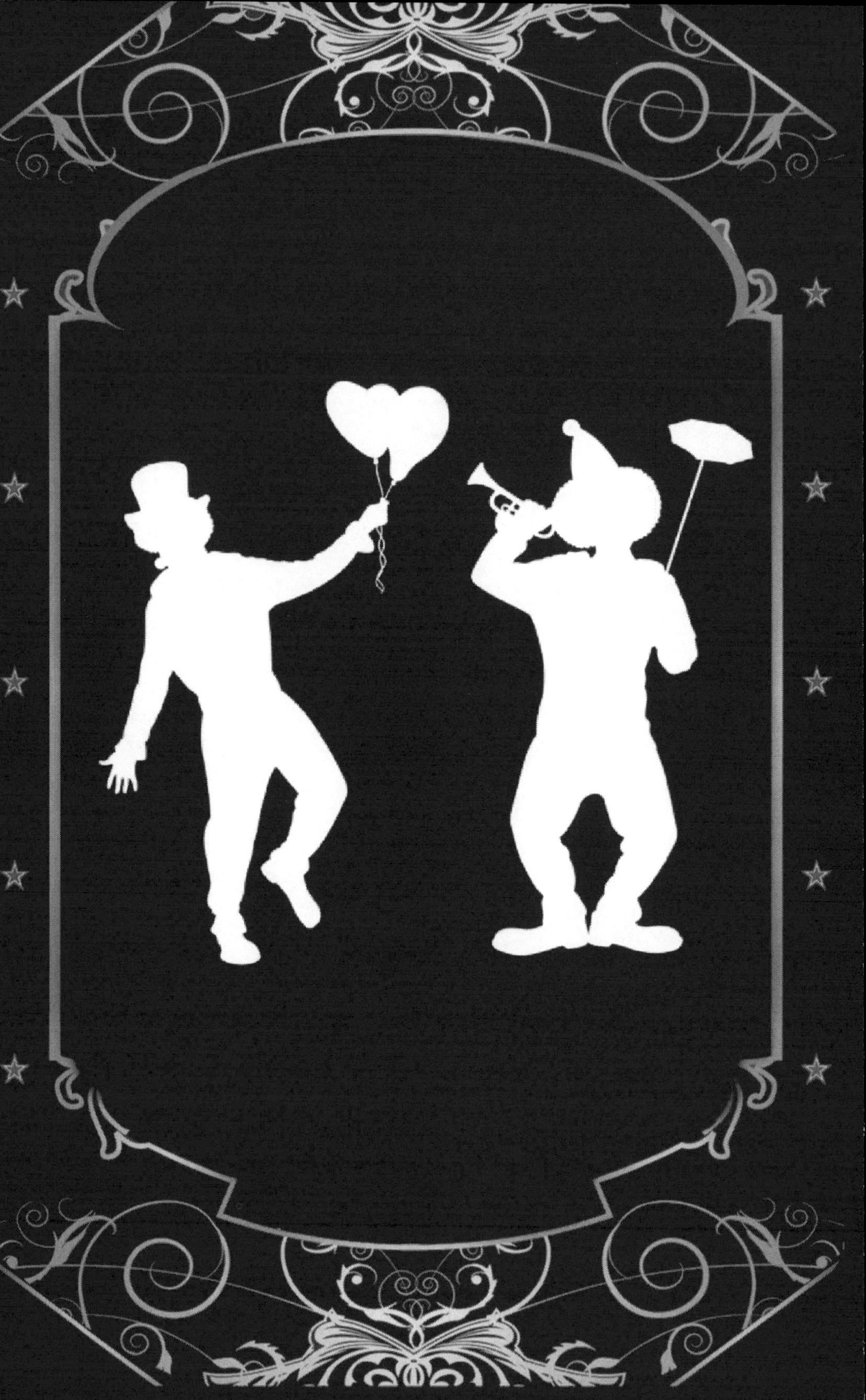

Capítulo 9

—Estoy molida...

—¡Nada de eso, nos vamos para la fogata! —Khloe exclamó en cuanto Valeria se arrojó a su cama.

—Ve, tú, yo quiero darme una ducha y dormir. Me duelen los músculos. —Estaba acostumbrada a realizar números que requerían mantener su cuerpo en posiciones que causaban dolor, pero aquello sobrepasó el límite de su resistencia. Eran muchos los que tenía que memorizar y la sincronía entre estos exigía ritmo y destreza, del que Valeria se le medía a todos con pericia, pero fue mucho trabajo por ese día.

—Párate o te *jalo* de las patas.

—No —fingió quedarse dormida.

—Vamos, *Nella*... No conozco a nadie y tú eres la única con la que me llevo bien. Creo que le caigo mal a los demás. ¿Por qué será?

Por bocona.

Pero no se lo dijo.

Ella era peor.

—Ve con Maya.

—La vi enganchada del brazo de Tristan.

—Entonces, dile a Jackson.

—Le está haciendo *ojitos* al contorsionista francés. No voy a estar metida entre esos dos.

—Estoy segura de que harás nuevos amigos.

105

—Los tendré si me acompañas; sola me da vergüenza. ¡Ay, ponte en pie! *Por fis*...

—Está bien... Solo deja que me dé una ducha; huelo a burro.

Minutos después, ambas paseaban por el exterior, ataviadas en pantalones de mezclillas y camisetas estampadas; la fogata solía realizarse la primera noche, luego del entrenamiento, como una especie de bienvenida que se hacían a sí mismos, permitido por los encargados de velar por la seguridad del *campus*. Pero era solo una vez que se realizaba por motivos obvios que compete más a las Autoridades Forestales para el resguardo del bosquecillo que los rodeaba.

La fogata estaba a escasos metros del costado del tren, con decenas de artistas veteranos y músicos compartiendo lo que hicieron durante el tiempo en que estuvieron descansando en casa de sus familiares o amigos cercanos. Los novatos se mantenían rezagados, agrupados entre ellos, aún cohibidos de sus compañeros experimentados en el espectáculo, deseando integrarse a los demás. Y también un tanto temerosos por si un caimán los atacaba de sorpresa, del cual era motivo de risas por parte de los veteranos que sabían movilizarse sin sufrir incidentes.

Akira Yamamoto le sonreía al chico larguirucho —que a Valeria salvó de una desastrosa audición— para que se sentara a su lado. Pero Valeria, quien no se dio cuenta del coqueteo de la chica, abanicó la mano en el aire para capturar su atención, dándole gusto de verlo allí. Esta acción hizo que a Akira le cayera mal que se le hubiese adelantado. El joven pelirrojo le sonrió a la morena y enseguida palpó las dos rocas del tamaño de un balón de futbol para que lo acompañaran. Valeria y Khloe cruzaron el enjambre de chicos y se sentaron enseguida.

—Veo que lograste pasar, Antonella. Te felicito, te desenvolviste muy bien en las telas —entablaba conversación. Le auguraba a la morena un futuro prometedor; solo esperaba que no se le subiera la fama a la cabeza como a algunas de las que por ahí merodeaban engreídas.

—Gracias —respondió apenada, sin pasarle por alto la buena memoria del chico al recordar su nombre, ella aún era desconocida para la mayoría. Khloe saludó al chico con un «hola» y luego se enfocó en el líder del escuadrón de jinetes acróbatas, que se hallaba cerca, sin reparar en ella por estar carcajeándose este de algo que una bonita hispana le comentaba—. Te has ganado mi amistad, por ti es que estoy acá, eh…

—Jerry.

—Gracias, Jerry —le sonrió afable—. Ese día me salvaste de una terrible audición, había olvidado mi CD. Fui una tonta…

Él rio sin ser antipático por el olvido de la chica; más bien, lo hacía para restarle a ella incomodidad.

—Te sorprenderías de las veces en que a los solicitantes se les olvida la música. Hay muchos a los que también se les queda el currículo o quedan congelados en el escenario. Los nervios hacen estragos.

—Y tú has ayudado a más de uno —conjeturó de la buena vibra que Jerry inspiraba.

Se encogió de hombros sin intenciones de enorgullecerse de ello.

—He visto de cerca lo que es sufrir a causa de esto, solo les doy una mano —por muchos años su hermano mayor se ilusionó en formar parte del circo, pero los nervios lo paralizaron, ocasionando que después la depresión lo llevara a tomar una trágica decisión.

—Pues, en nombre de todos ellos: muchas gracias.

Jerry se ruborizó, nunca antes nadie lo hizo sentir tan bien, como Valeria en ese momento. Valoraba su gesto y aceptaba de buena gana su amistad, aparentaba ser una chica dulce y sencilla de la que él se encargaría de velar por ella para que ningún de esos troglodítas se aprovechara.

—¿Quieres cerveza? —le susurró para no ser escuchado por la señora Morgan o la señora Sanders, quienes les recordaron a todos de no ingerir bebidas alcohólicas entre semana, por lo que Valeria dudó de romper las normas, esto se imponía con el fin de evitar el bajo rendimiento durante el entrenamiento o accidentes a causa de la resaca. Pero Jerry le aseguró que era cerveza ligera y solo tomarían una para evitar contratiempos al día siguiente; aparte de esto y en vista de que la joven notó que todos bebían «refresco» y también el larguirucho, en un vaso de plástico, aceptó.

Jerry dejó su bebida en el suelo y enseguida vertió un poco de cerveza en la tapa del termo que hacía de taza, teniendo cuidado de no desbordar la espuma. Valeria sorbió y luego de tomársela hasta la mitad, le ofreció el resto a Khloe, quien aceptó gustosa. A unos pasos de ellos, tres de los que hacían de payasos acróbatas, charlaban sin expresiones divertidas ni hacían monerías, solo intercambiaban opiniones de índole compleja, de lo que sucedía en «x» o «y» país, y de los problemas que tenían con sus respectivas familias que no aceptaban su particular profesión.

Se estremeció al encontrarse con los ojos de Logan que la miraba desde el otro lado de la fogata y manteniendo su brazo por encima de los hombros de Olivia Black, mientras la engreída parloteaba sin parar con una chica.

—Tocas de maravilla. Me refiero al violín: eres muy bueno… —comentó a Jerry en su intento de salir del aturdimiento que el otro le causaba. Mirarlo siquiera sería ganarse un impase con la *peliazul*, del cual hizo correr el rumor de dejar sin dientes a la resbalosa que le coqueteara a su novio.

—Es mi pasión.

—¿Has tocado en una sinfónica? Tienes la destreza… —Asintió y a ella le despertó la curiosidad—. ¿En cuál?

Jerry recogió su vaso y sorbió de su cerveza, mientras que Valeria aguardaba paciente su respuesta.

—En la de Boston.

—¡*Wow*, es una de las mejores del mundo! ¿Escuchaste, Khloe? —Se volvió hacia su amiga para unirla a la conversación, pero esta apenas asintió para que la dejara tranquila, ya que su atención seguía puesta sobre Axel—. ¿Cuánto tiempo estuviste allá? —La dejó en paz y continuó charlando con el pelirrojo que usaba vaqueros rotos en las rodillas y camiseta con el logo de Metálica, en un evidente gusto musical que se extendía hasta el rock.

—Dos años.

—¿Y por qué…? —calló para no pecar de impertinente.

—¿Por qué estoy acá y no recibiendo aplausos de un selecto público? —intuyó lo que la morena pensaba. Esa pregunta se la han formulado muchas veces que hasta cansaba.

—No tienes que explicarme, no soy quién para juzgarte —Valeria se apenó—. Todos en algún momento deseamos cambiar nuestros rumbos, dejé mis estudios universitarios para ser circense.

—¿Te llueven críticas?

«¡De ninguna manera echarás tus estudios a la basura! ¡¿Cómo osas plantearme semejante disparate?! ¿Estás loca?». «Juro que a veces pienso que no eres mi hija». «¡Insolente! ¡No sabes nada de lo que padecí...! No. ¡Padecimos en ese miserable circo! Pasamos hambre, humillaciones, incomodidad y hasta golpes. ¡Sí, golpes! Porque fuiste víctima de aquel mocoso. ¿O se te olvidó que te pellizcaba y te ponía apodos espantosos? Jamás te dejaba en paz y se encargaba de que los demás niños te hicieran lo mismo».

—Muchas —todas de su madre. Ya ni quería encender el móvil para no escuchar la cantidad de audios furiosos que le enviaba.

—Ignóralos. Mientras seas feliz, no repares en los demás. Ellos no estarán para ti cuando te sientas una mierda por estar frustrada —expresó con un tono amargo en su voz. Aún no estaba listo para revelar que renunció a la sinfónica por el suicidio de su hermano. En vez de ser este apoyado por su familia, a seguir adelante, recibió burlas e increpaciones que acabaron con su autoestima. Durante una dura época, él también soñó con viajar por el mundo en compañía de personas fabulosas que arriesgaban su vida al realizar actos que despertaban la admiración en adultos y niños, pero obedeció a los deseos de su padre —director de orquesta— para que siguiera sus pasos.

Solo Mark se atrevió a desafiarlo y murió en el intento.

Dichas alentadoras palabras le llegaron a Valeria al corazón, se daba cuenta de que había personas que han pasado por la misma situación. Lo expresado por Jerry, reflejaba que tuvo que luchar para ganarse su puesto y no con otros músicos como él, sino contra sus seres queridos.

Suspiró apesadumbrada.

¿Por qué la gente tenía tan mal concepto del circo?

Ellos solo querían dar color al mundo.

—En eso tienes ra...

—¿Crees en el amor a primera vista? Porque yo sí —Khloe interrumpió lo que ella estuvo a punto de decirle a Jerry, de tener razón. Pero tuvo que procesar la pregunta de su amiga y luego esbozar un amago de sonrisa, porque le pareció grosero querer llamar la atención, cuando, lo que conversaba con el otro no eran tonterías.

No supo qué responderle, cada vez esta deleitada del bello alasqueño de ojos centelleantes.

Alzó los suyos hacia la fogata. Sin querer, ella y Logan volvieron a cruzar miradas, por lo que tuvo que enfocarse en la rubia ensortijada, sintiendo en su fuero interno un creciente rencor hacia ese idiota que, por culpa de su *bullying*, ella fue obligada en abandonar a su padre.

—Apenas lo viste hoy, ¿qué sabes de él a parte de lo evidente?
—Axel tenía la actitud de ser un rompecorazones.
—Que me recuerda a Loki: travieso, socarrón y sexy…

Jerry arqueó una ceja despectiva por el comentario de la chica y Valeria le dio un codazo a su amiga para que no dijera estupideces.

—Debe tener novia —le hizo ver. La hispana con la que Axel, hablaba, le acariciaba el brazo de manera coqueta como si pretendiera proponerle hacer juntos algo indecente.

Khloe hizo un mohín.
—Lo sé, no estoy ciega.
—Entonces, deja de suspirar.
—No lo puedo evitar: está *buenorro*…

Valeria optó por no replicar y, sintiéndose para su desgracia atraída hacia *el que se hallaba en medio del grupo «elitista»*, rodó los ojos hacia Logan Sanders, quien la observaba sin prestar la mínima atención a su novia tóxica. La expresión de este distaba a cómo estuvo durante el día en el galpón, lucía un tanto malhumorado, aislado en sus propios pensamientos; las lenguas de fuego que ondeaban en la fogata eran la barrea entre los dos, él estudiaba sus facciones que ni parpadeaba, pretendiendo revelar algún misterio en ella o sospechara de su verdadera identidad. Valeria se removió en su puesto, arrepentida de haber cedido a su compañera de camarote, y trató de desviar la mirada para cortar la visión con este. Pero los ojos grises seguían ahí sobre ella.

Rogaba para sus adentros a que las horas corrieran rápido para marcharse a dormir. Por desgracia, Khloe aparentaba tener intenciones de permanecer allí hasta que el alba despuntara o hasta que *el hermano malvado* del dios del Trueno, la invitase a «conocer» sus instalaciones privadas.

En todo caso, tenía que cuidar de su amiga, se la veía tan ávida por ser aceptada, que podría ser víctima de un inescrupuloso.

Mientras tanto, Logan tomó un sorbo de su bebida espumosa; de vez en cuando asentía o negaba con la cabeza a lo que Olivia le hablaba, y después retornaba sus ojos sobre la muchacha nueva. ¿Dónde la recordaba? Por supuesto, de la audición, pero tenía la sensación de haberla visto antes de aquel día.

Antonella Davis.

Antonella...

Nombre italiano, apellido estadounidense.

No, no era aquella.

Esto lo motivaba a estrujarse las neuronas. ¿Cómo es que era su nombre completo? Sabía el nombre de pila y el apellido de su padre: Valeria Nalessi. Sin embargo, estaba seguro de tener un segundo nombre. ¿Cómo es que era? Valeria... Valeria...

¡Caramba! Él lo sabía, lo escuchó en más de una ocasión cuando niño: Valeria. Valeria Nalessi... Valeria... ¿qué?

¿Valeria Ramona?

¿Valeria Alejandra?

Valeria...

Tendría que preguntarle a su mamá, ella quizás recordaría.

—¿Qué tanto la miras? —Olivia se tensó en cuanto se percató que su novio mantenía los ojos postrados sobre el mosquito recién aparecido. Las novatas como esa eran carne fresca para los buitres como este, que les gustaban saltar de cama en cama, para «distraerse» un poco de una relación monótona.

Aun así, Olivia, que a todas les daba su discurso de bienvenida, de «no toques lo que es mío o te mando a casa en pedacitos», las dejaba con la mente en blanco y las piernas temblorosas. En cuanto *al mosquito*, ella la pondría en su lugar.

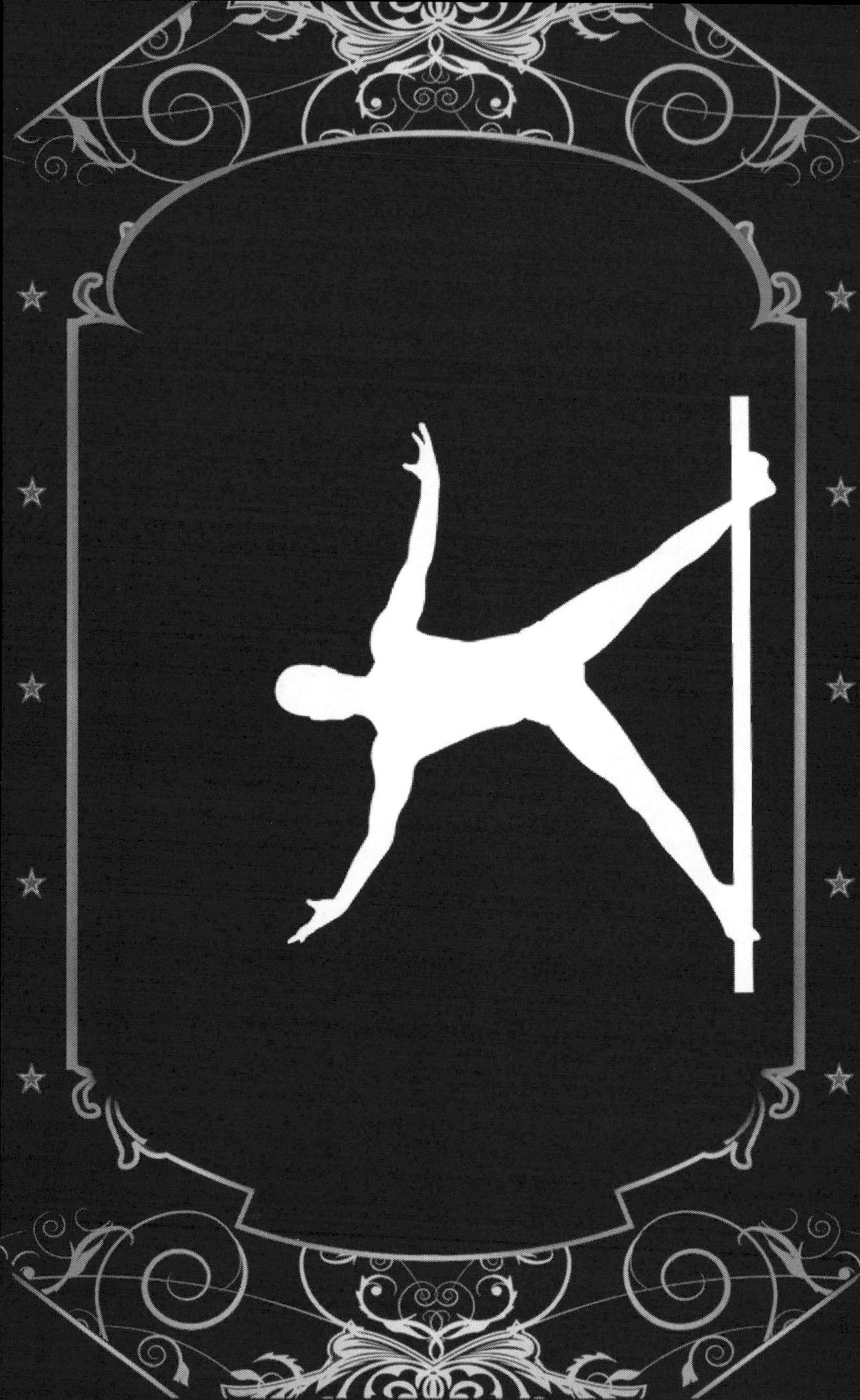

Capítulo 10

—*¿Por qué no contestas? ¡Atiende el móvil! Douglas está muy molesto por tu insensatez, que hasta amenazó con divorciarse de mí si no entras en razón; has dejado tus estudios y el trabajo, para marcharte con unos buenos-para-nada. Qué vergüenza con el señor Conrad, que se preocupó por ti, y tú le pagas de esta forma. ¡No es lo que te hemos inculcado! ¿Qué dirá la gente?, ¿qué nuestra hija es una desagradecida que se mofa de su familia? ¡Regresa ahora y compórtate como una señorita decente! No seas el centro de habladurías; mira que...*

Valeria suspiró y eliminó el audio de cinco minutos de duración de su mamá. Llevaba tres como esos, de lo que iba la mañana, por no devolverle las anteriores llamadas que le ha hecho desde que abandonó la casa. Los reproches eran cada vez más furiosos hasta el punto de ser hirientes. Leonora desestimaba las inclinaciones artísticas de su hija, resaltando aquellos impuestos por ella misma: el título de Doctora en Leyes era más prestigioso que el de maromera.

—Lo siento, yo aquí me quedo.

Desconectó el móvil del enchufe para que este cargara la batería y luego lo guardó en uno de los bolsillos de su morral, considerando que su mamá le haría la guerra hasta que renunciara a Amore. Seguía tratándola como una bebé a la que debía enseñarle a cepillar los dientes y a caminar tomada de su mano. Ya estaba grandecita para saber cómo manejarse entre la gente, le enseñó a ser desconfiada, a leer las letras pequeñas y las que había entre líneas, a no dejarse embaucar por el primer idiota que le coqueteara.

En resumidas cuentas: que fuese ambiciosa e inteligente; una «Davis» por así decirlo, que el éxito corriera por sus venas. Sin embargo, no le daban la libertad de tomar sus propias decisiones.

Con esos lúgubres pensamientos, martirizando su cabeza, extrajo de su moral una toallita para secarse el sudor que perlaba su frente y luego tomó la botella de agua mineral que permanecía sobre los escalones que daban hacia la segunda planta del galpón, para hidratarse un poco. Sorbió un trago a su vez en que tenía los sentimientos revueltos. Agradecía el amor y la paciencia que tanto le daba, pero era hora de que ella cometiera sus propios errores.

Alzó la mirada hacia los arneses que colgaban del techo del inmenso galpón.

El área estaba bien distribuida: una parte asignada para los aros, otra para los trapecios, siendo estos a menudo utilizados por ambos sexos y a una altura que superaba los quince metros. Las mallas de seguridad extendidas debajo para salvaguardar las vidas en caso de caídas. Las colchonetas voluminosas y las que cubrían buena parte del piso de granito, amortiguaban los constantes saltos y piruetas que sobre estas se hacían. No siempre se ensayaba en los aires, sino que se disponían de arneses a poca distancia del piso, con la finalidad de dominar primero un número y luego, poco a poco, ir subiendo hacia el techo hasta lograr la confianza necesaria para brillar.

—¿Será que *la princesa* se digna de volver al ensayo o tiene cosas más importantes que atender? —Olivia Black espetó a la chica que descansaba más de lo permitido. El móvil era su principal distracción, recurriendo a este las veces en que podía.

Valeria se volvió hacia la antipática mujer de cabello azul, cuya trenza recogida le llegaba hasta la mitad de la espalda.

—Tomaba agua —se excusó contenida. Tan solo se había demorado un par de minutos y la gritaba como si fuese parte de un pelotón.

Desde tempranas horas de la mañana, practicaban un número que se le ocurrió a la señora Sanders el día anterior. El grupo de trapecistas, bajo la dirección de Olivia, combinaban aro doble con trapecio. Todo en pro de una llamativa presentación.

Esta movía sus impacientes dedos sobre su cintura.

—Después pedirás permiso para orinar —graznó—. ¡Muévete, que estamos atrasadas por tu culpa!

Valeria dejó la botellita de agua en su lugar y la encaró, echando fuego por los ojos. Era la líder del grupo, pero ella se haría respetar.

—No me grites que no estoy sorda —bastante soportó los gritos de su progenitora, para que una tontorrona con las ínfulas grandes hiciera lo mismo.

—¡Huy a *la princesita* le disgusta que le hablen fuerte! —la otra replicó, utilizando acérrimos sarcasmos—. Le pido mil perdones —se reverenció—, no volverá a pasar.

Las trapecistas se carcajearon sin contemplación. Khloe, asignada entre los malabaristas, sopesó lanzarle a la cabeza de la *peliazul*, uno de los platos que oscilaba con la punta del pie; si se atrevía a tratarla a ella como a su amiga, le daría su merecido.

Valeria alzó la mandíbula, con altivez, harta de sus maltratos verbales cada vez que se tomaba un respiro.

—Solo hábleme como a las demás personas: con respeto.

—Si me da la gana de gritarte, lo haré —Olivia sentenció—. Estoy a cargo del acto y no permitiré que una novata sin importancia lo estropee. ¿Entendido? —Esperó a que la muchacha contestara, pero como no lo hizo, repitió—: ¿En-ten-di-do? —separó cada sílaba para que le calara hondo en la cabeza.

La joven morena contó hasta diez para controlarse. No se dejaría amilanar por esa mujer. *«Llénate de paciencia. Por alguien como ella, no te van a despedir»*, pensó en lo que le aconsejó Khloe, al estar de vuelta en el camarote, una vez abandonó el área de las duchas. De momento, daría su brazo a torcer.

Aflojó la tensión en su mandíbula y reticente contestó:

—Entendido. —Luego se encaminó hacia la pista, sintiéndose como una mierda. Pobre de esta, si seguía buscándole las cinco patas al gato; terminaría por encontrarlas.

Olivia le dio la espalda, lanzando órdenes a sus trapecistas. Ansiaba que la novata se rompiera los brazos al caer de los trapecios. Celebraría su partida con una buena copa de vino.

Desde el otro extremo del galpón de ensayo, Logan observaba a «Antonella» a una distancia en que esta no se daba cuenta. Los gestos envalentonados de su novia, le indicaba que traía a la chica entre ceja y ceja. La mangoneaba de tal modo que parecía disfrutarlo. Por lo visto, tendría una charla con ella para recordarle que, pese a ser hija de socios minoritarios, sus funciones eran como la de una empleada más y no debía abusar de su mando. Él lo aprendió a las malas; en su niñez se creyó el centro del universo, todo se hacía a pedir de boca; de lo contrario, quien lo desafiara, se las vería negras.

Hasta que se topó con una pequeña de ojos marrones que lo encaró sin temor, enfrentándose a él con uñas y dientes, siendo la que perdió... Y, debido a ello, se la llevaron.

Se tomó un minuto para ordenar sus pensamientos y concentrarse en sus movimientos; si por estar de distraído, uno de su grupo se lesionaba, no se lo perdonaría. Aquella chica revoloteaba hasta en sus sueños, le inquietaba sin hallar explicación del porqué se le hacía familiar. Pero tenía la certeza de no estar equivocado.

*****

—*Eto etá gueno* —Khloe chasqueó con la boca llena, mientras devoraba el pollo gratinado.

Valeria rio.

—Te vas a atragantar, si sigues comiendo de esa manera.

Esta se encogió como si no le importara.

—Tengo hambre —dijo después de tragar un bocado y con ganas de comerse hasta el plato de su amiga.

—Pues, contrólate, porque necesitaré de una grúa para levantarte de la silla.

—Ja, *ja*... No pretendo dejar residuos en el plato. ¡Está delicioso!

—Qué cerda.

El comentario despectivo de Cinthya Moll, enojó a las chicas.

—Cállate, *desteñida*, que comes peor que yo —Khloe le gruñó, sentada en la mesa contigua. Si antes le desagradaba, ahora la aborrecía.

La más falsa de las risas, se escuchó en el comedor.

—Para tu información, soy rubia natural —Cinthya replicó de manera antipática—. Mis abuelos son escandinavos.

Khloe no se quedó atrás y soltó una risa displicente.

—«Rubia natural». «Rubia natural...» —imitó a la otra con voz chillona—, Sí, claro, como no... «De abuelos escandinavos». *Ujum*... ¿Y el decolorante nada tiene que ver? Porque se te notan las raíces... —Una oscura línea central que apenas era perceptible y del que no pasaba por alto para el ojo de águila de Khloe, asomaba entre los cabellos «claros» de la engreída muchacha.

Cinthya alzó la mandíbula una pulgada.

—Ya vez que sí —dijo vanidosa—. Tengo sangre aria.

Valeria tosió, ahogándose con la bebida que tomaba. Menuda racista almorzaba en el cafetín.

—¡*Heil* Hitler! —Khloe se puso en pie y con el brazo extendido hacia el frente, emulando a aquellos seguidores que se consideraban superiores a otros, solo por tener la piel blanca.

Los comensales sentados cerca, se carcajearon, y algunas cabezas giraron ante el saludo nazi de la menuda muchacha de cabellos alborotados y lengua de fuego. ¡Vaya que tenía carácter, si la sacaban de quicio les hacía tragar sus palabras!

Cinthya arrugó su aristocrática nariz.

—Idiota.

—Y tú pendeja —Khloe deseaba ferviente en dejar a la platinada sin dientes.

—¿Pendeja? —Chasqueó los labios—. No, mi niña, pendeja no. Al contrario: ¡soy grandiosa!

Khloe fue ordinaria al reírse a todo pulmón. Axel, desde el fondo del cafetín, la observaba divertido. Aquella, sin duda, se mediría con quien fuese. Si la molestaban, los golpearía.

Valeria se inquietó.

—Oigan, tranquilícense, están dando una mala impresión.

Ambas rubias se cruzaron de brazos, airadas.

—Me importa un carajo el qué dirán —graznó la menuda, echando humos por las orejas. A ella nadie la iba a intimidar, menos una cabeza hueca de tetas grandes.

Cinthya miró agresiva a Valeria.

—Dile a *la enana*, que tienes por *amiguita,* que cierre el pico o se lo cierro de una trompada.

—¡A ver! —la aludida se envaró—. Dame tu primer golpe.

La rubia platino se puso en pie.

Y, con ella, todos en el cafetín se levantaron, preparando sus móviles para filmar el enfrentamiento que traería serias repercusiones a las involucradas. Una o la otra se iría para siempre del Campo de Entrenamiento por alborotadora, del que más de uno hizo sus apuestas. La más alta sacaba veinte centímetros de ventaja por sobre la baja. Aunque esta última era de tener cuidado, eso lo comentaba Tristan a Jackson Thomas, que la consideraba peligrosa, a lo que, Akira replicó molesta al escucharlo. Cinthya tenía cierto grado en defensa personal, una patada en el estómago y a la enana la dejaba sin aire y tirada en el piso.

—¡Basta! —Valeria gritó—. Compórtense que son adultas, no adolescentes. —Ahora era ella la que trataba de zanjar una discusión, interviniendo solo por el beneficio de su amiga.

Se sorprendió al cruzarse con la mirada de Logan, sentado él en la mesa más retirada del cafetín. Pero la desvió, evitando hacer evidente su turbación. Olivia almorzaba con él y esta, la vigilaba a ella a cada segundo sin darle tregua.

Khloe y Cinthya meditaron sus acciones y se enfurruñaron en sus respectivas mesas; de caerse a los golpes, las despedirían, la directiva no toleraría riñas dentro de las instalaciones, lo dejaron claro en las normas internas. La morena decidió que almorzó suficiente y se marchó del cafetín sin despedirse de Khloe y atravesó el área de entrenamiento para estar un rato a solas. Disponía de unos minutos de descanso y relajarse sin tener que escuchar las sandeces de otros. Aún seguía con los nervios desechos a causa del malnacido aquel. Tener que soportar su presencia la avinagraba.

—Eres buena para calmar los ánimos —la voz de un joven, a su espalda, la sobresaltó.

Valeria se volvió hacia este y se tensó.

Lo que faltaba, que la siguiera.

—Y también para caldearlos —recordaba las veces en que él la molestaba.

Logan la miró extrañado.

Esos ojos, esa mirada severa…

—¿Te conozco de alguna parte? —Su nariz percibiendo el perfume de la muchacha. ¿Era jazmín?

Valeria parpadeó. El muy maldito no la reconocía, lo que era bueno para su salud mental; de lo contrario, seguiría fregándole la paciencia. Muchos eran así hasta de adultos.

—Sí, en las prácticas —se hizo la desentendida. Estaría loca si le revelaba quién era ella en realidad. Fue una excelente idea inscribirse con el segundo nombre y el apellido de su padrastro, de ese modo, no la relacionaban con los Nalessi.

Aunque, meditaba que sería cuestión de tiempo para que todos la descubrieran. ¿Acaso su intención no fue la de estar cerca de su padre?

Logan puso los ojos en blanco.

Qué evasiva...

—Me refiero: en otro sitio, fuera del *campus*.

Valeria pensó desesperada su siguiente respuesta.

—En el... t-*teatro* Bernard Jacobs. Allá fue donde me viste.

Logan meditó que no fue precisamente en aquella audición, sino en otra parte.

—Puede ser... —concedió sin convencerse así mismo. Estaba seguro de que ese rostro de ángel enojado jamás se le olvidaría—. ¿Cómo es que te llamas? Antonella, ¿cierto? —preguntó, siguiendo su corazonada, su pecho se oprimía cada vez que la miraba.

Valeria palideció.

—Ajá.

Él sonrió.

—Es un bonito nombre. Significa...

—Ya sé lo que significa —espetó sin ánimos de mantener una conversación amistosa.

—¿Por qué tan enojada? —Frunció el ceño ante su grosera actitud. El perfume de Valeria lo inquietaba.

¡Porque fuiste un idiota que me jodió la vida! —gruñó ella para sus adentros y en una visible animosidad demostrada a través de su severa mirada.

A cambio y controlando la rabia, le espetó:

—Tengo que practicar. —Lo dejó allí entre unas colchonetas que se hallaban apiladas, sin darle más explicaciones.

Logan la siguió.

—Si te han dicho algo malo de mí, te aseguro que no son ciertas, soy inofensivo. —Sonrió con picardía. ¿Cuántas había cometido durante ese día? Algunas aún le causaban risa.

Valeria se volvió hacia él.

Este hijo de...

—¡Ja! —Aparte de tonto: mentiroso. De «inofensivo» no tenía nada. Bastante que la agredió cuando niña.

Recogió su morral y se lo terció para alejarse de él y esperar a que los demás retornaran del almuerzo. Estar en compañía de un chico que, posiblemente, seguía siendo un niño mimado, la ponía de un humor de perros. Que se fuera a la porra y la dejara en paz, ya no era una chiquilla de ocho años que lastimaban con facilidad, ahora tenía dieciocho, con los puños endurecidos y con el férreo deseo de golpearle el rostro.

Sin amilanarse por el desplante, Logan la siguió de nuevo. ¿Qué tenía esa chica para que lo atrajera de esa manera?

Actuaba como tonto.

—¿Por qué te desagrado? No te he hecho nada —inquirió con soterrado enojo; lo usual es que las chicas lo acosaran, no al revés. Con esta, no sucedía.

Lo ignoraba.

—¿Estás seguro? —Valeria daba pasos agigantados para mantener distancia entre los dos. No soportaba ni su perfume.

Logan la sujetó del brazo para impedir que se marchara.

—¡Suélteme! —Se sacudió rudo, presta a darle un bofetón.

—¡Tranquila! —exclamó atónito por la hosca actitud de la muchacha—. Oye: si *dije* o *hice* algo que te ofendiera, me disculpo —aunque no entendía qué.

Valeria lo observó y se contuvo de escupirle las veces en que la humilló en Italia; era mejor reservarse esos recuerdos.

—Solo, mantente distante.

—Eso está difícil —sonriendo perverso, dio un paso hacia ella—. En algún momento debemos trabajar juntos.

Valeria tragó saliva, luchando por no moverse de su sitio para no demostrarle que la había amilanado con su imponencia. El condenado debía medir metro noventa, porque la hacía sentir como una hormiguita.

—Por supuesto —concedió reticente—. Pero no deseo que me estés fregando la paciencia, me fastidias. —Y al término de sus afiladas palabras, se dirigió hasta los escalones de esa parte del galpón y se sentó para «hurgar» dentro de su morral, por algo que «necesitaba», y así tener que cortar con la visión que tenía de él.

Logan se enojó. ¿Acaso era un idiota para estar mendigando amistad a una tonta?

—Descuida, mi tiempo es valioso como para perderlo con una amargada.

Valeria alzó la mirada y jadeó ofendida.

¡¿Amargada?!

¡Ella no era una amargada!

Abrió la boca para expulsar un par de increpaciones, pero Logan le dio la espalda para volver con su entrenamiento. Los diversos grupos comenzaban a integrarse en la pista, retomando las ubicaciones y los pasos de baile en los que quedaron antes de irse a almorzar.

Suspiró, afligida.

Aparte de haberse ganado la desconfianza de la novia, la rabia de *la platinada* y de unos cuantos que la miraban con recelo, también se ganó la inquina del hijo de la coreógrafa principal.

—Bien hecho, Valeria. Bien hecho… —se reprendió a sí misma—. A este paso serás la más odiada del circo.

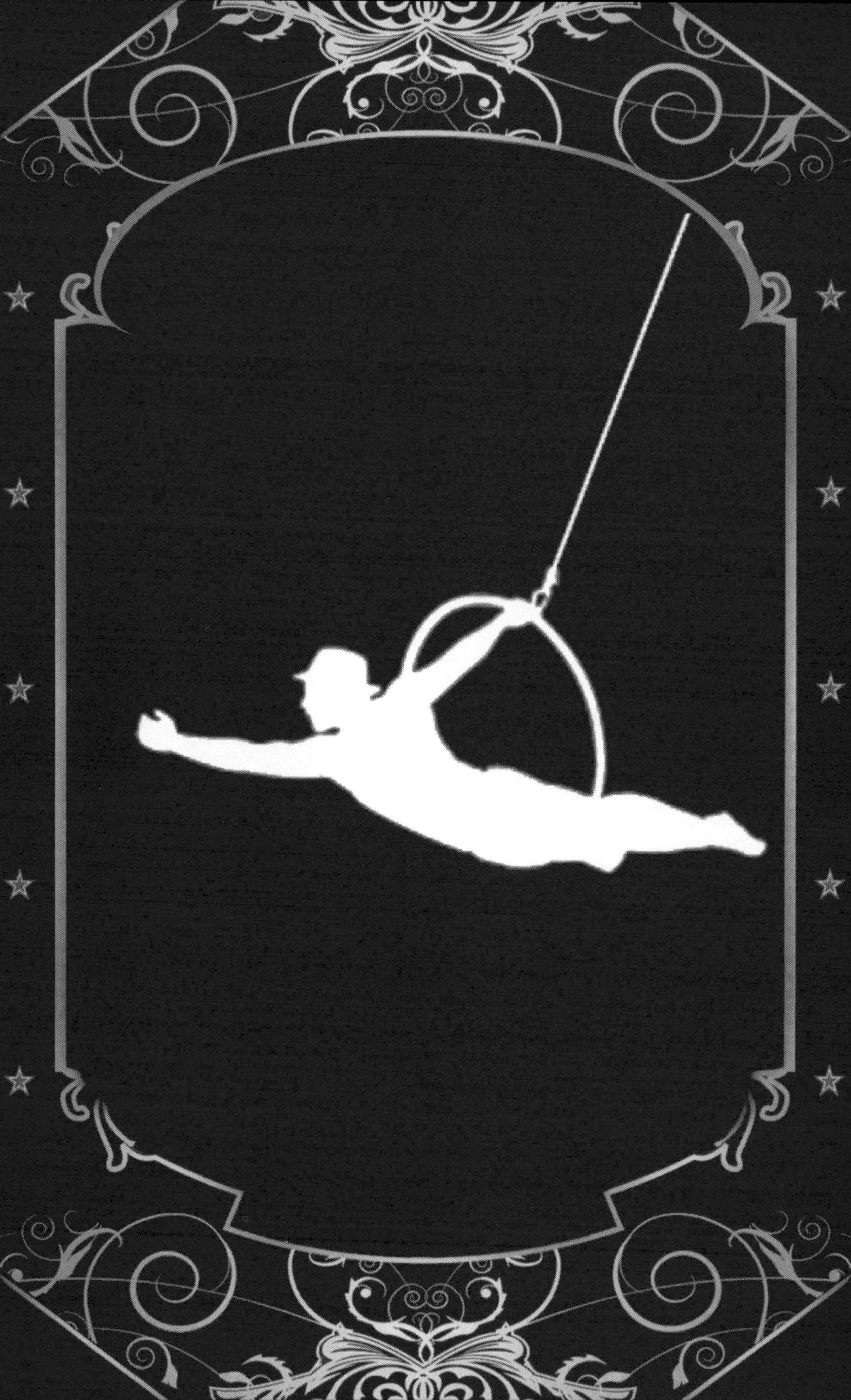

Capítulo 11

Si algo desconcertaba a Valeria, era observar a Logan columpiarse en el trapecio como si fuese irreal.

Lo hacía como ninguno, volando de un extremo a otro, y haciendo giros triples y dobles del que un chico lo atrapaba en cuanto este se acercaba con los brazos extendidos hacia la plataforma alta. Su desempeño era impecable, cumpliendo con lo exigido en lo que sería un deleite para el público; sobre todo, el femenino, porque hay que ver que ese muchacho tenía muy buena contextura física; cuando volaba, los músculos de su torso y brazos se marcaban de tal modo, que solo restaba alzar la mirada y contemplarlo embobada. Era una estrella de gran esplendor, fascinando con su técnica magistral de pretender alcanzar lo imposible, a pesar de que la red estaba extendida varios metros debajo de él. Sin embargo, una mala caída, podría fracturar el cuello o la columna vertebral y dejarlo por lo menos postrado en la cama por el resto de sus días. No habría de subestimar los riesgos de desafiar a la muerte; en las actuaciones muchas veces la enfrentaban.

Desvió la mirada en el instante en que él –allá arriba– rodó los ojos hacia ella, mientras se empolvaba las manos con tiza para evitar que se tornasen resbalosas por el sudor, y frunció el ceño como si le desagradara que Valeria lo observara. Esta volvió a lo suyo, sintiendo ese calor clavado en la nuca y esbozó una sonrisa apenada en cuanto Khloe la miró interrogante. Sus mejillas ardían, reflejando su perturbación, pero no le respondió, sino que giró el banderín que sostenía como si fuese una batuta. Practicaban por quinta vez la

Apertura, puesto que a la señora Morgan no le complacía la ejecución del grupo. Les hacía repetir el número más de una vez, movilizando medio centenar de artistas en la pista. Logan había cumplido con lo prometido, la dejó en paz, manteniéndose alejado cuando no se requería de su presencia. Pero era un aspecto que le causaba a Valeria un sabor amargo en la boca. El chico le robaba su atención sin proponérselo, haciéndose sentir a dónde fuese con sus carcajadas y figura atlética; un adonis cotizado entre las solteras y las que mantenían una relación amorosa.

Este se lanzó al vacío, justo donde un trapecio desocupado a mitad de camino, lo esperaba, y se acomodó sobre este para columpiarse como si fuese un niño. La morena lo intrigaba, pero a la vez lo enojaba, porque rehuía de él sin que le hubiese hecho nada. Olivia marcaba el ritmo del baile a las chicas que la seguían cual regimiento, entre saltos y piruetas, siempre sonrientes, sin dejar entrever el cansancio o alguna molestia que sintieran. Antonella se mezclaba muy bien con sus compañeras, sin que esto hiciera que se perdiera de la vista del muchacho; la seguía con la mirada, queriendo estar abajo y bailar con ella, pero esta se empeñaba en mantenerse distante.

Se balanceó entre los trapecios y desistió de seguir, a causa de su desconcentración, y se dejó caer en la red de seguridad para dar por concluida su práctica. Una voltereta sobre esta y sus pies tocaron firmes el piso. Las bailarinas pasaban cerca, teniendo cuidado de que sus cabezas no tropezaran con la red ubicada al centro de la pista y le sonrieron, arriesgándose a que la malgeniada de la novia, las pillase por coquetas. Se encontró con los ojos marrones de Antonella y los eludió, sorprendiéndole a Logan del porqué lo había hecho; de alguna forma la chica lo intimidaba por tener ese aire de reproche en su mirada, que parecía querer reclamarle algo del cual él ignoraba. Aun así, caminó detrás de ella, simulando que iba por la misma dirección hacia la salida, pero en realidad lo que buscaba era disculparse por lo que fuese en que la había ofendido. Pero ¿qué fue lo que le hizo?

Valeria sintió un ramalazo recorrer su espalda, como si de repente se sintiera desnuda. El hormigueo bajo su piel la hacía trastabillar y darle unos cuantos banderillazos a dos bailarinas que se quejaron adoloridas. Quería alejarse de allí, Logan casi respiraba sobre su nuca, quizás haciéndolo adrede para que ella se equivocara con el banderín que sostenía al pasar frente a los coreógrafos y la jefa del grupo, quien esta última no dejaba de vigilarla y hacerle comentarios despectivos cada vez que tenía oportunidad.

—¡Cuidado, Antonella! —Berenice Williams gruñó por casi ella meterle el banderín por el trasero, en un aleteo que hizo al estar nerviosa; *uno* que la seguía como un acosador y *la otra* que la tenía en la mira por celosa.

—Lo siento… —procuró encoger los brazos, mientras pasaba entre Cinthya Moll y Danira Martin, conocida como Lengua Caliente, por ser la más chismosa y entrometida en todo el *campus*.

Logan se apresuró en pisarle los talones, aprovechando las ondas que hacían las banderas de mayor dimensión, para hablar con la morena, o al menos acordar con esta una segunda oportunidad para aclarar los malentendidos, si es que los había… Pero Antonella, en evidente huida, se hizo cerca de Olivia, solo para marcar un límite del que Logan no podía traspasar. Así que, sin más remedio, se dio por vencido y se marchó del galpón, para darse una ducha, e ingeniarse en la tranquilidad de su camarote en cómo haría para hablar con ella. Le intrigaba que fuese tan misteriosa.

Y, antes de cruzar los portones hacia el tren, escuchó una fuerte discusión que se desató de pronto detrás de él.

Miró por sobre su hombro para saber de quiénes se trataban.

—¡Carajo! —Se devolvió sobre sus pasos, ¿qué había ocurrido?

—¡A mí, tú me respetas! —Antonella exclamó molesta. Sus ojos ardían como brasas—. Me haces el favor y para de tratarme de esa manera.

—¿Y cómo, *la princesa*, se supone la traté? —Olivia fingió demencia. En su mirada se reflejaba que era culpable de lo que se le acusaba.

Antonella respiró fuerte. Cerca se congregaban algunas bailarinas y jóvenes que hacían de payasos, pero que, en ese momento lucían ropas deportivas. Logan se abrió paso y se acercó, pidiendo explicación al que le quisiera informar. Tan solo pasaron segundos en que les dio la espalda y estas reñían como perros y gatos.

—Me humillas —la muchacha respondió, conteniendo el temblor en su cuerpo—. Si en algo me estoy equivocando, dímelo, pero no me insultes que no eres nadie para que me trates mal.

La otra rio indolente. Ya el resto de los artistas se aglomeraban, curiosos por lo que allí sucedía. Hacía mucho en que dos fieras no se agarraban de los pelos.

—A ver, *señorita*, aquí la que «no es nadie», eres tú, porque soy *tu jefa directa*. Y, lo que haces, no está a la altura de lo exigido: te tropiezas, pierdes el ritmo de la coreografía y te lo pasas *embobada* por estar viendo pectorales como si nunca hubieses visto el torso desnudo de un muchacho. Pareces virgen...

Las risas estallaron a su rededor y Valeria contuvo una palabrota. Qué desgraciada.

—¡Olivia, basta! —Logan le exigió. Por más que un miembro del equipo, fuese torpe, no era merecedor de tal afrenta. Cada quien merecía su justo respeto.

—Lo siento, cariño, pero me retrasa a las chicas. Por ella es que la Apertura sale tan mal: no sigue la pauta, carece de coordinación como si tuviese dos pies izquierdos. La verdad es que no sé cómo es que la aceptaron. ¡Es pésima!

—¿Qué es lo que pasa? —la señora Sanders acudió tan pronto se percató del revuelo en la pista.

—¡No la quiero en mi equipo! Es pésima —Olivia repitió, ponzoñosa—. No baila bien, no es buena en el aro ni en el trapecio, apenas se enrolla en esas telas, del que nada sobresale. ¡Ponla de payasa que para eso tiene gracia!

Las risas estallaron, provocando que a Valeria se le hiciera un nudo en la garganta por las ganas imperiosas de llorar, pero se aguantó con entereza los escupitajos de la *peliazul*.

—La que determina si es apta, soy yo, Olivia —la mujer replicó sin alterar su voz—. La señorita Davis se ha ganado un puesto en el circo, por sus dotes artísticas, un grupo de jueces lo comprobaron; si no ha sabido adaptarse, es por cuestión de liderazgo —le hizo ver, provocando que la otra hiciera un mohín—. Así que, más te vale que ella se desenvuelva mejor o tendremos que estudiar si has perdido la capacidad para inspirar confianza en tu equipo.

Las murmuraciones se deslizaron entre los artistas, con expresiones de «no quiero estar en los zapatos de ninguna de las dos». Olivia recibía una reprimenda por parte de la coreógrafa principal y la novata por esto sería blanco de los futuros ataques de su líder.

—Bien —aceptó reticente—. Luego no me culpen *si por ella* hay accidentes. ¡Es torpe!

La señora Sanders recibió una llamada a su móvil, del que apenas expresó unas monosílabas palabras, y luego colgó.

Se volvió hacia las chicas y, con voz enérgica, les ordenó:

—Recojan sus cosas, hemos concluido por este día. Tú, acompáñame, necesitan hablar contigo —se dirigió a Valeria, que la miró como si le hubiese dicho que la llevarían al matadero.

Olivia sonrió jactanciosa y Logan se inquietó.

—¿Quiénes, mamá? —Logan no alcanzaba a ver el nombre del que había llamado, mientras que los curiosos se disipaban entre conjeturas de las personas que podrían ser como para requerir su presencia. Seguro que expulsarían a Antonella Davis por buscapleitos; el que discutía con un líder, las tenía de perder, así el empleado tuviese la razón.

—Lo siento, no te puedo informar. Lo que tengan que decirle a la señorita Davis, es privado, así que te puedes marchar junto con los demás. Asegúrate de que todos hayan salido del galpón, la última vez; Ernest Williams estuvo encerrado tres horas.

Logan asintió y quedó allí, observando como su mamá y Antonella se alejaban para abordar un asunto que a nadie concernía. Cabeceó en rechazo a la forma en cómo la chica fue tratada por su novia, y, si lo que dijo esta, la perjudicaba, él tendría que hablar seriamente con Olivia, porque con prepotentes no se relacionaba.

Mientras tanto, la estricta coreógrafa se dirigía a paso rápido hacia el edificio principal, sin reparar en la joven que la seguía de cerca y bastante mortificada. ¿De qué querrían hablar con ella, si no era para despedirla? ¿La vieron por alguna cámara? Caramba, ¿por qué no se mordió la lengua y soportó las increpaciones de esa bastarda? Por ofendida, le pagarían el pasaje de retorno a su casa.

Entraron por una puerta lateral de la casona colonial, cuyo nombre bautizaron como «Edificio Central», puesto que quedaba entre dos plazoletas. Una adelante y otra atrás.

Subieron a la tercera planta, donde quedaba el despacho de la señora Morgan.

En la medida en que avanzaban por los largos pasillos, Valeria observaba innumerables fotografías enmarcadas de décadas remotas, colgadas en las paredes de ambos extremos. Apenas les echaba un vistazo, ya que la señora Sanders le impedía admirarlas; sin embargo, alcanzaba a apreciar escenas que reconocía de su niñez. No eran las mismas; aun así, le hizo sonreír, como la de los antiguos equilibristas, entre ellos, su tío paterno que sonreía glorioso en el tope de una pirámide humana. En una foto, Margaret la elefanta, se mantenía erguida en sus patas traseras, con su trompa en lo alto y una amazona en el lomo, saludando con garbo a un público que ahí no se mostraba. En otras imágenes, los trapecistas dominaban una hilera de fotografías que comenzaban en blanco y negro, y terminaban a color como una línea de tiempo que indicaba a la joven que los años pasaban y el circo evolucionaba. Los retratos de payasos tristes y contentos, no faltaban, a ninguno reconocía, tal vez eran sujetos que llegaron después que ella y su madre se marcharan, la galería mostraba grandes momentos que muchos disfrutaron.

La señora Sanders tocó a la puerta del despacho y esperó que, del interior, una voz femenina le permitiera el paso.

—Por favor, señorita Davis, siéntese —la señora Morgan ordenó a la muchacha, y, de forma silente, pidió a Esther que no se marchara. También la iba a necesitar.

Esta se hizo a un lado de la anciana, mientras que la joven quedó paralizada en cuanto vio a una elegante mujer sentada frente al escritorio de la coordinadora. ¡¿Qué rayos hacía ella allí?!

—Siéntese, por favor —Alice Morgan le indicó una vez más, la silla al lado de su progenitora.

Leonora Davis miró a su hija, con severidad. Su postura tensa, brazos y piernas cruzados y sin perder la elegancia.

—Tome asiento —la coordinadora le repitió a Valeria, sin dejarle preguntar por la presencia de la otra, a fin de zanjar cualquier inminente discusión entre las dos—. La señora Davis desea hablar con usted. Así que la mandé a traer para que resuelvan sus discusiones en privado —explicó sin hacer alusión a que ella abandonaría su despacho para que ambas limaran asperezas. La mujer se trasladó desde Nueva York en un vuelo chárter, para exigirle a la chica de regresar a su hogar como una hija obediente.

Valeria se sentó en la silla asignada y evitó verla a los ojos. Esta mantenía la vista en ella de manera intimidante, con su pose altiva por tener que dar explicaciones delante de terceras personas.

—¿Qué haces aquí, mamá? —terminó de formular la pregunta.

—Jamás te dignaste en responder a mis mensajes, así que vine personalmente a resolver este asunto.

—¿Qué asunto?

—¡Lo que hiciste fue una estupidez! —comentó enojada—. Dejaste todo por cuanto yo he luchado para que sobresalgas y te lanzas de cabeza para meterte en un circo cualquiera.

—No es un «circo cualquiera», mamá. ¡Es Amore! El mejor de todos los circos del mundo —Valeria replicó sin pretender ser aduladora, pero que complació a la coordinadora y a la coreógrafa porque la hallaron sincera.

—Lo que sea —espetó—. ¡Esto no es lo tuyo! Estar de «aquí» para «allá», haciendo *quién sabe qué* y montada en un obsoleto tren.

—Es lo que deseo.

—Y esto sería hasta cuándo, ¿ah? —inquirió avinagrada—. ¿Hasta que ya no goces de salud por haber estado saltando como chimpancé en las cuerdas? ¿O hasta que a *ellos* ya no les sirva? —Miró de reojo a Alice y a Esther, sintiendo por esta última un profundo desprecio. Ella y su marido animaron a su exesposo con sus ideas locas de cambiar el estilo que, en aquellos años, hacían en las mugrosas carpas de don Vittorio.

—Hasta que decida retirarme —dijo—. Es mi decisión, respétalo.

—¡No! ¡Respeta tú lo que nosotros sacrificamos por ti! Qué falta de respeto dejarnos plantados. Tu padre tuvo que deshacerse en explicaciones en el bufete, por tu culpa, que hasta perdió la asignación de un caso importante, solo porque al vicepresidente le desagradó que él fuese incapaz de comandar en su propia casa. ¿Te das cuenta lo que hiciste?

—Lo siento...

—No es suficiente, debes volver y disculparte con tu padre y con el señor Conrad. ¡Ay, qué vergüenza! —exclamó teatral—. Aún no supero *su sorpresa* al enterarse que te marchaste sin antes haber escrito una carta de renuncia. Esto nos puso en evidencia.

—Mamá...

—Harás las maletas, te marchas ya mismo conmigo. El señor Conrad está dispuesto en tenerte de vuelta y el decano Grishman te permitirá que te pongas al día con tus estudios.

—Pero yo no lo voy a hacer.

—¿Y por qué no?

—Porque soy mayor de edad. ¡Por Dios, mamá! Si estoy aquí, es porque así lo quiero, ya lo dije antes: amo el circo.

La señora Sanders –que no le pasaba por alto la referencia al otro «padre» de la joven– contuvo una sonrisa y Leonora frunció el ceño en una apretada línea.

Qué majadera.

—No puedo creer que seas tan infantil. En vez de «amar a los payasos», deberías ser a tus estudios y tu trabajo, no esto de *maromera* que no te llevará a ninguna parte.

—Permíteme agregar lo siguiente, señora Davis —Esther la trataba con formalismos, a pesar de que ambas trabajaron durante años bajo una misma carpa—: ser un artista circense no es motivo de desprestigio. No en la actualidad... —intercedió por la muchacha, considerando que debía defenderla de los duros argumentos que la progenitora le lanzaba—. Aquí se les paga bien de acuerdo a sus funciones. Gozan de seguro médico, orientación psicológica, se les da sus semanas de descanso, se alimentan bien, hasta se les protege de la incursión de ladrones o merodeadores.

—Pero viven en condiciones deplorables —replicó molesta.

—¿Cómo cuáles? —la señora Morgan se extrañó de la acusación.

Leonora señaló hacia la ventana que mostraba a lo lejos al tren.

—Viven por meses en una ratonera de hierro oxidado —espetó—. ¿Creen que no lo sé? —Su mirada hosca oscilaba entre Alice y Esther—. He averiguado muy bien el modo en cómo ustedes movilizan al personal de los espectáculos que ofrecen: apiñan a varios en diminutos cubiles del que apenas el aire circula. Ni que hablar del baño. ¡Oh, Dios!, comparten uno entre todos esos vagones como si los empleados fuesen reos. ¡Qué asco! No, mi hija no vivirá bajo estas condiciones. Exijo anular el contrato.

Esther arqueó una ceja por el despectivo comentario de la mujer. Parecía haber olvidado la época en que viajó en un tráiler, repleto de artistas, disfrutando el día a día. Por supuesto, en aquel entonces las condiciones fueron adversas, pero la superaron con creces y ofrecían en la actualidad lo mejor para los jóvenes con deseos de superación.

—Quizás *nuestro tren* no sea de última tecnología, pero está acondicionado para hospedar con comodidad a ciento cincuenta y cinco personas —Alice comentó—. Por cada vagón, hay cinco camarotes del que cada uno es compartido por dos personas. Consta de baño privado; pequeño, claro: inodoro y lavabo. Aparte de esto, el camarote cuenta con litera, estantes y clóset para guardar la ropa. El *baño general*, al que se refiere, es un área de dos duchas y está ubicado en un extremo de cada vagón; así que hay una buena cantidad de estos a lo largo del tren.

»Así que, *nuestro personal* no está «apiñado», como usted dice. Nos preocupamos para que ellos viajen con las mejores condiciones, que hasta cuentan con vagones habilitados para lavandería, esparcimiento, enfermería, incluso, un restaurante abierto las veinticuatro horas.

—Sí, pero están revueltos.

—Eso no es cierto —Esther subrayó—. Las chicas están separadas de los chicos. Que ellos decidan pasar una noche, juntos, no lo puedo impedir, son mayores para hacerlo. Pero hay reglas de convivencia para la armonía de todos.

—¿Y con esa explicación me conformo? «Son mayores para hacerlo», la imitó antipática. Vaya usted a saber qué hacen esos jóvenes durante las noches. Hasta orgías harán…

—¡Mamá! —Valeria se avergonzó—. Nada de eso ocurre, que no somos depravados… Confía en tu hija al menos una vez en la vida.

—¿Confiar? —la mujer rio indolente—. Abandonaste tus estudios y tu trabajo prometedor por esto. Qué pena, pero no confío en ti. Menos en esos jóvenes alocados que se balancean como micos en el trapecio.

Valeria, enojada, se levantó de la silla.

Leonora hizo lo mismo.

—No vas a obligarme a renunciar, ¡aquí me quedo!

—¡¡Estúpida!!

—Señora Davis... —la coordinadora se puso en pie, para zanjar con la discusión. Los ánimos se caldeaban y las voces airadas se elevaban a niveles escandalosos—. Le ruego, modere su tono de voz, no estamos en una gallera, sino en mi despacho. Si la señorita... *Nalessi* —recalcó el apellido italiano solo para molestarla— no desea marcharse, nadie está en la potestad, *ni siquiera usted*, de obligarla, ella ya alcanzó la edad para decidir por sí misma. ¡Perdóneme! —habló más fuerte para imponerse sobre Leonora que abría la boca para protestar—, pero los negocios son los negocios: su hija firmó un contrato, por su propia voluntad, consciente de lo que implica ser un empleado de esta compañía de entretenimiento. Si ella, un día decide que ya no desea seguir con nosotros, nos lo puede informar. Los contratos son temporales, no de por vida. Aquí nadie es imprescindible. Ni siquiera yo...

Leonora atravesó con la mirada a la anciana *pelos de púa*.

—Hablaré de esto con Stefano —amenazó con llevar todo a las últimas consecuencias y, entre ellas, discutir con su maldito «ex».

—Bien pueda —la otra replicó sin perder los estribos—. Pero obtendrá de él, la misma respuesta.

—Ya veo que son de la misma calaña.

—Le agradezco, no ofenda. Por favor, retírese.

Leonora se acomodó su bolso de diseñador a su hombro izquierdo y alzó la mandíbula una pulgada. No le extrañaba que Valeria recibiera el apoyo de ese par de viejas desgraciadas que siempre la envidiaron por ser más hermosa y de mejor clase.

Abandonó el despacho, pisando fuerte a través del pasillo, rumbo a la planta baja, mientras que la joven la seguía, un tanto rezagada y aprensiva de que los demás descubrieran su verdadera identidad. Rogaba que eso no pasara, por lo que tendría que andarse con cuidado con su madre, ya que esta tendía a exaltarse con facilidad.

Cruzaron el estacionamiento, donde aparcaba el auto rentado de su mamá, teniendo Valeria la buena fortuna de no encontrarse por el camino a alguien que después la interrogara. La puerta lateral del edificio, colindaba con esa parte del estacionamiento en donde los visitantes y la mayoría de los empleados que tenían auto, lo utilizaban.

Leonora sacó las llaves de su bolso y, con ademanes toscos, abrió la puerta del suyo y, antes de subirse, se volvió hacia su hija.

—Esto no se va a quedar así —amenazó—, te mantendré vigilada. Así que, *más te vale* no te instales del todo y respondas a mis llamadas, ¡o de aquí te saco de las greñas a la fuerza! Y espero no des de qué hablar con tu comportamiento, recuerda que eres una Davis, no una «Nalessi», como la estúpida de la coordinadora puntualizó. Sería el colmo que quedaras embarazada. ¿Entendido?

Valeria, quien dejaba que su madre la increpara, musitó:

—Entendido.

—Bien —Leonora se sentó detrás del volante y cerró la puerta sin golpearla. Bajó el cristal de su ventanilla y luego se miró en el espejo del parabrisas, para reparar si su rímel se había corrido por la rabia que pasó—. Estaré en el Hotel Haya, por si cambias de parecer —informó—. Hablaré con Stefano; así que, prepárate.

Dicho esto, se marchó de los linderos del *campus*, dejando a la pobre de Valeria con el corazón oprimido. La advertencia de su madre no solían ser palabras que se las llevara el viento, sino que avisaba con anticipación lo que iba a hacer. Su estadía en Amore sería una batalla a librar contra su propia sangre.

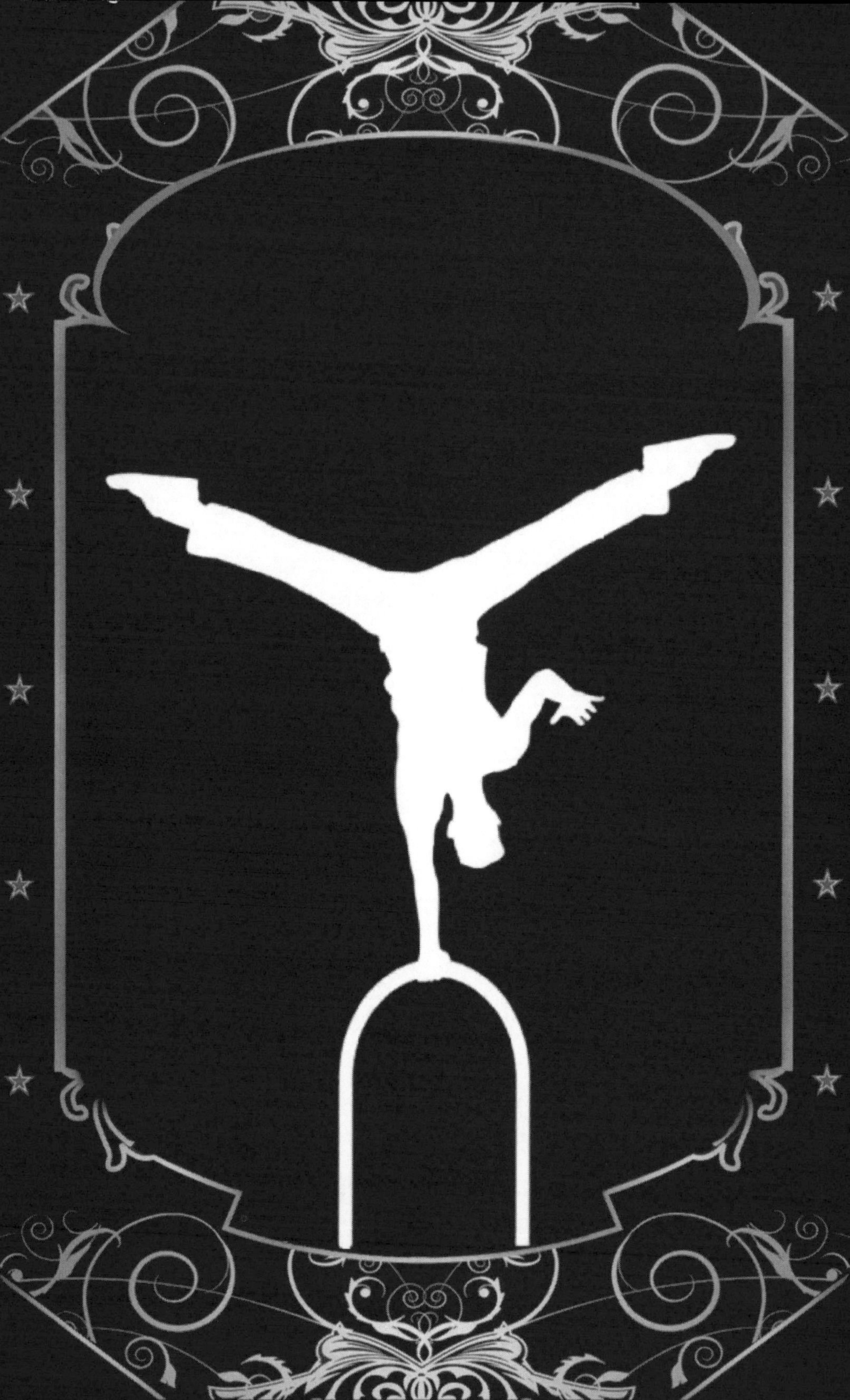

Capítulo 12

—Ayúdame con la mesa; ya estoy por servir —Esther pidió a Logan, a quien invitó a cenar a su camarote privado. Había cocinado espaguetis a la boloñesa, acompañado de papas fritas, del que solía preparar para su hijo con la intención de no perder la costumbre de sentarse juntos en una misma mesa.

Este se levantó del sofá donde se hallaba espatarrado, mirando un programa de televisión desde hacía media hora, y se dirigió hacia la cocina para sacar los platos de los estantes que colindan entre la nevera y la estufa. Por ser cofundadora de Amore, Esther gozaba de los privilegios de hospedarse en uno de los camarotes más grandes en el tren. El suyo ocupaba la mitad del vagón, del que, el otro extremo, le pertenecía a la señora Morgan. En la sede contaban con espacio para albergar tres apartamentos bien adaptados, pero la directiva dispuso que, para evitar gastos innecesarios, se dispusiera solamente los que había dentro del *monstruo mecánico*, a fin de evitar que cada miembro –los que viajaban– tuviesen dos hogares temporales durante varios meses.

Se dispondría de un apartamento en caso de emergencia.

Coló los espaguetis, dejando que el agua caliente se escurriera por el sifón del lavavajillas, y lo mezcló con la salsa preparada minutos antes, y lo revolvió todo para que quedara bien compenetrado. Logan se encargó de poner los tapetes y los platos, con sus respectivos cubiertos y las copas para servir el vino. Las servilletas las dejó a un lado, lista para ponerse sobre sus piernas.

Luego de dar las gracias al Creador, por los alimentos otorgados, el joven engullía la pasta como si se estuviese muriendo de hambre. Miró a su madre y sorbió un poco del *pinot noir*, con una pregunta latente en su mente.

—¿Para qué solicitaron a Antonella Davis al despacho de la coordinadora? —el asalto fue inminente, puesto que desde hacía rato pugnaba por saciar su curiosidad.

—No es de tu incumbencia —respondió a la defensiva. Su hijo jamás se inmiscuía por las veces en que llamaban a algún personal al despacho. Más bien, se mantenía al margen de las circunstancias, a menos que lo obligaran a presenciar las audiciones cuando ella no podía hacerlo. Su buen juicio para determinar quién sería capaz de soportar el rigor de las giras y los constantes entrenamientos, le ahorraba horas de discusión y hasta días a los demás jueces.

—¿Fue por lo que sucedió en el Galpón D? —Logan insistió preocupado por la falta de información.

—No fue por eso.

—Entonces, ¿por qué?

Esther pinchó una bolita de carne y tras comérselo, preguntó:

—¿Cómo lo lleva? Antonella... ¿Cómo se desenvuelve?

Logan tuvo que tomarse un respiro para apaciguar la angustia que crecía en su fuero interno, su progenitora trataba de llevar la conversación por otro rumbo. Clara señal de que algo malo había pasado con la morena.

—Es buena —respondió—. Mejor que algunos veteranos, aunque un poco nerviosa... ¡Pero lo está superando! Es como si hubiese nacido para ello. Y bien..., ¿vas a responderme? ¿Para qué la solicitaron al despacho de Alice?

—Por un asunto privado.

—Como, ¿cuál?

—Como que es «privado».

Logan puso los ojos en blanco. En esto le ganaba a su difunto padre de ser tan parca.

—Mamá, deja las evasivas y dime. —Esta sacudió la cabeza; enrollaba y enrollaba los espaguetis—. Oye, soy de la directiva, así que también me atañe lo que les suceda a los artistas.

La risa sarcástica de Esther, tronó al instante.

—¿Ahora *sí* eres parte? —Alzó la mirada hacia él—. Vaya qué conveniente. Pues, ¡lo siento, no puedo revelártelo!, es un asunto delicado.

Logan consideraba qué tan «delicado» podría ser como para que esta fuese tan reservada con su propio hijo.

Comieron por un rato más en silencio, alternando con las papas fritas y la copa de vino, y, cuando faltaba poco para terminar, Logan carraspeó.

—¿No te recuerda a alguien?

—¿Quién? —se hizo la desentendida.

—Antonella. ¿No se te hace familiar como a Valeria Nalessi?

La mujer se tensó.

Cuando Alice le comentó de su sospecha, ella temió ese momento. La tramitación de esa chica estuvo a cargo del gerente de Richmond Entertainment; por lo que, ellas no se dieron cuenta a quién contrataron. Alice tuvo que investigar si no estaba equivocada. Bastó revisar el expediente para confirmar.

—No —dijo tajante y se levantó, perdiendo el apetito.

—A mí, sí, se me hace tan parecida... Hace unas semanas vi unas viejas fotos y ella ahí, *Va-Valeria*... —sonrió—. ¿Cómo estará ahora? ¿Qué estará haciendo?

Esther dejó su plato en el lavavajilla y luego observó con detenimiento a su hijo. ¿Acaso él sigue...?

—¿Y ese repentino interés a qué se debe? ¿Aún piensas en *aquella chiquilla* o la señorita Davis te gusta? Ten cuidado con enredarte con ella, está prohibido relacionarse con el personal artístico.

—Soy novio de Olivia, ella pertenece al mismo *staff*.

—Es diferente, tiene acciones.

—Su abuelo.

—Es igual. Así que, mantente alejado de Antonella Davis. Evítame problemas.

Logan se despidió de su madre después de ayudar con lavar los platos y se encaminó hacia la zona de las trapecistas que quedaba a cuatro vagones de allí para hablar con su novia sobre lo sucedido en el galpón. Aunque no se explicaba porque no se bajó por la primera plataforma y evitó el apiñamiento de sus compañeros a lo largo de los angostos pasillos; más bien, le dio por atravesar todo el trayecto interno, tomándole más tiempo del que hubiese pretendido. Sin embargo, con gusto lo haría, amaba a su madre, pero a él no le apetecía mantenerse bajo su ala como un polluelo.

Al cruzar el vagón de la enfermería y luego atravesar el Vagón-Vista, saludó a Axel y a una chica sentada sobre las piernas de este, y a otras que conversaban como si estuviesen despellejando a alguien a sus espaldas; una de ellas, Ruby, se levantó de su asiento y le bloqueó el camino para que Logan chocara con ella.

—¿Cuándo vas a enseñarme ese *lindo bulto* que tienes entre las piernas? Quiero gozar... —preguntó seductora sin que los demás escucharan lo que a este le dijo. El castaño tenía fama de empotrar a todo lo que usaba falda, pero desde que la estúpida de la Black, le puso el gancho, sus días de Casanova llegaron a su fin. Lo que era una desgracia para la joven rusa que ese mes cumplía un año como contorsionista y equilibrista.

Logan sonrió acartonado, evadiendo la atrevida mano de la muchacha que acariciaba su torso de manera insinuante, mientras pasaba por su lado, y huyó de allí antes de que su hombría lo traicionara. Su fidelidad hacia Olivia no era tan firme.

Cerró las puertas que dividían los vagones e ingresó al siguiente, con algo de prisas. Pero, por estar huyendo de la chica y de su propia flaqueza, tropezó sin querer con una joven envuelta en toalla, recién salida de la ducha.

—Lo sien...

—¡¿Qué haces por acá?! ¿Por qué no diste la vuelta? —Antonella se aferraba al nudo que cubría su desnudez. Su cabello húmedo caía sobre su espalda, oliendo delicioso con cierto toque a miel.

—Eh... —Logan luchó por recobrar la voz. Ni la rusa lo trastornó con su directa invitación—. Iba para mi camarote... —le costaba apartar los ojos de la gota que se deslizaba rauda desde la sien hacia la extensión del fino cuello de la morena y del que seguro seguiría hasta perderse en medio de sus senos.

—Este no es el camino. —Mientras estuviesen en Tampa, los muchachos tenían la obligación de bajar y rodear el tren para luego subir por las plataformas que dan acceso a los diferentes vagones conectados, a fin de evitar percances como ese, en que la intimidad de cada chica se viera comprometida.

Él la miró y vaya que se arrepintió de haberlo hecho, porque su entrepierna pulsó inmisericorde al ver a Antonella furiosa y con la piel expuesta con pequeñas gotitas que indicaban que recién se había duchado.

—Está bien, para la próxima doy la vuelta; por lo pronto... —la sujetó de los brazos, sintiendo que estaba fría—, con su permiso. —Y pasó casi rozando sus pechos.

La joven se estremeció por el contacto. Las manos de Logan estaban muy calientes. Y dejó que él se marchara primero mientras que ella quedó ahí, pasmada, viendo cómo se alejaba. Logan cruzó a paso rápido el pasillo, manteniendo el pensamiento de haber visto a la morena, escasa de ropa. No obstante, se apuró en acortar el trayecto que le faltaba, puesto que le inquietaba que tuviese una erección y alguna de las chismosas le fuesen con el cuento a su novia. No era la primera vez que se topaba con compañeras en toallas o semidesnudas, tenía esa dicha desde que era un chiquillo, pero con Antonella...

Aceleró sus pasos e ignoró a Olivia que lo había llamado, cuando pasó en una exhalación por el frente de su camarote, dejándola con el saludo en la boca. Deslizó la puerta conectora del otro extremo del vagón de las chicas, para dirigirse al suyo a muchos vagones de allí; si su novia lo pillaba en esas condiciones, viniendo de un punto del que a esta la avinagraba, no solo le daría un bofetón, sino que averiguaría quién fue la que le alborotó las hormonas.

Valeria se obligó a mover sus piernas en cuanto Olivia salió de su camarote para llamar a su novio que cruzaba el siguiente vagón.

Mientras esta lo observaba alejarse a través de las ventanillas de las puertas conectoras, a Valeria se le hizo largo el trayecto hacia su sitio de descanso, sintiendo aún las palmas del otro en sus brazos. Su corazón agitado causaba que sus terminaciones nerviosas se aceleraran; su cercanía, su mirada grisácea, su calor...

Se abrazó a sí misma como si el frío la azotara y se juró que, en cuanto tuviese oportunidad, levantaría una queja por lo sucedido. Ya no se podía duchar en paz por los fisgones que acechaban.

Procuró acelerar las pisadas y fue malo que lo hiciera, porque el piso metálico emitió ruido y Olivia ante esto se volvió hacia ella. La escaneó y luego miró rápido hacia el fondo del otro vagón.

Valeria ni esperó a que le lanzara sus sospechas, entró a su camarote, fingiendo que nada había pasado y deslizó la puerta para refugiarse en el único punto del tren en el que estaría segura.

—¡Huy, traes una cara!, ¿qué te pasó? —Khloe estudió su pálido semblante y saltó de su litera, intuyendo certera que su amiga tuvo un impase.

—¡Es por ese idiota de Logan Sanders! Me vio justo cuando salía de la ducha —comentó, enojada, procurando no ser escuchada por sus vecinas viperinas.

Khloe arqueó las cejas.

—¿Te vio desnuda?!

—Así como estoy: ¡en toalla! —se mostró así misma, bullendo su ser por cómo aquel, la hizo sentir.

—¿Y qué hacía él por este vagón, si no está permitido que ninguno merodee por aquí? ¿Visitaba a Olivia?

—Yo qué sé, solo me topé con él. Ni siquiera atendió al llamado de esa amargada, se largó en una exhalación.

—¿Discutieron? No escuché nada…

—No sé, me estaba duchando.

—Y te vio en toalla.

—No me lo recuerdes.

Khloe rio y Valeria –mascullando por la rabia– hurgaba en la estantería que guarda sus ropas dobladas; de esta extrajo su pijama de pantaloncillo y, de la hilera de gavetas de su lado correspondiente, sacó una braga blanca. Procedió a vestirse, con ademanes toscos, esa noche se acostaría temprano, había sido uno de sus peores días desde que arribó al *campus* hacía una semana. El enfrentamiento con Olivia Black no fue nada en comparación a la repentina aparición de su progenitora, amenazando delante de las dos representantes de la Compañía, en causar un revuelo con tal de conseguir que su hija regresara con ella, callada y obediente, a casa.

—Nella —Khloe la llamó en cuanto esta se arrojó a la cama—. ¿Te amonestaron por contestarle a la líder de grupo? Vi cuando la señora Sanders te escoltaba al Edificio Central.

—Solo me *jalonearon* de las orejas, me salvé de una amonestación —mintió en su preocupación de dar mayores detalles en caso de que la abordara con más preguntas. Gracias a Dios, durante ese tiempo en la que su mamá gruñó en el despacho de la coordinadora, sus compañeros se dirigieron a la zona del comedor en el ala contraria del edificio de donde ellas se hallaban.

—Qué bueno —expresó a la vez en que se sentaba a los pies de la cama. La toalla colgada en la ventana externa del pasillo para que se secara—. Pero me parece injusto que solo a ti te increparan, mientras que a la otra ni le dieron una llamada de atención. Claro, como es una «Black», es intocable. —En vista de que su amiga la miró sin comprender, agregó—: Los Black tienen una trayectoria artística que se remonta a ochenta años. Son de las generaciones más antiguas del circo.

A Valeria le causó asombro, para nada recordaba ese apellido, de cuando estuvo en giras por los pueblitos italianos.

—Al parecer, entre más antigua una familia, más pedantes sus descendientes —graznó en su rencor clavado en el corazón. A Logan Sanders le cobraría el *bullying* y a Olivia los insultos.

Aunque ella misma provenía de una, cuyos ancestros se remonta a sus tatarabuelos, quienes se ganaron el sustento como payasos ambulantes en caravanas de carretas a finales del siglo 19.

Pensó en su papá.

¿Qué le diría cuando lo viera?

Desde lo alto del piso siete, del hotel de cinco estrellas que se hallaba en medio de la ciudad de Tampa, Leonora Davis pasaba el disgusto padecido esa tarde por culpa de la insensata de su hija. Acabó de una sentada la copa de vino blanco y luego se sirvió más de la botella que pidió le llevaran a su *suite*, estaría por esa noche y, al siguiente día, volaría a Nueva York, ya que no tenía caso permanecer un minuto más en esa sofocante ciudad que estaba por acabar con su cordura. Los niños los dejó al cuidado de Dolores, ya que su esposo no tenía cabeza para otros asuntos, sino para tratar de remediar la delicada situación en la que Valeria lo dejó frente a los demás abogados.

De momento, no había manera de convencer a su hija de volver por la senda correcta, su empeñinamiento la hacía querer aferrarse a un destino que le traería lágrimas amargas. Deseaba evitarle la decepción de descubrir que el circo no era como se lo imaginaba, allá se suele comer la mierda de los demás por el hecho de ser pobre o ser mujer.

Sorbió un grueso trago de su vino y se secó con rudeza las lágrimas que rodaban por sus mejillas. Muchas veces se había jurado en que haría lo posible en otorgarle a Valeria una vida digna del que la gente se reverenciara ante ella por su importancia, pero, ¡oh, cruel realidad! Esta heredó los mismos gustos de Stefano, pese a que ella se encargó de extirparlo de su vida.

Cruzó sus piernas, sentada en el sillón de la sala y en medio de la oscuridad, rumiando con ese acerado odio que carcomía su ser por haber sido tan ilusa en su juventud de seguir a un chico guapo de pantalones de satén y sonrisa ladina. Debió seguir los dictamines de su mamá, de casarse con el notario.

—Y a estas alturas estarías vieja y gorda, lavando trastes en ese pueblo. —Algo bueno resultó de su travesía en aquel mugroso circo: se divorció de Stefano para después casarse con un sujeto de holgada economía.

Con determinada decisión se encargaría de apretarle las tuercas a Valeria.

Le evitaría que sufriera lo que ella vivió.

El nivel del líquido de su copa, aminoró tras beber para insuflarse valor de hacer lo que tenía pensado, luego de su infructuosa amenaza a su hija.

Dejó la copa en la mesita central y tomó el móvil que allí reposaba. Lo encendió, iluminándose su hinchado rostro por el llanto enojado, mientras buscaba el número de su ex anexado en la lista de contactos. El señor Conrad se lo facilitó, después de hacer una minuciosa investigación. Ningún de los empleados de Amore que atendía los teléfonos publicados en la página web, les daba parte sobre la figura principal de la Compañía, ese tipo de datos no les correspondía otorgarlos, pues nadie «conocía» ni la dirección del domicilio.

Información que el buen señor Conrad le consiguió.

«Estoy a su disposición, mi apreciada señora. La ayudaré a que su desorientada hija retome el camino a casa», expresó cuando ella rompió en llantos en el bufete, desesperada por recuperar a Valeria de las garras de ese hombre de sueños tontos.

Marcó y esperó a que este atendiera su llamada. Le costaría escucharlo, pero ni loca lo increparía en persona.

«En este momento no puedo atenderle...».

—¡*Argh!* —Frustrada, arrojó el móvil al piso, rebotando este por el golpe, harta de dejar mensajes a incompetentes para tratar de comunicarse. Stefano y Valeria se daban la mano: de tal palo, tal astilla.

Se cruzó de brazos en su asiento, sin molestarse en encender alguna luz o de recoger su móvil que se salvó de dañarse por tener el forro que lo protegía de raspones o abolladuras. Su mente fraguaba en la manera de interpelar el contrato; se enfureció cuando Douglas le dijo que por Valeria nada haría; si quería estrellarse de bruces contra el mundo, que lo hiciera. Eso le enseñaría a no ser una cabeza hueca, tenía sus propios hijos para preocuparse por la de otro, del que para esta jamás estuvo presente. Era una malagradecida.

—Por cómo me llamo: Leonora Fabiana... —expresó luego de su prolongada meditación, de hacer que esas viejas alcahuetas se atragantaran con sus propias palabras, al abogar por una joven recién salida del cascarón. Partiría temprano al aeropuerto y, al llegar a Nueva York, hablaría con Robert Conrad. Aceptaría su propuesta, entre los dos rescatarían a Valeria del infierno al que cayó.

En el justo momento en que terminó su segundo *desahogo*, tres toques suaves sonaron en la puerta corrediza del camarote.

Logan reconoció el modo en cómo Olivia se hacía anunciar, por lo que rápido acomodó su bóxer y subió la cremallera de su pantalón, esta había llegado sin antes advertirle de su visita.

Corrió hacia el diminuto baño al mismo tiempo en que su novia de nuevo tocaba a la puerta, y, esta vez, un tanto tosca.

—¡Un momento! —exclamó desde el interior del baño, abriendo enseguida la llave del lavabo para asearse las manos.

Al salir, captó *el olorcillo* de su intimidad, aprestándose en echar al aire dos aromatizadas de su perfume para contrarrestarlo y así Olivia no notara de que estuvo masturbándose.

—¿Por qué tardaste tanto? —Odiaba que la hicieran esperar.

—Estaba ocupado. —Se hizo a un lado para que pasara.

Olivia inspeccionó el camarote, apenas iluminado por la bombillita del baño.

El desorden imperaba en el piso, en la litera, trajes sudados, zapatos regados...

—Porqué rociaste tu perfume, nunca lo haces.

—Te dije que estaba ocupado.

—Entonces, cierra la puerta, que no quiero aspirar hedores.

Logan así lo hizo, creyendo ella que él estuvo cagando. De enterarse que sus pensamientos se centraron en una morenita en toalla, lo castraría.

—¿Por qué me ignoraste cuando te llamé? —lo increpó mientras encendía la luz de la lámpara del techo, necesitando comprobar qué expresión ponía este al responderle, pues detectaba sus mentiras—. No te llamé al móvil —agregó en el instante en que él miró hacia el suyo apenas visible en su cama—, sino que ¡te llamé! —exclamó por hacerse el desentendido—. Cruzaste mi vagón. ¿Por qué, si no me ibas a ver?

—Discutí con mamá —mintió en parte. Sí estaba molesto con ella por reservarse el motivo de solicitar a Antonella al despacho de la coordinadora, ya que casi siempre repercutía en un despido. Hubiese sido más fácil en averiguar de los propios labios de la implicada, al preguntarle, pero al verla en toalla, su cerebro se nubló—. Disculpa si no te escuché, estaba enojado. Crucé rápido el vagón —explicó, estando él parado frente a la puerta del baño. La del camarote seguía abierta.

—¿No la vas a cerrar? —Miró hacia esta para que la deslizara y así tener más privacidad.

—Hace calor.

—Estarías más fresco si te quitaras la ropa. Cierra y desnúdate.

Él prefirió mantenerla así.

—Dejémoslo para después, *no tengo ganas* —adivinó sus intenciones, quien lucía un quimono de seda. Por lo general, nada tenía debajo de esa indumentaria.

Olivia hizo un mohín.

—Ayer *tampoco* quisiste —le reprochó—. No lo hemos hecho desde que llegamos al *campus*. ¿Por qué?

—No comiences con tus celos; estos días he estado muy agotado, solo me apetece dormir. —Vaya mentira tan vil la suya, ha tenido que visitar el baño más veces de lo necesario. Si cierta chica lo tocaba, él se quemaba.

Olivia no parecía convencida de lo que este decía; se tragó la rabia por carecer de pruebas que señalaran de montarle los cuernos. Bien que se dio cuenta de que él trató de hablar con aquella desabrida, pero si le reclamaba, alegaría que eran ideas suyas, «él solo se dirigía a la salida».

—Está bien: dormiremos nada más —y se quitó el quimono, comprobando Logan que, en efecto, esta ni una braga usaba.

Ella se acostó en la litera de la parte baja y él ahogó una maldición por sus nulas ganas de abrazar en su estrecha cama a la posesiva de su novia, y no le quedó más remedio que enviarle un mensaje de texto a Axel para que pasara la noche en otro camarote. No tendría problemas, siempre hallaba una buena *samaritana* que le compartiera la sábana y la almohada.

—Apaga la luz.

—Apenas son las nueve.

—¿Y no es que estás muy agotado? —lo cuestionó. Su paranoia creciendo.

—Lo estoy —mintió—. Pero aún es temprano para dormir. Mejor, hablemos.

—¿De qué quieres hablar? —Olivia reposó el peso de su cuerpo sobre su antebrazo, para elevar su torso. La sábana cubría su desnudez.

Logan se sentó en el piso metálico y esto le llamó la atención a la joven, porque no lo hizo a su lado. Las veces en que adoptaba una posición distante, reñían.

Intuía el motivo.

—Si es por esa novata, no quiero tocar el tema: es torpe en lo suyo. Fin de la discusión.

—Pero tenemos que hacerlo, Olivia. Te estás propasando al ofender a los artistas.

—Con la única que tengo contratiempos es con esa tonta que es más tiesa que una tabla.

—¿En referencia a qué?

—¡A todo! —gruñó cabreada—. Es muy lenta para llevar el ritmo, le cuesta los saltos entre trapecios y por su torpeza más de una vez ha puesto en peligro a mis chicas. Provocará una desgracia y me van a echar la culpa.

Logan se tomó un minuto para recordar en qué momento Antonella Davis ha tenido problemas para aprender cada uno de los actos asignados. Las veces en que la observó, admiró su destreza para desplazarse con los aros y los trapecios, teniendo una facilidad de hacer todo lo que se le imponga. Es como si llevara en la sangre el gen de antiguos maestros circenses.

Su corazón se aceleró.

Su pecho se oprimió.

Su mente vagó por los recuerdos.

Antonella Davis: nombre italiano, apellido estadounidense.

Nombre italiano...

Demasiada coincidencia.

—Me parece que exageras —replicó—. Antonella es tan hábil como los demás. Parece veterana.

—¡¿La defiendes?! —Se sentó—. Yo soy su líder y sé cómo es su avance, ¡y es pésima! ¿Adónde vas? —inquirió en cuanto Logan se puso en pie para marcharse.

—A dar una vuelta. Contigo no se puede hablar.

—¿Te molesta que diga lo que pienso de esa novata? —De inmediato se levantó, enrollada con la sábana.

—Me molesta que seas prepotente. Dirígete a los artistas con más respeto, no eres la dueña absoluta, y, aunque lo fueses, cada uno de ellos merece ser tratado con dignidad. Hasta Antonella.

—La trato como me dé la gana.

—¡La tratarás como lo establece el reglamento o me encargo de que te remuevan del cargo!

—¡¿Serías capaz?! —Casi le da una conmoción—. Solo cumplo con mi trabajo: cuido de mi equipo para que no sufra accidentes por una torpe. Así que, en vez de defender a esa idiota, deberías de apoyarme. Me conoces, soy estricta, sé muy bien lo que implica que un artista mediocre afecte el desempeño de sus compañeros, nos atrasa, nos pone en peligro. No, Logan, este reclamo *no es por gritarle a Antonella Davis, ¡sino porque ella te gusta!*

Él puso los ojos en blanco, en una expresión de hartazgo a causa de los celos desmedidos de su novia, quien siempre veía fantasmas donde no los había. Aunque...

—Logan. ¡Logan!

Abandonó el camarote, dejando atrás a Olivia, llamándolo enojada. Afuera, varios de sus amigos permanecían en el pasillo, siendo evidente que escucharon la discusión; Gustave Leroy –contorsionista francés– se rascó la cabeza y esbozó un mohín como expresándole en silencio, «hermano, bota esa gata». Lo ignoró y se bajó por la plataforma del vagón, requiriendo urgente respirar un poco de aire fresco. Olivia pretendía enloquecerlo con una estúpida acusación, Antonella era una chica atractiva que sería genial para un revolcón y que le causaba intriga por el velo de misterio que la envolvía, pero gustarle..., jamás.

Ya tuvo suficiente de ella con sus masturbaciones.

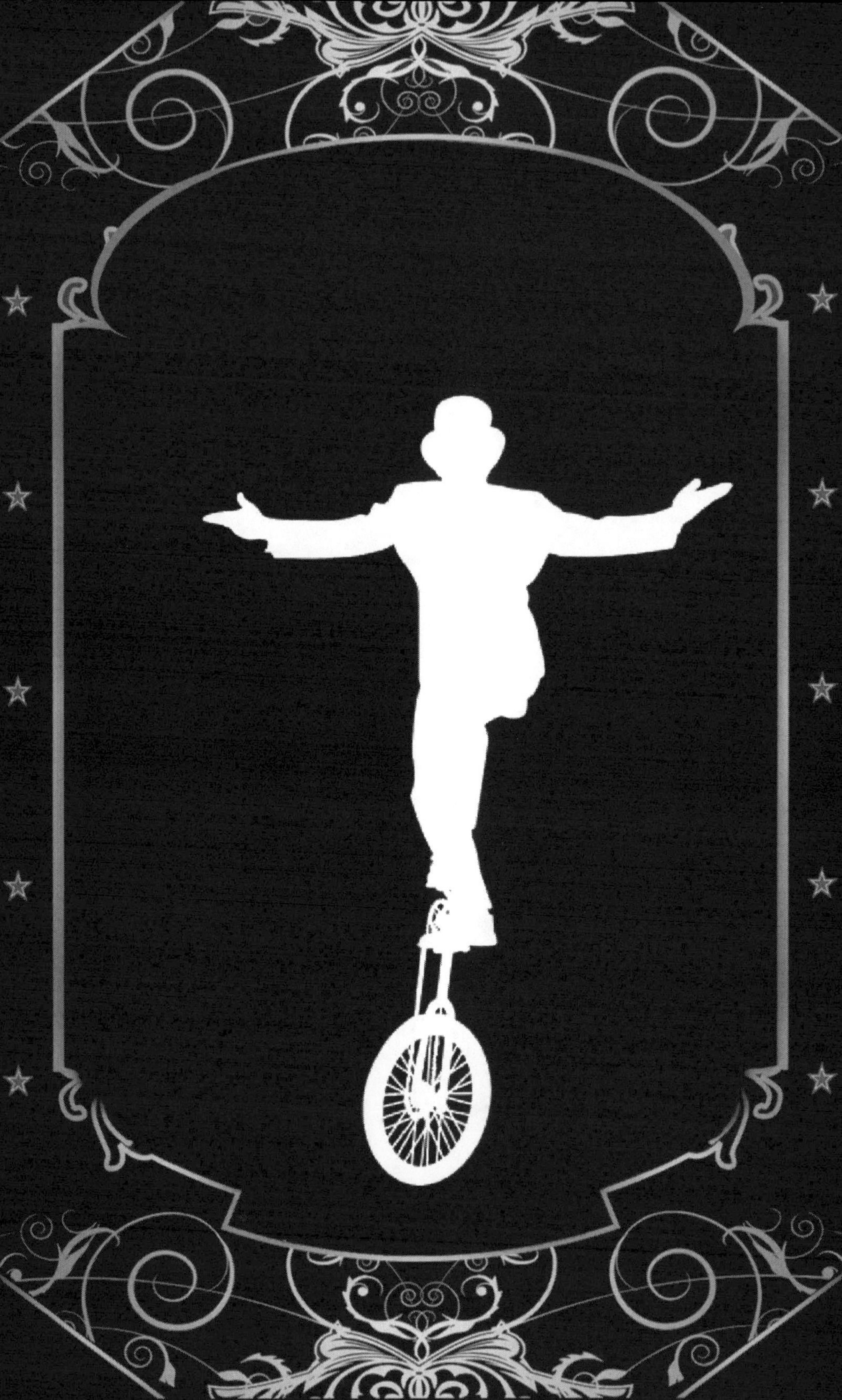

Capítulo 13

«Me hace sentir feliz que las demás personas se rían; alegrar a alguien».

Jhoan Manuel, payaso "Tiki".
Circo Espectacular Hermanos Fuentes Gasca.

—Qué emoción, moría por ver los trajes —comentó Eloísa Harris a Dulce María Moncada, ambas acróbatas que alternaban equipo con Olivia y Logan.

Unos pasos atrás de ellas, escaleras arriba, Valeria y Khloe las seguían, yendo todo el personal artístico y musical a la primera prueba de vestuario en el Galpón C, donde había una gran movilización de costureras y diseñadores talentosos, encargados de crear la «segunda piel» de los personajes que los jóvenes interpretarían cuando el telón se levantara.

—¿Cuántos trajes nos asignarán? —Eloísa preguntó a la vez en que miraba por encima de su hombro hacia las chicas que le pisaban los talones, pero ni estas ni Dulce María estaban al conocimiento, solo aspiraban a que los trajes fuesen bonitos.

—Tal vez, tres… —la amiga pensó en sus intervenciones.

La señora Morgan hacía pasar al interior del recinto, en grupos de treinta chicos para evitar aglomeraciones y no causar desorden en dicha área. Ellas eran el quinto grupo solicitado, según las funciones de cada quien. En la medida en que ascendían por los escalones, Valeria observaba el mar de máquinas de coser y fileteadoras que se hallaban alineadas en la planta baja, una detrás de la otra, a modo de industria textil, en la que decenas de mujeres pisaban el pedal a cierta velocidad y del que las telas que sostenían, iban adquiriendo forma.

Una mujer con bata azul y gafete que la identificaba como jefa del Departamento de Confección, consultó sus nombres y después los tachaba de la lista en cuanto las jóvenes respondían. Era la misma que, tras el discurso de bienvenida a los novatos, de la Señora Sanders, el lunes pasado, les tomó las medidas de sus cuerpos, así como también del contorno de la cabeza y hasta dibujó las plantillas de sus pies. Esa mañana les dieron la orden de pasar primero por el galpón de costura y luego, los que ya han sido despachados, podían retomar su rutina.

Valeria fue separada del grupo de treinta y llevada junto con otros cuatro a la sección de sombreros y penachos, donde un millar de estos que se hallaban acomodados en múltiples estanterías, la dejaron sin aliento. ¡Válgame! Su sonrisa se ensanchó, maravillada de la gran cantidad que existía y del que alrededor de unas cien cabezas de maniquí lucían coloridos gorros y cascos con cornamentas, escamas, cachos y un sinfín de «orejas» de animales salvajes de otras presentaciones. Los penachos resaltaban con sus plumas coloridas y gemas brillantes.

—Estos son los tuyos, pruébatelos —la señora Luther, asistente de vestuario, le mostró los que ella usaría.

Valeria saltó de la emoción.

¡Qué bonitos!

Esto provocó que captara la atención de Logan, quien estaba por marcharse de allí, ya que terminó de probarse el que le correspondía. Se hizo que acomodaba su casco en un mesón, mientras miraba de manera disimulada a la muchacha celebrar como una niña. Se la imaginó con sus coletas, pero fue la imagen de Valeria Nalessi la que pasó por su mente. ¿Esta habría sido como aquella? ¿Altanera y traviesa?

Si se tomaba el tiempo para analizar, Antonella era morena como la otra, a menos que aquella chiquilla gruñona se hubiese teñido el cabello como su novia; sería de mediana estatura, delgada y hermosa como su madre.

Muy parecida a...

Los ojos grises se cruzaron con los marrones.

Valeria dejó de sonreír.

El rubor tiñó sus mejillas al descubrir a ese patán, que sus manos temblaron y casi deja caer el penacho que sostenía.

—Déjame ayudarte. Mira: aquí está la correa de seguridad, debes abrirla con cuidado y fijarla bajo tu barbilla —indicó la asistente, pensando que la joven no sabía cómo ponérselo.

Valeria sonrió apenada a la mujer y le dio la espalda a Logan, esperando que, con esta acción, él captara que de ella ni un «hola» obtendría. Sobre su cabeza se acomodó el vistoso adorno y lo fijó con la correíta para que no se le cayera, ya que la mujer le había pedido que moviera la cabeza y simulara estar en un desfile para determinar si el penacho soportaría los movimientos bruscos.

Dio unos pasos y se devolvió, notando por el rabillo del ojo, que Logan seguía allí, «probándose» algunos gorros. Él mantenía una sonrisa contenida y esto a Valeria le crispó los nervios, al parecer se divertía a sus expensas. ¿Por qué no se largaba si hubo rotación de pruebas? ¡Ay, como le diga algo en plan de burla!, le escupiría unas cuantas increpaciones por pendejo.

—¡Antonella! —Del otro lado del estante de un metro de alto, Khloe la llamó, mostrándole el suyo. Era otro penacho del mismo estilo al de Valeria, realizó unos pasos de la Apertura y alzó los brazos en un «final» de su «actuación», como si estuviese esperando los «aplausos» de su «público». Valeria alzó sus pulgares y la imitó de manera socarrona.

—Esa chica me trae loco —Jerry se acercó de repente al lado de Logan. Lucía una chaqueta oscura diseñada para la orquesta que tocaría durante las presentaciones.

El castaño creyó que el pelirrojo se refería a la rubia menuda, pero notó que su mirada de borrego enamorado se posaba sobre la morena. Le provocó patearlo, por la inquina despertada, que tuvo que marcharse antes de dejarse llevar por sus impulsos. No tenía por qué enojarse con alguien que nada le ha hecho, él sostenía una relación de varios años con otra chica; además, las normas de la Compañía y hasta su madre, le impedían fijarse en *las que estaban fuera* de su alcance, por tener la maldita suerte de formar parte de la directiva.

Descendió las escaleras, saludando en su trayecto de retorno, a los amigos que aguardaban su turno. Al cruzar los portones, Alice Morgan se hallaba frente a la fachada del galpón, con el móvil pegado a la oreja y, con la mano libre, negaba con el dedo la entrada de uno de los muchachos de Axel, desesperado por acabar de una vez por todas con ese tedio de probarse ropa.

No se despidió de la anciana, ya que ella no se percató de él, y porque también discutía con su interlocutor de lo que Logan alcanzó a escuchar de «su larga ausencia» y «dará problemas». Conjeturó que se trataría de un contratiempo con el pedido de los materiales para los escenarios; esto a menudo solía causar quebraderos de cabeza para los encargados de ejecutar lo plasmado en los planos: tablones de diferentes grosores, herrajes, pintura, bombillas… Los retrasos afectaban el tiempo estipulado de construcción, repercutiendo en más presión a la anciana.

La fecha de partida cada vez se aproximaba.

Logan optó por no entrenar, su equipo no estaría completo por ese día, por lo que se encaminó hacia el gimnasio ubicado entre el Galpón C y el Galpón D. La distancia entre estos era de un par de manzanas, relativamente cerca en comparación a los A y B, donde contienen y adiestran a las bestias.

Se detuvo para sacar de su morral, el móvil y los audífonos, conectándolos para escuchar un poco de música. Buscó de su *playlist*, su canción favorita, *The Pretender*, de Foo Fighters. Le insuflaría las ganas de una buena sesión de abdominales y pesas, y así no tener que pensar en la morenita y en cierto greñudo pelirrojo que se parece a una *mantis religiosa* por lo flacucho. Halló la canción y cuando estuvo a punto de accionarla…

Una figura masculina capturó su atención.

Logan lo siguió con la mirada, el sujeto daba la impresión de fisgonear a las chicas o robar por las instalaciones. Esto lo puso en alerta, oteó su entorno por si los vigilantes notaban la extraña presencia; desde su punto, Logan no distinguía su rostro, puede que sea conocido, pero el modo en cómo se movilizaba era sospechosa, corría encorvado para encoger su estatura, lanzando miraditas a ver si aún no lo han pillado.

—¿Quién carajos es este? —Estaba vestido con vaqueros y camiseta, descartando de ser algún ayudante que ha llegado tarde a su puesto de trabajo. Todos los conocía y el rumor de un empleado nuevo, volaba rápido.

Llamó a Terence, jefe de seguridad, y le informó lo que sucedía. En el *campus* había mucho de los que otros pretendían robar: autos, maquinarias, grúas, montacargas, dinero en la caja fuerte de las oficinas administrativas, incluso animales...

Terence le ordenó resguardarse por si la cosa se tornaba fea. Logan hizo caso omiso de la advertencia y procedió a seguir al merodeador, puesto que este se perdería de su radar y tal vez se encondería para después en el anochecer cometer sus fechorías. En varias ocasiones al *campus* se metía cada loco, llevado por el deseo de ser aceptado en el *staff* o de llevarse un «recuerdo» por si no lo lograba. Aunque no faltaban los que juraron acabar con Amore, por considerar que allí se realizaban abominaciones.

Enrolló sus audífonos en torno a su móvil y lo guardó en su morral, para luego terciar este a la espalda y así tener las manos libres por si tenía que medirse con el otro a los puños.

Procuró seguirlo sin hacerse evidente; unas chicas notaron lo que hacía y Logan aventó las manos en el aire para que, de allí, se largaran. Su actitud preocupó a la más alta del grupo, captando al vuelo que el hijo de Esther Sanders descubrió a un invasor. La temporada pasada atraparon a dos *cazanoticias* sin oficio.

Logan se mantenía a unos pasos detrás de un hombre de cabellera rubia y contextura atlética; ya casi estaba por saltarle encima, le faltaba avanzar un poco más y lo atrapaba, el sujeto tenía la apariencia de ser joven y le resultaba familiar, que hasta pensó sería alguno de los novatos recién ingresados con intenciones de jugar a alguien alguna broma. Pero la forma sigilosa de moverse le daba mala espina, ese tenía pinta de querer causar problemas; por desgracia, Logan no pudo atraparlo desprevenido, el merodeador sintió su cercanía y enseguida se volvió hacia él, llevándose el primer chico la desagradable sorpresa de ser pillado y el segundo por descubrir de que se trataba de una antigua estrella y exmejor amigo.

—¡Detente! —Las piernas de Logan se impulsaron para impedirle escapar, logrando alcanzarlo en un corto trayecto; cayó sobre su espalda, aplastándolo en el suelo. El muchacho le dio un codazo en las costillas, a lo que Logan se quejó adolorido, pero hizo el esfuerzo de contenerlo; de un momento a otro, Terence y sus hombres aparecerían y lo esposarían para entregarlo a la policía, ya que Brandon Morris no desistía de cumplir con su amenaza de hacer que el mundo abriera los ojos con respecto a ellos.

De esto hacía dos años en que volcó su inconformidad de los espectáculos del circo.

Un fuerte empujón logró liberar al merodeador.

—Mucha carne de león, debilita, ¿no te parece? —se burló a la vez en que se ponía en pie para huir de allí—. Te aconsejo las hortalizas.

—Sabes bien que no consumismos a las bestias —Logan gruñó, decidido a llevarlo a la cárcel. Su cruzada había llegado a un punto en que la Compañía debía demandarlo para que se detuviera o causaría desgracias.

Brandon sonrió, con acérrimo sarcasmo, él hacía referencia a las condiciones en la que esos malditos sometían a los animales.

—Sino que los torturan —escupió, llevado por el odio. En otros tiempos fueron grandes amigos que hasta compartieron el mismo camarote y las conquistas.

—¡Mentira! —Se abalanzó en una lucha que ocasionó laceraciones en los pómulos, reventadas de labios, rodando los dos por el suelo al darse con los puños. Los conflictos con Brandon surgieron a raíz de la repentina muerte de Hércules, el caballo en el que este solía hacer sus presentaciones y del que un fatídico día se partió el cuello, a causa de un movimiento al caer Logan desde el trapecio donde se balanceaba. Razón por la cual se negó a cabalgar otro semental y acusó a la directiva de maltrato animal.

—¡RODEÉNLO! —Terence ordenó enérgico a sus hombres para cerrarle la posibilidad de escapar; la zona entre los galpones era amplia, en una máxima posibilidad de correr por diferentes vías que lo llevarían a la autopista o a las calles aledañas.

El grito del jefe de seguridad, distrajo a Logan por un segundo y, cuando volvió su furiosa atención sobre el merodeador, recibió un golpe en el rostro que lo dejó inconsciente.

Brandon recogió una piedra del tamaño de su puño y la aventó con fuerza a uno de los vigilantes que trataba de atraparlo; voló lejos de allí sin cerciorarse si le quebró al hombre la cabeza o lo mató, pero sonreía satisfecho por al menos darle en *la jeta* al malnacido de Logan Sanders, quien dio la maldita idea a los coreógrafos de alternar dichas funciones.

*****

La prueba en el área de los sombreros apenas le tomó a Valeria unos minutos, siendo enviada a continuación a la sección de trajes confeccionados para los artistas. Otra asistente solicitó su carnet de identificación y consultó en la lista para seguir el orden establecido por los encargados del departamento de vestuario. Le entregaron una malla estampada, de cuerpo completo que le cubría hasta sus brazos; se atavió con la indumentaria en el vestier y, al salir, notó a Khloe esbozar gestos asombrados de lo que Maya le comentaba. Valeria se preocupó mientras una de las diseñadoras buscaba defectos en el traje asignado que a ella le amoldaba bien; le pidió que alzara los brazos y luego flexionara las piernas, todo esto de estudiar si las costuras se abrían o la tela elástica de la malla no era lo suficiente flexible.

Ella obedecía de forma automática; sus ojos puestos sobre las dos chicas. La curiosidad aguijoneándole.

—Ahora, ponte este —la mujer le entregó un segundo traje, distrayendo momentáneo a Valeria, quien lo recibió con la opresión interna de que algo tuvo que haber pasado para que su amiga se quedara sin habla. Maya llevaba la cotilla, ahora capturando la atención de varios oyentes.

Siendo aupada por la diseñadora, Valeria tuvo que volver al vestier, en un hilo de conjeturas que se hacía por mantenerse en la ignorancia. Lamentó no tener consigo su móvil para enviarle un texto a Khloe para que la pusiera al tanto con la cotilla que le causaba aprensión; por desgracia, una de las normativas establecía que los móviles ni las tabletas debían utilizarse dentro del galpón de costura a fin de evitar que alguna foto indiscreta se colara en las redes, de lo que la Compañía programaba para el público. Era un secreto que a su tiempo sería revelado.

De hecho, los móviles estaban prohibidos en todo el *campus*.

Miró a Maya.

Ella no obedecía normas, el suyo era la evidencia de lo que, al parecer, fue la fuente recibida.

Se apuró en enfundarse en un traje tipo-competidora de patinaje de hielo, sobresaliendo alrededor de sus caderas una faldita que llegaba al ras de sus nalgas. Según la diseñadora era para el trapecio, que combinaría con los trajes de pantalón de los muchachos.

Salió del vestier y más curiosos paraban la oreja a lo que Maya repetía con sus muecas exageradas.

¿Qué pasó?

¿Una caída en el galpón de entrenamiento?

¿Un elefante o una fiera atacó a un domador?

Quiso preguntar en voz alta para capturar la atención de Khloe, quien ni reparaba en ella, y, aunque así lo hiciera, la diseñadora bloqueó su campo visual, acomodando el cuello redondo de su traje por hallarlo «holgado».

Una hora después, la mandíbula de Valeria se mantenía desencajada, mientras Khloe la ponía al tanto de la cotilla. El almuerzo estaba casi intacto en la mesa que compartían, las horas de la mañana pasaron volando, entre esperar y ponerse los trajes que las vestuaristas le entregaban. A la joven morena le asignaron cinco: dos para la danza aérea en sus modalidades, tela y aro. Otro como trapecista, del cual ella formaba equipo con varias chicas; uno como bailarina, con penacho de grandes plumas y botas hasta las rodillas, y una toga negra con capucha que asumía sería para cubrir su indumentaria cuando se trasladaran al escenario. Motivo por el cual levantó quejas en Cinthya, por la cantidad de veces en que Valeria actuaría. Esto se debía a su habilidad para dominar más de un arte circense, haciéndola destacarse entre sus compañeros. Muchos realizaban dos o tres actos, pero ella se medía hasta en la cuerda floja. Lo que después desembocaría en un jugoso salario anual.

En vista de que el hambre atacaba, en vez de dirigirse al Galpón D, Khloe y ella acordaron encontrarse en el cafetín.

—¿Hasta cuándo permanecerá de reposo? —preguntó luego de escuchar el relato. Logan fue llevado a la enfermería del edificio para una evaluación, pese a que este aseguraba hallarse bien. El golpe recibido, según Tristan que lo vio, le amorató un ojo.

—Solo por hoy, la enfermera le aconsejó descansar hasta mañana para evitar algún desvanecimiento durante sus piruetas. En caso de migraña, lo llevarán al hospital para un chequeo más exhaustivo.

—¿Atraparon al sujeto?

—Escapó, al parecer se metió a robar. Lástima que ningún caimán le mordió las patas para que no estuviese metiéndose por donde no debe meterse.

—¿Y qué iba a robar?

—Lo que fuese de valor. Para los ladrones: todo es mercancía que les da dinero.

—Y Logan se las quiso dar de héroe...

—Por idiota le dieron en *la jeta*.

Más bien, por imprudente, pensó Valeria. Muchos han tenido un trágico final por enfrentarse a criminales que les tiene sin cuidado disparar o apuñalar para librarse de ser atrapados.

Cambiaron de tema al charlar sobre los trajes que les asignaron. La televisión estaba encendida, colocada en lo alto de la pared que colinda con la encimera del bufé. Ese día prepararon cuatro platillos: pollo horneado, macarrones, pescado empanado y berenjenas rellenas.

Valeria y Khloe optaron por los macarrones.

—¡Sube el volumen! —el señor Ignacio, payaso y mago, pidió a la encargada del cafetín. La mujer sacó el control remoto del bolsillo de su delantal, ya que este solía perderse por las veces en que los chicos lo agarraban para cambiar los canales. El volumen subió y la voz de Stefano Nalessi crepitó al instante.

Valeria soltó su tenedor y se volvió rápido hacia el televisor.

A su padre lo entrevistaban.

—*Les aseguro que esta temporada, 2017-2018, Circus Amore los dejará sin aliento* —expresó con su característica voz de maestro de pista, engalanado con su sombrero de copa alta y levita de lentejuelas—. *La nueva puesta en escena: «Amor Celestial», es una maravilla. Hay guerreros, princesas, espectros... ¡Tienen que ir a verlo!* —A partir de octubre comenzaba el recorrido por diecinueve ciudades del país, con una duración de cinco meses y para un total de doscientas sesenta y seis presentaciones. Promediando serían: dos diarias por la semana que estarían en cada ciudad de la gira. Un esfuerzo que, desde la perspectiva de Valeria, requería de disciplina y concentración si pretendían dejar una buena impresión entre la gente.

Pensó que su padre tenía labia. Un encantador de serpientes que atraía a las masas para un fin común: la diversión.

Se lamentó de ese hecho, a quien hasta ese instante no lo ha visto en persona. Su ausencia se hacía sentir en el *campus*, que constantemente por él preguntaban, era inusual que faltase a los ensayos, su responsabilidad era inquebrantable, anteponiendo los deberes a los asuntos personales y del que se especuló enfermedad, conflictos con la Compañía y hasta un viaje al extranjero no anunciado. Sea lo que lo mantenía fuera de los límites de la sede, lo ignoraba la mayoría.

Lucía lleno de vitalidad, sin rollos que le aquejaran ni líos judiciales. Estaba delante de las cámaras, invitando a la audiencia a disfrutar de la gira que pronto Amore realizaría. Prometía un espectáculo diferente que dejaría a todos con la boca abierta.

Se preguntaba, ¿cómo prometía algo que ni siquiera él ha visto? Era como hacer una reseña positiva de un libro no leído, podría ser malo, con múltiples errores ortográficos, sin sentido y hasta aburrido, del cual correría el riesgo de perder credibilidad por hablar de más.

Aun así, avivaba la curiosidad de grandes y chicos.

—¿*Nos darán una demostración del nuevo espectáculo?* —el reportero, desde el estudio solicitaba a los artistas de hacer un pequeño acto de la gira que estaba por iniciar en las venideras semanas.

—¡*Por supuesto!* —Stefano sonreía a los televidentes, su eclipsante personalidad fascinaba a los presentadores del noticiero que lo observaban a través de la gran pantalla detrás de ellos.

La música sonó en aquel lugar y los artistas que acompañaban al maestro de pista, dieron unos pasos hacia el centro de un entarimado para ejecutar unas acrobacias como aperitivo de lo que después apreciarían en los determinados centros deportivos donde se presentarían.

Khloe le dio unas palmaditas en el brazo a su amiga al fijarse en los chicos que allá se hallaban.

—Qué bien sale, Logan. Aunque esa tarada se ve gorda —expresó desdeñosa por cómo Olivia Black lucía frente a las cámaras.

—Es grabado... —Valeria comentó ante lo obvio. Logan en ese preciso instante reposaba en su litera a causa del golpe propinado por el ladrón. Notó algo más—. ¿Cuándo fue eso? —le llamó la atención el punto donde acordaron la entrevista, habiéndose hecho en el galpón de entrenamiento: las colchonetas, los aros, el fondo de las paredes... Todo le indicaba de ser ese el lugar.

Le desencadenó un sentimiento de tristeza porque nadie reparó en la presencia de su padre y esto a ella la lastimó. Así como estuvo en Amore, se marchó. Nunca la saludó.

—Tuvo que ser antes de nuestro arribo al *campus* —Khloe le respondió, igual de pensativa—. Ellos estuvieron en las audiciones que se hicieron por varias ciudades, incluso en Florida. Menos la idiota esa —se refirió a Olivia—, la tuvieron que llamar para que los acompañara...

—Iré al camarote a buscar mi morral, ¿quiere que traiga el tuyo? —le consultó con el pretexto de abandonar el cafetín para tomarse un rato a solas. Pero esta señaló hacia el reverso de su silla donde el suyo colgaba—. Entonces, te dejo. Nos vemos más tarde.

Abandonó el Edificio Central y caminó hasta llegar a la plazoleta, ubicado a unos metros de la entrada del *campus*. Se sentó en el suelo, sin preocuparse de ensuciar la bonita malla que traía bajo su franela. Necesitaba unos minutos a solas, meditar sobre la ausencia de su padre, las llamadas de su madre y la opresión en el pecho que sufría cada vez que Logan Sanders la miraba.

Cerró los ojos y dejó que la brisa del mediodía le acariciara el rostro. La temperatura rondaba los 32 grados centígrados, sin ser la más refrescante, ya que solía dar un aumento exagerado hasta los 38 grados, dejándolos a todos atontados; pese a que el verano estaba por llegar a su fin, el calor seguía inmisericorde sobre las desafortunadas almas residentes en ese condado. Sudaba a raudales, añorando el frío de la Gran Manzana.

Se bebía litros de agua al día para aplacar la sed.

Cinco minutos llevaba ensimismada, cuando el ronquido de un vehículo que frenaba cerca, despabiló sus pensamientos.

Valeria abrió los ojos y se encontró con unos espejuelos negros que cubrían parte del rostro de un hombre en sus cuarenta y tantos años, mirándola a través de la ventanilla abierta de su camioneta negra.

—Hola —lo saludó, estremecida, levantándose al instante, mientras se acomodaba el cabello y la ropa para lucir impecable.

—¿Qué haces aquí? —Stefano Nalessi inquirió sin una muestra de cariño en su voz.

Valeria se tomó una respiración para responder:

—Descansando.

Stefano cabeceó.

—Me refiero «aquí», en Amore.

La joven pasó saliva. Diez años sin hablarse ni verse y eso era lo que le preguntaba. *¡Arg!*

—¿No es obvio? —respondió con resquemor. Ella añorando abrazarlo y este se mantenía distante. Su madre tenía razón: a él, ella no le importaba.

Stefano contuvo una vulgaridad. Menuda tormenta le caería encima, Leonora no permitiría que su hija fuese una cirquera.

—¿Quién es, cariño? —preguntó una mujer afrodescendiente desde el asiento del copiloto, enfocándose sobre la joven que le causó curiosidad.

—Nadie —contestó él a su vez que reanudaba la marcha de la camioneta, rumbo al estacionamiento.

La mujer miró hacia atrás para apreciar a la muchacha, la semejanza en los ojos y el ceño fruncido, indicaba que, entre su prometido y aquella extraña, existía un lazo consanguíneo.

Los leves temblores en las manos de Stefano, reflejaban el grado de perturbación que sentía. Ya se había preparado desde que la vio en el teatro; en cuanto subió al escenario, la reconoció enseguida. Era el vivo retrato de Leonora en su juventud: hermosa, radiante, llena de vida. Pero con una gran diferencia: poseía la pasión de los Nalessi.

—Carajo —apretó el volante ante una contundente verdad.

Su hija había llegado a Amore para quedarse.

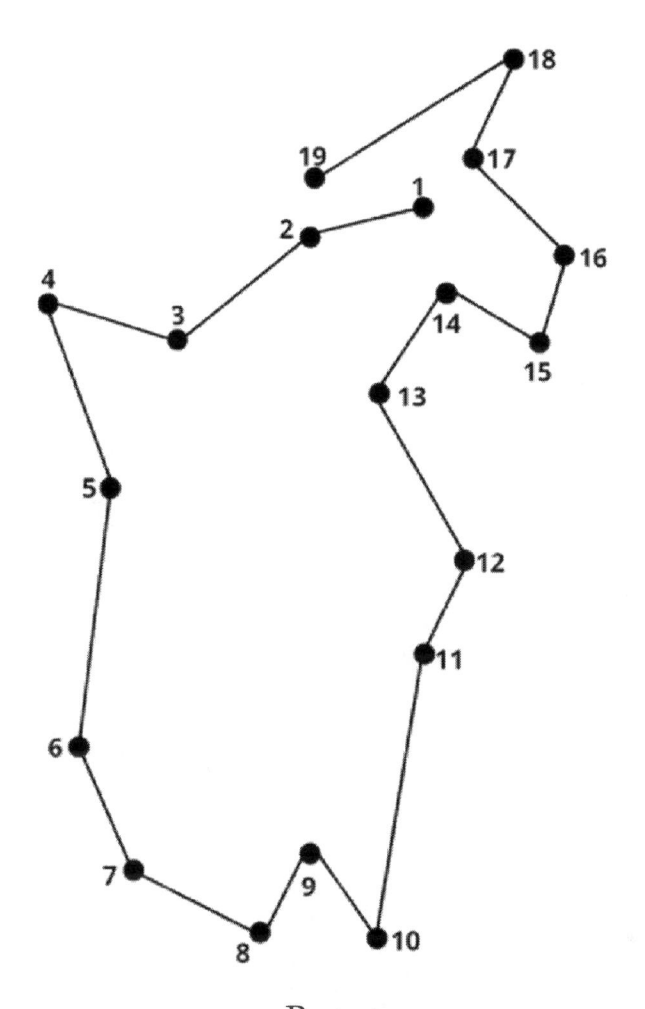

Ruta tren
(Costa Este del país)

1. Bridgeport (Connecticut)
2. Rochester (Nueva York)
3. Pittsburgh (Pensilvania)
4. Aburn Hills (Michigan)
5. Younstown (Ohio)
6. Nasville (Tennessee)
7. Huntsville (Alabama)
8. Orlando (Florida)
9. Jacksonville (Florida)
10. Tampa (Florida)
11. Greenville (Carolina del Sur)
12. Greensboro (Carolina del Norte)
13. Filadelfia (Pensilvania)
14. Brooklyn (Nueva York)
15. Newark (Nueva Jersey)
16. Trenton (Nueva Jersey)
17. Worcester (Massahusettes)
18. Manchester (Nueva Hamphire)
19. Uniondale (Nueva York)

Sede del Circo Amore

1. **Edificio Central:** oficinas.
2. **Galpón A:** lugar de contención de los animales.
3. **Galpón B:** adiestramiento de los animales.
4. **Galpón C:** diseño y confección trajes de los espectáculos.
5. **Galpón D:** entrenamiento de los artistas.
6. **Gimnasio:** lugar de ejercitación de los artistas.
7. **Estacionamiento.**
8. **Tren:** transporte privado y área de dormitorio de todo el personal.
9. **Corrales.**

163

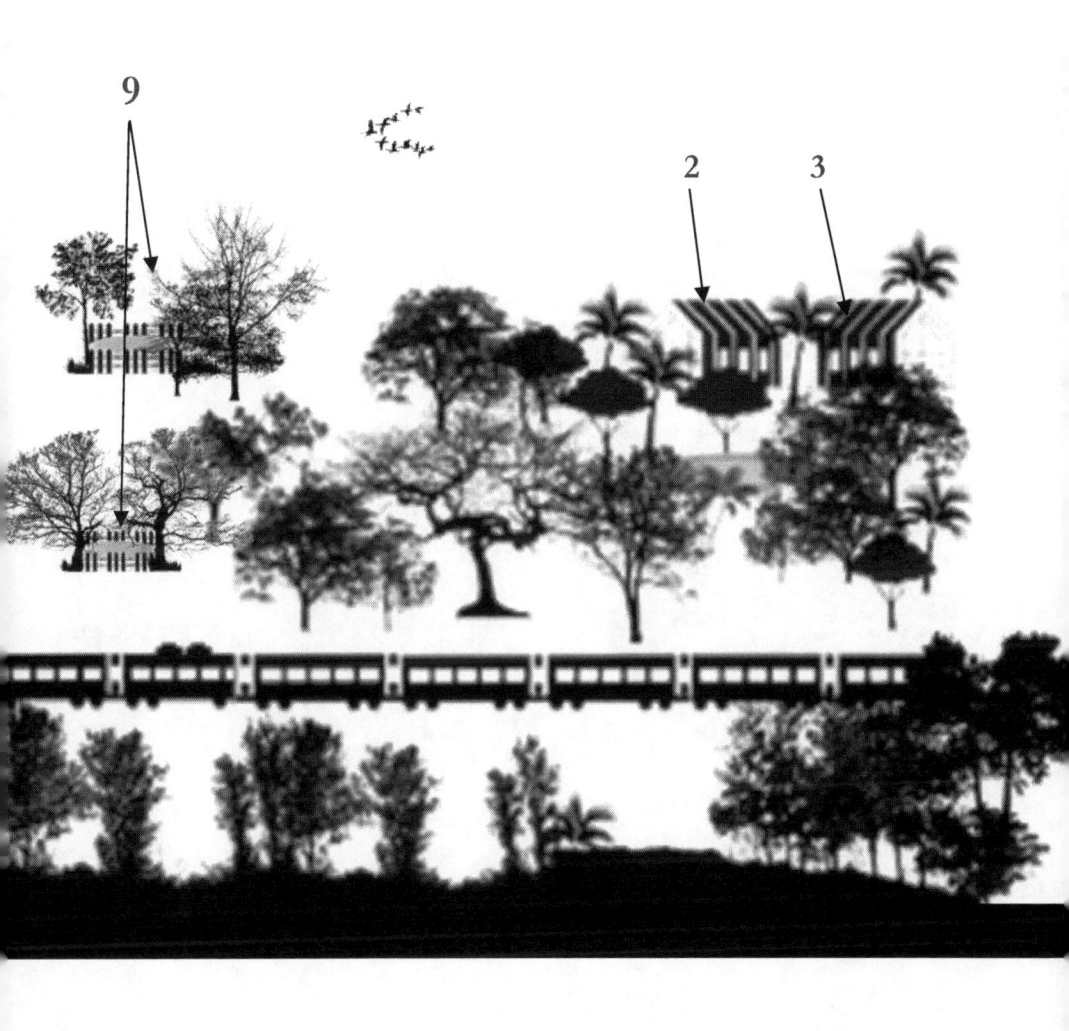

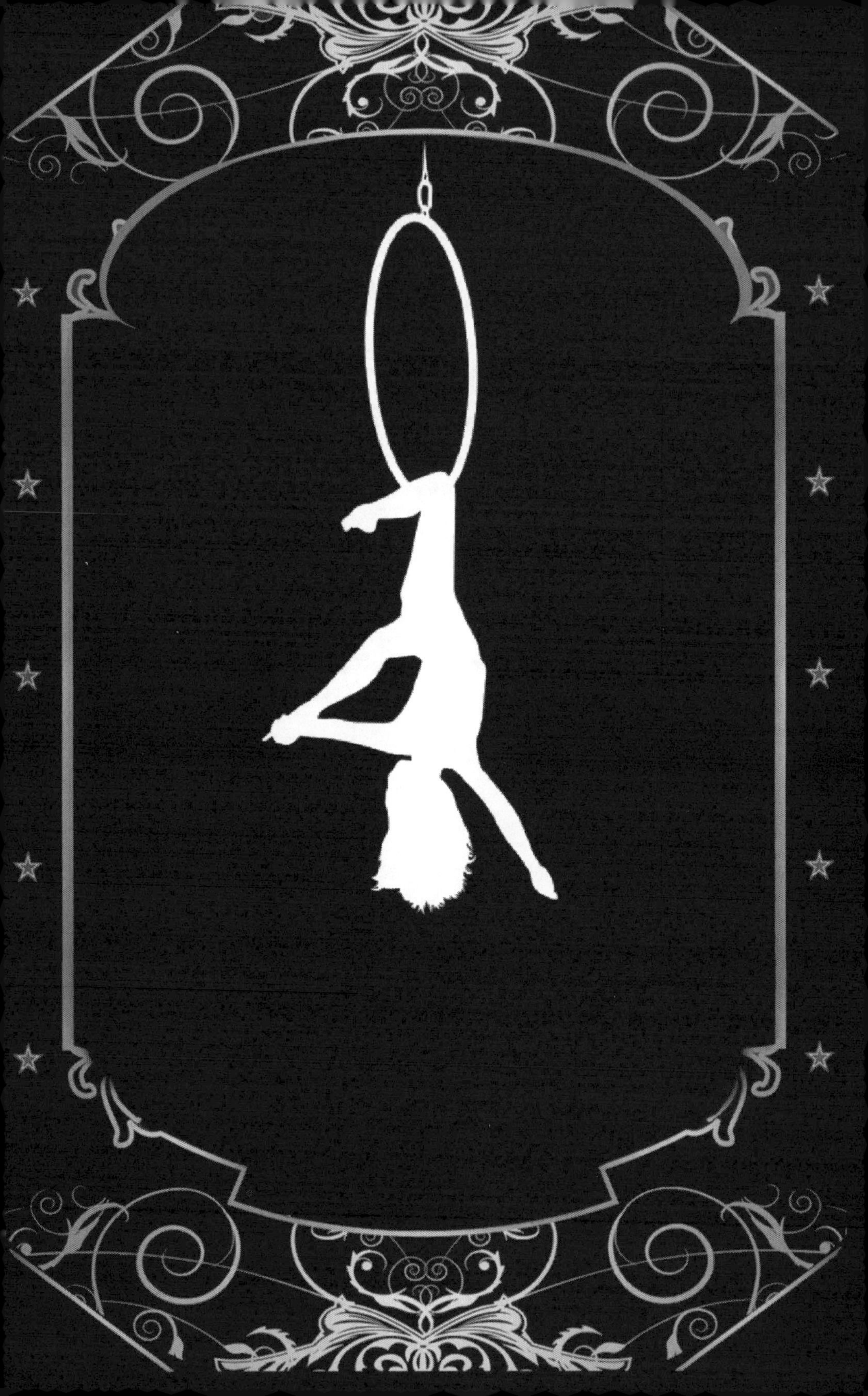

Capítulo 14

> *«Cuando estás en los escenarios, tienes que crear un mundo, tienes que ampliar tu imaginación; en el momento, es como una película».*
>
> Belén Pouchan, contorsionista.
> "Ave Fénix". Circo Servian.

Ni durante la cena, ni al caer la noche, Valeria tuvo otro encuentro con su padre; solo en la plazoleta donde fue tan breve y frío, dejándole una sensación amarga en su corazón; ni le dijo: «¡hola, hija, estoy feliz de que hayas clasificado en Amore!, ahora pasaremos más tiempo juntos». Más bien, espetó: «¿Qué haces aquí?».

—Vaya saludo tan… —De comentárselo a su mamá, esta se jactaría al expresarle: «¡Te lo dije: no le importas a él!».

Forzó una sonrisa a Khloe, quien hablaba sin parar, en una banqueta hecha por los chicos, días atrás, para disfrutar de la charla y del exterior. Todos ansiaban en viajar en el tren, el sistema eléctrico se activaría de manera continua y, con esto, el aire acondicionado. La planta eléctrica –una enorme– la encendían por unas horas, por lo que disfrutaban poco de la iluminación. Los ventiladores de carga solar apenas refrescaban y las lámparas portátiles emitían calor.

—¡*Uf!*, qué bochorno, parece que va a llover. Ojalá caiga un chaparrón, a ver si por fin baja la temperatura, desde inicio de mes no llueve —Khloe se quejó mientras se abanicaba con un *ventiladorcillo* comprado en línea y traído a domicilio, junto con los demás pedidos, ya que la señora Morgan a nadie dio permiso de abandonar el *campus*—. Oye, Tristan, ¿crees que llueva?

—No soy meteorólogo —respondió en el instante en que se dirigía hacia la plazoleta, repleta de muchachos sentados en el suelo adoquinado, alejándose de Maya que era sofocante. La humedad en el ambiente, aunado al calor, los tenían atontados.

—Odioso, pudo decir que no sabe. ¿Verdad? —consultó a su amiga y esta asintió sin saber qué le preguntó.

Valeria pugnaba en ir al Edificio Central y exigir hablar con su padre, quien de allá no ha salido después de bajarse de su camioneta. O aguardar a que ocupara el vagón correspondiente, del cual los empleados de limpieza desde hacía unas horas lo han estado acomodando para este encontrarlo impecable.

Sacó su móvil del bolsillo trasero de sus vaqueros y consultó la hora, eran pasadas las once, perdiendo las esperanzas de verlo. La luz en la ventana del despacho de la señora Morgan, se mantenía encendida, en una reunión de la directiva. El intento del robo por las instalaciones o la amenaza de su mamá, los haya motivado a prolongar la reunión. Su padre tendría el infortunio de escuchar el informe completo del acontecer de esos días y, lo más probable, las increpaciones de la anciana, cuya autoridad iba a la par del recién llegado.

Fingió bostezar y estiró los brazos para «desperezarse», y, cuando hizo el amague de levantarse para marcharse a dormir, su padre y su novia salían del edificio. Valeria se tensó, ¿la abrazaría? Tal vez el encuentro no se dio por las prisas o porque arriba a él le tenían un discurso preparado por no presentarse en la fecha acordada, interrumpiendo abrupto unas prolongadas vacaciones, dejándolo con un humor de perros.

—¡Hola, señor Nalessi! —Una de las veteranas lo saludó en cuanto él se acercaba a ellos. Le devolvió el gesto con una sonrisa y luego a los demás que repararon rápido en su presencia. El rumor de su llegada había corrido como pólvora, la camioneta en el estacionamiento lo evidenciaba, por fin llegó el alma del circo.

Valeria casi se deja llevar por la emoción de correr y abrazarlo fuerte, pero se cohibió de hacerlo para proteger su verdadera identidad, se suponía que no era su hija, sino una de los noventa artistas contratados por sus peculiares habilidades. Además, ignoraba si había cambiado su modo de ser con el transcurso de los años, sus recuerdos de niña tal vez la engañaban y lo recordado solo era un espejismo.

—Señor Nalessi, bienvenido —Khloe expresó sonriente, habiéndose ella y su amiga levantado de la banqueta improvisada, tan pronto pasaba frente a ellas el maestro de pista.

—Bienvenido, *s-señor*... —Valeria ni sabía cómo dirigirse en ese momento, apenas fue capaz de balbucear el saludo. Dejaría la decisión en él de cómo sería la relación en adelante.

Un escueto «gracias» recibió como respuesta.

La mujer afrodescendiente esbozó una sonrisa tímida a Valeria, pero no se detuvo a charlar, seguía al otro hacia los primeros vagones en sentido norte, donde se hallaban los camarotes de la directiva. Sentía pena por la chica, parecía simpática como para recibir un trato distante, pero su prometido tenía sus motivos.

Los ojos cristalinos de la joven siguieron a la pareja de adultos que se alejaba sin siquiera su padre mirar por sobre sus hombros, para expresarle con esa acción, «sé que estás ahí, no entristezcas». Pero, la vista al frente, la espalda como punto de bloqueo.

Quiso llorar, odiándolo por su indiferencia. ¡Al menos pudo haberle guiñado un ojo de manera socarrona! Ella sabría que después hablarían, aún le tenía cariño.

Un tanto apartado de los demás y sin ser visto por la joven, Logan la observaba como siempre lo hacía cada vez que ella capturaba su atención. ¿Por qué lucía afectada por Stefano Nalessi? ¿La habrá increpado? Lo de la confrontación con Olivia no era para tomar acciones disciplinarias extremas, se han dado pleitos peores cuando el estrés los gobierna. Hasta él mismo una vez estuvo a punto de darle un puñetazo a uno de su equipo, al colmarle la paciencia, valiéndole una visita al sicólogo para aprender a controlar el enojo. En Antonella el misterio la envolvía y esto a él lo traía de cabeza.

*****

—Hoy practicaremos el acto de «Kiran e Indira» —anunció la señora Sanders al equipo de Olivia y al de Logan, reunidos estos en la parte donde cuelgan las bandas elásticas del techo del galpón—. Los acróbatas y los contorsionistas se mezclarán entre ustedes —se dirigió a ellos— para formar el ejército del maharajá. Las bailarinas —aquí miró a Valeria y nueve chicas más— se ubicarán en los cuatro puntos de las colchonetas. Serán los demonios que habitan en las sombras y acechan a los enamorados.

Luego de asignar a cada uno el personaje indio[1] a representar y de hacer las debidas indicaciones, los artistas se posicionaron en sus respectivos lugares para el primer ensayo que se haría sin música. La coreografía se ejecutaba paulatina, conforme la señora Sanders exclamaba enérgica para ser escuchada. Su silbato sonaba ante un corte abrupto de un movimiento mal ejecutado, no eran pasos de coordinación del cual todos debían hacerlo a la vez, era la puesta en escena que deslucía. Algo no cuadraba.

—¡Con ganas! —exigió molesta por la apatía de ese miércoles por la mañana, al parecer, todos despertaron con flojera.

Los contorsionistas se retorcían, simulando estar bajo los maleficios de los demonios, y los acróbatas saltaban desde plataformas acolchadas en su «desesperado» intento de «escapar» de las invasoras. Las bailarinas esbozaban feroces expresiones y sus manos lanzaban sus conjuros de ultratumba sobre el ejército, mientras el guerrero más valiente de todos trataba de proteger a la princesa, pero en realidad era una deidad mestiza. El amor entre estos no estaba permitido por pertenecer ambos a mundos diferentes.

—Esos dos no tienen química —Khloe le susurró luego de correr por las colchonetas, petrificando a los pobres «guerreros»—. Logan lo hace bien, pero *esa odiosa* lo hace fatal. Debieron dejarla de bruja, tiene pinta...

Valeria casi se carcajea. Olivia representaba a la princesa Indira, a la que el valiente guerrero, «Kiran» –Logan– trataba de salvar de los demonios, colgado él, del pie de la princesa, mientras ella se desplazaba en las bandas elásticas como si tuviese la capacidad de volar. A ratos el *staff* de apoyo actuaba luego de participar las dos figuras principales, en una «obra teatral» en la que los siguientes días introducirían a los caballos y a los elefantes. El comentario de Khloe, lejos de ser desdeñoso, contenía cierta verdad: Olivia desentonaba como la «semidiosa princesa en apuros», tenía un aura que a leguas

---

[1] Persona natural de la India.

se percibía densa; su mirada reflejaba soberbia en vez de la afable para conectar con el público, no había miradas de amor o la angustia por salvarse ellos del peligro acechante de sus enemigos; en cambio, era una pugna de poder, ¡aquí mando yo!, parecía expresar Olivia, mientras Logan, por más esfuerzo hiciera en aparentar el sufrimiento por su «amada», no era creíble.

Los chicos lo notaban, pero ninguno daba su opinión para evitar increpaciones por parte de la coreógrafa y para no ganarse a Olivia de enemiga; según lo escuchado por unas veteranas, esta solía ser vengativa.

—¡Muy bien, es todo por hoy! A las dos de la tarde tienen clases de maquillaje —anunció Esther—. ¡Es obligatorio! El que falte, lo mando a limpiar el estiércol de los elefantes, a ver si para la próxima le quedan ganas de perderse las clases —amenazó y los muchachos se asquearon.

Valeria y Khloe se miraron y luego hacia los demás; según los cuchicheos entre varios, a más de uno le tocó tan penosa labor por carecer de compromiso.

—¿Llevaremos *todo lo comprado* o allá nos suministrarán más cosméticos? —Akira preguntó a la mujer antes del grupo marcharse a almorzar. Por ser novata aún ignoraba cómo proceder.

—Lleven lo básico: base, brochas, pinturas... Si algo falta *se le prestará* —siendo indirecta resaltó de que nada sería gratis—. Sean puntuales, Norberta detesta las llegadas tarde a sus clases; tomen en serio el proceso de aprendizaje —agregó ante el bostezo de Tristan—, por muy pequeño el error en sus maquillajes, otros se darán cuenta. Consideren, en algún momento serán entrevistados o fotografiados, y ustedes luciendo como cabareteras borrachas —los chicos rieron—. ¡Lleven el cabello recogido!

—Logan va a necesitar mucha base para tapar ese ojo, se le ve horrible —Khloe comentó después de ser este de los primeros en marcharse del galpón—. Parece lo hubiesen golpeado contra una puerta. ¿Qué habrá de comer? —cambió abrupto de tema—. Espero haya...

—¿Te importa comer sola? —Valeria la interrumpió—. Debo hacer una llamada, la tengo pendiente desde hace rato...

—¿Estarás en el camarote?

—Sí.

—¿Te llevo algo?

—Claro. Pero nada de «pasta», he comido mucho esta semana.

Valeria prefirió posponer el almuerzo, su intención era caer de sorpresa a su padre en su vagón, aprovechando que sus compañeros tendrían su atención fija en el plato y no hacia donde ella se dirigía. Sería infructuoso aguardar a la entrada de este al cafetín y sentarse juntos en la misma mesa. El día anterior mantuvo la vista fija en la puerta a que hiciera acto de presencia, mientras ella cenaba, pero luego comprendió que la directiva solía comer en sus *hogares temporales* o en el anexo privado del cafetín.

Se apuró en ir hasta la cabecera del tren, sin locomotora, rogando en su fuero interno de haber tenido una errónea impresión por mantener las apariencias.

¿Y por qué no le regaló una sonrisa?

Sacudió la pregunta en su cabeza por aumentar su mortificación. Nada comprometía de haberle expresado en la plazoleta, un «luego hablamos, hija. Te quiero». Su corazón aún no se recuperaba de su frialdad paternal.

Evitó subir por la entrada habitual hacia su camarote, para luego atravesar la cabina interna de los vagones hasta llegar al de su padre, pero le preocupó hallar en el camino a algún cotillero. Teniendo esto presente, procuraba lanzar miradas furtivas por los alrededores, a ver si era pillada desde lejos. Fue grato comprobar la ausencia de «moros en la costa»; aun así, no bajó la guardia.

Plantó el pie en el primer escalón, ahí los vagones de la directiva poseían una plataforma que facilitaba subir sin esforzarse elevar las piernas a causa de la altura entre el suelo y el piso del tren.

—No se lo aconsejo —expresó una voz femenina, detrás de la joven, ocasionando darse vuelta rápido hacia la persona que la descubrió.

—Necesito hablar con…

—Aún no —la señora Sanders replicó un tanto severa, muy consciente ella del parentesco de la muchacha con *el ocupante* del vagón al cual se dirigía.

—Es mí…

—Lo sé —no la dejaba hablar—. Por favor, devuélvase y manténgase en el anonimato hasta que Stefano así lo indique.

—¿Por qué?

—Es lo mejor para todos.

Valeria no comprendía el temor de revelar su identidad. ¿Su papá está casado con aquella mujer y jamás le habló de su pasado?

—Logan es su hijo y nadie se escandaliza.

—Él creció en el circo, usted no. ¿Se da cuenta de la diferencia? A él le tomó años ganarse su puesto, sacrificó estudios de secundaria y universitarios para ser un buen acróbata. Nadie lo cuestiona; en cambio, criticarán las ventajas de la hija ausente de uno de los socios.

Gruñó para sus adentros.

Ella también creció en el circo.

De hecho, nació cuando al antiguo *d´amore* pocos apostaban por su futuro.

—¿Fue así cómo me eligieron? —Y ella creyendo se había lucido en su acto con las telas.

—Todo aspirante a formar parte de la Compañía, *se la tiene que sudar*. Usted demostró habilidades, pero sus compañeros no lo entenderán de esa manera, muchos estupendos artistas fueron rechazados en las audiciones.

—¿Hasta cuándo se mantendrá el secreto? Entre más tiempo pase, será peor. No me importa si me critican.

—Eso causará problemas, ya lo he visto. Le aconsejo, espere a que la conozcan, de ese modo se formarán una correcta opinión de su desempeño.

Valeria estaba en desacuerdo; al prolongarse un secreto, las desavenencias ocasionan brechas abismales entre la gente. Aun así, tuvo la desdicha de obedecer sin protestar. La señora Sanders intentó detenerla al dirigirse a su camarote, pero le explicó que iba por su maletica de maquillaje, teniendo a cambio una negativa por parte de la mujer.

—Vaya a almorzar —le ordenó, pegada a ella para evitar le diera por colarse a través del Vagón-Vista.

Escoltó a la joven hasta el área del comedor y le dio una última mirada en la que expresaba de estar vigilándola. Valeria Nalessi era una muchacha determinada; si no tenían cuidado, haría tambalear la paz que les ha costado conseguir. Los últimos meses han sido un calvario por culpa de esa condenada *organización pro-animal*, constantemente los señalaban como torturadores de la fauna silvestre; enfrentar un escándalo familiar sería alimentar a las hienas carroñeras de la prensa amarillista. Un artista enojado era una vía de escape de información confidencial, así hayan firmado un contrato de No Divulgación de lo que ocurra dentro de las instalaciones y durante la gira. Los rumores corrían desde el anonimato.

Dejó a Valeria, junto con los demás comensales, y regresó por su camino, quería recostarse unos minutos, la reunión sostenida con Stefano, Nia y Alice, le causó después insomnio; eran muchos los conflictos legales y no era buen momento para sobrellevarlos; a través de las redes notaba el creciente desinterés por los nuevos espectáculos, los comentarios de los usuarios se dividían entre los que apoyaban y los que exigían acabar con sus funciones; los jóvenes de antes son los adultos actuales, ocupados y malhumorados por su quehacer cotidiano; y los jóvenes de ahora —la generación Z— solo están pendientes de verse bonitos en sus *selfies* retocadas con varias capas de filtro y de criticar a «fulano» y a «mengano» por las redes.

Los circos se quedaban sin público.

Los circos del mundo…

Apesadumbrada, elevó el pie sobre la plataforma que da acceso a los vagones de la directiva, y, antes de subir, Stefano bajaba por el otro extremo, yendo a toda carrera hacia el Edificio Central.

Esther Sanders se preocupó y de inmediato siguió al hombre de larga estatura, suponiendo a este le hicieron un llamado urgente, ya sea motivada por una riña entre los muchachos o por su hija.

Le costó alcanzarlo, los años no pasaban en vano, su corazón se agitaba a veces por las emociones fuertes y el esfuerzo físico. El cardiólogo le diagnosticó arritmia, debía aminorar la carga de responsabilidad o su salud sufriría las consecuencias.

Stefano abrió la puerta del despacho de Alice Morgan y sus ojos se clavaron enojados sobre la persona que se hallaba allí en plan demandante. Por lo visto quería causar problemas.

—¿A qué, *carajos*, ha venido usted? ¿A joder?

—Stefano —Alice lo llamó desde su escritorio—, cálmate y cierra la puerta. El señor Conrad está aquí para representar a la señora Davis, quien demanda a la Compañía para anular el contrato de Valeria Nalessi.

El aludido se puso en pie tan pronto el solicitado cruzó la puerta, desagradándole que a la hija de su representada la llamaran con el apellido del sujeto que jamás por esta se ha preocupado.

—Un gusto conocer al *famoso* maestro de pista del Circo Amore. No imaginé fuese usted...

—¿El padre de Valeria? —inquirió cabreado mientras se acercaba al abogado—. ¿Y qué pasa si lo soy? No es un asunto de potestad paternal.

Robert sonrió desabrido y carraspeó para aligerar tensiones; volvió a su asiento cuando la anciana les pidió a los dos sentarse; su portafolio reposaba a sus pies, advertido él desde antes, del carácter del exesposo. Admitía estar sorprendido por el hombre, tenía el mismo arrojo de su *delicioso retoño* de melena y ojos achocolatados, le causaba gracia; según sus propósitos, se convertiría en su segundo «suegro», pese a que, tanto Douglas Davis como Stefano Nalessi, eran más jóvenes a él, quien estaba por cumplir cincuenta y seis años el próximo noviembre.

—Sino de contratación indebida.

Alice y Stefano agrandaron los ojos.

—¡¿Indebida?! —replicaron indignados al mismo tiempo.

Robert, en su actitud apacible, acostumbrado a ese tipo de confrontaciones verbales, asintió.

—Firmar un documento requiere la asesoría de un abogado; la señorita David...

—Nalessi —Stefano lo corrigió con los dientes apretados, anexando *al estirado* a su lista negra.

El otro sonrió condescendiente.

—La señorita «Nalessi», no estuvo asesorada. Su *corta edad* la impulsó a firmar el contrato sin antes estudiarse con detenimiento. En nombre de mi representada: Leonora Davis, estamos dispuestos a ofrecer una generosa suma de dinero, en compensación por las molestias acaecidas. Díganos la cifra y con gusto transferiremos los gastos de estadía y lo que la joven haya consumido.

—Mire, hijo de…

—La joven Nalessi tuvo el suficiente tiempo para contratar los servicios de un abogado o pedir consejo al padrastro, del que tengo entendido es abogado —Alice interrumpió a Stefano para evitar él perdiera los estribos—. Así que no veo el motivo de expresarse de haber sido un «contrato indebido». Nadie la coaccionó.

—Y es mayor de edad —agregó Stefano—. Valeria tomó la decisión de trabajar para el circo.

—Por seguirlo a usted, señor Nalessi. La señorita Valeria dejó atrás sus estudios para formarse en una fructífera profesional.

—¿De abogada? —Rio displicente—. Lo sé muy bien, Leonora me lo escupe cada vez que deja un audio en mi móvil. —Número averiguado reciente y del cual no ha tenido paz desde entonces.

—Lleguemos a un acuerdo para el beneficio de la señorita.

—Ella es feliz aquí.

—Tal vez sea así, pero no a largo plazo. ¿Es esto lo que quiere para su hija: una vida errante?

—Si ella lo desea: ¡la apoyaré! Y comuníquele a Leonora que no aceptaremos ningún dinero a cambio por romper el contrato.

—Llevaremos esto a la Corte.

—¿Bajo qué cargo? Valeria está en pleno uso de sus facultades mentales y de ella nadie depende. No nos amenace con litigios absurdos, sabemos cómo defendernos.

Rober Conrad comprendió que el hombre no se amilanaría con palabras, sino con acciones contundentes.

—Solicito hablar con la señorita Valeria —evitaba mencionarla por el apellido de ese ignorante—. Tengan la amabilidad de llamarla, debo entregarle un mensaje de sus padres.

Stefano se aguantó el dardo del abogado neoyorquino.

—Que se lo diga por teléfono.

—Lo siento, sigo órdenes de la señora Davis. Además, necesito comprobar si la señorita Valeria no se ha arrepentido.

—¿Arrepentirse? *Mi hija* sabe bien lo que quiere.

—Lo oiré de sus labios, no de los suyos: hablamos de una joven mayor de edad…

Stefano tragó un improperio, utilizaba la réplica en su contra.

—Con una condición: estaré presente. —Si esa hiena representaba a Leonora, él lo haría por Valeria.

El abogado no tuvo más remedio que aceptar a regañadientes, la insistencia sería sospechosa y no le convenía le impidieran el interrogatorio.

Esther, quien no alcanzó a entrar al despacho cuando Stefano cerró la puerta de un azote tras de sí, recibió la llamada de este en su móvil, sin haber sido consciente de que la mujer aguardaba en el pasillo. Atendió y enseguida se apuró en dirigirse al cafetín, donde minutos atrás dejó a la muchacha. Entró y la halló mordisqueando una presa de pollo. Desde el umbral de la puerta logró captar su atención y esta se tensó, dejando de comer en el acto. Se despidió de Khloe Wells y siguió a la coreógrafa, creyendo la joven cambió de parecer y la llevaría hasta donde su padre.

Rápido notó que no se dirigían al tren, iban hacia la planta alta.

Cinthya y Akira se preguntaron qué había sucedido, al igual Khloe, quien buscaba respuestas en las miradas interrogantes de sus compañeros. Era la segunda vez que la señora Sanders requería la atención de Antonella.

El mundo se le vino abajo a la joven solicitada en cuanto la mujer la hizo entrar al despacho donde la vez anterior su mamá formó un escándalo. La garganta se le secó, su corazón dio un vuelco y sus piernas temblaron, el maldito libidinoso de su exjefe le sonreía como lobo hambriento, hallándose en compañía de su padre y la señora Morgan.

—¿Qué quiere usted? —inquirió a la defensiva y esto no pasó por alto en Stefano, pues parecía conocerlo.

—¿Podemos hablar a solas? —Rompió el acuerdo en cuanto la tuvo a su alcance, ella accedería por educación y él aprovecharía en chantajearla para obligarla en ceder a sus deseos. La madre le facilitó el modo de atraparla, al acudir a él con sus lloriqueos por la estupidez cometida de la hija de irse detrás de unos cirqueros marihuaneros.

—¡Ya le dije «no»! —Stefano gritó molesto—. Hablará con ella en mi presencia. Si no le parece, ¡lárguese!, nos vemos en la Corte.

Valeria jadeó mortificada.

¿Hasta dónde pretendía llegar ese sujeto para tenerla?

—¿Corte?, ¡¿me está demandando?! Solo fui su asistente, no manejé documentos de importancia: atendía el teléfono, hacía mandados y le preparaba el café. ¡Le trabajé hasta gratis!

—No la estoy demandando, represento a su señora madre.

—No voy a renunciar.

—Insisto en hablarle a solas.

—Si sigue intimidando a mi hija, lo saco de aquí a patadas. Lo que deba decirle, ¡dígaselo ahora!

Robert asintió reticente.

Tendría que batallar.

Extendió la mano para que la joven se sentara en la silla que ha permanecido desocupada, pero esta prefirió esconderse detrás de su padre que se mantenía como su escudo protector, infranqueable barrera que él tendría que derribar para poseerla; esbozó su habitual sonrisa para aplacar los ánimos caldeados, solo eran un cirquero, una vieja y una chiquilla del cual ansiaba despertar su sexualidad; en cambio, él era poderoso, influyente; una llamada a la persona correcta y todos quedarían desempleados.

—En vez de amenazar, aconseje a su hija en hablar conmigo a solas —replicó a riesgo de provocar la furia en el otro. Era su última oportunidad antes de proceder a las malas.

La insistencia de ese sujeto activó las alarmas en la cabeza de Valeria, intuía no se trataba de la exigencia de su progenitora, de retornar a casa, sino abarcar una intención siniestra de satisfacer su obsesión al haberse fijado en ella. ¿De qué se habrá valido para atreverse a tomar un vuelo y plantarse allí con una autoridad no correspondida? Temió aceptar.

—No necesito el consejo de nadie, señor Conrad —respondió, trémula—. Recuerdo bien las consecuencias de desobedecer las obligaciones impuestas —se refería a todos los que trataban de comandarla—, lo he pensado durante días y he llegado a la conclusión de negarme una vez más. No me enlisté para morir en la guerra, ni me uní a un grupo terrorista; dígale a mamá que no me perderá, la sigo queriendo y deseo para ella y mis hermanitos, mucha felicidad. Pero mi estadía aquí permanecerá.

—Su padre lamentará su decisión —comentó para que fuese consciente de a quiénes perjudicaría si no hacía las maletas para volver con él a Nueva York, y así ponerle las manos encima.

Valeria tragó saliva y Stefano gruñó.

—Pues, que lo lamente —espetó él con las ganas bulléndole en su ser de mandar al abogado en una bolsa negra—. El deber del padrastro terminó cuando *mi hija* cumplió la mayoría de edad; si lo que *aquel* «lamenta» es por los gastos de educación, le pagaré cada centavo invertido. Pero por esto no le prohibirá trabajar donde *mi hija* le apetezca, no la contratamos de por vida; al cabo de un año ella estará en la libertad de marcharse o continuar con nosotros. Demándenos y yo a ellos los acusaré de haberme prohibido ver a *mi hija* desde que nos separamos. Tengo pruebas que lo demuestra. —Como intentar cambiar el apellido sin su consentimiento y de devolverles las cartas que le escribía, el dinero para los estudios de Valeria, los obsequios que le mandaba, de cerrarle la puerta en la cara cuando quería verla, de negarla cuando pedía que la pasaran al teléfono, de extenderle mensajes… De mentirle a su hija.

La joven tosió casi atragantada con su propia saliva.

¡¿Ellos qué?!

—Por lo visto, no llegaremos a buenos términos.

—Emplee todos los recursos legales para anular el contrato y esto se hará del conocimiento público. No creo que Leonora quiera leer su nombre y el de su *maridito* en la prensa por cuestiones sobreprotectoras, es una mujer de apariencias, le avergonzaría que su reputación de *dama ricachona* se manchara. Nos intimidan: nos defendemos.

Robert se agachó para recoger su portafolios y a continuación a Valeria expresó:

—Su señora madre no pierde las esperanzas de que recapacite —ni él tampoco—, las puertas de su familia estarán abiertas. Buenas tardes. —Se marchó sin despedirse del molestoso hombre y de la vieja ridícula que lucía un peinado de *puerco espín*, inadecuado para su avanzada edad. La señora David fue acertada al expresar que era gente loca y promiscua: hacen lo que les da la gana.

Aceptó su derrota por ese día, existían maneras de hacer pasar a esa chiquilla por el aro de la obediencia. Maldijo no haber podido hablar con ella a solas, habría desplegado su encanto varonil, aquella vez en la cena se precipitó al exigirle dormir juntos, su miembro pulsaba, su deseo se desbordaba, se expuso a otros como un tonto.

Trazó un nuevo plan y se juró apegarse a este hasta obtener resultados; el viaje del todo no fue infructuoso, conoció a sus adversarios, los midió y se complació al comprobar que solo era gente bruta: la vieja estaba loca y el otro era un iletrado, llevado por los impulsos. Esto sería su perdición.

Si todo salía bien, pronto Valeria estaría desamparada.

Capítulo 15

—Disculpe la hora, ¿puedo pasar?

Logan retiró su mirada del espejo de luces al escuchar a Antonella pedir permiso a la profesora encargada de enseñarles maquillaje artístico, por llegar cinco minutos tarde al salón acondicionado en la segunda planta del edificio. Echó un vistazo a su rededor y observó que la morena era la única que allí faltaba del grupo y le extrañó porque esta solía llegar puntual a todas partes, aunque sospechaba que Alice Morgan tuvo que ver con su tardanza; supo que la solicitó una vez más y él se encargó de averiguar, pero la secretaria a través del móvil nada le dijo, puesto que no tenía permitido divulgar lo que sucedía en el despacho.

—Para la próxima levantaré un informe sobre usted. Adelante —Norberta concedió, con el ceño fruncido, porque nunca faltaba el que se tomaba a la ligera sus clases, pues no era para aprender a pintarse los labios y salir de fiesta, sino para convertirse en estrafalarios personajes acorde con sus actuaciones.

Valeria entró abochornada y buscó una silla libre entre los ocupantes de una misma peinadora, solo halló un banquito retirado, costándole donde meterse; cada peinadora –las doce acomodadas allí– tenía amplitud para tres sillas. Su amiga Khloe le expresó «lo siento», sin sonido de voz, habiéndole guardado un lugar para estar juntas, pero Akira se aplastó en este y, a pesar de su queja, la otra la ignoró por estar charlando con Cinthya Moll.

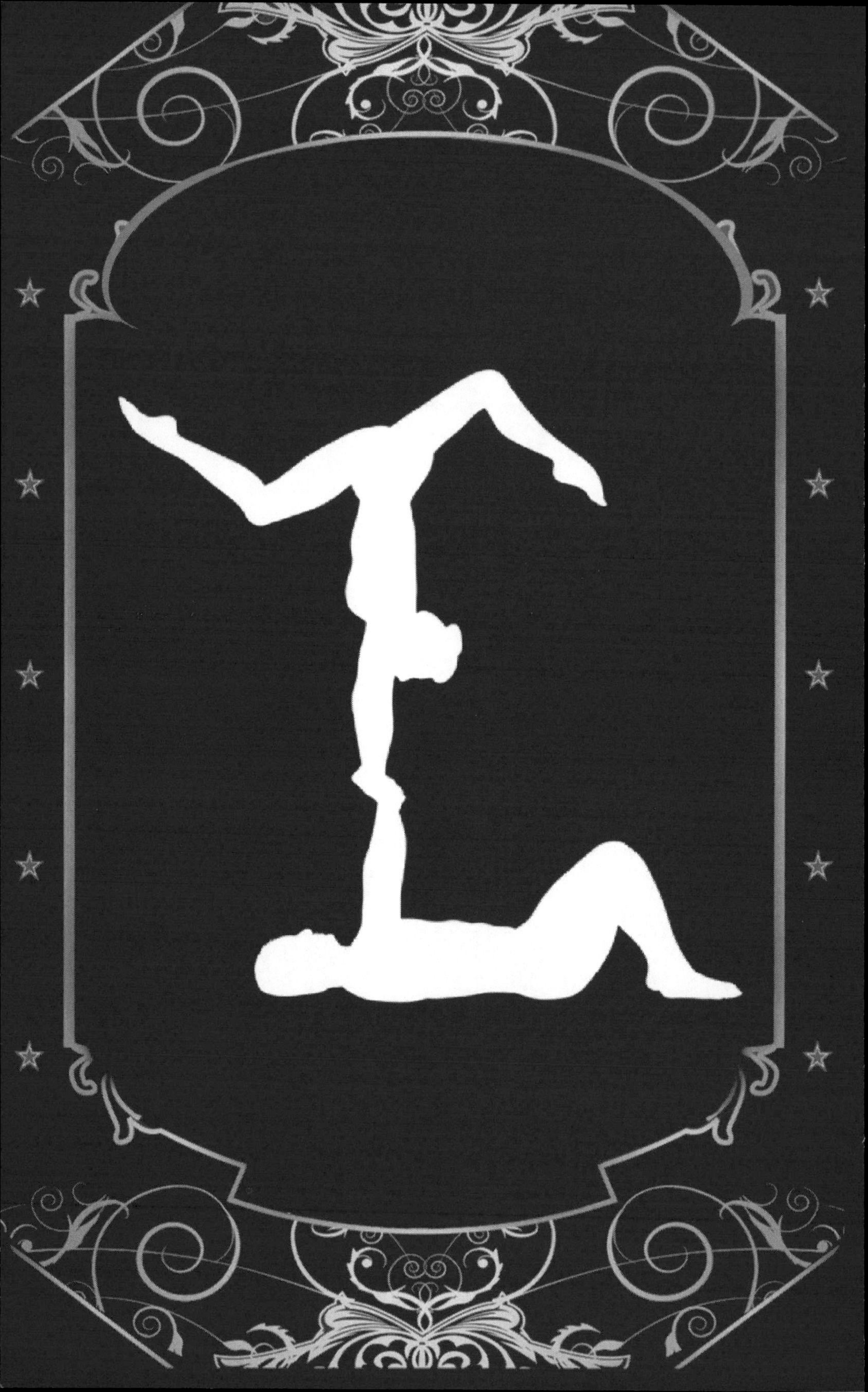

—¡Con nosotras no te vas a sentar! —Olivia gruñó por ser la más próxima a ella, moviendo la silla para darle la espalda. Esparció sus cosméticos en el tope del viejo mueble, en una clara actitud de no dar espacio para la brocha de una idiota recién llegada.

Logan observaba a Antonella a través del espejo, lucía un tanto entristecida como si hubiese llorado un largo rato. Y esto lo hizo meditar de qué habrá hablado con la coordinadora, *lo del galpón* no pasó a mayores y no ha tenido más enfrentamientos con Olivia. Sintió empatía por ella, él también tuvo sus días malos, por lo que, en voz baja les pidió a Milton y a Gustave, deslizar un poco los asientos hacia la izquierda y así permitirle a la morena, unírseles, y ellos con gusto obedecieron porque la chica les agradaba.

—Ponte rápido el *cubre-polvo* y ¡muévete! —Norberta la apuró, siendo la segunda clase a impartir ese mes. La rolliza se paseaba por el salón, inspeccionando el proceso de aplicación de los productos, apenas sus alumnos llegaron—. Permanece en tu sitio, no quiero desorden —ordenó a Olivia que se había levantado, llevada por los celos.

Antonella agradeció a los chicos el gesto y procedió en abrir la maletica en el piso. Las de cada *alumno* se hallaba detrás de sus asientos, teniendo que estar ellos torciendo el torso para tomar los productos requeridos por la profesora.

Sacando la mano debajo del *cubre-polvo* que protegía su ropa, Logan le señaló la fotografía de una chica maquillada, pegada en el espejo del grupo de Olivia, pues debía reproducirla igual, ya que el de los muchachos era más dramático. Antonella intentó mirar, pero Olivia removió la foto con rudeza en su mala intención de perjudicarla. Cada artista debía aprender varios estilos de maquillaje, incluyendo el de los «extras» y los «principales», en caso de cambios radicales o de tener que cubrir el puesto de estos por alguna emergencia.

Desde su banquito estiraba el cuello para tratar de mirar hacia las otras fotos de sus compañeras, pero la distancia y las espaldas de estas, le impedían observar lo que haría esa tarde. Ya todos aprendieron a preparar la piel para evitar enrojecimientos o acné y así recibir las diversas cremas y pigmentos que la cubrirían durante horas. El martes pasado la señora Norberta les ordenó en que para la próxima vez tendrían que llegar con los cutis limpios de impurezas y protegidos con productos hipoalergénicos especiales para mejores resultados.

Se angustió. Tendría que pasar la pena de ser increpada por la profesora cada vez que se levantara para mirar la *foto de la chica*, en el trío de Khloe.

—Serán espectros —Logan susurró en su oído y esto a la joven le dio cosquillas.

—No sé cómo son... —respondió de igual manera.

Señaló la foto de su grupo, también pegada en el espejo con cintas adhesivas. Era él pintado de calavera.

—Haz lo que te indique: comienza a cubrir el contorno con la primera capa de base en *aguacolor*. ¿Tienes de ese componente? —Antonella asintió—. Procede.

—Gracias —sonrió a medias, aún ella procesando lo sucedido en el despacho. ¿Su mamá y su padrastro fueron los causantes del alejamiento de su padre? Estuvo a punto de mandarles un audio para exigirles explicaciones; sin embargo y pese a la rabia sufrida, no lo hizo, sería darles motivo de presentarse en la sede o enviar de nuevo a ese sujeto asqueroso para iniciar una demanda justificada contra Stefano por levantar calumnias.

Se pidió serenidad, no era el lugar apropiado para llorar, su papá no quiso hablar con ella al salir del despacho, se alejó a paso rápido, con sus largas zancadas, ignorando su llamado. Lanzó la bomba y huyó dejando atrás el caos.

—Qué aburrimiento, esto es fácil de hacer... —Milton se quejó ante la tarea a ejecutar; a él le bastaba echar un vistazo y en un parpadeo copiaba a la perfección lo plasmado en la fotografía. El grupo se conformaba por una treintena de chicos; unos animados, otros fastidiados.

—¿Le parece? —Norberta lo desafió—. Entonces, vamos a hacer esto más divertido: cada uno va a maquillar *al que tiene al lado*. Formen parejas.

Hubo jadeos.

—¡¿Qué?! —los chicos chillaron. Logan dejó de untarse las mejillas y Antonella quedó con los dedos paralizados entre los productos guardados en su maletica. ¡¿Formar parejas?! ¿Y ella con quién?

Ay, mi madre.

—Señora Norberta, ¿por qué debo *pintarle la jeta* a otro, me veré raro haciéndolo... —Trisan protestó y el resto de los chicos lo secundaron. Se suponía se encargarían ellos mismos de sus propios maquillajes para ser independientes y acortar el tiempo de espera detrás del telón, no que les tocara hacer una labor del cual después no les pagarían ni un centavo.

—Eso es por criticar.

—Yo no lo hice, ¡fue Milton!

—Por uno pagan todos. ¡Comiencen o los mando con Mercedes para que la ayuden en la cocina!

La mayoría masculló ofensas ininteligibles hacia Milton, por bocón, mientras se volvían hacia el compañero que les tocaba para pintarlos de calaveras.

Olivia lanzaba puñales invisibles a Antonella, quien procuraba no mirarla, enfocada en acomodar un poco de cosméticos en la esquinita de la peinadora de los muchachos.

A ella le tocaba con Logan.

—¿Quién comienza? —Su corazón palpitaba mortificado, ¿cómo haría para controlar el temblor en sus manos al darle un brochazo? Lo iba a embadurnar y la *peliazul* se descargaría con ella en cuanto tuviera oportunidad por dejar al otro como un mamarracho.

—Comienza tú —Logan respondió en una aparente seriedad para que Olivia después no le reclamara por coquetearle a la novata. Pero en su fuero interno luchaba para evitar que notaran su turbación, no se esperó la imposición de Norberta, de trabajar en parejas, y sería con la chica que a él le hacía cuestionar sus sentimientos con respecto a su novia. ¡Mierda!, ¿cómo actuaría cuando Antonella a él lo tocara? Se derretiría—. Aplica la base blanca como si fuese en ti —le indicó, ansioso de que posara sus manos en sus mejillas—. La mía. Mi base...

A Valeria le costaba sonreír a causa de los nervios; le hizo gracia que él creyera que ella carecía de conocimientos cosméticos, pero no le aclaró por tener la garganta seca, se le saldría un *gallito* y sería peor para su vergüenza. Carraspeó suave y luego tomó un recipiente *tipo-polvera* de entre los productos que Logan le señalaba de su propiedad. Pidió permiso para sacar un pincel cuadrado de cerdas sintéticas, del compartimento superior de la maleta del castaño, y antes de desinfectarlo por ser su costumbre, le preguntó:

—¿Preparaste tu piel?

—No —Logan mintió, una sonrisa perversa esbozándose en su fuero interno.

—Debiste hacerlo en tu camarote —le hizo ver—, tendremos que movernos.

Logan imaginó globos de colores para no tener que pensar en cosas candentes. Él querría *moverse* con ella.

—Lo olvidé —se hizo el inocente.

Valeria lo increpó con la mirada, sin estar molesta, de alguna manera recibió bien la respuesta.

—Dame lo que tienes.

Globos verdes.

Globos azules.

Globos rojos…

—¿Lo que tengo? —Él tenía mucho por ofrecer.

—Para limpiarte. Trajiste algo, ¿cierto?

Se maldijo, nada de eso empacó.

—No importa, te aplicaré de los míos, son de buena calidad.

Logan –como niño bueno– se mantuvo quieto en su silla y con su *cubre-polvo* arropándolo hasta las rodillas para no salir después del salón como loco revolcado en talco.

Comenzaba a sudar por la impaciencia, se le hacía una eternidad en que Antonella sacara sus tónicos e hidratantes y comenzara sobre él de una buena vez, ella acomodó la baquita justo al frente, era de la misma altura que su silla y sin respaldo. Le indicó de intercambiar asientos para que estuviese más cómoda, pero negó con una sonrisa tímida, comentándole que solía levantarse a cada rato cuando se maquillaba. Era muy inquieta.

—Déjame que… —los dedos de Antonella se deslizaron para mover suave el flequillo que caía desordenado sobre la frente del muchacho y este cerró los ojos en el acto por el ramalazo que recorrió su espina dorsal.

Con una esponjita humedecida en agua –traída en un atomizador cilíndrico– limpió la mejilla de lo alcanzado a pintar por Logan, de la base blanca.

Procuró no ser ruda, los pelitos de la incipiente barba la ponían nerviosa y ella se estrenaba en ese arte fantasioso, del cual practicó a escondidas de sus padres, jamás hizo un curso presencial, pero sí vio infinidad de tutoriales. Él era su primer modelo masculino. Tenía que hacerlo bien.

—¿Qué haces? ¡No, no, comienza ya!, por eso les pedí que trajeran la piel preparada. ¿Por qué no lo hiciste, Logan?

—Eh...

—Solo me tomará un minuto, señora Norberta. Ya estoy por terminar —ahora la que mentía era ella, ni siquiera había aplicado el tónico para remover las impurezas.

—Moviendo las manos rápido. ¡Rápido! ¡Rápido!

Globos negros.

Globos azules.

Globos violetas...

La orden de la profesora le hizo volar a Logan su lujuriosa imaginación.

Sus labios delgados se torcieron en una socarrona sonrisa, ante el sonrojo de su *compañera de clases*.

Antonella expulsó el aire de sus pulmones, estresada por tener que hacer la limpieza facial en menos de un minuto. Gustave ya tenía trabajo adelantado en Milton y, el resto de los presentes, a ellos les llevaban ventaja.

—Déjalo y comienza —se apiadó de su predicamento y también porque el perfume de esta lo tenía embriagado—. Fíjate en la foto —señaló con su barbilla hacia su espejo—. Aplica la primera capa. Pero antes...

—Lo sé: desinfectar —Valeria lo interrumpió, conociendo el proceso higiénico que debía hacer en estos casos. Extrajo de entre sus cosas, un atomizador especial que elimina los hongos y bacterias creados en el tarro de la base de *aguacolor*, por la continua humedad a la cual es sometida. Aplicó tres atomizadas, las dejó actuar unos segundos y luego con el otro atomizador que contenía agua, humedeció la crema para que estuviese un poco líquida.

Tomó el pincel cuadrado de Logan y lo untó de la base, tenía que darse prisa en extenderla por el contorno del varonil rostro, porque la crema se secaba rápido.

Logan cerró de nuevo los ojos para disfrutar lo que en él le producían las pinceladas de Antonella. Las finas cerdas no lo lastimaban eran como una sutil caricia que energizaba sus terminaciones nerviosas, queriendo que ella continuara hasta la punta de los pies.

Se atrevió en abrir los ojos, por primera vez a gusto en una clase de la señora Norberta; al igual que Milton, se le hacían monótonas, deberían ser solo para los principiantes que no saben de procesos a seguir para pintarse de calaveras o lo que tuvieran proyectados a representar. Esa tarde vivía una experiencia diferente; por supuesto, a él en ocasiones pasadas otros lo han...

Su mirada se congeló en los labios de la muchacha.

Se los mordía suave mientras se concentraba en su frente.

Tuvo que aferrar sus dedos en el asiento de su silla para no atraerla a ella, al agarrarla de la nuca y estamparle un demoledor beso que la dejara sin aliento. Lucía él como un cadáver, pero, ¡demonios!, se le antojaba el momento demasiado sexy; ni con Olivia ni con nadie disfrutaba de esa manera, los trazos de los pinceles le hacían arder de deseos por la morena.

—¡Mantente quieta! —Danira le pidió a Olivia, angustiada esta por la cercanía de los otros dos.

La señora Norberta daba indicaciones a sus alumnos circenses, al observar que los cutis de algunos de los «modelos» se agrietaban o le salían feas líneas que echaban a perder el efecto «fantasmagórico» del maquillaje. Logan, un tanto mareado por las sensaciones, se miró en su espejo para comprobar no haya imperfecciones en el suyo; dio un asentamiento y, vacilante de sonreír a Antonella, aprobó el resultado.

—Ahora tú extiende la base sobre tu compañera, mientras se seca el tuyo —Norberta le ordenó en cuanto se acercó a ellos. Para la joven no hubo crítica.

Antonella le entregó a Logan, su tarro y pincel, para que hiciera su trabajo.

—¿Y tú preparaste tu piel? —inquirió socarrón, consciente de que esta habría cumplido a cabalidad con lo mandado.

—¿Qué crees?

—Que es una pena no limpiar ese bonito cutis...

Valeria ni parpadeó y Logan rio entre dientes.

—¿De qué te ríes? —Olivia le inquirió a través de su espejo, siendo esto el único modo de espiarlo. Parecían llevarse bien, hablando bajito para no ser escuchados. ¿Qué carajos se decían?

—De nada —fue todo lo que Logan respondió. Su sonrisa se borró.

Realizó el mismo procedimiento de Antonella, en desinfectar y luego humedecer para activar la crema. Esparció con el pincel, comenzando por el contorno del pómulo derecho en una línea blanca que iba en sentido hacia el fino mentón femenino.

Las yemas de los dedos de su mano libre se posaron bajo la barbilla de Antonella, ella percibió mediante el tacto de que él también temblaba, aunque casi imperceptible y esto la cautivaba porque lucía como un novato.

Casi deja escapar un suspiro, Logan le movía su rostro con cuidado para facilitarse esparcir la base; su piel estaba un poquito tiesa, pero no le molestaba, los productos aplicados en el vagón la protegían de irritaciones y ayudarían a que el maquillaje luciera más tiempo impecable. Aun así, la impactaba la cercanía de Logan como si estuviese a punto de besarla, podía observarle bien cada poro cubierto por ella; notaba algunas partes de esa base requerir de otra capa para darle más intensidad al color y los pigmentos ahí no deslucieran. No obstante, olvidó lo que haría al quedar atrapada por la grisácea mirada de Logan Sanders. Virgen santa…, era como verse en dos espejos cristalinos, emitían un fulgor aturdidor; él se concentraba en ella, en cada tramo de su fisonomía, por ese instante el mundo a su rededor, desapareció. Algo le dijo, pero parpadeó para espabilarse y preguntarle por estar distraída. Le pidió que se mirara en el espejo; obedeció y aprobó, tenía los labios y la cara blanca, a excepción de las cuencas de los ojos y el cuello, puesto que, según la foto de los muchachos, estarían de negro.

—¿Eres capaz de trabajar conmigo a la vez?

Valeria, que lamentaba él haya terminado rápido de aplicar la primera capa, no comprendió.

—¿Pintarnos al mismo tiempo?

—Sí.

—¿No nos embadurnaremos?

—Tal vez tú a mí, sí. Yo soy diestro: lucirás bien. ¿*Te le mides?* Nos vamos a divertir.

Ella asintió sonriente. ¿Por qué no?

—¡Ay, quédate quieta, te voy a pintar las orejas! —Danira se impacientaba por las veces en que Olivia trataba de mirar por encima de su hombro hacia Logan y la novata. Estaba por levantarse y sacar de las greñas a esa maldita del salón, juraba llegó tarde adrede para sentarse junto a Logan.

Khloe contuvo la risa por los celos de la *peliazul*; se las daba de muy segura de sí misma y le gruñía a todo palo con falda por saludar a su novio. Aunque Antonella tenía lo suyo, era bonita y agradable, en ella no había malicia ni se andaba con secretos como si la policía la estuviese persiguiendo.

Logan y Valeria se dieron prisas en pulir con una brocha gruesa la base que ya estaba seca.

Luego, de una paleta de gamas de blancos y grises, atomizaron el tono blanco más intenso y, utilizando la punta redonda del mango de sus respectivas brochas, aplicaron pequeños toquecitos de la crema sobre la frente, las mejillas y el mentón de los dos, como si libraran una divertida competencia. Realizaban entre sí movimientos circulares con las esponjitas que se compartían, de modo que se unificara el color.

Las dejaron secar mientras preparaban los polvos traslúcidos en la tapa de dicho recipiente.

Al cabo de diez minutos, ambos soportaban los leves *cachetones* que se daban entre sí con una toallita de microfibra para compactar los polvos y remover el exceso.

Norberta dio el visto bueno.

Olivia invocó una maldición.

Esos dos sonreían mucho…

—Ahora a dar forma a la calavera —dijo Logan—. Pinta primero los párpados de negro y deja de último el cuello, ¿entendido?

Antonella asintió.

—¿Por qué le das indicaciones? Eso ya se explicó en la clase anterior, ¡qué se desenvuelva sola! ¿O es que no sabe aplicar una mísera base? —Olivia, estando ahora en pie para pintar a Danira, le disgustó que Logan estuviese guiando a la novata.

—Esto no es para evaluar —él le replicó—, sino para lucirlo en los espectáculos. Tiene que aprender a hacerlo bien. Todos somos un equipo.

Con la mirada, le ordenó a Antonella de comenzar.

Sus dedos aferrados a su asiento.

La joven preparó una crema negra y la esparció sobre los párpados y el contorno de los ojos de Logan. De momento parecía un mapache; en la medida en que avanzara, luciría mejor. Dio forma al orificio nasal y a las líneas expresivas que endurecían bastante su mirada; a continuación, sobre las mejillas procedió a dibujar las líneas maxilares para darle dramatismo esquelético al rostro. En los labios se abocó en dibujar la hilera de dientes, marcando con el pincel más finito que tenía en su inventario, y las comisuras las extendió con una línea negra que casi se unía a los «huesos del mentón».

Estudió la fotografía.

Tenía un problema.

—¿Cómo te pinto el cuello? Tu capa lo impide...

Logan se la quitó y luego su camiseta.

Olivia se removió en su sitio.

Valeria tragó saliva.

—Echa la cabeza hacia atrás —le pidió y él obedeció.

La brocha cuadrada se deslizó rauda desde el borde del mentón masculino hasta la clavícula.

Valeria se reprendió para sus adentros por temblar, pero agradeció que Logan no se diera cuenta por tener los ojos cerrados. El desgraciado tenía excelente contextura física, su torso y brazos fuertes, la distraían. La camiseta y la capa quedaron amontonadas en el piso como si ella hubiese hecho algo indebido, las miradas constantes de Olivia la hacían sentir culpable. Se insufló serenidad, ¡tenía que controlar sus manos temblorosas o la otra sospecharía! Pese a esto, Valeria ignoraba que Logan la pasaba peor.

Piensa en globos.

¡No, globos no! ¡Piensa en...!

La mente del muchacho se nubló.

La mano de Antonella sobre uno de sus hombros.

La otra deslizando el pincel sobre su clavícula.

Su respiración se agitó, estaba perdiendo el control. ¿Qué debía hacer?, ¿en qué debía pensar? El pincel cubriendo su cuello una y otra vez, imaginando que era la lengua de Antonella que lo lamía seductora, sin importarle que la estuviesen viendo. *¡No pienses en eso o tendrás una erección!*, su conciencia le gritó angustiada. Su manzana de Adán se movía al tragar saliva y él ligeramente entreabrió los labios para respirar por la boca, expulsando el aliento hacia el techo, ya que le costaba respirar con normalidad, aún con la cabeza hacia atrás como si se estuviese muriendo.

De deseos...

—Terminé. Tu turno.

Fue como si ella le dijera: «ya te di una mamada, ahora lámeme la vagina».

Logan se tomó un par de respiraciones profundas y se volvió hacia su espejo y simuló que revisaba el maquillaje, pero comprobaba que su aturdimiento por la morena no fuese evidente. ¿Eran ganas de follarla o lo que sentía era algo más?

—Acomódate —se percató que su voz sonó muy ronca y un tanto audible para los oídos de su novia. Carraspeó fuerte y respiró profundo una vez más a la vez en que se levantaba de su asiento para preparar la crema con los productos de Antonella Davis.

¡Caramba!, estaba metido en un aprieto, la experiencia se repetiría desde su perspectiva.

Valeria aguardaba paciente a que Logan ejecutara su labor. Los minutos transcurrían y ninguno de los dos andaba pendiente de los demás o de Olivia, quien le lanzaba a ella, indirectas poco audibles y cargadas de odio. Se quitó el cubre-polvo y aplanó las hebras que tuviese desordenadas de su cabellera recogida en una cola de caballo alta. Por fortuna, fue prudente en cambiarse la camiseta que había usado esa mañana por una franelilla, facilitaría el proceso sin tener que pasar la penuria de andar descubierta de la cintura para arriba. En los tutoriales vistos observaba que las mujeres usaban un top que dejara al descubierto el pecho y los hombros, porque la mayoría de la fantasía a recrear, abarcaba más espacio en el cuerpo para darle el realismo requerido.

Logan arrimó su silla hacia ella y se sentó mientras la estudiaba en silencio.

Los trazos negros siguieron la misma ruta empleada por ella en este: ojos y nariz, cubiertos, líneas que acentuaban rasgos… Hasta ahí todo bien, fue entonces que en adelante comenzó el sufrimiento de Valeria. Las cerdas del pincel acariciaron el largo de su cuello hasta casi el nacimiento del busto. No detuvo su atrevimiento por no saber hasta dónde en las chicas el matiz oscuro les llegaría, quizás usarían un atuendo escotado, aparte de los ya diseñados. La encargada de vestuario comentó que algunos artistas tenían más trajes que otros y en estos invertían más dinero. Parpadeó cuando la mano de Logan se posó en su nuca para sostenerla de no caerse de espalda, por su silla no tener respaldo. Al hacer esto, se acercó mucho más a Valeria, dejando ella que él la pintase de un modo que hacía estremecer su cuerpo. Mediante su «ceguera» era consciente de cada uno de sus movimientos: el aire expulsado de su respiración, golpeándole directo, y, lo más probable, el suyo a él también.

Notó que sus manos dejaron de temblar, su perfume le agradó era suave para ser masculino; más bien, «fresco» entre esos aromas almizclados y sudorosos de los demás que golpeaban inmisericorde su olfato.

—Dejé para último lo mejor: los labios… —le susurró y su aliento Valeria lo percibió como si los de este los tuviese a milímetros de los de ella.

Se enderezó y aprensiva miró hacia Tristan y Milton, habiéndose ellos pillado la escena. ¿Escucharon lo que dijo Logan? Y, si fue así…, ¿Olivia habría escuchado?

Esperó que la gritara, pero como el silencio prevalecía, respiró aliviada.

—No te los vayas a humedecer, pintaré la dentadura.

Aquí la joven hizo el esfuerzo de cortar con la visión que tenía de su *guapo maquillador*. Esos ojos cristalinos centelleaban más debido a la *sombra* que los rodeaba.

Logan la tomó de su mentón y, como si la desafiara a que centrase su atención en él, procedió a delinear la hilera de dientes sobre sus labios. Valeria ni se atrevía a respirar, estando orgullosa de sí misma por no haberla cagado; él, en su espectral expresión, era alucinante, por eso lo eligieron para ser el modelo fotografiado del cual el resto de los varones imitarían.

¡Le quedaba bien!

Debió darse cuenta de que lo observaba, porque le regaló una sonrisa que le aceleró su corazón.

—Lo hicieron bien —Norberta elogió el trabajo de la pareja, del que notó ahí pasaba algo más y del cual se mordió la lengua para no herir sensibilidades en terceras personas.

—Te felicito, *cariño*, sacaste a relucir los verdaderos rasgos de Antonella. ¡Es todo un espectro!

Los rostros *calavéricos* de Cinthya, Akira y Danira se carcajearon, hallando divertido el desdeñoso comentario de Olivia.

—Más bien, lo eres tú.

El salón enmudeció por la réplica enojada de la muchacha, aguardando expectantes a que se agarraran de las greñas.

—¡Cómo te atreves a insultarme!

—Respeta para que la respeten.

—¿Y qué he dicho que no sea cierto?

—Olivia —Logan se interpuso entre las dos—, suficiente. Recuerda lo que hablamos...

Ella hizo un mohín y, Norberta, habiéndose pillado la discusión, se acercó molesta.

—Qué actitud tan fea la tuya —increpó a Valeria—: llegas tarde a clases y eres contestona.

—Pero...

—¡Estoy hablando! ¿Acaso no les advirtieron de guardar el decoro en mis clases? Podrán ser payasos y hacer morisquetas, pero nuestras acciones se toman en serio. No tolero los buscapleitos, mereces una sanción.

—Norberta, no seas dura con Antonella, ella...

—¡Fue grosera! —Olivia exclamó para acallar la defensa de ese tonto—. ¡¿Cómo se atreve a insultar a la líder de su grupo?! Yo elogié a Logan, *el realismo plasmado* en Antonella, ¿verdad que no fui ofensiva? —buscó el apoyo de su compinche y de las *besaculos* que siempre la seguían y estas asintieron al instante—. Sanciónela, se lo merece. ¡Póngala a limpiar la mierda de los elefantes!

—Claro que será sancionada. ¡Y tú también!

Los ojos de la *peliazul* se agrandaron y Valeria contuvo una sonrisa. ¡Bien hecho!

—¡¿Por qué yo?!

—No estoy sorda, escuché lo que dijiste, así que las dos van a la cocina. ¡No abogues por nadie! —la mujer impidió a Logan abrir la boca para protestar.

—Entonces, castígueme, porque la sanción es excesiva.

—¿Ah sí?

—Fue una simple discusión.

—Y por algo como esto se crea la distracción. ¿Sabes lo que ocurre después? Trabajamos dentro de un entorno peligroso; nuestros actos son peligrosos. Claro que ahora no, es una *ridícula clase de maquillaje*, pero estas discusiones desencadenarán más adelante accidentes, ya sea aquí, en el comedor, en el tren, en los galpones... Se debe ser cauto en todo momento, hay compañeros que están saltando por los aires durante las prácticas; una caída les fractura el cuello; hay animales salvajes que te arrancarán un brazo de un zarpazo o aplastarán tu cabeza con una fuerte pisada. Las normas se hicieron para cumplirlas. ¡Respétenlas!

—Sí, señora —respondieron los involucrados en la discusión. Valeria se esforzaba por no llorar y Olivia a punto de escupir fuego por la boca.

Los murmullos se alzaron en el salón, Khloe abrazó a su amiga; con gusto la ayudaba, pero si intervenía sería peor. Logan fue amonestado por cuestionar a la señora Norberta, Olivia por mordaz y Antonella por no controlar su enojo. En Amore nadie era exento de castigo.

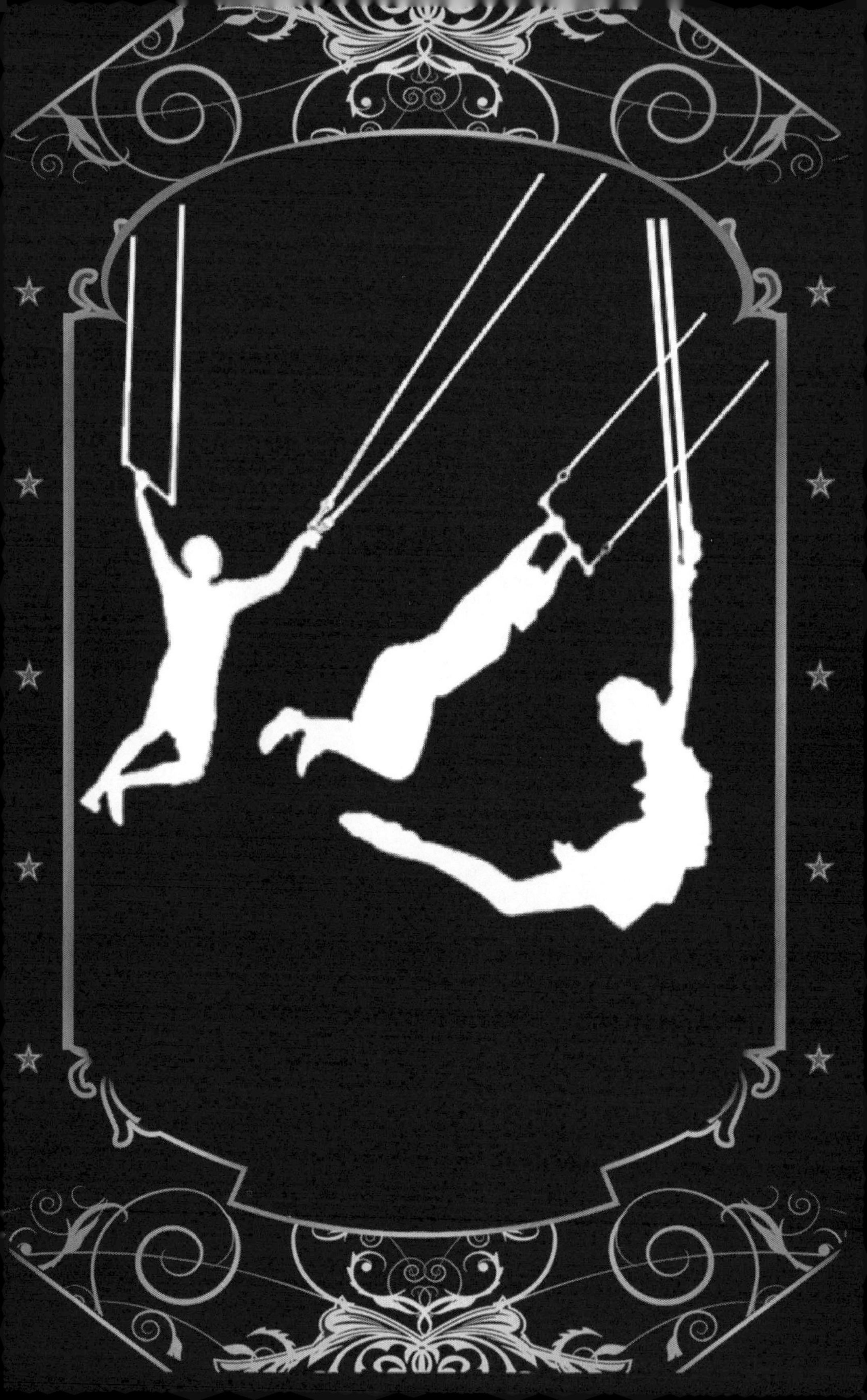

Capítulo 16

Tres calaveras lavaban los platos:
Dos sonrientes y una enojada.
Una apilaba, otra secaba y la tercera se quejaba...

El estribillo lo cantaban cada vez que Logan, Valeria y Olivia hacían acto de presencia donde los chistosos se hallaban. Los dos primeros se tomaron el castigo con humor, mientras la última hartó hasta las pobres empleadas de mantenimiento, pues tuvieron que ayudar con la limpieza en la cocina, aún maquillados. Las ensordecedoras risas en el cafetín y los burlones comentarios de los comensales hubiesen hecho llorar a cualquiera; sin embargo, Logan les aconsejó a las muchachas en seguirles el juego, actuando como entidades de ultratumba que salieron del cementerio local; algunos de los compañeros se comportaban como niños, no era la primera vez que eso sucedía, a Axel le impusieron lampacear la planta baja, por sacar uno de los caballos para pasear con una chica por el bosquecillo circundante de la sede. Por varios meses lo apodaron «Caspian».

Pasaron semanas y el incidente aún se comentaba. La cotilla era esparcida por Cinthya, Akira y Danira. Valeria fue relegada a ser el espectro más alejado de escenario, donde se desata una guerra entre los seres del averno y la semidiosa; sugerencia dada por Olivia y respaldada por Esther, a fin de aligerar el ambiente. En escenas formaba parte del «relleno», persiguiendo y atacando a los guerreros del maharajá.

—¡Logan!, ¡dulcifica la mirada, estás enamorado de «da princesa Indira», no cabreado por estar con ella! —la coreógrafa lo increpó a través de un megáfono para incrementar el sonido de su voz. Este se hallaba montado en la plataforma elevada a quince metros de altura, desde donde saltaba en los trapecios, en un cambio de acción realizada a lo largo de su presentación.

Casi le espeta a la progenitora: «no estoy para sonrisitas», su relación con la protagonista empeoraba; por lo que, si fuese en la vida real, dejaba a los espectros llevársela.

Al pensar en esto, sus ojos rodaron hacia la criatura encapuchada que seguía sufriendo las consecuencias de no quedarse callada. Desde su sitio parecía una hormiguita oculta en su túnica negra, del cual fue entregada para que las bailarinas se acostumbraran a usarla mientras los arneses las hacían volar y caer como si saltaran muy alto para atrapar a sus víctimas. A Valeria la limitaron a permanecer en «tierra», arrastrándose como serpiente zigzagueante en la penumbra. No volvieron a dirigirse la palabra; no estaban enojados, consideraron mantener las distancias para evitar habladurías; mientras él formase parte de la directiva, en esta no debía fijarse jamás.

Y también por tener novia, relación cada vez más insoportable.

Relajó el rostro, al hacer «aes» y «oes» con la boca, y esbozó una sonrisa que para nada reflejaba el amor hacia *la mujer de origen celestial*. Stefano narraba, ubicado desde un punto poco visible en el galpón, así sería en los escenarios, actuarían conforme a la voz resonante en los altos parlantes para que todos comprendieran el ritmo de la historia: una noche, el gran señor de su pueblo, besó a una diosa hermosa bajo la cascada del riachuelo cercano a su palacio, esta acudió ante los ruegos de él por los constantes ataques de entidades espectrales invocadas por su archienemigo, el visir, para arrebatarle el reino. Pero la diosa de larga melena roja y piel azul no se esperó que su corazón palpitase por el hombre de sangre real y de ojos negros almendrados.

La voz omnisciente de Stefano, interrumpía el espectáculo en los momentos culmen y al finalizar las actuaciones de los artistas, ya al pleno de cuándo debía aparecer con su enérgico espíritu para lograr arrancar aplausos desde el primer sujeto sentado en las gradas hasta el último que lo observara. Acompañado de la narración del hombre, Logan acarició el rostro de Olivia, apegándose al papel a representar, según las instrucciones de la coreógrafa principal. No obstante, hasta Stefano notó frialdad en su mirada, pese a Logan hallarse a una altura donde para el ojo humano pasaría inadvertida, aunque para la lente de un móvil de alta resolución, le filmarían hasta las pestañas.

—¿Y a esos dos qué les pasa? Me da frío de solo verlos —comentó a Esther, atentos ellos en un extremo de la pista donde no entorpecieran a las chicas que volaban de un punto a otro al ritmo de estruendosos sonidos realizados por la orquesta en vivo para causar impacto a sus movimientos.

La coreógrafa alzó el rostro y no supo responderle, la causante de dicho conflicto amoroso era la hija del cabezota de su amigo. Aun así, su silencio bastó para Stefano sospechar que la pareja estrella no andaba en buenos términos, y, si no solucionaban sus líos amorosos, también lo percibiría el público.

—Habla con ellos y averigua cuál es el conflicto: lucen tiesos juntos. ¿Qué? —inquirió ante los labios apretados de Esther en una notable apariencia de guardar información.

—¿No es obvio? —Los ojos de la mujer se posaron en una figura menuda oculta en la capucha de su túnica.

Stefano reconoció *a la artista* que «batallaba» con un «guerrero».

—¿Qué tiene que ver ella con *aquellos dos*? —Señaló hacia arriba. Logan daba una voltereta en el aire para sujetarse del trapecio que se hallaba a varios metros frente a él—. ¿Es por lo del castigo? —Estuvo enterado del enfrentamiento verbal de esos jóvenes y lo que tuvieron que hacer después para aplacar el enojo de Norberta. No intervino a favor de Valeria, quiso ese estilo de vida y debía asumir sus responsabilidades.

—Eso fue solo una nimiedad.

—¿Hay algo más?

—Espero que no, o prescindiremos de uno de los tres.

Del cual, la más perjudicada sería Valeria, Stefano lo leyó en los ojos severos de su socia. Muchos querrían verla fuera de la sede por los problemas causados por Leonora.

—¿Así de grave es?, ¿qué pasa entre ellos, Esther?

Esta hizo señas a sus asistentes para monitorear a los artistas, ya estaban por concluir y ella no tenía paciencia de atender dos cosas al mismo tiempo; a la mínima distracción alguien cometía errores. Chasqueó los dedos en una llamada de atención a Milton por retrasarse de su grupo cuando debían correr en una «huida» para «salvar sus vidas» de las chicas encapuchadas.

—A Logan le...

—¿Le gusta Valeria? —preguntó en voz baja y enseguida la preocupación lo embargó porque su pequeña carecería de defensas a los cortejos masculinos de ese muchacho.

—Olivia se ha dado cuenta —Esther le confirmó—. Por eso ha estado a la defensiva con tu... —enmudeció ante la proximidad de uno de los luminotécnicos que en ese instante pasaba por el frente de ellos, cargando a cuestas un rollo grande de cableado para llevarlo a la planta superior del galpón—. Con tu hija —agregó menos audible, cuidando de ser escuchada por este y por los que podrían parar la oreja.

—¿Y es correspondido?

—No lo sé, pero su carácter dice mucho: no se deja intimidar por nadie.

Igualita a él, pensó Stefano en un sutil estiramiento de las comisuras de sus labios. Pese a que Valeria era altanera, se requería de agallas para no dejarse mangonear por sus líderes. Tal como lo fue él en su juventud, ¡se lo hacía recordar a menudo! Se midió a la imponencia de sus tíos paternos y a don Vittorio, quien jamás tomó en cuenta sus ideas renovadoras, gritándole que, mientras estuviese al mando, él debía limitarse a seguir sus órdenes. Los años pasaron y Stefano perdió lo que más amaba por aferrarse a las carpas y las caravanas, y no a la vida cotidiana de la gente común. Pagó caro por conseguir sus propósitos.

—Su carácter no indica que esté envuelta en un triángulo amoroso —la defendió—. Está siendo juzgada de mala manera.

Esther invocó a todos los santos para llenarse de paciencia.

—Ayúdame con esto, Stefano —pidió casi en un ruego—. Aconséjale de no involucrarse con Logan. Complicará su estadía en Amore.

—Y tú aconséjale a *tu retoño* de no ilusionarla —replicó molesto—. Esto no es un asunto de una sola persona, es de dos. Si ella *le está haciendo ojitos*, más le vale le aclare sus sentimientos o yo lo haré por él. —Le daría una trompada que lo dejaría en coma una semana.

Desde la plataforma de descanso de los trapecios, Logan se percató de la conversación sostenida de su mamá con el señor Stefano. Si bien, estando allá arriba era imposible escucharlos, sus expresiones tensas y miraditas de refilón hacia Antonella y él le demostraban que el tema los involucraba. Ya esto lo fastidiaba no eran chiquillos para que se escandalizaran por algo que no ha iniciado; aún cumplía con lo establecido en los reglamentos y con las promesas a su novia. La morena no estaba a su alcance.

Las luces del galpón se encendieron tras el anuncio de Esther, de restar tres días para emprender la gira.

Los trapecistas, aerealistas y acróbatas aplaudieron emocionados junto a las bailarinas que saltaban de alegría, por fin vivirían la experiencia de los compañeros veteranos de cruzar el país a través de las vías ferroviarias del tren y de demostrar sus habilidades frente a un público existente. Ya habían aprendido los pormenores para realizar sus actos, la Apertura y Clausura tuvieron cambios, sin que esto ocasionara inconvenientes para los novatos. Durante los días previos a la partida se efectuaría los últimos ensayos con los trajes formales. Cada quien se haría cargo de su propia indumentaria; si lo desgarraban, tendrían que repararlo o rogarle a la señora Consuelo y sus ayudantes para que lo zurciera por ellos.

Pero era un pedido que les costaría algunos dólares y una terrible regañada por las costureras: apenas finalizaba los ensayos y los trajes ya los tenían estropeados.

Valeria buscó a Stefano entre los que escuchaban sonrientes a la coreógrafa y compartir con este su felicidad; por desgracia, no halló su rostro anguloso, pues se marchó sin despedirse de nadie, el entrenamiento acabó al igual que su interacción con los empleados, de los que solía mantener a distancia por ser retraído o poco amistoso con los demás. Activaba su humor junto con los reflectores y se apagaba en un «clic» automático del «afable» maestro de pista a ser el huraño socio mayoritario de la Compañía.

Imitó los aplausos de sus compañeros y forzaba sonrisas a los comentarios alegres de Khloe y de Maya que planificaban organizar sus camarotes al recoger el desorden de sus ropas para tener todo limpio, en un agüero de buen inicio durante el recorrido.

Se alejó del grupo para recoger su morral donde lo había dejado y se lo terció a la espalda, luego de quitarse de mala gana la túnica que creyó era para otro uso y ataviarse en un suéter que le llegaba hasta las rodillas; bajo dicha indumentaria usaba una malla correspondiente a sus actos en los aros cuando le tocaba formar parte de las constelaciones brillantes en el «cielo», en una suerte de inspiración de la recopilación de cuentos de *Las mil y una noche*; y se dio prisas por abandonar el lugar, para nada animada de celebrar con los demás, solo quería encarar a su padre y reclamarle del porqué de tanto desinterés.

La rabia la hacía mascullar como si estuviese sosteniendo una esquizofrénica discusión con alguien imaginario; de hecho, Akira codeó a Cinthya para observar que a esta se le aflojaron las tuercas de la cabeza por haberse tomado en serio hacer de espectro. Absorta en sus enojados pensamientos, recorrió las caminerías desde el Galpón D hacia la parte posterior del Edificio Central, para apreciar un rato el paisaje marítimo. ¿Se avergonzaba de ella? ¿Le mintió a su actual pareja? Le valía un carajo si los acusaban de nepotismo, solo ansiaba su reconocimiento, charlar en plan familiar; extrañaba ese candor que le brindó en el viejo circo, costándole comprender su alejamiento como si le guardara rencor; más bien, era al revés por él no haber ejercido sus derechos en cuanto a compartir la custodia de la niña que quedaba atrás a causa de la mujer que le solicitó el divorcio.

Se detuvo al divisar al aludido en la glorieta construida para apreciar la bahía. Stefano fumaba distraído, mirando hacia ese horizonte. Valeria se aproximó hasta donde este se hallaba con los brazos reposados sobre la cerca de hierro forjado y madera, y el humo ondeando suave por sobre su cabeza.

—Conversar aquí será sospechoso —le dijo sin molestarse en saludarla. Sus dedos pegando el cigarro a sus labios para dar otra calada.

—No eres mi *sugar daddy*, por Dios —espetó—. ¡Sino mi papá!

—Cuido de ti —expresó con una sonrisa a medias, manteniendo la pose relajada frente al paisaje natural que apreciaba. *Síp*, era como él…

Valeria estudió el perfil de Stefano y notó que las arrugas comenzaban a marcase por el borde de sus ojos, lucía más avejentado y menos hablador que su mamá, que era una imagen publicitaria ambulante de las estupendas cremas rejuvenecedoras que se aplicaba en la piel. No usaba barba y su cabello marrón también mostraba los tempranos signos del paso del tiempo por llevar a cuesta a más de ciento cincuenta personas que de él dependían.

—¿De ser molestada por nuestro parentesco? —gruñó—. No me importa, que se acostumbren.

—Y, mientras tanto, sufres de *bullying*.

—No sería la primera vez…

Esto le hizo recordar a Stefano el asedio que, según su exesposa, Valeria tuvo a causa de Logan Sanders cuando ambos se comían los mocos. Al parecer, no hubo día en que no la molestara, agarrándose ambos de las greñas por no soportar verse ni en pintura. Razón por la cual le causaba desasosiego que aquellos turbulentos días volvieran, Logan era infiel a Olivia Black y esta solía ser cruel con la chica que correspondiera a sus atenciones. Si Valeria aún no temía a Olivia, pronto lo haría.

—¿Te gusta Logan?

—¿Por qué lo preguntas? —la tomó desprevenida, de repente sintió su corazón palpitar fuerte.

—Es simple: ¿te gusta o no?

—¡Claro que no! —Miró por los alrededores, avergonzada de que le formulara esa pregunta—. Es insufrible como persona. ¿Qué te han dicho de mí? ¡Yo no tengo nada con él!

Stefano dio una calada más profunda a su cigarrillo; el paisaje era su punto focal para evitar que ella observara su enojo. ¿Sería lo mejor despedirla para ahorrarle más adelante sufrimientos? La amenaza del abogado era una excelente excusa.

—Escucho rumores.

—¿De quiénes? —insistió molesta por saberse expuesta—. ¿De Olivia? Esa idiota *me la tiene aplicada* desde el primer día.

Stefano la miró.

Sus brazos aún sobre la cerca.

—Valeria, evita enredarte con Logan Sanders, te causará problemas si le quitas el novio a tu jefa de grupo.

—Ni él ni yo andamos sintonizados.

La sonrisa sarcástica del otro expresaba lo contrario. Por más que lo negara, la certeza de atracción entre los dos era innegable.

—Me alegra que no te guste —fingió creerle—, es un rompecorazones.

—Y ¿qué si me gustara? —la preocupación de este la enojó—. ¿Vas a agarrarlo del cuello y obligarlo a alejarse para que no me lastime?

—Lo estoy considerando.

—En vez de dártelas de bravucón, compórtate como siempre he deseado.

—Lo estoy demostrando: le partiré los dientes si te hace llorar.

—Te alejas. ¡Ya sé los motivos! —exclamó en el instante en que Stefano pretendía replicar—. Pero ¿es necesario esperar hasta finalizar la gira? —Él asintió y Valeria hizo un mohín—. Admítelo: no deseas que los demás lo sepan, o es *tu noviecita que...*

—¡Cuida cómo te expresas de mi prometida!

La joven enmudeció al enterarse de esa manera, ¡¿su prometida?! Fue un duro golpe que sintió en el pecho por pretender que su padre jamás formase otra familia; la mujer en cuestión era relativamente joven y la probabilidad de concebir un bebé eran altas.

—Me cuesta comprender esa insistencia de mantenerlo en secreto. ¿Temes que ella no quiera casarse contigo por tener descendencia de un anterior matrimonio? —Sus ojos acuosos, su voz quebrada por el llanto contenido.

—Nia ya sabe, le bastó verte para descubrirlo.

—¿Te ha prohibido hablarme? —Sería el colmo que fuese así. Ya la odiaba.

—No. Es mi decisión.

Las excusas se desmoronaron en la mente de Valeria. Qué mala idea la suya de haberse registrado con otro nombre en la audición para no ser identificada; Stefano se valía de esto para seguir fingiendo ser un hombre libre de ataduras; cada vez que lo pensaba se deprimía, invadiéndola unas ganas enormes de gritarlo a los cuatro vientos para que todo el mundo se enterara; y no por que llevara el apellido del fundador de Amore, sino que añoraba volver el tiempo atrás donde era una niña que lo admiraba como si fuese un superhéroe de historietas.

—Lástima que no lo hizo —musitó—, así habría justificado tu indiferencia.

Se volvió por su camino, alejándose llorosa mientras este la llamaba desde la glorieta. No la siguió o las piernas de Valeria fueron más veloces, adentrándose rápido por el bosquecillo hasta llegar a una laguna artificial que reflejaba los colores del cielo del atardecer. Se sentó en el suelo repleto de hojarascas y desahogó el llanto contenido desde hacía semanas. «Mi decisión». ¿Cómo lo soportaba? La mataba por dentro, era tan sencillo en expresar la verdad; a nadie afectaría; ni siquiera a ella, del cual sería señalada de favoritismo. Rogaba llenarse de valor y revelar que compartían el mismo tipo de sangre.

Mientras la joven lanzaba sus lamentos a las aguas cristalinas, Jerry la había seguido desde el galpón, su intención fue la de alcanzarla, pues notó antes cierto malestar que pasó desapercibido por sus amigos, aunque no para él; desde el sitio asignado para los músicos, reparó en que algo debió importunarla. La admiraba en silencio, grabándose cada una de sus expresiones y la de esa tarde coincidía con las libradas en discusiones.

Sus pies se paralizaron cuando Antonella se encontró con el señor Nalessi del cual Jerry ni se atrevió a conjeturar para no equivocarse; estos hablaron con cierta confianza que no supo qué pensar de esa muchacha. ¿Tenía un romance con un hombre que le duplicaba la edad? Parecieron reñir. Más ella…

Decepcionado, se había girado sobre sus talones para darse una ducha en su camarote y ver una película en su móvil, pero descubrió a Logan observar a *la italianita*, casi a la misma altura donde él se hallaba; no notaba su presencia por estar espiando a la pareja, se lo veía desconcertado como si no diera crédito a sus ojos; lo comprendía, también le pasó lo mismo. Antonella aparentaba ser una chica dulce y solo deseaba atrapar al que le propusiera una vida de comodidades.

A pesar de languidecer su enamoramiento, Jerry se plantó a poca distancia detrás de ella, escuchándola llorar, listo para brindarle su hombro por si lo necesitaba.

Logan hizo lo mismo. Ambos se desafiaban con la mirada.

El pelirrojo le pedía silente al castaño, de largarse de allí, no eran cercanos como para que ese hiciera de amigo «preocupado», lo de Logan era de aprovechar la vulnerabilidad de una chica dolida para calentarle la oreja con palabras melosas. Para disgusto de Jerry, el maldito se negó en marcharse, cruzándose de brazos de manera airada; a ver cómo haría el pobre larguirucho de mover a la masa de músculos.

Empleó la inteligencia.

Extrajo su móvil, amenazando con marcarle a la novia; número que él ignoraba, esperando sirviera para espantarlo. Pero Logan alzó su puño, se lo estamparía en la nariz si se iba de cotilla.

Ahora era él, quien le ordenaba que se marchara, a lo que Jerry le expresaba en silencio «de aquí no me muevo», teniendo como respuesta del otro, «pues, yo tampoco».

Sopesaron sentarse al lado de Antonella, sollozaba sin notar a los muchachos; lo que haya conversado con el señor Nalessi, la quebró por dentro, pensando Jerry que tal vez la despidieron por culpa de ese idiota que se empecinaba en estar ahí, y, este, sus dudas acabaron de ser despejadas.

Aunque ninguno de los dos fue capaz de dar un paso para consolar a la chica, respetando que se haya apartado a un lugar solitario para llorar un rato; a veces las personas necesitan descargar de ese modo la rabia, sin que otros cohibiesen sus lágrimas. Puede que no sean los más idóneos para escuchar sus pesares, pero serían los que cuidarían su espalda, estando a merced de los elementos.

Logan no compartió con el larguirucho, lo descubierto. Era ella, *¡ella!* Todo encajaba: el parecido, sus orígenes, el misterio que la envolvía, su indómito carácter, la discusión con el señor Stefano…

Claro que era ella: Valeria Nalessi.

Capítulo 17

«Tengo que coordinar todo esto y ser papá y mamá de cincuenta artistas de 21 países del mundo, que están muy lejos de su casa».

Bruce Mathers, director artístico.
Cirque du Soleil.

Viernes, 06 de octubre.

—Bien, mis apreciados compañeros, ha llegado la hora de emprender otro viaje más —Stefano expresó, parado sobre la plataforma de acceso hacia los vagones masculinos, mientras que los artistas, técnicos, domadores y ayudantes de carga lo escuchaban frente al tren, sonrientes y a la espera del permiso de abordar y ocupar sus respectivos camarotes, en un acto simbólico que una vez al año se realizaba—. Fueron rigurosas semanas de entrenamiento en la que sudamos a mares, nos destrozamos los músculos y nos abstuvimos hasta de divertirnos —agregó, teniendo como respuesta las carcajadas de sus oyentes, ni una cerveza fue permitida consumir durante la estadía en la sede, pero que más de uno se saltó dicha prohibición—. Hemos aprendido a realizar actos espectaculares que nos define como los mejores de los mejores, entre los circos del mundo. —Hubo aplausos y vítores—. En breve partiremos para ser creadores de sonrisas en los adultos y las ilusiones en los niños.

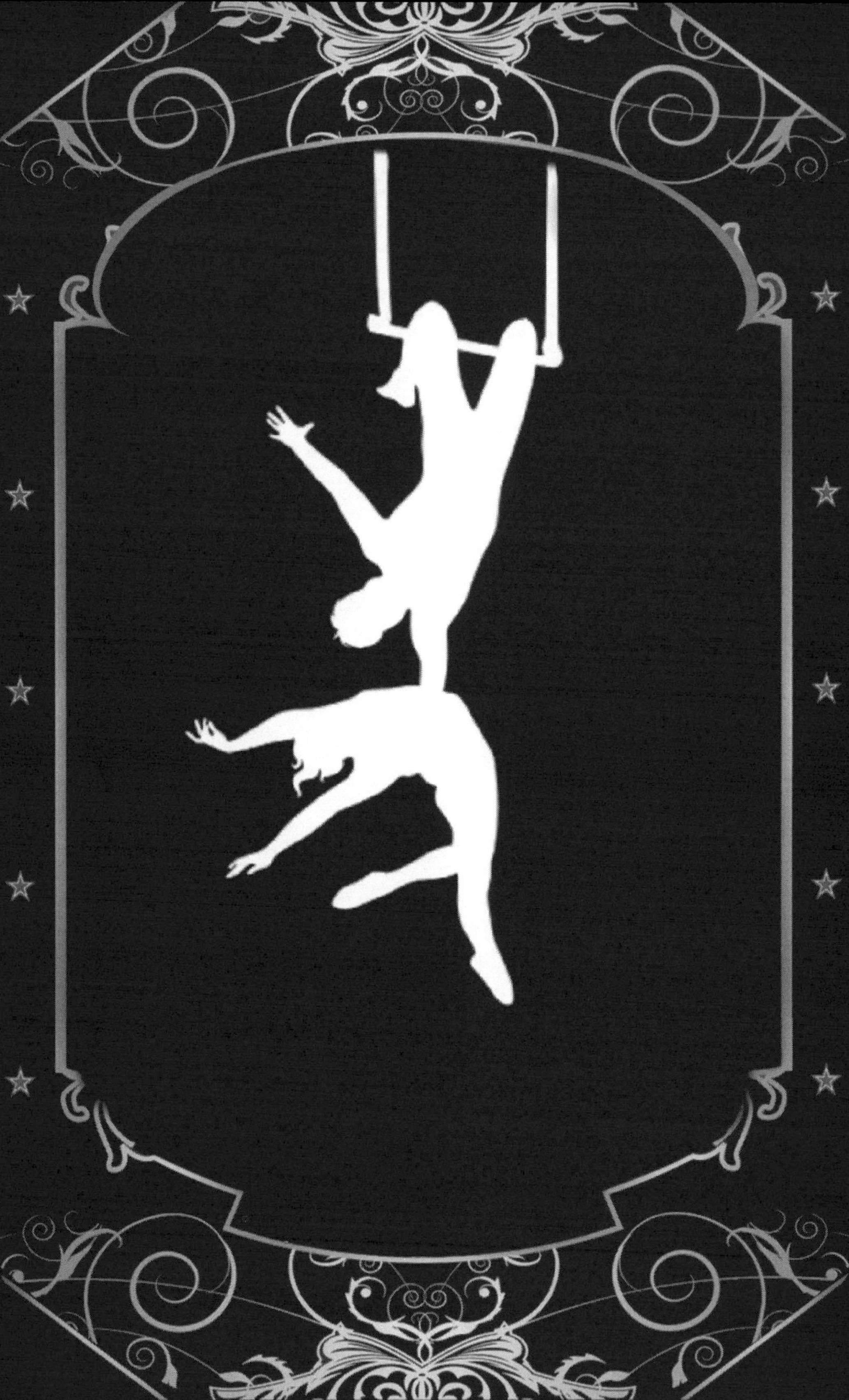

—Ustedes son la sangre de Amore —continuó—, así como también *el monstruo mecánico* es la arteria que nos conduce por el gran cuerpo conformado por este maravilloso país que ha muchos nos ha acobijado. —Algunos chicos exclamaron en un «¡sí!» efusivo, evidenciando que ellos eran parte de esos afortunados extranjeros—. Disfruten de la aventura y recuerden las advertencias dadas para evitar inconvenientes, tanto con la prensa como la gente que se les acerque. Respeten las normas y sean cautos en los estados que visitaremos. ¡A subir, nos marchamos!

Ante su exclamación todos aplaudieron jubilosos, Esther Sanders y Alice Morgan, paradas detrás de Stefano durante el discurso, descendieron junto con este de la plataforma para cerciorarse ser los últimos en abordar el tren.

Las rejas del *campus* fueron abiertas de par en par por los vigilantes para que *el monstruo* iniciara su recorrido. Al cabo de los minutos cada uno de los miembros contratados se hallaban con sus rostros pegados en las ventanillas de sus camarotes y el de los pasillos para despedirse de los sirvientes y vigilantes que permanecerían en la sede, y saludar a las personas encontradas por el camino. ¡Ya partieron! ¡Qué felicidad! Los novatos no veían la hora para hacer la primera función y los veteranos se acomodaban en sus literas o en el piso de los vagones para notificar a sus familiares o seguidores en sus redes sociales del inicio de la temporada de presentaciones.

La locomotora –enganchada a los vagones al amanecer– pitaba ruidosa, anunciando al tráfico vehicular que rodaba por las vías ferroviarias. Los conductores frenaban al previo bloqueo de las barreras del *paso de nivel*, aventando sus manos a través de las ventanillas de sus puertas o descendiendo de sus autos, para admirar mejor a ese larguísimo tren negro, orgullo de Tampa. «¡Buena suerte!», les deseaban a ellos para que durante ese año fuese inolvidable.

—Qué irreal... —Khloe miraba a través de la ventanilla del camarote, sentada a un lado de la mesita que dividía el espacio entre la litera y el ropero. El paisaje urbano pasaba frente a sus ojos a moderada velocidad, dejando atrás la sede que quedó con pocos empleados y ningún animal en sus corrales. Emprenderían el viaje hacia Connecticut, atravesando varios estados, siendo el recorrido más largo que realizarían desde Florida. La expectativa la inquietaba, no era lo mismo hacer maromas en un entorno cerrado que en uno que sobrepasara los diez mil espectadores.

Miró a Antonella, quien lucía pensativa en su cama, con la vista clavada en el techo de la litera. Se recostó en cuanto el tren se puso en marcha, con su suave traqueteo y silbato a lo lejos. No parecía interesada en observar el paisaje ni entablar conversación, se limitó a dormitar, dejando las horas transcurrir con rapidez.

Afuera, en el pasillo, las risas de las bailarinas atravesaban las paredes metálicas, charlaban felices como si fuese el primer día en la escuela elemental. Todo era risas y emociones; después rutina.

—¿Crees que harán alguna parada? El trayecto será largo y hay que estirar las piernas, sobre todo los animales... ¿Nella? —Esta seguía ida en sus propios pensamientos—. Nella. ¡Antonella!

La aludida se volvió en silencio hacia Khloe. A ratos se le olvidaba el nombre adoptado.

—¿A ti qué te sucede? ¿Te sientes mal? —Sus ojos escrutadores. Pésimo momento para enfermarse, equivaldría a ser reemplazada por otra chica en los actos. Aun así, Valeria cabeceó—. ¿Y por qué estás así? ¿Nerviosa? No te preocupes, ya se te pasará.

La joven, medio sonrió, ahora era su compañera de camarote quien la animaba.

—Solo tengo sueño —se excusó un tanto entristecida.

—¡¿A las diez de la mañana?! —Khloe consultó la hora en su reloj de pulsera—. A ti te pasa algo y no dices nada. Si estás enferma, dime y te llevo a enfermería —que se hallaba del otro extremo del Vagón-Vista, velando por la salud de los pasajeros.

—No es necesario, estoy bien. —Y se volvió hacia la pared a su espalda. La frazada cubriendo sus piernas.

Khloe sospechaba que Olivia tenía que ver.

—¿Qué te dijo *la bruja*? —inquirió, presta a levantar queja contra esa odiosa por la constante presión que ejercía sin justificación sobre su amiga. Alguien tendría que hacer algo para bajarle los humos.

—Nada. Solo tengo sueño...

Y ella tenía ganas de cagar, pero la comparación no venía a cuento.

Khloe permaneció allí hasta que la locomotora los arrastró hasta el puerto donde las carretas de carga se anclarían al último vagón del tren. Perdió la cuenta de la cantidad de estas que transportarían decenas de containers, camiones, grúas y otras maquinarías que los trabajadores utilizarían para el ensamblaje de los andamios y mil cuestiones más requeridas para ambientar los escenarios.

Estarían allí alrededor de una hora, por lo que abandonó el camarote, sin avisarle a Antonella, pues esta parecía «dormir». Quería recorrer los interminables pasillos y charlar con Maya, hospedada en la sección de las trabajadoras.

Deslizó la puerta y la dejó cerrada, aislando a su amiga del bullicio que la rodeaba; Cinthya tarareaba una canción que escuchaba en sus audífonos, acostada en su litera-baja; Akira parloteaba con una contorsionista tailandesa, ambas comunicándose en inglés al no entenderse entre ellas con su respectivo idioma natal. Al salir, su primer impulso fue la de increpar a Olivia por su prepotencia, pero en cuanto dio un paso para enfrentarla, se detuvo *ipso facto*, meditando que, en vez de restarle peso a Antonella, le echaría encima una tonelada de problemas. Olivia les haría la vida miserable hasta que ambas renunciaran.

Pasó por el frente del camarote de la maldita *peliazul* y dio gracias al cielo por no hallarla allí, la puerta deslizante permanecía abierta y adentro del camarote su compañera —la chica ruda— hablaba a través de su móvil mientras acomodaba su ropero. Khloe siguió por su camino y cruzó varios vagones, vadeando el enjambre de chicas que iban y venían de un sitio a otro, igual de inquietas que ella. Alina Moore mascullaba tener que soportar otra prolongada parada, pese a que en esta ocasión estaban a punto de recorrer los extensos territorios del país; Dulce María y Eloísa fumaban pegadas a los ventanales abiertos del pasillo, y otra chica les señalaba molesta el letrero de «no fume» pegado entre los cristales de los ventanales.

Al llegar al quinto vagón de la sección femenina, halló a Maya en compañía de Jerry Carmichael, en una combinación acústica guitarra-violín.

—¿Te expulsaron o estás aburrida para que te aparezcas por acá? —Maya le preguntó en una sonrisita resentida a la rubia menuda, solo la buscaba en el vagón de las ayudantes cuando Antonella se perdía de vista.

—Solo quería charlar…

—Mal momento, estamos ocupados —se enfocó en su guitarra, practicando unas tonadas acompañadas con el instrumento de Jerry.

—Ah, entonces nos vemos más tarde —expresó, herida por la pasivo-agresiva respuesta de la californiana, en un aparente deseo de no ser interrumpida. Aunque era evidente que Maya deseaba la dejara a solas con su nueva obsesión; después de que Tristan la ignorara, desvió su atención hacia Jerry.

Se despidió, pero este la llamó para tratar sobre un tema que desde hacía unos días tenía con ella pendiente.

—Continuamos después —le expresó a Maya, del cual, ésta a Khloe le torció los ojos por ser la que de allí «se lo llevó». Practicaban la melodía que compusieron; ambos planificaron filmar diversos videos que subirían en sus redes sociales, a fin de atraer más seguidores a sus cuentas personales.

Convidó a Khloe a tomarse un refrigerio en el Vagón-Comedor, a lo que esta aceptó enseguida, no porque el chico le gustara, sino que le picaba la curiosidad por saber cómo era ese lugar que reabrió desde que partieron.

—Puedes ir soltando la lengua mientras llegamos —seguía al pelirrojo que parecía una palmera por lo alto y flaco, y su cabello alborotado.

Él le expresó que esperara y atravesaron las puertas conectoras hacia dicho vagón, lo que tenía que preguntarle no era para abordarlo por los pasillos.

—¿Para qué necesitamos hablar? —la preocupó—, yo no he hablado mal de ti —por lo visto algún desgraciado la involucró en una cotilla que al otro afectaba.

Jerry sonrió y negó con la cabeza.

—Tampoco es una cita —se adelantó en aclarar en caso de que la chica se diera la vuelta para alejarse a las carreras.

—Si no es de mí y no es de un «nosotros», entonces es de…

La cara de angustia de Jerry le reveló a Khloe que era lo que ella suponía.

*****

—Cielos, *Nella*, ¿hasta cuándo seguirás ahí, vegetando? No te has levantado desde que pusiste la cabeza en la almohada ni has comido desde ayer —Khloe la reprendió después de que esta pasara el día, arropada hasta el cuello y rechazando la comida que ella le traía en una bandeja, preocupada de haber pescado un resfrío por las esporádicas lloviznas que cayeron sobre el *campus*. Durante el trayecto hacia Connecticut, Khloe almorzó y cenó sola en el Vagón-Comedor, a falta de una amiga para conversar. Ninguna la soportaba o a ella nadie le agradaba, salvo Antonella que era como su hermana. En plena madrugada, el tren llegó a la zona de carga ferroviaria de Bridgeport en Connecticut. Al despuntar el sol, ella saltó de su litera para ser de las primeras en ir a desayunar, pero Valeria seguía profunda, por lo que decidió molestar.

Valeria ni se inmutó.

—¿Nella? Amiga, levántate, ya me tienes preocupada, ¿sí? Vamos… —No obtuvo respuesta—. Ay, ¡no te hagas la dormida!, sé que estás despierta. *Nella* —la llamó autoritaria—, sal a respirar otros aires para que te animes o llamo a la señora Sanders para…

—¡Está bien! —Siendo ruda, lanzó a un lado la frazada y se incorporó enojada—. Qué fastidiosa.

—Lo sé, por eso me quieren mucho —sonrió, jactanciosa—. Ahora —dio un par de palmadas al aire—, ¡a mover ese culo, no te has bañado desde que partimos!

—Eres peor que mi madre. —Arrastró los pies hasta el diminuto baño que ambas compartían, para lavarse el rostro y cepillarse los dientes. Mientras tanto, Khloe aguardaba sentada en la litera-baja hasta que su amiga saliera. Si era depresión se encargaría de apoyarla, era una chica sensible del que cualquiera lastimaría; aún la agobiaba lo revelado por Jerry: *la tironeada de oreja* por parte del señor Nalessi le empañó a Antonella la emoción de la partida. Después de todo, la pobre no se salvó de una increpada y tuvo que ser de la autoridad suprema de la Compañía. Jerry se dio cuenta y se mantuvo callado para ahorrarle a esta la pena de darle a él explicaciones; sin embargo, el encierro de Antonella era comentado en el tren, lo que motivó al larguirucho de averiguar si estaba enferma debido a ese suceso.

—¡Te va a encantar el Vagón-Comedor y el Vagón-Vista! ¡¡Es espectacular!! —exclamó en un tono demasiado alegre, a ver si se animaba a salir.

—¡¿Pudiste entrar?! —la voz de Antonella se escuchó amortiguada detrás de la puerta del baño, extrañada de que Khloe haya puesto un pie en el área de descanso donde los novatos lo tenían vetado.

—Sí —Khloe rio—, pude apreciar el cielo a través de la cúpula de cristal del techo. —Ellas apenas tuvieron la oportunidad de observarlo a través de la puerta conectora que comunica ese vagón de esparcimiento con el de ellas.

—¿Y no te regañaron por estar allí? —El tanque del agua del inodoro se descargó.

—No. En el momento en que entré no estaba *doña brujis* y sus compinches. Tienes que ir a verlo, es genial para sentarse a leer o admirar el paisaje. Por algo lo bautizaron «Vagón-Vista». —Era consciente que ese transporte en nada envidiaría a los comunes de alta tecnología y bastante cómodos, *el de Amore* era magnífico, con secciones reservadas para diferentes oficios: lavandería, modistería, comedor...

—Qué bien... —Valeria expresó sin emoción al salir del baño y se desnudó, teniendo cuidado de no ser pillada por alguno en el pasillo. La puerta deslizante estaba a medio cerrar.

Se puso el albornoz y terció la toalla sobre el hombro, y, antes de marcharse para darse una ducha y estar presentable, Khloe le reveló lo que sabía.

Valeria se paralizó.

—¿Quién te lo dijo? —Se volvió a ella. La pregunta oscilaba entre el enojo y el alivio por no ser lo que ella creía. Así lo quisiera, no le correspondía revelar el parentesco que la unía al maestro de pista.

—Me duele que te lo hayas guardado —evitó delatar al cotilla—. Compartimos todo. ¡Nos contamos todo! Bueno, menos lo más importante: te increparon y te tragaste solita la pena. ¿Qué soy entonces para ti: la compañera *mamona*? ¡Dime cuando te sientas mal!, yo te escucho, amiga...

—Está bien —dejó que siguiera en la ignorancia, aún debía guardar el secreto—. Gracias por preocuparte por mí —la abrazó y esta no parecía convencida.

—No le pares a lo que *ese viejo* te haya dicho, demuéstrales que eres una gran persona y una magnífica artista. Haz que se arrepientan de haberte lastimado. ¡Sin venganza!, no es lo que quiero decir, aunque no está mal la idea…

—Cuando requiera de una cómplice para el crimen, te recluto.

—Y la primera que *nos bajamos* será a *la brujis*. Luego a Cinthya, no la soporto, ¡cómo me cae mal esa maldita!

Valeria rio y se marchó hacia el área de las duchas, dejando a Khloe con la mortificación atorada en su pecho, tendría un enorme trabajo de ahora en adelante, su amiga se deprimía por lo que otros le decían, fue solo una increpada provocada por una idiota tóxica que celaba al novio hasta con las sombras.

Pasado los minutos…

—¡Oye, ten cuidado! —Akira gritó a Antonella cuando pasó por su lado. Sin querer la tropezó; el movimiento del tren sobre los rieles y la falta de espacio para desplazarse libremente por los pasillos, hicieron que anduviera con torpeza.

—¡Tenlo tú, pendeja, estás atravesada! —Khloe gruñó detrás de Antonella. Si esta no se defendía, ella lo haría.

La chica esbozó una mirada de desprecio. Enana siniestra que deberían ubicarla donde los payasos, causaba risa su altanería.

Valeria se disculpó y avanzaron a lo largo de la hilera de vagones, vadeando con dificultad el de ellas, el de las latinas, las rusas, las asiáticas y el de las ayudantes hasta llegar al comedor.

—Por Dios…

—Te dije que te iba a gustar, el cafetín se quedó pendejo —expresó Khloe que le pisaba los talones. Se aseguraba que su amiga llenara el estómago con una buena ración de comida.

Valeria asintió embobada.

—Así es. —El cafetín en nada a este se le comparaba, el área para comer ocupaba toda la extensión del vagón. Hacia la entrada, un mostrador de dos metros de largo, exhibía la comida que se servía durante el día. Una delicia para el paladar.

Los organizadores les advirtieron con anticipación a los novatos, de que la comida que se preparaba, cada quien la costeaba. Ya fuese en efectivo o tarjeta. Aunque, los que gozaban de ciertas «influencias», se las fiaban hasta el final de mes. ¡Y pobres si no saldaban sus cuentas! Tendrían que rogarles a sus compañeros de viaje para que les regalaran las sobras, porque pasarían hambre.

Avanzaron hacia el interior y se sentaron en una de las ocho mesas existentes allí, cada una con su respectiva ventana lateral para ofrecerles una bonita vista, mientras degustan de los platos. Valeria se maravilló por la actividad dentro, algunos chicos desayunaban ataviados con sus mallas y penachos, preparados para la función que ofrecerían hacia el atardecer. Tal vez, la emoción o la ansiedad los preparaban a estar listos desde tempranas horas.

—Aposté a que te dejaban hospitalizada en la primera parada —Thomas Jackson le bromeó a Antonella, ubicado él en la mesa contigua. La gorguera de payaso que usaba, le tapaba medio rostro, haciéndosele difícil comer sus alimentos.

—Lo siento, perdiste tu dinero —sonrió tímida mientras ambas se sentaban en la mesa correspondiente—: estoy fuerte como un toro —lo que era cierto. No obstante, sus emociones pasaban por una dura prueba.

Thomas se encogió de hombros sin importarle y continuó luchando a probar el desayuno sin ensuciarse.

—¿Por qué todos están vestidos con los atuendos de las funciones desde temprano? —Valeria preguntó a Khloe en voz baja, mientras observaba a los comensales.

—Para el Pre-Show.

—Claro... —olvidó que Amore tenía la costumbre de interactuar con un grupo reducido de personas, tomándose fotos con estos, columpiándolos en trapecios a baja altura y charlando una hora antes del show.

Recordó que los coordinadores les informaron sobre estas situaciones donde debían prepararse desde horas antes para evitar correderas; de ese modo, se evitaba el estrés durante las funciones. Todo se realizaría bajo estricta calma, los animales y el público, lo percibía. Y esa imagen jamás habría que darla.

Khloe la instó a comer y obedeció sin rechistar. Alzó la mirada hacia la puerta que da acceso a *la otra mitad* del tren, ubicado *del extremo opuesto* del Vagón-Comedor; sobre dicha puerta se hallaba colgado un televisor LCD de 32 pulgadas. MTV sintonizaba videos musicales para amenizar el ambiente.

Llevaban un par de minutos atacando los huevos revueltos, cuando fueron interrumpidas por una figura masculina.

—¿Puedo sentarme? —Logan preguntó a Antonella mientras sostenía su bandeja de comida. Khloe giró los ojos del castaño a su amiga, esperando una reacción de su parte.

—No —respondió sin molestarse a mirarlo. El desayuno se tornó incómodo en cuanto este hizo acto de presencia. ¿Cuál era su intención de ser amistoso? ¿Provocar una masacre?

—Vamos, no seas antipática —Khloe la contradijo, ganándose una severa mirada por parte de Antonella. Logan seguía en pie al lado de la mesa de las chicas y sin inmutarse por el rechazo, esperando a que su *caramelo ácido* cambiara de opinión.

—Te puedes sentar aquí; tengo que hacer algunas cosas Ya comí suficiente.

—Gracias —Logan sonrió por la complicidad de la rubia.

—¿Cómo qué? —Valeria intuía que Khloe a adrede la dejaba a solas con el otro que tampoco se ha arreglado antes de la hora prevista por andar de ansioso.

—Cosas; ya sabes... —Se marchó, no sin antes deslizarle un billete a Thomas para que le comprara un platillo y comerlo en el camarote, ya que aún tenía la panza vacía. Pero debía marcharse para permitirle espacio a esos dos.

—Mira, no tengo ganas de... ¡Oye, no te permití que te sentaras! —Valeria gruñó en cuanto Logan se sentó frente a ella.

—No hay más asientos, todos están ocupados —señaló con su mentón a lo largo del vagón, las mesas se ocupaban en un parpadeo, la hora pico tenía mucha afluencia en el restaurante rodante.

Valeria apretó los cubiertos y atacó los huevos de mala gana. En cambio, el muchacho arqueó una ceja, meditando que los pobres huevos no tenían culpa de su malhumor.

—Y... ¿cómo has estado? —rompió el silencio; jamás se le hizo tan complicado hablar con una chica que con «Antonella». La tarde en que la cuidó mientras lloraba por algo que discutió con el padre de esta, él perdió el sueño durante las siguientes noches, exclamando para sus adentros de haber estado en lo correcto en cuanto a sus sospechas sobre ella; Jerry Carmichael también ayudó en vigilar a que un caimán no la confundiera con una presa o evitar que alguien se acercara a molestarla. El llanto de «Antonella», los conmovieron, sufriendo ambos por abrazarla y expresarle que a ellos les podía contar lo que la afligía, no eran cotilleros y guardarían aquello en lo profundo de su corazón. Pero se mantuvieron a distancia, ocultos en el follaje para que no los descubrieran y luego esta se tragara las lágrimas hasta amargarla por no permitírsele llorar en paz.

La joven lo miró furiosa.

¿Qué pretendía al sentarse en su mesa?

—Te agradecería, te limitaras a comer, poco me apetece conversar contigo.

Logan rio displicente.

—¿Son así de groseros los neoyorquinos o solo eres tú? —la molestó para fregarle la paciencia—. ¿Eres neoyorquina o italiana? ¿Dijiste que eras italiana, ¿no? —Se le antojó divertirse a sus expensas, sin revelarle de estar enterado de su verdadera identidad. Aun así, ella lo ignoró, apurando enojada un bocado a la boca para no contestar—. El silencio precede: eres tú la grosera. —Se vengaba por haber estado en la ignorancia, se lo había preguntado en los primeros días en que llegaron, tras la selección, y esta le mintió en su cara de manera descarada.

Valeria tragó y señaló al chico con el tenedor.

—No me jodas la paciencia —respondió, la sangre en las venas a punto de erupción. Y esto ocasionó que Logan tuviera que controlarse para no carcajearse, esos ojos furiosos le evocaban tantos recuerdos que...

Bajó la mirada a su plato. ¿Por qué su corazón palpitaba tanto? Le gustaba, lo admitía, pero ¿era deseo o...?

Optó por disipar sus angustias.

—¿Tienes parientes en Italia? —Un poco de diversión no le vendría mal, se lo merecía por mentirosa.

Valeria tosió hasta enrojecer. La pregunta hizo que casi se atragante con la comida.

—¿Para qué quieres saber? —Tembló.
—Me causó curiosidad cuando lo leí en tu currículo. Recuerdo que dijiste en la audición, que en tu niñez trabajaste en un circo en Italia. ¿Qué circo era?

Las paredes metálicas del vagón comenzaron a cerrarse sobre la muchacha.

Apuró un trago; más bien, medio vaso del jugo de parchita, para pensar en algo que la sacara del atolladero. Logan trabajó en el mismo que ella; por extensión, conocía el nombre de los que transitaron por aquel entonces.

Carraspeó y tomó los cubiertos para acabarse los huevos revueltos, esta vez lo hacía temblorosa, del cual Logan lo notó y frunció el ceño. No la acosó con la pregunta de nuevo, dejó de comer, esperando su respuesta.

—Olvidé el nombre —dijo—, era muy pequeña...
—¿Qué edad tenías? —Sabía la edad y la fecha cuando se la llevaron, pero, así como Valeria seguía en su papel de «Antonella», él también fingiría.

—Pequeña —se fue por la tangente.

Logan estudió su semblante, la puso en apuros. Sus mejillas se tornaron de un rojo tomate y sus hombros se tensaron.

—Sería en Circo Marini? —indagó con creciente curiosidad y Valeria sacudió la cabeza—. ¿En Enzo Santoro?

—No.
—¿Pelligrino?
—Ya te dije que no lo recuerdo.

Contuvo una sonrisa, claro que recordaba.

¡Y muy bien!

—*Voglio baciare le tue labbra...*

Valeria alzó la mirada, atónita.

—¡Qué atrevido! —exclamó entre enojada y ruborizada por haberle dicho que quería besar sus labios—. No soy una chica fácil para que pretendas tener dos novias al mismo tiempo, vete a la mierda. —Se levantó de la silla, para marcharse. Si volvía a expresarle algo así...

Pensó cómo sería besarlo. ¡NO! ¡Está prohibido! Tenía que denunciarlo a la directiva por acoso.

Logan se levantó e interceptó el paso.

—Espera —la detuvo—. Discúlpame, lo dije para comprobar si decías la verdad. —Él aprendió el italiano desde que sus padres fueron aceptados a formar parte del *staff* de don Vittorio. Si esta les hubiese mentido en la audición sobre sus inicios circenses, la habría desenmascarado en el acto, lo expresado era como para ganarse una bofetada y, en efecto, la reacción que obtuvo fue la que esperaba, faltó poco para que le dejara ardiendo la mejilla.

—¡Por supuesto que digo la verdad! Es solo que... *q-que* no me acuerdo del nombre.

Logan la invitó a sentarse de nuevo. En el vagón más de uno se volvió hacia ellos, sospechando lo que había entre esos dos.

—No soy mentirosa —repuso a la vez en que reanudaba comer. En parte sí lo era, solo omitía ciertos aspectos de su vida.

—Ahora lo sé —la morena tenía fuego en las venas y él se quería quemar con ella—. ¿Te puedo decir *Nella*? —*O Valeria*.

—No.

—Antonella —repitió su nombre, sonriente—. En el teatro Bernard..., me recordaste a alguien.

La joven dejó de comer.

—¿Ah sí? ¿A quién? —Se hizo la desentendida, ocultando sus manos en su regazo para que no viese que temblaban, el momento de la verdad se acercaba y la aterraba.

¿Qué haría en cuanto supiera quien era ella? A veces la gente no cambiaba con el correr de los años.

—A una amiga.

«Amiga», Valeria gruñó para sus adentros. La amistad entre los dos jamás existió. Al contrario, se odiaron a muerte.

—¿La conozco? —Su corazón palpitaba como un tambor. *¡Pum!, ¡pum!, ¡pum!*

Terrible y fuerte.

La mirada de Logan se entristeció.

—Tal vez —dijo—. *Mi amiga* tenía más o menos tu edad infantil cuando estuvo en el circo.

—¿Cuál de tantos?, en Italia hay muchos circos —ahora Valeria le preguntaba, en una vuelta de tuercas.

Los codos del muchacho se posaron sobre el tope de la angosta mesa, robándole espacio a su bella compañera, de la que tuvo que echar su espalda contra el respaldo de su silla al tener el rostro de este más cerca de lo que debería. La clase de maquillaje llegó a su mente para mortificarla, fueron los minutos más excitantes en su estadía en la sede: su divino perfume del que ahora olía, sus labios socarrones del que ahora le sonreían, su intensa virilidad del que ahora la envolvía…

—En *Il circo d'amore* —respondió él—. Ella se marchó en el 2007, antes de las reformas. Es una pena, la extraño… —la escaneó y a la otra la incomodó—. Por casualidad, ¿tienes parientes en Italia? —Cabeceó—. ¿Y aquí?

Valeria se removió en su asiento.

¡Listo!

La descubrió.

Sin embargo, se aferró a la mentira una vez más.

—Soy la primera en mi familia —reveló en su mentira—. Fue todo un escándalo cuando se los dije. —Recordar las duras palabras de su madre, aún le dolían.

A Logan le provocaba expresarle, ¡eres una mentirosa!, hasta tus parientes cavernícolas fueron malabaristas. Aun así, la escuchaba para después dar paso a la inminente revelación que la dejaría helada, aunque se lo soltaría suave para que se diese cuenta que era tonto moverse desde el anonimato; todo el que tuviese neuronas y cierto conocimiento en computadoras haría una buena investigación de los antiguos integrantes de Amore.

—Ser artista de circo no es bien visto. Aún está el estigma de que somos ladrones y promiscuos.

Fue inevitable que la joven riera. En la primera no lo eran, en la última, sí. Por los vagones de los artistas y los ayudantes, el sexo libre estaba a la orden del día.

A Logan le agradó que Valeria se relajara.

—Me gusta tu sonrisa, es hermosa —su halago provocó que esta dejara de hacerlo—. Eh… Me enteré de que estuviste indispuesta —agregó—. Preocupaste a más de uno.

—Sí —le restó importancia—, fue mareo: viajo poco en tren…

Logan se carcajeó. Esto causó que Thomas y Andrew intercambiaran miradas suspicaces. ¿Y esos dos qué se traían? ¿Un triángulo amoroso en puertas?

—¿En serio? —continuó riéndose—. Imagino cómo serás en un avión o en un barco: vomitando por los rincones.

—¡Oye, tampoco es…!

—Pero, *qué bien* se los ve tan confidentes —Olivia espetó, con las manos crispadas en su cintura, provocando que Logan y Antonella dejaran de reírse. La bastarda no perdía ocasión de ponerle las garras a su novio.

Abanicó su mano para que él se corriera al puesto de la ventanilla y dejara libre el suyo para ella sentarse. Usaba pantaloncillos de mezclilla y franelilla blanca que marcaba sus senos; por lo visto, los veteranos se lo tomaban más a la ligera en cuanto al itinerario a cumplir.

Se sentó y Valeria dejó los cubiertos sobre el plato y enseguida levantó la bandeja, para marcharse, lo que menos deseaba era desayunar con la *parejita* en la misma mesa.

—Ay, por favor, no es necesario que te levantes —Olivia fingía socarronería—. Logan y yo estamos acostumbrados a comer con otros, *nos da igual* si nos agrada o cae de la patada.

Valeria apretó la mandíbula para contener una vulgaridad. Por esa arpía el viaje por el país no llegaría a su fin tan rápido.

—Descuida, ya estoy satisfecha, no necesito llenarme la panza como una cerda —espetó y Olivia abrió la boca para replicar, pero Valeria se marchó, sintiendo que varios pares de ojos se clavaban sobre su espalda. En especial, unos grises platinados que la angustiaban.

Capítulo 18

«Esto que vas a ver acá, es una imagen que solamente un grupo de privilegiados seres humanos pueden realizar».

Julio Revolledo, artista e historiador.
Circo Hermanos Suarez.

Valeria se apresuró en arreglarse, antes de que el agite de sus compañeras se hiciera evidente. Khloe maniobró, golpeándose los codos con las paredes metálicas en un baile torpe que hacía con su amiga dentro del camarote hacia el baño. Los trajes asignados se entregaron entre las ocho y las diez de la mañana por las encargadas del vestuario, en la puerta del Vagón-Costura, con la advertencia de que debían ser cuidadosas. Allí se almacenaba el inventario completo, clasificado por actos, así sea para los hombres y las mujeres, estando juntas dichas prendas para evitar demoras en hallarlos.

A media tarde, Valeria puso su estuche de cosméticos sobre su cama, cada quién se responsabilizaba de su arreglo personal, nadie tenía privilegios; bajo *la carpa* todos eran iguales o al menos eso era lo que se decía, observaba que unos artistas recibían más atención que otros, ya fuese en comida, vestuarios o comodidades.

—¡*Arrrggg!* ¡Esto se atoró! —Khloe se quejó, en su intento por subir la cremallera de su espalda. El bonito corsé que forraba su cintura amenazaba con desgarrarse y dejarla con los senos al aire.

Valeria dejó la crema para cubrir las imperfecciones de su rostro y se levantó para ayudarla.

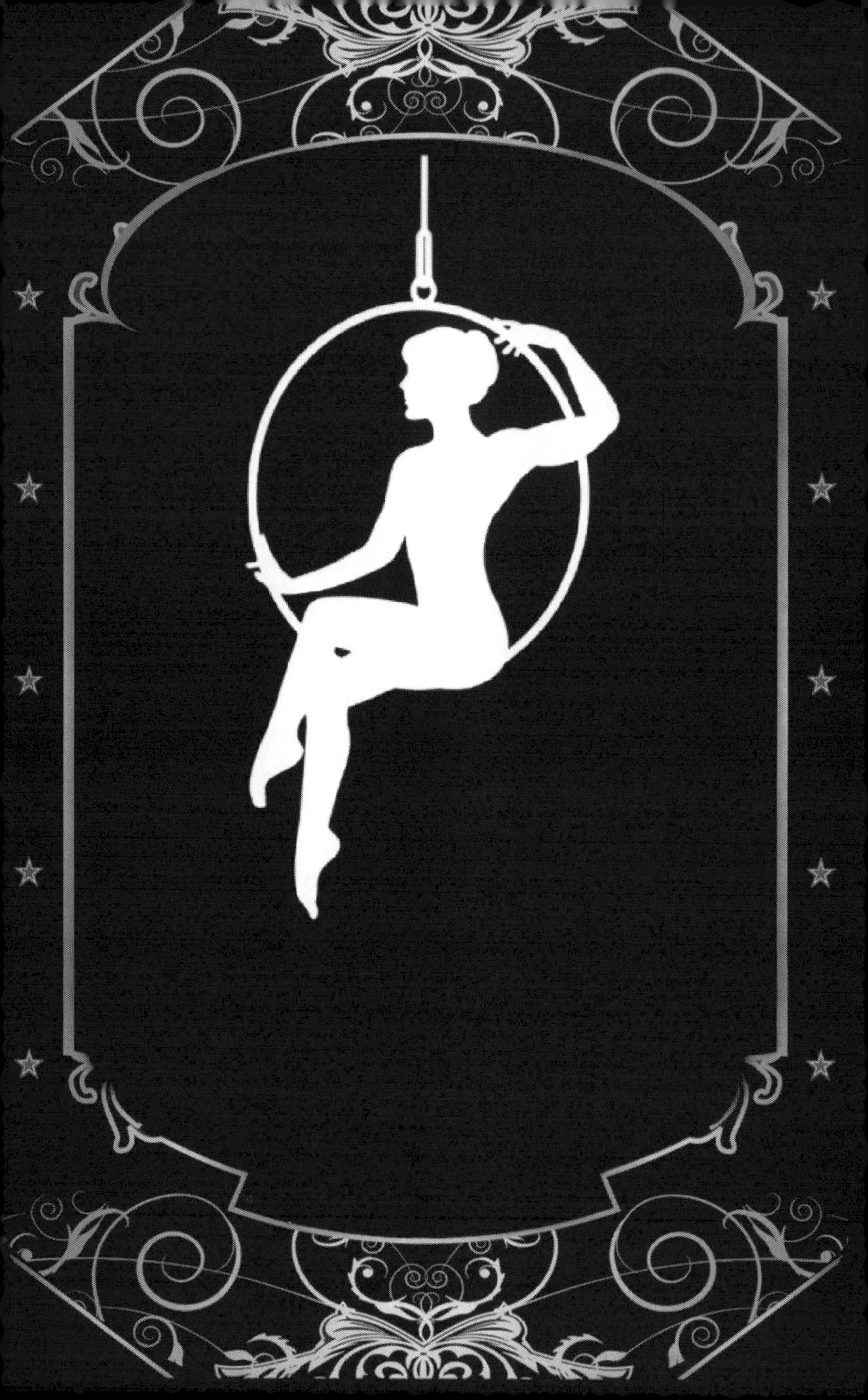

—Cielos, esto está… —luchó para alinear ambas hileras dentadas y cerrar la cremallera—. Encoge la panza.

—¡Eso hago! —chilló angustiada de que el traje no le sirviera—. No debí comer *esos taco*s esta mañana, me inflamó un poco el estómago…

Valeria puso los ojos en blanco. Su amiga, no solo había comido de más en el desayuno, sino que descuidó su dieta en los días anteriores. Era muy comelona.

—¿Estás segura de que es tu talla? —Dudaba le hubiesen asignado el traje incorrecto; por más que se haya dedicado a comer, su apariencia no demostraba aumento de peso en sus mejillas y en sus curvas.

—Sí, es la correcta. La revisé cuando me la entregaron.

—Pues, no parece…

Khloe se preocupó.

—La señora Fernández es muy cuidadosa, está al tanto de los patronajes.

—Entonces, aguanta la respiración y encoge el estómago; de que te meto en este corsé, te meto —sentenció.

Tres minutos de lucha y la cremallera subió hasta el tope. Unos gafetes pequeños daban seguridad extra en la incómoda prenda.

Como un robot oxidado, la rubia estiró la mano hacia la chaqueta que tenía colgada en el perchero del diminuto armario, y se la terció.

—¿Cómo luzco? —preguntó a Valeria, con una amplia sonrisa. Esta la escaneó de arriba abajo y asintió de buena gana. El uniforme que ella lucía era el asignado para la Apertura. Una minifalda plisada de color azul, corpiño rojo y una chaqueta blanca, muy al estilo «Banda Musical». Las botas negras con tacón medio, le llegaban hasta arriba de las rodillas, reduciendo su estatura.

—Te ves bien —mintió. Su apariencia se veía bastante forzada.

Khloe se miró a través del espejo pegado en la puerta del armario e hizo un gesto lastimero. Dudaba verse igual de grandiosa que las bailarinas europeas, pero no estaba del todo mal.

Ambas tomaron sus penachos y bajaron del tren, junto con el resto de los muchachos. Cada uno preparado para dar lo mejor de sí en el evento.

—¡Es hora! —exhortó la señora Morgan. Cuatro autobuses escolares aparcaban a unos metros, a la espera de los artistas.

Enseguida, Valeria se percató que los vagones de los animales fueron desenganchados y conducidos a otra parte del cual ella desconocía. Solo estaban en ese lugar los vagones ocupados por el personal artístico y los ayudantes; en cambio, las carretas transportadoras de containers, jaulas y grúas se hallaban en ese momento vacías y alienadas en otro tramo de los carriles, con sus rampas bajas, habiendo facilitado horas atrás el descenso de los vehículos al pavimento.

Se dirigió hacia el autobús, teniendo cuidado de no caerse. El suelo empedrado dificultaba desplazarse en tacones.

—Buenos días, señoritas. ¡Bienvenidas a Bridgeport! —el chofer del bus saludaba sonriente a cada muchacha, fascinado de las bellezas que se subían al vehículo. En definitiva, ese día se levantó con el pie derecho.

—Buenos días —Valeria y otras chicas contestaron amables en la medida en que pasaban por su lado. Khloe saludó de igual modo y se sentó junto a su amiga, con las tripas haciendo de las suyas a causa de los nervios. Cinthya y Akira se hicieron detrás, ansiosas y nerviosas. Todas con sus sombreros o penachos puestos, rozando las plumas con el techo del bus escolar.

—Muero por llegar y apreciar todo por dentro —Khloe comentó en voz baja. El galpón en Florida, escasamente brindaba el aspecto de un verdadero circo. Estar frente a la multitud, las sumergiría en lo que sería el espectáculo en vivo.

Valeria asintió sin contestar. Su mirada se detuvo más allá de su ventanilla, hacia una camioneta negra. La de su padre. Este se marchó sin que ella lo viera, la ventanilla oscura se lo impedía. Pero también se percató de un jeep plateado descapotado.

—Cómo odio a esa idiota —Khloe agregó casi inaudible para que las «besaculos» que les respiraban en la nuca, no la acusaran, notando también a la pareja.

Valeria se limitó en observarlos en silencio. Logan le dio un casto beso en los labios a Olivia, minuto antes de arrancar el motor. Ambos ya vestidos, combinando perfecto con tonos diferentes al usado por las bailarinas.

Recordó lo que él le expresó en italiano y la rabia empeoró su malestar estomacal. Condenado *entrometido* que casi la hace atragantarse con su comida, por un segundo creyó en sus palabras.

Y, como si a este le hubiesen dicho: «mira hacia tu izquierda», rodó los ojos hacia Valeria.

La joven reaccionó rápido y desvió la mirada hacia su amiga, fingiendo no haberse dado cuenta, pero que le causó un feo estremecimiento en su pecho. ¿Le dolió verlo besar a la *peliazul*? ¿Por qué si era su maldita novia?

—¿Qué hora es? —consultó para sacar al susodicho de su mente. Sus ojos ardían.

—Estimo que más de las cuatro —Khloe hizo el amague de mirar hacia su reloj de pulsera y recordó que, mientras estuviesen con los atuendos, no podían usar otros accesorios.

Cruzaron la ciudad, saludando a través de las ventanillas a las personas que en las aceras y en los vehículos aventaban las manos hacia ellas, alegres por la llegada que, lo más probable, tuvo bastante publicidad para no pasar desapercibidos. Iban en caravanas, una de las secundarias de ese condado les facilitó tres unidades para trasladar a los artistas, puesto que, Amore contaba con un autobús del que tendría que haber hecho más de un viaje desde la zona de carga hasta el lugar escogido para las presentaciones.

Khloe se movía inquieta en su asiento, sonriendo de oreja a oreja como si estuviese invadida por la euforia; en cambio, Valeria meditaba de en qué momento el circo se armaría. Faltaba poco para la primera función que iniciaba a las seis de la tarde, preocupándole el escaso tiempo, muchas cosas debían organizarse: la ubicación de los animales, el sistema eléctrico, la música, la seguridad... Oraba para que el primer espectáculo no fuese una porquería.

La caravana siguió su trayecto hasta cruzar por una calle en la que el freno en los autobuces fue abrupto.

—¡No al circo con animales! ¡No al circo con animales! ¡¡No al circo con animales!! —exclamaba furiosa una muchedumbre apostada en las inmediaciones del Webster Bank Arena. Llevaban pancartas y camisetas con eslogan alusivos al maltrato animal. Algunos se disfrazaron de la fauna salvaje, encadenados unos con otros en representación de lo que esos pobres seres sufrían.

—Cielos… —Alina Moore se preocupó y las demás chicas se contagiaron, temiendo ser agredidas por esas personas.

—Mantengan la calma y suban las ventanillas —el chofer les indicó, cuidando de no atropellar a ninguno de los que protestaban. La puerta mecánica firmemente cerrada.

Akira se apuró en subir su ventanilla, justo en el instante en que un huevo impactó contra la carrocería del bus, salpicando de clara la manga de su chaqueta.

El chofer se las ingenió para abrirse paso por ese mar de rostros pintados de tigres y panteras enojadas, y condujo a muy baja velocidad hasta llegar a las puertas dobles del estadio cubierto. Las pasajeras se bajaron del autobús, mortificadas por el violento recibimiento. Un organismo defensor de los animales instaba a la gente a censurar ese tipo de actos, elevando la voz a decibeles fuertes, sin importar si los transeúntes se quedaban sordos. Nadie tenía el derecho a sacar de su entorno natural a criaturas indefensas y doblegar su espíritu en pos de la diversión del hombre.

—¡Por aquí! —la señora Morgan junto con dos coordinadores, guiaron a las muchachas hacia el interior del lugar. Faltaban dos horas para que el show comenzara.

—Es lo de siempre: *esa plaga* está allí, jodiéndonos la paciencia —espetó uno de los encargados de la seguridad del recinto. Según Danira, dicho organismo los seguía a todas partes, exigiendo la eliminación de los animales de los espectáculos.

Valeria no supo qué pensar. Conocía a la mayoría de los trabajadores del circo, incluyendo a los domadores y entrenadores, y por las veces en que hablaban se le hacían personas decentes.

Aunque, no podía dar fe de si estos les hacían daño a los animales para lograr los objetivos. Jamás los ha visto en sus funciones, solo la parte en que actuaban.

—¡Vayan hacia allá y aguarden a la señora Sanders que les dará indicaciones! —Olivia apareció de la nada, señalando el lugar a donde las chicas debían dirigirse—. ¡¡Dense prisa!!

Estas se apresuraron en medio de una movilización de cajas, cables, cornetas y otros implementos para la pronta apertura.

—Los hombres de George se mueven rápido —Khloe miraba a su alrededor y Valeria asintió embobada. La decoración y equipamiento en la Arena ya estaba casi listo. En cierto modo, el personal técnico trabajaba a la velocidad de la luz.

—Los containers están aquí desde que arribamos —respondió Cinthya sin que ellas le preguntaran, más alta de lo normal y viéndose exuberante con su atuendo de Banda Musical. Mientras la mayoría de sus perezosas compañeras remoloneaban en sus literas o tragaban el desayuno hasta la saciedad, los camiones que contenían los equipos de luz y sonido, salieron en un tronar de dedos.

En la siguiente hora, las bailarinas y los demás artistas se tomaban fotos con algunos niños y sus padres que lograron ingresar con pases de cortesía. A Valeria le costaba sonreír, pensando en los sujetos que protestaban; ¿por qué a ellos si era un buen circo? El desconcierto también se reflejaba en el resto de los novatos, quienes aún seguían estupefactos, ninguna advertencia les fue dada por nadie sobre lo que allí ocurriría, quedaron en blanco como si la fantasía que vivían se hubiese acabado. Los retortijones en Valeria y Khloe se hacían cada vez más fuertes, ¡qué corredera! ¡Qué angustia! Se sentían desubicadas a merced de las indicaciones de los más experimentados, ¿dónde pararse? ¿adónde dirigirse? ¿Qué es lo próximo a hacer? Todo lo ensayado se les había olvidado.

Por fortuna, el enjambre de personas se aplacó y las luces del estadio se apagaron, preparados todos en sus respectivos puestos.

—¡Damas, caballeros y niños! ¡Sean todos *biennnnvenidos* al circo *másssss grannnde* del *munnndoooo*! ¡¡*Cirrrrrcuuuuus Amoreeeeee*!! —Stefano Nalessi exclamaba a la audiencia a través de un micrófono anexado a su oreja y bajo los reflectores que resaltaban el brillo de su sombrero de copa negro y las lentejuelas de su levita azul y rojo—. ¡Prepárense para presenciar a noventa intrépidos artistas de *más* de quince naciones! ¡A los *más* fieros leones africanos y tigres de Bengala!, ¡los *más* hábiles elefantes asiáticos!, ¡los *má*s hermosos purasangres!, ¡y del que harán de esta noche!, ¡¡el mejor espectáculo que jamás ustedes hayan *vistoooo*!!

Detrás de las cortinas, Valeria observaba a su padre. En la pista este se movilizaba sobre una colorida mini carroza y conducida por un chico escondido en su interior. Su aparición fue ansiada por todos, después de que tocaron el Himno Nacional y Olivia Black se pasease sobre el lomo de un elefante adornado con abalorios y mantos, y ondeando ella la bandera de los Estados Unidos como estandarte. La gente aplaudía feliz, impaciente de ver a los artistas volar por los aires mientras hacían piruetas; de asombrarse de la obediencia de los leones y los tigres al levantarse sobre sus patas traseras y rugir feroces, de los imponentes elefantes que barritan con sus largas trompas, de los caballos que danzan al son de la música, de los osos que montan triciclos…

Más que todo, de las fieras salvajes. La principal atracción.

El sentimiento de culpa que invadió a la muchacha fue tal que se prometió averiguar si en realidad lo que alguien le gritó con tanta rabia era cierto. «¡Torturadores de animales!».

Stefano consultaba el reloj, en hora y media los que asistieron se marcharían y correrían la voz de lo disfrutado. Para ello, sudarían la gota gorda o dejarían la sangre en la «arena», de esto dependía si la gente volvía en masa o tendrían que hacer maromas en la calle para atraer «a la antigua» al público. De ahí que, Valeria rogaba que todo saliera bien, lista a dar inicio a la Apertura. Detrás de ella, una fila de bailarinas, artistas y animales esperaban el llamado del señor Nalessi. El esfuerzo de un mes de preparación pronto enfrentaría el escrutinio de los espectadores.

No obstante, en la joven resaltaba un hecho.

La ausencia de la Gran Carpa.

Era consciente de que ya no se utilizaba por acarrear en el pasado gastos en traslado y mantenimiento. Aun así, extrañaba esa magia que la envolvió durante décadas; en la actualidad se disipaba, dando paso a un estadio cubierto que albergaba a miles de personas que, en otras temporadas presenciaban partidos de básquet o de patinaje de hielo.

Si la presionaran a elegir entre ese instante en que los reflectores y las luces robóticas creaban grandiosos efectos especiales a cada acto o aquella carpa llena de remiendos y olorosa a mantequilla rancia, sin duda alguna escogería esa última. Nada era más hermoso que estar bajo el abrigo de una lona gigante rojiblanca.

La voz resonante de su padre los invocó en presentarse en la pista, siendo las bailarinas, las primeras en acatar el mandato, danzando y ondeando las banderas que sostenían en alto y al sonido de los aplausos de la gente que las recibían con alegría.

Capítulo 19

Oh, Dios...

La angustia se apoderó de su ser.

—¡¿Qué es esto?! —Valeria susurró entre los dedos que tapaban su boca para ahogar los lamentos ante las dantescas imágenes de un domador golpeando con su vara a un osezno de apenas unos meses de nacido. Sus lágrimas se derramaban por sus mejillas por la frialdad de las personas que lo rodeaban, carecían de piedad, estando allí para quebrarle el espíritu salvaje, obligándolo a hacer actos que no eran propios de su especie.

Llevaba doce videos, observados en diversas redes, del cual denunciaban el maltrato de los circos a los animalitos. Algunos de fama mundial y otros de menor envergadura, cometiendo las mismas atrocidades.

—¿Qué haces? —A Khloe le causó curiosidad los chillidos que escuchó al entrar al camarote para invitarla a una celebración organizada por motivo de la primera función terminada. Estando de vuelta en el tren, los artistas y empleados se agruparon, según su «estatus», llevados por las tradiciones que desde hacía años los primeros integrantes adoptaron: los veteranos celebraban en el Vagón-Vista, los novatos en el Vagón-Comedor y los ayudantes y domadores en el Vagón-Lavandería, allí corría libre la cerveza.

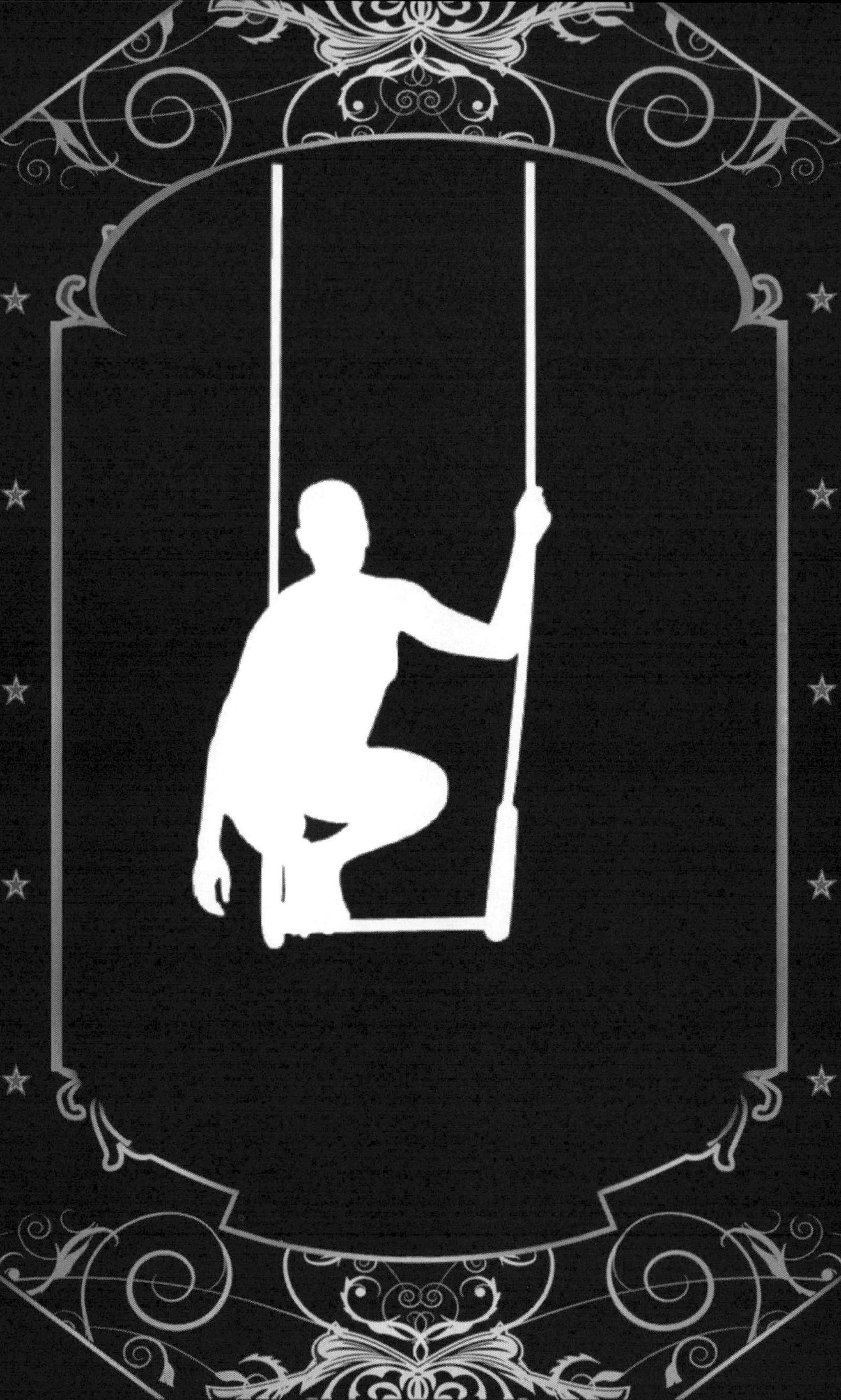

—Nada —cerró rápido su portátil y simuló arreglarse el cabello para poder secarse las lágrimas—: videos tontos de perritos... —prefirió ocultar sus observaciones para evitar molestias. Los integrantes de Amore eran férreos defensores de su entorno; quién los amenazara o cuestionara, lo echaban a patadas.

Khloe entrecerró los ojos, intuyendo que le mentía. Seguro la muy pícara miraba pornografía.

Minutos más tardes y después de ducharse, ambas chicas se carcajeaban junto con sus compañeros del chiste de doble sentido contado por Arnold Hall, en el restaurante rodante. El sitio estaba repleto, celebrando el inicio de la nueva temporada de Amore. Todos sonreían relajados, tras una exitosa presentación. Los asistentes quedaron maravillados, pidiendo una actuación más; la prensa estaba allí, entrevistando a los artistas más destacados y a la estrella principal: el maestro de pista. Aun así, el punto discordante, del cual los medios se centraron, fue la muchedumbre que gritó la maldad imperante en ese tipo de entretenimiento.

—¿Crees que sea cierto? —desahogó su inquietud en Khloe, procurando que nadie la escuchara. Si la atrapaban dudando de las labores de sus compañeros, se ganaría la enemistad de todos.

—¿Sobre qué?

—Sobre el maltrato... —dejó la respuesta en el aire, de modo que la comprendiera. Los muchachos lucían un tanto «achispados» por algún licor que colaron de contrabando, el estruendo de sus risas y charlas se tragaban la música que amenizaba, los cocineros movían las manos a la velocidad de la luz para preparar una montaña de hamburguesas que por esa noche prepararían.

Khloe cabeceó, categórica, dándose cuenta de la fijación de la engreída de abuelos «escandinavos».

—No te dejes convencer —sus ojos sobre la otra—. Esos idiotas son unos fanáticos que no saben nada de cómo se manejan aquí las cosas. Si lo supieran, no harían tanta alharaca.

—Sí, pero... —la explicación fue insuficiente— ¿has visto cómo los entrenan? —En una ocasión, intentó observar el adiestramiento a unos cachorros de tigre y fue reprendida por los domadores, advirtiéndole que su presencia era riesgosa, tanto para ella misma como para el resto del personal.

—Estoy segura de que se les trata con la debida propiedad.

«Debida propiedad», pensó Valeria, cuyas palabras le sonaban huecas. ¿Y qué clase de «propiedad» era esa que levantaba suspicacias por parte de los activistas?

—Sí, puede ser… —concedió sin estar del todo convencida. Ansiaba con todas sus fuerzas estar equivocada.

—Señorita Davis, la necesita el señor Nalessi en su vagón —informó uno de los vigilantes al oído de la muchacha, y esta asintió nerviosa.

—¿Qué sucede? —su amiga se inquietó.

—Nada —sonrió acartonada—. Solo tengo que… Ya vuelvo.

—Pero… —la réplica de Khloe quedó interrumpida cuando esta se marchó detrás del vigilante. ¿Por qué tanto misterio?

Hizo amago de levantarse para seguirlos, pero un líquido rojizo escurría por su cabellera.

—¡Eh! ¿Quién fue? —No supo qué idiota se atrevió a bañarla; de inmediato tomó el vaso de su refresco y lo aventó al que le cayera. La guerra de bebidas y comida había iniciado.

Por otro lado, el corazón de Valeria palpitaba desaforado. Su padre solicitó su presencia, sin informarle el vigilante para qué la solicitaba. Asumía que para felicitarla en privado por su actuación como *espectro* y también en sus intervenciones como aerealista y trapecista; ya todos fueron felicitados por este, una vez el telón cerró para el público, les dio un emotivo discurso en el amplio vestíbulo del estadio, elogiándolos por su temple para soportar los ataques de los activistas y por la excelente función ejecutada en la pista; los aplausos lo llenaron de júbilo y relajaron su tensión, pues *Amor Celestial* les gustó a los habitantes de Bridgeport.

El vigilante deslizó las puertas entre los pasillos-conectores, y la hizo pasar a uno que la dejó con la boca abierta.

Cielos… Una cosa es verlo a través de las ventanillas de dichas puertas y otra estar en medio del Vagón-Vista.

En ese momento estaba atiborrado de los artistas veteranos, departiendo alegres en su propia celebración, observaba el piso alfombrado de un extremo a otro, los sillones mullidos, las amplias ventanas que se extendían hasta el techo en una cúpula que permitía apreciar el cielo estrellado.

Notó las persianas, de láminas de madera, recogidas hacia las paredes donde se erigen los impresionantes ventanales. Se hallaban allí «arrugadas» desde el borde de la alfombra vinotinto hasta la altura de los reposabrazos de los sillones, forrando las paredes metálicas del vagón y sin desentonar la elegancia del decorado. Khloe le había comentado que, durante las horas diurnas, las persianas —separadas por secciones— se deslizaban rasantes y de manera automática por los ventanales, desde la base hasta la mitad de la cúpula, donde allí, a través de una sección que recorría todo el largo del cristal, se conectaban ambos lados para proteger a los pasajeros que no deseaban padecer las incidencias de los rayos solares.

Procuró no tropezar con ninguno de los artistas y pisarle los talones al vigilante. Para su predicamento, el vagón carecía de pasillo, de modo que ella hubiera pasado desapercibida mientras estos disfrutaban de lo lindo en su elitista celebración, seguía en línea recta hacia el fondo del vagón, con la mirada gacha para evitar intercambiar palabras con los festejantes.

—¡Oye! La fiesta de los novatos es en el comedor. ¡No aquí! —Zulma Stone —la chica ruda— alzó la voz por encima de la canción que sonaba en el estéreo que se hallaba sobre la mesa dispuesta para las bebidas y los bocadillos.

—Disculpe —enrojeció como un tomate y miró apabullada al vigilante para que caminara más rápido, pero el condenado vadeaba lento a los muchachos por estar pendiente de verle el trasero a una de las chicas que aún no se quitaba su atuendo de contorsionista.

Le desagradó al fijarse en Axel, quien besuqueaba a su nueva conquista, y lo tachó enseguida como un prospecto romántico para su amiga que con él fantaseaba. Era buena persona, pero muy enamoradizo.

En esas en que trató de acelerar sus pisadas, chocó con la espalda de un hombre alto.

Este se volvió hacia ella y se sorprendió.

—¿Estás perdida? —le sonrió, pese a que su conversación en el desayuno, terminó pésimo.

Valeria abrió la boca para replicar, pero *la peliazul* se colgó del hombro de su novio.

—¿Y la bandeja de los pastelillos? Porque, de otro modo, no explico qué haces aquí.

—Señorita Davis —el vigilante la llamó desde el otro extremo del vagón, ahora sí apurado por cumplir con el encargo.

Todos guardaron silencio y la miraron extrañados.

¿A dónde exactamente iba esa chica?

La joven esquivó las miradas y, avergonzada, atravesó el mar de artistas que la miraban atónitos. Cruzaron las puertas conectoras mientras era observada por los veteranos, evitó echar un vistazo por sobre su hombro, por si le preguntaban o le hacían malas caras, sentía sus ojos pegados sobre su espalda, a través de la ventanilla de las puertas, paralizados como si estuviesen observando un escándalo. En especial, de uno que la hizo sentir de una forma que no supo describir con tan solo verlo.

Atravesaron el pasillo del vagón de Enfermería, las puertas del consultorio de emergencia estaban cerradas, pero apreciándose a través de uno de los ventanales de los paneles que dividía los espacios, que una de las dos enfermeras-fisioterapeutas permanecía allí de guardia. Luego cruzaron los vagones reservados para la directiva, en cada uno había dos camarotes: el gerente de marketing y relaciones públicas, colindaba con el jefe de personal. El de la coordinadora de procesos creativos de vecina con la coreógrafa principal. Viajaban cómodos, contrario a los demás que compartían apiñados los espacios.

—¿Este qué vagón es? —le preguntó al vigilante antes de que este tocara a la única puerta allí existente. Según su conteo mental, era el que se hallaba anclado directo a la locomotora.

—La del señor Nalessi.

Valeria jadeó. ¡¿Un vagón solo para él?!

Ni que fuese un rey…

Al cabo de tres toques a la puerta, por parte del vigilante, esta se abrió, mostrando enseguida el rostro de la persona menos esperada.

Nia.

—Hola —la mujer afrodescendiente la saludó sonriente y Valeria tuvo que forzar una sonrisa para ocultar su sorpresa. ¡Claro que ella tenía que estar ahí, era la prometida de su padre!

—Hola —respondió igual—, *mi pa…* El señor…

—Pasa —Nia se hizo a un lado, permitiéndole el paso, mientras que Bruce se giraba sobre sus talones para marcharse—. Por fin tengo el gusto de conocerte —expresó en una genuina muestra de amabilidad—. ¿Sabes quién soy? —le apenaba preguntarlo, pero se aseguraba de que la joven fuese consciente de la persona con la que trataba.

—Sí, un gusto…

Hubo silencio.

Caramba…

¿Era una invitación a cenar o el vigilante la llevó justo en el inoportuno momento en que se preparaba la cena?

El horno emitía un olor que despertaba su apetito. No obstante, medía a la compañera sentimental de su padre, ¿será buena con él o es de las demandantes? De ella sabía que era tercera generación de padres acróbatas, pero cambió sus funciones al educarse en enfermería y fisioterapia, por desarrollar vértigo a las alturas a causa de una infección en el oído que afectó el equilibrio.

Ambas se escaneaban, con disimulo, Valeria meditaba que la mujer era más joven de lo que antes había observado desde lejos. El cabello —esplendorosamente esponjoso— iluminaba sus rasgos; de ojos grandes y marrones, labios carnosos tipo corazón y una nariz ancha que no requería cirugía para afinarla, porque el cuadro completo era para ser admirado. En cambio, Nia quería correr al espejo del dormitorio para chequear su maquillaje, la hija de Stefano era preciosa y meticulosa en su arreglo personal, el parecido con este era evidente, tenía sus ojos, pero también notaba el aporte genético de la madre, recordando las fotos vistas en el álbum familiar de Stefano.

—Eh… —Nia se alisó su bonito vestido verde esmeralda que le llegaba hasta las rodillas, la presentación resultó incómoda sin ambas tener idea de cómo llevar la conversación—. Stefano estará pronto contigo. Pasa y ponte cómoda, ¿quieres tomar algo?

—No —se dirigió hacia el sofá de dos puestos y se sentó sin dejar de mirar su entorno.

—Tengo soda…

—Estoy bien, gracias. —Rodó los ojos hacia el fondo del recinto, impresionada por las comodidades que saltaban a la vista: baño, cocina empotrada, dormitorio privado, un diminuto comedor y un sofá pegado al ventanal y del que hacía de «sala».

Privilegio de la directiva y del que su padre formaba parte.

La puerta del dormitorio se deslizó y emergió el hombre que la solicitó sin previa información.

Valeria se puso en pie como si este fuese un desconocido.

Nia se abocó a revolver lo que guisaba en la estufa.

—¿Te hice esperar mucho? —Stefano le preguntó y la joven cabeceó en respuesta—. ¿Quieres una soda? —Abrió el refrigerador para echar un vistazo y en esta ocasión fue Nia la que respondió de manera negativa por la muchacha, pues ya le había preguntado. Así que Stefano optó por sacar una cerveza; eso le ayudaría a inyectarse valor.

Le permitió que se volviera a sentar en el sofá y esta así lo hizo, teniendo al progenitor parado a poca distancia. Vestía unos vaqueros desgastados, camisa a cuadros y zapatillas deportivas, haciéndolo lucir más joven de lo que en realidad aparentaba. Al parecer, Nia lo rejuvenecía estando a su lado.

—Me alegra que estés aquí —dijo en voz baja, siendo la cerveza su punto focal.

—¿Aquí en tu vagón o en Amore? —Ni siquiera le dijo: «lo hiciste bien en la función», era muy esquivo al hablar.

—En Amore. ¡En ambas! Gracias por aceptar la invitación.

Más bien, fue como una exigencia, pero Valeria no lo comentó para evitar discutir frente a Nia, pese a que asumía que ella estaba al tanto de todo, de allí no se movía.

—¿Feliz de tenerme en Amore? —cuestionó—. Porque no me dio esa impresión el día en que nos vimos por primera vez. Parecías enojado...

Él sorbió un grueso trago de su botella.

—Me tomaste por sorpresa —contestó sin ser sincero—. Tu madre me ha estado volviendo loco.

La joven se puso en pie y caminó hasta la encimera donde Nia ahora picaba lo que sería la guarnición para lo que guisaba. Le obsequió una sutil sonrisa y esta se la devolvió a modo de camaradería, sentía compasión por la chica, ambas pasaron por mucho y sufrieron a causa de una madre manipuladora.

—¿Has hablado con ella después de la visita del abogado? —preguntó ante lo obvio. Si su móvil fue invadido por múltiples mensajes de voz, lo más probable es que su frustración se dirigiera hacia el causante de sus males.

—A diario.

—Cielos… ¿Qué te ha dicho?

Stefano se sentó en el sofá y estiró sus largas piernas para estar más cómodo. Un sorbo más de su cerveza.

—Amenazó con hacerme picadillo y darme como alimento a los tiburones si no te echo del circo.

—Lo siento —no sabía si reír o temblar de miedo. Su madre era capaz de eso y más.

—¿Cuánto piensas estar en Amore? ¿Un año? ¿Dos años…?

—Aspiro que por siempre.

—¿Y la universidad?

—Papá ya aceptó que *lo mío* es el circo.

La botella depositada con rudeza sobre el diminuto comedor, al estirar él, el brazo hacia el tope de la mesa.

—¿Qué papá? ¡Yo soy tu papá!

La otra se carcajeó, indolente.

—¿Ahora lo eres? Déjame recordarte que *tengo uno que me crio*. —Douglas Davis estuvo en las veces que enfermaba, en sus estudios y cuando más lo necesitaba. Se avergonzaba así misma por haber sido con él tan ingrata; después de todo, su padrastro se preocupó por otorgarle un hogar estable.

Stefano sintió como si lo hubiesen abofeteado.

Se levantó de volada del sofá.

—¡Soy tu papá! —la gritó—. ¡No ese *riquillo* de cuna, él es tu padrastro, no tu papá!

—Pues, ese «riquillo de cuna» me crio, gracias a tu ausencia.

—Iré al baño —Nia comentó como si fuese necesario anunciar su partida, pero que los otros dos agradecían les diera unos minutos de privacidad. El guiso apagado, la guarnición a medio cortar.

—No fue mi culpa perderme tu niñez —espetó—. Eso se lo debemos a tu madre.

Lo encaró.

—Admito que mamá es complicada —dijo— y *te apretó las tuercas*, pero no le eches toda la culpa, porque, si a ver vamos, tú eres el mayor culpable.

—¡¿QUÉ?!

—¡Sí! —desbordó sus emociones—. Nunca me escribiste, ni respondiste a mis llamadas —enumeró—, jamás te molestaste en visitarme ni luchaste por mi custodia.

—Era pobre, con un circo en ruinas a cuesta...

—¿Y qué...? —sollozó—. Al menos me hubieras escrito. ¡Maldición, papá! Las redes están al alcance de todos. ¿Tanto te costaba enviarme un mísero mensaje de texto?

Endureció la mirada.

—Lo mismo se aplica a ti: nunca me contactaste.

Como mal jugador, le lanzó el pelotazo a la cara. Valeria ya tenía edad para hacer sus propias investigaciones, las redes sociales facilitaban contactar a personas desde grandes distancias; por años se mantuvo a la espera, cuando ella pudo haber dado el primer paso.

—Sí, admito que tengo culpa de ello.

Stefano relajó su postura y meditó que se había perdido mucho del crecimiento de su hija, diez años que jamás recuperaría por haberse dormido en los laureles, permitiendo que su pequeña le dijese «papá» a otro hombre; y tuvo que ser ella la que los volviera a reunir.

—El abuelo estaría orgulloso de ti.

—¿Y tú? —Los ojos cristalinos de la joven, imploraban reconocimiento.

Sonrió.

—Siempre lo he estado, *mi niña*. Posees el coraje de los Nalessi.

Valeria sollozó.

—Me hiciste tanta falta...

Los brazos del progenitor se abrieron para recibirla en su pecho. Pero el orgullo de una joven que aún no ha alcanzado la madurez, pudo más que la misma añoranza; permanecía quieta, aun rencorosa por lo que la hizo pasar al dejar que se la llevaran de su lado, lloró mucho y sufrió correazos por parte de su progenitora y también de su abuela materna, severas ambas en la crianza y crueles al despojarla de hasta el último objeto que le recordara al circo.

—Déjame reparar mi error —los brazos de Stefano aún abiertos. Nia llorosa desde el resquicio de la puerta deslizante del baño, conmovida por lo que observaba.

Pero el rencor que contaminaba el corazón de la joven, poco a poco desaparecía, porque ella quería volver a sentir ese afecto que recibió de niña. Ya hablaron, no eran males irremediables, aceptaron sus culpas y comprendieron sus acciones.

Las lágrimas enturbiaron su vista; aun así, no la detuvo de corresponder al gesto, corrió hacia su padre y lo apretujó con la misma fuerza con la que él lo hacía. Fue horrible haberlo tenido cerca y actuar como si fuesen extraños; sin embargo, las vueltas de la vida la pusieron una vez más en su camino y en medio de un torbellino de reproches que comenzaban a superar.

—Mañana, antes de la función, anunciaré a todos de que eres mi hija —comentó y Valeria alzó la mirada, feliz de revelar por fin el parentesco. Tendrían que soportar mil cuestionamientos de sus compañeros, pero le valía un carajo, tenía el cariño de su padre.

Nia celebró silenciosa, la decisión de Stefano, porque fueron semanas en la que se debatió mortificado de mantener sus labios sellados. En su fuero interno, lo felicitaba y se enjugaba las lágrimas con el dorso de sus manos, fue un buen paso hacia la armonía familiar; por desgracia, faltaba la más problemática, pero que, ellos le demostrarían a *aquella* que ser un cirquero también era de mucho mérito.

En medio de la felicidad, ninguno de los tres se daba cuenta de que, detrás de la puerta principal del vagón, unos oídos indiscretos estuvieron atentos de lo que adentro padre e hija se dijeron.

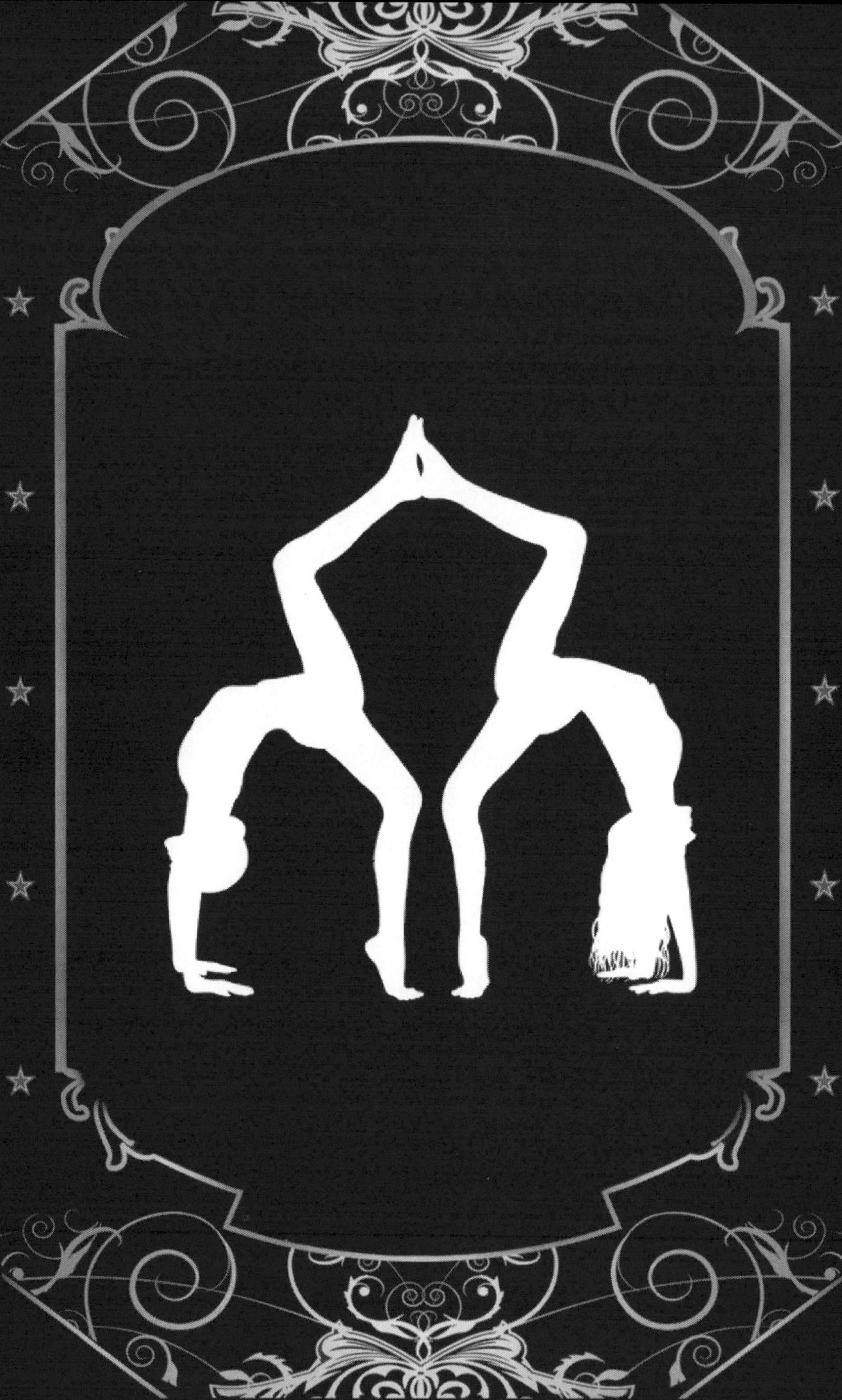

Capítulo 20

«Juntos van al recinto, juntos ensayan, juntos comen, juntos cogen el autocar de vuelta. Juntos, juntos, juntos».

Martín Pons, "Eddy", payaso saltimbanco.
Cirque du Soleil.

Al otro día de la cena con su padre, Valeria remoloneaba debajo de la litera, meditando sobre lo dicho entre los dos.

Se acomodó la almohada, poco dispuesta a levantarse temprano ese día, Khloe roncaba, con el brazo caído fuera de su litera-alta, ambas exhaustas del espectáculo inaugural y de la celebración posterior; según los artistas y los ayudantes, cuando se arrancaba con pie derecho, el *tour* terminaba bien. Aunque le pareció extraño que no hubiese un «lleno total».

Consultó la hora en el móvil que tenía sobre la mesita de noche y se sobresaltó por lo tarde que era.

—¡Ay, Dios mío! —Se levantó de la cama en una exhalación, eran pasadas las diez de la mañana y ni siquiera han desayunado. El segundo día de presentación sería a la una de la tarde, teniendo que estar en la Arena una hora antes del Pre-Show—. ¡Khloe, se nos pegaron las cobijas! —la llamó, sacudiéndole una pierna. —La otra protestó y se arropó hasta las orejas—. ¡Son las doce! —mintió para que se levantara rápido. Un recurso que su madre solía hacer para sacarla de la cama en un segundo.

—¡¿Qué?! —la rubia casi golpea su cabeza contra el techo. Saltó al piso, yendo directo al baño—. La señora Sanders nos va a matar. ¿Cómo es que no escuché la alarma? —chilló, cepillándose enérgica los dientes.

—Ni yo el mío… —Una o la otra se encargaría de arrancarlas de los brazos de Morfeo, pero ambas alarmas cronometradas en dichos móviles no se activaron, y no por tener ellas el sueño pesado, sino porque se les olvidaron activarlo.

En menos de una hora se ducharon y vistieron con los atuendos asignados del día anterior. El maquillaje lo dejarían para cuando llegasen a la Arena, en ese lugar se acondicionaron bastidores para dar los últimos toques a los trajes y para lo que se presentase sin previo aviso.

Recorrieron los pasillos hasta llegar al Vagón-Comedor. Desayunarían algo ligero para evitar las náuseas causadas por los nervios, que seguían latentes desde el primer día. Pero tan pronto pusieron un pie dentro del recinto, los comensales dejaron de hablar en el acto.

Valeria tuvo un mal presentimiento.

Pidieron emparedado de pavo y jugo de naranja, y luego se sentaron en la única mesa disponible. Dulce María y Eloísa se levantaron de la mesa contigua, sin saludar, llevando sus platos de plástico –aún con comida– al bote de la basura.

—¿Y estas…? —A Khloe le desagradó la hosca actitud de las muchachas y Valeria notó que los comensales susurraban palabras ininteligibles, mirándola a ella de reojo.

—No lo sé, no me gusta —el ambiente estaba sobrecargado.

—¿Qué te pasa?, ¿te debe dinero?

Akira torció sus labios en una fea mueca a la rubia menuda, por haberse pillado que ella escaneaba desdeñosa a la amiga. Le dio la espalda para continuar hablando con la persona que tenía a su lado, ¡qué fastidio soportarlas allí!, le amargaron el desayuno, tan bien que se lo pasaba.

Khloe revisó su emparedado.

—¿Qué haces?

—Revisando que no contenga escorpiones —respondió a Valeria—. Al parecer, más de uno se envenenó con las ponzoñas.

La morena intuía que la inquina se debía al estrés, las cosas debían hacerse de manera perfecta o todos pagaban las consecuencias. Claro está que era difícil que ciento cincuenta y cinco personas convivieran a diario y en armonía.

Apuraron su último bocado y se marcharon mientras el murmullo a sus espaldas se alzaba cada vez más en la medida en que se alejaban. Rápido se bajaron del tren y se dirigieron directo hacia uno de los buses escolares que aguardaban por los artistas. La mayoría estaba en el Wester Bank Arena, calentando sus músculos y preparándose para el evento. Saludaron al chofer, con cortesía, esta vez un chico de frenillos y acné, pero de sonrisa amable.

Se sentaron en la parte trasera, tras un incómodo recorrido por el pasillo. Las bailarinas y las trapecistas las miraban con rabia y otras ignoraban el saludo.

—¿Qué rayos está pasando? —Khloe se extrañó, no era natural tanta animosidad percibida entre sus compañeras.

—No lo sé —Valeria no hallaba la razón. ¿Qué sucedió entre el día anterior y esa mañana para que la detestaran?

Se angustió. ¿Sería posible que los hubiesen escuchado?

—¿Qué pasa? —la preocupación atenazó a su amiga. ¿Dio con el motivo de los raros comportamientos de sus compañeras?

—Nada —sonrió nerviosa.

—Dime, Antonella —la estudió detenidamente—. Está bien, si no me dices, lo averiguaré por mi cuenta —advirtió ante su hermetismo.

—Te lo diré luego —respondió en voz baja.

—¿Por qué no ahora? ¿A esas pendejas qué les pasa?

—No es el momento —si lo hacía, esta pegaría el grito al cielo.

Después de sortear a los furiosos activistas al llegar a la Arena, ambas se bajaron del bus, en medio de una sensación que se hacía cada vez pesada. Rostros enojados de sus compañeros, saludos ignorados y vueltas de espalda en cuanto ellas posaban sobre estos la mirada. Si un rumor circulaba para perjudicarles la reputación, Khloe se encargaría de averiguarlo.

—¡Muy bien, ¿qué *coños* sucede?, porque esta mierda me está cansando! —gruñó al entrar a los bastidores y percibir la misma animosidad que en el exterior y el tren.

—Pregúnteselo a tu *amiguita* —Cinthya Moll respondió a la vez en que se empolvaba la nariz.

—Te lo pregunto a ti, responde.

La joven irguió su estatura, ambas manos en la cintura.

—¡¿No te lo ha dicho?! —rio sarcástica. El resto de las chicas hicieron lo mismo, por lo que Khloe las miró interrogante—. A ver, te digo —agregó Cinthya—: la señorita, aquí presente —señaló a Valeria que lucía pálida—, es la hija del maestro de pista.

—Rebobina que no te escuché bien —atónita procesaba la información—. ¡¿La hija de quién?!

Cinthya acicaló su cabellera rubia y, pretenciosa, respondió:

—Del maestro de pista.

—Entró por influencias —espetó una de las bailarinas.

La morena cabeceó, indignada. Su lugar en el circo se lo ganó por mérito propio.

Khloe la miró decepcionada.

—Antonella... —nunca confió en ella para hacerle esa confidencia.

Las muchachas se carcajearon ante el nombre.

—Permíteme ilustrarte —Cinthya saboreaba el momento—. La *princesita* no se llama «Antonella Davis», sino Valeria Nalessi.

La aludida se enjugó una lágrima por su mejilla.

—¿Es cierto? —A Khloe le dolía que la haya mantenido en la ignorancia, continuando con la farsa—. Dime, ¿es cierto?

Asintió y la otra le lanzó una mirada de desprecio, del cual enseguida la dejó en medio de una docena de rostros molestos; al ser descendiente de los Nalessi, estaría al nivel de la directiva.

—Antonella, ve a la pista.

—¡¿Por qué?, si la que abre es Olivia!

Zulma se ganó la mirada severa por parte de la señora Morgan.

—Ve, niña —se dirigió a la joven en cuestión y esta no sabía qué hacer, pues no era figura principal del evento—. ¡Rápido que te está esperando!

Valeria irguió su postura y rogó a los santos para que no se cayera del lomo del elefante, pero la anciana le quitó los banderines que sostenía y le dio un empujoncito para que se diera prisas. Los artistas comentaban airados de los cambios abruptos que se darían a raíz del descubrimiento de la identidad de la muchacha, pero quedaron con la boca abierta al presenciar tras telones que no se trataba de suplantar a Olivia Black, en el inicio de la «Apertura», sino que fue llamada para algo más.

—¡Ay, mierda, ¿el señor Nalessi está presentando a Antonella como su hija?! —Danira Martin jadeaba impresionada y a la vez verde de la envidia, la maldita era abrazada por el maestro de pista mientras que el público aplaudía conmovido.

—Es «Valeria», no «Antonella» —Cinthya lanzaba miradas rayadas hacia afuera donde los mencionados se hallaban. Olivia mascullaba lo que, para Cinthya y el resto de los curiosos que se agolpaban, era un aluvión de improperios por parte de esta que juraba, una y mil veces, primero a ella la matarían antes de ceder su liderazgo y estatus de estrella a una bastarda recién aparecida.

Seguida por los reflectores y los aplausos, Valeria retornó a su puesto en la fila de chicos a punto de salir. Allí el ambiente era diferente, causándole cohibición intercambiar miradas con alguno de ellos, la señora Morgan le dio unas palmaditas en su espalda, mientras que la señora Sanders apenas inclinó la cabeza como reconocimiento.

La presión que ejercía sobre sí misma para no romper en llanto por la incomprensión y doble moral de sus compañeros era muy grande; tenía que enfocarse en lo que luchó tanto para estar allí, considerando era otra montaña a escalar, debía ganarse de nuevo el respeto y la amistad de todos, ya fue presentada y, de ahí en adelante, le exigirían más que a los demás.

Una mano se posó en su hombro y los dedos de *esta persona* por un instante se cerraron suaves sobre ella como si de este modo le transmitiera ánimos; de hecho, fue reconfortante, se sentía sola, con un doloroso nudo en la garganta a causa del llanto contenido; Khloe ni la miraba y las otras chicas daban la impresión de querer apuñalarla.

Alzó el rostro para agradecer al que le brindó su silencioso apoyo, creyendo sería la señora Morgan que permanecía cerca para fortalecerla, pero se cimbró al fijarse que, en vez de la anciana, era Logan, mirando al frente como si en ella no reparara. Valeria se tragó las «gracias» por ignorar si fue él o Khloe, aunque lo dudaba de los dos, parecían estar pendientes del término del Himno Nacional –cantado por el público y el señor Nalessi– que por el bienestar de la hija del socio mayoritario del circo.

Rodó los ojos a ver quién de los que se hallaban próximos a ella fue el amable «amigo». A Jerry lo descartó, no lo vislumbraba a simple vista ni a Tristan o Gustave Leroy, quienes en más de una ocasión le han aconsejado para sus prácticas cotidianas en la sede, y, tanto la señora Morgan como la señora Sanders, estaban ubicadas justo en la apertura de los telones, por donde ellos en unos minutos saldrían a la pista.

¿Quién pudo haber sido?

Volvió a mirar por sobre su hombro hacia Logan y quedó congelada al percatarse que él de allí desapareció sin ella advertirlo.

¿Acaso fue…?

Su corazón golpeaba su caja toráxica tan acelerado que tuvo que gritarse en su fuero interno para desacelerar sus alocadas pulsaciones. *¡No fue él!, ¡no fue él!*, era solo una coincidencia, debió ser una de las chicas, tal vez Khloe que recapacitó de su tonto proceder y volvía a ser la misma de antes; le sonrió, por desgracia, esta ni reparó en el gesto, razón por la cual seguía cabreada.

Ante el barrito del elefante de Olivia y del retumbar de los tambores y trompetas, anunciando la Apertura, la joven morena se obligó a desconectarse de las angustias y dejar para después las conjeturas, enfocándose de lleno en sus actuaciones; afuera no existían las decepciones ni los chicos que robaban el aliento, ella se convertía en un ente saltarín y de sonrisa guasona, complementando el cuadro artístico en pro de la sana diversión de los que pagaron el tiquete para –por esa tarde– olvidarse también de sus propias existencias.

*****

Después de completar la semana de funciones y, hacia la medianoche, el tren se puso en marcha, rumbo al segundo destino marcado en la agenda.

A Valeria le costaba conciliar el sueño, dando vueltas en la cama, con una marejada de emociones difíciles de controlar. Estaba enojada, triste, asustada y hasta ansiosa con todo lo que sucedía. Khloe decidió mudarse del camarote para no tener que dirigirle la palabra y esto a Valeria la hacía sentir como una paria, su amiga no le perdonaría que le guardara secretos, era su compañera de camarote, su defensora, su hermana del alma... Además, la Internet reventaba en noticias por «la hija misteriosa del maestro de pista». La llamaban «la heredera de Circus Amore», habiendo infinidad de videos cortos que evidenciaban dicha presentación al mundo; las *webs* de noticias reseñaban historias escabrosas de líos que nada tenía que ver con lo que Valeria y sus padres sobrellevaron durante años, algunos portales escribían idioteces, mientras que pocos apenas comentaban los verdaderos hechos.

Para colmo de males...

Acamparían en Nueva York.

Rochester, estaba a unos kilómetros de Manhattan y durante otros tres días el telón se mantendría en alto para que el público se deleitara con ellos. Lo que, en resumidas cuentas, no sería impedimento para que su madre tomara el auto y manejara hasta donde ella se alojaba.

—Caramba... —suspiró melancólica; si pensó que seguir sus propios sueños era un lecho de rosas, estuvo equivocada.

Descorrió su frazada y se levantó, dándose por vencida de dormir esa noche. Se enfundó con ropa deportiva y abandonó el camarote, para pasear un rato a lo largo del tren, a ver si estirando las piernas motivaba al cansancio en hacer de las suyas; ya eran pasadas la una de la madrugada y las chicas en su vagón, dormían apacibles, ajenas a sus mortificaciones. Dejó la puerta abierta para que no la increparan por hacer ruido y echó un vistazo por ambos extremos del pasillo. Ni un alma por ahí se vislumbraba.

¿Hacia dónde caminar?

Pensó en ir al restaurante rodante que funcionaba a todas horas, pero esto sería motivo después de habladurías, ella deambulando insomne a causa de los remordimientos... La cotilla sería despiadada.

Tomó la dirección hacia su derecha.

Deslizó las puertas conectoras y entró al Vagón-Vista. Las luces estaban apagadas, al igual que el resto del *monstruo mecánico*. El cielo nocturno se filtraba a través de los amplios ventanales, observando pasar con rapidez los postes de luz y los árboles. Avanzó para sentarse en uno de los mullidos sillones, ubicados a los lados; a pesar de estar el vagón a oscuras, recordaba que la decoración era exquisita, siendo más para los adultos que deseaban descansar y leer un libro en paz, y no para jóvenes soberbios que se creían los dueños del mundo.

Se detuvo al percatarse de una silueta sentada en un extremo y luego se estremeció cuando este giró el rostro en su dirección.

—Lo siento —dijo—, ya me marcho…

—No lo hagas —replicó el hombre, causándole desasosiego a la muchacha.

—Yo iba a… Me perdí —mintió por no estar preparada para confrontarlo.

Logan se levantó y se acercó. Las luces de los postes en el exterior, iluminaban escasamente su rostro, por lo que, rápido la joven le dio la espalda para huir, pero este se adelantó, bloqueándole el camino.

—Me preguntaba cuándo lo iban a revelar, la sorpresa fue general… —él no estaba seguro de lo que sentía en ese momento: alegría, preocupación, temor…

Ella meditó su comentario.

—¡¿Te preguntabas?! —Jadeó—. ¡¿Siempre lo supiste?! —Pensó en las veces en que Logan la observó desde la mesa retirada del cafetín de la sede, también cuando le preguntó si la había visto de antes de la audición, al igual que la noche de la fogata, las veces durante el entrenamiento y el día en que se maquillaron juntos… Si sabía quién era ella, ¿por qué no le hizo comer la brocha cuando la pintó de calavera? El maquillaje le quedó hasta bonito.

Cielos… Tuvo muchas oportunidades para desenmascararla y no lo hizo. Ella mentía y él observaba…

Las luces externas rastrillaron por breves segundos el rostro del castaño, dándose cuenta Valeria que, a través de esos ojos grises, un pensamiento interno en estos se reflejaba: «yo sé que mentías».

—Fue hace poco —Logan no dijo más, evitando revelar que la vio con el padre en la glorieta y que luego cuidó de sus lágrimas—. ¿Por qué ocultaron que eran familia? —El temor se acrecentaba en sus entrañas, porque la inquina hacia esta era peor en comparación a lo que él y los demás sentían por Brandon cuando este comenzó a hostigarlos con los activistas.

Se encogió de hombros.

—Por muchas razones...

—¿Cómo cuáles? —Ansiaba estrecharla entre sus brazos y transformar la desconfianza hacia él en una inquebrantable... ¿amistad?

—Para evitar que me acusaran de oportunista —gruñó—. Aunque de nada sirvió, todos me ven como si me hubiese aprovechado del apellido.

Logan extendió la mano para acariciar el rostro de la muchacha, y esta lo retiró con rudeza.

—Lo siento —expresó, apesadumbrado—. Es solo que me parece increíble de que estés aquí.

Resopló enojada.

Qué caradura...

—Entre tú y yo jamás hubo amistad, me jodiste muchas veces.

—Perdóname —se lamentó—, fui un estúpido.

—Sí que lo fuiste —graznó en un ferviente deseo de propinarle ese puñetazo que tanto se lo había prometido; aun así, empuñó las manos para contenerse—. Por ti tuve una infancia de mierda —pese a que del todo no era cierto, quería restregárselo a la cara.

El vagón contaba con varios juegos de sillones que harían de la conversación más cómoda, pero se hallaban ahí, parados en medio de la penumbra y encarando el pasado.

—Lo sé —reconoció—. Provoqué que tu mamá te llevara lejos de tu papá.

—Fue la gota que rebosó el vaso —replicó—, pero no el principal causante. —Como Logan seguía en silencio, agregó—: Mamá se cansó de esa vida.

Sonrió, fue como si le hubiese quitado peso a su culpa.

—Pero tú, no. Volviste... —por la sangre de su *crush* corría la pasión de una gran circense—. Perdóname por el daño que te hice —repitió en voz baja, apenado de recordar tanta crueldad, solo por no haberse enfrentado a lo que a su edad comenzó a sentir por ella.

En el instante en que *las luces fugaces* de nuevo a él lo iluminaron, Valeria observó que en sus palabras había sinceridad.

—Está bien —concedió—. Eras un niño estúpido.

Agradecido por la segunda oportunidad, Logan sonrió feliz y la rodeó con sus brazos, tomando desprevenida a la muchacha, quien no esperó esa impulsiva reacción de su parte. Permaneció quieta, sus ojos explayados, sus brazos tiesos a sus costados; su raciocinio no la alertaba del lío en que se estaba metiendo, pues sus sentidos solo captaban que él la apretaba contra su duro pecho, que su perfume era igual de delicioso como el día en que ella cubrió de pintura la piel de su cuello, que la desconcertaba no empujarlo de inmediato y expresarle palabrotas por atrevido, que recordaba lo que le dijo en italiano, aunque hubiese sido para fregarle la paciencia y observar hasta dónde ella continuaba con sus mentiras...

Dejaba que la abrazara.

Y, cuando el disfrute por esto se intensificaba, Logan la soltó y luego le extendió la mano para que se la estrechara.

—¿Amigos? —Su corazón palpitaba ansioso por recuperar el tiempo perdido, necesitaba comprobar que Valeria era la indicada, antes de revelarles a todos su intención. En especial, a Olivia que se lo tomaría a pecho; llevaban juntos tres años y ella sentía que debían pasar a la siguiente etapa. Él seguía estancado en el aprendizaje, el de disfrutar con sus amigos y adquirir nuevas experiencias; en cuanto superara todo eso estaba seguro de que le daría un anillo a su futura esposa.

Y esa mujer no sería Olivia Black.

Atónita, Valeria miró la mano que aguardaba la suya, y la sorprendió un hecho.

¿Realmente quería ser amiga de Logan Sanders?

Lo pensó.

—Amigos.

Estrechó la mano al chico, con una sensación que le revolvía el estómago.

No deseaba su amistad.

Sino algo más.

Capítulo 21

—¡Abran paso, a *Su Alteza Real*, Valeria Nalessi! —Cinthya exclamó mordaz en el instante en que esta se dirigía a las duchas.

Las vecinas de camarote se pegaban a las paredes del pasillo, para no rozarla, como si tuviese la peste; desde que puso un pie en el Campo de Entrenamiento, causó revuelo: coqueteaba con los novios ajenos, mentía a sus amigos y pretendía robarle el puesto a la jefa de grupo.

Valeria se aferró al nudo de su toalla, intuyendo que más de una compañera deseaba arrancársela y lanzarla desnuda al exterior para que pasara vergüenza; sin embargo, se contenían, equivaldría a que las tacharan de la nómina. Khloe había acabado de salir de la ducha, tiritando de frío, pese a que el agua estuvo tibia. Pasó por su lado, sin saludarla, levantando murmullos entre las que observaban la animosidad de la rubia menuda hacia la que tanto defendió en sus berrinches. Hasta la mejor amiga la detestaba.

Diez minutos esperó a que las duchas se desocuparan. Las que estaban ahí se le adelantaron, tomándose el tiempo más de la cuenta; lo hacían adrede, vengándose, aunque fuese de esa manera. Una vez pudo asearse, Valeria dio rienda suelta al llanto contenido bajo el correr del agua de la regadera que ocultaba el sonido de su sollozo; en su camarote se cohibía, cubriendo su rostro con la almohada, evitando levantar lástima o un gozo malsano de quien la escuchase del otro lado de las paredes metálicas.

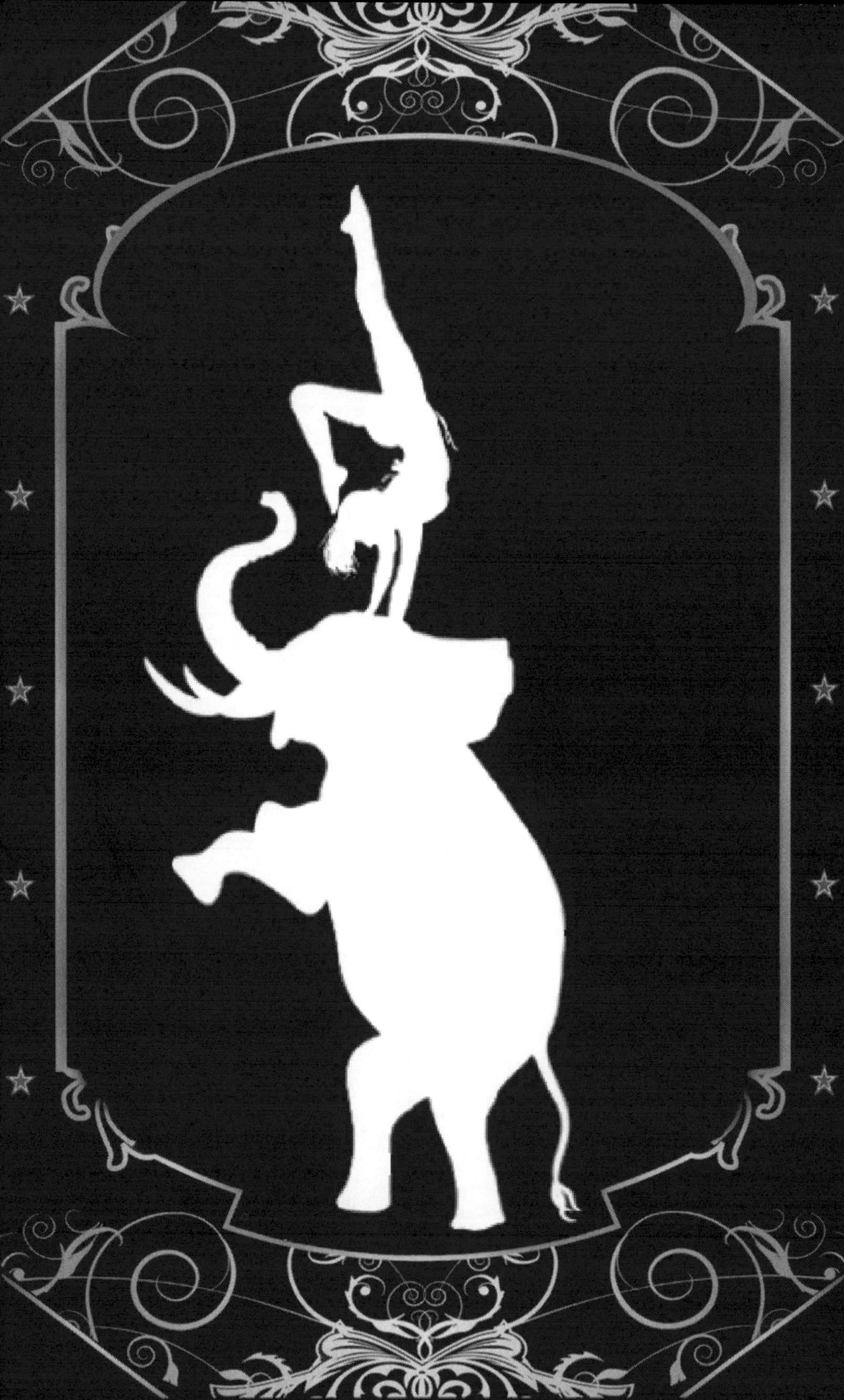

Para su desgracia, el agua caliente se terminó, dando inicio a una que le congelaba hasta los huesos. Luego, con la mirada gacha, retornó a su camarote.

—¡Fíjate por dónde caminas, idiota! —Cinthya la gritó.

—Ten cuidado con insultarla, te acusará con *su papi* —comentó Danira; los hijos de cuna de oro eran cabezas huecas mimadas.

—¡No soy soplona! —la aludida se ofendió. Podrían acusarla de mentirosa y hasta torpe, pero no de irse de lengua con la directiva.

La cizañera torció el gesto.

—Eso veremos…

—Vete al infierno —cerró la puerta del camarote. Khloe dejó evidencia de haber pasado por ahí al vestirse en una exhalación.

Con ademanes toscos, tomó lo primero que vio en el armario. Esa mañana daría un paseo por la localidad para alejarse de todos, no habría función hasta el día siguiente; por lo que lo tenía libre para poner sus cosas en orden, serían mini vacaciones, a pesar de que la gira apenas iniciaba. Los artistas debían ensayar sus actos y atender algunas entrevistas si un periodista los abordaba, siendo estos considerados como la plaga, quienes siempre merodeaban a la caza de una jugosa noticia.

Tocaron suave a la puerta.

—Señorita Nalessi, ¿está ahí? Necesito hablar con usted —preguntó la señora Morgan.

—¡Un minuto! —Arregló un poco el desorden y deslizó la puerta, temiendo una amonestación por lo que sea que las otras se propusieron acusarla. Su padre tenía linaje directo con el fundador, pero no era el único dueño de Amore. Era fácil hacer que la echaran, hasta su propia madre pagaría para que lo hicieran.

Se encontró con el rostro cetrino de la anciana.

—¿En qué le puedo servir?

—Ve al Vagón-Costura. Irás a una presentación.

Parpadeó.

—¿Presentación? —Estaba segura que para ese día el circo no tenía nada programado en su agenda.

—Rápido —respondió la mujer a cambio—. Es tarde.

La muchacha cerró la puerta y caminó detrás de la señora Morgan hacia el sur del tren. *Cielos…*, se lamentó para sus adentros, tenían que atravesar muchos vagones, imaginándose la cantidad de comentarios avinagrados e indirectas que soportaría durante el recorrido. Por fortuna, la anciana se dirigía al Vagón-Comedor por apetecerle uno de los platillos que el chef preparaba, agradeciendo la joven su compañía hasta dicha parte; nadie de la zona femenina la insultó ni le hicieron gestos desagradables, aunque Valeria mantuvo la vista clavada en el piso, su espalda ardía por la mala vibra percibida, si volteaba a mirar hacia atrás, seguro un dedo grosero hallaría.

Se despidió de la anciana, tan pronto esta cruzó el área para comer, y miró hacia el fondo donde le faltaba atravesar la zona habitacional de los hombres.

—Me comerán viva —se cohibía de cruzar dichos vagones, los muchachos se lanzarían sobre ella como caníbales.

Lo mejor que creyó para evitar ser insultada por estos, era en bajarse por una de las salidas laterales de las muchas que había en el tren y emprender la caminata alineada al fuselaje del monstruo mecánico. Abrió la portezuela del pasillo conector y cuando estuvo a punto de saltar hacia afuera…

—De la cara a todos para que se acostumbren a ti.

El rostro de Valeria se volvió hacia Jerry, quien se hallaba en el umbral de la puerta que da acceso hacia el vagón de los búlgaros, atento a la decisión que esta tomara.

—Por fuera es más rápido…

—Si lo haces, les darás la razón.

—Me dirán cosas horribles.

—Vamos —le extendió la mano—, acabemos con esto de una vez. —Ante la vacilación de la morena, Jerry agregó—: Respetan más al que da la cara que al escurridizo.

¿A qué precio?

Aun así, se tragó una bocanada de aire y la expulsó de un tirón, para darse ese impulso de tomar la mano del pelirrojo, del que consideraba su ángel guardián.

Atravesaron ese vagón, donde los búlgaros; sean estos acróbatas, malabaristas o contorsionistas, la vieron pasar sin que ninguno le haya hecho algún reclamo; en el siguiente –los ágiles jinetes– salían de sus desordenados camarotes, esbozando una sonrisita pendenciera de «vaya que eres valiente»; desnudos de la cintura para arriba y haciendo gala de su musculatura; se atravesaron solo para demorarle el recorrido, pero Axel, que pasaba revista a los camarotes para pillar al que guardara licor o drogas, gruñó enojado a sus compañeros por dárselas de galanes sin oficio y les exigió dejarla en paz, puesto que, *tanto el padre como el otro*, que no era el larguirucho, los pondría a besar sus puños.

Dos vagones después, Valeria y Jerry cruzaban el ocupado por los estadounidenses.

En este oró para que su escolta se diera prisa, y, al parecer, debió leer su mente, porque sus piernas saldaban largas pisadas. Milton interrumpió la conversación que sostenía a través de su móvil y Tristan dejó de teclear en el suyo ante la infame chica que iba de la mano del *rarillo violinista*. Faltaba poco para salir de allí, los murmullos resonaban a su espalda, aunque no eran ofensivos, lo que hizo meditar a Valeria de que los muchachos en estos casos se comportaron mejor que las muchachas.

Un torso masculino se atravesó justo antes de cruzar la puerta conectora, salió rápido del último camarote tras el llamado de Christopher que le hizo con la mano. Valeria se fijó que era Logan y sus mejillas se ruborizaron, por estar apenas cubierto con una toalla azul que rodeaba sus caderas, su cabello húmedo y gotitas sobre sus hombros evidenciaban que recién se había duchado. Los ojos grises se clavaron en sus manos sin dar crédito de que ella anduviese con Jerry, la miró desconcertado y Valeria tragó saliva, sintiéndose como si le hubiese puesto los cuernos.

—Voy al Vagón-Costura… —creyó imperante explicarle a la vez en que trató de librarse inútilmente de la mano de su acompañante, pero Jerry la oprimió con más fuerza sin importarle causar con el otro un altercado.

La expresión de Logan fue dura.

—¿Qué van a hacer los dos allá?

—La escolto para que no la molesten —Jerry respondió con hosquedad y Logan casi lo mata con la mirada.

—La señora Morgan pidió que me presentara. No sé para qué…

Las cejas del castaño se fruncieron un instante y luego se arquearon. Algo sabía.

—Continúen. Si alguno de los muchachos, te molesta, me avisas. Milton, Tristan: acompáñalos. ¡Tú, suéltale la mano que no se va a perder del tren! —gruñó a Jerry.

—No necesito…

—Claro que sí —fue tajante el mandato para Valeria, invadido por una ola de celos, por no ser el caballero de brillante armadura.

Los convocados siguieron a la parejita, mientras que Logan volvió a su camarote, llevado por la rabia y por las mismas prisas, puesto que si *la mantis religiosa*, esta vez le llevaba la delantera, sería solo por esa ocasión. Bastante que sufrió la ausencia de su *crush* para que un pendejo marihuanero se ganara *sus favores*.

Valeria no puso más objeción y Jerry se mordió la lengua debido a que les impusieron dos niñeras-peso-pesados, que si se quejaba lo clavaban de cabeza en un inodoro. El tramo restante lo saldaron en paz, Milton y Tristan los escoltaron hasta llegar a destino, se llevaron con ellos a Jerry, apenas el pobre se despidió con una sonrisa a medias de la italianita, habiendo captando estos en la mirada de Logan que no solo debían cuidar de la hija del señor Nalessi, sino de ese tonto que pretendía pasarse de listo.

—Buenos días, soy Valeria…

—Pasa que se nos hizo tarde —la interrumpió la señora Luther, la asistente que las atendió en el Galpón C y ahora era la encargada del Vagón-Costura. Cerca cinco mujeres trabajaban en el remiendo de algunos atuendos, unas estaban detrás de las máquinas de coser, otras planchaban y bordaban—. Este es el tuyo —le entregó un traje de payaso.

Valeria no comprendió.

—¿Y esto? —Se preocupó de que le hubiesen quitado sus actos de trapecista y aerealista, y, en represalia por mentirle a todos le asignaron otro que levantaría carcajadas a sus expensas.

—¿Vas a ir al hospital? —consultó y la joven boqueó como pez fuera del agua, sin saber qué responder. Tenía entendido que los artistas más destacados hacían una presentación en los noticieros locales o centros comerciales más concurridos—. ¿Le dijeron que irías a una presentación? —Asintió—. Entonces, póntelo. La peluca la escoges de allá —señaló hacia un estante que albergaba una docena de cabezas blancas con sus respectivas pelucas de colores.

Valeria se acercó y escogió una rojiza ensortijada.

Se cambió de ropas, delante de las costureras; ataviándose con unos pantalones bombachos, camisa de lunares y zapatos enormes. Un sombrero con flores le hacía el complemento perfecto.

Pero faltaba algo más.

Oh, oh...

—Tendré que ir a mi camarote a maquillarme...

La mujer gruñó.

—Debiste hacerlo hace rato —reprendió—. ¡Date prisa y no dejes tu ropa aquí! Si llegan tarde a la presentación y me regañan, haré que planches como castigo esa pila de allá —señaló con la barbilla una montaña de pantalones y camisas de satén multicolores. Todas ropas de payaso.

Asintió sin rechistar, la mujer era tan avinagrada como la señora Morgan.

Tomó su ropa y sus deportivos, y esta vez salió del tren a fin de evitar cruzar los vagones.

Ya no contaba con sus escoltas y ella se sentía ridícula por cómo lucía, era una acróbata, no una payasa de la que todos señalaran por sus monerías.

—¿Vas a una cita con *Mister Pop*? —Arnold Hall preguntó socarrón a través de la ventanilla abierta de su camarote; silbidos y risas se escuchaban en las otras, cuyos ocupantes se dieron cuenta de la payasita que caminaba ridículo en el exterior, y, del cual, ésta –maniobrando con sus ropas– a más de uno le mostró el dedo del medio por pretender hacerla sentir mal.

Que se fueran a la porra, no estaba dispuesta a soportar sandeces de nadie.

Llegó al vagón y subió la plataforma con algo de torpeza a causa de los zapatones. Y, al cruzar la puerta conectora...

—¡A la *princesita* le han dado el puesto que se merece! —Zulma espetó al verla pasar por el frente de su camarote. Olivia Black se había levantado rápido de la litera y salió de volada al ser informada por su compañera de cómo lucía la maldita.

—Conque esas tenemos, ¿eh? —soltó en voz alta, más de una chica asomó la cabeza de sus respectivos camarotes.

—¿Con respecto a qué? —Valeria se volvió hacia la hosca jefa, justo antes de llegar al suyo.

La otra entornó los ojos.

—Te valiste de *tu papi* para alterar el programa —reprochó—. Pero, tranquila, es cuestión de que metas la pata para que te ignoren después.

—No me «valgo de nada» —siseó—. Ni siquiera sabía lo del hospital. —Lo que le preocupaba. ¿Qué se supone iba a hacer? Era pésima contando chistes, ni sabía magia. Los pacientes la abuchearían.

Olivia se acercó y la encaró.

La ropa de Valeria como escudo entre las dos.

—¿Me vas a decir que la oferta te cayó del cielo? —Para nada le creía—. Todos estos años era yo la que asistía —informó—, y ahora llega la *hijita* de *papá Stefano* y se roba el show. Qué maldita... —Valeria le dio la espalda para evitar una confrontación, pero Olivia la agarró del brazo con fuerza, provocando que su ropa deportiva cayera al piso—. ¡Escúchame bien! —la gritó—: Mantente fuera de mi camino, si no deseas que haga miserable tu vida. ¿Entendido?

—Entendido. —Sacudió el brazo con rudeza y recogió sus prendas, previniendo no la tomaran con la guardia baja para darle un golpe. Enseguida entró a su camarote y cerró la puerta en la narizota de la *peliazul*. Le tomó quince minutos maquillarse apresurada de acuerdo al pintoresco atuendo y correr fuera del vagón. Rodaba los ojos de un extremo a otro, por los alrededores, sin tener idea de hacia dónde dirigirse.

¿Iría sola al hospital o acompañada de otros payasos?

Por lo visto, era un programa en el que las risas tendrían cabida; asumía que también se presentaría el señor Ignacio, quien hacía gala de su excelente sentido del humor y destreza al hacer aparecer palomas y conejos de su chistera, tal vez ella haría de asistente, siendo la víctima de sus bromas o una más de los que saltaban y brincaban como cabras locas y decían cosas disparatadas. Aun así, se hallaba desubicada. ¿Quién los iba a llevar? No había un bus escolar a la espera ni una furgoneta, cuyo chofer aventara la mano para indicarle que era el asignado para transportarla.

—¡Por aquí! —exclamó una voz masculina que le resultó conocida.

Valeria giró con torpeza sobre sus zapatones y divisó a Logan cerca de su jeep plateado. Abanicaba la mano para que se aproximara y esta así lo hizo.

Carajo...

—Hola —sus mejillas ardían. Recordaba que en la madrugada los dos hablaron confidentes.

—Sube, llevamos diez minutos de retraso —anunció sin devolverle el saludo. Aunque en sus ojos se observaba un halo extraño que la perturbaba, al parecer seguía enojado por...

¿Por qué? ¿Por Jerry?

Se sentó en el asiento del copiloto, al mismo tiempo que Logan lo hacía detrás del volante y del que cerró la puerta con algo de rudeza. En la parte trasera, aguardaban tres chicas ataviadas en mallas de colores. Logan lucía espléndido con el suyo; por desgracia, ella era la única que desentonaba con el grupo.

—Bonito traje... —satirizó la que usaba la malla dorada—. Va acorde con tu imagen. —Se carcajeó y las otras dos hicieron lo mismo, ocasionando que la morena la mirase enojada. No caería en provocaciones.

Estando protegidos bajo el techo de lona del jeep, Logan arrancó el motor y condujo a moderada velocidad a través de Rochester. Al llegar, Valeria se contrajo al percatarse del porqué de su atuendo de payaso.

La presentación se haría en el Brooklyn Hospital, para entretener a niños con cáncer.

Se bajaron del rústico y caminaron al interior, siendo recibidos por dos médicos y algunas enfermeras. Estas lucían radiantes, con sus móviles listos para tomarse una *selfie* con ellos y filmar sus actuaciones, pues el acontecimiento sucedía una vez al año. Valeria se preocupó de su actuación, sin tener idea de qué hacer o decir, el señor Ignacio o alguno de los demás payasos no los acompañaron, pero Logan fue maravilloso dándole indicaciones. Él, en vez de hacer piruetas con sus compañeras de bonitas mallas, hacía tonterías con *la que lucía graciosa* con sus zapatos grandes y ropa demasiado holgada y del que nada combinaba, molestándola sin ofenderla, ya que aprovechaba a esa payasita para hacer reír a los debilitados niños.

Eran unos treinta pacientes que oscilaban entre los tres y los quince años, la mayoría cubrían sus cabezas con pañoletas de dibujos animados o gorras de equipos de béisbol, y del que penosamente se apreciaba en sus pálidas fisonomías que ninguno lucía cejas ni pestañas, víctimas estos de los efectos secundarios de las terribles quimioterapias. El cáncer era una enfermedad que hacía estragos en su sistema inmunológico, robándoles la salud y la alegría, tanto a ellos como a sus padres por verlos cada día en esa lucha diaria para no languidecer. A pesar de todo, los pequeños reían con ganas.

A excepción de una niña de ocho años.

Esta, sentada en su silla de ruedas y su cabecita calvita brillando bajo las luces de balastro del techo del pasillo, observaba en silencio a los artistas que hacían piruetas, con desenvoltura, queriendo en su fuero interno hacer lo mismo: saltar, correr, reír... Solo en sueños ella saltaba sobre los charcos de agua formados después de las lluvias, cantaba a pulmón desde lo alto de la copa de un árbol, iba a toda velocidad detrás de la pelota pateada por uno de sus amiguitos de la escuela, reía hasta dolerle las mejillas ante las travesuras que le hacía a su profesora en el patio de recreo... Pero se sentía tan cansada, que mejor guardaba sus energías para estar allí.

Valeria se dio cuenta.

Se acercó.

—¡Hola, hermosura! —la saludó en una chillona voz cantarina—. ¿Cómo te llamas? ¡Un momento, no me digas! —se adelantó antes de que la pequeña abriera la boca para responder—. Déjame adivinar... —se llevó las manos a las sienes como si le fuese a leer la mente—. A ver... Te llamas Azucena.

La niña cabeceó, un esbozo de sonrisa dibujándose en sus labios.

—¿Ah no? —La «vidente» se extrañó—. Tienes cara de «Azucena». ¿Estás segura? —La pequeña asintió, ese no era el nombre que le puso su mamá, sino otro—. Entonces, ¿Victoria? —Ante la negativa de la niña, que ya mostraba su amplia sonrisa, agregó—: ¡Ya sé, es Mérida! ¿Cierto?

La niña rio.

Qué payasa tan mala para adivinar.

—Alexandra —dijo como si le costara hablar. Una sonda tenía conectada a una de las fosas nasales para proporcionarle alimentos, debido a que era incapaz de hacerlo a través de la vía oral.

Valeria sonrió, abrumada por el calor alojado en su pecho.

—Alexandra... ¡Qué bonito nombre! ¿Sabes?, una princesa se llama así.

—¿De veras? —Su rostro se iluminó y esto a la madre, que se hallaba a su lado, la regocijó. ¡Meses han pasado desde que su nena enfermó y jamás la vio tan feliz como esa mañana!

—De veras, *de veritas*.

La muchacha continuó con sus payasadas, dedicándole la mayor parte de sus actuaciones a Alexandra. Por fuera simulaba una gran sonrisa, haciendo morisquetas y jugando con sus compañeros, por dentro... su corazón se desgarraba.

La actuación les tomó una hora, pese a que los pequeños pacientes deseaban que se quedaran un minuto más, pero las indicaciones de los médicos les llevaban la contraria. El agotamiento sería contraproducente para ellos.

Logan y sus bonitas acompañantes se despidieron, no sin antes responder a la rápida entrevista de una periodista de canal nacional. Para Valeria ese era el motivo por el que Olivia se enojó: no sería la «estrella» que brillaría frente a las cámaras.

Se marcharon del hospital infantil, sumergidos en un silencio aplastante. Tratar de animar a niños que luchaban con la muerte, los sobrecogía.

Durante el camino de vuelta, a Valeria le costó contenerse, derramando sobre sus mejillas un mar de lágrimas.

Claudia, Ruby y Lena se miraron en silencio. También pasaron por lo mismo.

Logan frenó el jeep a un costado de la vía.

—Es natural que te sientas así —expresó en voz baja—, hay que armarse de un escudo grueso para no ser afectados. Pero te afecta... Así que llora lo que tengas que llorar, porque esto se repetirá.

Lo miró consternada.

—¿Qué? —Dichas visitas acabarían con su poca felicidad.

—En las giras hacemos varias funciones como estas —explicó él—. Amore no solo se presenta bajo los reflectores, sino que también lo hacemos ante los que no pueden asistir. Llevamos alegría a todas partes.

Asintió entristecida y Logan tomó su rostro con delicadeza, secándole una lágrima.

—Estuviste bien con esa niña —expresó casi en un susurro—. Ella fue feliz.

Valeria se desbordó. Lloró por las injusticias de la vida: tantos asesinos, violadores, narcotraficantes, viviendo de lo lindo, y los más inocentes pagaban por los desmanes del destino. Gimoteaba por el llanto, sus hombros se batían incontrolables por los pesares que invadieron su alma, la pequeña Alexandra le recordó su propia infancia que fue más bien bendecida; ella tanto que se quejó de estar apartada de su padre y del circo, y otros niños ni siquiera tenían oportunidad de salir a jugar bajo el sol.

Logan la rodeó con sus brazos para brindarle consuelo, ante la perplejidad de sus compañeras, pues jamás fueron consoladas por él de esa manera. Las manos masculinas sobaban suave la espalda de la morena, mientras la acunaba para calmarla, no había increpaciones por su flaqueza, le susurraba al oído palabras de aliento: «lo hiciste bien», «ella fue feliz», «sé que es duro, son niños». «Llora, desahógate». Valeria era consciente del papelón que hacía con sus lloriqueos, pero ¿cómo controlaba su inmensa tristeza? Ella no hizo nada por aquellos niños, no les devolvió la vitalidad ni mejoró sus semblantes, solo unas cuantas morisquetas que ni valdrían un aplauso.

Ruby carraspeó, harta de sus lamentos.

—Tengo hambre —anunció para que se despabilaran. Pobre de Valeria cuando ella le dijera a Olivia, la dejaría sin cabellera.

La joven afectada se separó de Logan y se secó las lágrimas con la enorme corbata que usaba. Parte del maquillaje quedó impresa en la tela.

—Sí, ya hace hambre... —secundó, sus mejillas arreboladas. De no ser por las chicas, ella seguiría pegada al pecho de Logan.

Este sintió un vacío entre sus brazos y frunció el ceño para contener sus emociones. Si antes Valeria Nalessi le gustaba, ahora la amaba, le había robado el corazón y tal vez desde hacía muchos años.

Capítulo 22

«Tratamos de llevar la diversión más sana, que es el circo familiar, a esos lugares donde la gente no ha podido conocer lo demás».

Luís Mejía Zumarraga.
Forever Circus.

El té caliente quemó los labios de Leonora en el instante en que sorbía y miraba el noticiero estelar en su dormitorio.

Depositó la taza de porcelana sobre la mesita de noche a su derecha y se apuró en tomar el control remoto para subirle el volumen al televisor ubicado frente a su cama King. El noticiero transmitía algo que la dejó lívida.

—Esa muchacha me causa vergüenzas —se quejó mientras sus ojos permanecían sin pestañear al mirar la entrevista de Valeria y unos cirqueros de mala muerte, después de haber entretenido a los pacientes y el personal médico de un hospital en Rochester.

Sus dientes rechinaban por apretar demasiado la mandíbula para no gritar furiosa; su hija estaba en el estado de Nueva York[2] y no le avisó, se enteró a través de una estúpida periodista que solo preguntaba sobre qué opinaba de ser la heredera de la fortuna que amasaba el circo y no de lo que sintieron los pacientes infantiles cuando ellos les dieron una función privada.

---

[2] No la ciudad.

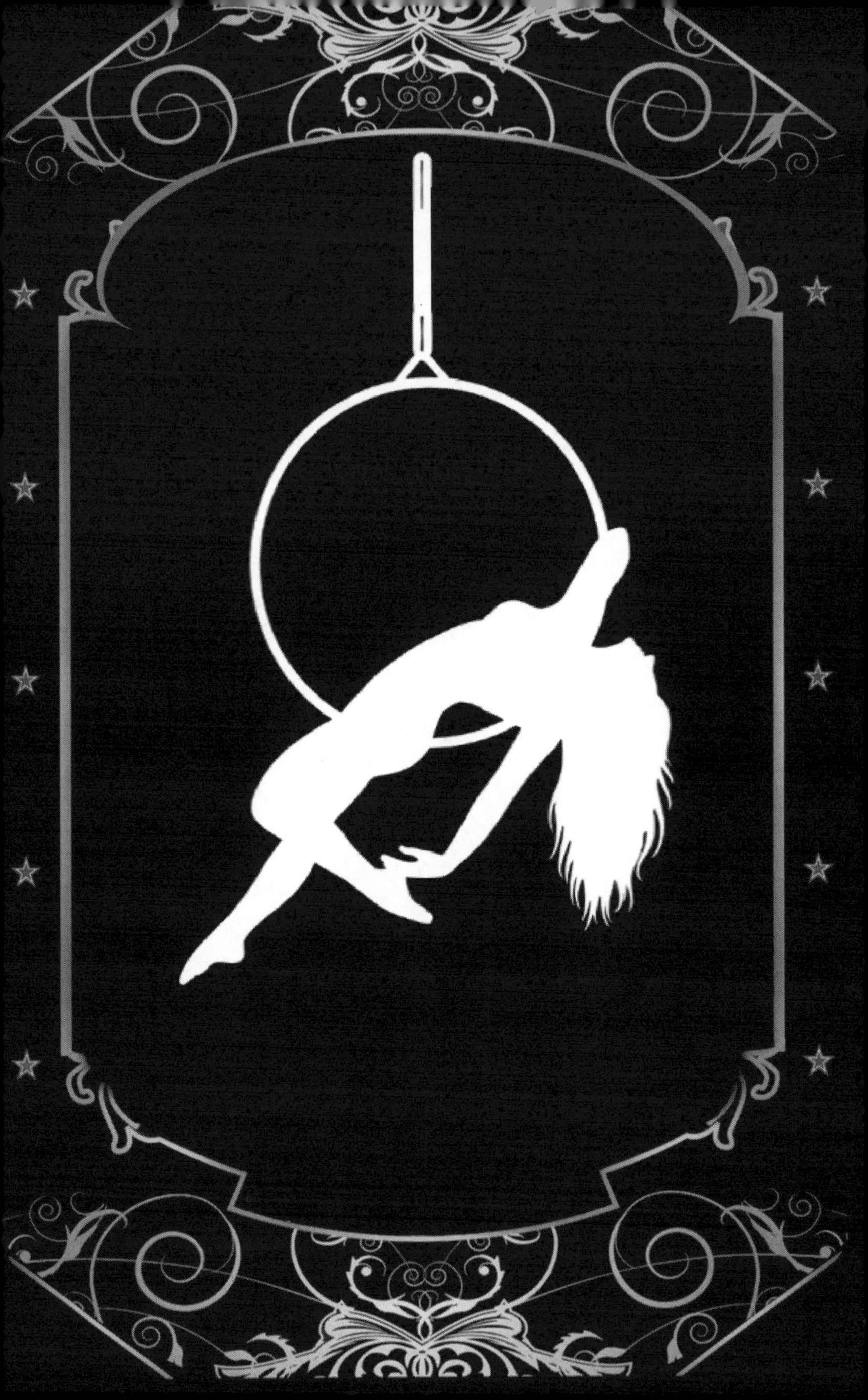

—Me van a oír los dos —gruñó en la medida en que se levantaba de la cama. Su cabello sin moverse una hebra, su albornoz de seda cruzándose en su torso, los gemelos yendo a dormir al dormitorio que compartían juntos, y, del cual, eran llevados de forma discreta por el ama de llaves para que no la molestaran. A Valeria la dejaría sin orejas por la tironeada que le daría, no pensaba en lo que la gente diría de ella y su familia, al exponerse de esa manera. Y a Stefano…, a ese sinvergüenza lo demandaría por ridiculizar a su hija. ¡¿Cómo fue capaz de ordenarle ir de payasa a un hospital plagado de enfermos para que estos se rían de ella?!

Apuntó el control remoto a la pantalla de 55 pulgadas, para no ver más esas vergonzosas imágenes. Pero su incredulidad aumentó al observar a un joven parado junto a Valeria, sonriendo a las cámaras como si fuese un famoso actor de cine.

—¿Ese es…? —parpadeó, atónita—. ¡¿El hijo de Esther Sanders?! Ay, no… ¡Me va a dar migraña! —La insensatez de Valeria carecía de proporciones, ¿acaso no le guardaba rencor a ese *comemocos* que tanto la maltrató?

Se llevó la mano al pecho.

¿Y si continuaba haciéndolo?

De un manotazo agarró el móvil, al lado de la taza de té de tila que le trajeron para conciliar el sueño, y marcó rápido el número de su hija, preocupada de que sufriera otra vez a causa de ese malcriado. ¡¿Cómo es que Stefano lo permitía?! Valeria trabajando a la par de su acosador.

¡Jamás volverá a pasar!

—¿Por qué no me has avisado de que estás en Rochester? ¡Aún no es tan tarde, te puedo llamar a la hora que quiera! —la increpó sin saludarla—. Toma un vuelo y ven a visitarme, solo te tomará unas horas en ver a tu madre. ¿No puedes o no quieres? ¿Te lo impiden? Eso es esclavitud laboral, están en la obligación de… ¡No me interrumpas! Ahora tendré que tomarme dos pastillas por la migraña que me has causado, qué disgusto tan grande acabo de pasar al verte en las noticias. Cómo que, «¿qué tiene de malo?», ¡eres una Davis! YA NO ERES UNA NALESSI. Tu apellido es… ¡Deja de interrumpirme!

Se paseaba descalza por la habitación, a la vez en que su mano libre se aventaba al aire ante sus expresiones furiosas. El ama de llaves se asomó por el resquicio de la puerta semiabierta, para asegurarse de que la patrona estuviese bien, pero Leonora se percató de la anciana y le azotó la puerta en su cara para que no escuchara lo que discutía. Luego bajó el tono de su voz a uno menos severo.

—Por ti seré, *quién sabe por cuánto tiempo*, la comidilla de Manhattan. ¿Te has detenido a pensar por un minuto en tu madre? Yo preocupándome por ti y tú... ¡Eso no es un trabajo que dignifique! ¿Me quieres enorgullecer? Retoma tus estudios y vuelve a trabajar con... ¡Qué forma tan horrible de expresarte de ese señor que ha sido amable contigo! Mientes para que no te presione, porque no me daré por vencida hasta que recobres la cordura. ¡Calla que estoy hablando! —elevó la voz—. Me duele que sigas empecinada en echar por tierra tu futuro, y me duele más que sea yo la que deba llamar para saber de ti. ¡También estoy ocupada!, soy capaz de apartar unos minutos de mi valioso tiempo para hablar contigo. Pero tú no, saltas como chimpancé en ese... —se acordó del *comemocos*—. ¿El hijo de Esther te sigue molestando? Dime la verdad y le pongo freno a ese asunto. No mientas, esa clase de gente jamás cambia, le gusta el acoso. —Tras comentarlo, escuchó a su hija—. ¿Ya no? Y, ¿por qué presiento que algo ocultas? ¡No son impresiones mías! Mi preocupación se quitará si mañana me visitas; pide permiso, un vuelo te traerá rápido, estarás de vuelta antes de que allá suban el telón. ¡No quiero excusas! ¡No me cuelgues o iré hasta ese lugar a torcerte las orejas! ¿Valeria? ¡Valeria! ¡¡Esta grosera se atrevió a colgarme el teléfono!!

Leonora casi avienta su móvil contra el piso, pero respiró hondo, de una segunda estrellada el aparato telefónico no se salvaba. En vez de entregarse a la cólera desmedida, lucubraba en lo que haría, ya que, en medio de todas esas noticias nefastas, había algo bueno: Valeria estaba a cinco horas en auto y unas tres en avión, lo que sería fácil para ella en manipularla.

Estaba en su terreno.

*****

El espejo del baño no le devolvía una bonita imagen. Valeria hizo un mohín y, aún soñolienta, cubría las ojeras que acentuaban su pesada noche; nada como soportar a su madre enojada a través del móvil para después mantener los ojos abiertos hasta que el sol despuntara por el horizonte. Aquella se negaba a comprenderla en su constante queja de lo que Valeria dejó atrás, muchos jóvenes serían capaces de amputarse un brazo con tal de tener las mismas oportunidades que ella, pero prefería vivir entre la mierda de los leones y elefantes, que disfrutar de los beneficios de una profesión exitosa.

Hizo lo que pudo por ocultar su semblante trasnochado y guardó en su morral, el estuche de cosméticos que usaba en sus *salidas citadinas*, y lo terció a su espalda para ser de las primeras en presentarse en el Arena. No se duchó, lo hizo antes de acostarse y tampoco desayunó por tener el estómago revuelto; en el forro *portatraje* se hallaban tres estilos de mallas y la túnica a usar para ese día, las asistentes de vestuario se tomaron la molestia de lavarlas y hacérselas llegar en consideración de su filántropa labor del día anterior. La Apertura no la abriría junto a las demás bailarinas, para reducir el número de intervenciones, ya que las suyas requerían mayor concentración, le habían notificado antes de acostarse que en la siguiente función sustituiría a una de las aerealistas que retornó al tren, con síntomas de resfriado. Una niña en el Pre-Show le estornudó en la cara.

Al poner los pies fuera de su *residencia rodante*, Valeria sintió de repente los rigores del otoño. ¡Caramba!, se arrebujó en su abrigo y atusó como pudo el gorrito tejido en su cabeza, la temperatura debía estar por los 8 grados centígrados y, si dejaba que un airecillo gélido le diera justo en el pecho, sería otra de las que estarían requiriendo los cuidados de las especialistas en enfermería.

Antes de dar un paso hacia el autobús, ponderaba la idea de hablar primero con su padre y que sea este el que zanjara la imponencia de su madre, para que la dejase en paz; sin embargo, sería actuar como la niña incapaz de afrontar los problemas por sí misma.

Saludó a Tristan y a Milton; al igual que la joven, estaban abrigados y cargando sus pertenencias en morrales y *portatrajes*. Ambos se dirigían al mismo lugar, Logan los convocó para las 7:30 de la mañana, de modo que ejercitaran y se acostumbraran a la presencia de los jinetes que, a esas horas, cabalgarían en el estadio. Estaban nerviosos por la creciente tensión que atravesaban a causa de los griteríos de los activistas que se colaban por los corrales donde tenían agrupados a los caballos. En Bridgeport intentaron liberarlos, enterándose ella por uno de los vigilantes antes de retornar al tren.

Luego de que los tres saldaran un tramo largo en dicha zona ferroviaria de carga, los muchachos se dirigieron hacia el jeep de Logan, quedando rezagada Valeria para desviarse hacia el autobús que aguardaba por los artistas madrugadores.

—¡Ven acá! —Tristan le rodeó los hombros y la obligó a avanzar con él—. Si permitimos que te marches allá, *el otro* te saca a cuestas y a la fuerza te sube al jeep, y a nosotros nos manda en el autobús por dejarte ir.

—Ocuparé el puesto de la novia.

—Ya no está reservado para ella —guiñó el ojo—. Aún no han terminado —aclaró para sorpresa de Valeria—, pero ya casi…

Le abrió la puerta del jeep y, con todo lo que sostenía, le hizo una reverencia para que se subiera al asiento del copiloto, mientras que Logan aguardaba, con sus labios estirados en una sonrisa que expresaba todo lo que por su *crush* sentía.

—Podrías explicarme, *dulce payasita*, ¿qué le he hecho para que dudes de acercarte a mí? —inquirió socarrón en cuanto esta se hizo a su lado—. Se supone ahora somos amigos. ¡Ya sé!, no me lo digas… —recordó su etapa de *bullying*.

—Si sabes, ¿para qué me pregunta? —respondió sin estar molesta y los dos escoltas se carcajearon en los puestos de atrás.

—Tal vez para ser un amable caballero que la escoltará en su brioso corcel.

—¿Corcel? —rio entre dientes.

—¿No te parece que mi jeep lo sea, *mi hermosa damisela*? —Arrancó el motor, para rodar por las calles de Rochester.

—¿Ya no soy payasita?

—¿Quieres que te llame así? —La volteó a ver, su sonrisa ladina. Milton y Tristan pendientes de lo que estos conversaban.

—No.

—¿Damisela?

—Tampoco.

—¿Y cómo te llamo de ahora en adelante?

Valeria cruzó mirada con Logan, entre ellos aquel odio mutuo que se tuvieron en su niñez ya no existía. La pregunta solo fue formulada en plan de broma para mantener la conversación amena; aun así, a través de esta, Logan le permitía escoger el camino a seguir frente a sus compañeros; si se empecinaba en ser llamada *con el que se inscribió*, seguiría levantando inquina; en cambio, si asumía con temple el nombre de pila, sería un remedio amargo y efectivo.

Dejarían a la larga de molestarla.

—Llámame: Valeria.

En una oportuna frenada frente al semáforo, y, en una imitación caballeresca, Logan le besó el dorso de la mano.

—Es un gusto, *hermosa Valeria*; considéreme a partir de este instante su más ferviente admirador.

Fueron palabras socarronas, pero, ¡válgame Dios! que a la joven el corazón casi le explota en el pecho. Se ruborizó y los muchachos reían ante ese cortejo que empleaba su amigo y del que ellos admitían se le daba bien, porque a la hija del señor Nalessi le brillaban por este los ojos.

*****

—¿Hasta cuándo vas a ignorarme? —Valeria reprochó a Khloe, quien ingresaba al camerino que levantaron en el vestíbulo del estadio—. Sé que estuvo mal lo que hice —dejó sus cosas sobre la peinadora y se volvió hacia ella, quien tomaba su respectiva brocha para estampar en el rostro el maquillaje de calavera—: te mentí, eres mi amiga, pero...

—«Era». Ya no.

—Comprende por qué lo hice. —Omitir su origen no era para tanto, le aplicaba la Ley del Hielo desde que intercambiaron miradas durante el almuerzo, en el improvisado comedor que el chef montó por esa área para todo el personal del circo.

La miró con rabia.

—Me cuesta hacerlo —volvió a lo suyo al mirarse en el espejo de luces—. Finges una cosa y haces otra.

—¡Ay, por favor! —la gritó enojada—. Tú misma eres testigo de que me sudé la frente en la audición para que me aceptaran. Si me cambié de nombre que, por cierto, es *mi segundo nombre* y el apellido de mi padrastro; no fue del todo una mentira, lo hice para evitar que mi parentesco con el socio principal interfiriera con la decisión de los jueces. ¡Quería lograrlo por mí misma!

La rubia vaciló.

Hasta ese instante no lo vio de esa forma.

—Pero coqueteaste con uno de ellos. ¿Adivinen cuál? —escupió Cinthya, entrando al camerino. Ya estaba maquillada y ataviada para el espectáculo del ataque al guerrero y la hija del maharajá.

Las muchachas presentes enmudecieron.

—¡Jamás me acerqué a Logan! —Valeria gruñó ofendida, en aquella oportunidad no lo reconoció y, cuando lo hizo en el galpón de entrenamiento, trató de mantenerse alejada.

—Por eso te escogieron para el hospital: *traes algo con él* —secundó Akira, señalándola con el dedo índice. Sus rasgos calavéricos acentuaban la inquina que la azotaba.

—¡Mentira! —gruñó—. Me escogieron *p-por...* —ignoraba por qué lo hicieron. Tal vez por ser una Nalessi.

Khloe se marchó de allí y Cinthya la miró, con desprecio, la bastarda se valía de lo que fuese para brillar por encima de los demás. Menos mal que Olivia Black no estaba allí en ese momento, se armaría un zafarrancho que atraería a la prensa.

Valeria tomó una servilleta para limpiarse las lágrimas negras que arruinaban las partes blancas de su maquillaje y las retocó a la vez en que un nudo crecía en su garganta. Se sentía cada vez más sola en su entorno.

—¡Muévanse! —la señora Morgan apuró a las muchachas tan pronto entró al camerino—. Sonrían al salir, que a más de una se les olvida hacerlo. Recuerden: la gente las observa hasta con binoculares. Luego critican...

Valeria caminó deprisa, detrás de estas, las luces robóticas la encandilaron por breves segundos, su padre anunciaba el próximo espectáculo, los tambores redoblaron, creando expectativa entre la gente.

—¡Oh, no, no hay escapatoria!, ¡*nuestra pobre Indira* está en aprietos! ¡¡Ahí vienen los espectros! —exclamaba el maestro de pista, en una aparente preocupación por la suerte de la «bondadosa» semidiosa.

En cuanto su voz resonó en los altos parlantes que rodeaban el estadio, la señora Sanders azuzó a las muchachas, ataviadas en las mallas y las túnicas negras, para que corrieran a toda prisa como si fuesen a «atacar» a la protagonista de la función. Valeria hacía gestos malévolos en la medida en que se agazapaba en la pista, listos a lanzarse sobre la deidad de cabellos rojos, habían logrado «aturdir» al guerrero Kiran y lanzarse después sobre la amada, cuyos poderes provenientes de seres que habitan llanuras celestiales, estaban debilitados. Olivia –con peluca roja y vestido azul– volaba sujetada apenas con sus propias manos de las larguísimas bandas elásticas que la elevaban o descendían, a su criterio, en la lucha que sostenía contra los espectros. Danira y Akira, montadas en sus trapecios, saltaban para atrapar en el aire a la semidiosa.

Cruzó el escenario, ondeando su capa de un extremo a otro, del cual practicó varias veces esa mañana, Olivia la increpó por «llegar tarde» y la maldijo por sonsacarle el novio y por robarle la presentación en el hospital. Danira los vio llegar juntos, en compañía de los alcahuetes de Milton y Tristan.

Stefano se enorgullecía de observar a Valeria desplazarse, con gallardía, en sus bandas elásticas, demostrando haberse ganado el puesto con todos los derechos. Era ágil, una estrella en ascenso. Aun así, a él le decepcionaba que algunas personas –en especial las más jóvenes– se distraían con sus móviles, abstraídas más por lo que hallarían en las redes que por *los que volaban* sobre ellos.

Se lamentó y no solo por ese hecho, la venta de boletos en Bridgeport y ahora en esa ciudad ha sido insuficiente para obtener ganancias. Le preocupaba que aquellos sujetos que protestaban afuera lograran la aprobación en el Congreso, de la Prohibición de los Animales en los Circos. Los más pequeños perderían el interés cuando estos ya no fuesen el principal entretenimiento. Y, si dejaban de ver atractivo al circo, sus progenitores los secundaban.

Amore, al igual que muchos otros, se debía a los niños; de faltar estos el circo carecía de sentido.

Sonrió sin que los recuerdos o las preocupaciones le empañasen la satisfacción de haberle trasmitido a una nueva generación el amor circense. Tendría que hablar con Leonora y zanjar los rencores de una vez por todas, en favor de su hija, a quien amaba más que a su propia vida.

En la lucha por los aires entre «Indira» y los espectros, Olivia y Valeria se engancharon en las mismas bandas, mientras que Stefano narraba al público la batalla. Olivia hacía que ambas bajaran y subieran bien alto por el escenario como si estuviesen agarradas a un enorme resorte, para volver a descender abrupto. Le escupía pestes a Valeria, del que solo esta escuchaba, no se concentraba, deseando darle un empujón con sus pies para sacársela de encima y que esta se partiera la espalda al caer a la pista. La gente gritaba en un *«¡oh!» «¡wow!»*, contagiados por esa genial actuación de esas dos, ya que la parte romántica entre el guerrero y la pelirroja a ellos se les hizo tediosa; con el enfrentamiento, parecían querer matarse entre sí; de hecho, ese era el plan de la semidiosa.

Ocurrió lo inesperado.

En una de las vueltas que iba de forma ascendente, Olivia le lanzó un escupitajo a la cara a Valeria, sin haber tenido antes la previsión de fijarse que durante el vuelo que rodeaba el escenario, Cinthya —en su aro— colisionó con estas, causando que las tres se enredaran y luego cayeran aparatosas al piso.

Los gritos del público y el terror que estas sufrieron en ese instante, les hizo comprender que nada debía darse por sentado.

—¡Valeria! —Stefano corrió, con el corazón estrujado y la angustia agolpada en sus pulmones. La gente se levantó preocupada, sus móviles captando lo que sucedía. El personal de seguridad y los ayudantes colaboraron para levantarlas. Algunas de las chicas estaban inconscientes, entre ellas su hija—. ¡Valeria! —La levantó un poco para comprobar que no estuviese herida. Axel y Logan acudieron tan pronto escucharon los gritos.

—¡Llamen al 911! —la señora Morgan impartía órdenes en su radio trasmisor. Las luces amarillas se encendieron. La escena era más grave de lo que creían, Olivia Black se había fracturado un brazo y Cinthya una pierna. Valeria aparentaba estar ilesa.

—Vamos, *pequeña*, despierta —Stefano le daba palmaditas en las mejillas para que reaccionara. Logan imploraba para sus adentros que no tuviese una lesión grave en la cabeza, así como también velaba por su novia que lloraba de dolor, hasta que llegaran los paramédicos. Una voz –por uno de los micrófonos– lamentaba lo ocurrido, pidiéndole al público que siguiera en sus respectivos asientos. En unos minutos la pista estaría despejada y el espectáculo continuaría.

Logan pensó que, pese al accidente, Amore era partidario de aquel dicho:

El *Show* debe continuar.

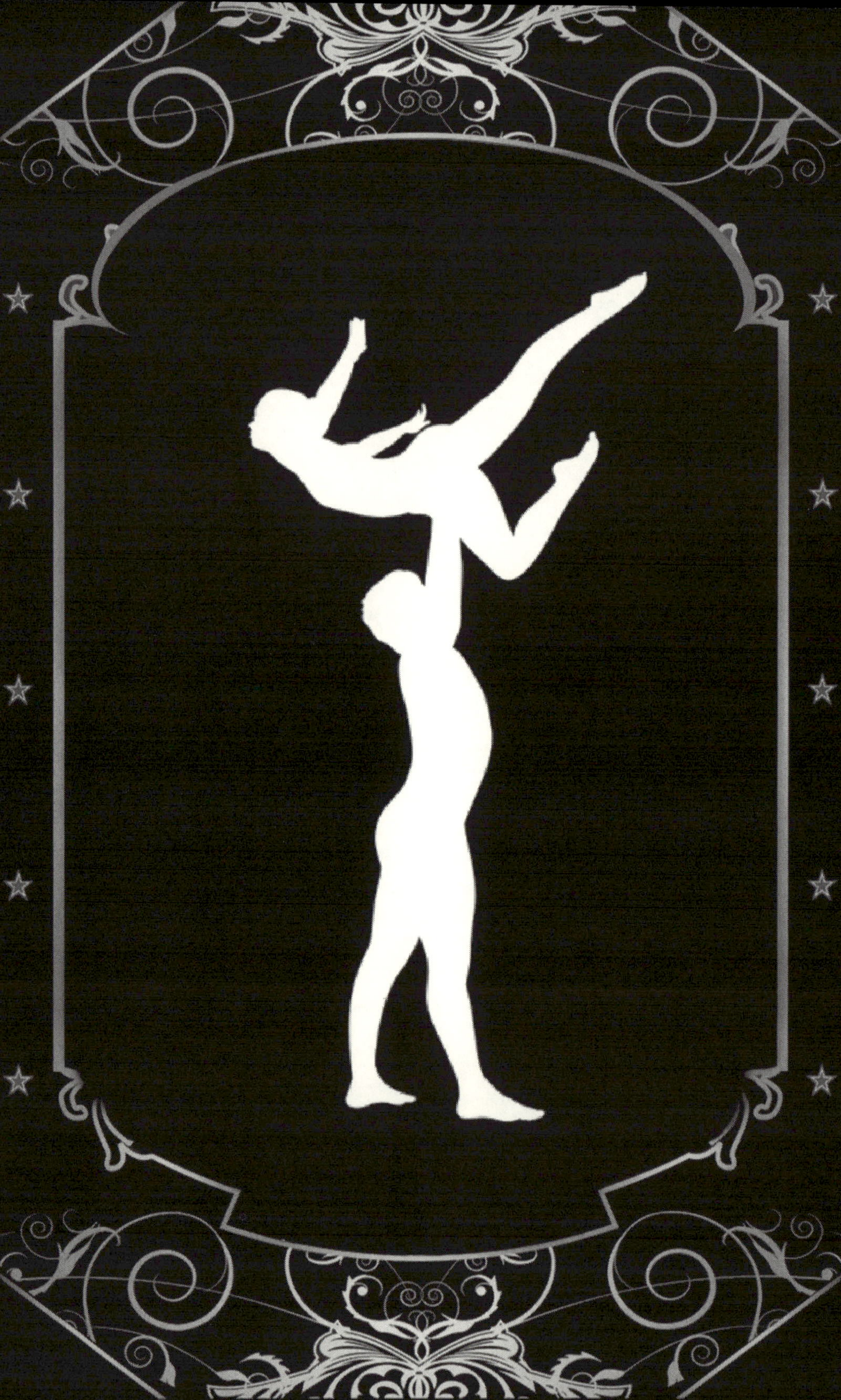

Capítulo 23

Los días de trabajo, no son todos iguales, porque la gente lo hace que no sea igual.

Lorena Triador, acróbata.
Cirque XXI.

—Mamá, estoy bien, fue un accidente... —Valeria replicó a Leonora en el instante en que le vomitaba un aluvión de reproches a través del móvil, mientras ella se recuperaba del susto en el Vagón-Enfermería. Se enteró de lo sucedido por una llamada telefónica de un «conocido» que vio las noticias; los videos tomados *por los que* presenciaron la caída se viralizaron en las redes sociales; en la mayoría de ellos se mostraba a Stefano preocupado por una de las artistas heridas: su hija—. Mamá... —puso los ojos en blanco, escuchando a la enojada mujer. Jerry le hacía compañía, sentado él en el piso, mientras Khloe acababa de aparecer, vacilando ésta en si devolverse por su camino o aguardar allí para disculparse; la rabia sentida se esfumó en un parpadeo cuando vio a su amiga caer al vacío sin ninguna red de por medio.

Saludó al pelirrojo, habiéndose ocupado este de las pertenencias de Valeria cuando la trasladaron junto con las otras al hospital; él se puso en pie al considerar abandonar el vagón por unos minutos y luego Khloe esbozó una tímida sonrisa a Valeria, para disculparse, quien se la devolvió y abanicó la mano para que entrara, a la vez en que escuchaba a su progenitora.

Tras veinte tortuosos minutos, la joven oprimió el botón de «colgar» del móvil y lo dejó en la camilla donde la obligaron a permanecer recostada.

—Me va a matar en cuanto me vea... —comentó entre apenada por lo que estos escucharon y mortificada de lo que le vendría encima; su mamá alquilaría una avioneta que la dejaría en Rochester antes de despuntar el sol, no hubo forma de convencerla de cruzar cientos de kilómetros de cielos nocturnos, solo para ir a verla y así arrancarle la cabeza.

Khloe esbozó una mueca de «no quiero estar en tus zapatos» y Jerry le obsequió una sonrisa que apenas era un leve estirón de la comisura de sus labios, había pasado por una situación parecida cuando le dio por aprender rappel, y, en una de sus primeras escaladas su correa de seguridad se rompió y él cayó desde tres metros de altura, fracturándose un par de costillas y dislocándose el hombro, del cual ocasionó que a su padre casi le diera un infarto.

—Como lo siento, amiga.

Valeria rodó los ojos hacia la chica, conmovida por cómo la había llamado, y enseguida sus lágrimas se desbordaron.

—¿Ya no estás enojada conmigo? —Se acomodó en la camilla, en contra de las indicaciones de la enfermera, esa noche dormiría allí para ser monitoreada. Fue renuente en permanecer en el hospital, luego de las resonancias que le hicieron para descartar daños en la corteza craneal, la caída fue aparatosa, pero tuvieron suerte de que haya sucedido a «poca» distancia del piso.

Ella rebotó como una muñeca de trapo, tendría magullones en los brazos y piernas; más allá de eso, estaba en buenas condiciones.

Khloe sacudió la cabeza. Sus ojos azules cargados de lágrimas.

—Perdona por no comprenderte, me dolió no enterarme antes que las otras... —expresó, con voz rota, sentándose en la camilla junto a Valeria. Nia, quien hacía el turno nocturno, casi le increpa a la rubia que ahí no debía sentarse a menos que fuese una paciente; no obstante, ambas muchachas parecían limar asperezas, por lo que dejó pasar esa pequeña infracción por alto.

—No te dije nada por desconfiar, me había propuesto ganarme el derecho a estar aquí sin que nadie me juzgara. Luego... —pensó en su papá— se hizo difícil revelar quién era yo.

—Te presentaron hasta con reflectores —Khloe repuso a la revelación hecha por el señor Nalessi. De esto aún en el tren se comentaba.

Valeria medio sonrió.

—¿Te incomoda que sea hija *de uno de los socios* de la Compañía?

—Después de tu explicación: no. Más bien, me siento mal por comportarme como los demás idiotas; una buena parte de *aquellos* tienen un pariente trabajando en los galpones y en las oficinas administrativas de la sede. Te reprochamos y tenemos *culo de paja*. —Ante dicho comentario, Valeria la miró curiosa y Khloe agregó—: Tengo una tía que trabaja en el departamento de publicidad, ella me dio algunos *«tips»* para no cagarla en la audición. Perdona, fui doble moral...

Se abrazaron en una reconciliación amistosa, sin percatarse que Jerry las dejó para que hablaran sin un tercero de testigo, pese a que la enfermera seguía sentada detrás del escritorio en el Área de Control, leyendo un libro en su modo de también darles privacidad.

Agotado por las experiencias del día, el joven apoyó su espalda contra la pared de la enfermería, sin recostar todo el peso de su cuerpo, sus ojos observando el paisaje a través de los ventanales del pasillo. Las luces externas eran puntos distantes que brillaban en las edificaciones cercanas; ya no había actividad laboral de almacenaje de mercancía de las empresas importadoras o exportadoras, los vehículos todoterreno dejaron de circular al anochecer, había una tranquilidad que, para el muchacho, en vez de apaciguar sus angustias, oprimían más su pecho. La caída de Valeria y sus compañeras le hizo revivir el día en que su hermano dejó de existir, proponiéndose permanecer allí hasta que a Valeria le diesen el alta. Lo que sería algo difícil de cumplir.

La llegada abrupta de Logan, lo distrajo de sus pensamientos, este respiraba jadeante por una carrera frenética que hizo tal vez desde su jeep hasta el tren; lo miró y Logan a él lo escaneó severo por estar ahí, parado, que enseguida reflejó sin reparos el enojo que le despertaba por hallarse Jerry oportunamente al lado de Valeria.

—Te dejo sin dientes si entras —le siseó en voz baja al larguirucho, mostrándole su mano empuñada, en una clara acción de cumplir con su amenaza. Luego entró a enfermería, Nia alzó la mirada hacia él y enseguida le comentó que las visitas terminaron por ese día; Khloe Wells era la última de los que pasaron a ver a Valeria, aquellos otros movidos por el morbo de comprobar si estaba amoratada.

Ni bien la mujer terminó de negarle el acceso al muchacho, Khloe emergió del Área de Observación, sonriente de haber hecho las paces con su amiga.

—Ya es tarde, ella debe descansar.

—Serán cinco minutos —Logan insistía en saludar a la morena, mientras que la rubia ensortijada se despidió de los dos, para luego charlar con Jerry, que se arriesgaba a escupir los dientes en su terquedad de no mover sus pies de ese lugar.

—Mañana.

—Nia, déjalo pasar o me iré del vagón —la réplica de Valeria, justo donde abren las cortinas que dividen los ambientes, ocasionó que Logan respirase aliviado de verla bien.

—Y yo hablo con Stefano de llevarte al hospital.

La joven frunció el ceño y se giró enojada hacia la camilla. Sería una noche bastante larga de pasarla allí, bajo la vigilia de esa mujer. Sus nervios estaban a mil, su madre pronto la haría pasar la mayor vergüenza de su vida, con su sobreprotección, que hasta consideraba era buena idea estar en vigilancia médica.

Arriesgo de ser increpada por Nia, volvió a girar sus pies descalzos en su intención de desafiarla, pero se encontró con el pecho de Logan, obstaculizando su campo visual.

—¿Tú quieres que alcance la vejez antes de tiempo? No vuelvas a darme esos sustos —expresó, él, solo para sus oídos. Por lo visto, su encanto masculino o su labia le sirvieron para convencer a Nia de concederle los cinco minutos solicitados.

—Debe ser un susto muy grande…

—Lo fue.

—No lo digo por mí, sino por tu novia. Ella también está lesionada —le hizo ver con soterrada inquina hacia aquella que para nada se comportó con profesionalismo, al escupirla. Hasta donde Valeria estaba enterada, tanto esta como Cinthya pasarían la noche en el hospital; tan pronto amaneciera, un vuelo privado estaría a disposición de ellas para trasladarlas hasta las ciudades donde residían, para que convalecieran las fracturas en sus respectivos hogares. La señora Morgan ofrecía constantes declaraciones a la prensa, mientras que la señora Sanders y Stefano aún seguían en el estadio, investigando qué ocasionó el accidente, pues lo comentado por las involucradas no los convencían. El espectáculo continuó, pese a la ausencia de las figuras principales; la señora Sanders fue sagaz en adelantar la presentación de los elefantes para que el público se relajara; fue un salto en el orden de las funciones que hizo correr a todos tras bastidores; sin embargo, ningún espectador de esto se percató. *Ni lo que Olivia le hizo a ella.*

Logan la condujo hasta la camilla para evitar que Nia les llamara la atención, y ocupó el puesto de Khloe.

—Me preocupé por las tres —reconoció—, son compañeras y amigas, y a una por un tiempo le di mi cariño, pero tú... —la miró, esta permanecía enfocada en sus manos que yacían laxas en sus muslos—, se me hubiera partido el corazón si de allá no te levantas; cuando abriste los ojos, volví a respirar. Volví a vivir...

Los ojos marrones de la muchacha se posaron sobre los atribulados grises del recién llegado, a riesgo de que, al hacerlo, ella no pudiera después apartarlos. En toda regla era una declaración de sus sentimientos, del que para nada se trataba de la preocupación de un compañero de trabajo o un amigo, le acababa de confesar sin melodrama que ella era más importante que la otra, con la que él compartió infinidad de besos candentes y noches de pasión.

—¿Por un tiempo? —Se maldijo al darse cuenta de lo que preguntó, que no había manera de colar algún otro tema que desviase la atención, ella solo se enfocó en la parte del «aprecio» temporal del castaño hacia la tóxica.

Qué tonta.

—Fue breve —resaltó a la vez en que captaba que sus palabras dieron justo donde más deseaba—. En Olivia vi una vez la irreverencia que vi en ti en tu niñez —agregó—, pero fue un engaño que yo mismo me inventé.

—¿Y por qué siguen juntos?

Se encogió de hombros, ni él lo sabía.

—Tal vez buscaba el amor.

Buscar...

Vaya empresa tan grande resultaba para cada persona desde que se es consciente de solo ser la mitad *de un todo* que abarca entusiasmo, esperanza, frenesí... Ella lo buscó en su adolescencia y también en la actualidad de su incipiente adultez; ningún chico le ha gustado ni ha provocado tantas emociones encontradas como el que compartía con ella el asiento en la camilla.

—Todos buscamos lo mismo, algunos tienen más suerte que otros. Ya llegará nuestro momento.

Logan sonrió.

Sí, ya llegará...

Siendo sutil, inclinó su rostro para darle ese beso que tanto codiciaba. Olivia jamás estuvo en su corazón ni las chicas con las que él se dio ciertas libertades; Valeria representaba el amor que siempre buscó; esto evolucionó en la medida en que él crecía, fueron primero sentimientos confusos, luego recuerdos dolorosos que se transformaron más adelante en una tediosa costumbre, para que justo en ese instante se declarara culpable de dejarse flechar de nuevo por Valeria Nalessi.

Quizás lo acusarían de poco empático, pero del accidente él fue el más beneficiado. Vitoreó en su fuero interno un «¡sí, le gusto!», cuando ella cerró los ojos, a la espera del beso. Logan entreabrió sus labios y cerró sus parpados, llevado por la ansiedad, el aroma a jazmín lo envolvió y acortó la distancia para devorar a *su preciosa payasita*. Pero una tercera persona les cortó la nota.

—Ya pasaron los cinco minutos: despídanse.

A tan solo milímetros del contacto, ambos jóvenes se separaron y abrieron los ojos, muy a su pesar por haber sido interrumpidos por la enfermera.

Logan se lamentó y Valeria agradeció a los santos patronos de los enamorados locos, de no tener que arrepentirse después por corresponderle, mientras que la novia yacía postrada en la cama de un hospital.

Aún no era el momento.

—¿Quieres que me quede contigo? —Logan le consultó y ella tuvo que apretar la mandíbula para no aceptar.

—Estaré bien, Nia me cuidará. Además, papá pasará en un rato, me dejó un audio... —comentó sin atreverse a levantar la mirada hacia él, meditando en lo rápido que avanzaba lo que sentían, que ni siquiera han disfrutado de la amistad.

El dedo de la enfermera que apuntaba hacia la salida y la incomodidad, tras el casi beso con Valeria, lo obligaban a tener que aceptar que esa noche con la morena no avanzaría. Le deseó las «buenas noches» y abandonó el vagón, arrastrando consigo a Jerry Carmichael, quien pretendía mantenerse allí como si fuese el guardaespaldas de la chica que a él le gustaba. Solo había espacio para un caballero y ese no sería *la mantis religiosa*, sino él que una vez fue un niño desalmado y ahora era un hombre que ha recapacitado en los errores del pasado.

Un ruido ensordecedor sobresaltó a Valeria, abriendo los ojos de inmediato, sin saber qué fue lo que la despertó. Levantó la cabeza de su almohada y la claridad proveniente a través de los resquicios de las persianas le indicaban que había amanecido. Al segundo de esto, sus oídos captaron la voz furiosa de su mamá, quien, para su mortificación, provenía del área principal de la enfermería; discutía con su padre, tratando infructuoso este de hacerla bajar los decibeles de sus rudas exigencias.

En un parpadeo, Valeria descorrió la frazada que le proporcionaron y se levantó de la camilla, temerosa de lo que pasaría en cuanto Leonora entrase allí.

Lo más probable, le zamparía un par de bofetones y luego la increparía a todo pulmón por idiota.

Los movimientos nerviosos de sus manos, ralentizaban el querer arreglarse las ropas arrugadas; no durmió en pijamas ni pasó por la ducha, olía a sudor y estaba greñuda. Vaya que la llegada imprevista de aquella le espantó el sueño; de no ser por su presencia, Nia tendría que haberla sacudido del hombro para despertarla por seguir de largo; logró dormir pasadas las cuatro de la mañana, que fue la última vez que consultó la hora en su móvil.

Tras medio arreglarse el cabello, se tomó unas cuántas respiraciones profundas, ya que, en cuanto abandonara el área de observación, sus tímpanos sangrarían por los gritos furiosos de su mamá; algunas voces trataban de calmarla, entre estas, Nia, a quien la otra le espetaba «tú no te metas», teniendo como réplica por parte del exesposo con un «no le grites a mi prometida».

Hubo un silencio sepulcral.

Valeria consideró que debía salir justo cuando la calma se instaló de manera provisional o lo tendría que hacer después ante las airadas voces que pronto resonarían de los que allí por ella se hallaban.

—Hola, mamá —la saludó cohibida en su sitio. Su papá y Nia hacían de barrera para que esta no avanzara hacia ella.

Leonora alzó la mirada por encima de los hombros de la enfermera entrometida y de inmediato la empujó contra Stefano, para correr hacia su hija.

La abrazó y lloró.

Valeria quedó paralizada.

—Ya, ya... —le dio palmaditas en la espalda, la reacción de su progenitora a todos sorprendió. Notó la presencia de Logan en el umbral de la puerta del vagón; sus ojeras marcadas, su pelo corto desordenado, el trasnocho visible...

—Cálmate, Leonora, nuestra hija está bien.

¿¡Nuestra?! La mujer deshizo el abrazo con Valeria y se volvió molesta hacia Stefano, a la vez en que se secaba ruda las lágrimas con el dorso de sus delgados dedos. ¡Qué cínico!, ¡ella fue la que sacó adelante a su hija, dándole una vida digna! Él le hubiera ofrecido miserias y hambre, no merecía que se le reconociera su paternidad. Era incompetente.

—¡Pasó lo que tanto temía! ¡TÚ NO TE METAS! —estalló en cuanto Nia le pedía guardar la compostura—. Te lo dije antes al teléfono, Stefano: «este no es el lugar para Valeria», ella fue educada para ser una profesional, no una cirquera.

—Respeta, Leonora —siseó con los dientes apretados—. No nos discrimines por dedicarnos a esto, aquí sacrificamos nuestras vidas para el entretenimiento de los demás.

—Me estás dando la razón: «sacrifican» —replicó en el acto—. *Mi hija* —recalcó ese hecho— no desperdiciará lo que tiene en Nueva York para llevar esta vida de nómada.

—Ya me lo has dicho muchas veces.

—¡Y te lo vuelvo a decir! —exclamó cabreada por su terquedad y por esa enfermera de pacotilla que de allí no se largaba, imponiendo el compromiso que sostenía con un «constructor de castillos de aire».

—Mamá…

—¡Casi mueres! —la gritó—. Ni una red había para protegerte de partirte la cabeza en la pista.

—No seas exagerada, fueron unos magullones, nada más.

Puso las manos al pecho, escandalizada.

—¡¿Magullones?! ¡Dos jovencitas sufrieron fracturas de brazos y piernas! Vi varias veces los videos, no me digas que soy «exagerada», porque esa caída por poco te mata. Y si eso hubiese pasado, yo… —carraspeó para no llorar frente al idiota de su exesposo y su prometida.

—Admito que a veces suceden accidentes —Stefano comentó—, ¡pero son menos frecuentes! —agregó para evitar que la otra gruñera—. Siempre se toman medidas de seguridad.

—¡*Ja!* Mira el resultado… —señaló a Valeria y ésta ya se hartaba de ser tratada como si no fuese consciente de sus actos.

—Lo que pasó no va a cambiar lo que siento por el circo —una vez más Valeria tenía que declarar frente a sus padres, el destino que escogió—, esto es una profesión tan importante como la de un abogado o un médico. ¡Soy feliz aquí!, me siento completa; por favor, mamá… ¡Cómo te lo explico! Te he llorado, suplicado, me he enfrentado a ti muchas veces. Mírame, tengo la edad legal para tomar mis propias decisiones y firmar los documentos necesarios que me ratifican como artista circense.

Ella negaba con la cabeza cada afirmación de la muchacha.

—Muy lindo tu discurso, pero no me convence. Llévame a tu camarote, porque vas a hacer las maletas.

—Ya no soy una niña para que me des órdenes de adónde ir.

—¡Aún lo eres, te comportas como tal!

—Leonora, ¡basta! —Stefano se impuso en defensa de su hija, siendo hora de que esta abandonara el tren y volviera a Nueva York. Logró sobreponerse al impacto de verla de nuevo, después de una década de solo saber de ella a través de las páginas sociales de la prensa, fue un instante raro que ambos sobrellevaron y del que el enojo los ayudó a mirarse a los ojos; el amor en ellos no fue suficiente por no tener nada en común, él seguía en lo que amaba y ella en lo que más le interesaba—. Valeria también me preocupa y allá en la pista, sufrí —dijo, tajante—. Agradece que *nuestra hija* —fue firme en este hecho— es talentosa, buena y sin vicios. ¿Por qué cortarle las alas?, nuestro deber es incentivarla a volar.

—Más bien, *a caer de un precipicio*. Tú la empujas y yo trato de salvarla. Incluso, de ese... —espetó tras percatarse del muchacho de Esther Sanders.

—Señora, yo...

—¡Cállate! Por ti nos largamos de aquel maldito circo, gracias por darme ese impulso.

—Él ya no me acosa, ha madurado como persona.

—Tal vez doy tarde mis disculpas, señora Leonora —Logan ingresó al vagón y la encaró sin emplear la intimidación—. Ya se las ofrecí al señor Stefano y a Valeria, por todo lo que pasaron a causa de mi comportamiento; no me perdonaré hasta conciliarme con usted, estaba acostumbrado a molestar a los demás.

—Por supuesto que lo perdono, siempre y cuando se mantenga alejado de mi hija. No la hostigues ni la sonsaques a *tus diversiones personales*, porque entonces sabrás quién es Leonora Davis.

—¡Mamá!

El joven asintió, dolido por el rechazo que, en otras palabras, la madre de Valeria le acababa de profesar. Tuvo el perdón de la tercera del clan familiar afectado, pero le dio a entender que jamás sería aceptado como el prospecto romántico de la única hija que hubo en ese matrimonio fallido. Así que, se giró en sus talones y se marchó del vagón; su alma en el piso, el pesar sobre su espalda, lo que planeaba tener con Valeria ya no sería posible. Aún le recordaban el *bullying* que él causó a los más indefensos.

Valeria corrió hacia él, dejando atrás a sus padres, quienes reanudaron la discusión que sostenían.

—El perdón que te debe importar es el mío —expresó mientras lo seguía por el pasillo. Él se volvió y ella se detuvo muy cerca—. Yo fui la que sufrió tu acoso, no mamá ni papá. ¡Yo!

—Pero la animé a que abandonaran a tu padre...

—Fuiste la cereza, no el pastel. Lo de ellos ya estaba muerto cuando me pellizcaste el brazo por lo de aquella pelota. No permitas que mamá te hiera con su rencor, ella es así con todos, la pasó mal es su juventud y eso la cambió; la vida dura en el circo la decepcionó. Así que, mi perdón es el que cuenta.

Logan se prometió que se ganaría el aprecio de esa señora, Valeria valía su peso en oro. La rodeó con sus brazos y aspiró hondo su perfume al apretarla contra su pecho; si tenía que luchar con una dragona escupe fuego, se armaría con el mejor escudo y la enfrentaría hasta que valorase lo que él sentía por la princesa que tanto ella protegía. Besó su mejilla y cruzó las puertas conectoras, bajándose en ese punto del tren. Sí..., haría las cosas bien... Terminaría con Olivia y *le cortaría las patas* al rival que se disputaba el afecto de Valeria. Él la amaría como un noble caballero.

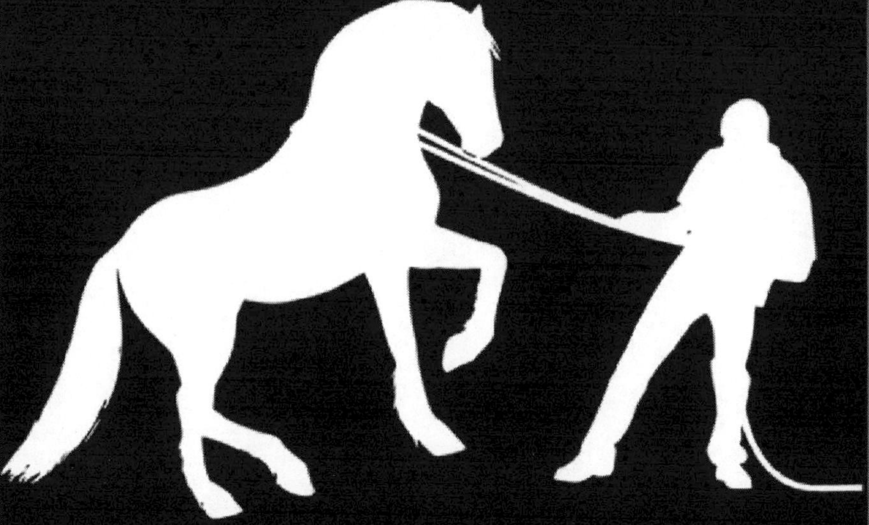

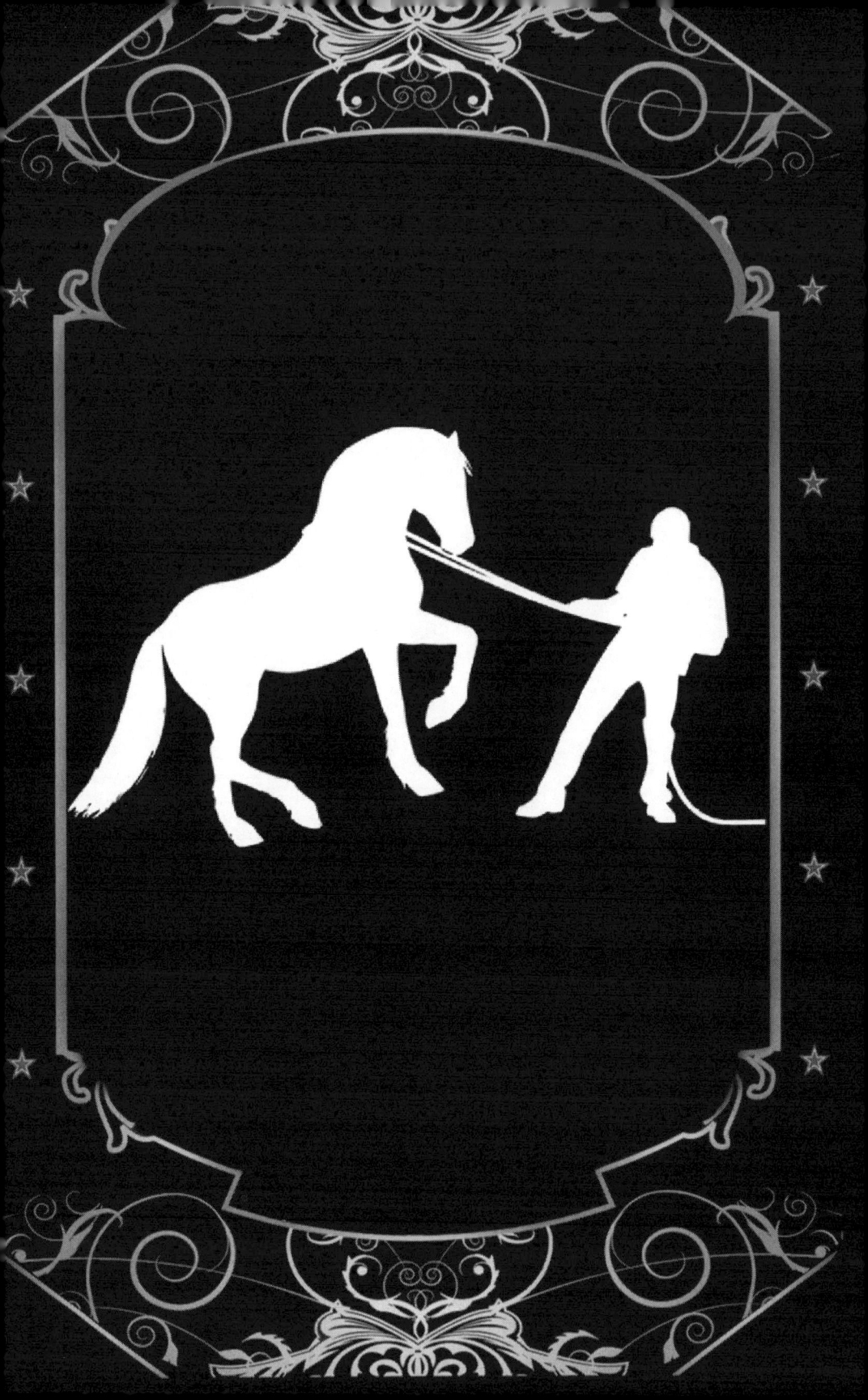

Capítulo 24

«El hombre es el único animal que juega a ser Dios sin aprender a ser humano».

Tomás Delgado, "La Vecina"
Comediante.

10 de noviembre.

El reposo de Valeria terminó al marcharse el tren de Rochester para seguir con la gira itinerante. Estuvieron una semana por cada una de las siguientes ciudades: Pittsburgh en Pensilvania; Aburn Hills en Michigan y Youngstown en Ohio. Ahora estaban en Nashville, Tennessee, llegaron durante la noche del viernes y, para las horas matutinas, ya debía estar todo instalado.

Las funciones se reanudaron con normalidad, el accidente dejó de ser noticia nacional y los curiosos por presenciar otra desgracia aumentaron un leve porcentaje en la taquilla. Ella continuó en su desempeño como «espectro rastrero» y trapecista en los turnos que le tocaba; la aerealista resfriada retornó al de «espectro volador» días después del haberse contagiado del virus. El papel de «Indira» fue otorgado a Ruby Orlova, seleccionada desde antes para ese tipo de emergencias, así como también el de «Kiran», para otro chico con las mismas habilidades de Logan. Aunque solo el de la semidiosa fue el que sufrió el debido cambio.

Olivia seguía en recuperación.

Su odio creciendo hacia Valeria.

En los días en que estuvieron en Rochester, Valeria guardó reposo, sin permitírsele ejercitar o salir a conocer la ciudad, por si se desmayaba al estar agotada de caminar. Su mamá estuvo un par de días en un hotel, asegurándose de su correcta «convalecencia», discutió con Stefano cada vez que se encontraban; Nia aguantó, con entereza, sus malas caras. Pero Leonora tuvo que retornar a Nueva York, por presión de su actual marido, los gemelos la extrañaban mucho y él la necesitaba para la cena que ofrecerían a Robert Conrad, en agradecimiento por lograr que el vicepresidente del bufete lo tomara en consideración para ser socio.

Fue claustrofóbico permanecer en el camarote, que ni siquiera estiró las piernas para ir a comer junto con los demás, Khloe le llevaba la comida y la puso al tanto de lo que sucedía en el tren. Al menos se enfrió la cotilla del drama de su mamá y de los señalamientos que hizo al maestro de pista por no cuidar de su hijita. Muchos comentarios burlescos se levantaron a expensas de esto y también insinuaciones de ser ella la que causó que Olivia se distrajera. Jerry, en sus visitas, le expresaba que eran exageraciones de Khloe, pero esta le aseguraba a Valeria que más de uno pedía su expulsión.

Del estadio no se halló ningún indicativo que explicara del porqué hubo dicha colisión entre las dos chicas que «luchaban» en las bandas elásticas y la que se hallaba colgada en el aro. Los videos se revisaron para estudiar cada cuadro aumentado de las imágenes, a ver si fue un error lamentable de alguna de las tres chicas o fue mala suerte. Por fortuna, para la líder del grupo, nada quedó registrado de su pésima actitud; no hubo acusación por parte de la afectada por *el asqueroso agravio* y ningún rumor corrió para que se abriera una investigación. Sería un incidente que solo las involucradas directas lo sabrían.

Odió tener que perderse la celebración del Halloween en Aburn Hills, pues a todos les permitieron un día de descanso. Pero la hosquedad de sus compañeros la hicieron desistir de unírseles para bailar en las discotecas, con sus máscaras y antifaces, ya que los trajes de los espectáculos se prohibían ser usados para estos casos.

Estando ya preparada para tomar el autobús que los llevaría al Bridgestone Arena, acomodó su morral al hombro y cerró la cremallera de su abrigo, en su intención de aprovechar los minutos libres para dar un paseo por el entorno y despejar la mente. La zona era poco atractiva para la muchacha, aburrida de las habladurías y de su nula distracción después de cada función. El entorno era de tener cuidado: galpones, trenes de carga, obreros malhablados encontraba durante su trayecto; sin embargo, no se amilanaba de caminar sola por ahí, quería ver a los elefantes y a los caballos que sacarían de sus respectivos vagones para llevarlos al Arena. De vez en cuando se alejaba de los demás para meditar, era su modo de sanear su espíritu, apreciaba la naturaleza, daba un largo paseo de ida y vuelta alrededor del tren, saludaba a los ayudantes, domadores y vigilantes que hallaba por las inmediaciones. Todos conocían su nombre y ella a ellos, no. Avergonzada de su ignorancia, los saludaba con una tímida sonrisa.

—¡Hey, ¿qué estás haciendo?! ¡¡Sal de allí o llamaré a la policía!! —Un hombre fornido —que de inmediato Valeria identificó como uno de los vigilantes— gritó enérgico a un chico rubio que tomaba fotografías a través de la ventanilla del vagón de los elefantes, pretendiendo captar con la lente de su cámara, imágenes que evidenciaran las condiciones deplorables con las que los transportaban.

Este saltó de la plataforma y huyó como si su vida peligrara hacia un auto que lo esperaba. Los encargados de proteger las inmediaciones donde se apostaba el tren, corrieron para atraparlo.

—¡Hijo de puta, si te vuelvo a ver, te patearé el culo! —el vigilante rugió al chico que ingresaba a la parte trasera de aquel auto. Sacó la mano por su ventanilla y le mostró el dedo del medio, claro indicativo de que la amenaza le tenía sin cuidado. Los neumáticos rechinaron, dejando una estela de humo a su paso.

La escena acaecida, fue un fuerte impacto para Valeria que se acercaba a dichos vagones.

Descendió un terraplén y saludó a una de las encargadas de velar por un purasangre que aguardaba a que los demás de su casta allí se agruparan.

—Cada vez están más intensos... —comprendía la lucha de aquella gente, pero ¿por qué a ellos? En cada ciudad visitada los acosaban con pancartas y expresiones furiosas de ser maltratadores de animales.

La encargada, una mujer hispana en sus *treinta y muchos* años, esbozó una sonrisa desdeñosa, en desprecio por el que huyó como un delincuente.

—A *ese* pronto le pondrán los grilletes… —espetó avinagrada de verlo otra vez por esos rumbos, que hasta se lamentó de que no lo hayan atrapado para que le dieran de nuevo una paliza. Luego se enfocó en la recién llegada y le sonrió amistosa—. ¿Cómo sigues? —le preguntó mientras sostenía de las riendas al caballo que cuidaba.

—Mejor, fue unos magullones…

—Corriste con suerte en comparación a las otras —expresó—. Caerse desde esa altura, habrían muerto en seco.

Valeria asintió. La verdad, un ángel debió de haberlas cuidado.

Quizás…

¿Su abuelo?

—¡Muévete! —Un domador atizaba al caballo que se negaba a descender por la plataforma, lo más probable, aturdido del encierro en el que estuvo durante el recorrido.

—Idiota —Valeria tenía ganas de quitarle el atizador y golpearlo con este, por ese motivo los activistas los tenían en la mira.

La mujer giró el rostro en dirección del hombre y luego se volvió hacia la hija del señor Nalessi.

—Que no te escuche o te gritará.

—Que lo haga. —Preferiría que le dijeran «soplona», pero se encargaría de hacérselo saber a su padre. Aun así, era inevitable sentirse hipócrita, pues ella formaba parte de ese mundo que doblegaba a criaturas desde la primera etapa de la crianza.

Se sorprendió al ver a Logan acercarse hasta el hombre e increparle el maltrato hacia el caballo; sus manos crispadas imitaban el accionar de una cámara fotográfica. Sin duda alguna, le recordaba que hacía escasos minutos los habían espiado.

Parpadeó cuando él se percató de ser observado por ella.

—Ten cuidado, tiene dueña. ¡Y es una fiera! —la mujer le advirtió, habiendo notado cómo esta lo miraba, siendo factible que era una de las muchas admiradoras que por este suspiraban. Haló las riendas para juntar a su caballo con los otros dos que acabaron de descender la rampa hacia el camino empedrado, cada uno cubierto con un manto azul que los protegían del frío, amanecieron con un descenso de temperatura otoñal poco habitual a lo que en esa ciudad acostumbraban.

Si Olivia es una fiera, ella era una cazadora.

Pero Valeria no dijo nada, el comentario era subversivo. Así que, prefirió mantenerse en silencio, lo que replicara, podría ser malinterpretado, el escupitajo aún le hacía hervir la sangre.

Se arregló rápido el cabello, tan pronto Logan se acercó, ataviado en sus vaqueros desteñidos, gabardina abierta y camiseta de su grupo de rock favorito. La mujer se alejó junto con el caballo a donde se hallaban los otros, evitando, tal vez, relacionarse con «la propiedad de Olivia Black» o atendía a su deber como cuidadora.

—Hola.

—Hola... —Valeria le devolvió el saludo, con un leve retortijón en su estómago. Se lo veía muy guapo en su ropa casual.

Logan repartió el peso de su cuerpo y carraspeó, sin tener idea de cómo romper el hielo con ella, se evitaron desde la noche de la caída, y no por mala voluntad por parte de los dos, se miraban desde lejos y medio sonreían con esas ansias de pasarla juntos, pero de ahí no avanzaban, conscientes ambos de dejar que las aguas se calmaran. Ahora el tiempo prudente de estar separados pasó y la oportunidad se abría de nuevo con una amplia sonrisa.

—¿Estás sola? —Buscaba por los alrededores un posible acompañante del que él le lanzaría una mirada avinagrada para que se largara. Ese día se lo propondría.

—Sí, solo caminaba un rato. Ya me dirijo al autobús...

—Yo te llevo —se ofreció, posando su mano en la espalda de Valeria para guiarla hasta su jeep. Esta se estremeció y Logan lo sintió, aunque inseguro de si le haya desagradado que la tocara—. ¿Viste al sujeto? —preguntó para distraerla del momento y ésta asintió. No había enojo en su mirada, lo que era una buena señal de que, efectivamente él a ella le gustaba—. ¿Tomó fotos? —Volvió a asentir en la medida en que se dirigían hacia el rústico de toldo blanco—. Mierda...

—¿Es malo?

—Esperemos que no, aunque lo fotografiado será de poca relevancia. —Ante la mirada interrogante de Valeria, agregó—: Los vagones están acondicionados para transportar animales sin que estos se lastimen. Los protegemos; son nuestro bien más preciado.

Valeria consideró era un buen vocero de la directiva.

—El vigilante le gritó como si aquel ya hubiese estado por aquí —le hizo ver.

Logan la rodeó por los hombros, provocando que el corazón de la muchacha se acelerara.

—Lo atraparon en Pittsburgh, fotografiando los carromatos.

—¿Qué pasó?

—*Le dieron* para los dulces —rio malicioso y ella lo miró perpleja.

—No debieron hacerlo, se pudieron ganar una demanda.

Se carcajeó.

—Lo hizo, pero no pasó a mayores. Tampoco *lo magrearon* tanto...

La joven entornó los ojos de manera suspicaz. Se le hacía que él había presenciado dicha paliza.

Subieron al jeep. Logan la miraba cuando ella observaba el paisaje a través de su ventanilla. Valeria había cambiado desde que la vio por última vez, hacía diez años. Ahora era una belleza morena, cuyas curvas lo tenían loco. Se preguntaba, cómo es que no tenía novio, la mayoría estrechaba lazos afectivos en el *campus*, durante el entrenamiento; la necesidad de pertenecer a alguien, de refugiarse en sus brazos y hablar con este era grande.

Y, para Logan, él quería pertenecerle a ella.

—¿Qué vas hacer mañana al finalizar funciones? —preguntó como quien no quiere la cosa, buscando la forma de acordar una cita.

Lo miró desconcertada, pero rápido se recompuso.

—A ver..., déjame ver... —se hizo que lo pensaba—: poner la cabeza sobre la almohada y dormir plácidamente. *Sip*, eso haré.

—Suena divertido —rio—, pero sugiero algo mejor.

—Mejor... ¿Cómo qué...? —Aguardó expectante a que le dijera.

—Una cena.

Agrandó los ojos.

—¿Una cena? ¿Tú y yo? —Él asintió—. ¿Y Olivia? —Dudaba que se quedara de brazos cruzados, mientras otra le arrebataba a su novio en su ausencia.

—Terminamos. —Y fue justo la noche en que su exnovia estuvo hospitalizada. Él se coló a su habitación y hablaron durante diez minutos, mientras Cinthya dormía por los medicamentos que le dieron para aminorar el dolor en su pierna. Olivia no la pasaba tan mal como su compañera, sufrió una leve fractura en su brazo izquierdo del que se recuperaría en unas semanas. Para enero la tendrían de vuelta, jodiéndoles a todos la vida.

—Cielos...

—¿Qué te preocupa?

—Olivia y los demás me echarán la culpa de que ustedes dos hayan terminado. Si piensan que te coqueteé para ir al hospital y ganarme esa entrevista, cuando se enteren de que saldré contigo, me crucificarán viva. —Olivia sería la que daría los porrazos a los clavos en sus manos y pies.

Logan cruzó la ciudad y estacionó en el sitio asignado para los vehículos procedentes del circo.

Luego se volvió a ella.

—¿Te importa lo que opinen de nosotros?

—Me importa mi reputación.

—¡¿Tan *rayado* estoy?! —se hizo el ofendido.

—Sabes a lo que me refiero...

La tomó del mentón y buscó su mirada. El brillo en sus irises la hacía atrayente, pero también le confería tristeza de no ser apreciada con los que convivía día a día.

—Le parto *la jeta* al que te ofenda —afirmó en un susurro—. Tú me importas y quiero estar contigo.

—¿Conmigo? —Por más que lo escuchara se le hacía increíble, ella y el niño que una vez le hizo la vida de cuadritos, juntos.

Logan sonrió, acercándose peligroso a sus labios.

—¿Aceptas? —Casi la rozaba, su aliento fluctuaba a pocos milímetros.

—¿A la cita? —No muy segura de entender la pregunta.

—Te gustará, anímate. —La llevaría al cielo, de ser preciso.

—Pero eres de la directiva, ¿no?

—¿Y?

—Las normas dicen...

—Despreocúpate, soy un simple asistente y tú la heredera del gran Maestro de Pista. A quien van a señalar de interesado es a mí.

—Sí, claro...

Se carcajeó.

Valeria alejó su rostro, para huir de su mirada. Se enfocó en una señora que discutía con uno de los vigilantes, el carnet en su pecho la identificaba como parte de la prensa; al parecer, no le permitieron la entrada. Se mordió el labio inferior, sin saber qué responder. Por un lado, quería aceptar su compañía y seguirlo a dónde quisiera, pero, por el otro..., estaban las acusaciones que enfrentaría. Y eso quería evitar a toda costa.

—Déjame pensarlo.

La ambientación de *Amor Celestial* ya estaba en todo su esplendor: los giroscopios, aros, trapecios y bandas colgaban del techo del Arena, a distancias prudentes de no entorpecerse entre estos. La pista central era rodeada por amplias colchonetas para que los artistas entrenaran su respectivo número antes de la asistencia de los locales. Valeria se desvistió, teniendo bajo sus ropas la malla con la que solía ejercitar y adentrarse en su papel. Bebió un jugo de naranja y engulló un emparedado en uno de los puestos de comida que la Compañía disponía para ahorrar tiempo de movilizarse de allí hasta el tren, y luego volver, pues todo el mundo permanecería en ese lugar hasta la última función. Durante las elongaciones de sus músculos, la señora Sanders la llamó con su megáfono desde las gradas.

—¿Te sientes capaz de representar a «Indira»?

—La... ¿*s-semidiosa?* —la pregunta de la coreógrafa la tomó desprevenida, Logan notó su asombro y se acercó para saber qué fue lo que su progenitora le ordenó a la morena—. ¿Y Ruby? —procuraba no demostrar alegría, Ruby reemplazaba de manera temporal a Olivia, y ella ahora sería el «reemplazo del reemplazo». Por lo visto, un personaje que exigía mucho del artista.

—¿Te sientes capaz? —Esther le volvió a preguntar, sin responder a la inquietud de la muchacha.

Logan le asintió a Valeria para que esta aceptara el rol principal. Ruby ejecutaba bien su desempeño, pero la química entre ellos era pésima, daban ganas de vomitar.

—Sí, señora.

—Bien, pídele a la jefa de vestuario que te entregue uno de los vestidos de práctica, comenzaremos con las bandas.

Ruby lloró en el camerino y le escupió increpaciones a Valeria por haber tomado sin su consentimiento su lugar, casi le asesta un golpe, de no ser por Khloe que se interpuso; Akira y Dulce María aconsejaron a la iracunda chica de controlarse, agredir a Valeria Nalessi era ganarse un boleto de regreso a su casa; además, el desempeño de Ruby fue un poco vulgar, se percibió como si quisiera follarse al apuesto guerrero, alejándose de esa categoría para todo público. Tal vez una *insípida italiana* a nadie escandalizaría.

Meterse en la piel de la semidiosa resultó genial para Valeria; desde que inició el entrenamiento en la sede, memorizó los movimientos de dicho personaje; aun así, debía acoplarse con los compañeros que orbitaban a su rededor, *los que tratarían de lastimarla y los que la protegerían*; durante horas llevó a cabo su número frente a los demás, aplaudiendo estos su esfuerzo, no se quejaba de hambre ni de cansancio, se exigía a sí misma, acallando los murmullos del favoritismo de la directiva. Los instantes de descanso era cuando bebía agua o iba al baño, Logan le ordenó almorzar y Khloe la amenazó con meterle a la boca una presa de pollo si no tomaba unos minutos para recobrar energías; si se desplomaba en plena función, otra chica la sustituiría. Danira ansiaba ser el centro de atención del público y del apuesto guerrero.

Amor Celestial fue presentado por segmentos, contando Stefano la historia entre Indira y Kiran. Las intervenciones de la protagonista fueron esporádicas en estas partes, se narraba la relación padre-hija; la joven semidiosa vivió confinada en el palacio, el maharajá jamás la dejó ver a los plebeyos, indignos mortales de conocer el flechazo que él tuvo con la diosa.

Pero, así como él conoció a su amada, Indira y Kiran se conocieron de la misma forma.

El flechazo fue instantáneo. Bajo la cascada artificial, que muy hábiles los decoradores recrearon a detalle las caídas de las aguas, las rocas, la arboleda... Esa parte «natural» engañaba a los presentes, quienes mantenían la boca abierta y el corazón palpitando acelerado por la emoción del encuentro. *¿Qué clase de ser era ella?*, la voz de Stefano hacía de «conciencia» del guerrero, el joven quedó paralizado, la miraba embobado; sus pies no se movían, dudaba acercarse, la chica de larga melena roja, volaba por los aires, deleitada de su entorno y de los pájaros que cantaban, siendo estos representados por las aerealistas en sus aros simples y dobles, y sus máscaras de plumas y trajes brillantes multicolores.

Valera lucía magnífica, ataviada en un precioso vestido dorado que dejaban ver sus pies descalzos por llegarle el ruedo hasta los tobillos; sus brazos soportaban el peso de su cuerpo, sus manos se sujetaban firmes en las dos larguísimas bandas negras que se mimetizaban a ratos en la oscuridad de algunos puntos de aquella impresionante escenografía de fantasía de Asia Meridional. Sus *lianas* la movilizaban por la pista, volando «sin alas», su linaje despertó desde niña, pero contuvo su magia para no mortificar a su padre humano. Esa noche, la belleza del cielo nocturno la tentó en abandonar el palacio, solo serían unos minutos, exploraría hasta los límites de las tierras reales y luego retornaría a su refugio.

El cortejo del guerrero se dio a cabo, tras hincar él una rodilla en el «suelo» y ofrecerle su corazón hasta que dejase algún día de latir. Esta —desde las alturas— revoloteó a poca distancia del mortal, como si fuese un pajarillo curioso, la atraía sin poderse resistir. El clamor de la gente se escuchó en cuanto Logan —Kiran— saltó para aferrarse a ella.

La semidiosa se sorprendió, pero no se lo sacudió; más bien, dejó que se sujetara a su vestido, elevando ella al aventurero guerrero; lo bajaba, le permitía correr y hacer piruetas socarronas, para después dejarlo que la «atrapara» una vez más. El público jadeaba, aplaudía, expresando su satisfacción, ¡qué pareja!, ¡qué química!, deben ser novios en realidad. Un beso, ¡que se diesen un beso!, demasiado hermoso lo que actuaban, lucían enamorados a pesar de que tras el telón se suponía eran como el agua y el aceite.

Logan sonreía y Valeria le correspondía, en una fina línea entre la ficción y lo que sentían. El faldón del vestido dorado y los mechones del «cabello rojo», ondeaban hacia atrás, ante el deslizamiento de la deidad frente a sus ojos; quería atraparla y colmarla de besos, ¿sería imprudente robarle uno?, si bien, lo amonestarían por no ajustarse al guion, la gente deseaba ser complacida.

La divertida melodía cambió a una más suave, al conectar la pareja sus emociones con la mirada; ella descendía de manera elegante y femenina, soltando suave su agarre para que sus dedos se deslizaran por las bandas elásticas y así ser atrapada por los brazos del guerrero, justo en la parte de la cascada.

Valeria acarició el rostro de Logan y este cerró los ojos, abrumado por las sensaciones: sus brazos se erizaron, sus pulmones colapsaron, el público ni parpadeaba.

Al mirar a la joven deidad, ella le sonrió.

—Está bien —dijo solo para él—, tendremos esa cita.

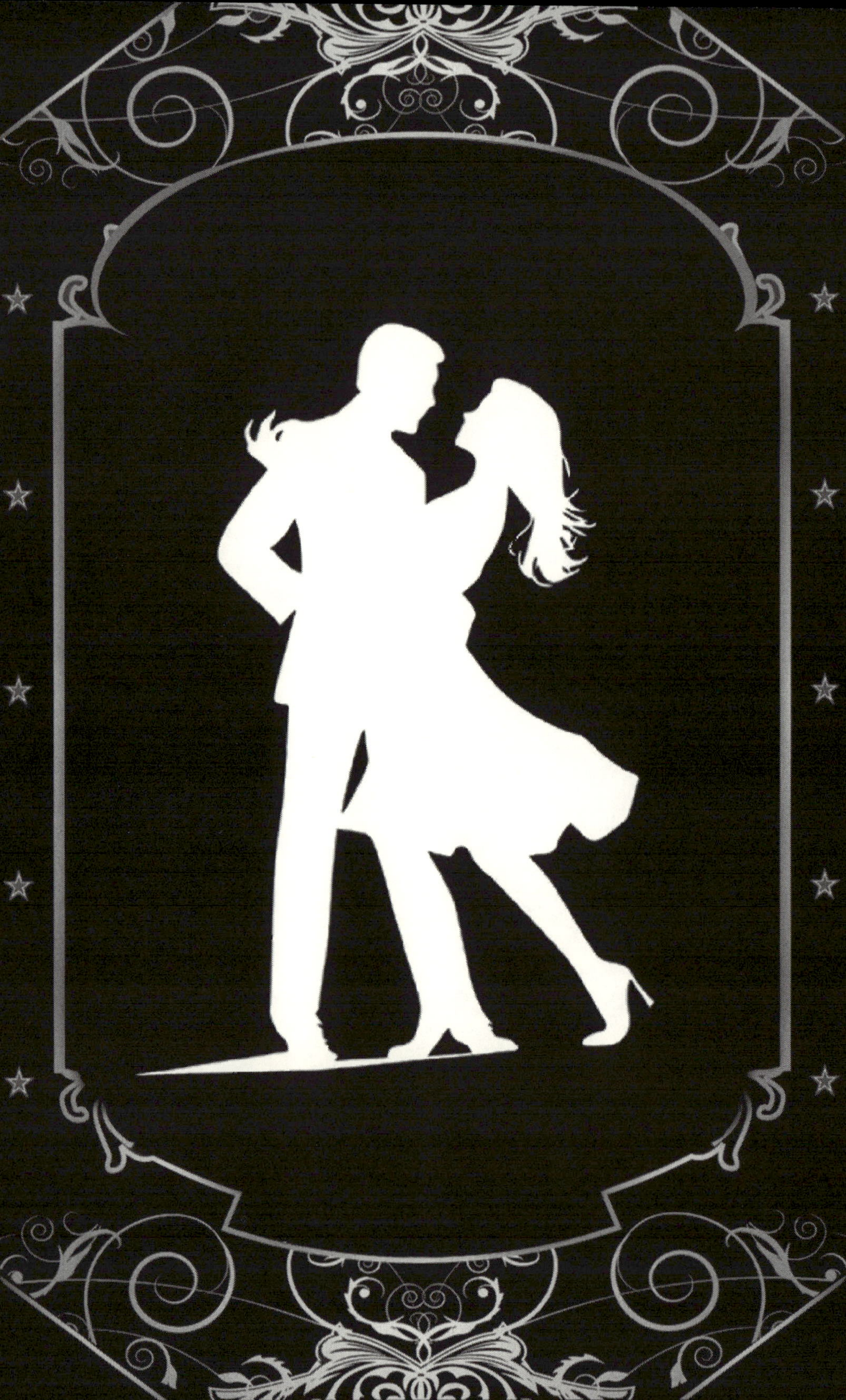

Capítulo 25

«El circo ha sido mi carrera por los últimos diez años, me ha dado oportunidades de conocer el mundo, de conocerme a mí misma y ser como soy. Es fantástico, ha sido un viaje increíble. El circo es... El circo es todo para mí».

Olga Vaurenyur -Chandelier Paradis.
"Corteo". Cirque du Soleil.

Logan regresó sobre sus pasos cuando divisó al señor Nalessi aproximarse en su dirección. Pensaba que, si este lo miraba a los ojos, descubriría lo de la cita con su hija; aún no estaba preparado para afrontarlo o pedir su bendición, Valeria y él apenas seguían en la etapa de conocerse, los besos aguardarían para el momento en que se aseguraran de ser compatibles; por su puesto, Logan ya tenía esa certeza, faltaba Valeria, quien vacilaba por la cotilla que siempre a él lo rodeaba al montarle con otras los cuernos a Olivia. Por fortuna, ella le dio una oportunidad. No debía embarrarla.

Observó al señor Nalessi ser abordado por la señora Morgan. Estos hablaron por un par de minutos en el pasillo y luego se devolvieron por donde aparecieron.

Logan suspiró y aprovechó en descender del vagón. Su apariencia no distaba de la habitual: pantalón de mezclillas, camiseta, zapatillas deportivas y su abrigo. De ese modo, nadie sospecharía ni harían preguntas impertinentes que no deseaba contestar.

Caminó hacia su jeep, estacionado a un par de manzanas de allí. Algunos chicos estaban reunidos alrededor de una pequeña fogata, encendida frente a los vagones de los búlgaros, disfrutando de la noche, pese al cansancio y la hora. Ninguno temía ser asaltado por pandilleros o atacados por los grupos radicales que los odiaban por ser «cómplices» de esclavitud de criaturas indefensas. Si bien, la zona de carga era solitaria, se mantenía bajo estricto resguardo. A los merodeadores los sacaban a volar a punta de plomo.

Su reloj de pulsera marcaba las diez y treinta, muy tarde para una cena y temprano para la sorpresa que le brindaría a su *crush*. Se tomó una ducha larga, se cepilló los dientes tres veces por almorzar un par de hamburguesas con bastante cebolla, se atavió con las ropas más limpias que encontró en su guardarropa y se perfumó de la cabeza a los pies. Listo para la conquista.

—¡Hey, Logan, ¿adónde vas, *precioso*? —Ruby se interpuso en su camino al verlo pasar con algo de prisa. Su chaqueta lila la hacía resaltar de sus compañeros que usaban abrigos oscuros.

—Tengo que hacer unas diligencias —eludió la respuesta. Entre menos supieran, mejor.

—¿Te acompaño? —le abanicaba las pestañas y sonreía coqueta para que este aceptara de acompañarlo a dónde sea que se propuso dirigirse, teniéndole sin cuidado que alguna envidiosa le enviara un audio a la novia.

—Iré a un… ancianato. Le prometí a un conocido…

¿A esa hora?, Ruby intuía que le mentía, los viejos se iban temprano a dormir, tras la puesta del sol, y ese olía a que tenía planes candentes esa noche.

—¿Es por caridad o por…?

—Me quiero marchar solo —evadió a la chica, cabreado de su constante acoso.

Ruby pretendió seguirlo, pero Logan caminaba rápido para alejarse de ella. Así que, esta simuló una sonrisa tonta a sus amigos que notaron su fallido coqueteo y enseguida se sentó sobre el tapete que dispuso para que el suelo pedregoso no le lastimase el trasero. ¿Con quién saldría? Si lograba descubrir quién sería la maldita que se le adelantó, la despellejaría viva, el día anterior perdió su protagónico por culpa de la italiana, no perdería la oportunidad de meterse en la cama de Logan. Declaraba para sus adentros que ese guapo sería suyo antes de finalizar la gira.

Logan continuó su trayecto, esperando no encontrarse con nadie más. Fue decisión de Valeria tener una cita a escondidas. Lo hacía, más que todo, para salvaguardarse de los comentarios que se generaran, en el caso de no ser compatibles. Porque, de serlo, él le pediría la bendición hasta el mismísimo diablo.

Sacó las llaves del bolsillo de su pantalón y rodeó el jeep mientras echaba un vistazo a lo lejos. Aguardaba por Valeria.

Esperó por cinco minutos, viéndola a lo lejos descender del área de los camarotes de las chicas. Lucía su habitual gabardina oscura, cuyo ruedo ondeaba con suavidad a causa del helado viento y dándose prisa por caminar. Los chicos de la fogata, la ignoraron, haciendo que su presencia pasara desapercibida, menos para Ruby, que rápido sacó conclusiones de sus sospechas, esta se dirigía hacia el mismo punto donde se hallaba Logan.

El castaño sonrió en cuanto Valeria se acercó, el cabello le caía en delicados bucles sobre los hombros y un sutil maquillaje resaltaba su precioso rostro. Los zapatos planos y las piernas descubiertas hasta las rodillas le indicaban que usaba un vestido bajo la gabardina, abotonada hasta la clavícula; le complació que se haya esmerado en lucir mejor, aunque a él le gustaba a si fuese de vaqueros desteñidos, era un manantial de belleza natural, nada en ella era artificial, salvo los leves toques de rubor en sus mejillas y del carmín que hacían apetecibles sus labios.

—Te ves hermosa —elogió, impaciente por iniciar la cita.

—Gracias —se sonrojó.

Como todo un caballero, Logan le abrió la puerta del copiloto para que subiera. Luego él se ubicó detrás del volante y cerró la puerta más fuerte de lo acostumbrado. La emoción lo embargaba.

—¿Para dónde vamos? —Valeria se estrujaba las manos por estar nerviosa. ¿Y si no tendrían de qué hablar? ¿Y se aburrían? Le horrorizaba imaginárselo.

—Es una sorpresa —expresó, sonriente.

La joven correspondió al gesto picarón, mientras Logan ponía en marcha el rústico. Iban para una cita..., pensaba ella en su lucha interna de no hacer evidente la batalla campal en su cabeza; millones de pensamientos se cruzaban entre lo que estaba bien y lo que estaba mal. Sin embargo, pesaba más el deseo por conocer aspectos más íntimos de Logan Sanders.

Íntimos… Sus mejillas ardieron. ¿Hasta qué punto ellos dos…?

—¿Estás bien? —Logan alternaba la mirada en su camino y en la chica que lo acompañaba, preocupado de verla con una expresión indescifrable. Tal vez se arrepintió de salir con él.

—Sí, sí… Estoy bien. —Miró más allá de su ventanilla, para controlarse. ¡Caramba!, su pervertida mente se fue por otros derroteros. ¡Era una cita inocente, no para tener sexo! Respiró profundo y fue peor, la cabina olía a perfume masculino.

Logan aminoró la velocidad.

—¿Quieres volver? Si te arrepentiste, está bien, lo entenderé —aunque a él le causara decepción.

—¡No, por supuesto que no! —exclamó, tímida—. Admito que estoy un poquitín —*mucho*— nerviosa, pero es todo.

Él estudió en silencio su rostro sin dejar de conducir por la avenida. Valeria intentaba mantenerse serena, pero se la veía bastante azorada, era un libro abierto, fácil de leer.

Aumentó la velocidad, y, justo cuando se acercaba a su destino, frenó a un costado de la vía.

De la guantera, sacó un pañuelo y se lo entregó.

—Cúbrete los ojos. —Valeria lo miró perpleja—. Tranquila, es para que no veas hacia dónde nos dirigimos.

—¿Por qué, vas a llevarme a un lugar ultra secreto? —preguntó, socarrona.

—Solo la CIA conoce de su existencia —le siguió el juego para relajarla, salían por primera vez y ya se pasaba de la raya.

—La gente pensará que me secuestraste —expresó mientras se cubría los ojos con el pañuelo, confiando en su palabra.

—Correré el riesgo —comentó enronquecido a su oído.

Escuchar a Logan, tan cerca fue excitante para Valeria. Más de una imagen erótica se cruzaba por su cabeza.

Él encima de ella y entre sus piernas.

O ella encima de él, cabalgándolo…

¿Lo tendrá grande?

¿Le dolerá cuando…?

Se insufló valor; no haría nada que la incomodara ni permitiría que la obligara a hacer cosas que después se lamentaría, le concedió la cita porque ambos se gustaban y necesitaban abrir sus corazones; no desnudarse en alguna habitación de...

¡Huy! Esbozó una expresión azorada, que no fuese una habitación de hotel reservada, porque se devolvería en taxi al tren. Quería tomárselo todo con calma.

El ronroneo tosco del motor del jeep y la vibración suave de su asiento a causa de la velocidad en que se trasladaban a través de las calles de Nashville, calmaba un poco los nervios de la muchacha. Que no fuese un hotel... ¡Qué no lo fuese! Era como dar un salto gigante entre gatear por el sendero del amor y correr desbocado, habría tiempo para los besos, las charlas superficiales o las más serias; las caricias atrevidas y la intimidad vendrían después.

Su preocupación disminuyó cuando Logan comenzó a tararear una vieja canción de Bon Jovi. No puso música, tal vez el estéreo del salpicadero del jeep estaba averiado y él trataba de relajarla. Poco a poco soltaba su voz, mientras manejaba, la letra que expresaba no era romántica, pero sí bastante motivadora, contagiando a Valeria –vendada– de acompañarlo en esa improvisación musical que salía de sus labios a capela.

Lo hacían bien; de hecho, ni una estrofa era por ambos desafinada. La cabina del rústico se inundó de alegría, retumbando sus voces sin cohibiciones de ser por otros tildados de ridículos. «Es mi vida, es un ahora o nunca», cantaban el coro al unísono, «porque no voy a vivir para siempre». Valeria olvidó sus temores, sonriendo en su oscuridad. «Solo quiero vivir mientras siga vivo. Es mi vida». Y, tras la última frase de esa bella canción, Valeria meditó lo que tuvo que luchar para estar en Amore. Era su vida...

—Tienes buena voz, me gusta como cantas —Logan la elogió, admirado de su destreza. Era buena en todo.

—Ahora sé que tienes problemas auditivos, porque eso eran berridos —comentó, apenada—. Más bien, tú tienes un buen vibrato.

Rio.

—Entonces, somos dos sordos...

De repente se estableció el silencio, Valeria escuchaba el motor del rústico ronronear en la medida en que avanzaban por esas calles nocturnas del que a ella le impidieron apreciar por una sorpresa. Se abrazó a sí misma y, en un eventual aumento del nerviosismo, sus temores e inseguridades emergían una vez más.

¿Adónde la llevaba?

—Ya casi llegamos, disculpa que el jeep no tenga calefacción, está dañado... —Logan anunció, pensando que Valeria tenía frío. Y al rato frenó en un lugar indeterminado—. Aún no te quites la venda —le pidió y se bajó con rapidez.

La puerta de su lado se abrió.

—Dame la mano.

—¿Ya puedo quitármela?

—No.

—Logan...

—Tendrás la venda hasta que te diga.

Una vez fuera, Valeria aguzó los oídos, ansiosa por captar los sonidos que le revelaran en dónde se hallaban. Pero todo se mantenía en silencio, la brisa batía suave su cabello y erizaba su piel por lo helada; no escuchaba murmullos de la gente ni el transitar de los automóviles por esa zona. ¿Adónde la había llevado?, se repetía para sus adentros a la vez que acomodaba su bufanda alrededor de su cuello. Logan le tomó el brazo y lo pasó por el suyo para conducirla en línea recta, o eso a ella le parecía, porque estando ciega su sentido de orientación era nulo.

—Ten cuidado, hay unos escalones —le advirtió, yendo lento para que ella no trastabillara por ser él un pésimo guía. Valeria se aferró más a su brazo, respirando entrecortada. ¿Qué le tendría preparado que se anticipaba con mucho misterio?

Subieron otros escalones y luego avanzaron unos pasos más. El cambio de temperatura de pronto se sintió y una suave melodía de violines se escuchó al instante.

—Una vez dijiste que deseabas conocer a los dioses —dijo él tras detenerse en un punto donde se percibía la calidez ambiental—. Bueno... —le quitó la venda—, te presento a la más grande de todas.

Valeria parpadeó para adaptarse de nuevo a la luz y jadeó.

—¡Oh, por Dios! —Su mandíbula casi cae al piso—. No lo puedo creer... —miraba la inmensa estatua que se erigía al fondo de un amplísimo vestíbulo alineado por altísimas columnas—. Esto es, esto es... —le costaba encontrar las palabras exactas para expresar lo que sentía. Logan la había llevado al Partenón de Nashville, la réplica a escala real de la que fue construida en Atenas hacía más de dos mil cuatrocientos años y del que ahora aquella lejana se hallaba en ruinas.

—¿Impresionada? —preguntó, socarrón.

—¡Es maravillosa! —Lo abrazó tan fuerte que Logan creyó le fracturaría las costillas—. Siempre he querido viajar a Grecia y visitar esos templos...

—Lo sé —sintió un enorme vacío cuando dejó de abrazarlo—. Solías comentarlo de niña. —Se guardó confesarle que hacía unos días la había escuchado en el *restaurante rodante*, de querer conocer a ese mítico país, esto le trajo más recuerdos de la infancia que compartieron juntos, que deseó hacerle ese obsequio, aunque fuese para apreciar la reciente edificación. Un modo de resarcir el daño que una vez le hizo.

—¿Y tú cómo sabes? —se asombró—. Nunca te lo dije —porque jamás fueron amigos. Sus sueños se los contaba a su abuela *Lucrezia* y al abuelo Vittorio en sus tardes libres.

Logan alzó la vista hacia la estatua de trece metros de altura de la diosa Atenea, ataviada en un vestido dorado, y expresó:

—También deseé hacer ese viaje. Tal vez en las próximas vacaciones lo hagamos juntos —y la arropó con sus profundos ojos grises.

Asintió, embobada.

—Tal vez... —entonces, le llamó la atención un hecho—: ¿No nos meteremos en problemas por estar aquí a estas horas?

Sacudió la cabeza.

—A veces lo utilizan para recepciones de bodas.

—¡¿Alquilaste el Partenón?! —Él sonrió y ella volvió a jadear—. ¡Debió haberte costado una fortuna! Logan... —Valeria observó la única mesa que se hallaba en el interior; ya la había notado al quitarse la venda, pero la descomunal estatua la atontó. Efectivamente la llevó para una cena de gran envergadura—. Vaya... Cuando me case, lo haré en este lugar. Es fabuloso.

Logan la miró con ganas de cumplir algún día esa promesa. Los violinistas tocaban su melodía a escasos pasos de donde se hallaba la mesa decorada con candelabro, platos y mantel que hacía juego con el dorado predominante en el atuendo de Atenea. Le sonrió y se acercó, ocasionando que Valeria agrandara los ojos y tragara saliva, la mirada del muchacho indicaba el propósito de juntar los labios, ella se ruborizó; tenían compañía, pero él aguardaba a que le permitiera saldar la distancia entre los dos. Una señal, una sonrisa tímida, y la declaraba su novia.

—Espero que, cuando llegue ese día, yo esté ahí presente... —expresó en la medida en que se atrevía en desenroscar la bufanda de Valeria, para que esta se pusiera más cómoda. El anfitrión permanecía cerca de ellos, pendiente de sus abrigos y de lo que necesitaran; los mesoneros tenían todo preparado para el momento de servir la cena, la mesa del bufé la ubicaron tras las columnas para no echar a perder la magia visual entre los comensales y el templo mismo.

—Si nos llevamos bien, tal vez... —no dijo más, con esas escasas palabras le dijo todo. Logan amplio la sonrisa y oró para que así fuese, que hasta al anfitrión le pareció tierna la joven pareja.

—Te doy mi palabra de honor que me verás ahí...

Acunó el rostro de Valeria, y, a los pies de la gran diosa, ella recibió su primer beso.

Fuegos artificiales, lluvia de serpentinas, aplausos y vítores estallaban dentro de la cabeza de Valeria. ¡Oh, sí! ¡¡Sí!! Fue tal cual lo había imaginado cuando aceptó salir con él, teniendo en cuenta que el contacto carnal sería inminente. Aunque no allí, en el glorioso templo de arquitectura griega, ni al salir en busca del hotel más cercano para quitarse las ganas, pero sería en los días o semanas siguientes, y, para ese entonces debía estar preparada.

Logan interrumpió el beso y se pasó la lengua, saboreando el carmín que quedó impregnado en sus propios labios; sabía bien, qué lástima no poder profundizar, tenía un montón de chaperones con los ojos clavados sobre ellos, por lo que, a *su payasita* convertida en semidiosa, no la haría quedar mal frente a los demás. Ya tendrían el resto de la noche... Ella imploraría para que él la dejara respirar.

Una hora después se marcharon, agarrados de la mano; ambos sonreían como tórtolos que comenzaban una relación. La cita fue perfecta, brindándoles a ellos la oportunidad de conocerse mejor, cenaron rodeados de la música y acompañados de la diosa, quien observaba desde las alturas a dos jóvenes mortales darle una oportunidad al amor.

Caminaron de retorno al jeep, esta vez Valeria se percató que Logan estacionó cerca. Era el único vehículo en todo el perímetro, a excepción de una motocicleta a poca distancia.

El dueño de la rutilante máquina se quitó el casco y se acercó.

Logan se envaró.

—Tienes *los cojones* bien grandes para aparecerte por acá. ¿Qué quieres, Brandon?

El sujeto lo señaló con el dedo acusador.

—Detengan las funciones con animales —perdía cuidado de causar conmoción entre los transeúntes, por allí nadie caminaba.

Valeria reconoció al rubio que huyó de las vías del tren.

—¡Vete a joder a otra parte! —Logan empuñó las manos, listos a darle una trompada. Por culpa de idiotas como ese, les iba mal en la boletería, los libros contables arrojaban saldos rojos.

El motociclista alzó la mandíbula una pulgada.

—Ustedes son causantes del daño ecológico en la fauna salvaje —dijo—. Sacan de su hábitat a elefantes y bestias para torturarlos por centavos. ¿Les gustaría que le hicieran lo mismo? —Su dura mirada se topó con la bonita morena—. Separados de su familia para llevarlos lejos, con grilletes en las manos y pies, siendo apenas niños. ¿Les gustaría?

Logan carecía de fundamentos para replicar, por supuesto que no... Aun así, empuñaba las manos para controlar el impulso de dejar al maldito sin dientes. La furia seguía presente, desequilibrando su raciocinio.

—Amore no los maltrata —siseó en un sentido de camaradería hacia los suyos y consciente del terreno que pisaba, pero distaba mucho de dichas acusaciones: una cosa era sacarlos de su hábitat natural y golpearlos para que obedecieran, y otra criarlos para el espectáculo.

—Mira los videos en Internet y dime si *tu circo de mierda* es inocente.

—Largo —Logan comenzaba a perder la paciencia. Razonar con un miembro de aquellos lunáticos era perder el tiempo.

Brandon rodó los ojos hacia Valeria. La chica aparentaba ser alguien con sentido común.

—Si tienen dignidad —se dirigió a ella—, échenles un vistazo.

—¡Que te largues, dije!

—Logan, cálmate… —Valeria tembló. Por más que quisiera odiar al muchacho de porte atlético, sus palabras le hicieron meditar el modo en cómo el domador trató al caballo, al sacarlo del vagón de carga.

Brandon rio desdeñoso.

—Se te revuelve la bilis que te digan la verdad, ¿cierto?

—Lárgate de una vez o tendrás que usar prótesis dental de ahora en adelante.

—¡*Huy*, qué miedo! —lo encaró en tono burlesco—. Ven… —lo desafió—. Dame tu mejor golpe, que la última vez acudieron a rescatarte.

Logan se quitó el abrigo.

—¡¿Qué vas a hacer?! —Valeria se inquietó—. ¡¿Estás loco?! Logan, Logan, ¡Logan!

La ignoró, dando un paso hacia el frente. Uno de los dos escupiría los dientes en el pavimento.

Y los golpes comenzaron.

Capítulo 26

«Si no hay un animal en el circo, no hay estrellas, si no hay estrellas en el circo, pues no hay circo».

Juventino Fuentes.
Circo de los Hermanos Fuentes Boys.

Los barrotes eran la pared divisoria entre la celda de Valeria y la de Logan con Brandon. A los dos revoltosos los encerraron juntos, mientras que a la jovencita le tocó compartir espacio con dos prostitutas borrachas. El anfitrión del Partenón llamó a la policía ante los gritos angustiados de Valeria, las autoridades no diferenciaron entre los que se dieron a piñazos y la que pedía ayuda; al momento de la llegada, esta le daba de zapatazos al más fornido para que soltara al que parecía ser su compañero sentimental.

Valeria se mantenía sentada en dirección a la espalda de Logan, ambos separados por los barrotes. A todos, incluyendo a *las damas alegres*, les quitaron los zapatos y lo que consideraron los agentes fuese utilizado como arma contra los presos. Logan trató de abogar por su novia, pero le ordenaron callar, lo que dijera, lo utilizarían en su contra. El frío allí era despiadado a falta de calefacción, aunque una de las mujeres comentó que, al ser su tercera detención, aseguraba que los agentes solían quitarles de esa manera las ganas de volver a visitar las celdas. Al menos les permitieron tener sus abrigos, el de Logan cubría las piernas de Valeria.

—Lo siento.

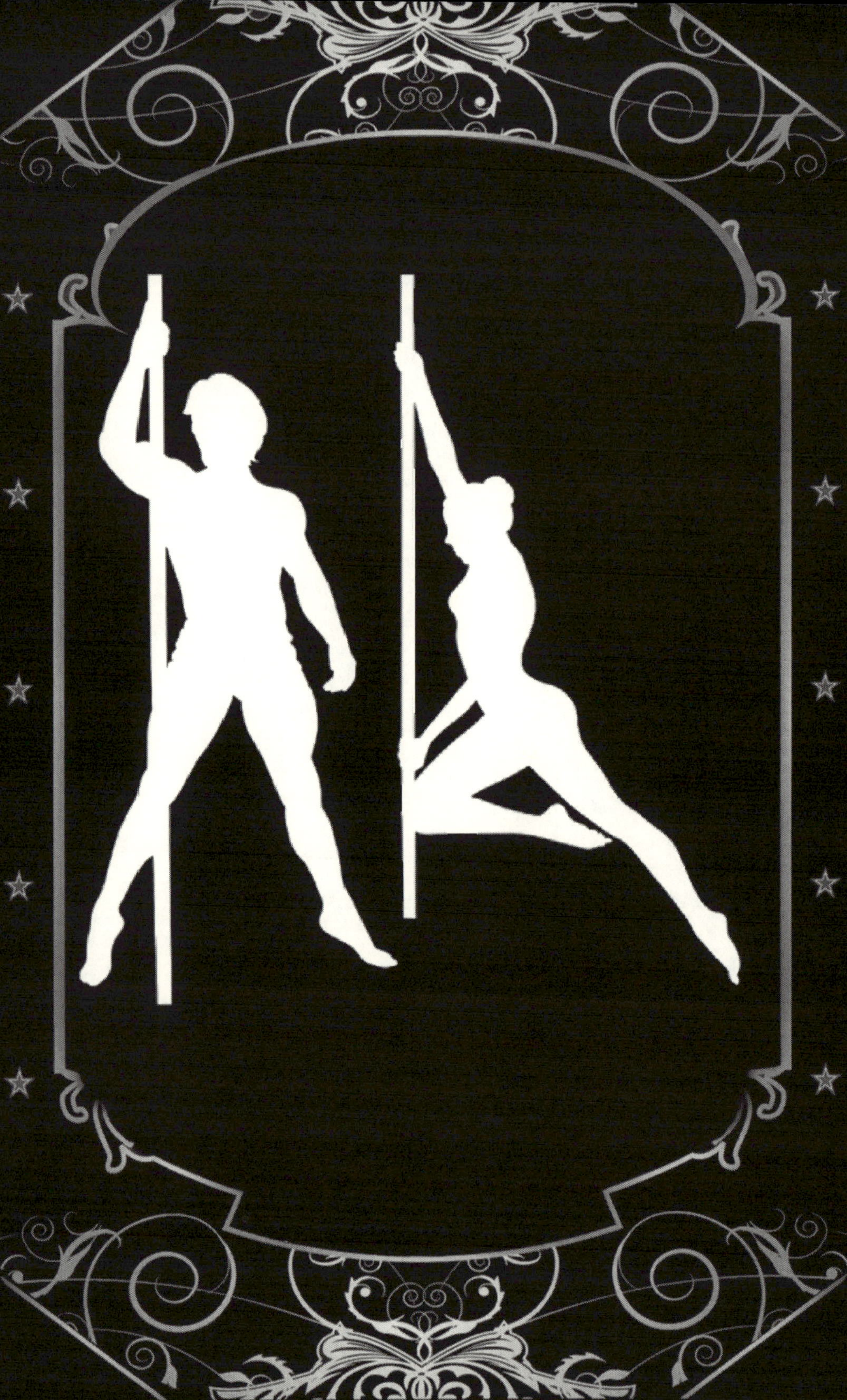

—Púdrete.

—No me estoy disculpando contigo —Brandon espetó a Logan—, sino con *tu bonita amiga*. La metimos en problemas.

—¡¿Metimos?! —gruñó—. Hijo de puta, ¡*tú* la metiste en problemas con tus acusaciones!

—Cálmate, Logan —Valeria intervino, sin levantar la mirada hacia el rubio recostado en el catre como si estuviese acostumbrado a esos líos con la justicia. A pesar de los golpes que ella le dio, no la insultó ni levantó querellas en su contra por agresión, sino que allá se disculpó por abordarlos tan violento. Solo quiso hacer razonar al artista estrella y causó un estropicio.

—Vaya cita... —Logan se reprendía en su fuero interno por haberse dejado llevar por la rabia; se esmeró en planificar a detalle para otorgarle la mejor cita de todas, y, lo que consiguió, fue abrirle un expediente delictivo por peleas callejeras y una estadía temporal en un hueco hediondo a orines.

La mano de la joven apretó suave el brazo fuerte del muchacho.

—Jamás la olvidaré, fue hermosa.

Torció el torso para verla y Valeria se consternó del ojo izquierdo que presentaba una leve inflamación. Lo mismo hacía él con ella, las mejillas de la morena lucían surcos de lágrimas secas que se abrieron paso a través del maquillaje; desde que los interrogaron por el altercado ha pasado una hora; a Valeria le permitieron hacer una llamada telefónica a su padre, quien, desde el otro lado de la línea, le prometió estrangular a Logan por buscapleitos.

—La cagué al final...

—Sí la cagaste —Brandon se divertía a expensas del infortunio del examigo. Pasar unas horas tras las rejas, era nada en comparación con lo que padecían de por vida los animales en cautiverio.

—¡Cállate o te vuelvo a reventar *la jeta*! —Logan no estaba para soportar pendejadas, los noticieros ya debían estar trasmitiendo lo sucedido, sino no es que algún video se ha viralizado por las redes; en cuanto los liberaran, el señor Nalessi a él lo iba a matar.

Brandon se carcajeó, con esa saña que hasta a Valeria molestó.

—No tienes tolerancia para las verdades —volvió a sacarle en cara—, te encabronas y botas espumarajos por la boca, porque el dardo que te lanzo da en el blanco. Amore maltrata a los animales, lo sabes y te avergüenza no haber hecho nada para detenerlo; y eso te hace cómplice de lo que ellos sufren.

—No lo soy —replicó—, ni me avergüenzo de nada, he visto cómo los tratan; los adiestradores…

—Ahórrate la propaganda e investiga a la Compañía. En tu correo dejé un video que aún no ha sido publicado; si no lo ves e ignoras esto, eres parte del problema.

—¡Cállense, quiero dormir! —la del abrigo felpudo rosa, les gritó enojada, acurrucada en el catre junto a su compañera, tratando ambas de dormir.

Valeria se acomodó contra los barrotes, le dolía el coxis por estar ahí sentada en la dureza del piso, agotada por las funciones y por el encierro, cuidaba de no ser atacada por las dos mujeres, pero estas lucían desfallecidas por la rigurosidad de su estilo de vida, se abandonaban plácidas a un sueño que, por esa noche, sería bajo techo; no podía decir confortable y cálido, al menos descansarían por un corto período del manoseo de los extraños.

Recostó la cabeza hacia atrás contra los barrotes y cerró los ojos, agobiada por sus preocupaciones. Aparte de su mamá, su papá la increparía por comportarse como pandillera; lo más probable, le romperían el contrato por infringir las reglas: salía con un miembro secundario de la directiva, era sospechosa de manera injusta por lo de Olivia y Cinthya, y el viajecito en patrulla con las manos esposadas a la espalda…

Digno de titulares de la prensa.

Ahí las tenía libres, arrebujándose en su gabardina; el de Logan le brindaba mayor calor, pese a que lo rechazó para que no pasara frío, pero él insistió con firmeza.

El brazo de este, de pronto la rodeó, a través de la barrera que los separaba. Las celdas parecían jaulas para aves de rapiña.

—Soy un fracaso como «guerrero» —le susurró—, no pude salvar a la semidiosa de las garras de los espectros.

—Pero aún me estás cuidando —expresó ella mientras le acariciaba cariñosa el brazo; sus nudillos estaban amoratados por los golpes propinados al otro. La respiración de Logan se expulsaba directo a su cuello, despojado de la bufanda. Se reconfortaban en una comprensión mutua que Brandon y la prostituta del abrigo rosa observaban en silencio. Ahí había amor y era hasta esperanzador, porque, después de todo, el mundo no estaba tan podrido.

A unos metros de allí...

Stefano Nalessi entraba a la estación de policía, con Esther Sanders y Alice Morgan pisándole los talones a toda prisa. Los tres acudieron al llamado de Valeria para notificarles que los habían arrestado; ningún abogado de oficio los acompañaba, salvo Alice que poseía conocimientos suficientes para arreglar cualquier malentendido que se haya propiciado con algún ciudadano. Valeria no ahondó del porqué los apresaron, un agente aguardaba a su lado, marcando el escaso tiempo otorgado.

—Este muchacho me va a matar. ¡Me las va a pagar! —Esther apuraba el paso detrás de Stefano que por ellas no esperaba.

—Si no es que lo mato yo... —él atravesaba el vestíbulo hasta el área de recepción. Tuvieron que llenar formularios y soportar un discurso desagradable del oficial superior sobre la rebeldía de los implicados. Pero la fama que estos ostentaban, obró a su favor.

Valeria y Logan salieron libres, con un jalón de orejas. Aunque del tercero en discordia eso no pasó. Tendría que pagar una fianza si pretendía salir, era un alborotador que merecía unos días de encierro.

—¡De WBF-Noticias!, ¿a qué se debió el altercado? —El micrófono de un periodista casi se lo meten por la boca a Stefano, encabezando este la marcha acelerada hacia la camioneta, mientras resguardaba a Valeria bajo su brazo para que no la hirieran con las cámaras fotográficas y filmadoras que trataban de captar las heridas y la apariencia desaliñada de los dos jóvenes. Afuera de la Estación de Policía un grupo de reporteros los acosaban con preguntas impertinentes y sin permitirles avanzar para largarse de allí sin dar explicaciones.

—¿Es por líos amorosos? ¿Su hija tiene algo que ver con los dos? —otro sujeto los seguía mientras le daba de codazos a sus colegas, afanado por tener la exclusividad.

—¡Déjenos pasar, después daremos un comunicado con calma! ¡Ahora no! ¡¡Abran paso!! —Stefano evitaba responderles, puesto que aún no estaban preparados para afrontar una conferencia de prensa desorganizada; debían consultar con expertos en este tipo de inconvenientes, las puertas al infierno se acabaron de abrir para ellos. Pese a la hora, la noticia del arresto corrió como pólvora por las redes sociales. Bastaron minutos para que diera la vuelta al mundo y comentaran sobre el altercado. Stefano maldijo por lo mal que lucían los titulares de la prensa digital: «Activista y artistas de famoso circo, enfrentados por idealismos contrarios».

Malo.

Muy malo.

—¿Estás bien? —Por encima de Valeria, Esther revisaba el rostro de su hijo, tan pronto se subieron a la camioneta.

—Sí, mamá, no te preocupes, fue solo un golpe… —trataba de restarle importancia, deseando tomarse un baño para quitarse el hedor a sudor y cárcel.

—¡¿Un golpe?! —Se escandalizó por su frescura—. ¿Acaso te golpeó con un mazo? Revisa tu ojo y date cuenta cómo quedaste.

Logan ni se molestó en echarse un vistazo a la polvera que le alcanzaba su progenitora, el dolor que sentía y su poca visión a causa de la inflamación, le indicaban que los fotógrafos estarían saltando de felicidad por las fotos tomadas.

El jeep y la moto fueron remolcados por la policía, del cual serían entregados al siguiente día, tras pagar una cuantiosa multa. Valeria viajó en la parte trasera, en medio de Logan y la madre de este; la señora Morgan en el asiento del copiloto, dando brasas por sus reprochables actos, y Stefano manejando bastante cabreado. Sin embargo, para la joven fue soportable cuando Logan le rodeó los hombros con su brazo, atrayéndola hacia su pecho. La quería cerca de él.

Alice calló *ipso facto* y Esther se tensó. Carajo…

Stefano los miró por el espejo del parabrisas y apretó con fuerza el volante.

Ni el oficial ni Valeria, ni Logan le dijeron por qué andaban juntos. Allá no pidió explicaciones, temiendo las respuestas.

La caída de las dos chicas en Rochester llegó a su mente.

¿Su hija tuvo algo que ver con lo de Olivia y Cinthya?

—¡Fuiste un estúpido! —Esther reanudó la discusión, luego de recuperarse del impacto que le causó la parejita—. Medirte a los puños con un activista. ¡Dios mío!, la prensa se deleitará con esto.

—Lo hecho: hecho está —Logan miraba por su ventanilla. El regreso al tren sería diferente a cómo salieron hacía unas horas.

Pero, a pesar de todo...

Valió la pena.

Valeria era su novia.

—Tenemos que pensar qué le vamos a decir a la prensa.

—¡Ay, no exageres!

—¡¡No son exageraciones!! —gruñó Esther con ganas de propinarle un pescozón a su hijo. Le había creado problemas al circo.

—Tu mamá tiene razón, Logan —secundó la señora Morgan—: golpeaste a ese muchacho, por lo que tendrás que disculparte en público.

Resopló.

—Jamás haré tal cosa.

Valeria tomó su mentón e hizo que la mirara.

—Yo creo que sí, es lo mejor. —Así suavizarían ante la gente, el incidente, a pesar de que las imágenes a las afueras del Partenón y de la estación de policía permanecerían por siempre en las redes.

Logan no replicó, sino que la apretó más hacia él, lo confortaba tenerla a su lado. En cambio, para Valeria, el silencio de su padre era preocupante, mantenía la vista clavada sobre el camino, con las manos firmemente sobre el volante y los hombros tensos. Clara señal de estar enojado.

Si bien, fue poner un pie en el suelo pedregoso de la zona ferroviaria, el murmullo viajó a la velocidad de la luz a lo largo de los pasillos del tren y en el exterior. «¡A Logan lo pillaron montándole los cuernos a Olivia con Valeria Nalessi!». «¡Ahí vienen escoltados por la directiva!». «¡¡Estuvieron presos!!». Todos corrieron a asomarse a través de las ventanillas y las portezuelas de acceso al tren, las exclamaciones asombradas aumentaron considerable cuando Logan insistió en aferrarle la mano a Valeria, rumbo hacia el Vagón-Vista, donde a ambos les jalarían de las orejas. Fueron murmullos cargados de perplejidad, censurando a la chica por atreverse a posar los ojos sobre alguien que le pertenecía a otra. Danira lanzó una palabrota y rápido apuntó su móvil sin que ellos la descubrieran, ya que en breve lo publicaría en su historial de Instagram; Maya Brown –que se había retirado de una de las dos fogatas encendidas por sus compañeros– tropezó con Dulce María, al verlos pasar hacia la parte norte del tren; Khloe quedó lívida en su sitio, chorreando la cerveza que se servía del termo de Arnold Hall. Akira no lo podía creer, su boca desencajada y sus ojos desorbitados a través de la persiana de su camarote, observándolos aproximarse. ¡Ella fue! ¡Es la que hizo que Olivia se estrellara contra Cinthya Moll! Era una trepadora que no dudaba en llevarse por delante al que estuviese atravesado en su camino, acostumbrada a conseguir todo con un tronar de dedos.

Stefano fue el primero en ingresar al vagón de descanso y lectura, y enseguida comenzó a cerrar con rabia las persianas de los ventanales para que los cotilleros que se hallaban afuera no observaran lo que adentro sucedía. La señora Morgan aventaba las manos, autoritaria, en señal de que estos desaparecieran del mapa o se encargaría de borrarlos de la nómina; Esther Sanders se dejó caer en uno de los confortables sillones, lamentándose de la impulsividad de su hijo, del acoso de la prensa amarillista y de los activistas que satanizaban cada uno de sus espectáculos. Logan y Valeria, cerca de una de las puertas conectoras. Sus manos entrelazadas, sus corazones palpitando mortificados. Juntos a pesar de las circunstancias.

—Señor Nalessi…

—¿Desde cuándo andan juntos? —la pregunta de este la escupió sin delicadeza al muchacho. Tenía suerte de no estrangularlo cuando los soltaron, porque Esther y Valeria estarían llorando.

—Hoy fue nuestra primera cita.

—¿Y Olivia? —Esther se inquietó por la joven convaleciente. Un descuido y perdió al novio a causa de la chica que más odiaba.

—Terminamos.

—¿Por qué?

—Es privado, mamá.

—¡NO LO ES POR ESTAR INVOLUCRADA MI HIJA! —Stefano lo gritó, cabreado, sus fosas nasales aleteaban por la respiración agitada—. ¡Mírala cómo luce! —Pelo desordenado, maquillaje corrido, ropas desarregladas y sucias—. Parece una golfa.

—¡Papá!

La puerta conectora que comunica con el vagón de la directiva, se deslizó para dar paso al señor Carlos Alberto López, gerente de marketing y relaciones públicas y al señor Abramio Valentini, jefe de personal. Los dos hombres lucían soñolientos como acabados de levantar de sus camas, habiendo sido advertidos por la coordinadora –al aporrearles la puerta de sus camarotes– para que estuviesen presentes. Lo que se discutiera a ellos también les concernía. Entre todos hallarían una solución, Brandon Morris no perdería la oportunidad de obtener una compensación monetaria por la pelea y el encarcelamiento.

—¿Qué está sucediendo para que nos convocaran con tanta urgencia? ¿Hubo otro accidente? —Abramio inquirió a Stefano, y este tuvo que explicarle el enfrentamiento que sostuvo Logan con un exintegrante y recurrente invasor del circo.

El hombre vaticinaba un lío gordo.

—Mañana, a más tardar, hay que publicar un comunicado en las redes —dijo—, condenando las acciones de uno de nuestros artistas y que tomaremos medidas severas al respecto.

Logan se mordía la lengua para no defenderse, tenía que bajar la cabeza y soportar las increpaciones que le llovieran por medírsele a aquel malnacido; durante el camino se preparó para ello; si lo despedían, lo aceptaba, otra compañía cirquera lo contrataría. Sería difícil trabajar para otros del cual desconocía, pues creció en Circus Amore, sus compañeros eran sus amigos y a algunos los apreciaba como hermanos. Aceptaba la escarmentada, pero que a Valeria la perdonaran.

Desanimado, preguntó:

—¿Qué debo decir?

—¿Quién dio el primer golpe? —Abramio inquirió a cambio, ignorando su inquietud.

—Yo.

—¡Porque ese sujeto lo provocó! —Valeria agregó para defenderlo—. Nos siguió; porque, ¿cómo se explica que supiera dónde estábamos! ¡!Aguardó a que saliéramos para hostigarnos con lo del maltrato animal!

—¿Y dónde estaban ustedes? —Stefano no se olvidaba de ese asunto.

—Eh... —se rascó la mejilla, nerviosa—. En el Partenón...

—¡Haciendo qué!

—En la cita...

—¿Tan tarde?

—Lo alquilé por una hora. Solo fue una cena, hubo testigos.

El hombre ansiaba estrangular al muchacho. Si esa fue la primera cita, no quería pensar en las demás salidas.

—¡A ver!, ¡a ver! —la coordinadora aplaudió fuerte en el aire para captar la atención de todos—. Concentrémonos en lo del comunicado: ¿qué es lo que debemos hacer?

—Se emitirá una carta pública en la *Web* y nuestras redes sociales —dijo Abramio—, en esta rechazaremos toda violencia hacia terceros, pero también condenaremos el acoso de *los activistas*. Los internautas deben saber que ellos son provocadores y nosotros jamás maltratamos a nuestros animales.

»Ustedes dos... —se volvió hacia Valeria y Logan—, tendrán que disculparse a través de un video; se publicará el mismo día del comunicado. Les aconsejo no ofrezcan entrevistas, las preguntas que los periodistas les lancen suelen ser filosas.

—¿Y en caso de demanda? —Stefano abordó el tema a Alice.

La anciana –entre Abramio y Carlos Alberto– contestó:

—Podemos optar por la provocación y el acoso. Hay testigos de este hecho, Brandon Morris los siguió hasta el Partenón; prueba de que los ha estado espiando. Si él exige dinero, demuestra que fue planificado para este hecho.

—Es conveniente revisar las cámaras de esa zona, para convencer al juez en caso de litigio —agregó Abramio—. No llegaron juntos, él los abordó con la finalidad de provocarlos.

—¿A ti te ofendió?

—No, papá. Yo...

—Sí, le diste de zapatazos —masculló—. Estoy viendo el video —alzó su móvil, mostrando la prueba fidedigna de lo que allá sucedió. Una alerta le avisó de lo que un conocido le mandó.

Llegaron a un acuerdo y, ahí mismo, filmaron la disculpa que los dos jóvenes ofrecieron juntos. Esther los peinó y maquilló para que no lucieran demacrados, sobre todo, su hijo que evidenciaba el enfrentamiento que sostuvo con aquel condenado traidor. Logan se esforzó por suavizar su voz y Valeria para que no sonara temblorosa. Se habían quitado los abrigos, para dar una imagen diferente a lo fotografiado y filmado por los paparazis; lo repitieron tres veces, hasta que la última toma convenció a todos de que, lo expresado, no polemizara.

El jefe de personal les informó que se les retendría la paga, por cinco presentaciones seguidas, como represalia de sus violentos actos y que estarían a prueba durante el trascurso de la gira; a la menor infracción serían despedidos, las normativas indicaban no tener favoritismos, esto causaba que los demás empleados hicieran lo mismo. Alice escribiría el comunicado, previo aprobado y firmado por los miembros de la directiva; a primera hora saldría publicado por los canales antes mencionados.

—¿Podemos retirarnos? —Logan preguntó a la señora Morgan, incapaz de ver a los ojos al señor Nalessi, y la anciana asintió.

Deslizó la puerta conectora que da hacia los camarotes de las chicas y se hizo a un lado para que Valeria cruzara el pasillo intermedio; Stefano abrió la boca para que se detuvieran, pero Alice le negó con la cabeza, de modo que los dejara descansar, ya habían pasado por mucho como para escuchar a un padre enojado.

Al cruzar, Valeria tragó saliva. Sus compañeras atestaban el pasillo del vagón, impidiéndoles avanzar hacia su camarote. Khloe la miraba apenada, sin rencores ni nada que le indicara a la morena que la rubia volvía a estar enojada con ella por guardarle secretos. Tenía una expresión de «me cuentas más tarde, amiga». Logan pretendió escoltarla hasta allí, pero las malas caras de esas chicas, lo impulsó en halar del brazo a Valeria y bajarse por esa área para no tener que soportarlas.

—¿Adónde vamos? —Valeria se abrumó por la dirección que tomaba su novio.

—Dormirás conmigo.

—No me parece…

—Que hablen, igual lo harán si estamos separados.

—¿Y papá?

—Tienes razón —se detuvo—, perdona…

La llevó de vuelta al camarote. Las chicas rieron por esto e hicieron comentarios que provocaron que Logan las mandase a volar por idiotas. Miró a Khloe y esta entendió que debía ir un rato al comedor, Valeria se disculpó y la rubia le giñó un ojo. En cuanto tuviese oportunidad le exprimiría la cotilla.

Logan se sentó al borde de la litera-baja y dio unas palmaditas en el colchón para que Valeria se sentara a su lado, le sonrió apenado por cómo terminó la cita y entrelazó su mano con la de ella.

—Se siente bien —dijo—, debimos ser novios hace tiempo.

—Nos llevábamos pésimo, eras odioso.

—Y tú, antipática —replicó, socarrón.

Valeria observó que el ojo izquierdo de Logan lucía peor, a pesar del maquillaje corrector de la señora Sanders, y enseguida el dorso de sus dedos acariciaron la parte lastimada.

Logan cerró los ojos y suspiró.

—Eso se siente increíble...

—¿Voy por hielo?

—No. Quédate así, me gusta lo que haces...

Valeria lo mimaba con sutiles caricias, las yemas de sus dedos dibujaban el contorno del rostro masculino, la inflamación en el párpado y el moretón bajo la línea lagrimal se tornaban severas en la medida en que avanzaban las horas; no se quejaba de dolor, pero ella era consciente de que él sufría; los puños de ese sujeto eran capaces de ahuecar paredes de concreto, del que Logan pudo tener fractura de pómulo.

—Te pegó duro —comentó sin intención de discutir—, tienes el ojo casi cerrado.

—Y Brandon escupió un par de dientes.

—Espero no te los cobre, los arreglos dentales son costosos.

—Con gusto le pago una prótesis completa si me deja darle otro par de puñetazos.

Ella dejó de acariciarlo. Su mirada consternada.

—No quiero que te despidan...

—No lo harán.

—Estás aprueba, Logan, y ese Brandon es recurrente. Le dimos el pretexto para que te perjudique.

—Ya veremos si lo consigue.

A grandes rasgos, aquel rubio tenía razón.

¿Quiénes eran ellos para someter a criaturas que se movilizaban en sus cuatro patas?

No manifestó sus pensamientos en voz alta, lo guardó en su corazón para el momento en que su novio estuviese más calmado, los días siguientes ambos caminarían por la cuerda floja de las especulaciones y las burlas, las compinches de Olivia y los cazadores de noticias se encargarían de amargarles la vida.

Logan la atrajo hacia su pecho para acunarla entre sus brazos y reconfortarla, pero apenas sus manos se posaron en torno a esta, a la puerta tocaron.

Valeria se levantó, creyendo era Khloe que retornaba al camarote, pero quedó paralizada en cuanto vio a su padre.

—Papá, no es momento.

—¿Por qué? —Los ojos de este se elevaron por sobre la cabeza de su hija y descubrió al motivo de sus disgustos—. Bastardo... —se arrojó sobre él para estrangularlo. El desgraciado pretendía cerrar *la maldita noche* al seducir a su hija.

—¡Papá, no! —Había malinterpretado la escena: su novio sentado en su cama y a puerta cerrada.

Stefano aplastó al joven contra el piso, consumido por la ira. Conocía muy bien sus andadas sexuales, la mayoría de las bailarinas cayeron rendidas a sus pies, envueltas por una bruma de deseo y promesas románticas.

—¡Suéltalo! —la joven luchaba por apartarlo de Logan. Este intentaba retirar las manos del *suegro*, alrededor de su cuello; Stefano tenía claras intenciones de mandarlo a la otra vida, sin temer a las repercusiones.

Los gritos y el ruido en el tercer camarote, llamaron la atención de las chicas, quienes rápido pidieron ayuda a los muchachos que se hallaban todavía en el exterior.

Axel y Milton entraron para separarlos.

—¡Te mataré!

—Papá, no es lo que parece... —Valeria se interpuso entre su progenitor y su novio. A lo largo del pasillo, ni una mosca era capaz de circular, debido a la cantidad de curiosos que se agolparon. El maestro de pista y el artista estrella se medían a los puños.

—Señor Nalessi, su hija dice la verdad —Logan jadeaba en su intento por recuperar la respiración—. Solo hablamos.

Él lo señaló.

—Aléjate de mi hija o te largas del circo —amenazó y un jadeo unísono se escuchó en el vagón.

Valeria se molestó.

—Te recuerdo que ya soy grandecita —le espetó—. Y durante muchos años estuviste ausente. No pretendas recuperar el tiempo perdido, protegiéndome; ya no lo necesito, soy mayor de edad.

Algunas bailarinas se taparon la boca para ahogar una exclamación. Menuda grosera compartía con ellos el tren.

Stefano la miró apesadumbrado y luego se marchó dando tumbos hacia su vagón, llevándose por delante al pobre que se demoraba en apartarse de su camino. La herida en su pecho que, hasta hace poco se había cerrado, volvió a abrirse. Como padre era un fracaso.

Capítulo 27

«Estar lejos de mi hijo, creo que es como el mayor sufrimiento».

Diana Ha, artista.
"Luzia". Cirque du Soleil.

Las vacaciones de Fin de Año llegaron. Ayudantes y artistas hicieron sus maletas, tomando cada uno su camino para disfrutar las fiestas decembrinas con sus seres queridos. La directiva anexó cinco días más de presentaciones en Huntsville, Alabama y en dos ciudades de Florida: Orlando y Jacksonville, para que los artistas estuviesen libres para dichas fechas.

Desde este último punto, Valeria voló a Nueva York. El invierno se abría paso, con un descenso considerable de temperatura, cubriendo la nieve cada vez más las calles y las edificaciones. La alegría navideña se reflejaba en las vidrieras de los negocios, los turistas quedaban maravillados por las luces titilantes de las decoraciones; no obstante, para Valeria tal brillo le era indiferente; sentía que volvía al mismo infierno, los asuntos con su papá quedaron tensionados y sus compañeros aún la detestaban. Se lamentaba que, por más que se esforzara en hacer las cosas bien, se equivocaba, transitaba un sendero plagado de maleza que la hacía trastabillar con facilidad. Su torpeza era tal que ocasionaba daños.

Intentó disculparse con Stefano, pero este se mantuvo hermético, encerrado en su vagón.

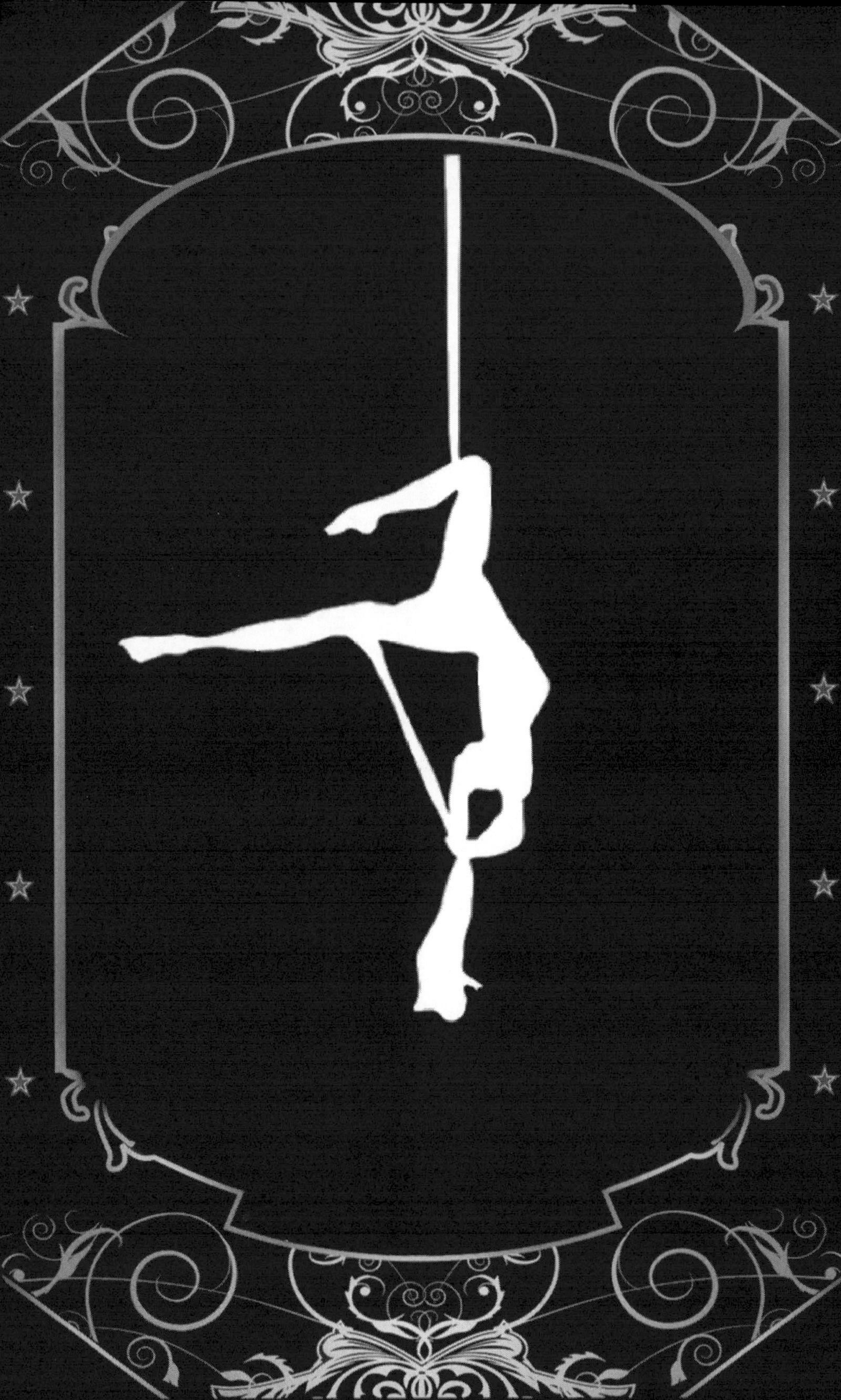

Nia ni pudo hacerlo razonar, fue la intermediaria entre los dos por unos días hasta que se cansó de llevar y traer mensajes; aunque la aconsejó de mantenerse alejada para permitirle al otro remendar su corazón, pues le dio una estocada que tardaría en sanar. El hecho de seguir sin perdonarla, la preocupaba que él tomara acciones contra Logan o contra ella con tal de alejarla de Amore, salía de una situación problemática y entraba en otra peor, los abogados merodeaban las zonas de carga, sosteniendo reuniones con los miembros de la directiva, los activistas pretendían sacar provecho del incidente con Brandon Morris, a pesar de que este no denunció la agresión. Buscaban llamar la atención de los medios de comunicación al hacerse pasar por «víctimas».

Fuera de esto, la Compañía concedió poco más de una semana para calmar los ánimos caldeados y permitir a sus empleados renovar energías. El tren partió hacia Tampa, de vuelta a la sede, allá aguardaría el retorno de sus pintorescos pasajeros para el día 03 de enero; luego rodarían una vez más sobre los rieles hacia Greenville en Carolina del Sur para continuar con el itinerario programado. Aún les faltaban diez destinos, incluyendo Tampa.

El taxi doblaba a baja velocidad por la calle de su casa. Le hacía falta Khloe y Logan, estos tomaron vuelos diferentes; Khloe viajó a Filadelfia, ya que su familia decidió pasar allá las vacaciones, y, Logan, él se marchó junto con la señora Sanders a California. La había invitado a pasar el año en Santa Helena, pero Valeria lo rechazó, aún ellos no daban ese paso formal como para hospedarse en aquel hogar.

El taxista le cobró según lo marcado en el taxímetro. Valeria pagó y en el acto se bajó a la vez que el hombre de rasgos árabes, sacó rápido la maleta de la cajuela, aprensivo de ser multado por algún fiscal de tránsito. Ella la rodó hacia las escalinatas que dan acceso a su casa, volvía con menos equipaje que cuando pisó por primera vez la sede; la mayoría de sus pertenencias quedaron guardadas en el camarote, al igual que la de sus compañeros en los suyos.

Alzó la vista y una figura femenina se asomaba por una de las largas ventanas de marco y cornisa blanco.

Respiró profundo mientras subía las escalinatas como si ella fuese a cumplir un castigo.

—¡Valeria! —El ama de llaves abrió la puerta principal y extendió los brazos hacia ella—. ¡Bienvenida, te extrañé tanto!

—Me alegra verte de nuevo, Dolores. También te extrañé— Correspondió al abrazo cariñoso de la anciana y luego lo deshizo en cuanto esta lanzó una mirada hacia el interior de la majestuosa casa de ladrillos rojos.

—Pasa, le avisaré a tu madre que llegaste. Y, prepárate —susurró para darle una mala noticia—: tu abuela y tu tío Adelfo llegaron ayer…

Valeria hizo un mohín.

Mierda, esos dos…

Tras cerrar la puerta principal, la joven le obsequió una afable sonrisa, la dulce mujer se comparaba a la de una abuela. Aunque no como la suya…

Dolores desapareció por el pasillo, dejando ahí a Valeria con el estómago revuelto. En breve tendría que enfrentar a su progenitora.

—¡*Valeriaaaaa!* —los gemelos corrieron escaleras abajo, emocionados de volver a ver a su hermana mayor.

—¡Hola, mis loquillos! —Ellos saltaban a su rededor como cachorritos alegres a su amo—. ¿Me extrañaron?

—Yo no.

—¡Yo sí! ¿Jugaste con los leones?

—No porque me hubiesen comido de un bocado —respondió a Fabio a la vez en que meditaba que Logan la miró en más de una ocasión con ganas de *comérsela*—. Pero les comento que saltaba en los trapecios.

—¿Qué tan alto? —A Sabino le atizó la curiosidad.

—Muy alto.

—¿Hasta el techo? —Señaló hacia las vigas de madera de la segunda planta donde se observaban desde las escaleras.

—Mucho más alto.

—¡*Wow!* —Fabio y Sabino exclamaron admirados de las proezas de Valeria. Se lo contarían a sus amigos que aún no creían que tuviesen una hermana en el circo—. ¿Qué nos trajiste? —los gemelos parecían estar conectados en un mismo pensamiento, porque solían coincidir al hablar al mismo tiempo.

Al instante, Valeria hurgó en su bolso y extrajo unos disparadores de dulces, cuya tapa era la cabeza de un elefante y un tigre. Había pensado en comprarles algo mejor, pero no tuvo oportunidad de hacerlo; estos eran artículos baratos que se vendían para el público antes de cada función, y a ella le limitaron el sueldo por un período largo a causa de la confrontación con el activista.

—¡Gracias!

—¿Les gusta? —preguntó ante lo obvio y estos asintieron gustosos—. No se los dejen ver de mamá, porque se los quita.

—Y de *nonna* también —Sabino comentó en una expresión de haber sufrido un sermón por parte de la matriarca italiana. El tío Adelfo les había comprado chocolates en el aeropuerto y esta, al descubrir que los devoraban antes del almuerzo, se los quitó para arrojarlo a la basura. «Los niños sanos no comen porquerías».

—Los tendremos en el morral —Fabio susurró y Sabino asintió, estando de acuerdo con su gemelo. Nadie revisaba sus cuadernos o libros de investigación, sus deberes escolares se hacían en clase y ellos eran los que estaban pendiente de lo que allá llevaban. Los morrales tenían muchos bolsillos en donde esconder los dulces. ¡Eran geniales!

—Hasta que llega la hija pródiga... —Leonora espetó desde el marco que divide la sala del comedor. Los niños se hicieron detrás de su hermana mayor, escondiendo en sus espaldas los obsequios—. Ni una llamada —reprendió—. ¡Nada! ¿Sabes lo que me causó enterarme otra vez de ti a través de la televisión? Qué vergüenza, te arrestaron. —Tres días le tomó superar la migraña y las taquicardias que le dieron, el cardiólogo le aconsejó no pasar más disgustos o tendrían que hospitalizarla por un infarto.

—Eso se aclaró —respondió, con desgana. Fabio y Sabino se hicieron los locos y de allí subieron de volada hacia la planta alta para encerrarse en la habitación. Dolores se hallaba detrás de Leonora, apesadumbrada por el frío recibimiento que le daba a la recién llegada; una de las sirvientas que atendió al llamado del ama de llaves, tomó la manija de la maleta de Valeria y la llevó sin mucho esfuerzo al dormitorio de la atribulada joven.

—Douglas tuvo que dar explicaciones en el bufete. Los socios se molestaron por la pésima imagen que tú les brindabas.

—¿Y yo *qué velas* tengo en ese entierro? —se molestó—. Ellos tienen su trabajo y yo el mío. En nada les afecta.

—¡A tu padre, sí! —estalló y enseguida echó un vistazo hacia arriba, esperando que, *la que tomaba una siesta vespertina*, no se asomara por encima de los barandales para increparlas por escandalosas—. ¿Acaso no te importa su beneficio? —inquirió esta vez en tono mesurado, mientras evaluaba de manera reprochable el aspecto desaliñado de su hija. Nada más estar al lado de Stefano y, todo lo que ella le inculcó en cuanto a la apariencia y la pulcritud, lo mandó por el caño: cabello greñudo, zapatos polvorientos, esmalte de uñas desconchados y ni una gota de maquillaje en su paliducho rostro.

¡Caramba, otra vez el discursito!, para Valeria el tema era recurrente, siendo una sonata desafinada que se la tocaba cada vez para atormentarla, y, hasta conseguir que ella le siguiese la melodía al son del chasquido de sus dedos, la escucharía sin parar.

Optó por alejarse de allí.

—No he hecho nada malo para perjudicarlo —replicó, incapaz de quedarse callada en la medida en que subía las escaleras. Durante esos meses se portó con propiedad, solo sufrió un accidente y protegió a Logan de ser molido a los puños por un mastodonte.

—¡Claro que sí! —Leonora exclamó airada lo más alto que sus cuerdas vocales le permitieron para no ser escuchada por los demás—. Tu padre y yo hemos hablado, y tomamos una decisión.

La miró precavida desde el descanso de las escaleras.

—¿Cuál padre? —Tenía dos del cual no estaba segura quién la había apuñalado por la espalda.

—¡Douglas, por Dios! ¿Cuál crees que estuvo pendiente de ti estos años? ¡Él es tu padre y no *ese cirquero de mala muerte* que ni una carta te escribió en tu niñez!

La joven contuvo una palabrota. Qué cínica, se le olvidó que ella fue la que le negó a este compartir la potestad.

Aunque le concedía que Stefano bien pudo luchar con uñas y dientes por su retoño, y no lo hizo.

—¿Qué decisión tomaron? —Se preocupó más por esto que por sacarle en cara lo otro. Esos dos eran de temer.

Leonora, luciendo un correcto atuendo según sus estándares y maquillaje impecable, alzó la mandíbula una pulgada y respondió:

—Volverás a la universidad y retomarás el trabajo que el señor Conrad, tan caballeroso, te ofreció. O de lo contrario…

—«De lo contrario…» —la animó a responder lo que dejó en suspenso, preparándose para una confrontación verbal. A esta le encantaba ese tipo de cosas.

—Tu padre perderá su trabajo y el prestigio como abogado. Lo amenazaron con despedirlo del bufete.

¡*Argh!* ¿Por qué tenía que cargar con *el qué dirán*?

Lo revelado se lo tomó a mal, teniendo que soltar un buen rato el llanto enojado en el baño de su habitación. Su mamá jamás cambiaría, era dominante por naturaleza y en exceso autoritaria, solía limpiarse el trasero con la comprensión y la empatía; si existían las reencarnaciones, tuvo que ser antes un cruel dictador. Aún tenía el gusto.

Recostada en su cama, miraba preocupada la pantalla de su móvil. Tres llamadas perdidas a Logan y este ni se ha dado por enterado. ¿Estaría durmiendo? Lo pensó, *hum*…, lo dudaba. Él era de los que se acostaba a dormir tarde y con el móvil pegado a la oreja. Lo cargaba a todos lados y a menudo revisaba los audios que sus amigos o ella le dejaban.

Claro… Antes del estrangulamiento del *suegro*.

Desde Nashville, ellos volvieron a distanciarse; aún los demás se oponían a verlos juntos; tomarse de las manos era una afrenta que muchos no toleraban. Logan se enemistó con casi todas las chicas que insultaban a Valeria y también tuvo confrontaciones con los muchachos bajo su mando, por propasarse con sus bromas y comentarios subiditos de tono. Charlaron por el móvil y llegaron al acuerdo de, por ese año, limitarse al trabajo.

Él quería luchar.

Ella no. Sus fuerzas de guerrera mermaban.

Tras varios infructuosos intentos, dejó el móvil en la mesita de noche. Él no iba a contestar, la poca disposición de Valeria para convencer a los integrantes del tren de que los dos eran libres de sostener una relación amorosa, lo desanimó.

Semanas largas pasaron entre las paredes metálicas del *monstruo negro* y en los estadios, cada uno en lo suyo y sin hablarse a menos que fuese para saludarse como dos empleados distantes o para intercambiar opiniones de los actos que ejecutaban. Algo que resultaba muy esporádico...

Ruby Orlova cazaba a Logan, como tigre a cervatillo, ya en una apuesta hecha a sus amigas de *echarle el lazo* a ese espécimen masculino. ¿Quién la iba a acusar de *quita-novios* si este estaba solito? A Olivia la mandaron de paseo y a la hija del señor Nalessi la tacharon por idiota.

Valeria gruñó celosa de esa rusa libidinosa, ¿cuántas veces se habría colado en el camarote del acróbata?

Muchas...

—Tú así lo quisiste... —se increpaba así misma. Dejó a Logan para que otras le coquetearan. Pronto tendría nueva novia.

Pesarosa, marcó al número de Stefano, pero este tampoco le contestaba, por lo que la joven consideró que el karma se lo estaba cobrando, incontables veces su mamá la llamó al móvil para increparla y ella la ignoró.

Aunque con aquellos no era el caso: quería hablarles, disculparse y decirles que los amaba.

Se rascó la cabeza y miró perezosa el armario. Esa noche ofrecerían una cena como bienvenida; así que, escogió una falda de cuadros y una blusa negra, con botas largas a las rodillas. Hubiese preferido unos vaqueros y camiseta holgada, pero *doña Leonora* la reprendería.

Bajó en cuanto Dolores le anunció que pronto se serviría la cena. Por desgracia, su sorpresa fue descomunal en cuanto se presentó en la estancia, allí descubrió a un sujeto desagradable.

Quedó estática.

—¡Oh, pero qué encantadora visión! —Robert Conrad se aproximó, con pasos acelerados, para impedirle lo esquivara y le agarró la mano sin su permiso para estamparle en el dorso un beso—. Me tienes enojado de que hayas huido para unirte al circo; si necesitabas un aumento, yo te lo habría proporcionado, ¿era eso? —Miró de refilón al padrastro—. Las jovencitas de ahora son ambiciosas, les gusta el dinero rápido... —Su sonrisa odiosa ocultaba a los otros el conocimiento que tenía al respecto de lo que la morenita pensaba de su futuro. Aún lo avinagraba que se haya librado de sus garras, en el restaurante la tuvo *medidita* para follarla, pero esta fue ágil al plantarle carácter.

Valeria ahogó una palabrota. Viejo baboso que intentaba manosearla cada vez que tenía oportunidad.

—Mi nieta no habría hecho esa tontería si yo la hubiese criado. Leonora fue muy permisiva desde que esta era una mocosa —la abuela comentó en un rudo acento italiano, captando la atención de la aludida.

—*Nonnita*, qué alegría verte —mintió y aprovechó de salir de su incomodidad al acercarse a la matriarca que se hallaba sentada a la cabeza de la mesa del comedor. Saludó al tío Adelfo, sentado en medio de los gemelos. Olía a que estuvo bebiendo desde temprano y este la abrazó sin levantarse más de lo familiarmente permitido. Sabino y Fabio le guiñaron el ojo, en complicidad de los dulces que ya probaron y que, tras acostarse, se darían otro atracón.

—Mamá, tú bien sabes que he puesto todo de mi parte para meterla en cintura —Leonora replicó apenada de lo que pensara de ella el señor Conrad—. Es culpa de…

—¡Basta! —la hosca anciana la interrumpió—, no me des más excusas, fuiste inútil al no criarla con un fuete. Debiste reventarle la espalda cada vez que te desobedecía como hice contigo en tu niñez.

Igual se largó con el circo, Valeria tuvo que morderse la lengua para no escupírselo a su abuela.

—No «hui», *nonna* —le aclaró a la anciana—. Me marché a trabajar con ellos, que es diferente.

—¿Y haciendo qué? —Robert, ya sentado a la mesa junto con los demás, preguntó en un tonito pretensioso. Le iba a cobrar el desplante a esa chiquilla tonta. A él nadie lo rechazaba, aún fantaseaba con hacerla gemir al *darle* por el culo.

—Trapecista —respondió, orgullosa de sí misma. Iba a decir que también hacía de aerealista y bailarina, pero prefirió dejarlo así.

El hombre se saboreó los labios, deslizando la vista por los senos de la jovencita que se moldeaban provocativos bajo la blusa. Serían pequeños, pero capaces de ofrecer a su amante una buena chupada. ¡Los que él le daría!

Valeria se incomodó de la nauseabunda mirada, y caminó hacia la cocina para alejarse de él.

—¿A dónde vas? —Leonora pretendía hacerla entrar en razón por las malas.

Se volvió hacia ella.

—Por un vaso de agua.

—Pídeselo a Dolores. Siéntate y sé una buena anfitriona, el señor Conrad es nuestro invitado de honor y no debe ser desatendido.

La pobre empuñó las manos. Jamás invitaría a su casa a un sujeto como ese, se jactaba de su dinero e influencias en los estratos altos, buscando intimidar al que lo escuchara. Le daría su bofetón si se propasaba.

Para su desgracia, tuvo que sentarse al lado del vejestorio.

—Permítame decirle, señorita Davis, que luces un poco desmejorada —la aguijoneó—. ¿Están abusando de tus servicios? He oído que la vida del circo es dura y no se come bien. —En especial por las noches en la que estos comparten la cama con muchos. A lo mejor, la condenada habría perdido la virginidad con uno de esos vagabundos en alguna orgía, y, si así era el caso, él le sacaría provecho a su recién adquirida experiencia.

Leonora y Douglas se removieron en sus asientos, incómodos por el comentario del socio minoritario de Walker & Asociados. El hombre analizaba a su hija de la misma forma en cómo ellos lo hicieron. Hambre, pobreza y sufrimiento, es lo que se obtenía a cambio de unas cuántas monedas.

—¡¿Estás pasando hambre?! —la abuela se escandalizó.

—De ninguna manera —Valeria estaba por gritarle sus verdades a ese malnacido—. Admito que se trabaja duro: actuar para el circo requiere disciplina y constante entrenamiento, pero nos alimentamos bien y cada empleado, sea artista, ayudante o domador, tiene su propio camarote. Bueno, lo compartimos con otra persona y este se mantiene fijo hasta el final de la temporada.

—¿Tu «compañero» cómo es? Apuesto que tendrá sus mañas…
—Robert le declaró una guerra silenciosa del que, al vencerla, le metería el pito entre las piernas.

—¡¿Duermes con un hombre antes del matrimonio?! Qué horror… —la abuela pugnaba en darle unas cuantas nalgadas a esa muchacha por pecadora; esa noche tendría que rezarle a una legión de santos para que iluminaran a su nieta. Leonora le falló una vez y recapacitó tras vivir en el estiércol de las bestias. Valeria era una manzana podrida de un árbol torcido llamado, Stefano Giancarlo Nalessi, compartía cama con un sujeto que a lo mejor era hasta ladrón. Terminaría siendo una libertina que arrastraría por el lodo el apellido de la familia.

—¿Aceptan hombres mayores?, me voy contigo para ese circo donde la pasan bien.

—¡Cállate, Adelfo! —la matriarca le gritó desde su sitio—. ¡Es un circo de perdición!

—¡¡Claro que no!! —la joven se enojó—. *Mi compañera*, porque es una chica —aclaró—, es honesta y con una moral intachable; no como algunos que aparentan una cosa y es otra...

—¡Valeria! —Leonora agrandó los ojos—. Qué comentario tan feo. Discúlpala, señor Conrad; por lo visto, mi hija adquirió los modales propios de un cirquero de carretera. Qué vergüenza.

Él sacudió la mano, para restarle importancia. Se requería mucho más para que lo ofendieran.

—A ella le perdono todo —dijo—, incluso su ingratitud.

—Jamás he sido una ingrata —Valeria dijo—. Y le vuelvo a repetir que le agradezco la oportunidad de haber trabajado para usted, pero no es lo mío. El circo es lo que amo.

Leonora y Douglas intercambiaron miradas molestas. Debieron haberla dejado con la abuela...

—Lo que has expresado, demuestra inmadurez —comentó el padrastro, ansiando otro vaso de whisky para pasar el trago amargo—. Al convertirte en una *maromera*, desperdicias oportunidades que valen la pena. ¿Por cuánto tiempo crees que trabajarás para ellos brincando como chimpancé? ¿Cinco años? ¿Diez? ¿Y después qué...? ¿Te cruzarás de brazos, esperando que alguien te tienda la mano?

El comentario rebosó la paciencia de la muchacha.

—Por Dios... ¿Hasta cuándo la discriminación? Soy feliz allá y gano muy bien; por cierto, incluso más que tú a mi edad, papá.

—¡Grosera! —Se levantó del sillón.

Robert y Leonora lo imitaron.

—Estoy seguro de que la señorita Davis no pretendió faltarle al respeto —el hombre intentaba ganarse el aprecio de la morenita. ¿De qué le valía imponer carácter si al final lo despreciaría?

Las lágrimas de Valeria saltaron enseguida. Lo que menos deseaba era que su padrastro la odiara.

—Perdóneme; no debí... —sollozó—. Pero, compréndeme: por primera vez en mi vida, encontré mi lugar —aunque fuese duro, ella se sentía completa.

La miró severo.

—¿Feliz al lado de *maromeros* que con tu familia? Qué idiota...

—Douglas... —Leonora le tocó el brazo para que midiera la lengua. Estaba siendo más que rudo con su hija.

La joven bajó la mirada.

—Lamento que eso sea para ti —dijo con voz rota—. Me hubiera gustado que se alegraran y me apoyaran; por desgracia, no puedo exigir mucho a gente de mente cuadrada.

—¡Valeria! *Disculp*... Valeria. ¡Valeria! —Por más que las acciones de su hija fuesen reprochables, a Leonora le dolía lo que sufría. En el instante en que su «mundo feliz» acabara, padecería una calamidad. Así era la vida.

Esta corrió, escaleras arriba, encerrándose en su habitación, mandando la cena de Navidad y al mismísimo invitado de honor al infierno. Era el primer día de retorno a su hogar y reñían como perros y gatos.

Se arrojó a la cama, abrazando la almohada, buscando ese abrazo cariñoso que tanto le hacía falta. No solo la de una chica común que ansiaba el cariño de su otrora enamorado, sino la de unos padres respetuosos de las decisiones de sus hijos. Reconocía que los suyos distaban de ser perfectos y que, lo más probable, se dejarían fracturar un brazo antes de reconocer sus propios errores. Pero en algo tenían razón... Después de Amore, ¿qué haría?

Por cómo soplaban los vientos, tendría que renunciar al final de la gira. Sin embargo, habría valido la pena, sería algo que contaría a sus hijos como un sueño hermoso que inició y la realidad se atravesó en medio para concluirlo.

Pero era su sueño.

De momento...

Capítulo 28

El calendario estaba por caducar; en cuestión de horas se abrazarían y expresarían éxitos y felicidad, y, al siguiente minuto, ni se dirigirían la palabra.

Cuatro violinistas se contrataron para ambientar con suaves melodías. Las muchachas del servicio lucían su uniforme de etiqueta, ofreciendo vino o champaña al que estuviese «sediento». El tío Adelfo vaciaba su copa a tal velocidad que la abuela Constanza lo increpaba, porque tendía a abocarse a la bebida como si no existiera un mañana. Los gemelos corrían por la casa, pese a que las matriarcas constantemente les ordenaban comportarse, pero, para dos niños de siete años era como pedirles dejar de respirar por el resto de la noche.

Valeria parpadeaba por inercia mientras escuchaba a uno de los amigos de su padrastro, parlotear de política y de asuntos que ella no comprendía. Leonora le exigió estar presente y, del cual debía asentir y negar con la cabeza, a lo que estos comentaran; dado el caso de que le formularan una impertinencia en referencia a sus «escándalos circenses», solo Douglas o el señor Conrad aclararían dichas circunstancias para zanjar el tema sin ofender a nadie. Este último procuraba mantenerse cerca de la joven, quien se apartaba disimulada para no tener que compartir el mismo aire. El maldito la acosaba con la mirada; sus ojos ardían de deseo por ella, tan de buenas, él, que ninguno notaba su morbo.

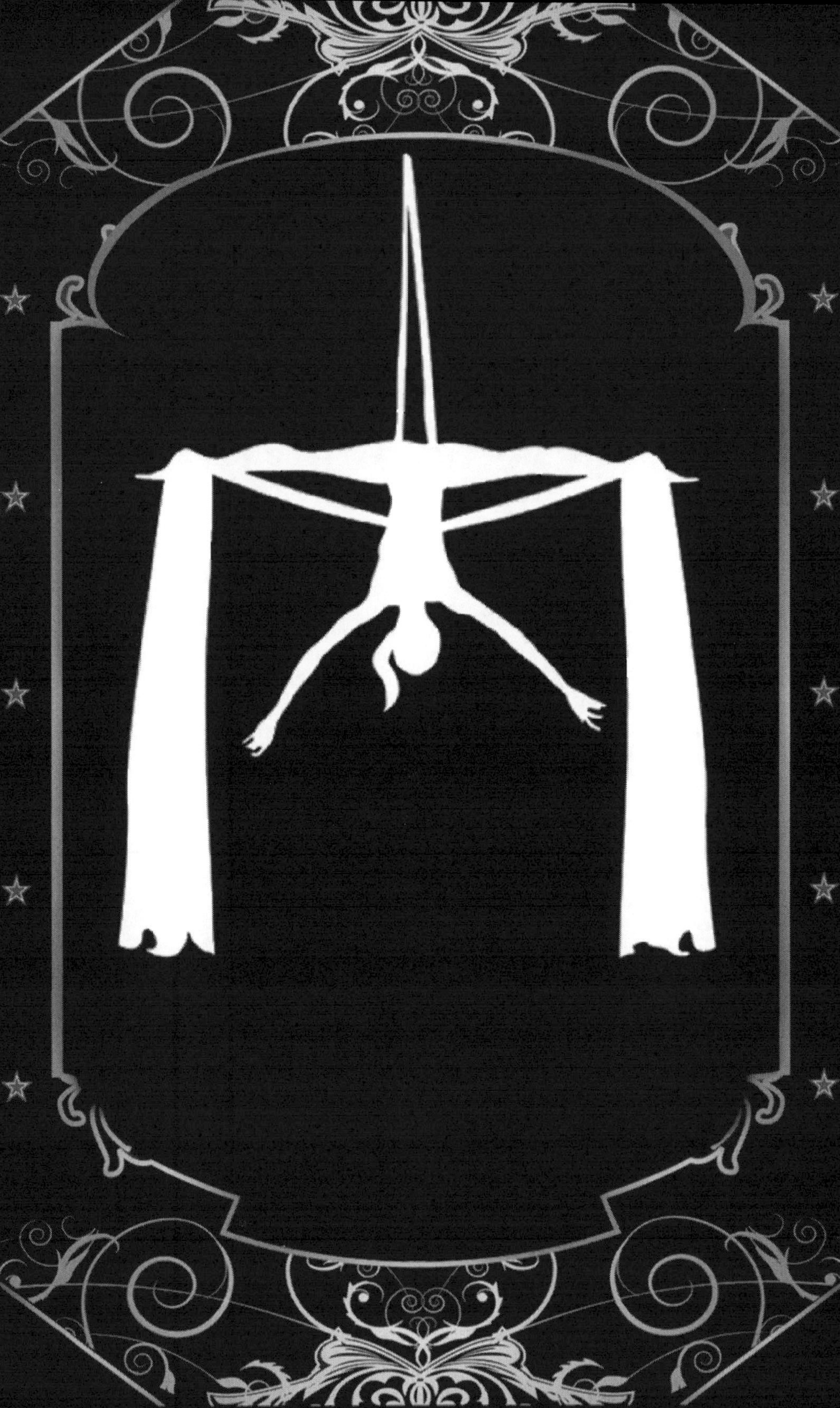

Al festejo de Fin de Año de los Davis, acudieron los conocidos que a Douglas, en cuestión, le convenía en su profesión: jueces, obispos y cardenales, el fiscal de distrito de Manhattan, presidentes de municipio, senadores, algunos CEOS, y, por supuesto, sus compañeros de trabajo que, para esas fechas la mayoría tuvo que permanecer en Nueva York; los más importantes celebraban en las montañas suizas o en la elegante París; los de menor influencia aceptaron la invitación del aspirante a la sociedad de Walker & Asociados, por aprecio o por curiosidad de la bonita hija en edad casamentera.

A pesar de esto, Valeria agradecía para sus adentros que no le hicieran comentarios sobre el impase con el activista y lo de la caída, Leonora estaba en constante tensión, pendiente de los demás; sus ojos rodaban por cada rostro achispado de licor y sus oídos aguzaban lo que estos comentaban. Valeria permanecía callada para evitar que esos sujetos de traje y corbata sobre ella se enfocaran; los vestidos largos de las mujeres se adquirieron en las costosas boutiques de la 5ta Avenida y sus joyas un reflejo de los ingresos económicos de sus esposos. Aunque ninguna opacaba la belleza de la más joven en su vestido blanco-negro.

La vibración de su móvil sacó del sopor en el que se hallaba y rápido consultó quién marcó su número.

Logan.

—¿No pudiste dejarlo en tu habitación? —Leonora le llamó la atención en voz baja por ser incapaz de desprenderse del aparato.

Valeria lo ocultó en el bolsillo del faldón de su vestido, la prenda de alta costura le gustó por dicha función, pasando su móvil imperceptible entre la gente, sin perder el glamur, teniendo esa inspiración al estilo años cincuenta.

—Me pregunto: ¿quién la habrá llamado? ¿Será el *distinguidísimo* novio? —Robert agregó leña al fuego para que la anfitriona la despojara del medio que la comunicaba con aquel cirquero. Apostaría un millón de dólares a que era aquel; *sus contactos* lo mantenían informado de lo que hacía, para dónde se dirigía y lo que comía durante el día, que sería capaz de vaticinar su próximo movimiento. El desconcierto de la morenita bastó para él adivinar lo que esta habría leído en la pantalla del móvil.

—Era una amiga —respondió a los sujetos que la censuraban como si se creyeran con el derecho moral de hacerlo, sopesando ella en espetarle al *baboso* de ocuparse de sus propios asuntos y no en los de una chica que ni siquiera era su hija. Así que, se pidió paciencia en su mente y luego esbozó una sonrisa desabrida para no demostrarle a ese abogado de mierda que no estaba molesta. Si los otros observaban su cabreo, sería lo próximo a conversar; ya le parecía escuchar: «nada bueno aprendió del circo», «así son todos de groseros», «qué maleducada», y su mamá disculpándose y a la vez lanzándole a ella miradas asesinas por su impulsividad.

El móvil volvió a vibrar en su bolsillo y Valeria tuvo que retirarse, prefiriendo darles la razón por su falla en las buenas costumbres, pero no ignoraría a Logan.

Se dio prisas en subir hasta su dormitorio y devolverle la llamada.

Por desgracia, no le contestaba, quizás no escuchaba el sonido de alerta o estaba fuera de cobertura.

Al menos la tranquilizaba que por fin se comunicara; no le preguntaría qué le impidió esa semana en responderle rápido o si la lejanía le proveyó por fin otra perspectiva con respecto al efímero noviazgo; ella fue la precursora de esperar hasta superar las adversidades. Aun así, su impaciencia la tornaba insegura, ¿habría vuelto con Olivia? ¿La mamá lo convenció de hacerlo? Era evidente que, para la señora Sanders, Valeria no le agradaba por todo lo que representaba.

Con la vista puesta en su móvil apagado, se sentó al borde de la cama, intentando por segunda vez en marcarle; debió aguantarse las malas caras y contestar frente a los demás a la primera repicada, esa noche la telefonía colapsaba por los mensajes de texto amistosos, audios de cariño y confraternidad, fotos y videos que viajaban a través del ciberespacio, de las millones de personas que habitaban la ciudad y de las que poblaban el resto del planeta, contactándose entre sí en esa fracción de tiempo con los seres queridos.

Suspiró.

Debió contestar…

—Te extraño —dejó como audio y evitó no agregar más, ya le había dejado a Logan otros en la que profundizaba en sus sentimientos y de lo que padecía por culpa de su abuela materna que le criticaba todo: por levantarse tarde en las mañanas, por comer rápido, por mirar programas de televisión que no eran educativos, por el color del esmalte de sus uñas y del carmín en sus labios, que, para esta, las *puttane* los usaban en sus «oficios»; también por no peinarse, por andar en medias por la casa, por demorarse en el baño o por ducharse rápido, por el tono altivo de su voz y por mil cosas más... La presión que a diario su familia ejercía le quitaba las ganas de hasta respirar. «Llama al señor Conrad y discúlpate», «¡¿por qué eres tan obcecada?!», «¡piensa en nosotros que te lo dimos todo!», «¡¡trabajarás con él y no más berrinches!!», Leonora y Douglas se lo ordenaban cada vez que se sentaban a comer en la mesa.

Hablar con Logan hubiese sido un desahogo que habría hecho más llevadera sus vacaciones en el infierno, así fuese en plan de amigos. No obstante, sus llamadas quedaban perdidas, sus mensajes en «visto» y sus audios sin respuesta a cambio.

Esto le daba mala espina.

Permaneció un rato en su meditación y luego recordó que otra persona seguía dolida con ella.

Ahí no repararía en orgullo.

En las diminutas teclas marcó su número.

Repicó y repicó.

—Sé que no he sido la mejor de las hijas, ni tú el mejor de los padres, pero nos cruzamos de nuevo en la vida para enseñarnos mutuamente —expresó al correo de voz de Stefano—. Tuvimos que enfrentarnos a nuestros cambios. ¡Ya no somos los mismos! Hemos crecido... —sonrió—. Bueno, yo he crecido y tú envejecido —esperaba que sonara divertido—. Aun así, nos falta mucho por aprender. —Suspiró al darse cuenta de que le daba vueltas al asunto—. Te pido de nuevo disculpas por reprocharte tu ausencia, lo tuve clavado en mi corazón y salió a flote de la peor forma. Papá..., no hubo un día que dejara de pensar en ti; te seguía por las noticias y las redes... Lo que quiero decir —carraspeó para aclarar su garganta, apunto de llorar—, es darnos otra oportunidad. *Jálame* las orejas cuando creas que me he portado mal —rio entristecida—, regáñame, sé mi papá. —Se enjugó una lágrima y continuó—: No quiero recibir el año mientras tú estás enojado conmigo, yo ya no lo estoy contigo. Te quiero, *paparino*.

Descargó el llanto tras colgar y sin importarle si su maquillaje se echaba a perder por los lagrimones. La melodía de los violines se escuchaba a lo lejos, la puerta de su dormitorio permanecía cerrada, estando ella ahí en su miseria. La almohada la instaba a reposar su cabeza sobre sus confortables plumas de ganso, siendo lo único que la consolaba; no contaba con unos brazos para que la abrazaran ni una palabra dulce que le expresaran empatía, le exigían obedecer y nada más.

En medio de sus lamentos, su móvil vibró.

Leyó el nombre que la pantalla mostraba y atendió en el acto.

—*También te quiero,* il mio bambino.

Valeria lloró de alegría.

Por diez minutos, padre e hija, se perdonaron y expresaron el cariño entre sí.

Pese a estar alejados por miles de kilómetros, se sentían cercanos, el año pronto acabaría para dar inicio a otro cargado de nuevas metas, ellos dejarían atrás los rencores, permitiéndose otra oportunidad. Eran adultos en un lazo consanguíneo que se tornó irrompible, ni los Davis ni los Menduni separarían a los Nalessi. Nacieron para brillar y ser únicos.

Oprimió el botón de colgar de su móvil y lo guardó en su bolsillo, ahora con una sonrisa estampada en los labios por su renovada fortaleza. Que su abuela la criticara todo lo que quisiera, que su mamá la reprendiera por marcharse de la planta baja, que su tío cayera de borrachera, que su padrastro hiciera planes sin consultarle y que el señor Conrad escupiera sus impertinencias...

A ella le valdría un carajo. Tenía a su padre, apoyándola.

Salió de su dormitorio y se asomó por sobre la baranda hacia abajo, allí observó a su abuela Constanza soltar una sonora carcajada de algo que comentó su padrastro, siendo para esta lo mejor que le ocurrió a Leonora. Era una vieja robusta, cuyo carácter distaba de muchas, pocas veces Valeria hablaba con su *nonna,* y, cuando lo hacía, ésta la intimidaba por no ser cariñosa, considerando que, al serlo, perdía autoridad sobre los suyos.

En más de una ocasión su mamá la amenazó con mandarla a Italia, si seguía fregándole la paciencia, pero nunca cumplía; tal vez porque ella misma huyó de su propio infierno.

—¡Muchacha, ven acá! —Constanza se hacía escuchar por encima de los violines, ocasionando que las esposas de los CEOS se taparan los oídos con delicadeza, para que la mujer captara que fue ruidosa.

Valeria obedeció sin que le quedara más alternativa.

—¿Qué hacías: telefoneando al novio? —preguntó el tío Adelfo, subido de copas, en cuanto la sobrina se aproximó. El nudo de la corbata lo tenía flojo y las puntas del cuello de la camisa por encima de las solapas de su chaqueta elegante. Su aliento alicorado molestaba el fino olfato de su hermana, quien estaba por mandarlo a dormir para que no le hiciera pasar más vergüenzas. El cardenal fruncía el ceño y susurraba inaudible al obispo mientras que sus ojos envejecidos y estrictos se enfocaban en ese hijo descarriado de Dios.

Constanza escaneó severa a su nieta.

—¡¿Tienes novio tan joven?!

Valeria cabeceó.

—No, *nonna*, llamaba a mi papá —mintió a medias, lo suyo con Logan, al parecer, ya no funcionaba.

La anciana la apuntó con el dedo índice.

—Ese *bueno-para-nada* no es tu padre —espetó para enojo de la muchacha. Leonora se mortificó de lo que sucediera a continuación y el tío Adelfo apuró un sorbo de su vino, para esconderse de cualquier futura increpación. Cuando emergía la inquina de su anciana madre por alguien, sin consideraciones repartía veneno para todo el mundo.

Vaya viejita esa...

Le gustaba joder a todas horas.

—Lo es, *nonna*. Lo es...

Se disculpó con el pretexto de hacer «una llamada importante», y se marchó hacia el jardín posterior, previo abrigarse con una de sus chaquetas gruesas que yacía colgada en el ropero de debajo de la escalera. Allá nadie la molestaría, debido al gélido clima, le urgía meditar lo suyo con Logan y lo que haría al siguiente día. Así que, ignoró que su mamá y su abuela la llamaran y que los demás la criticasen por ser pésima anfitriona; cruzó la puerta hacia el exterior y se dirigió hacia el área de la piscina, que tenía una capa de hielo que la cubría. El invierno era cruel y la nieve tapizaba las baldosas por toda el área, sus pies elevados en tacones de aguja se congelarían, pésima idea de caminar por allí, tomando la decisión de refugiarse en el cuarto de cambio de los bañistas.

Tóxica...

Su familia era tóxica.

Se acomodó en un sillón y extrajo el móvil del bolsillo del faldón para intentar una vez más comunicarse con su «novio en pausa». Tenía mucho por expresarle, como que, al volver, les gritaría a todos de que amaba a Logan Sanders y que se fuesen a la porra si no lo aprobaban. Esa noche ella a él se lo recordaría, ha sido el único que ha probado sus besos y el que siempre ha permanecido en su corazón.

El repique la mantenía en espera, ojalá recibieran juntos —así sea a través del móvil— las Doce Campanadas.

Pero se sobresaltó cuando Robert Conrad entró intempestivo.

—Menos mal que te dio por meterte acá, porque hubiese sido terrible acorralarte afuera —comentó a la vez en que el vaho emanaba de su boca a causa del frío. No usaba abrigo, intuyendo la pobre de Valeria del cual se levantó de un salto de su sillón ante su presencia, el *baboso* la había seguido a hurtadillas para chantajearla como la vez en el restaurante.

—¡Lárguese! —Su corazón bombeando azorado—. ¡Le diré a mi...! —Su exigencia fue interrumpida al ser atrapada por los brazos del sujeto, pidiendo ayuda para que la rescataran.

—Tendrás que ceder o Douglas será despedido del bufete —la amenazó sin aminorar la fuerza que ejercía para no soltarla—, en tus manos está que él consiga trabajo en la ciudad. Nadie querrá a un estafador...

Ella lo miró desconcertada.

—¡Mi papá es honrado! —le gritó—. ¡AUXILIO!

Douglas rio, por más que gritara la muchacha, nadie escucharía por estar ambos un poco retirados de la casa. Le fue imposible librarse de los clérigos regordetes cuando esta se marchó a la planta alta, suponiendo que, a su propia habitación, allá la hubiera follado sobre los juveniles edredones de su camita hasta *correrse* en su vaginita; Douglas y Leonora no habrían reparado en su ausencia, la excusa de ir al tocador por una emergencia culinaria le hubiese otorgado el tiempo suficiente para desvirgar —si es que lo era— a la hija rebelde. Todos estaban distraídos en aparentar ser exitosos, pero que eran un puñado de mediocres y corruptos.

Medio rostro golpeó el piso de madera al ser arrojada para ser sometida. Sus uñas trataban de arañar las mejillas del que pretendía violarla, llorando y gritando aterrada; el faldón de su vestido subía hasta sus caderas, el manoseo masculino la hacía rabiar y los besos robados le provocaban arcadas. Robert se jactaba de su poderío y le aseguraba repetirlo hasta que se cansara de ella, eso le pasaba por rechazarlo, a *la que le ponía el ojo*, era material de su exclusividad.

—¡Auxi…! ¡Au...! —el pedido de ayuda era acallado por los asquerosos labios del vejestorio. Qué terrible manera de recibir el Año Nuevo.

—¡PERVERTIDO! —Dolores gruñó tras un golpe que a Robert le dio en la cabeza con la bandeja de servir las copas de vino. Marisela Fuentes voló hacia la casa para advertir a los patrones, ambas mujeres se percataron del invitado que siguió a la señorita Valeria, que en el acto se dirigieron al patio para averiguar lo que sucedía—. ¡PERVERTIDO! ¡PERVERTIDO! —Los *bandejazos* eran demoledores, atontando al sujeto en cuestión, quien trataba de protegerse de la furiosa anciana.

Un minuto después unas manos fuertes y un tanto avejentadas lo tomaron del saco y lo lanzaron contra la pared para darle un par de puñetazos. Douglas estaba fuera de sí por el atrevimiento de su colega y Leonora no daba crédito a lo que contemplaba. ¡¿Qué pretendió hacerle a su hija?!

Corrió a protegerla entre sus brazos al tiempo en que varios invitados se abocaron a separarlos para que Douglas no lo matara.

—¡Te demandaré por abuso! —Este forcejeaba del agarre de los presidentes de municipio.

—Era un acto consensuado —Robert replicó al padrastro de la chica, en su ingeniosa maniobra de librarse de dicha acusación—. Yo solo accedí a sus coqueteos…

—¡Mentira, intentó violarme!

—¿Y por qué estamos en esta habitación tan retirada de la casa? Era para encontrarnos… Admítelo, Valeria, querías ser *tomada* por un hombre mayor. Era tu fantasía…

—¡MENTIRA! —gritó enardecida por hacerla ver frente a sus padres como a una cualquiera. Era su palabra contra la suya, no había cámaras de video que demostraran lo contrario ni grabación auditiva de un móvil, la señaló y con esto su palabra se pondría en duda—. No es cierto, mamá —buscó su apoyo y ésta negó para darle la razón—, ¡él me siguió, yo quería estar sola y se aprovechó!

—¡¿Te violó?!

Un puñetazo de Douglas le cruzó la cara a Robert Conrad.

Los invitados permanecían afuera, se habían arrebujado rápido en sus abrigos, tras los gritos de la empleada doméstica.

La joven negó y Leonora respiró aliviada. Aun así, el crimen seguía latente por la intención que tuvo el socio minoritario.

—¡¿Por qué si confiamos en usted?! —Lloraba por lo idiota que fue de arriesgar a Valeria con ese abominable sujeto que admiró enceguecida por la posición que ostentaba en la firma de abogados; si la hubiera lastimado, ella misma lo habría asesinado.

Robert se limpió con el dorso de su mano el hilillo de sangre en su labio inferior reventado. Los pómulos enrojecían por los golpes propinados del anfitrión, el ama de llaves seguía armada con su bandeja de plata, pendiente de asestarle otro golpe si pugnaba por la violencia. El cardenal se persignaba de semejante acto criminal, el fiscal marcaba a la policía y el juez le prometía a Douglas en aplicar la justicia. Él tenía hijas de la edad de la que lucía apaleada. No fue un acto interrumpido de dos amantes, sino un evidente abuso sexual.

Capítulo 29

«La vida del circo es muy bonita, pero a la vez es un poco complicada, ya que te la pasas viajando por todos lados».

Sandro Fuentes, "Bubu", payaso-trapecista.
Circo Espectacular Hermanos Fuentes Gasca.

El retorno al Campo de Entrenamiento era menos intimidante a cómo lo fue a principios del pasado octubre.

Abrazó a Khloe y saludó a Jerry, a quien las fiestas decembrinas le sentaron de maravilla, había subido de peso y su semblante reflejaba pasividad, lo que Valeria intuía la relación con el padre estaba mejorando. Tal como ella con el suyo. Stefano aún no llegaba, tan habitual en él de presentarse justo antes de partir; por lo que sería paciente para apapacharlo con mucho cariño. Esa conversación telefónica que sostuvieron les ayudó en sacarse las espinas clavadas en el pecho por dejar pasar el tiempo en mantenerse separados.

El Fin de Año supuso un gran cambio para la joven, su padrastro se disculpó por culparla de complicar su sociedad; Robert Conrad fue el que sembraba dudas con los socios mayoritarios, manipulando a su conveniencia las noticias acaecidas sobre los Davis. Douglas tenía todas las aptitudes para unirse a la firma, era cuestión de que aquellos se dieran cuenta; de lo contrario, contaba con dinero suficiente para abrir su propio bufete. Solo que el emprendimiento sería arduo sin el respaldo de las personas apropiadas, pero su sagacidad hablaba bien por él. Aun así, Douglas le prometió en respetar la decisión de seguir en el circo.

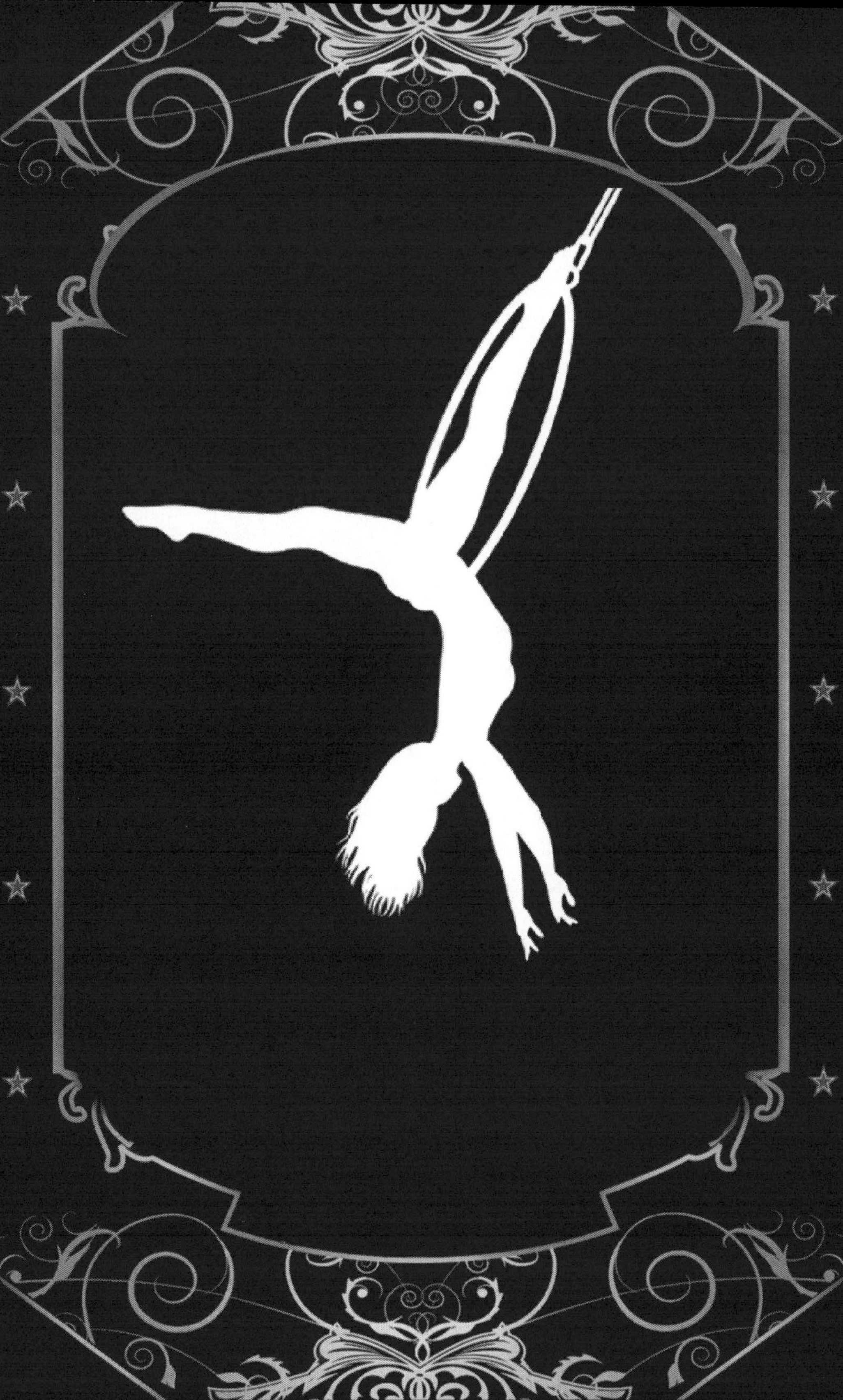

Un aspecto que hacía meditar a la muchacha era que ella tuvo que pasar por un abuso para que su mamá recapacitara.

Luego del arresto de ese sujeto desagradable, Leonora se deshizo en llanto, ella vio a un hombre influyente que los haría más adinerados y este solo esperaba la ocasión de hacerle daño a su hija. Hasta el último minuto en que lo subieron a la patrulla, se declaró inocente de sus actos y dirigió la acusación sobre la jovencita, cuyos brazos y rostro tenía amoratados por defenderse del ataque.

Esa noche sus padres y ella hablaron en la biblioteca, mientras que a su abuela y a su tío les impidieron participar en los que ellos consideraron nadie debía entrometerse en su propósito de limar asperezas. Leonora enfrentó a su madre por primera vez desde que huyó de su pueblo natal, la quería, pero los métodos dominantes hacía mucho que dejaron de ser efectivos. Por poco mancillan el cuerpo y le matan el espíritu a Valeria; razón por la cual la progenitora acordó con su hija de comprenderse las dos y de tratar de ser amigas. Aún a Leonora le causaba aprensión que esta se inclinara por los trajes de lentejuelas y las piruetas, en vez de formarse en lo que le proporcionara estabilidad.

—Muévanse todos al Galpón D —Roger ordenó a los artistas y empleados, esparcidos por las inmediaciones del tren.

Valeria reaccionó al leve codazo de Khloe para dirigirse al lugar indicado; durante el trayecto observaron a Olivia seguida de su «comitiva», no usaba escayola, su brazo fracturado en apariencia estaba sano, su cabello azul en una tonalidad más intensa, demostrando mediante el tinte su frío temperamento. Akira lanzaba miraditas hacia Valeria y le sonreía malévola, advirtiéndole un silente «prepárate», en las próximas horas la harían sufrir un calvario.

Menos mal que sus moretones no eran visibles con el maquillaje o estas habrían gozado con sus conjeturas.

—¿Por qué nos vuelven a reunir? Qué raro... —Gustave Leroy se preocupó del ceño fruncido de la coordinadora en cuanto entró por los portones amplios del galpón. Según él, las reuniones eran para dar noticias que a más de uno afectaría.

—Parece que nos van a apretar las tuercas —Tristan supuso que, por los enfrentamientos, la negligencia en las actuaciones, el asedio de la prensa, el sexo desenfrenado, les colmaron la paciencia. Aunque Valeria consideró la iban a despedir; los problemas causados en el circo giraban en torno a ella.

—¿Por qué? —Khloe preguntó como si no fuese consciente de lo sucedido semanas atrás y Valeria la miró en una expresión de «¿tú por qué crees?, a lo que la rubia arqueó las cejas. Mierda…

Las voces susurrantes de los que se hallaban allí tenían el mismo matiz de preocupación que Gustave, percibían que pronto se enterarían de algo muy gordo. Y si no eran despidos, ¿qué? Aunque, en la mente desconcertada de la joven Nalessi, pasaban múltiples escenarios, como: a más de uno mandarían a su casita, el tren se averió y la gira se postergaría por tiempo indefinido, les reducirían el sueldo por dichos problemas o les harían firmar otros documentos en las que le pondrían una soga al cuello.

El silbato de la señora Sanders acalló a los presentes.

—Feliz día a todos —Alice Morgan expresó en cuanto la atención de los empleados se posaron sobre ellas—, espero hayan disfrutado de las fiestas y descansado, porque tenemos trabajo por delante. —Los que la escuchaban agobiados, sonrieron aliviados, no habría despidos… Sería lo primero que les hubieran informado—. Dos puntos a tratar —fue al grano para evitar darle largas al asunto—. Número uno: se retiran los elefantes y los felinos de los espectáculos. Y…

—¡¿Qué?!

—¿Y qué va a pasar con mi acto?

—¿Y el mío?

—¡Eso es por los malditos activistas! —las exclamaciones azoradas de los domadores, vigilantes, artistas, limpiadores de jaulas, ensordecían lo que la señora Morgan intentaba explicar.

De nuevo el silbato de Esther y el megáfono se encendió para incrementar la voz de la anciana, pues los jóvenes se enfurecieron.

—Ante esta medida nada podemos hacer; son órdenes superiores y tenemos que acatarlas así nos entristezcan. *Ellos ganaron…*

—¿Qué va a pasar con nosotros? —Un domador emergió de entre los muchachos y ocasionó que más de uno se inquietara.

—¡Silencio! —la señora Sanders gritó para apaciguar los ánimos caldeados.

—Los que están relacionados con estos animales, se transferirán al santuario para que les reasignen nuevas labores; los artistas se reagruparán a otros actos, por eso no se preocupen que no serán despedidos. Luego de concluir la reunión, se aguantan para hablar más a fondo de esto con ustedes.

—Esto es malo… —Jerry vaticinaba días oscuros para el circo.

Valeria pensaba en su padre. ¡Estaría enterado o fue el que tomó la decisión? Lo más probable, estará apesadumbrado. De niña recordaba los *motorhome*[3] y las camionetas que se vendían para adquirir uno de estos animales y así aumentar el interés del público.

La apenaba observar la incertidumbre en cada rostro de sus compañeros, los copropietarios de Amore cedieron muy rápido a las exigencias de aquellos activistas, a menos que las órdenes proviniese del gobierno.

De repente se topó con los ojos ensombrecidos de Logan, invadiéndola una marejada de rabia y tristeza por él no haber esperado por ella; Olivia le aferraba el brazo en sentido de pertenencia a la vez en que la desafiaba con la mirada.

—Como punto número dos —la señora Morgan agregó—: los cambios efectuados tras el accidente sufrido por la señorita Black y la señorita Moll se mantendrán vigentes hasta el final de la gira.

Olivia se removió en su sitio.

—Disculpa, Alice, no comprendo lo que dijiste: ¿qué se mantendrá vigente?

—Tu personaje: seguirá siendo de Valeria.

—¡¿Y por qué *esa* se apoderó de lo que es mío?!

—A ver, *muchachita* —la anciana la increpó—: la señorita Nalessi *no se apoderó* de nada tuyo. Durante este período ocupará tu lugar, no vamos a arriesgar otro accidente; aún estás en terapia.

—¡Mi brazo ya está bien! Puedo hacer el papel de «Indira» sin ningún inconveniente.

—Lo siento. Por el resto de la gira, no —repitió—. Para el próximo año, tal vez…

—Y, mientras tanto, ¿qué voy a hacer?

---

[3] Carro-casa para acampar.

—Lavar platos —Khloe susurró a Valeria y esta tuvo que contener una risotada. Ya quería volverla a ver resoplar por la faena.

—Monitorearás detrás del telón y para febrero te introduciremos en contorsiones. No descuides tus terapias...

Para Olivia esto representaba pérdida de autoridad y protagonismo, el papel principal se lo habían otorgado a una que necesitaba relleno en las copas del sostén para que se le vieran las tetas abultadas. Quiso escupir que, por ella, se soltaron de las bandas elásticas, pero perdería el afecto que le costó recuperar, gracias a su amenaza. Calló y se marchó sin tener más opción que aceptar a regañadientes que Valeria –insípida– Nalessi brillara esos meses. Si es que soportaba el *bullying* que le prepararon.

De salida del galpón, Valeria, Khloe y otras más se dirigían al tren con la intensión de desempacar sus equipajes y reanudar los ejercicios de calentamiento para volver a poner en forma la tonicidad de sus músculos. Al siguiente día no partirían hacia los otros estados, sino que permanecerían en Tampa donde efectuarían los actos según el itinerario; tenían planificado presentarse en el Amalie Arena durante la semana correspondiente y luego emprenderían viaje sobre los rieles.

—Esto es una locura —los pies de Akira se arrastraban por el camino pedregoso, pateando de mala gana las piedrecillas—. ¿Qué será de nosotros?

—¿Tú qué crees, tarada? Continuar en lo que hacemos, nada se dijo de despidos masivos —Khloe espetó por la preocupación de la japonesa, se había afanado por ser una de las trapecistas principales; la salida de los elefantes y los leones sería como una raya en su currículo.

Valeria –que caminaba unos pasos atrás– no replicó. Aún procesaba la noticia. Amore dejaría de ser interesante para el público infantil y esto repercutiría en la disminución de ingresos en sus integrantes.

Se dirigió hacia uno de los corrales donde pastaban unas llamas, pariente sudamericano de los camellos. Se recostó en el cercado, entristecida por sus compañeros, por su padre y por ella misma. Durante tres meses, el tren fue su hogar, teniendo días buenos y malos del que compartieron juntos. Ya vería por cuánto tiempo más…

—Contigo quería hablar —Olivia la sacó de su ensimismamiento. La miraba airada, recuperada al pleno de la fractura de su brazo.

La aludida se volvió y se preparó para un alud de insultos. Logan se inclinó por esa mujer.

Pero no se preparó para lo siguiente.

Un bofetón le cruzó la cara.

—¡Perra! —Olivia destilaba odio. Unas chicas se percataron de lo sucedido y alertaron a otras para ser testigos de una pelea. Semejante chisme, tendrían.

—No fue mi intención… —se masajeaba la mejilla adolorida, le quedaría una marca roja durante unos minutos.

—¡Cállate! —la gritó—. Intentaste quitarme a mi novio con tus coqueteos. Pero ¿sabes qué? ¡No funcionó!

Valeria quedó perpleja.

—¿Ustedes aún…? —El condenado le mintió, motivo por el cual las chicas dejaron de hablarle. Olivia desde un principio la señaló como una resbalosa y ella le dio la razón, siendo tonta de creer en un chico acostumbrado a tener a todo lo que por ahí contonea las caderas. Logan jugó con ella, con sus sentimientos; tanto que le expresaba de «luchar por el amor que compartían» y eran babosadas.

—¡Sí! Seguimos juntos. ¿O qué pensaste: que me iba a dejar por un adefesio como tú? —Se carcajeó—. Tu apellido de nada te sirvió; mira que hasta arruinados están…

—Idiota.

—Perdona, pero la «idiota» eres tú. Logan sabe muy bien lo que le conviene. Ambos nos iremos a Canadá después de concluir nuestros contratos, tenemos ofertas estupendas de trabajo, mucho antes de que iniciara la gira.

—Les deseo suerte. —Y se marchó hacia el tren, con un nudo en la garganta y el corazón destrozado. Los que presenciaron la discusión, murmuraban en voz baja, sorprendidos por la revelación de la cabecilla. El barco se hundía y ellos ya tenían un bote que los salvarían de ahogarse con los demás en el mar de la ruina.

351

Subió la plataforma que daba acceso al Vagón-Comedor. Buscó la mesa más alejada y solitaria, a la vez en que se esforzaba en no llorar. Por eso Logan no atendió sus llamadas; jamás pretendió dejar a su novia; lo suyo con él fue una mentira.

Se detuvo *ipso facto* en cuanto Logan emergía de la puerta que da al área masculina.

Las miradas de ambos se encontraron.

—Valeria. ¡Valeria! —la llamó, ella se giró sobre sus talones para marcharse de allí y él tuvo que correr para alcanzarla.

—¡Suéltame! —le gritó furiosa por interceptar su camino. La tristeza era difícil de contener—. ¡Qué me sueltes!

—Tenemos que hablar.

—Y ¿de qué? —le dolían sus mentiras. Si al menos hubiese sido sincero…

Los comensales asomaron sus cabezas, enfocándose en la airada pareja. Esos dos tenían más pasión juntos, que lo sostenido Logan con la *peliazul*.

—Ven, vamos a mi camarote y charlemos.

—Mejor aquí: dime lo que tengas que decir y luego me largo.

Logan aceptó, resignado.

—Perdóname, no quise herirte. Olivia…

—¡Ay, no! —lo interrumpió—. No, no… —la desgana la sobrepasaba—. No te quiero escuchar, sé feliz y dejémoslo así.

Se giró sobre sus talones, marchándose del vagón, con la mirada de Logan y el resto de los muchachos sobre su espalda.

—Hermano, la cagaste bien feo —Axel le reprochó. La chica le agradaba.

*****

—¿Podemos tomarnos una foto contigo? —Una mujer le mostraba a Valeria su móvil. A su lado, su esposo e hijos se hallaban igual de emocionados.

—Por supuesto —posó para dicho dispositivo con su brazo-para-selfie. El Pre-Show le brindaba al público interactuar con los artistas y tomarse fotos o pedirles autógrafos. Algunos se columpiaban en trapecios, colgados a poca altura, en especial los niños que eran los que más disfrutaban.

—¿Van a sacar los elefantes? ¡Quiero una montada en uno de ellos! —exclamó el más pequeño, buscando a los paquidermos al fondo de la Arena.

Valeria lo miró acojonada.

—Oh, lo siento, ya no hacen actos. —Estos estaban en un santuario ubicado en otro condado de Florida. Liberarlos a su hábitat natural, sería contraproducente.

—¡Pero, yo quería verlos! —el pequeño se cruzó de brazos, decepcionado—. No es justo...

—¿Qué clase de circo es este? —preguntó el hijo mayor de unos trece años.

—A uno que le importa los animales —la chica respondió con una sonrisa congelada en los labios. Su incomodidad palpable.

—Te prometo, Gary, que para la próxima iremos a uno de verdad.

Valeria parpadeó atónita por el comentario del padre.

—Amore es un circo de verdad.

—Me refiero a los que tienen leones y elefantes, no perros y cabras...

—Le aseguro, señor: Circus Amore superará sus expectativas —procuraba mantenerse serena para no gritarle al hombre frente a los niños—. Si se queda a ver el espectáculo, lo disfrutará. —La gente era hipócrita: censuraban los circos que usaban a los animales, aduciendo que eran innecesarios y hasta cruel, y, en cuanto se hacían las abstenciones necesarias, dejaban de interesarles.

El adolescente hizo un mohín como si le dijera en silencio: «eso está por verse».

Antes de que la chica agregara algo más para levantar la reputación del circo, a la señora le brillaron los ojos.

—¡Foto, foto, foto! —Saltó como una colegiala por el guapo joven que se acercaba a ellos—. ¡Tómate una con nosotros!

Valeria se volvió y agrandó los ojos. Logan esbozó la misma sonrisa congelada que la muchacha. Él lucía una malla para la presentación que sería en treinta minutos.

Rodeó los hombros de su compañera y esta se tensó.

La mujer tomó la foto, ayudada por la varilla y luego pidió una con los dos artistas montados en el trapecio colgado a baja altura. Valeria se sentó sobre este en una pose estilizada, del cual Logan se hizo atrás como si la fuese a columpiar.

—¡Qué lindos se ven juntos! —la mujer exclamó sin tener idea de que esos chicos tuvieron un romance efímero.

La familia se marchó hacia un grupo de contorsionistas que calentaban sus músculos y los interrumpió para inmortalizar sus rostros con su móvil. Los «Me Gusta» que obtendría en el Facebook…

—¿Escuchaste lo que dijo la señora? Es graciosa —Logan intentaba romper el hielo, ella desde hacía días se mantenía distante.

—Sí, muy graciosa… —se bajó del trapecio y se alejó de allí.

Logan la siguió.

—La prensa se ha dado banquete con lo del cierre —informó para llamar su atención—. No dejan de comentarlo.

—Sí, no dejan…

—Entonces, ¿qué? —Se le adelantó, cortándole el paso—: ¿Seguirás evitándome como si tuviera la peste?

Ella lo esquivó y siguió por su camino.

—Tú lo dijiste; yo no.

—¡Si escucharas mis razones, no huirías de mí! —exclamó, causando que más de uno girase el rostro hacia ellos. Olivia también se percató de dicha discusión.

Valeria se detuvo y se volvió a él.

—Me parece que ya lo dijiste. ¿O estoy equivocada?

La miró entristecido.

—No fui del todo sincero…

—Qué novedad… —sonrió displicente—. Pero no me interesa. —Reanudó el paso hacia los camerinos femeninos.

Logan se contuvo de llamarla, al percibir un par de ojos negros, taladrándolo desde lejos. El arrepentimiento comenzaba a atenazarle. Lo hizo para salvaguardar a la morena de una demanda, y, lo que obtuvo a cambio, fue que lo aborreciese.

Deseó tener el poder de retroceder el tiempo y volver a la parte en donde le aseguraba de cumplir con su palabra: amarla a pesar de las adversidades.

*****

—¡Desgraciados! Como me entere, quién fue, le partiré *la jeta* —Khloe sacaba algunos objetos personales del camarote, causando conmoción en Valeria, paralizada en cuanto entró al vagón. El pasillo estaba atestado por las chicas que murmuraban y reían entre sí.

—¡Quítense, atravesadas! —Se abrió paso a empujones—. ¡¡Por Dios!! —Sus ojos se agrandaron por el desorden—. ¡¿Qué sucedió?! —Buscaba respuesta en su amiga y en el resto de las curiosas.

—Alguna idiota sin oficio —Khloe echaba chispas por las orejas. Al camarote le arrojaron varias latas de pintura negra en las paredes, ropas y en la litera.

Valeria se lamentaba. Por más que se esforzaran en limpiarlo todo: los colchones y las ropas quedaron inservibles.

Caminó con cuidado entre los charcos de pintura, para rescatar los objetos que se salvaron de la embestida. Apenas un par de mudas y la maleta de maquillaje. La arrastró fuera para guardarla en el vagón de su padre.

—¿Por qué lo hicieron, *Val*? —Khloe preguntó llorosa—. ¿Qué hicimos para merecer esto?

—Tú, nada —respondió, teniendo en mente a la culpable—. Yo, meterme en el camino de una víbora.

Khloe miró a su amiga sin comprender, pero esta se dirigió hacia donde se hallaba dicho personaje.

Aporreó la puerta de su camarote.

Las otras residentes la siguieron, curiosas.

—¿Qué ordinaria fue la que…? —Olivia descorrió la puerta, con rudeza, topándose con la chica que más detestaba—. ¿Qué quieres?, porque me estaba arreglando para dormir con *mi novio*.

Valeria la empujó hacia el interior para darle su merecido.

Las trapecistas y contorsionistas jadearon.

—¡Eres una maldita! —gruñó sobre Olivia, agarrándola del cabello para estamparla contra el piso—. ¡Me tienes harta!

—¡*Ayyyyyy*, auxilio!

—¡Suéltala! —Akira tironeaba de sus brazos a la vez en que pedía a sus compañeras en ayudarla a separarlas. Esa loca la golpeaba como una posesa.

—¡Vas a pagarnos los daños que causaste!

—¿De qué me hablas, idiota? —Olivia se hacía la desentendida de lo que Valeria la acusaba.

—¡De mi camarote: está cubierto de pintura!

—¡¿En serio?! —fingió sorpresa mientras se arreglaba el cabello, logrando las otras librarla de ese abrupto asalto—. ¿Y quién lo hizo?

—¡Tú, maldita! —la gritó, sostenida por Akira y Danira. Si la soltaban, dejaba sin un pelo azul a la bastarda.

Airada, Olivia alzó la mandíbula una pulgada.

—Te equivocaste de culpable, yo no fui —mintió—. Piensa bien a quién más le causaste daño para que se vengara de ti.

Valeria se soltó de las chicas y la señaló con el dedo acusador.

—Voy a buscar las pruebas en tu contra, y, cuando las encuentre, te haré pagar hasta el último centavo.

Olivia teatralizó el miedo.

—Mira cómo tiemblo —la retó—. *La princesa de papá* está enojada porque le mancharon *su palacio*.

Todas en el camarote se carcajearon.

Menos dos.

Logan y Stefano acababan de llegar al escuchar los gritos.

—Ten miedo, pendeja, porque si Valeria no te parte los dientes, lo haré yo —Khloe la amenazó detrás de los dos hombres.

Esta le mostró el dedo del medio.

—Bueno, ¡ya basta!, la función terminó —Stefano sonó las palmas con fuerza espantando a las muchachas a sus respectivos camarotes.

Valeria miró a su padre y luego a Khloe, quien se encogió de hombros en un gesto de disculpa.

—No sabía qué hacer...

—Khloe —la llamó Stefano—. Duerme en la litera de Cinthya Moll, ella tardará en retornará. Quédate ahí hasta que limpien el de ustedes.

La rubia asintió y enseguida volvió a su camarote para recoger sus pertenencias o lo que quedaba intactas de estas.

—Tú te quedas conmigo —ordenó sin que su hija replicara—. Y no acepto un «no» por respuesta.

Asintió avergonzada, mientras que Logan deseaba en su fuero interno ofrecerle su cama, pero esto provocaría que el señor Nalessi lo matara.

Valeria se marchó con su padre, sin antes echar un vistazo hacia atrás y observar a Logan siguiéndola con la mirada. A su lado, Olivia la despedía, abanicando la mano con pedantería. Se burlaba de ella, siendo claro que esta fue la causante del desastre en su camarote. Pero hallaría las pruebas que la señalaran y que rogara a todos los santos de salvarse de una golpiza.

—¡Bienvenida! —Nia abrazó cariñosa a la atribulada joven, del cual se sonrojó por irrumpir en la privacidad de una pareja de mediana edad.

—Gracias. Será por un par de días —lo que para ella sería una eternidad, tendría que limitarse a la rapidez del personal del tren.

Nia sonrió.

—Dormirás en el sofá.

Valeria caminó hacia el mueble y se sentó, dejando sobre este el morral con algunas mudas de ropa que se salvó de la venganza de Olivia Black. Luego, Nia le entregó una almohada, sábanas y frazada para que durmiese cómoda.

—¿Hambre? Hay estofado si te apetece… —sugirió, yendo hacia la cocina.

—No tengo apetito, quiero descansar. Ha sido un día largo.

—Si necesitas algo: llámame. —Se encerró en el dormitorio.

Tras dejarle las maletas al pie del sofá, Stefano se sentó al lado de su hija.

—¿Qué está ocurriendo, Valeria? —Intuía su pequeña sufrió un ajuste de cuentas por estar metida en un triángulo amoroso.

—Nada… —solo fue objeto del ataque de una enferma de los celos.

Stefano le tomó la mano.

—Si Olivia te está hostigando, hablaré con la directiva.

La joven se tensó.

¿Sería prudente hacerlo?

Tal vez, no.

De hallar las pruebas, la *peliazul* sería expulsada del circo, y ella no deseaba levantar más resquemor entre sus compañeros. Aunque la tendría en la mira.

—No es necesario —dijo—, yo puedo arreglármelas sola. Esto fue una broma cruel que no va a intimidarme.

El hombre sonrió orgulloso.

Toda una Nalessi.

—Está bien —le dio un beso en el tope de la cabeza—. Pero si esto se repite, tomaré medidas pertinentes.

La muchacha asintió sin replicar. Olivia era capaz de repetir sus fechorías.

Stefano se levantó para estar con su mujer. Esa noche cumplían tres años de estar juntos. Mientras tanto, Valeria hurgó en su morral, en busca de una toalla para darse una ducha. Agradecía que el baño estuviese fuera del dormitorio o la vergüenza sería peor.

Se tomó unos minutos para refrescarse y ponerse el pijama. Por su mente seguían pasando como flashes: la pintura arrojada, el llanto de Khloe, los golpes a Olivia, su sonrisa mordaz y la mirada de Logan...

Suspiró.

A causa de él, todo aquello se había desencadenado. Y eso que ninguno de los dos hizo algo censurable para que la otra actuase de esa manera.

Cubrió el sofá con las sábanas y se acostó, soltando una respiración profunda. Pese a lo acontecido, estaba molida, dejándose llevar por el dios del sueño.

Aunque hubiese deseado que fuese otro.

Uno de ojos grises.

Capítulo 30

> *«El circo es nuestra capacidad de expresión. Es expresarse con nuestro cuerpo y nuestra mente. Es nuestra expresión, nuestra idea».*
>
> Anny Laplante, artista. "Paradis".
> Cirque du Soleil.

—Sí… ¡Oh, sí! Así, así…

¡¿Eh?! Valeria se sentó de golpe en el sofá, rogando no fuese lo que pensaba. Por desgracia, en el acto comprobó que los jadeos que la despertaron eran de Nia, ahogándose en placer en el dormitorio «conyugal» que se hallaba a puertas cerradas.

Sus oídos sangraron de aquel *cringe* y se levantó asqueada de un salto, lo que menos deseaba era escuchar a su padre y a su amante escandalosa, amándose sin reparar de que una huésped dormía cerca. Les reservó un discurso para cuando amaneciera y se dio prisas por desaparecer de allí, tanteando en la oscuridad el albornoz sobre una de las sillas del mini comedor, y se la cruzó enseguida mientras sus pies se calzaban con las pantuflas que, gracias a Dios, las dejó a los pies del sofá y salió pitada fuera del vagón.

Dormiría en el Vista.

Al caminar por los pasillos de la enfermería y de la directiva, el silencio era imperante por esas áreas. Los lóbregos espacios apenas se iluminaban por las luces de los postes del *campus* que se filtraban a través de las persianas de los ventanales.

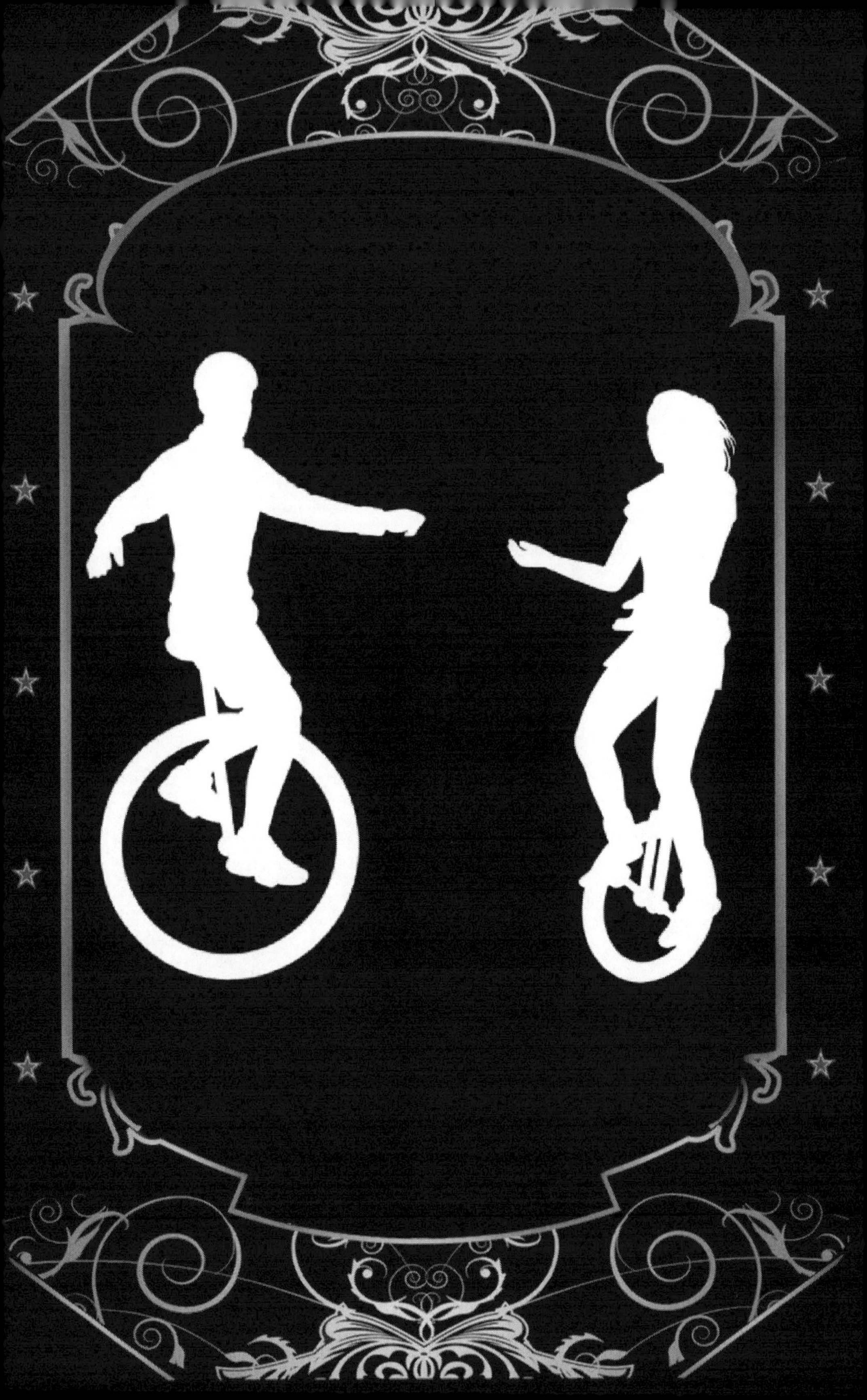

El paisaje era solitario y apacible, casi desolador. El tren aún no serpenteaba por las vías ferroviarias con su suave traqueteo, ni el silbato se escuchaba a lo lejos, a la vez en que cruzaba una intercepción en prevención de un accidente. Más bien, se mantenía quieto sobre los rieles en el mismo lugar disponible para su alargadísimo cuerpo. El clima estaba fresco y los mosquitos no aguijoneaban; uno que otro ronquido de los vecinos durmientes interrumpían la quietud de la noche, sus pisadas eran lentas para evitar que la increparan por darles a entender que ella pasaba por ahí en esos momentos. Las presentaciones en el Arena fueron extenuantes, los días de descanso incidieron en el agarrotamiento de los músculos, por lo que, a la mayoría les costó alcanzar el cien por ciento de su capacidad motriz.

Ingresó al Vagón-Vista, para sentarse en uno de los sillones; observaría un rato el cielo estrellado a través de la cúpula del techo, le gustaba posar la mirada en el firmamento hasta que sus párpados cubrieran sus ojos por ser dominados por el sueño. Pero un par de siluetas, cuyos movimientos repentinos sobre un sillón ubicado al fondo, la sobresaltaron.

—¡*Ay*, discúlpenme! Yo... *m-me* marcho enseguida —exclamó, apabullada de toparse con una pareja refugiada en la clandestinidad. Estos se paralizaron en su sitio por haber sido pillados *in fraganti* con sus pelvis unidas y las piernas enredadas entre sí. Rogaban que la condenada muchacha no los haya reconocido o se meterían en problemas.

Por este motivo, Valeria cruzó el vagón en una exhalación y cerró la puerta conectora del otro extremo, corriendo hacia el sur de ese lugar. Sus mejillas arreboladas y su vergüenza serían evidentes para el que en ese instante la observara. Esa noche más de uno estaba en plan romántico.

Se dirigió hacia el restaurante rodante, con la urgencia de tomarse alguna bebida fría o caliente que le hiciera pasar el trago amargo. Allá trabajaban las 24 horas, siempre que el tren... *¡Ay, no!* Se detuvo. Se suponía estaría abierto mientras estuviese en marcha.

Pero eso no sucedía.

Hizo un mohín, mortificada de lo que tendría que hacer. ¿Debía regresarse a donde se hallaba la parejita clandestina? O igual pasar la pena de molestarlos, por tener que ir hacia el vagón de su padre.

Prefería dormir sobre su litera manchada en pintura que ser lamparita para los amantes.

Tampoco contaba con la posibilidad de molestar a Khloe para que compartiera la litera que le prestaron; el ancho del colchón apenas daba cabida a una persona, y el camarote le pertenecía a Cinthya y a Akira, por lo que a la asiática le disgustaría despertar con otra «invasora».

Una cuarta posibilidad le dibujó una sonrisa en el rostro, puesto que, si tenía suerte, pasaría la noche en el Vagón-Costura. A la señora Luther le confiaron arreglar algunos trajes que unos chicos le entregaron para que les sacaran las patas del barro. La costurera cobraba por la tarea extra; dependiendo de la urgencia con la que estos lo necesitaban, variaba entre si desembolsar una módica suma de dinero o prescindir de gastar en el futuro cercano por el quiebre en sus cuentas bancarias.

Aliviada de no tener que vagar sin rumbo por los pasillos, se dirigió hacia la cola del tren; la señora Luther era buena persona, la dejaría aovillarse en un rincón hasta que amaneciera. La única pega que tendría sería que debía pasar frente al camarote de Logan para dirigirse hacia allá y también cruzar los pasillos de toda la sección masculina; esperaba que ninguno de estos pretendiera *echarle los perros*.

Ni loca se bajaría a esas horas para rodear el tren, mejor no tentar al destino.

¡Ah!, los ángeles le sonreían.

Al pasar por el pasillo del Vagón-Comedor, notó las luces encendidas en el interior.

¿Estaban prestando servicio?

Precavida, deslizó un poco la puerta y metió la cabeza para averiguar si en realidad el restaurante funcionaba en la madrugada o algún pícaro tragón asaltaba las neveras.

—¡Otra insomne! —el encargado del turno nocturno exclamó socarrón en cuanto vio a la muchacha en pijamas, con las greñas alborotadas y las ojeras profundas.

—Hola, Octavio —saludó apenada y entró sin pedir permiso. En el rostro de este se reflejaba el cansancio del día; no usaba su delantal ni el gorro para recoger su cabello, puede que ya culminó su trabajo que a Valeria le extrañaba porque aún el tren no se ponía en marcha y los artistas comían en el cafetín de la sede.

—¿Café, té o una gaseosa? —preguntó el hombre de unos treinta años detrás del mostrador. *Ruin*, de Shawn Mendes sonaba en la radio que tenía cerca de la caja registradora.

—Té, por favor. —Necesitaba superar lo acabado de padecer—. ¿De cuál tienes?

—De toronjil; va saliendo. —Se apuró en preparar el pedido mientras tarareaba la canción que escuchaba. Sobre la estufa yacía una jarra de peltre con agua hervida; vació un poco sobre la taza que depositó en la encimera del área de la cocina y extrajo de un tarro un sobrecito del té—. ¿Con azúcar o sin azúcar?

—Échale una cucharadita.

Valeria casi se quema los dedos con una taza que dejaron olvidada –o era de Octavio– en el tope de la vitrina de los alimentos y del que el mobiliario refrigerante fungía a la vez de mostrador de los postres para los que deseaban endulzar el paladar. Por supuesto, nada allí era gratis.

Lo que rápido ella se preocupó.

—Aquí tiene —le entregó el pedido y Valeria esbozó un gesto azorado, no traía dinero efectivo ni la tarjeta—. Descuida, paga después —Octavio adivinó al vuelo y le sonrió, aliviando la vergüenza de la chica, esta era una de los dos residentes al que él le hacía ese tipo de concesiones; *el otro* se hallaba pensativo al fondo del vagón.

—Te pago al desayuno; gracias eres muy amable —recibió la taza, con una sonrisa amistosa y se dirigió a sentarse en una de las mesas desocupadas. Sin embargo, quedó de piedra al contemplar a un castaño que mantenía la mirada perdida a través de su ventanilla, sin ser consciente que otro se unía al club de los desvelados.

Caramba... Maldijo su mala suerte y se giró sin más remedio que regresar por donde vino y dormir con la almohada sobre su cabeza para no escuchar los gemidos de Nia.

Y justo cuando daba un paso para alejarse...

—¿Valeria? —Logan la llamó.

Se levantó y se acercó rápido a ella, quien se volvió con una máscara de expresión dura. La taza humeante tintineaba entre sus manos, debido a los nervios.

—Olvidé algo en mi... —señaló hacia atrás con el pulgar, incómoda de su presencia y de ser pillada en esas fachas—. Nos vemos.

—Espera —le sujetó el brazo para detenerla—. ¿Quieres acompañarme? —Extendió la mano hacia su mesa—. Me vendría bien tu compañía —sonrió. Su cabello desordenado, su mirada triste. Ni ánimos tuvo para acostarse, seguía con las ropas del día.

—Paso. Llama a tu... —se le atragantó la palabra— *novia*...

Él bajó la mirada.

—Terminamos *por lo que pasó* —mintió era por algo más delicado, pero no tenía caso ahora explicarlo, no le creería—. El vandalismo de Olivia es imperdonable.

—Ah... «Terminaron». ¿Y por cuánto tiempo: uno o dos días?, ¿o hasta que *el niñito* se arrepienta de su decisión?

—Es definitivo —aseguró y esto provocó que Valeria soltara una amarga carcajada.

—Discúlpame que no te crea, eres tan... infiel.

Agrandó los ojos, indignado. ¡No lo era! No con ella.

Si le falló, fue bajo coacción. Olivia amenazó demandar a Valeria por intento de asesinato si él no volvía con ella. Iría a la policía y narraría según su versión: sobre «el esfuerzo» que tuvo que hacer de mantenerse sujeta en las bandas, pero Valeria «provocó» su caída. Faltando unos cuántos kilómetros para llegar a California recibió una llamada en su móvil. Mientras manejaba ambos discutieron acalorados, él no le creía a Olivia ni una palabra de lo que ocurrió aquella vez. Su mamá le ordenó estacionar a un costado de la autopista, lo acompañaba en el asiento del copiloto, angustiada del enojo de su hijo. Era preferible tomarse más tiempo del estipulado para llegar a casa, que sufrir un accidente por no tener los sentidos puestos sobre la vía. Su exnovia tenía el gran defecto de crisparle el genio a cualquiera, Logan estuvo alterado, golpeando el volante, lanzando manotazos al aire y gritando en voz alta por el acceso de ira. Valeria era inocente y él no tuvo la manera de demostrar lo contrario.

«*Si no dije nada antes, era porque no lo recordaba por el golpe en mi cabeza*», la condenada le diría eso a la policía.

Tenía que sacrificarse por su semidiosa.

Cero llamadas, cero explicaciones.

Que creyera que él era un bastardo para que lo olvidara rápido.

—No me tomes por alguien así, ya no lo soy... —se defendió de la injusta acusación. La venganza de Olivia le sirvió a él para utilizarlo en contra de esta, puesto que contaba con testigos que la señalarían de daño a la propiedad ajena. Si insistía en perjudicar a Valeria, las normas se emplearían para despedir a un artista problemático con «ansias de sacarle dinero a la Compañía».

—¿Desde cuándo ya no lo eres? —A la muchacha le dieron ganas de arrojarle el té a la cara por ser tan cínico—. ¿Desde que nos besamos por última vez? O... ¿soy tan mala *besadora* que volviste con tu *ponzoñosa* ex? —Y ella pidiéndole una pausa...

—Eres muy buena, besas rico... —respondió enronquecido. Los besos que se dieron jamás los olvidaría por ser excitantes.

Dio un paso hacia ella para probar de nuevo ese manjar, la amenaza de Olivia ya no lo controlaba ni dejaría que nadie más lo amedrentara; lo soportó durante una semana y casi enloquece de frustración por no poder telefonear a su amada y decirle por las que pasaba. Lloró el día de Navidad y también a la medianoche del Año Nuevo, pues volvía al punto en el que fue aborrecido.

Sus labios quedaron a poca distancia, Valeria retrocedió con la taza entre los dos como barrera.

—Es tarde, me iré a dormir —huiría de ese fuego a como diera lugar; sus irises platinados eran dos imanes que la atraían hacia él, ¡se quemaría! y luego se increparía por perdonarlo así nomás. Que fuese feliz con la maldita *peliazul*, tan rastrera y malvada, que ambos eran de la misma especie.

Cohibido de ser escuchado por el encargado desde el área de Caja, Logan asintió, reticente. La dejaría marchar, pese a que ansiaba arrancarle esos labios de un mordisco. No era el momento para implorarle que lo perdonara, lucía agotada y bastante malhumorada, lo mandaría a volar y quizás con una sentencia que lo afligiría hasta el final de sus días.

—Nos vemos, Octavio. Gracias por el té... —Valeria se despidió, sintiendo la mirada de Logan clavada en su espalda. El hormigueo era tal que erizaba los vellos de su nuca; con una mano se arrebujó en su albornoz, y, con la otra, sostenía el té que comenzaba a enfriarse. Parecía un fantasma que merodeaba los angostos pasillos, custodiando a los pasajeros que se entregaron al dios del sueño—. *Carajo...* —se detuvo al percatarse de que tendría que atravesar el Vagón-Vista con la parejita retozando en la oscuridad.

¿Y ahora qué haría? ¿Dirigirse al Vagón-Costura?

Hizo un gesto desalentador.

Por lo visto, sí.

Al volverse, se encontró de frente con Logan.

La tomó del rostro, con ambas manos, y le robó un beso que la paralizó. La taza de té amenazaba con volcarse sobre el muchacho.

Valeria solo atinó a cerrar los ojos y disfrutar del cándido beso, no la tomó con rudeza para imponerse sobre ella; más bien, se mantuvo inmóvil por un instante, quizás esperando a que lo apartara molesta de un empujón. Sin embargo, también se hallaba a la expectativa de la evolución del beso, Logan comenzó a mover suave los labios en esa prudencia de palpar terreno.

El temblor de sus manos por el temor de ser rechazado, se percibía en las mejillas acunadas de la muchacha. Tenía que volver a ganarse su corazón y su perdón, a pesar de que él no causó directamente su sufrimiento. Por unos días la salvó de la inquina de Olivia, pero esta incumplió con la promesa de no hacerle daño. La enfrentó tras el incidente y, ahí, le devolvió el golpe con una férrea manifestación de denunciarla con la directiva, por chantaje y por calumnia. Él ahora sí tenía pruebas.

—Perdóname —expresó al ras de sus labios, jadeante y con las ganas a flor de piel—. Pero tengo una buena excusa...

Valeria, absorta por el aliento varonil que la estremecía hasta la última partícula de su ser, tuvo que forzar su voz para preguntar:

—¿Cuál? —Ansiaba que Logan la invitara de nuevo a devorarse entre sí.

—Ven... —la mano de él se posó sobre su espalda para conducirla a su camarote y allá contarle la intimidación de Olivia.

¡Huy!

—Yo iba a… —dudó de acompañarlo—. Voy a mi… —miró al otro extremo del pasillo, recordando a *la fogosa parejita*.

Logan intuyó su predicamento.

La tomó de la mano.

—Solo dormiremos —le aseguró sin estar convencido de cumplir con su palabra y Valeria lo dudaba por lo que Olivia le fuese a hacer a ella por haberse metido en la cama de su exnovio—. Si te tranquiliza, dormiré en el piso.

—No es por *eso*…

—¿Es por el qué dirán?

Asintió.

—Pensarán que los dos *lo hicimos* —se ruborizó, porque sin querer recreó en su mente posiciones eróticas, gemidos y besos desenfrenados, pese a que aún no estaba lista.

Él contuvo un suspiro.

Qué más quisiera…

—Aunque durmiésemos en trenes separados, igual hablarán de nosotros —le hizo ver—. Vamos, te invito a dormir en mi litera.

Valeria consideró que Logan tenía razón: por más que explicaran a sus compañeros que el sexo se ha mantenido ausente, jamás les creerían.

Así que ambos se dirigieron hacia el camarote, con dos excelentes motivos meditados en el fuero interno de la muchacha.

Una: no tenía dónde dormir.

La otra y era la de mayor peso: deseaba que la reconfortara.

Y pobre de él si le hacía una jugarreta. Lo perseguiría hasta el mismo infierno para patearle el trasero.

No fue necesario que Logan deslizara la puerta de su camarote, entró, pero antes le pidió aguardar afuera por un minuto; ella creyó que «para acomodar el desorden», y enseguida se percató que no encendió la luz de la bombilla del techo, sino que zarandeó el hombro de alguien que dormía en la litera de arriba.

—¡Axel! —susurraba para despertarlo—. ¡Axel! —Este se quejó y se removió bajo la frazada—. ¡Axel, *coño*, debes marcharte!

—Logan, déjalo. Yo me voy a…

—¡Quédate ahí! —exclamó solo para los oídos de la morena.

—¿Por *quééééééé*…?

—Lárgate, ya sabes *lo que acordamos* —Logan le recordó en referencia a algo que hablaron en el pasado y del que Valeria asumía ante lo obvio de ceder el camarote cada vez que a uno de esos dos se le presentara la ocasión en la que urgía la privacidad.

—¿Y dónde voy a dormir?

—En el Vista. ¡Vete rápido, estamos esperando!

Mascullando palabras ininteligibles, Axel saltó de su litera y tomó de mala gana su frazada y almohada. Obedeció a lo que su compañero le recalcó casi que, en *clave morse*, y, en calzones, pasó por el lado de Valeria, quien musitó una disculpa avergonzada mientras acomodaba la taza en su platico; este se marchó arrastrando los pies en sentido norte.

—A… ¡Axel! —lo llamó para advertirle de lo que iba a presenciar, pero Logan la *shiteó* para que bajara el tono de su voz y la hizo pasar al interior. Por Axel no debía preocuparse, este era capaz de dormir hasta en la jaula de los leones.

La puerta se cerró. Los dos a solas en la penumbra.

—No enciendas la luz —adivinó que la mano de Logan se alzaba para oprimir el interruptor. La preocupaba que alguno de los chicos se diera cuenta que en dicho vagón había una chica. Aparte de que tampoco quería exponer su facha. Greñuda y trasnochada.

—Siéntate en mi cama o *a-acuéstate* —se escuchaba nervioso.

—Sentémonos y hablemos —vacilaba en quitarse el albornoz.

Dio un sorbo a su té e hizo un gesto de desagrado porque se había enfriado. Calculó la distancia de la mesita plegable de la ventanilla y la dejó allí, quitándosele las ganas de tomárselo.

Se decidió por despojarse del albornoz, al fin y al cabo, tendría que hacerlo y se lo entregó a Logan para que lo colgara dónde sea que hubiese una percha disponible. Él lo dejó sobre la litera de Axel y luego se desvistió frente a su «huésped» que procuró subirse a su cama.

Removió las ropas amontonadas que tenía en un rincón y en las gavetas, costándole hallar un pantalón que le sirviera de pijama. Palpó lo que parecía ser unas pantalonetas y se las puso.

—¿Por qué no atendías a mis llamadas? Me dormía tarde, esperando a que te dignaras —Valeria le reprochó sin que sonara enojada mientras Logan se acomodaba a su lado. Ambos sentados y con las espaldas pegadas en la pared que limitaba la litera.

—Por Olivia —y, a continuación, contó la amenaza de aquella.

Valeria no daba crédito a sus oídos. ¡Qué arpía! Esa mujer era capaz de enviarla a la cárcel para quitarla del camino.

—¡No intenté matarla! —chilló—, ¡ella quería hacerme caer! Por eso nos estrellamos contra Cinthya.

—Lo sé, te creo —Logan expresó mientras cubría las piernas de los dos con la frazada que ahí estaba siempre sin tender, para estar más abrigados—. El problema era que yo no tenía cómo demostrar tu inocencia.

—¿Y qué pruebas conseguiste? ¿Algún video?

—Tu camarote. Lo que ella hizo demuestra su capacidad para vengarse de los demás.

Logan le acababa de confirmar la maldad de Olivia Black, que Valeria tuvo un ataque de ansiedad de las que comenzaban a ser cada vez más frecuentes. ¿Los acosaría hasta obligarlos a renunciar por no soportarla más? ¿Volvería a intentar hacerla caer en uno de los actos o le echaría la culpa de lo que sea que esté planificando para que la despidieran? Mientras *esa tóxica*, esté en el circo, ellos serían blanco de su odio.

—¡*Ey!*, *¡ey!*, no te pongas así —percibió su angustia y la atrajo hacia él en la medida en que se acomodaban a lo largo de la cama. Ella quedó recostada sobre su pecho desnudo y bien *apretujadita*, escuchando los latidos de su corazón. Las lágrimas se deslizaban por sus mejillas, cargadas de rabia e impotencia. Esa maldita era una psicópata—. Estamos juntos y nos queremos —le manifestó; su mano deslizándose sutilmente por debajo de la camiseta de la muchacha para acariciarle la espalda—. Olivia se cansará de intentar separarnos y nos dejará en paz.

—Esto va en escalada, temo que se vuelva loca.

Ya lo está, pensó Logan ante lo expresado por su bella compañera de almohada. Olivia requería una visita al psiquiatra, solía tener ataques de furia y comportamientos bipolares.

—Hablaré con el señor Nalessi, a ver qué medidas se tomarán con respecto a ella. Yo voto que la despidan.

—¿Y si insiste en que «intenté» matarla?

—No te acusará; ya lo hubiese hecho.

—Me preocupa que lo intente...

—Entonces, me encargaré de hablar con cada persona que ella maltrató verbal y físicamente. Estarán felices de declarar en su contra. —La lista de los que sufrieron sus abusos era muy larga, enumerando empleados de mantenimiento, cocineros, mesoneras, luminotécnicos, obreros y los artistas que con ella actuaron. A todos los trató como a escorias—. No dejaré que te humille ni que intente lastimarte; si lo hace, la agarraré de las greñas y se la doy de comer a los caimanes. Espero que después a los lagartos no les dé indigestión.

—Logan —lo manoteó suave en el pecho—, eso no se dice.

La risa de este reverberó en su caja torácica.

—No me quites las ganas...

—En serio, Logan.

Rio más fuerte y Valeria le tapó la boca.

—¿Quieres que los chicos se enteren de que estoy aquí?

—Se enterarán por la mañana —dijo al liberar sus labios de los delgados dedos de su futura amante—. ¿Más relajada?

—Con lo que acabas de decir: no.

Él comprendió que la ansiedad de su novia tardaría en desaparecer, besó su frente y con la yema de sus dedos comenzó a dibujar círculos en su espalda para calmarla; las sutiles caricias causaban el efecto deseado, Valeria aflojaba la rigidez de su cuerpo; su nariz en la clavícula del muchacho, su pierna sobre la de este, su brazo posado sobre su estómago, sus senos...

Pasó saliva. También sobre él.

Se enfocó en lo que le diría al señor Nalessi, para apartar de su mente el deseo apremiante de posarse sobre Valeria y hacerla suya; le dio su palabra de no avanzar más de la cuenta, a menos que ella se lo insinuara. Pero solo se aferraba a él en una clara necesidad de ser abrazada. Estaba igual de insomne que Octavio y él, habiéndose la pobre motivado a cruzar a las dos de la mañana los pasillos oscuros del tren. El vandalismo en su camarote, los líos con su estricta mamá y él, decepcionándola, afectaron su tranquilidad.

—Ellos no dirán nada, tú les agradas.

—No a todos...

—A los de este vagón, sí. Duerme, *mi semidiosa*, tu guerrero velará tus sueños para que ningún espectro te moleste.

Valeria sonrió, ella solía pensar en él de esa manera. Cerró los ojos y, aún con los labios estirados en una plácida sonrisa, disfrutaba las caricias de su novio. ¿Quién le diría a ella que se enamoraría del chico que le *fregó la paciencia* en la infancia? La vida daba muchas vueltas, cuyos caminos se entrecruzaban.

*****

Fuego... ¡Fuego! ¡¡Había mucho fuego!! La gente lloraba y gritaba. La muerte rondaba a los que más amaba.

Valeria despertó sobresaltada y con la respiración agitada. La pesadilla la expulsó del mundo onírico de una patada.

Se secó el sudor que perlaba su frente. Juraría que lo soñado había sido real, fue tan nítido que hasta sintió dolor. Tal vez el fuego que vio en los ojos grises de Logan o lo que hablaron hasta caer rendidos, ocasionó esas horribles imágenes.

Reparó en el brazo de Logan, rodeando su cintura de forma posesiva. Consultó la hora en el reloj de pulsera de este, que se iluminaba al oprimir los botones; faltaba poco para el despunte del sol.

Pasó por encima de su esculpido torso y se levantó de la litera, este ni se mosqueó, agradeciendo ella no despertara con facilidad o la retendría ahí por más tiempo. Se cruzó el albornoz y salió disparada del camarote antes de que alguien se diera cuenta de su huida. Rogó para que *los amantes* del Vagón-Vista se hubiesen marchado cuando Axel allá debió irrumpir en la madrugada, así evitaría ofrecer más disculpas y también para que aquellos no pillaran su propia vergüenza. Por fortuna, ese no fue el caso, la parejita no estaba y Axel parecía un cadáver aovillado por lo profundo que dormía sobre dos sillones que él acomodó. En unas cuantas zancadas cruzó el vagón hasta dar con el de su padre. Entró, nadie se hallaba en pie, el silencio la recibió y enseguida saltó al sofá para envolverse en la frazada y fingir que de allí jamás salió.

Solo la sonrisa evidenciaba la mágica noche que tuvo con Logan Sanders.

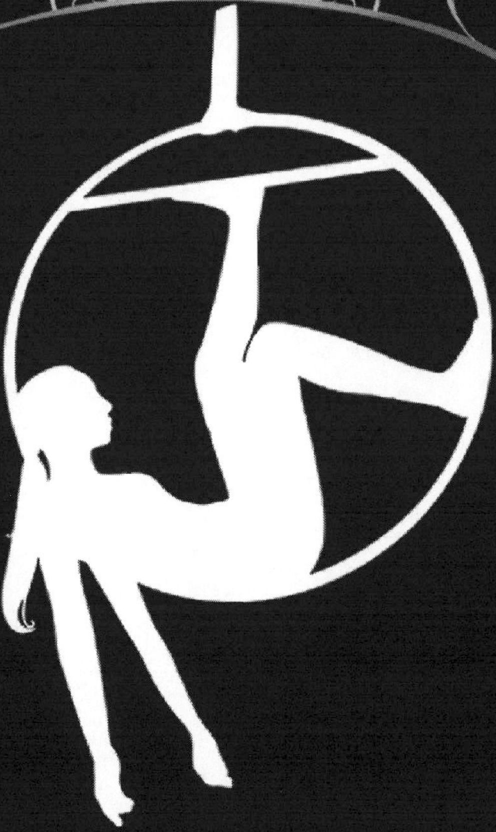

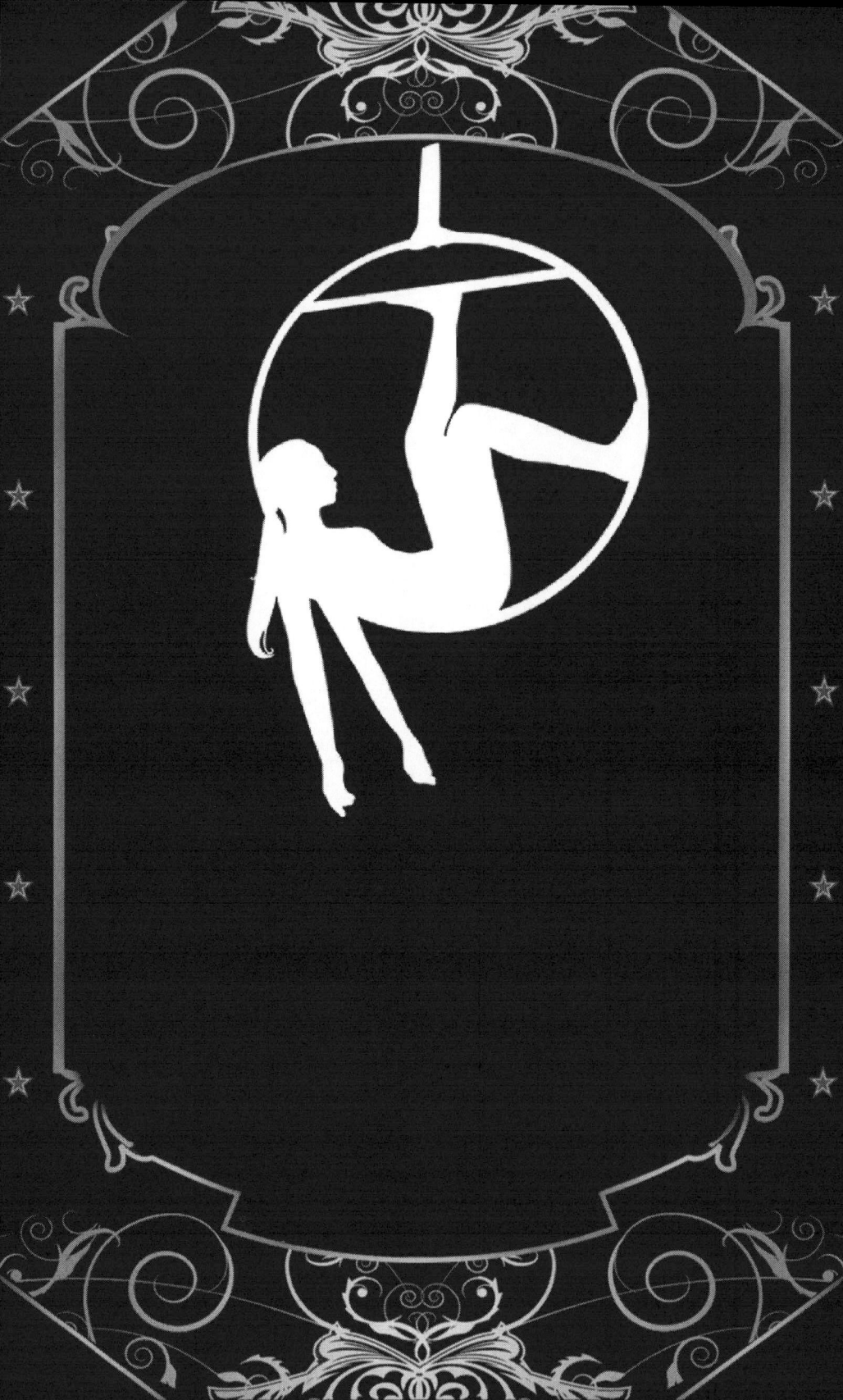

Capítulo 31

«No sabemos cuánto podrán durar con el circo, porque hay situaciones que los artistas se dan cuenta y expresan sentirse frustrados de no estar en su ciudad».

Gustavo Lázaro Guadamuz, administrador.
Circo Zuary.

12 de enero. Greenville, Carolina del Sur.

—¡Mamá, mira…! ¡¡Payasos!! ¡Quiero verlos de cerca! —Una niña de unos cuatro años exclamó a su progenitora al fijarse en un grupo de muchachos maquillados y luciendo trajes alegóricos a la fauna salvaje.

La mujer aferró con más fuerza la mano de su hija. Esos no eran precisamente «payasos».

—Mejor vamos allá —la llevó en sentido contrario de los que protestaban esa tarde en las inmediaciones de la Arena de la ciudad y apuró el paso, preocupada de que estos se tornasen violentos.

—¡Pero, mami! —chilló, decepcionada. Quería conocerlos y tomarse fotos con ellos, tal vez le regalarían caramelos.

—Te prometo un helado si dejas de llorar. Apúrate que se nos hace tarde —replicó la mujer, con creciente preocupación. En la actualidad ya no se podía asistir a un evento, sin locos jodiendo. Ojalá la policía los arrestara por alborotadores, la cárcel era el sitio ideal para ellos.

La niña hizo un puchero mientras los miraba por encima de su hombro. Los payasos parecían ser divertidos. ¡Hasta tenían pancartas con dibujitos!

Fotógrafos y enviados de la prensa local, retrataban al grupo de activistas apostados a escasos metros de la taquilla, vociferando consignas alusivas al sometimiento de los animales, llamando la atención de docenas de curiosos que por allí pasaban o pretendían ingresar al estadio. Sus indumentarias causaban indignación en los involucrados del evento, provocando que la policía hiciera acto de presencia.

—¡Fuera el circo! ¡Fuera el circo! ¡Fuera el circo! —gritaban a una misma voz.

—¡Queremos libertad! —exclamó otro, acurrucado dentro de una jaula para perros de raza grande, como si fuese un león en cautiverio. Soportaba el dolor en sus rodillas, pues lo hacía para tocar el corazón de la gente.

—¡Abusadores!

—¡Sanguinarios!

—¡Opresores!

—¡Fuera el circo!

—¡¡Fuera!!

Valeria, que minutos atrás, estuvo en el Pre-Show, con estupor observaba la escena desde uno de los carromatos de alimento. Su conciencia le gritaba que aquello estaba bien, pero debía mantenerse al margen de las circunstancias.

—Hola.

El saludo de una voz masculina, detrás de ella, la sobresaltó.

Se volvió y explayó los ojos.

—¡¿Qué haces aquí?! Si te atrapan...

—Me tiene sin cuidado —Brandon Morris respondió, picarón—. No sería la primera vez.

—Vaya que eres descarado —cruzó sus brazos, airada—. ¿Qué es lo que quieres?, porque si tu intención es la de darme un discurso por ser «opresores», me lo sé de memoria.

Negó con la cabeza, luciendo como cualquier persona que hacía la cola para pagar la entrada: abrigo, vaqueros, deportivos... Y un tarro de palomitas de maíz que se aventaba de lo más campante.

—Quería disculparme por lo de Nashville. Lo siento, no fue mi intención que te arrestaran...

—Olvídalo. Ya te has disculpado, ¿recuerdas? —lo hizo repetidas veces mientras estuvieron encarcelados. Sin embargo, intuía que el activista no estaba allí para disculparse, sino para algo más—. Con exactitud: ¿a qué has venido?

Se rascó la cabeza, avergonzado.

—A saludarte.

—Ah... Pues... —ni sabía qué expresar—, me alegra verte de nuevo —sonrió incómoda—. Claro, sin esa «obra de teatro callejera que ustedes montaron». Nos afecta, ¿sabes? No somos malos...

El rubio endureció la mirada.

—Lo son —recordó a su caballo. Valeria intentó replicar y él se le adelantó—. No estamos en contra del circo en sí, sino en cómo se lucran a expensa de los animales.

Ella sopesó que él tenía razón. Y, por ello, sintió vergüenza de sí misma. Pero ¿qué podía hacer sin perjudicar a los demás? Amaba al circo y todo lo que implicaba.

—Amore está cambiando —ratificó—. Prueba de ello, prescindieron de los elefantes y de los felinos en las funciones. —En consecuencia, la boletería disminuyó significativamente.

Irónico.

—Eso fue por el video que le dejé a Logan en su correo electrónico —rio—: la Compañía cedió a un par de demandas que les hicimos. No porque les nació...

¿Video? ¿Correo?

Valeria se removió en su sitio a la vez en que se estrujaba las neuronas, lo que dijo le sonaba de antes.

No obstante, para Brandon faltaba mucho por lograr. Hasta liberar a la última criatura oprimida en la Faz de la Tierra, ellos seguirían en la lucha.

Si bien, la chica lo atraía, él estaba ahí para entregarle algo.

—¿Quieres tomarte una soda? Después del espectáculo, claro. Así podrás darme tu punto de vista. ¿Qué te parece?

—No sé...

—Sería una oportunidad para que me expliques algunos interrogantes —también para conquistarla, lo había cautivado.

Ella lo pensó un segundo, y, a pesar de tener la posibilidad de llegar con estos a un acuerdo de No-Acoso, cabeceó, violaría muchas normas del contrato.

—Bueno, en ese caso... —se lamentó—, me despido. Discúlpame si te importuné.

—Brandon...

—¡Oye! ¿Qué haces acá? —Logan gruñó, habiendo salido a buscar a Valeria, después del asedio de las personas que asistían a las funciones. Algunos se propasaban, colocando sus manos en lugares inadecuados.

Brandon y Valeria se volvieron hacia a él, quien se acercaba a pasos agigantados, en compañía de Alex y Tristan. Los tres ataviados con los trajes que lucían en *Amor Celestial*.

—¡Vete! —Valeria le imploró al aventurero muchacho, pero este se mantuvo en su sitio, desafiando a los recién llegados. Tan alto y fuerte como sus excompañeros.

—Tienes valor de asomar la nariz —Logan lo tomó por las solapas de su abrigo. Axel y Tristan ansiaban propinarle al sujeto un par de puñetazos.

—Solo vine a saludar a una amiga —replicó sin que le temblara la voz. Aunque su mirada desenfadada lo desafiaba a que lo golpeara, ya se habían medido en la calle y él ganado.

Los ojos de Logan llamearon furiosos. ¿A una amiga? Ese bastardo no era amigo de nadie.

—Y también para jodernos, ¿no? —hizo referencia a los desgraciados que «actuaban» afuera.

Brandon se libró del rudo agarre de su examigo, pendiente de la reacción de este y de los idiotas que lo respaldaban.

—Ustedes hacen lo mismo —replicó de vuelta, no tienen moral para reclamar.

Valeria se inquietó.

Logan empuñó las manos con severidad.

—Déjalo en paz, él ya se iba.

—No antes de volarle los dientes —amenazó con desatar la violencia en la zona de las casetas y los carromatos. Brandon estaba ahí para sonsacar a su novia.

—Nosotros lo sostenemos y tú le partes *la jeta* —Tristan lo animó para que el otro no volviera a colarse para sabotearlos; fue el que ocasionó todo aquello y merecía que lo molieran a puñetazos y patadas.

—¡No! —la joven les gritó, nerviosa—. ¡¿Qué les pasa?! ¿Tienen idea de lo que esto acarrearía?

Los muchachos lo pensaron.

Un escándalo.

—Última advertencia —Logan lo señaló—: si te vuelvo a ver, merodeando por donde nos presentemos, te quebramos los huesos.

Brandon sonrió despectivo.

Menudo pendejo...

Sacó un plumón del bolsillo trasero de sus vaqueros y tomó la mano de la chica desprevenida. La volteó y escribió en la palma su número telefónico.

—Llámame —dijo—, y hablamos de *lo que tú sabes*.

Miró de refilón a Logan y le dio un beso a ella en la mejilla, solo para picarlo. Logan tuvo que hacer dominio de su autocontrol para no golpearlo. El traidor se marchó, arrogante, dejando a Valeria roja como un tomate.

Ay, mi madre..., eso tendría consecuencias entre sus compañeros, y, sobre todo, en su incipiente relación con Logan Sanders.

*****

—Estoy cansada... —Valeria se quejó, después de entrar y salir por varias boutiques, junto con Khloe. Llevaban tres horas recorriendo el centro comercial, de arriba abajo, probando cuanto trapo les gustaba en las vidrieras. Era fabuloso tomarse la tarde para distraerse. Tras cinco días apostados en la zona de carga, a unos kilómetros de Greenville, el descanso era más que merecido, tanto para ayudantes y personal técnico. Todos tomaron rumbos diferentes para conocer la ciudad, yendo al cine, a un club nocturno, de visitas o de simple paseo por ahí.

—Deja de chillar y cómprate ropa, que pareces indigente. Ya no soporto eso harapos que traes puestos —Khloe criticó a su amiga, la condenada no sabía sacar partido de sus ratos libres.

Valeria hizo un mohín. Le dolían los pies una barbaridad.

—Tú estás igual —replicó y Khloe negó con el dedo índice.

—Pero tengo más ropa que tú —le sacó la lengua. Por fortuna, varias prendas se salvaron de la furia de Olivia.

—Lo que sería: tres pantalones y un par de camisetas. No, pues qué guardarropa.

La otra se encogió de hombros y siguió hurgando entre los percheros que exhibían una línea de faldas.

—Esta me gusta —sonrió—. ¿Qué te parece? —La mostró y la morena observó la falda, abanicando la mano en su aprecio de no convencerla del todo, mejores prendas colgaban en otras perchas. En cambio, Khloe puso los ojos en blanco y continuó su exploración; de que salía de ese lugar con un par de bolsas llenas de ropa, salía.

Valeria aprovechó que su amiga estaba distraída y abandonó la boutique para echar un vistazo a los libros exhibidos en la vitrina de la librería de enfrente. Desde hacía meses no leía un buen libro, ya fuese de misterio o romance. La rutina, las presentaciones, los enfrentamientos con sus compañeros y el hostigamiento de la prensa, la mantenían alejada de la lectura.

Pegó la nariz en la vitrina. Los títulos exhibidos prometían ser interesantes.

A ver... Le parecía que uno de...

—Te recomiendo *Bajo el cerezo de la colina*, es bueno.

La muchacha se sobresaltó por el que se acercó a su lado.

—¿Me estás siguiendo?, o es mucha coincidencia —expresó aturdida. Aunque en lo segundo tenía pocas probabilidades.

Brandon explayó una sonrisa guasona. Su pícara mirada revelaba que sus intenciones distaban de la casualidad.

—Te seguí desde el tren. —Se mantuvo a unos metros de las chicas hasta asegurarse que él no corriera riesgo de ser descubierto por los bravucones. La aerealista no lo llamó ni le dejó un audio, suponiendo que *el celoso* le haya borrado el número en su mano para impedirle que se contactara. Él lo hubiera hecho.

—¿Y eso por qué? —Tenía un ligero temblor en las piernas.

—Por tu *noviecito* —odiaba la relación que tenía con aquel—. Te vigila como un guardaespaldas.

—Me cuida, es todo —mintió, insegura de contar la verdad. Vaya a saber si la inquina con Logan, a ella también se la aplicaría.

Brandon sonrió malévolo.

¿No eran novios?

—¿Te puedo invitar una soda?

—¡No! —Khloe respondió por su amiga, apareciendo de repente en el campo visual del muchacho. En cada mano cargaba un contingente de compras.

—¡Oye! —Valeria se molestó por su intromisión.

—Lo siento, pero ¿qué carajos quieres *este* contigo? ¿Sacar información?

—¿Y a ti qué te importa, *enana*? —Brandon le espetó por el modo en como la *greñas-nido-de-pájaro* de él se expresó—. Valeria está grandecita para decidir lo que quiere o no.

—Por supuesto que me importa, idiota —sus ojos entonados—. Ustedes *los reporteros* andan buscando siempre una noticia jugosa para perjudicarnos. —Una réplica más y lo golpeaba con las bolsas que sostenía.

Valeria alzó las manos para calmar a su amiga y sin pasarle por alto que ella no lo reconoció de los videos virales en la red, sobre la pelea que sostuvo con Logan a las afueras del Partenón en Nashville. La dejaría pensar que era un caza-noticias y no un activista, puesto que, de corregirle el error, enloquecería.

—Agradezco tu preocupación, Khloe, pero sé cuidarme sola. —Además, no la dejaría plantada para irse con un chico que apenas conocía.

La aludida enrojeció y se giró sobre sus talones, dando pisadas furiosas rumbo a las escaleras mecánicas. Se regresaría sola al tren, que Valeria lo hiciera en compañía de ese bastardo. A ver si al señor Nalessi le gustaría.

—Vamos, Khloe... ¡Khloe! —intentó seguirla, pero Brandon la detuvo al tomarla del brazo.

—Déjala, tengo algo que pedirte.

Lo miró precavida.

—¿Cómo qué? —Por lo visto, su amiga tenía razón: quería sacarle información.

Extrajo un *pendrive* del bolsillo de su abrigo y se lo entregó.

—Míralo y después me llamas.

—¿Qué es? —Recibió el dispositivo como si fuese una bomba a punto de estallar.

—Otra prueba igual a la anterior; supongo que viste *el otro video*, ¿no? Aunque... —la escaneó—, por cómo luces, interrogante, parece que Logan no te lo mostró. Mira este y luego hablamos —repitió mientras se alejaba, ya tendrían otra oportunidad de hablar, en esta ocasión ella lo llamaría—. ¡No permitas que te lo quiten! Guárdalo bien.

Valeria empuñó el *pendrive*, no muy convencida de hacerlo. Sea lo que fuere, estaba segura de que traería serías consecuencias para los suyos.

*****

—Oh, por Dios, no... —por tercera vez observaba sollozante el video tomado desde algún punto, en la que el camarógrafo no fuese descubierto—. Esto es espantoso —la atenazaba la rabia. De habérselo contado, jamás lo habría creído, las escenas eran impactantes para el ojo del espectador, removiendo con horror cada fibra de su ser. Los humanos, como tales, eran la especie más deplorable entre los seres vivientes.

Su padre... ¡Su amado padre!, obligaba a un osezno a mantenerse en pie, mientras era sostenido por una correa atada a su cuello.

Lloró impotente, el pobre animalito sufría ante la situación, apartado de su madre que nada podía hacer para protegerlo.

El portátil aguardaba sobre la mesita del comedor, a que el gran maestro de pista retornase de la ciudad. La decepcionaba que fuese como los demás: un maltratador que solo le importaba las ventas. Lo ocurrido con los elefantes y los felinos fue una cortina de humo para aplacar la furia de los activistas. Estos mantenían constante un pie sobre la directiva. Tuvieron que tomar medidas extremas que resultaron contraproducentes; lejos de apaciguar los ánimos caldeados, los habían envalentonados.

Ahora, más que nunca, esos sujetos luchaban para que los animales fuesen liberados en su totalidad.

Y ella estaba en medio del huracán.

Sin embargo, debía escoger un bando: a favor o en contra. Y por el que optara la haría sufrir.

La puerta del vagón se abrió y de esta emergió su padre en compañía de Nia. Ambos murmuraban confidentes, con la alegría reflejada en sus rostros.

—¡Hola, *Val*, ¿nos esperaste por mu…? —la pregunta de la mujer quedó interrumpida cuando la joven giró el portátil hacia ellos. Llevaba rato esperando por su padre a que retornara de la ciudad.

La sonrisa de la pareja se borró en el acto.

Stefano se acercó y observó el video que Valeria puso en marcha en ese instante.

Sus ojos se endurecieron.

—¿Dónde lo conseguiste? ¿Quién te lo dio? —Extrajo rápido el *pendrive* de la unidad de USB del portátil y lo arrojó al piso para aplastarlo con la suela de su zapato. No fue un video subido al YouTube por uno de los malditos entrometidos, sino que alguien que trabajaba con ellos debió proporcionárselo a su hija.

Esta se levantó de la silla.

Sus mejillas inundadas de lágrimas.

—¿Cómo pudiste?

—Para qué te explico si no lo entenderás.

Se cruzó de brazos.

—Por favor, hazlo. Necesito comprender lo que acabo de ver.

—Iré a la habitación —Nia huyó de la inminente discusión que pronto allí acarrearía. Ella no estaba para soportarlo.

Stefano tomó una de las sillas y se sentó, sin que la culpa le removiese su conciencia. Hizo cosas peores en el pasado.

—Es un método para enseñarles a obedecer.

—¡Querrás decir: para quebrarles el espíritu!

Se envaró.

—¡No me alces la voz! ¡¡Respétame!! —Al parecer, las continuas manifestaciones de los defensores hicieron mella en su hija. Respiró profundo y agregó—: Jamás… Oye esto bien: ¡jamás maltratamos a los animales, ni siquiera cuando los entrenamos! Les procuramos que estén bien durante los traslados y en las vacaciones están al aire libre.

Sacudió la cabeza.

Pura palabrería.

—¡¿Acaso no viste el video?! —lo gritó—. ¿No escuchaste al pobre osezno llorar? No quería que lo obligaran a hacer lo que ustedes pretendían que hiciera. ¡Fue cruel!

—¡NO NOS ACUSES DE ESA MANERA!

—Sí los sacan de su entorno natural, es maltrato; si los obligan a hacer algo que no es propio en ellos, es maltrato; si pasan horas y horas, enjaulados, también es maltrato. No digas que se les trata «bien», porque no es cierto.

—¿Qué sabes tú, *mocosa*? Apenas dejaste los pañales.

Alzó la mandíbula una pulgada.

—Sé mucho más —chilló—, la juventud no es sinónimo de ignorancia. Ese es el error de los mayores.

Stefano suspiró, cansado de las discusiones con su hija, se le hacía tan duro llevarse bien con ella que le recordaba tanto a Leonora. Era muy terca cuando se lo proponía.

—Te falta mucho por aprender —replicó sin dar el brazo a torcer—. Los circos tienen su metodología para entrenar a las bestias, y, gracias a ello, al público le agrada.

—¿A qué costo?

—Al que sea.

—Papá… —se escandalizó—, lo que dices es tan horrible. Estás de acuerdo con el maltrato para llenarte los bolsillos de dinero.

—¡Ay, por favor! —rugió—. Entonces, ¿qué haces aquí si tanto te escandaliza? Amore seguirá con su plan itinerante hasta que nos muramos. ¿O acaso no te has dado cuenta que dejamos de ser atrayentes para la gente? Si te quieres largar, ¡hazlo! Pero deja de actuar como una niña inocente, que no te queda. Sabías desde un principio que los animales forman parte del espectáculo, haciendo cosas que otras bestias no pueden hacer. Así que, si no estás de acuerdo… —señaló la salida—. Ahí está la puerta.

Con los ojos llenos de lágrimas, la joven tomó el portátil y se marchó hacia su camarote. A su padre se le había caído la careta de «buen maestro de pista». Era despiadado al igual que su abuelo Vittorio y su bisabuelo antes que él.

Reconocía que no cuestionó lo que sucedía en su entorno, nada más ocupándose de sus propios sentimientos. Vio las atizadas en el caballito, las largas travesías que los enormes elefantes soportaban apiñados en los vagones de carga, los gritos, las algarabías de la gente durante el Pre-Show, atormentando a los cachorros de leones encerrados durante horas en las jaulas; incluso, los videos observados sobre el maltrato que algunos circos empleaban en sus «bienes de cuatro patas».

Y ella calló... Nunca dijo a su padre o a alguien más: «esto está mal». Cerró el pico para no meterse en problemas.

Pensó en el dispositivo que su padre destruyó y una rabia la invadió enseguida. Logan sabía...

«*¿Qué es?*».

«*Otra prueba igual a la anterior; supongo que viste el otro video, ¿no? Aunque..., por cómo luces, interrogante, parece que Logan no te lo mostró. Mira este y luego hablamos*».

Se detuvo.

¿Qué había en aquel video que hasta la Compañía cedió?

—¡Puta! —Olivia la insultó a su paso por el vagón que compartían, pero Valeria la ignoró, reanudando sus pisadas aceleradas, esta vez hacia los camarotes masculinos.

Él sabía...

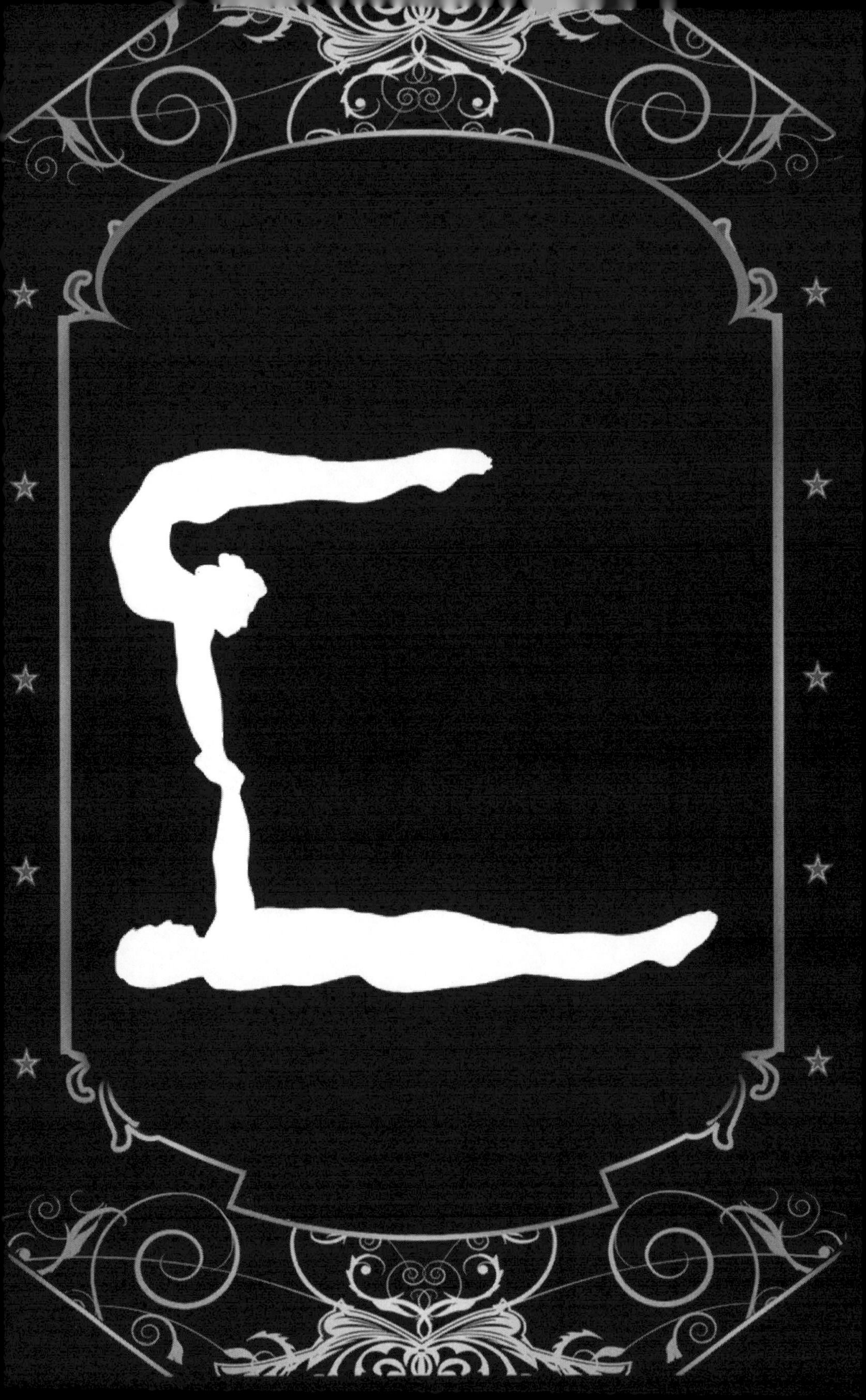

Capítulo 32

Logan interrumpió abrupto la charla que sostenía con su amigo en cuanto rodó la mirada hacia la menuda morena acaba de entrar al camarote.

Del suelo metálico se puso en pie de inmediato y Axel –recostado en la litera de arriba– expulsó el aire de los pulmones, porque la repentina llegada de la hija del señor Nalessi, le indicaba que él otra vez debía irse a dormir al Vista.

—Me deben dos... —les dijo a ambos, sin pasarle por alto que Valeria tenía una expresión malhumorada y que traía consigo un ordenador portátil. Quizás le pasaron algún video triple X de Logan con alguna chica, y ella estaba que echaba espumarajos por la boca, a causa de los celos.

Se apuró en marcharse –frazada, móvil y almohada a cuestas– y, sin agregar más, se encaminó hacia aquel vagón, rogando que durante el trayecto alguna curvilínea bailarina le ofreciera compartir su litera. No le apetecía presenciar de nuevo, sexo entre viejos, lo de aquella vez lo dejó traumado.

—Lo que sea que te hayan dicho: primero hablémoslo con calma —Logan le pidió a Valeria, preocupado de la cotilla que le hayan soplado en la oreja. Los ojos marrones de su novia lucían enrojecidos como si hubiese llorado hacía poco; al parecer, Olivia insistía en amargarles la vida—. ¿Qué pasó? ¿Por qué estás así?

Soltó un apesadumbrado suspiró y él se tensó.

—Estoy tan decepcionada... —su voz rota, molesta.

Logan notó lo que sostenía.

—¿Y eso? —Sabía lo que era, tendría que ser idiota para no darse cuenta; aun así, fue la pregunta que salió de sus trémulos labios, aguardando a que le respondiera por qué estaba alterada.

Valeria abrió su portátil y, sin depositarlo en la mesita plegable o ella acomodarse en la cama, lo encendió y sacó del bolsillo de su pantalón, el *pendrive de respaldo*.

Aún no se explicaba qué la motivó a tomar dicha medida, tal vez por la advertencia de Brandon Morris, de cuidar que no se lo quitaran; pasó la copia del contenido a otro en caso de que sucediera, aliviándose de haber sido cauta, su padre aplastó el original, prueba de sus pecados y del encubrimiento del condenado de su novio. Cuando se encerró en su camarote para ver lo que Brandon le entregó, con tanto misterio, fue consciente de que habría serios enfrentamientos con las autoridades del tren.

Ya iba uno...

En breve se desataría con el segundo.

Volteó la pantalla hacia Logan para que observara el motivo que le rompió su corazón.

Este quedó de piedra.

—Te juro que no tenía idea —observaba las imágenes en el monitor, sintiéndose como si fuese culpable, aunque no lo era, pero lo que Valeria le mostraba le heló la sangre en las venas. Sus emociones lo llevaban de la sorpresa a la vergüenza, de la rabia al desasosiego. Ese era «Goloso», el osezno, poco después de ser rescatado de un cazador ilegal que mató a la madre fuera de la temporada permitida; hacía dos años en que su caso llamó la atención en la prensa, puesto que la Compañía jamás adiestraba crías que nacían fuera del circo—. ¿Cómo lo conseguiste?

—Brandon me lo entregó.

—¿Cuándo? —la miró detenidamente. ¿En qué momento esos dos se encontraron? La única ocasión que tuvieron, al maldito no le dio ocasión de entregarle nada, porque él lo tuvo agarrado de las solapas de su mugroso abrigo.

—Ayer en el centro comercial.

—¿Y *ese* cómo obtuvo el video? —Hizo lo posible de no reflejar sus celos, Brandon y Valeria se pusieron de acuerdo para encontrarse—. Porque esto fue tomado dentro de las instalaciones del Campo de Entrenamiento —señaló intrigado—. Allá el acceso es casi imposible para los extraños. —Sobre todo, dentro del área restringida donde adiestraban a las bestias. Nadie, ni siquiera él que pertenecía a la directiva, ponía un pie dentro.

Entonces, ¿cómo obtuvo semejantes imágenes?

Solo uno de los que trabajaban allá, tuvo que hacerlo, y él no tenía idea de quién sería.

Valeria se encogió de hombros.

Su expresión meditabunda.

—Tal vez, él —dijo—. Es ágil para escabullirse...

A Logan no le convenció que Brandon pudiera colarse de nuevo dentro de las instalaciones, a menos que hubiese obtenido ayuda interna. Tomó el portátil y se sentó en su cama para averiguar si el video había sido subido a las redes. De ser así, en cuestión de horas estallaría otro escándalo.

Tecleó: «video maestro de pista Nalessi», «video oso circo amore», «video de oso», pero en este último le salieron varios que nada concernía a ellos. *Googleó* una vez más, pero los resultados fueron nulos.

Respiró aliviado. Amore tendría la oportunidad de terminar la gira sin mayores males, aunque esto levantó en él suspicacias.

La miró preocupado.

—¿Por qué acudió a ti? ¿Por qué no lo publicó si tanto defiende a los animales?

Una vez más, ella se alzó de hombros.

—Lo ignoró...

A pesar de lo sospechoso que resultaba y de que en miles de ocasiones los perjudicaban, Logan reconocía que su examigo tenía fines altruistas. En cambio, él estaba en el lado contrario, lucrando como si aquello fuese una proeza. Esto le hizo avergonzarse de sí mismo por mantenerse ignorante durante tantos años. Se limitó a desarrollarse como artista, a vanagloriarse de su fama y a conquistar cuanto palo con falda se le cruzaba por delante.

¿Cómo se comparaba con aquel que era un férreo luchador de las criaturas salvajes? Aguantaba golpes y hasta humillaciones...

Cerró el portátil y se masajeó la cara, para desestresarse. Brandon aún no lo publicaba, porque daba tiempo de que ellos cumplieran con el resto de las exigencias. Tenía que advertir al señor Nalessi y a la directiva.

—¿En *el otro que te enviaron* al correo electrónico, salía papá?

Sacudió la cabeza.

—Se trataba de uno de los domadores de caballos. ¡No sabía lo de tu padre, te lo juro! —exclamó en cuanto ella abrió la boca para replicar, pues no le creía que él nada supiese.

—¿Y por qué no me dijiste?

—Lo iba a hacer, pero me ordenaron *cerrar el pico*. Trataron de manejar esto lo más discreto posible; cuando vi el video que me mandaron, lo mostré a mi madre y a la coordinadora.

—¿Y papá? —Aguardó a que le respondiera, pero no fue necesario, la cara de Logan indicaba que también estuvo enterado—. Por eso salieron de los elefantes y los felinos…

—Obvio, ¿no? —Suspiró y se aventuró a tomarla de las manos, aún sentado al borde de la cama. Valeria de pie frente a él, juzgándolo con la mirada—. Siento mucho haberte mantenido al margen —sus ojos grises alzados hacia ella, rogando en silencio lo comprendiera—, la pasé mal por no poder decirte. —Tenía mucho por revelarle, como la estúpida idea que una vez tuvo de combinar trapecistas con jinetes acróbatas. A causa de esto murió un caballo y perdió la amistad de uno de su equipo. No volvió a inmiscuirse en el desarrollo de las escenas.

—Recibías órdenes —agregó menos enojada, pese a que aún la cabreaba que su padre fuese tan desalmado.

—Yo amo el circo, *Val*, pero no soy como ese domador o como tu padre… En mi incompetencia como miembro de la directiva, pensaba que los animales eran entrenados por profesionales, que no eran maltratados ni le quebraban el espíritu… —bajó la mirada y soltó una sonrisa apesadumbrada—. Soy un pendejo. Nunca me di cuenta o no quise ver…

Ella se sentó a su lado.

El enojo por él, disipado.

—Muchos permanecimos en la ignorancia —concedió—. Pero somos culpables por desviar la vista y no denunciar.

Logan se sorprendió de su comentario.

—¡¿Piensas publicarlo?! Perjudicarás la imagen de tu padre... Te declararán traidora.

Sonrió mientras negaba con la cabeza.

—Claro que no, así destruya el *pendrive*, la gente de Brandon tiene una copia. Si él acudió a mí, fue para advertirnos de lo que harán; fue una amenaza silenciosa. Nos dio la prioridad de actuar.

—¿Qué dijo el señor Nalessi? Por cómo llegaste, tuviste que habérselo mostrado.

—Discutimos.

—No es para menos... ¿Qué piensa hacer?, ¿te dijo?

—Creo que nada.

—Y tú: ¿qué piensas hacer? —la angustia de perderla lo atenazó.

—No sé. —Nueva York era su último destino.

Logan se acomodó en su cama y la convidó a que hiciera lo mismo. Valeria se percató que él estaba descalzo y en pantalón deportivo y franelilla blanca; se quitó sus zapatos y, vacilante, sopesó cómo acomodarse allí, el espacio para albergar a los dos era estrecho.

Con una palmada suave en el pecho, Logan le indicó a su novia de recostarse una vez más sobre él.

La encerró en sus brazos y ella sintió que nada le faltaba.

—¿Brandon lo publicará, ¿verdad? El video...

—Lo más probable —dijo él—, si los otros no actúan rápido, Amore estará en problemas. Considero que... —calló y Valeria alzó su rostro hacia este para que terminara lo que dejó colgado en el aire. Se tomó un respiro y pasó saliva, ganando tiempo para pensar en lo próximo que a ella le diría—. Vuelve a casa, *Val*.

Se sentó de golpe.

Por fortuna, su menudo tamaño le impidió golpearse la cresta con el armazón de la litera alta.

—No me iré —lo había considerado, pero aún existían alternativas que ayudarían a Amore a seguir adelante—. Este es mi lugar y haré lo posible para que salgamos del hoyo en el que nos hallamos. No me marcharé mientras todos son blanco de las críticas por las tradiciones del circo. Hablaré de nuevo con papá y tú lo harás con tu mamá para hacerlos razonar de dar un lavado de imagen a las funciones: no más animales…

—Ellos son tercos.

—Si ganamos su voto, nos innovamos.

—O nos arruinamos.

De repente Valeria sintió el peso que su padre solía tener sobre sus hombros, si Circus Amore cedía a las demandas de los activistas y luego fracasaba, cientos de personas que dependían económicamente de la Compañía, quedarían desamparadas. Muchos empleados superaban los cincuenta años y los más jóvenes tendrían que buscar nuevos rumbos para subsistir.

—Es un riesgo, pero hay que darlo por el bien de los animales y el nuestro.

—¿Y cómo crees que debamos cambiar?

—Podemos ser como *aquel circo canadiense…* Solo ellos son la atracción para el público.

Logan hizo un mohín.

—Seríamos imitadores.

—Les daríamos competencia.

Él sonrió de buena gana. Se adaptarían a las circunstancias, no solo recorrerían el país, sino que podrían crear grupos que viajarían por el mundo, demostrando a las diversas culturas que se puede apreciar de un excelente espectáculo sin requerir de la actuación de animales.

La haló del brazo para propinarle un beso en el que dejaría en este su felicidad. Al menos su corazón se salvaba de sufrir en el proceso, porque, sin Valeria, él no tendría ánimos de continuar en el circo.

Se posó sobre ella, de manera que no tuviera escapatoria, la deseaba de manera fervorosa, aún sin probar el mayor elixir que una mujer le ofrecía a un hombre.

Valeria se estremeció cuando él se aventuró a mover su mano, más allá del límite permitido; sus dedos se deslizaban lento por la línea de la cadera del costado izquierdo hacia su muslo, donde jamás posó atrevida su mano. Luego la retornó, yendo hacia la nalga. Estuvo a punto de detenerlo, pero las sensaciones eran tan placenteras, que prohibirle las caricias sería un pecado.

Se retorció del cosquilleo que sentía entre los pliegues vaginales, provocándole tocarse a sí misma para calmar ese desespero que en algunas ocasiones le alborotaba las ganas de estar con un hombre.

Al tratar de acomodar su posición para que Logan no se percatara de lo que a ella le sucedía, flexionó un poco su rodilla, y, al hacerlo, rozó sin querer su hombría.

Este gimió como si le hubiera tocado la más sensible de sus terminaciones nerviosas.

Valeria fue consciente del crecimiento anatómico de su novio.

Tuvo una erección.

—Fue sin querer... —se disculpó, abochornada por el desliz que lo hizo estremecer. Logan ser mantenía quieto y con los ojos cerrados, procesando en su fuero interno las pulsaciones en su entrepierna. No se quejó de dolor, aunque para Valeria era como si él lo padeciera; su ceño ligeramente fruncido, su mandíbula tensa, sus bíceps duros como piedra. Tal cual ella sentía allí ese bulto...

—Por mí puedes *tocarme sin querer* todo lo que quieras —dijo enronquecido—, jamás me molestaré. ¿Quieres volver a hacerlo?

Ella arqueó las cejas, pero no cabeceó.

Tragó saliva y meditó que, al ser su novia, algún día tendrían intimidad. Se perdió en los ojos grises del muchacho y enseguida la envolvió un calor desbordante que la enfebrecía. Logan ya estaba en su punto y a la espera de que Valeria aceptara en provocarle una vez más dichas sensaciones varoniles; en varias ocasiones él tuvo que aguantarse la frustración por ser inadecuado el momento; los líos con el señor Nalessi o las confrontaciones con Olivia y sus amigas obraban en contra de sus deseos carnales. Aunque la privacidad del camarote y la quietud de la noche, creaban el escenario perfecto para que ambos se entregaran a la pasión.

Si bien era inexperta, Valeria consideró que estaba lista. Logan le ha demostrado más de una vez que aguardaría hasta que ella dominara el nerviosismo. Claro está que en ese instante no la afectaba, pues lo que sentía le gustaba; su espalda contra el colchón, él sobre ella, su miembro rozando *su centro*.

Suave.

Tentador.

Placentero...

Logan se masturbaría en la cabina del baño si no era complicado, porque de pasar esto..., sus bolas se hincharían y el solo hecho de caminar haría que más de uno notara su predicamento.

—Mi apreciación por ti jamás cambiaría si me tocas. Te amo, Valeria. Confía en mí, en lo que siento por ti y por cómo mi cuerpo responde a tu cercanía. Tócame, bésame, entrégate a mí que yo te amaré de mil formas diferentes. ¿Te avergüenza que te lo haya pedido? —Ella desvió la mirada y negó con la cabeza—. ¿Quieres que avancemos o...?

—Quiero —no dijo más.

Logan sonrió.

Era un «sí» velado.

—Dejaré que seas la que tenga el control. Si decides detenerte, yo lo aceptaré. —Sabía muy bien cómo identificar a una virgen: su timidez al besar y al acariciar, el rubor al hablar de ciertos temas censurables, la cohibición al sexo, el ayuno prolongado... Valeria era terreno inexplorado, nunca nadie la ha conquistado.

Las irises achocolatadas se agrandaron.

—Pero no sé cómo...

—Si me pides detenerme: me detengo —repitió—. Si algo te incomoda: me lo dices. No soy un bruto, sé comprender...

Valeria no respondió.

¿Tendría las fuerzas para ordenarle que detuviera las acometidas de su pelvis contra la suya? El fuego de la seducción comenzaba a emerger.

Logan liberó del encierro de sus brazos a Valeria, ante su prolongado silencio, lamentando él de no haberle inspirado la confianza necesaria para amarla. Valeria tenía un fuerte sentido de la moralidad y el recato, inculcado por una madre que la hizo dudar de sí misma. Entregarse a un hombre fuera del matrimonio sería como rebajarse al nivel de las promiscuas.

Sin embargo, al hacer amague de levantarse para apaciguar sus ganas, ella lo sujetó de la franelilla para detenerlo.

Sus dedos aferrados a la tela.

Lo atraía hacia ella.

Los labios cada vez más cerca.

—Te dije que quiero —expresó y él se excitó mucho más por el susurro de sus palabras—, lo haremos lento, ¿sí?

—Lento... —el aliento masculino contra el que salía agitado de entre los labios de la muchacha, tan perturbadoramente cerca que sus respiraciones se mezclaban.

Logan jamás se sintió tan ansioso que tuvo que controlarse para no desbocar sobre Valeria el frenesí acumulado en su ser; ni siquiera su corazón palpitó de esa manera cuando perdió su virginidad a los dieciséis años con una contorsionista tailandesa, unos años mayor que él; se había embriagado para desinhibirse con aquella sensual joven, perdiéndose de un dulce encuentro que solo ocurre una vez en la vida, pues vomitó el licor ingerido después de haber terminado. Desde ese entonces iba a las carreras con sus relaciones, conocía una chica y, tras un par de cervezas o una breve charla coqueta, pasaban a los envites y gemidos.

Si Valeria *lo quería lento*, él sería una tortuga.

Una lujuriosa...

Tomando esto en consideración, le estampó un beso en los labios para que no malinterpretara del porqué se levantaba de la cama; apagó la bombilla del techo y, estando de pie, se despojó de su franelilla. La oscuridad haría menos vergonzoso el hecho de estar desnudos; al menos para Valeria, porque él perdió el pudor desde que lo parieron. No obstante, las luces que se filtraban a través de los paneles entrecerrados de la persiana del camarote, le permitían a Valeria apreciar la silueta masculina de su novio.

Ansió alargar su mano para palpar ese fibroso pecho.

El pantalón deportivo se deslizó por las piernas musculosas.

El calzoncillo le prosiguió. Cielos...

Se removió en su sitio, enfocada en esa *imponencia erecta*; no lo veía al pleno, pero estaba listo para *comerse* sus entrañas. Sus manos se alzaron temblorosas hacia su propia camiseta y se la quitó como si se estuviese quitando las capas protectoras que impedían le hicieran daño. «Mírame, esta soy yo: flaquita, de senos pequeños, distando de las mujeres como Olivia».

Logan se aproximó y el corazón de Valeria se agitó, sentada ella en la cama a la espera de su primer amante. Dejó de respirar al sentir las manos calientes de Logan, deslizarse por encima de sus vaqueros, yendo muy consciente ella, de que él iba en ascenso hacia la pretina.

La desabotonó y luego bajó la cremallera, Valeri colaboró en bajarse el pantalón hasta los muslos, a partir de ahí su compañero se ocupó de terminarlo de remover de sus piernas, al halarlo desde las perneras.

Lo lanzó hacia donde quedó arremolinado el suyo.

¿Quién le iba a decir que se enamoraría de él?, pensó Valeria, yendo a su pasado lejano en la que, siendo niña, se agarró de las greñas con *el piojoso* de los Sanders. Quién le iba a decir...

Se quitó el sujetador a la vez en que Logan se subía cauteloso a la cama para no apabullarla. Ella temblaba, él temblaba, la expectativa era diferente para los dos; Valeria esperando a que no la lastimara y Logan en procurarle hacerla feliz esa noche. Su *semidiosa* se abriría para obsequiarle su inocencia, pero él, a cambio, le entregaría por siempre su corazón.

Capítulo 33

«Cuando hay menos gente, es cuando un artista más se luce; porque es cuando más aplausos queremos y cuando más queremos animar a la gente».

Jennifer Nolberque, malabarista.
Circo de las Estrellas.

—¿Estás de llegada o de salida? —Khloe preguntó, entre soñolienta y socarrona, mientras saltaba fuera de su litera y reparando en la apariencia de su amiga que lucía recién duchada.

—De salida —dijo—. Ya te iba a despertar.

La otra soltó un largo bostezo que contagió a Valeria, quien tenía hambre y sueño. Logan la mantuvo despierta hasta pasada la medianoche, entre besos húmedos y coitos apasionados. Se había levantado a las cinco de la mañana en prevención de no ser chiflada por los tontos vecinos de Logan y para que no le fuesen con la cotilla a cierta tóxica. Axel estuvo de retorno hacia su camarote en cuanto ella ingresó al suyo, le sonrió sin un esbozo avinagrado en su expresión; su cabello apuntando a todos lados, frazada y almohada bajo su brazo izquierdo.

—Ay, qué pereza, quiero dormir más. Esta jornada fue dura. —A Khloe le costaba ajustarse a un horario que comenzaba a las siete de la mañana y terminaba a las diez de la noche. Ese día sería la última función en Greensboro y luego se trasladarían a Filadelfia, por lo que el rendimiento era primordial en los trabajadores.

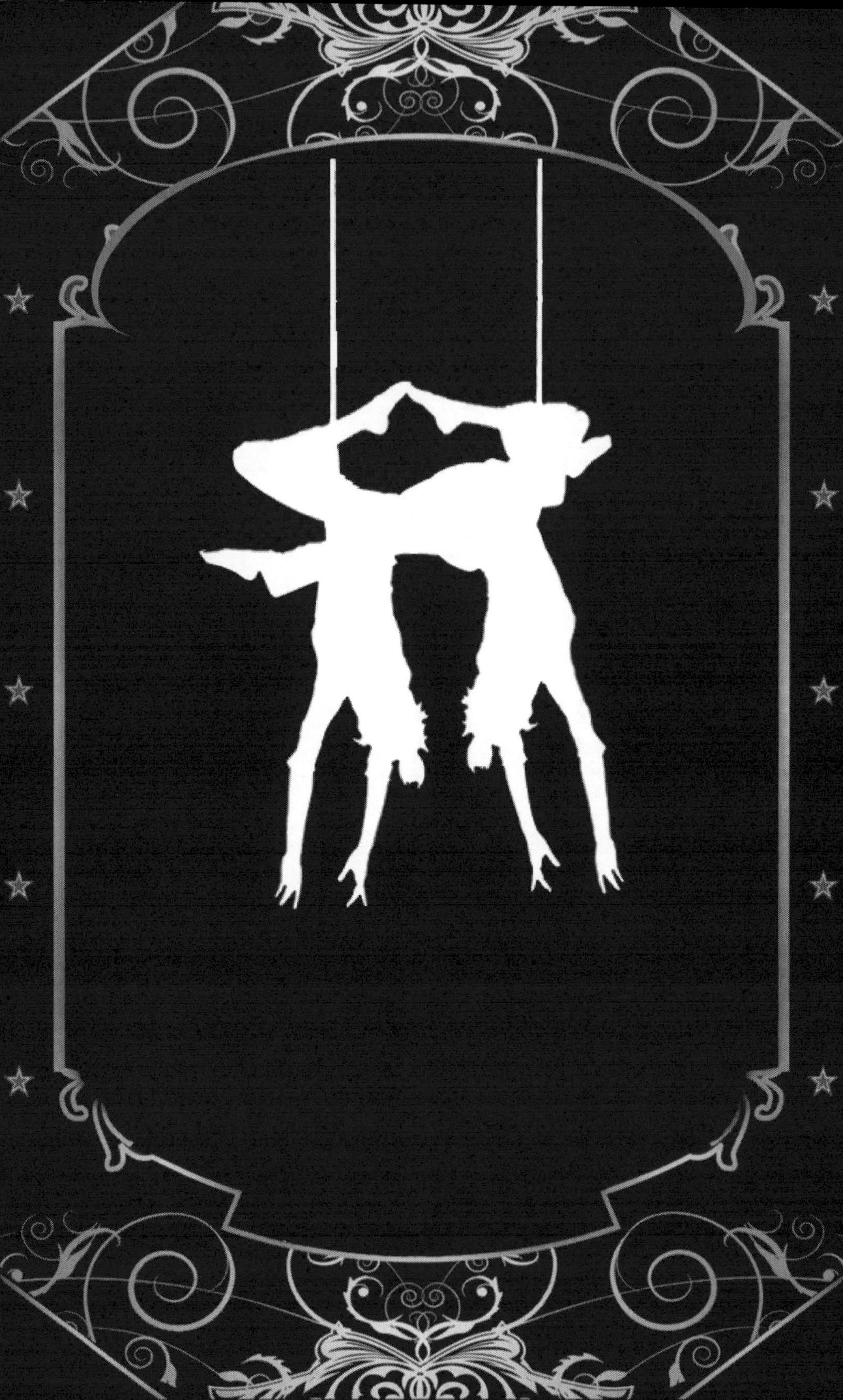

Valeria hurgó en la cajita de primeros auxilios guardado en una de sus gavetas y extrajo una pastilla para aplacar el dolorcillo en su vientre. Recordó *el grosor* de su novio *dentro* de ella y el vaivén prolongado hasta que, cada uno a su tiempo, alcanzó su orgasmo.

Sí que la hizo gemir...

Le provocó *tocarse*; por desgracia, se le hacía tarde. Del grifo del lavabo tomó un poco de agua para pasarse la pastilla y de inmediato se abocó en preparar su morral, lavar la botellita para hidratarse durante el calentamiento y las prácticas, mientras Khloe se bañaba en el área de las duchas.

Un tanto afanada, organizó su maleta de maquillaje y la dejó sobre su cama, junto con el morral. Los recogería después de desayunar, aguardaría por Khloe para ir juntas al Vagón-Comedor, rogando que se diera prisa, ya que el camarote aún olía –cada día menos fuerte– a disolvente y en algunas partes seguían visibles los restos de pintura negra que los de mantenimiento no fueron capaces de remover o no vieron; los colchones de ambas literas se reemplazaron por otros, del cual les cobraron de manera injusta por culpa de aquellas desgraciadas que se divirtieron a sus expensas.

Recibió un mensaje de texto en su móvil y lo leyó:

«Otra vez despierto sin ti».

Su sonrisa se extendió, un *emoji* triste cerraba el reclamo que Logan le había mandado.

—Para la próxima —dijo y esto ocasionó el revoloteo de mariposas en su estómago. Lo de anoche la convirtió en mujer y estuvo muy bueno.

«Duerme hoy de nuevo conmigo. Te amo».

¡Pum! ¡Pum! ¡Pum!

Valeria se llevó la mano a su pecho por las palpitaciones desbocadas de su corazón. Ella también lo amaba...

—¡Brrrrrr!, ¡el agua está helada!, casi me congelo por lavarme el trasero —Khloe deslizaba la puerta tras de sí para darse privacidad. Su piel de gallina, sus gestos petrificados.

Valeria aplazó lo que le iba a escribir a Logan, al levantar la mirada hacia su amiga que ya tenía una tonalidad azulada, le sonrió ante su comentario, pero en su mente revoloteaba el «duerme otra vez conmigo» y el «te amo»; la declaración escrita era como fuegos artificiales que la hacían vibrar por dentro, Logan ya se lo había dicho estando juntos en la cama; aun así, no fue por la bruma del sexo, sino por extrañarla al despertar.

—El termotanque esta averiado —ni supo cómo fue que sus labios se movieron para explicarle a Khloe las razones de su congelamiento, siempre había reserva de agua caliente para los madrugadores. Ella se duchó a la velocidad de la luz.

—¡¿Otra vez?! Se ha echado a perder tres veces desde que rodamos. *Si saca la pata*, más de uno apestará a sobaquina; son muy flojos de bañarse en esas condiciones.

Apurada por Valeria, la rubia se vistió y maquilló en quince minutos, para marcharse juntas a desayunar. Pero tuvieron el infortunio de toparse en el pasillo con Olivia y sus compinches que también se dirigían al mismo lugar.

—Por eso, chicas, no hay que meterse con los novios ajenos, o se les considerará igual que esta: *una putita* —Olivia espetó. Sus uñas prestas a desfigurar el rostro a la maldita en cuestión.

Danira y Akira le lanzaron a la morena una mirada de desprecio y Khloe abrió la boca para espetarles hasta el mal del que se iban a morir; sin embargo, quedó enmudecida tan pronto una voz masculina allí retumbó.

—Mide tus palabras, ¡ella es más decente que tú! —Logan la defendió, molesto por el comentario ofensivo de su ex. Si bien, Valeria y él *ya pasaron al siguiente nivel*, no era una relación vulgar.

Las tres odiosas chicas se sobresaltaron por la aparición del castaño, quién –habiéndose duchado a la velocidad de la luz para estar con su novia– pilló el altercado desde el otro vagón, apurando el paso para zanjar lo que entre ellas discutían.

—¡Ja! —Olivia respiraba por la herida. Semejante mamarracho distaba de ser «decente»; al contrario, era una zorra—. Cuidado, *querido*, las *agazapaditas* son las peores.

—¡Te voy a volar los dientes! —Valeria se abalanzó sobre la *peliazul*, pero Logan la contuvo para evitar un enfrentamiento.

Olivia y las chicas se carcajearon.

—Suéltala, a ver qué tan fiera es.

—¡Yo sí te doy, pendeja!

—¡¡Quieta, Khloe!! —Logan sudaba por controlar a las dos chicas, estaba por desatarse una riña del que él saldría de allí bastante arañado—. Mejor márchense y eviten una desgracia —replicó al trío de brujas, luchando para que su novia y la otra bravucona no se libraran de su agarre, porque tenían pinta de agarrar a las otras de las greñas y estamparlas contra el piso.

Olivia se marchó, sin dejar de carcajearse con sus amigas. Ya tendría ocasión de cobrárselas a ella. En cambio, Valeria estuvo a punto de vociferar una vulgaridad, pero se contuvo en cuanto se percató de su padre.

Ambos desviaron la mirada, incómodos de aún dolerles las duras palabras que intercambiaron.

Stefano sintió alivio al comprobar que su hija seguía en el tren. Hubiese jurado que se había marchado hacia rumbo desconocido, pero, ahí estaba, con la mirada severa y formando aún parte de Amore.

Logan apretó suave el hombro de Valeria para recordarle lo que conversaron la noche anterior en su camarote: si quería que el señor Nalessi, la escuchase, tendría que olvidarse de lo que provocó su enojo.

—Hola —saludó a su padre, aún ella costándole verlo a la cara.

—¿Me odias por lo que hice?

—Te espero en el jeep, *Val*. ¿Te llevo? —Logan le informó a la aludida y después se ofreció en llevar a Khloe, a quién en la mayoría de las veces le daba un aventón. La chica asintió sin saber qué nuevo lío surgió entre el señor Nalessi y su mejor amiga, o si Logan tenía que ver en todo eso; le pidió a este en ayudarla a llevar las maletas de maquillaje y el morral de Valeria, de cual accedió en el acto, luego ambos bajaron del vagón por la puerta lateral, dando así espacio a los otros para que limaran asperezas.

—No —Valeria respondió a Stefano en cuanto quedaron a solas—, ya eso se me pasó. —Evitó expresarle su decepción, debía llevar la conversación por terrenos apacibles.

—Aún se te nota el enojo.

—Lo que vi me impactó: no pensé que fueras así…

—¡Buenos días! —la señora Morgan canturreó, sonriente, tras cruzar la puerta conectora del Vista hacia el primer vagón de las chicas; la seguía el jefe de personal, quien reparó en la incomodidad de padre e hija. El pasillo de repente era transitado por los ancianos que solían inspeccionar a los artistas, al tomarlos por sorpresa—. ¡Oh!, no logré pescarla —expresó risueña, en el camarote que miraba no había nadie—. ¿Saben si la señorita Black está en el comedor?

—Sí, señora, para allá se dirigió…

—Qué bien. Vamos, Abramio —convidó al hombre, entablando con este una charla que ellos no alcanzaban a escuchar.

—De unos días para acá, Alice está de muy buen humor. ¿Qué la tendrá así? —A Stefano le llamaba la atención la chispa de la coordinadora, pero Valeria ignoró su meditación por esperar a que él replicara lo que ella antes le expresó. Que no se hiciera el loco.

Las manos largas del progenitor se pasaron por su cabello negro salpicado de canas y luego masajeó sus sienes, aligerando la tensión que se posaba en sus neuronas. Se llenaba de paciencia para no volver a discutir con su hija.

—No soy un villano al que deben encarcelar —dijo—, ejerzo mi trabajo como cabecilla de este circo; a veces soy el amigo de todos y en otras el más temido. Lo del osezno es un adiestramiento que se ejerce para que nos obedezcan. ¡Sí, es cruel! —elevó la voz en cuanto la joven hizo amague de llevarle la contraria—. Lo sé, Valeria, pero después se les trata bien. Además, si el animal impone carácter, se desiste de este, porque no es apto. No todos nacen para el espectáculo.

Ella lo miró con un «no me parece», reflejado en sus incrédulos ojos marrones, recordando al domador que atizó al pobre caballo mientras bajaba por la rampa de los vagones de carga. Habían normalizado el maltrato que ya no les escandalizaba.

—Papá, tienes que hacer cambios radicales, los activistas les están respirando en la nuca; el video que viste anoche no tardará –si es que ya está– en salir publicado. ¡Las redes te comerán vivo!

—Está fuera de mis manos.

—Está en ti que Amore cambie para bien de los animales.

—Para bien de ellos y para mal nuestro; el público protesta, pero no paga por un espectáculo donde estos no salgan. Nos arruinaremos si eso pasa.

—¡Estás declarando desde una perspectiva errada! Los tiempos están cambiando, la gente es más consciente de lo que sufren los animales. Muchos circos prescindieron de ellos y les va bien.

—¿Sí? Nombra uno y te diré lo qué les pasó.

Valeria puso los ojos en blanco, caramba con su papá...

—Peregrino.

—Quebró.

—Giacomo.

—También quebró.

—Bartolomeo, tienen fama.

—¿No estás enterada? Hace poco anunciaron que bajarán telón. ¿Ves, Valeria? La gente es hipócrita, los atrae más un elefante parado en sus patas traseras que un trapecista arriesgando el pellejo a diez metros de altura.

—Es cuestión de crear actuaciones que a estos les quiten el aliento —contestó—; innovar, ser más originales. Lo de «Amor Celestial» a ellos les encanta, podríamos seguir por ese rumbo...

—Les encanta porque había elefantes y tigres. En las últimas presentaciones apenas vendimos la mitad de la boletería. Ayer fue menos que el viernes, y te aseguro que hoy nos irá peor.

Valeria comenzaba a frustrarse porque su padre la arrojaba a tierra cada vez que intentaba dar alas a sus sugerencias. En la época de este, sus ideas fueron revolucionarias y respaldadas por otros que lo llevaron a dirigir uno de los circos más famosos del mundo sin cruzar las fronteras del país. En la actualidad, no calzaban con los pensamientos de las *generaciones milenarias* que cancelaban lo que ellos ofrecían, pues Amore chocaba violento contra la fauna, transgrediéndola y esclavizándola continuamente.

—Todo cambio es difícil al principio, pero nos dará paz. Si no retiramos al resto de los animales, lo harán las leyes. Y, ahí, nada podremos hacer por salvarnos de un cierre definitivo. Si nos quitan la licencia, estaremos arruinados. A la larga nos irá mejor.

—¿Por qué? —la dejaba hablar, asombrado del brío que manifestaba. Él fue así una vez frente al terco de su padre, vislumbrando un futuro a corto, mediano y largo plazo, adelantándose mediante planes alternos para transformar al viejo circo.

—Será más económico —explicó y él la estudió precavido—. Un animal genera gastos: comida, permisos sanitarios, vacunas, veterinarios… Ni hablemos del costo de las medicinas si enferman, o de los camiones para trasladarlos del tren a la Arena, la gasolina para dichos vehículos; no sé, papá, lo que quiero decir: ahorraremos muchísimo dinero y no tendrás que lidiar más con los activistas. —Él lo meditó y ella agregó—: Convoca a la directiva para que entre ustedes lo planteen a la Compañía.

—Déjame pensarlo, esto no es decisión de un día para otro. Si lo hallo viable, convocaré a la directiva.

—Lo será. —Lo abrazó, agradecida por haberla escuchado y abrirse a la posibilidad de revolucionar una vez más el hogar que ellos dos tanto amaban.

*****

Tal como su papá lo predijo, los residentes de Greensboro apenas asistieron a las dos funciones de esa última noche.

No hubo periodistas que quisieran entrevistar al maestro de pista o filmar las pericias de los artistas con sus cámaras; los que no faltaron fueron los activistas, protestando y espantando a los que dudaban en entrar. Durante los días anteriores no hubo invitaciones a los noticieros, eventos de inauguración o visitas a los centros comerciales, escuelas u hospitales; las quejas por el mentado maltrato causaban inquietud en los encargados de dichos entes, borrando las actividades de sus agendas.

El tren rodaba con destino a Filadelfia, emprendiendo el viaje a las 2:30 de la madrugada, llevaban varias horas de trayecto y el astro rey hacia poco había extendido sus rayos solares en el firmamento. Los arneses, los reflectores, el sistema de sonido, los telones y el decorado se desmontaron a los cinco minutos de marcharse el último de los que se sentaron en las gradas; a los caballos, cebras y chimpancés los sacaron por la parte posterior del estadio para que no hubiese confrontación con los activistas, cuyos gritos de protestas se mantenían enérgicos contra ellos.

En esta ocasión, Valeria optó por dormir en su camarote, tenía mucho que meditar, pese a que Logan era buen conversador y la hacía razonar o gemir... Pero era cuestión de reflexionar sobre sus acciones, de lo que haría si su padre o la directiva se empecinaba con mantener su impopular imagen. La mortificaba ganarse los aplausos del público mientras que los anima...

—¡*Ayyyyyyyy!* —gritos y más gritos...

Un sacudón fuerte, seguido por golpes violentos, lanzaron fuera de su litera a las dos muchachas. Ambas gritaban, todo daba vueltas, chocando sus cuerpos contra las paredes, el piso y el techo del camarote. Los ruidos de hierros retorciéndose se confundían con los gritos de las que dormían cerca, el terror imperaba en todas partes, impotentes por detener aquello. La tragedia les cayó encima, siendo apenas bultos que se golpeaban inmisericordes.

Transcurrieron segundos del descarrilamiento y, para la joven, fueron una eternidad.

La litera se desprendió de sus bases y cayó sobre ella, aplastándola. Chilló, un severo dolor alojado en las costillas y sus piernas.

¿Qué había sucedido?

—¿Khloe? —lo llamó, temblorosa, pensando en su amiga, en Logan y en su padre—. ¿Khloe? —Intentó levantarse, pero el peso de la litera se lo impedía—. ¡Khloe! —El apremio por saber de esta se volvió urgente, no le contestaba—. ¡¡Khloe!!

Oh, Dios.

Temió lo peor.

—*Arrrrgghhh...*

El quejido, en algún punto del camarote, la tranquilizó.

Estaba viva.

—Khloe, ¿dónde estás? —Una pregunta tonta que temía formular—. Khloe, contéstame.

—*Val...*

La buscó entre el desorden de ropa, ganchos y otros implementos personales que cayeron sobre ella.

—¿Dónde estás, amiga?

—Aquí... —y el silencio la consumió.

Esto a Valeria la inquietó.

—¿Khloe? ¿Khloe? ¡Khloe! —¿Dónde estaba?

Ignoró el dolor en sus costillas, rodó los ojos por el caótico entorno, buscándola desesperada; los gemidos lastimeros de Akira –

desde el otro lado del camarote– la ponían más nerviosa, pedía ayuda y lloraba por lo que le pasaba; otras gritaban en un ataque de histerismo, repitiendo continuamente «¡sáquenme de aquí!»; los oídos le zumbaban, la visión a ratos se nublaba, Valeria se esforzaba por mantenerse consciente. Khloe, Logan, su papá… ¡Tenía que ayudarlos!

Alcanzó a ver un pie ensangrentado.

Tembló. Se hallaba malherida.

Valeria hizo acopio de sus fuerzas, logrando liberar sus piernas del amasijo de metal de la litera y se arrastró fuera de los colchones. Se levantó con dificultad; la puerta del baño y del clóset se desprendieron de sus bisagras. Afuera, Danira pedía que la salvaran, otras llamaban a sus amigas para cerciorase de que estuviesen bien. Hubo un quiebre de cristales, tal vez alguien quebró o terminó de quebrar una ventanilla para asomarse. No obstante, Valeria reparó que el vagón estaba ladeado, la ventanilla de su camarote había cambiado de lugar. Salir por ahí o por el pasillo era imposible.

Cojeó unos pasos y la halló debajo de unos escombros.

—¡Khloe! —Se impactó ante las heridas—. Oh, Dios… —Una barra le perforó el hombro—. *¡Nooooo! ¡¡Khloeeeeee!!* —La sacudió, ella no reaccionaba, la sangre cubría la mayor parte de su cuerpo.

¿Qué debía hacer? ¿Cómo salir de allí? ¡Oh, Dios! ¿Qué le habrá pasado a Logan y a su papá? ¿Estarían malheridos o ayudando a los demás? Tal vez hacían esto, ellos eran de los que actuaban en el acto, corriendo de un lado a otro, dando indicaciones a los que lograron salir ilesos para rescatar a los que quedaron atrapados en el tren.

Con una mano sostuvo sus aporreadas costillas e intentó trepar el vagón; lo que antes fue una pared, ahora era el techo.

—¡Auxilio! —gritó hacia arriba para que la escucharan. La ventanilla a metro y medio sobre su cabeza—. ¡Alguien que me ayude! ¡AUXILIO!

—¡Auxilio!

—¡¡Auxilio!! —Akira y otra chica la secundaban como un terrorífico eco al que se agregaban nuevas voces desesperadas.

—Buscaré ayuda —Valeria le dijo a una Khloe inconsciente—. Volveré por ti. Resiste.

Sin más remedio del tener que soportar el dolor que sufría en sus extremidades y en sus costillas, amontonó las puertas del clóset, los colchones y las maletas de maquillaje para ser capaz de treparse al armazón de la litera y de ahí aferrarse a los bordes de la ventanilla rota que se hallaba arriba.

Fue difícil, lo intentó en un par de ocasiones y lanzó mil maldiciones, porque caía aparatosa, lastimándose más sus heridas. Lloró impotente y gritaba de rabia, pero tuvo que contenerse, Akira la imitaba y Danira desde su camarote se tornaba más histérica. Los gritos la ensordecían, reconociendo Valeria cada uno de los timbres de voz de sus compañeras, aunque le extrañó no escuchar a Olivia.

Se insufló fortaleza, su amiga no iba a morir allí, ella la salvaría y luego averiguaría si los dos hombres que amaba estaban bien.

Acomodó de nuevo una maleta sobre la otra, dejando un exiguo espacio para plantar los dedos de sus pies, de modo que le facilitara equilibrar su peso mientras ascendía.

Una vez que logró salir, observó el siniestro y jadeó.

Se llevó las manos al pecho y lloró a raudales. Varios vagones yacían volcados patas arriba o montados uno sobre otros. Los gritos barrían el ambiente como una escena de terror. ¿Qué pudo haber ocasionado semejante tragedia? El tren no llevaba la velocidad propia de un tren de pasajeros común, este era de carga; por extensión, viajaban a velocidad moderada.

Pero...

¿Y entonces?

Tuvo cuidado de no caer al suelo y partirse las piernas. Tomó una bocanada de aire, midiendo la altura. A lo sumo saltaría dos o tres metros.

Vaciló. Con sus heridas, la caída sería aparatosa.

—¡Arriba! —exclamó un hombre a lo lejos—. ¡Hay una joven allá arriba!

Valeria se percató de que era con ella.

—¡Auxilio! —gritó—. ¡Necesito ayuda, mi amiga está herida!

El hombre corrió junto con otros en su ayuda; era gente del pueblo cercano que escucharon el descarrilamiento a la distancia. Se avocaron, impulsados por la adrenalina para socorrer a las víctimas, sabían que el tiempo era vital si pretendían salvar más de una vida.

Dos socorristas treparon hasta donde la sobreviviente se hallaba.

—¿Estás herida? —preguntó uno de ellos y ella sacudió la cabeza, señalando hacia la ventanilla a sus pies.

—Mi amiga... Necesita ayuda, está malherida.

—Descuida, la sacaremos de ahí. Ven... —le extendió la mano—. Te ayudaremos a bajar.

Valeria, sollozó. Khloe estaba por morir.

—Por favor, sáquenla rápido. Se desangra.

—¡Valeria! ¡VALERIA! ¡¡VALERIA!!

La joven se volvió hacia la urgida voz que a lo lejos la llamaba, era un chico, no lo vislumbraba bien, corría descalzo sobre los vagones volcados o los que se hallaban ladeados, arriesgándose de partirse las piernas al caerse. Saltaba y daba piruetas en el aire, sorteando obstáculos en su camino, su habilidad obrando a su favor; por lo visto, un acróbata aguerrido que no temía por su propia vida.

Parpadeó, ¡¿ese era Logan?! Dejó de respirar. Sí, ¡era él!, ¡era él! ¡¡Sobrevivió al descarrilamiento!!

—¡Logan! —Aventaba las manos en alto para indicarle que no estaba herida y extendió sus brazos a los lados esperando para recibirlo en un fuerte abrazo. Detrás de él, otros se aprestaban en ayudar a las chicas a salir a través de las ventanillas volcadas.

Un salto más y ambos se abrazaron.

—Oh, Logan, ¡qué bueno que estás bien! —chilló sin creerse lo que pasaba. Él la colmaba de besos y la apretujaba entre sus brazos, agradeciendo al cielo no haberla perdido.

—¿Y tú? —la escaneó—. ¿Estás herida?, ¿te duele algo?

Antes de responderle, el hombre que acudió a rescatarla, llamó a otro sujeto que aguardaba en tierra, captando la atención de Valeria. Deshizo el abrazo con su novio, pues este se avocó en ayudar al otro a subir al «techo»; traía consigo una soga enrollada en el hombro, para sacar a Khloe que se hallaba malherida.

—Déjenme, yo lo haré —Logan le pidió al hombre que pretendía rescatar a Khloe, la soga cayó floja al interior del vagón, mientras que los otros la sostenían para que el muchacho pudiera bajar. Tuvo cuidado de no empeorar la situación ni sufrir daños, los hierros del vagón crujían amenazadores.

—¿La ves, Logan? —Valeria preguntó a través del hueco de la ventanilla y este cabeceó—. Está allí... —señaló con la mano— en aquella esquina. —Permanecería ahí hasta que la sacaran, se había negado a bajarse del vagón, sugerido por uno de los socorristas.

Logan la encontró. Puso dos dedos sobre el cuello de Khloe, para sentir las pulsaciones en la yugular y comprobar si seguía viva. Quedó un instante paralizado, luego se irguió y miró hacia arriba, su mirada ensombrecida.

Valeria sintió que su mundo daba vueltas. El sudor frío recorrió su espina dorsal y la debilidad se apoderó de sus piernas.

Cayó inconsciente a un lado de la ventanilla.

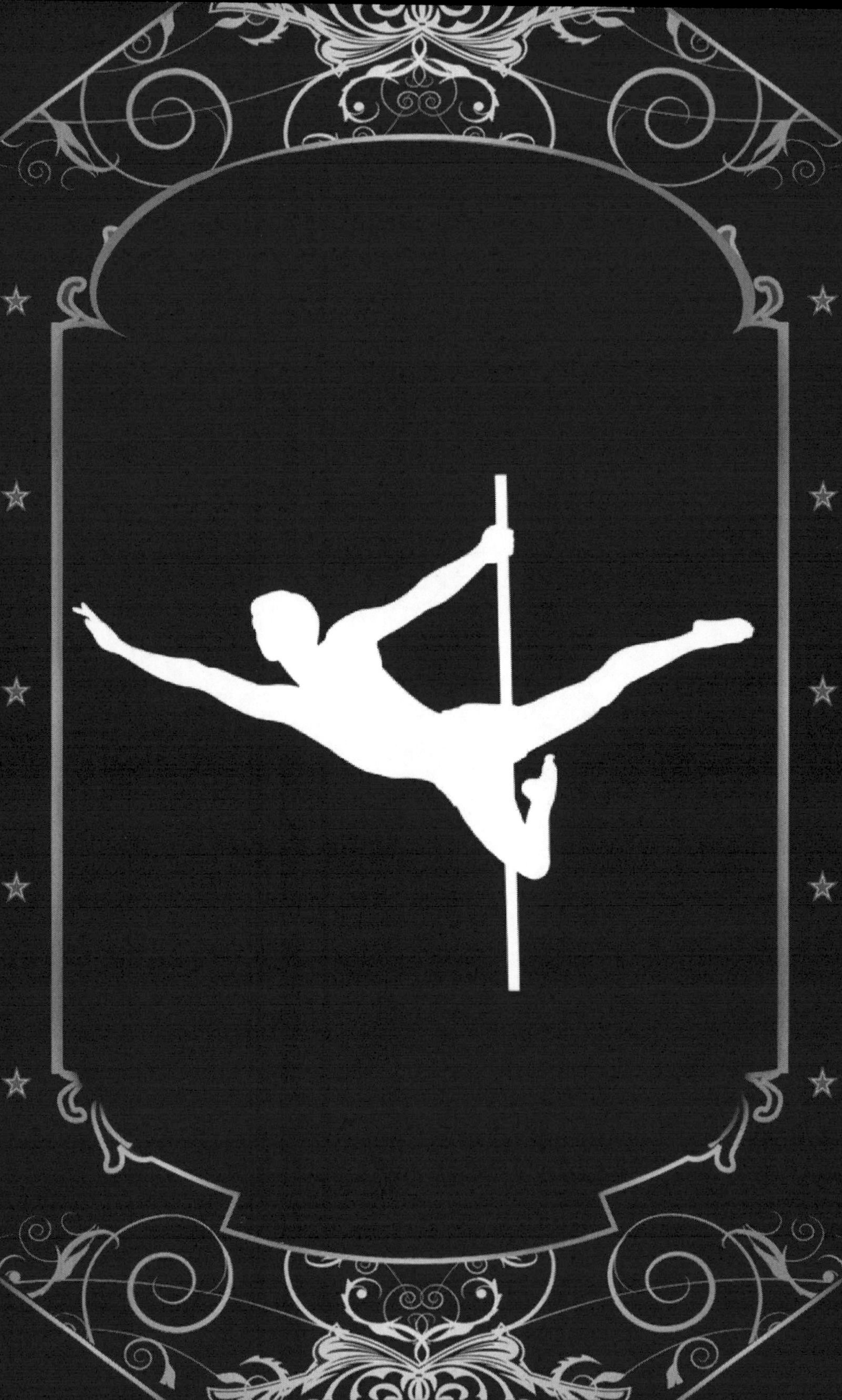

Capítulo 34

Dolor, náuseas, murmullos a su rededor sacaban poco a poco a Valeria de la oscuridad en la que se sumergió. No quería despertar y enfrentarse a la cruel realidad, perdió a una amiga. Una gran amiga...

Apretó los párpados, negándose a abrir los ojos y se removió en la cama, llorando con amargura la desgracia que la tocó de cerca. ¿Por qué?

Enseguida, unas manos solícitas que no sabía de a quién pertenecían le acariciaban el rostro. Las rechazó y se alejó del tacto, al aovillarse bajo la frazada, quería estar sola y llorar hasta que las lágrimas se secaran de sus ojos. ¿Por qué pasó aquello? ¿Fue un atentado? ¿Negligencia del maquinista o fueron los activistas? Lo que fuere le arrancaron una parte de su alma.

De pronto recordó que tenía otros seres que amaba, preguntándose qué fue de ellos.

Abrió los ojos, y, para su sorpresa, se encontró con el rostro atribulado de Leonora.

—Mamá... —la alegró verla, necesitaba su consuelo—. Khloe...
—Se quebró en llanto y extendió los brazos para que la abrazara, y esto le produjo dolor en sus costillas, del cual enseguida la hizo percatarse de haber despertado en la habitación de un hospital, con el torso vendado bajo su bata y con suero suministrado por vía intravenosa.

—Oh, mi niña... —siendo cuidadosa de no lastimarla, correspondió a lo que pedía su desconsolada hija y la apretujó suave para expresarle que la acompañaba en su tristeza—, lo lamento tanto... —le dolía que pasara por esas circunstancias, era muy joven para sufrir de esa manera.

—Era mi amiga, siempre fue buena conmigo... —la defendió muchas veces de las idiotas que la humillaban o intentaban golpearla. Fue ruda en sus modismos y en su vocabulario, pero tuvo un corazón de oro que, como ella, pocos en el mundo. Rápido sus pensamientos se centraron en la otra persona que le causaba desazón—. ¿Papá?, ¿él está bien? —Deshizo el abrazo y buscó la mirada de su progenitora del cual asintió con la cabeza.

Respiró aliviada, él estaba bien...

No obstante, la miró extrañada.

Tuvo que haber pasado varias horas para que ella viajara desde Nueva York hasta ese centro médico ubicado quién sabe dónde entre Carolina del Norte y Pensilvania.

Alzó la vista por encima del hombro de Leonora, encontrándose con su novio y su padrastro que le sonreían triste.

Se sentó de sopetón.

—¡Logan! Oh, Logan... —extendió los brazos hacia él, casi se arranca la manguerita conectada a su brazo. Sus costillas se resintieron—. Me alegra que estés bien. —Por un instante temió que haya sido un sueño haberlo visto correr hacia ella como un héroe sin capa y en pijamas.

Estaba ahí...

El muchacho se sentó al borde de la cama en cuanto Leonora se lo permitió al levantarse en el acto y sin malas caras hacia este por ser uno de los que abogaron para que Valeria siguiera en aquel fatídico tren. Logan Sanders presentaba raspones y cortaduras en los brazos y en las manos, del que previamente las enfermeras ya lo habían revisado. No estaba enojada con él, sino agradecida de que haya sido de los que acudieron a salvar a las chicas, un sujeto rollizo se lo comentó a otro, en cuanto señalaba al sobreviviente que aguardaba en el área de urgencias por los heridos que los galenos atendían.

—También me alegra que estés bien —contestó en voz baja, mientras le retiraba con delicadeza los desordenados mechones de cabello que ocultaban parte de su rostro magullado. Cuando el socorrista le gritó que esta se había desmayado por la muerte de la compañera, él dejó abandonado el cuerpo de Khloe; no se sentía orgulloso de haberlo hecho, pero Valeria era su prioridad.

—Khloe no...

—Lo sé —la envolvió en sus brazos y besó su frente, arriesgo de ser expulsado de allí por los Davis.

—¿Por qué nos descarrilamos?

—Aún no se sabe —respondió, igual de intrigado que la morena. Tal vez determinaron qué causó el siniestro cuando ellos ya estaban montados en una de las ambulancias que llegaron al cabo de los minutos, junto con los bomberos y las patrullas de policía. Un centenar de buenos samaritanos hicieron lo posible por sacar de los vagones volcados a sus compañeros y amigos, siendo la sección del norte del tren la que se descarriló y tuvieron algunas otras bajas. Entre ellos: Olivia, Nia y el señor Abramio.

Una desgracia, sin tomar en cuenta si fueron malas o buenas personas.

El techo roto decapitó a su ex, el fuego carbonizó a Nia y un desnucamiento le sesgó la vida al jefe de personal.

Valeria descargó su pesar en los hombros fuertes de su novio. ¿Por qué Khloe si fue tan buena persona? ¿Por qué tuvo que morir? Agarraba furiosa la manga de la chaqueta que alguien debió prestarle a Logan, porque seguía con las mismas ropas con las que se acostó antes de que todos despertaran con el violento sacudón. Él no se quejó del rudo agarre ni de los puños que ella daba contra su pecho, no era consciente de lo que hacía, lloraba enojada por los acontecimientos, puede que echándole la culpa a los que estuviesen involucrados en caso de que haya sido planificado.

Ninguno de los que se hallaban en esa habitación le decía «deja de llorar», «cálmate o sufrirás otro desmayo», «hay que ser fuerte, son cuestiones del destino»; más bien, sollozaban en silencio, conmovidos por la tristeza de la muchacha.

Debía prepararse para lo peor...

De repente, Valeria cayó en la cuenta que la información que su mamá le dio sobre su papá fue insuficiente. ¿Estaba bien, pero hospitalizado? O... bien y siendo asediado por los periodistas. No fue clara; de hecho, ni le respondió. Solo asintió.

—¿Papá?

—Eh... —Logan recurrió a la señora Davis para que le indicara, así sea mediante un gesto, lo que debía responder.

—Está bien.

—Ya lo sé, mamá. ¿Por qué no está aquí?, ¿también está hospitalizado? ¿Qué pasa? —Se inquietó por el cruce de miradas entre ellos—, ¿por qué se quedan callados? ¡Díganme, por Dios! ¿Está herido?

—*Val*, lo que pasa es que...

—¿Qué tan grave está? —la joven la interrumpió, llevándose una mano al pecho. Su mamá jamás la llamaba con un diminutivo, ni cuando estaba de excelente humor.

Mirada esquiva.

Silencio sepulcral.

Valeria se removió en la cama, sus ojos anegados en lágrimas rodaban de Logan a su madre y de esta hacia su padrastro.

—¿Para dónde crees que vas? —Leonora se preocupó.

—Necesito verlo —su angustia y pesadumbre oscilaban a partes iguales.

—Después. Por lo pronto, debes recuperarte.

—Ya estoy bien.

—Hazle caso a tu madre —la voz de su padrastro no reflejaba la recriminación, solo preocupación por su hijastra.

La joven hizo caso omiso y se levantó, llevando consigo el portasuero que la mantenía conectada con glucosa, y, descalza, lo rodó hacia la puerta de la habitación. Las piernas le dolían por los golpes y el aplastamiento de la litera, pero no la amilanó de marcharse de allí. Logan intentó detenerla, pero ella se removió de su agarre, con rudeza, que ni se le ocurriera bloquearle el camino o gritaría histérica. ¿Cómo eran capaces de no decirle que su papá estaba grave? Tenía que saber de él.

—Acuéstate o se te bajará la tensión. ¡Enfermera!

—¡¡Ni se te ocurra alertarla o no te vuelvo a hablar jamás, mamá!! Ni a ustedes tampoco —señaló a Logan y a Douglas—. Me niego a permanecer aquí un minuto más sin ver a papá. Así que, ¡muévanse!, que no estoy para mentiras piadosas ni tanto misterio—. Ante la renuencia de estos, sus tripas se contrajeron por la mortificación—. ¿Qué pasa?, ¿qué no me están diciendo?

—Es solo que no es el momento —Douglas explicó ante la palidez de su esposa, quien estaba a punto de llorar.

—¿Por qué? —Se removió en sus maltrechos pies.

Ninguno respondió.

Mala señal para la muchacha.

Aguantando el dolor, se arrancó la aguja insertada en su antebrazo, para sorpresa de los presentes.

—¡¿Qué haces?! Detenla, Douglas.

—¡No! —Valeria puso una mano en alto—. Dejen de tratarme como a una desvalida, ya les dije que estoy bien —mintió, sus costillas doliéndole horrores y la planta de sus pies, martirizándole con pequeñas heridas que se hizo al caminar sobre los escombros y los vidrios rotos.

Leonora intentó detenerla, pero Douglas se lo impidió. Ella tenía el derecho a saber.

En vista de la determinación de su novia, Logan se quitó la chaqueta y la posó en sus hombros. Esta cojeó fuera de la habitación, acompañada por él, su padrastro y Leonora pisándole los talones. En esos momentos no la dejarían sola.

Caminaron a través de los pasillos. Las enfermeras corrían de un lado a otro, sosteniendo implementos quirúrgicos. Todo era caos, muchos de sus compañeros yacían sentados en los pasillos, con vendas en las cabezas y en las extremidades por torceduras o heridas que sufrieron, y otros inconscientes en las camillas, recibiendo ayuda médica. Valeria meditó que ella recobró la conciencia en una habitación privada y sintió pena, siendo más que evidente que su padrastro extendió su tarjeta de crédito para otorgarle privilegios.

Pensó en Khloe, ¿estaría su cuerpo en la morgue?

Seguro que sí...

Se le hizo un nudo en la garganta, ante el hecho de que jamás la volvería a ver. Solo en sus pensamientos seguiría viva. Se volvió hacia una mujer que corría hacia el área de urgencias y fue directo a las camillas ocultas tras las cortinas azules, gritó y fue sostenida por otra persona que, tal vez, era un familiar. Estos comenzaban a llegar a raíz de las noticias. En un televisor colgado en una de las esquinas de enfermería, un reportero reseñaba la tragedia.

Choque frontal de trenes.

A causa del trauma, ni ella ni Logan de esto se dieron cuenta.

Hizo amague de ingresar a la Sala de Urgencias para descorrer las cortinas y hallar a su padre, pero su mamá le informó que lo tenían recluido en la UCI.

—¿Qué? —La miró, eso indicaba que estaba muy grave—. ¿Dónde queda?

Leonora guardó silencio; no obstante, los ojos de Logan se dirigieron hacia la izquierda. La joven caminó de prisa hacia esa dirección.

—Lo siento, no puede entrar —la interceptó una enfermera en cuanto llegaron.

—Ahí está mi papá, déjeme verlo.

—Son órdenes. A esta parte no se puede entrar sin autorización médica.

—¡Entonces, dile al médico que me deje entrar!

La enfermera endureció la mirada.

—Le agradezco baje la voz, tendrá que aguardar. —La escaneó—. ¿Usted por qué está levantada? —Era obvio que la tenían ingresada.

Douglas abogó por ella, mientras que la joven paciente –impotente– echaba un vistazo a través de una de las ventanillas de las puertas dobles que dan acceso a la Unidad de Cuidados Intensivos.

Se cruzó de brazos, abrazándose a sí misma, sintiéndose tan indefensa...

Un minuto se transformó en una hora, luego en dos, después en tres...

Y así hasta que anocheció.

Los cuatro permanecían sentados en el área de espera más cercana a dónde se hallaba el maestro de pista. Douglas se encargó de conseguirle a su hijastra y al muchacho, ropa holgada y pantuflas para que se cambiaran los pijamas ensangrentados, procurando que las prendas no lastimaran las heridas vendadas. Cada hora consultaba a las enfermeras del avance de Stefano Nalessi y el pronóstico médico era reservado. Dos mujeres con cierta autoridad en la gerencia del circo, abrazaron a Valeria y a Logan en cuanto cruzaron los pasillos casi a las carreras; una de estas era la progenitora del muchacho, llorando también por las pérdidas sufridas. Ambas mujeres –luciendo pálidas y con las ropas polvorientas– sobrevivieron a la tragedia, Logan ya lo había comentado mientras estuvieron allí esperando por más noticias, estas se salvaron por estar desayunando en el Vagón-Comedor.

En la corredera se cruzó con su mamá, ella le informó que la sección norte se descarriló. Había ido a buscarlo, preocupada por él, pero el muchacho –ileso de todo mal– se bajó del tren y, con ayuda de algunos muchachos, lo ayudaron a subir al techo del vagón de los búlgaros.

—¡Cuánta desgracia! Pobre Stefano… —Esther Sanders se lamentaba que un error en el sistema eléctrico de las vías ferroviarias provocara muertes y un mar de lágrimas. La otra locomotora impactó de lleno contra los vagones de la directiva, arrastrando consigo en una onda destructiva a los vagones femeninos que con esta colindaban. Hasta el momento se contabilizaba veinticinco muertos y doscientos heridos sumados en ambos trenes. Stefano apenas respiraba; si lograba superar la noche sería un milagro.

Valeria se dejó caer en la silla y Logan se sentó a su lado, en su constante cariño que le daba. Él pensaba en sus amigos y en las compañeras que no rodaron con la suerte de salir por sus propios medios de ese infortunado accidente, del cual se mantenía informado por los noticieros, no traía consigo su móvil para llamar a Axel y a Tristan, pero sabía que ellos colaboraron en el rescate de la sección norte; también corrieron por los techos de los vagones para llegar rápido antes de que el fuego que comenzaba a propagarse alcanzara a los que estaban atrapados.

—Deberías comer algo, llevas muchas horas así… —Leonora le sugirió a su hija, tal vez estarían allí por mucho tiempo.

—No tengo hambre —su mirada entristecida se mantenía fija en las puertas de la UCI. En algún momento alguien saldría para notificar sobre el avance de su padre. Una amputación doble en las piernas y un severo golpe en el tórax, requirieron que lo intervinieran quirúrgicamente.

—Iré por un café. ¿Quieres que te traiga algo? —Douglas le preguntó a Leonora. Esta cabeceó—. ¿Y tú? ¿café, un emparedado? —se dirigió a Logan que permanecía al lado de su novia.

—Sí, gracias, señor Davis. Un emparedado está bien.

Justo cuando el hombre se giraba para marcharse...

—Hijo de puta, ¿qué haces aquí? —Logan se levantó como un gorila lomo plateado bastante cabreado—. ¿Vienes a comprobar que se murió para luego reírte? ¡Lárgate o te reviento *la jeta*!

Douglas se interpuso para evitar que el muchacho agrediera al recién llegado, quien tenía una expresión que distaba del morbo. Las dos mujeres no daban crédito de la osadía de ese bastardo y Valeria se acercó sorprendida, siendo cuidada por Leonora, ya que notó reconocimiento por el otro en los ojos de su hija.

—Aunque no lo creas, también me preocupo por él —comentó y, tanto Logan como Valeria esbozaron una sonrisa incrédula. Vaya actor...

—No sé quién es usted —Douglas se volvió hacia este—, pero es de mal gusto que se presente cuando es obvio que incomoda. Por favor, márchese, no es el lugar apropiado para discutir.

—Es uno de los activistas que han intentado por todos los medios de cerrar el circo.

—Cerrarlo, no, señora Morgan: protestamos por la libertad de las criaturas que ustedes utilizan en las funciones. El circo puede continuar, pero sin ellos.

Más allá del activismo de Brandon Morris, a Valeria le parecía horrendo que, siendo tan repudiado por los integrantes de Amore, se aventurara a recibir una golpiza, solo porque se «preocupaba» por el hombre que en el pasado fue su jefe y mentor. Al parecer, quería testificar la muerte del maestro de pista.

—¿Acaso carecen de empatía?, ¿no les importa el sufrimiento de los demás? ¡¿Les place que haya muerto mucha gente?!

Brandon venía preparado a recibir insultos y hasta puñetazos por parte de sus excompañeros circenses, pero la insinuación de Valeria

Nalessi lo dejó pasmado. Ellos eran luchadores incansables por el bien de los animales, jamás desalmados.

—Acúsenos de sabotear sus funciones, de intentar liberar de las jaulas a esas criaturas y de lo que quieran, pero de *lo que expresaste* jamás. No somos desalmados, valoramos la vida en todas sus manifestaciones, carecería de sentido que obrásemos de esa forma si pregonamos lo contrario.

—Maldito mentiroso.

—¡Apártate, controla tu carácter! —Esther increpó a su hijo y Douglas lo retenía en cuanto este se abalanzó hacia Brandon.

—Entonces, ¡qué se largue, aquí no lo necesitamos! —Si su mamá o Valeria hubiesen perecido, a ese lo acaba a los golpes.

Brandon no insistió en quedarse, porque causaba más daño del que se proponía resarcir, así que, extendió hacia la chica un «lo siento, espero que tu papá mejore» y se giró sobre sus talones para abandonar el lugar. No quiso sacarles en cara el peligro que corrieron los caballos y los chimpancés, ya que estos apenas sufrieron aporreos. Durante el camino hacia la salida, se cruzó con Jerry Carmichael y dos más que lo miraron desdeñoso. En la expresión del larguirucho se leía perfecto «¿qué hace ese maldito aquí?». Pugnaron en sacarlo a las patadas, pero tenían prisas…

Estos continuaron hacia el área de cual un enfermero les indicó donde se hallaba el señor Nalessi y su hija; por fortuna, el trayecto no fue largo, estaban cansados de correr por los diversos hospitales de Filadelfia, averiguando quiénes se fueron *a conocer* al Creador y los que seguían anclados en el mundo.

—¡Valeria! —Jerry se regocijó de comprobar que la italianita sobrevivió y sin heridas aparentes. Se contuvo de abrazarla, esta no salió a su encuentro, luciendo llorosa, y el idiota del novio lo miró avinagrado, encerrándola rápido entre sus brazos de manera posesiva—. ¿Estás bien? —le preguntó y ella asintió debilitada, un esbozo de sonrisa.

Los muchachos –bañados en sudor– jadeaban por la frenética carrera que hicieron por la ciudad, satisfechos de colaborar en lo que podían y felices de hallar a Valeria con vida. Preguntaron por el señor Nalessi, pero la respuesta otorgada por la señora Morgan fue desalentadora.

—Hicimos una lista de los que murieron y los que se salvaron —Axel extendió dos papeles doblados a la coordinadora, apenado de las amigas que dentro de poco tendría que darles el último adiós.

Alice buscó el apoyo emocional en Esther y, entre ambas, desdoblaron los papeles.

Leyeron en voz baja los nombres de los que perecieron en el siniestro y las lágrimas a todos les bañaron los rostros. A Leonora le disgustó que no tuvieran la prevención de causar una crisis nerviosa en Valeria; no obstante, manifestaría su molestia para más tarde, porque enseguida las dos mujeres elevaron plegarias por los muertos.

—¿Quiénes se salvaron? —Valeria se removió en los brazos de Logan; un nombre en particular no fue escuchado, pese a ser consciente que la lista estaba incompleta.

—A ver... —Alice cambió de hoja, sus manos temblando—: Maya Brown, Ifigenia Reyes, Akira Yamamoto, Alina Moore... —cada nombre lo mencionaba en un tono que aliviaba la pesadumbre—. María Fuentes, Sharon Bryce, Susan Wilde, Khloe Wells, Danira Mart...

—¡¿Qué?! —Valeria interrumpió a la señora Morgan, al sobresaltarse por la conmoción—. ¡¿Khloe está viva?! —La anciana y Esther asintieron, contagiadas por la felicidad de la joven—. ¡Está viva! —Abrazó a Logan, luego a su padrastro, a la señora Morgan, a Jerry, a Axel, a Milton, a Esther Sander y por último a su mamá, a quien abrazó más fuerte. Su mejor amiga había sobrevivido.

Ni bien pudo disfrutar de su dicha, cuando, de las puertas de la UCI emergió una doctora. Tapaboca y gorros puestos, traje de operación... Preparada para entrar y salir del quirófano si la requerían.

La tensión se posó en los hombros de todos.

—¿Valeria Nalessi? —preguntó tras echar hacia abajo el tapabocas. Sus ojos posados en la más joven del grupo.

—Sí —la aludida alzó la mano, temblorosa. Douglas tuvo que morderse la lengua para no increpar a la mujer y a su hijastra. El apellido «Davis» había quedado en total omisión, pero, qué más da, tenía que aceptar que *el otro* le ganaba por parentesco.

La doctora miró a la chica atribulada.

—El paciente despertó y pregunta por usted. Le sugiero que no lo agote, está... *delicadito.*

Leonora se estremeció.

Algunos médicos no eran directos y solían hablar de esa manera para preparar a los familiares si ellos consideraban eran frágiles en recibir una terrible noticia.

Oh, Stefano..., sollozó, ella no arregló sus cosas con él y siempre lo lamentará.

Su pesar alertó a su hija. ¿Qué entendió de lo dicho por la doctora que ella lo pasó por alto?

Valeria siguió a la doctora. La angustia sobre en qué condiciones encontraría a su padre, la apabullaba. Los bomberos arrojaron miles de litros de agua y espuma para apagar el fuego que se extendió hasta el vagón de este, los metales retorcidos complicaron su rescate, requiriendo de sierras especiales para abrirse paso y llegar hasta él. De haberlo ella visto como a Khloe, aún estaría inconsciente en la cama hospitalaria.

Al entrar, fue conducida hasta la tercera cortina. En esa área había por lo menos cuatro pacientes en condiciones críticas. Entre ellos, dos jóvenes que no reconocía.

Tragó saliva y se obligó a ser fuerte.

Lo que observaba la apaleaba.

—Valeria... —Stefano medio sonrió, tan pronto divisó a su hija, comprobando que ella había salido ilesa del accidente.

—¡Papá! —Corrió hacia él, atado a máquinas que monitoreaban su ritmo cardíaco y suministraban oxígeno con unas mangueritas en sus fosas nasales. De ese chispeante ser que deslumbraba tan pronto hacía acto de presencia en algún lugar, nada quedaba. Su tamaño reducido literalmente.

—*Il mio bambino...* —sonrió tan debilitado como si ya anduviese por otro plano astral.

—No te esfuerces, estoy aquí.

Sacudió la cabeza como si le pesara toneladas.

Sus ojos hundidos, cadavéricos...

—Siempre estaré contigo, *mi pequeña.* Yo... —tosió e hizo un gesto de dolor—. Me pica, no puedo rascarme, ¿podrías...? —Se esforzó por mover la mano que tenía vendada por una quemadura, manteniéndola postrada en el colchón para señalar hacia sus inexistentes piernas. Antes de entrar, la doctora le advirtió —en caso de que no lo supiera— que a Stefano le cortaron las piernas más arriba de las rodillas, al quedar destrozadas.

—Eh, s-sí, claro... —fingió que trataba de aminorar «el picor en la pierna derecha», él no alcanzaba a ver lo que ella hacía: rascaba la frazada que lo cubría.

—La otra, me pica mucho —el «hormigueo» era incesante.

Valeria, apretando la mandíbula para no soltar el llanto, obedecía al mandato de su padre. Las piernas fantasmas se manifestaban en la mente de los amputados. Aunque demasiado pronto para él...

—¿Ya se te pasó?

—Un poco, me duelen las piernas...

—Es porque estás saliendo de los efectos de los sedantes. —Alzó la mirada hacia la doctora que permanecía unos pasos retirada, la angustiaba que él se diera cuenta. Sin embargo, la doctora hizo un gesto de que se calmara.

—Eres mi más grande orgullo —dijo—. Cuando... —tosió sin aliento. Las náuseas a punto de hacerlo vomitar.

—No hables, *papi*, descansa para que te recuperes.

Se esforzó por levantar la mano para tocarle el rostro, pero Valeria la interceptó, llevándola con cuidado a su mejilla.

—El día de tu audición, me hiciste feliz, supe que Amore quedaría en buenas manos cuando yo faltase.

—No digas eso... —sus lágrimas derramándose, sus besos repartiéndose sutiles por los vendajes del dorso de la mano. El miedo invadiéndola.

Stefano percibía que *el cuenta-atrás* de la vida llegaba a su fin, sin que él quisiera postergar por unos años más la partida al *más allá*; las décadas se volvieron segundos, del cual el retroceso era frenético, no tenía tiempo de preguntar por su prometida ni de despedirse de sus viejas amigas, Alice y Esther, tampoco de agradecer a sus empleados de haber trabajado para él y de ofrecer el mejor espectáculo del mundo. Sus últimas palabras serían para su dulce hija que él lamentaba la dejaría llorando, pero que imploraba, las personas que quedaban con ella, la colmaran de amor.

—Siempre estaremos juntos —Valeria le confirmó—. Te cansarás de mí, ya verás —los planes que tenían pautados carecían de sentido, si *el que impulsó todo aquello*, ya no estaba.

Stefano apenas tuvo fuerzas para sollozar.

Él estaría presente de otra manera.

—Seré tu ángel —dijo—. Estarás protegida noche y día.

—Querrás decir: serás mi dolor de cabeza —rio sin alegría en los ojos. No le gustaba lo que encerraban sus palabras.

—Mi pequeña... —y, dando una adolorida exhalación, Stefano murió.

—¿Papi? —Valeria sintió un gélido estremecimiento que la recorrió de arriba abajo—. ¿Papi? —Sacudió con suavidad su hombro para que reaccionara, pero no lo hacía. Sus ojos abiertos hacia la nada—. ¡Doctora, mi papá...! —Lloró estremecida por la tristeza.

El personal médico le pidió que abandonara la UCI, mientras ellos le practicaban resucitación. Pero era infructuoso, el pitido de la línea mortal indicaba que había partido al más allá.

Valeria atravesó las puertas, corriendo a los brazos de su madre; alguien que la despertara de tan terrible pesadilla, porque comenzaba a volverse loca. La muerte perdonó la vida a Khloe, pero se la arrebató a su querido padre.

Capítulo 35

Logan echó un último vistazo a las tumbas abiertas de Nia y el señor Nalessi, y deseó que sus almas volaran bien alto, ella por buena onda y él por haber sido tan cabal y emprendedor en todo el sentido de la palabra.

Rodeó con su brazo los hombros de Esther y se marcharon juntos hacia el jeep, mientras que los sepultureros del cementerio comenzaban a echarle tierra a los fosos para cubrirlos hasta el tope de los ataúdes. Las primeras gotas de lluvia caían sobre las personas que se alejaban, después de haberle dado las condolencias a la muchacha que ya no tenía lágrimas para derramar, y se apuraron en subirse a sus respectivos vehículos, pues la mayoría no traía consigo un paraguas para guarecerse. Hasta el cielo matutino empatizaba con la joven doliente, oscureciendo sus algodonosas nubes en unas que visualizaban el luto; la arboleda brindaba sombras a las lápidas, batiendo suave sus ramas por la gélida brisa, provocando que Esther tiritase de frío. Era desgarrador para Logan dejar allí a ese hombre que cuidó de él, a veces como un amigo y en otras como un padre, sintiendo una vez más la penosa ausencia de la figura paterna. Él se quedó sin el suyo, hacía cuatro años, un ebrio detrás del volante impactó contra su auto y de ese accidente no salió vivo.

Quiso abrazar a Valeria, pero la señora Leonora la mantenía pegada a ella, en un abrigo materno. El señor Douglas abrió su paraguas sobre las dos y caminó al paso que estas llevaban para que no se mojaran. Valeria parecía ausente, caminaba porque era llevada por sus padres; de otro modo, se hubiese quedado paralizada frente a las tumbas recién tapiadas. Logan la seguía con la mirada, su tristeza a él lo afectaba; la comprendía por el obvio motivo y también por no poder consolarla. Desde el hospital rehuía de su cariño.

Casi la increpa en el salón de la funeraria por su malhumor; trataba de ser indulgente: el agotamiento, el estrés, el dolor..., la tornaron irascible. Aun así, le costaba llegar a ella, ¡es como si no se lo permitiera!, hacía memoria, a ver en qué fallo para estar con él enojada. Trataba de ponerse en su lugar, vamos... ¡se murió su papá!, no un periquito, sino el ser que tanto admiraba. Pero contaba hasta mil en su fuero interno para no zarandearla de los hombros para que se diese cuenta de que también podía llorar sobre sus hombros.

¿Por qué lo alejaba?

—Ahí están esos zamuros...

El comentario desdeñoso de Esther causó que Logan rodase rápido los ojos hacia donde su mamá clavaba avinagrada la vista. De unas furgonetas varios sujetos, micrófono en mano, cámaras apuntando hacia ellos, corrieron en dirección a Valeria; el señor Davis pidió que los dejaran en paz, inclinando hacia adelante el paraguas para que los camarógrafos no los filmaran; sin embargo, estos insistías con absurdas preguntas: «¿cómo se siente?», «¿lloró mucho?», «¿qué palabras tiene para sus seguidores?».

Valeria apenas tenía fuerzas para respirar.

Logan voló hasta allá para apartarlos de un manotazo, Esther le gritaba que no hiciera nada indebido, también de carrera hacia el grupo; Axel y Milton —que representaron un acto en honor al señor Nalessi— se atravesaron frente a las cámaras para entorpecerles el trabajo.

El cabreo sobrepasó los límites de aguante de Logan, cuando se percató que Jerry rescató a Valeria del enjambre de periodistas y la metió a un Fiat blanco, del que encendió el motor en un parpadeo.

Huyeron del cementerio, los periodistas corrieron tras ellos, pero desistieron por ganarles el vehículo en velocidad; se volvieron hacia Leonora y Douglas, y, sobre estos, descargaron un aluvión de impertinentes preguntas. El matrimonió logró introducirse en el auto que les prestó la funeraria a un destino que Logan ignoraba.

Se sintió excluido.

—Es difícil para ellos, compréndelos —Esther le expresó para que no se tomara a pecho el distanciamiento de esa familia. Lo animó a descansar en la sede, donde la señora Morgan dispuso un apartamento en el Edificio Central para alojar a los miembros de la directiva, mientras que el resto tenía permitido hospedarse una vez más en los vagones intactos del tren.

El joven medio sonrió y se volvieron hacia el jeep, les dio un aventón a sus amigos, que criticaban a los periodistas. Axel y Milton se sentaron en la parte de atrás, agradecidos de refugiarse bajo el toldo del rústico, porque enseguida se soltó un chubasco.

—Míralos cómo corren, parecen *gallinas culecas* —Axel comentó y Milton se carcajeó escandaloso, descargando de ese modo las emociones contenidas. La señora Esther asintió, sus labios levemente curvados, disfrutando que la vigorizante lluvia los dispersara. Se le hacía irreal que Stefano y Nia hayan partido primero que ella, quien hasta tenía seguro para cubrir su propio sepelio, con terreno pagado para que su última morada fuese en California.

—Valeria no ha pegado una: se unió al circo y todo se ha desmoronado. Parece que está *empavada*...

—Milton —Axel le llamó la atención para que cerrara el pico; lo dicho fue estúpido. Nadie era capaz de controlar su propio destino, menos el de los demás, que están marcados a raíz de algún acontecimiento. Valeria intentó cambiar el suyo y hasta lo consiguió; fue feliz por un tiempo, pero la mala suerte o lo que fuese, de ella cruel se burló.

—Solo decía...

—No hagas ese tipo de comentarios delante de ella, te ganarías un puñetazo del padrastro —Axel le advirtió, este era un boquiflojo; lo que pensaba, lo escupía.

Pasando la intercepción y ajeno a lo que en voz baja conversaban esos dos, Logan manejaba pensativo. Se marchó con *aquella mantis religiosa* y no con él, que ha estado a cada segundo pendiente de ella.

¡Y que era su novio!

Apretó enojado el volante y aceleró el jeep; Esther observó el movimiento ascendente de la aguja del velocímetro; increpó sin gritarle a su hijo para que aminorase la velocidad y así evitar una colisión con otro vehículo y no ser multados por un agente de tránsito por pisar hondo el pedal. El joven obedeció, pese a que los demonios lo hostigaban por el cabreo que soportaba. ¡Se marchó con aquel maldito!, ni sus propios padres tuvieron oportunidad de protegerla, sino ese que pretendía arrebatársela.

En cuanto aparcaron en el estacionamiento dispuesto para la directiva, Axel y Milton se dirigieron al tren, deseando darse una ducha; aunque, claro, la lluvia se ocupó de bañarlos de la cabeza a los pies durante la carrera.

—¿Por qué estás así? —Esther inquirió a Logan, sin permitirle descender del rústico, al sujetarle del brazo; preocupada de que algo lo tuviese de malas pulgas.

—¿No te diste cuenta?

—¿De qué?

—*Ese flacucho*: Jerry. Se la llevó...

—¿Carmichael? Sí, me fijé. Solo la sacó de allá. —Lo estudió y luego puso los ojos en blanco—. Valeria no tiene cabeza para ponerte los cuernos, no seas paranoico.

—¡No lo soy! —exclamó, ofuscado; sus ojos enrojecidos por la rabia de mantenerse relegado. ¿Por qué lo ignoraba? ¿Por qué huía de su lado?

Esther evitó contestarle «¡claro que sí!»; más bien, su mirada se posó en las gotas que caían sobre el parabrisas, aminorando la visión de lo que se apreciaba en el exterior; la lona impermeable del jeep emitía un ruido como si, sobre esta, cayese una lluvia de piedrecillas y del que resultaba relajante, era un sonido que solía embotarla en su vagón-residencia o en su hogar en Santa Helena; la lluvia, el olor a tierra mojada, le recordaba su bonita infancia.

—Estás agotado por el trasnocho, tómate una ducha larga y luego vete a dormir. Al estar más descansados, lo que antes nos parecía una tormenta, en realidad es una llovizna.

Él suspiró apesadumbrado.

—Eso espero...

La mano de Esther acarició los cabellos castaños del muchacho, quien cada vez más se asemejaba a Dylan. Él fue muy guapo y su hijo heredó sus buenos genes.

—Descansa. Más tarde te llamo para que cenemos juntos. ¿Quieres pastel de papa a la bechamel o te apetece pasta?

—Lo que desees preparar —respondió sin apetito, pero que no rechazaría su ofrecimiento para no preocuparla.

Ambos corrieron: Esther en sentido al Edificio Central y Logan, lanzando zancadas en dirección a los vagones dormitorios de la sección masculina. Muchos camarotes estaban desocupados, buena parte de sus compañeros que asistieron al funeral, pagaban un hotel; aún incómodos por lo de la tragedia ferroviaria, y otros ese mismo día tomarían un vuelo de retorno a sus hogares. Los que prefirieron pasar allí la noche, apenas se sentían, encontrándose en el cafetín del *campus* cuando se les antojaba llenar la panza. Logan no interactuaba ni con su mejor amigo, Axel respetaba su silencio y lo dejaba solo en el camarote, fue prudente en no desempacar su tula, apenas amaneciera, partiría a casa, donde organizaría su viaje a Europa.

Logan se sentó en la litera-baja y marcó al número de Valeria.

Aguardó a que le contestara; adónde sea que *ese pendejo* la haya llevado, él allá se dirigiría. Valeria era suya.

—No me hagas esto y contesta —una pierna compulsiva, los hombros tensos, la mirada crispada. Valeria ignoraba sus llamadas—. ¿Dónde estás? —preguntó tan pronto la mensajería se activó para dejarle un audio—. Te vi marcharte —agregó a la vez en que se esforzaba en no sonar celoso—. Estoy... Eh... preocupado. ¿Estás en casa del señor Nalessi? Iré a hacerte compañía.

Dejó el móvil sobre la cama y se desvistió para darse una ducha. Mientras ella le contestaba, se refrescaría, había estado en vela en la capilla ardiente, custodiando a los difuntos. Los muchachos y él vigilaron durante horas a que ningún morboso fotografiara los cuerpos al abrir los ataúdes; por cómo Nia murió, prefirieron que también el señor Nalessi no estuviese a la vista. Supo que un hijo de puta prometió en su canal, de trasmitir cada momento desde la funeraria hasta el cementerio.

Pasó por la regadera en una exhalación y, aún en toalla y goteando, porque ni se secó en el área de las duchas, consultó a ver si Valeria respondió a su audio. Pero hizo un mohín al fijarse que ni se había dado por enterada.

Angustiado de que *el greñudo* estuviese con su novia, se arregló rápido para pedirle a Berta Núñez, la secretaria de Recursos Humanos, el expediente de Valeria, asumiendo que en esa carpeta tendría otros números telefónicos en la que podría contactarla. Recurrir a la señora Morgan o a su mamá, era perder el tiempo.

—¡Ay, qué cosas me pides!

—Solo será un vistazo —pidió un rato después de salir del tren.

—Está prohibido.

—Tráelo y lo reviso delante de ti. Por favor, Berta, sé buena conmigo, ¿sí?

La mujer que oscilaba los treinta años, se ruborizó cuando el joven plantó las manos en su escritorio y se inclinó hacia ella como si pretendiera estamparle un beso. Le sonrió coqueto, exudando virilidad y a la vez maquinando para sus adentros en lo que le ofrecería para sobornarla, pero de que obtendría ese número telefónico, lo obtendría.

Sonrió malévolo al pensar en el soborno perfecto.

—¿Qué te parece salir con Axel?

Agrandó los ojos.

—A él le gustan exuberantes... —masculló, incrédula.

—¿Eso crees? Porque un día él me dijo que tú le parecías atractiva. ¿Te hago una cita?

Vaciló.

Sus mejillas arreboladas.

Sus dientes mordisqueándose los labios inferiores.

—¿Y tú? —Su atención sobre alguien con mayor estatus.

—Tengo novia.

En base a esta respuesta, Berta lo miró suspicaz.

—¿Qué deseas saber a través de este informe sobre «tu novia», que no le pregunta en persona? Ella está por ahí, pídeselo.

Está con *la mantis*, quién sabe dónde, pensó con resquemor.

—Es una sorpresa. ¿Me vas a ayudar? Aún Axel está disponible...

La secretaria acomodó los papeles que tenía apilados en su escritorio; los guardó en una gaveta, echó un vistazo por sobre el hombro de Logan, ocasionando que este se volviese, pero solo se topó con la puerta cerrada, por lo que la secretaria se aseguraba de que no hubiese nadie detrás de la puerta.

—Las chicas dicen que Axel es un empotrador.

—¡Logan, ¿por qué clase de mujer me tomas?

Una que quiere con cualquiera de los dos.

—La oferta expira en los próximos segundos: diez, nueve, ocho —se arriesgaba, pero un poco de presión solía ser efectiva—, siete, seis —Berta se mordió una uña, lo estaba considerando—, cinco, cuatro —*¡decídete, coño!*—, tres, dos...

—¡Bien! —exclamó para alivio del muchacho—. ¿Para cuándo la cita? —cobraba por adelantado el soborno.

—Será para hoy. Mañana él viaja.

Berta no se lo esperó tan pronto y se levantó de su silla.

Buscó el expediente y le entregó la carpeta, no antes, hacerle jurar que cumpliría con su promesa, porque, de no hacerlo, correría el «rumor» de que él es «amanerado». Su masculinidad quedaría cuestionada por siempre.

Sobre el escritorio, Logan leyó la información suministrada por Valeria. Ahí observó la fecha de su nacimiento: 15 de abril; lo memorizó, consciente de que al cabo de unos meses lo celebraría y sería motivo de tristeza o alegría. Él querría hacerla sonreír.

Continuó leyendo. Tomó un *post-it* amarillo de la secretaria y apuntó la dirección de la casa en Manhattan; algo le decía que lo hiciera, tal vez le serviría para más adelante, y, junto con esto, el teléfono fijo y los móviles de los Davis.

—Gracias, Berta. Le diré a Axel que pase por ti cuando termines de trabajar. Él se alegrará mucho. Prepárate... —le arqueó sugerente las cejas, pues le perforarían todos los agujeros que tuviese. Ella se sonrojó y se acomodó coqueta el cabello, deseosa de que llegara la hora.

Logan borró la sonrisa fingida de su rostro en cuanto abandonó el área de Recursos Humanos, y extrajo el móvil de su pantalón, marcando de inmediato el número del señor Davis. Este era más accesible que la señora Leonora que desconfiaba hasta de las hormigas y él no la terminaba de convencer por ser un Sanders. Aguardó un instante y el hombre ya atendía a su llamada.

—Señor Davis, disculpe mi atrevimiento, soy Logan. Valeria... ¿Se han hospedado en...?

—*Estamos en el aeropuerto* —lo interrumpió sin ánimos de ser grosero—. *Creí que lo sabías...*

—No, señor. Asumí que pasarían la noche en Tampa.

—*Era nuestra intención, pero Valeria desea marcharse cuanto antes. Aún sigue destrozada.*

—¿A qué hora sale el vuelo? —se angustió, si no llama al padrastro, de Valeria no se despedía.

—*Veinte minutos. Ya anunciaron por los altavoces...*

¡Mierda!

¿Qué hacía: manejar a millón hasta el aeropuerto o que le pasaran a Valeria?

Mejor lo segundo.

—¿Podría pasármela, no logro comunicarme con ella, creo que su móvil debe estar averiado? —la excusó para no entrar en detalles.

Hubo un breve silencio.

—*Fue al tocador.*

En pocas palabras: no quiere.

—Iré para allá.

Voló hasta el jeep. ¡Menos mal que siempre mantenía consigo la llave! La rabia lo golpeaba inmisericorde; ella no le informó, se subió al auto de Jerry para que la llevara al aeropuerto. ¡Este sí estuvo al tanto de sus acciones y a él lo mantuvo a raya!

Le reclamaría; por mucho que estuviese afligida, no lo iba a apartar, porque se le antojó de la noche a la mañana que ya no lo quería. Quizás Leonora la ha estado mal aconsejando o Valeria se dio cuenta que ya no estaba de él enamorada. Esto le hizo sacudir la cabeza para alejar esa conjetura, solo se hallaba bajo los efectos de los calmantes, le había dado una crisis de nervios en el hospital, lanzando sillas, tumbando lo que se encontraba por delante. A él lo golpeó en el pecho, al abrazarla, mientras ella caía en el piso, desconsolada.

—¿Adónde vas? —Axel se asomó por la ventanilla del vagón que compartían, cuando vio a su amigo correr hacia el estacionamiento.

—Al aeropuerto. ¡*Val* se marcha!

—¿Te acompaño? —le gritó, el otro no se detenía.
—¡No puedes, tienes una cita con Berta Núñez! ¡Sé galante!
Se quedó de piedra.
¡¿Una cita con quién?!
—¡Ey, ¿por qué…?!
—¡Búscala al final de horario, te espera! ¡¡Dale con todo!!
—¿Qué le dé…? —Jadeó. El condenado lo vendió como si fuese una puta, a cambio de algún favor—. ¡Se lo diré a tu mamá! —exclamó sin la intención de acusarlo. Cerró la ventanilla, al menos esa noche dormiría sobre los pechos de una mujer y no sobre una almohada polvorienta de un mohoso vagón.

Pisar el acelerador en una vía congestionada y llevado por las prisas, fue más de los que soportaría para no enloquecer tras el volante. Logan le devolvía las palabrotas que recibía de los otros conductores, a causa de su imprudencia, el jeep serpenteaba los autos que hallaba durante el trayecto; lanzaba *madrazos*, gesticulaba enojado, mostrando el dedo del medio al que a él le expresaba a los gritos una ofensa.

Los momentos torturantes eran en el cambio de luz del semáforo; jamás se le hizo tan eterno; ya pasó a amarilla…, ¿para cuándo la verde? Cielos… *¡Uf!* ¿Nada que cambia? *¡Argh!*

—¡Vamos! —Su pie a punto de pisar el acelerador sin que le importase ganarse una multa.

Golpeaba el centro del volante para que el claxon emitiese un sonido atronador y así los estúpidos que manejaban lento le permitieran el paso. Lanzaba volantazos y los evadía, «¡aprende a manejar, pendejo!», les gritaba a aquellos que, más bien, temían ser impactados por un lunático. Alzó su muñeca y consultó la hora, carajo… ¡ya había pasado diez minutos de los que disponía para hablar con Valeria! Ella no le contestaba, dejaba en visto sus mensajes de texto y sus audios. ¿Por qué esa actitud hacia él?, ¿qué hizo mal?

Jerry se la llevó en su cacharro.

Se marchó con ese maldito…

Respiró más tranquilo cuando el aeropuerto se divisó a poca distancia, aminoró la velocidad y estacionó en una zona que estaba seguro después tendría un papel pegado en su parabrisas, pero se arriesgaba a ello, Valeria tenía que decirle por qué se alejaba de esa manera; cruzó las puertas automáticas y se halló en un mar de pasajeros que se movilizaban de un lugar a otro, arrastrando sus maletas, igual de apurados y angustiados.

¿Qué vuelo habrán tomado?

Tonto él que no le preguntó al señor Douglas. Obvio para Nueva York, pero ¿por cuál aerolínea?

Pensó en la que trajo a los Davis desde Filadelfia y asumió que, lo más probable, sería la misma. Así que, rogó no equivocarse y por la sala de operaciones de vuelos nacionales corrió por esos amplios pasillos lustrosos, a la vez en que leía los nombres en los letreros publicitarios colgados a cierta altura donde se adquieren los boletos.

Lo halló.

—¿Hacia dónde me dirijo para despachar a Nueva York? Ya debe estar por salir —consultó a la joven detrás del mostrador, pese a que saltó la fila, pero como esta lo notó alterado, le informó.

El «gracias» se escuchó mientras corría hacia el punto señalado; cinco minutos... No le daría tiempo ni para decirle que la amaba. ¿Dónde está la puerta de acceso? Ese día todo se le hacía lento y lejano.

—¡Eh!, ¡no se puede pasar si no tiene boleto! —el vigilante le interceptó el paso hacia la zona de abordaje.

—Yo, he...

—¿Tiene boleto?

—No, señor, pero debo hablar con alguien. Es urgente.

—Sin boleto, no.

—Por favor.

—Retírese o haré que lo detengan.

Logan meditó lo que a continuación haría. Se ganaría una mega multa por el mal parqueo de su jeep y lo esposarían por saltarse los protocolos de seguridad.

Su mamá lo mataría por los dos anteriores.

Ni modo. Todo por Valeria.

—¡Eh! —El vigilante casi lo agarra cuando saltó por encima de las barras de paso restringido. Logan imponía su entrenamiento, al llevarle la delantera a los hombres que trataban de darle alcance para detenerlo. Aceptaba que de allí se lo llevarían directo a la cárcel, una mancha más en su expediente legal por no atenerse a las consecuencias, pero la presión en su corazón lo impulsaba a desoír el llamado enojado de las autoridades aeroportuarias.

Al llegar, se desmoralizó hallar vacía la sala de espera. Los despachadores de vuelo contaban los tiquetes recolectados y pasaban lista entre ellos de los pasajeros que emprenderían vuelo.

No alcanzó...

Ella se marchó sin despedirse.

Un empujón lo tiró contra el piso, varios pares de botas negras entorno a él; las manos se las llevaron a la espalda y enseguida lo esposaron, mientras lo increpaban por su osadía. Aun así, los ojos de Logan le escocían; *ella se marchó...*, afligido se lo repetía por no dar crédito a su tristeza.

Se marchó, ya no lo quería.

Capítulo 36

«A mí no me suena como un trabajo.
Me suena como jugar un partido de fútbol, como un juego.
Algo que me gusta hacer».

José María, artista. Circo Taconhy.

—¡¿Otro que está demandando?! ¿Y por qué? —Alice Morgan estalló furiosa al enterarse por boca de Logan, quien ocupaba por esos días el puesto de jefe de personal, sobre la nueva demanda impuesta por uno de los asistentes del chef del Vagón-Comedor.

—Dijo que por «afecciones postraumáticas».

—¡Pretexto para sacar dinero! —gruñó detrás de su escritorio. Su cabello lucía más erizado y sus lentes caían en la punta de la nariz, acentuando su cabreo—. Ni una uña se le partió a ese sinvergüenza, su camarote estaba bien lejos del área de impacto. —Más bien, los que padecieron el choque y posterior descarrilamiento eran los que menos fregaban la paciencia para que los indemnizaran. En situaciones como esas saltaban los oportunistas.

Logan asintió a la réplica de la anciana y descruzó sus piernas en el asiento frente al escritorio de su jefa inmediata; desde que lo escogieron para sustituir al señor Abramio, ha tenido enfrentamientos verbales con varios de sus excompañeros, del cual, él jamás pensó fuesen tan rastreros; estos exigían elevadas sumas de dinero como si hubiesen sufrido amputaciones o politraumatismos, y solo pasaron un susto que los sacó rápido de sus literas.

El arresto en el aeropuerto –hacía dos meses atrás– le habría valido un despido, pero en la sede no estaban en condiciones de contratar otro jefe de personal o de redirigir la responsabilidad en alguien más capacitado. A Esther le afectaba el estrés y los demás miembros de la directiva no deseaban que les echaran encima esa carga, porque estaban al borde con sus propias obligaciones; por lo que, ignoraron los reglamentos y le perdonaron la estupidez de correr detrás de su novia. La multa en la terminal aérea y la fianza la pagó por cuenta de su bolsillo; las redes reventaron en cotilla y su madre tuvo que ser ingresada al hospital por una noche a causa del disgusto. Soportar por unos meses los arrebatos de un loco enamorado era una nimiedad en comparación al trajín litigante que libraban.

—Por algo dicen: «del árbol caído se hace buena leña», todos quieren aprovecharse de nuestra desgracia —Alice agregó, con resquemor, y el joven solo atinaba en asentir a esa verdad. Octavio Maldonado era uno de los tantos «afectados» que esperaban, que unos cientos de miles de dólares le hicieran de nuevo sonreír, pese a que el tren de Amore no fue el que ocasionó el fatal accidente. Pero la gente tenía que hallar un culpable, y el más indicado para señalar era el que estaba «forrado en billete».

Buitres...

Cumplió con su deber de comunicar y se subió al jeep, sin una dirección específica hacia dónde dirigirse; al darse cuenta aparcaba dentro de las inmediaciones del cementerio; esbozó una sonrisa desconcertada porque su inconsciente lo condujo hasta allí; rodeó el volante con sus antebrazos y depositó su frente sobre estos, agobiado por sus pensamientos; una colisión... y cambió la vida de todos. Circus Amore se hundía en un mar de deudas y demandas, y tendrían que vender hasta los riñones para saldarlas.

—¿Qué podemos hacer? —se preguntó y alzó la mirada hacia el valle de lápidas, a ver si alguna ánima lo aconsejaba, pero, tal vez estas le expresarían «a nosotros no nos preguntes, queremos descansar».

Descendió para visitar al señor Nalessi y a Nia. La tierra que cubría ambos ataúdes se hallaba cubierta por grama y las coronas de flores que semanalmente, Alice o Esther, le enviaban, presentaban indicios de marchitarse. Según su mamá, el gasto por dichas flores corría por cuenta de los Davis, delegando la tarea en ellas, el padrastro agradeció en nombre de Valeria que seguía procesando su duelo. Y también ignorándolo.

«Lo siento, no quiere hablar con nadie», respondió el ama de llaves cuando llamó a la residencia, tras pasar una semana encarcelado.

«Está durmiendo. Deje un mensaje y se lo haré llegar», fue la segunda vez que esa mujer le contestó desde el otro lado de la línea telefónica y él tuvo que llenarse de paciencia, porque si vociferaba, con colgar el auricular bastaba para no atenderlo.

«La señora Leonora está ocupada y el señor Davis está de viaje», a la quinta llamada la voz del ama de llaves sonaba cansina. Logan los telefoneaba cada día, cuando agotaba el número de veces en que le marcaba al móvil de Valeria y los padres.

Ni el correo electrónico esta revisaba.

—Hola —saludó a los cúmulos de tierra y se sentó a un lado, de cara a las dos lápidas—. ¿Qué tal la cama?, espero que cómoda, porque estarán ahí un buen rato. —Se reprendió por el comentario y se disculpó con los restos de la pareja, nunca hubo ese tipo de confianza como para que comenzara esa mañana—. Perdón si le interrumpo su... *descanso*, señor Nalessi —se dirigió a su tumba—, necesito hablar con alguien, aunque... —se esté pudriendo a tres metros bajo tierra— ya no esté presente. A través de sueños, no sé... ¿Podrías...? ¿Podrías aconsejar a Valeria?, ella dejó de hablarme. —Imaginaba que Stefano le inquiría «¿qué hiciste para que se enojara contigo?»—. No lo sé —respondía como si el otro en realidad estuviese allí charlando con él—. Lo juro: no lo sé. Debe ser por su tristeza. He querido consolarla y se niega a hablarme. ¿Qué debo hacer?

Lo que pensó, lo inquietó.

Esperar.

¿Qué tanto?

Le dolía reconocer que debía dejarla en paz; entre más la buscaba, más se alejaba. Él no era lo que ella necesitaba para superar la muerte del señor Nalessi; *eso que se supone,* ambos sentían, después de todo, no resultó tan fuerte. Al menos, por parte de Valeria, porque si ella lo llamaba para que la arrullara, él correría para abrazarla fuerte.

Pero no lo hacía.

Y a él le dolía...

Un pajarito se removió entre la copa de un árbol, Logan alzó la mirada hacia allí, pero no alcanzaba a ver al ave que trinaba melodioso para los difuntos que yacían a sus pies. Más allá de las ramas, hacia el firmamento, los rayos solares despuntaron de buen talante desde el amanecer y, al parecer, continuarían así hasta el atardecer. Días atrás la temporada invernal se despidió abrupta y la primavera saludó festiva a los que circulaban por la ciudad, advirtiendo que competiría con el verano, pues se le antojaba sofocar a los seres vivientes.

Bip, bip, bip... El móvil sonó y el joven lo consultó con esa perenne esperanza de que fuese su semidiosa; por desgracia, era la secretaria de Recursos Humanos para recordarle reunirse una vez más con los abogados.

Hizo un gesto de hartazgo.

Qué infierno.

—Apuesto a que estás feliz de reposar ahí junto a Nia, y no acá afuera con estos líos de mierda —masculló a su difunto suegro; ni un minuto le permitían para despejar la mente, lo solicitaban hasta cuando estaba sentado en el inodoro. «Reúnase con el doctor tal...», «necesito que vuelva para que firme unos documentos», del cual él debía leer hasta las letras diminutas para evitar agujeros legales. «¿Ya se va?», Berta le impartía más órdenes que la señora Morgan cuando él pretendía abandonar el despacho del difunto Abramio antes de finalizar la tarde. La secretaria descargaba contra él, la rabia por haber sido *utilizada* solo por una noche, como si no supiese que la cita con Axel no pasaría de un revolcón. ¿Acaso pretendió sostener una relación a larga distancia?

Ella supo a quién metía en su cama.

Charló con el señor Nalessi, sin intención de angustiarlo por las que pasaba el circo, y lo imaginó sentado junto a él, con la indumentaria que lo enterraron; sus piernas completas y su expresión meditabunda.

«¿Qué piensan hacer?», Stefano le preguntó. Su ceño fruncido, preocupado…

—Todo está fuera de nuestras manos; el circo está perdido — respondió a esa *voz* en su cabeza.

«Siempre hay algo que se pueda hacer».

—¿Cómo qué?, estamos hundidos.

«Lánzale un bote. ¡Un salvavidas! ¡¡Lo que sea!!, pero no lo dejen morir. ¡Sálvenlo!».

—Si existiese el modo, tal vez… —se interrumpió y en el acto su mirada se volvió hacia donde *se hallaba* el señor Nalessi, y este *en su imaginación* le sonrió.

«Siempre hay un modo».

Y se *esfumó*.

Logan se puso en pie, sacudió la tierra pegada en el trasero de sus vaqueros, y agradeció al hombre el haberle *inspirado* la idea, pues tendría que hacer muchas llamadas.

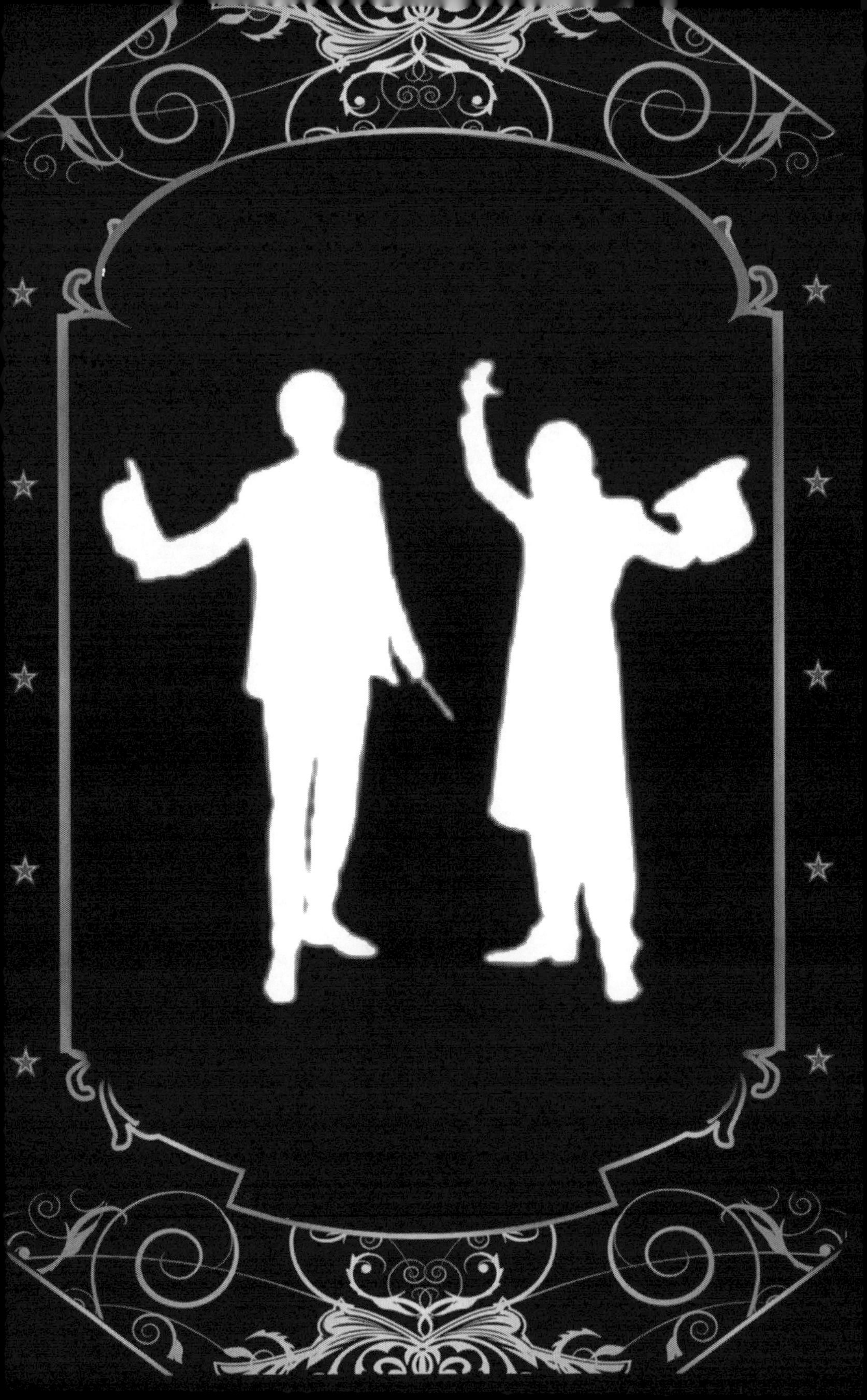

Capítulo 37

Mayo.

—Esta no es la forma en la que deseaba hablar contigo y, tendré que hacerlo, porque se me han cerrado todas las puertas. Tal vez borres el mensaje antes de llegar a la mitad de mis súplicas y bloquees mi número, pero…, Valeria, escúchame: la vida no se acabó al *irse* tu papá. ¡Continúa! Si no me quieres ver o ya no sientes nada por mí, lo acepto. Te presioné y te hartaste. Aun así, te pido que lo intentes: vuelve a la universidad y estudia lo que se te antoje o empaca tus maletas y viaja por los países que siempre has deseado conocer. Te acompaño en ese recorrido, si me lo permites y en las condiciones que desees. Podemos ir a Grecia, al Partenón de la diosa Atenea, haremos comparaciones del antiguo templo con el de Nashville. ¡Hallarás muchas diferencias! Aunque la de Grecia no tiene comparación a pesar de sus ruinas. ¿Te gustaría? Tú y yo, solos por el mundo…

»Acepta de nuevo mi amistad si es eso lo único que quieres, tendré mis manos quietas y mis labios sellados para no incomodarte. Mis oídos estarán a tu disposición para escuchar tus lamentos; conmigo te puedes quejar de hasta las vecinas, también llorar sobre mí las veces que lo necesites; no te juzgaré por ello, seré tu amigo…

»*Val*…

»Te extraño, aquí estoy para ti. Te amo.

El audio fue enviado en cuanto terminó de hablar, en sus cinco minutos de descanso que se tomó para librar tensiones y por colmarse su paciencia de esperar a que ella se contactara. El último mensaje que le dejó fue para su cumpleaños, lo escuchó y lo dejó en visto del mismo modo que los anteriores; con este acabado de enviar, rogaba se apiadase de él y aceptara su propuesta. Se esposaría las manos para evitar abrazarla.

«La increpación» del señor Nalessi resonaba en su cabeza: «¿Acaso no te dije que le dieras tiempo? ¡No la angusties!».

—Ella tiene que saber lo que siento —justificó romper la promesa hecha en el cementerio. Las personas alrededor de Valeria también sufrían.

«Ya lo sabe —replicó—. Eres Fastidioso».

—En vez de criticar, mueve tu culo fantasmal y háblale a tu hija a través de los sueños.

«De ninguna manera le provocaré más llanto».

—¡Entonces, te haré vudú si no me ayudas! —exclamó como si Stefano estuviese recostado contra el marco de la puerta del despacho que compartía con la gente de Planificación y Desarrollo. Carpetas, documentos, agendas…, un desorden sobre el escritorio. Logan no era religioso como para implorar para que el Altísimo intercediera, ni aficionado a la magia negra para manipular a las personas, pero recurriría a una de esas dos alternativas si no aguantaba el desespero. El plan que se le ocurrió lo ató más a la sede, tenía que, por obligación, estar allí para agilizar las cosas; su móvil y el teléfono del despacho sonaban repetidas veces por llamadas internas o externas. Las jaquecas se hacían cada vez más frecuentes por mantener dichos aparatos pegados a la oreja, abarcando más del límite de su propia capacidad.

«Solo estoy en tu imaginación. ¿Qué puedo hacer?».

Nada, meditó el joven a lo que el otro «le replicaba», habiéndose hecho una costumbre «charlar» con Stefano como si este hubiese puesto en pausa su estadía por las tierras de los *no-retornables*. Esto mismo le pasó con su padre, hasta que un día lo dejó de pensar; suponía que, por extrañarlos empleaba ese método para llenar el vacío que dejaron.

—¿Me llamó, señor? —Rosaura Valverde se asomó en cuanto la voz contundente de su jefe temporal la hizo sobresaltar del asiento de su escritorio. Traía consigo el block de apuntes por si debía trascribir algún memo dictado por este, del cual, el joven era pésimo para dirigirse al personal; aunado a esto, confundía documentos, era desordenado, estresante y bastante ansioso; sin embargo, se esmeraba en hacer bien su trabajo.

—No, *Rosi*, discutía con un amigo —simulaba que acomodaba el auricular del teléfono.

La secretaria captó su mentira y permaneció callada para no contradecirlo; ella –desde la central– se daba cuanta cuando él hablaba con otras personas al encenderse la bombillita de dicha línea telefónica. Volvió a su puesto y continuó tecleando los nuevos contratos que se requerían; las actividades en el *campus* iban en aumento: camiones, grúas, montacargas... Obreros que Rosaura creyó jamás volverlos a ver, cruzaban de este a oeste la sede, cargando cajas y toda clase de materiales de ambientación, extraídos de los depósitos para su reutilización. Era agridulce esa locura.

Logan colgó los guantes por ese día y abandonó el despacho, con un agotamiento mental, que le costaría supervisar por un minuto más lo que se realizaba en el otrora galpón de adiestramiento de los animales.

Dio unas últimas indicaciones a Rosaura y se dirigió hacia la tercera planta para encontrarse con su madre, acordaron cenar juntos mientras estuviesen en Tampa. El sufrimiento de Valeria y de otras familias les hicieron recapacitar de aprovechar las ocasiones que se les presentaran para compartir a la hora de comer y de charlar. Tenían suerte de que sus lazos consanguíneos no se rompieran a causa de la fatalidad.

En el instante en que doblaba el recodo del pasillo de la segunda planta, las luces eléctricas se encendieron. Fue entonces que sus ojos se clavaron sobre un flacucho que salía del despacho de la coordinadora.

Hijo de...

Desvió su camino y a pasos acelerados, Logan se acercó a este a cuestionar su presencia.

—¿Reclamando salario retrasado? —inquirió avinagrado de hallarlo allí, fue de los pocos que prefirió no llamar *para lo que se preparaba*; le amargaba la existencia de solo verlo respirar.

Jerry descolgó su tula, pero el estuche de su instrumento musical lo seguía sosteniendo de la manija.

—La señora Morgan me escribió para colaborar con la señora Sanders, con la música. Ya estoy enterado de todo —respondió con cierta altivez en el tono de su voz y un brillo desafiante en su mirada. Ahí estaba otra vez, ¡que se aguantara el pendejo!

Recobró el espíritu cuando la coreógrafa principal le envió un texto, del que a los minutos Jerry le devolvió con un audio bastante animado, agradeciendo lo tomaran en cuenta. Y fue en un oportuno momento en el que la Orquesta de Boston lo liberaba del compromiso que adquirió con estos durante las presentaciones primaverales.

Lo dicho por *la mantis* le revolvió el estómago a Logan, cabreado por no haber sido consultado. ¿Ayudar a su madre en qué?, ese idiota jamás trabajó en conjunto en alguna puesta en escena. Lo más probable, lo requerían de asistente, tal como en las audiciones; opinar sobre qué tipo de melodía acompañaría las acrobacias de los artistas le alteraba el humor.

—Bien, continua por tu camino y no estorbes cuando yo esté ocupado —espetó a la vez en que imaginaba al señor Nalessi, escanear despectivo las greñas asquerosas del larguirucho. El gusto por ir a sentarse a la mesa para devorar las suculencias preparadas por doña Esther se esfumó por su repentina inapetencia. Detestaba a Jerry Carmichael del mismo modo que a Brandon Morris, a ambos les debía un puñetazo.

El muchacho evitó replicar, el instinto de protección le indicaba que saldría perdiendo si se medía con un sujeto que lo dejaría sin dientes si lo provocaba.

Recogió su tula y la lanzó al hombro, casi golpeando a Logan, quien retrocedió rápido, pero con la mano empuñada por si se carcajeaba o le escupía algún comentario. Continuó su trayecto hacia la salida del edificio, para dirigirse al tren y ocupar su antiguo camarote. Gustave Leroy y otro chico del cual acababan de salir de una de las oficinas de ese piso, iban hacia el mismo punto, lo saludaron, percatándose estos de que el violinista se les unía para la despedida, mientras en el fuero interno de ese muchacho alzaba «la mano» y le mostraba «el dedo del medio» a Logan que –sin ser consciente de los pensamientos de este– lo seguía con la mirada. Jerry era flaquito; aun así, aquel celaba a su novia con él.

Al pensarla, tragó su orgullo y se disculpó con los muchachos, regresando sobre sus pasos hacia la *masa de músculos descerebrada*, invadido por la curiosidad sobre la italianita.

—¿Cómo está Valeria? —preguntó a riesgo de ganarse una patada voladora hacia su rostro por su insistencia de querer usar prótesis dental antes de la ancianidad.

Si bien, Loga apretó el ceño, no hubo golpes ni palabrotas por su entrometimiento.

Tampoco respuestas.

—La he llamado muchas veces —agregó a ese celoso fortachón—, pero no revisa los mensajes, me tiene preocupado, se ha desconectado de sus cuentas. No ha publicado nada desde…

—¿Qué quieres que publique ella: de cómo tiene los ojos hinchados de tanto llorar?

—Al menos sabremos si está bien…

—¡No lo está! —le gritó. Sus ojos enrojecidos, su semblante iracundo—. Sigue en duelo, hay que darle tiempo.

Jerry intuyó que Logan era otro que, al igual que él, le ha costado comunicarse con Valeria, porque actuaba como uno más de los que ha sido ignorado.

Fue maduro en ahorrarse mordaces palabras para humillarlo y asintió pensativo, ya que era comprensible lo que comentaba.

El suicidio de su hermano a Jerry lo amargó durante años, quedándose sin amigos. Valeria fue su conexión con los demás, pues, a través de ella, lograba relacionarse y ser aceptado sin terminar con un ojo amoratado o los labios reventados por las palizas que le daban los cavernícolas que cabalgaban o se mecían en los trapecios. Solía corregir el modo chabacano de hablar de algunos de esos ignorantes de músculos inflados, que lo castigaban como si estuviesen en la secundaria.

—Yo no te agrado, tú no me agradas, jamás nos agradaremos. Pero en referencia a Valeria, te diré que la persona más indicada para acompañarla en su duelo, eres tú. Y, aquí estás, dándotelas de bravucón con alguien que no es rival para ti. ¿Por qué no estás en Nueva York?

—¿Por qué crees, idiota? —Hay que ser bien tarado para no darse cuenta.

—Si yo gozara del afecto de Valeria, habría tomado un vuelo para ir hasta aquella casa y abrazar con todas mis fuerzas a esa chica maravillosa. Que sepa cuán preocupado estás por ella.

La expresión altiva de Logan cambió a una apesadumbrada. Él dudaba de seguir «gozando» del afecto de esa irreverente morena que removió su existir.

—Lo sabe, pero no me quiere cerca —confesó al bajar la mirada—. Y sus padres no me ayudan…

«No esperes mucho de ellos —Stefano espetó en su mente—. «Me hicieron comer mucha mierda».

Jerry movió su hombro para acomodar el peso de su tula, soportada mediante la correa sostenida por su mano, y se mantuvo en silencio al ahondarse en sus recuerdos.

—Busca una excusa y visítala. No la dejes más tiempo sola; la depresión es peligrosa. En lo posible, tráela de vuelta.

—¿Traerla? —se sorprendió—, ¿no será contraproducente?

Sacudió la cabeza.

—Esto es lo que ella ama, la reanimará. Sentirá al señor Nalessi y no lo extrañará tanto.

«Inteligente, el bastardo».

Logan sonrió al *comentario* de su suegro y al consejo del larguirucho.

Valeria debía volver.

Al enfocarse sobre Jerry, este ya llevaba un trayecto saldado por el pasillo, y le agradeció sin que lo escuchara, desagradándole menos que antes. Haría una reserva para volar hacia dicha ciudad, su secretaria tendría que reorganizar su agenda, porque desatendería sus obligaciones por unos días. Aunque el inconveniente sería al estar frente a la puerta de aquella residencia. ¿Lo dejarían pasar? ¿Le saldrían con la misma negativa que cuando él los llamaba? «Está dormida», «le duele la cabeza», «mejor déjalo para después», «llama la próxima semana».

Confrontaría a los padres si la negaban.

—Y preso vas por tercera vez. —Bonito prontuario tendría: riña, violación de seguridad aeroportuaria y acoso. El señor Douglas solicitaría al juez que lo encarcelaran hasta que le salieran canas por ser una ficha que perjudicaba a su hijastra.

De hombros caídos y las neuronas martillándole por todo lo que bullía en su ser, reanudó la marcha hacia la tercera planta, cabizbajo y preocupado de ser rechazado por los Davis. ¿Qué haría si eso pasaba?, ¿obligarlos a que la dejaran ver? ¿Y si es Valeria la renuente? ¿Cómo la convencía de volver al lugar que la haría llorar en vez de olvidar?

—No sé cómo haré —se dijo en su meditación, en la medida en que subía los escalones—, pero ella tiene que volver —así sea para el adiós definitivo.

Su móvil sonó y de forma automática lo extrajo de su pantalón, accionándolo en el acto.

Los pies de Logan quedaron paralizados de camino al apartamento donde se hospedaba su progenitora, cuando atendió la llamada entrante a su móvil de un número que él conocía.

—¡Khloe! —Su rostro se iluminó—. ¡Hola, qué gusto saludarte! ¿Cómo va la recuperación? —Escuchó lo que ella le comentaba y sus labios se estiraron en una grata sonrisa—. Es bueno saberlo, porque tengo una propuesta para ti. —No alcanzó a informarle, al ser interrumpido por la chica, urgiéndole más a esta explicarle del porqué de su llamada que la propuesta del hijo de la señora Sanders—. ¿A Nueva York? —repitió por si había escuchado mal; su corazón palpitaba—. Sí, claro, puedo hacer un paréntesis en mi agenda —mintió, si se tomaba unos días libres para viajar a la Gran Manzana, la señora Morgan estallaría como un volcán por dejarlos botado. Si bien, en dicho viaje, él apoyaría a Khloe en aclarar malentendidos con su mejor amiga, también iría a convencer personalmente a los excompañeros que les faltaban para lo que ellos planificaban.

Colgó y rio como si estuviese loco.

¡Vaya suerte! Sin esperárselo, Khloe dio la excusa perfecta para ver a Valeria.

Ya esperó lo suficiente. Hora de verla.

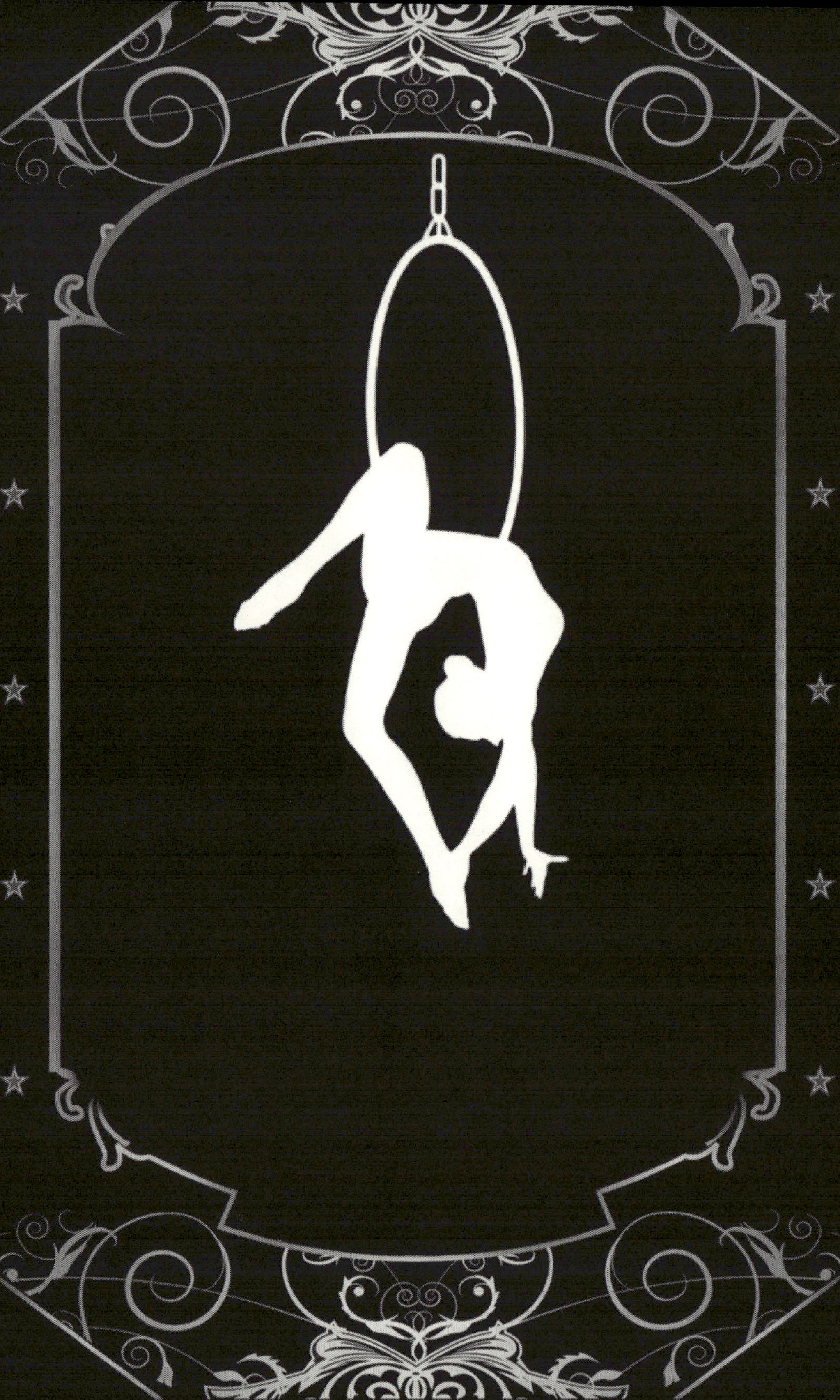

Capítulo 38

«(...) Mis oídos estarán a tu disposición para escuchar tus lamentos; conmigo te puedes quejar de hasta las vecinas, también llorar sobre mí las veces que lo necesites; no te juzgaré por ello, seré tu amigo... Val..., te extraño, aquí estoy para ti. Te amo».

—Oh, Logan... —expresó tras escuchar su audio, llorosa por la marejada de sentimientos que la agobiaban. Quiso llamarlo, pero vaciló. ¿Para qué arrastrarlo a su miseria?

No obstante, su conciencia le gritaba: *«¡Llámalo!, ¡llámalo!».*

—Se cansará de mis lloriqueos...

«¡No lo hará!, ¡llámalo!», la voz en su cabeza le gritaba repetidas veces, él imploraba lo dejase compartir su dolor.

Descorrió el cobertor y sacó sus flacuchas piernas fuera de la cama, aún ella sentada sobre esta, pensativa de sus próximas acciones. Sí..., lo llamaría.

—También te amo. Ven, te extraño —dejó como respuesta en el audio que había caído a su buzón el día anterior, pero que ella recién escuchó.

El cambio de estación se dio sin que Valeria se percatara de ello. El invierno retrocedió, dándole paso a una triste primavera. Era como si la naturaleza le demostrara sus condolencias de esa manera; el clima abrigaba cálidamente a los transeúntes, sin sofocarlos; en un lugar del armario quedaron guardadas las bufandas y los gruesos abrigos, para tener como vestimenta principal la ropa holgada y ligera.

Leonora trataba por todos los medios de levantarle el ánimo a su hija, quien de su habitación jamás salía, ni para compartir la mesa del comedor con su familia. La cama era su refugio, sumergida en la oscuridad. Las persianas cerradas impedían el paso de los rayos solares, convirtiendo la habitación en un lugar sombrío.

Rosana Ávila, su amiga de secundaria, la visitó en más de una ocasión con la esperanza de animarla, que ni sus ocurrencias la sacaban de la depresión y la habitación. Jerry la telefoneaba y le enviaba mensajes seguidos, pero no tenía paciencia para escuchar sus discursos de buena voluntad, pues hubiese ocasionado el efecto de hacerla llorar a mares. Apagaba el móvil o rechazaba las llamadas que otros le hacían al teléfono de su casa. Eran las mismas condolencias que se repetían constante: «lamento lo de tu padre», «qué pesar», «¡no estés triste y sonríe!». Odiaba que la tomaran por un robot sin derecho a lamentarse.

Hasta se descargó contra Logan en su momento.

El pobre tuvo suficiente de su amargura, algo la impulsó a tomar el móvil y revisar los mensajes. Ahí notó el audio…

Días después del descarrilamiento del tren, los servicios funerarios se hicieron por varias ciudades del país, a órdenes expresas de los familiares de las víctimas. Ninguno tenía la paciencia de soportar la intromisión de reporteros, ávidos por captar en sus cámaras las imágenes de los ataúdes. Detestaban que, el morbo de la gente, los rodearan como si ellos fuesen también parte de un espectáculo macabro; la aflicción debían pasarla en la privacidad de su entorno sin que nadie los incomodase, no frente a las cámaras, expresando su sentir para saciar la curiosidad de los demás.

Pese a ello, Valeria no pudo evitar que muchos curiosos provenientes de varias ciudades del país y los principales noticieros acudiesen al cementerio para despedir al gran Maestro de Pista. Para ella, solo era la hija que había perdido a su padre en un accidente y que lo lloraría hasta el fin de sus días; para los demás: la chica que heredaría un mágico mundo. Lo enterraron en Tampa por disposición de él. Según la señora Morgan, Stefano en varias ocasiones les comentó que «sus huesos reposarían cerca de su amado circo».

Su mamá y su padrastro la acompañaron en su tristeza. Le brindaron consuelo; la pérdida de un pariente era devastadora. El cura ofreció un bonito servicio a la memoria de Stefano y Nia, y pidió que algunos expresaran un discurso en su nombre. Alice Morgan, algunos artistas y empleados hablaron con sentidas palabras, mientras las lágrimas se deslizaban por las mejillas de los presentes, también hallándose sumidos en su propia pena: un amigo, un novio, un pariente… Todos sufrieron pérdidas. Amore padeció la peor tragedia desde hacía más de cien años; con doce personas fallecidas —en ese tren— y decenas de heridos.

Le hubiera gustado decir sus propias palabras, pero el nudo en la garganta ahogó su voz. Solo las daba estando a solas y sin que otros estuviesen atentos a que ella se desmoronara sobre las tumbas. Agradeció la compañía de sus padres, sin reproches ni miradas avinagradas. Estuvieron allá, sirviéndoles de fortaleza.

Khloe no estuvo presente; en ese entonces seguía hospitalizada en el otro extremo de Filadelfia. Había sufrido un infarto por la pérdida de sangre y estuvo en coma por una semana; al recobrar la conciencia y lograr los médicos su estabilidad, un helicóptero ambulancia la trasladó a Nueva York, para su recuperación. Valeria intentó comunicarse con los padres de esta para averiguar sobre su convalecencia, pero ellos, furiosos, le prohibieron que se volviera a contactar. Demandaría, al igual que muchos que contrataron sus abogados para apalear a la Compañía en los tribunales.

Cuatro meses han pasado y se sentían como cuarenta años… El malestar por extrañar al hombre que para ella fue muy importante, era indescriptible. A veces tomaba el móvil para marcar a su número telefónico y dejarle un audio para expresarle lo que antes no le dijo cuando estuvo vivo, pero *la operadora* le indicaba que el número no existía. Ya no…

Poco lo conoció y le bastó para determinar que esos meses que compartieron en el *campus* y en el tren fueron un regalo precioso que el cielo les otorgó, pese a que ella desperdició la mayoría del tiempo por no saberlo comprender. Si bien, esto era lo que más la afligía, ya que jamás podría reparar su error, al menos se expresaron el cariño mutuo y se perdonaron; claro que se perdonaron…

«El día en que audicionaste, me hiciste feliz, supe que Amore quedaría en buenas manos cuando yo faltase».

—Lamento fallarte —musitó apesadumbrada, el circo tuvo un final inesperado. Del lugar del siniestro las dos locomotoras y los vagones volcados se retiraron y fueron llevados a unos galpones de la zona de carga en Filadelfia hasta que las autoridades y las aseguradoras concluyeran sus investigaciones. Aunque para ella, el sistema eléctrico de los cruces de las vías ferroviarias llevaba la culpa. No los maquinistas.

El rostro atribulado de su padre antes de fallecer, aún lo tenía marcado en su memoria: sus lágrimas deslizándose por el rabillo de sus ojos, su palidez moribunda, su angustia por lo que dejaba y el amor paternal que le expresaba... Ella no quería fallarle.

Pero, ¿cómo tomar las riendas del circo si se estaba cayendo a pedazos? Las demandas, las investigaciones, las habladurías, la inactividad...

Sin un tren no podrían movilizarse.

Sin artistas no habría función.

Entonces, ¿cómo salvar al circo?

—Nada lograrás si continúas lamentándote —dijo a sí misma, en un creciente deseo de hacer algo para salvarlo.

—¿Valeria? —Leonora la llamó tras tocar a la puerta—. Dolores preparó tarta de manzana. ¿Quieres un poco?

—Sí.

La inmensa alegría de repente se alojó en el pecho de la progenitora, al escuchar del otro lado de la puerta lo que su hija respondió, pues apenas probó el almuerzo.

—Ya te lo traigo —siempre resultaba ideal para al menos alegrar el paladar.

Emocionada, se dirigió hacia las escaleras, pero se detuvo *ipso facto* cuando la puerta de la habitación se abrió.

—Con leche —dijo una greñuda y pálida muchacha. La tarta tenía mejor sabor con esa combinación.

Los ojos de la progenitora resplandecieron.

—¡Por supuesto! No tardo. —Sería capaz de bajarle hasta las estrellas con tal de que sonriera una vez más.

Descendió las escaleras con rapidez, y, con manos temblorosas, cortó un trozo del postre. Dolores se enjugó las lágrimas con su delantal, porque era una señal de que la señorita recobraría el carisma de antes.

Leonora agradeció a todos los santos del que se acordaba en ese instante por la excelente sugerencia de su ama de llaves. Su hija ni enferma dejaba de probar los postres.

Se detuvo en el rellano de las escaleras y respiró profundo para controlar las lágrimas que pugnaban por derramarse sobre sus mejillas. Tenía que ser fuerte para ayudarla a curar las heridas de su alma. Reanudó la marcha y entró a la habitación, sorprendiéndose de hallar la puerta abierta; desde que Valeria retornó a casa, la mantenía cerrada para ellos, ya que ni los gemelos tenían permitido entrar. La bandeja de comida se dejaba a los pies de la puerta, a la espera de que la doliente la recogiera.

Evitó increpar por el desorden y los hedores imperantes que allí emanaban. Tenía que llenarse de paciencia y comprender su situación, ella una vez pasó por algo así, teniendo como madre a una mujer fría y autoritaria que le endureció el corazón.

Reconoció que se comportó como aquella, pero no cometería el mismo error.

—Está para chuparse los dedos —colocó la bandeja sobre el caótico escritorio. Ni el portátil rescatado de los escombros del tren se veía por la ropa sucia acumulada sobre este—. Me he comido dos trozos. ¡Pero no le digas a tus hermanos o querrán devorárselo todo!

La joven, medio sonrió, sentada en la cama, tan revuelta como el resto de la habitación. En cambio, Leonora abrió las persianas para que entrara un poco de luz, mirando hacia el exterior.

—¡Qué bonita tarde! —exclamó—. Dan ganas de salir a pasear. Afuera, el sol brillaba a plenitud, con el cielo azul y las flores multicolores decorado las ventanas de los vecinos. —Miró por sobre su hombro para observar a su hija, esta se devoraba la ración de la tarta de manzana.

Debido a que su hija no protestó por los rayos solares que se filtraban, Leonora aprovechó para subir las persianas y que el sol entrase en pleno al interior. En cuanto sucedió, Valeria achicó los ojos, acostumbrada a la penumbra, pero no protestó. Alternaba el bocado de la tarta con la leche. Así que, como quien no quiere la cosa, Leonora recogía la ropa sucia. Lo hacía sin levantar escaramuzas, lentamente, teniendo cuidado de no alertar al león por sus movimientos. Luego abandonó la habitación con todo lo recogido, rogando que Valeria no cerrara la puerta en represalia por la «limpieza» acabada de hacer.

—¡Dolores! ¡Dolores! —llamó al ama de llaves desde lo alto de las escaleras, evitando que fuese escuchada por la otra. Esperaba no averiguara sus intenciones o se sintiese abrumada.

La anciana se asomó por la parte baja de las escaleras.

—Dígame, señora.

Desde arriba, le lanzó lo que sostenía y Dolores se protegió de la lluvia de pantalones, blusas y calcetines sucios. Rezongó una palabra ininteligible, recogiendo todo de buena gana.

Apetito y limpieza.

Dos fuertes aliados contra la depresión.

Al entrar de nuevo a la habitación, la mujer se paralizó. El agua de la regadera se escuchaba tras la puerta del baño de su hija y ella sollozó de emoción, indicaba pronto asomaría la nariz al exterior.

Controlando sus impulsos de hacer limpieza de arriba abajo, le permitió sus minutos de aseo personal. Le diría a Dolores que preparara pollo con champiñones para la cena: el plato favorito de Valeria. Su vuelta a la vida habría que celebrarlo.

Los vapores del agua caliente emergieron tras Valeria salir del baño, envuelta en la toalla y con su cabello húmedo, dándole la impresión de haber dejado la piel en la regadera al frotarse enérgica con la esponja, ya que desde hacía días no se duchaba. Le reconfortaba asearse completa, oler a champú y esencias, y no a axilas podridas. Encendió el estéreo para escuchar música mientras se vestía; la habitación lucía más espaciosa al desaparecer sus ropas sucias y menos apestosa. Fue como si en un parpadeo el ambiente pasara de lo lúgubre a lo luminoso.

Medio sonrió por esto y abrió el armario para escoger un bonito pantalón de algodón de color lila que le entallaba las caderas y una blusa blanca de manga corta; no le apetecía calzar tacones, unos zapatos planos de un tono más oscuro al pantalón le haría juego. Desenredó su cabello entre gestos adoloridos, costándole pasar el peine por entre las hebras; ¡vaya que se encargó de lucir como una indigente!, el desenredo era tortuoso.

Al estar lista y perfumada, abandonó la habitación, le dio una sensación agorafóbica al hacerlo, desde finales de enero no respiraba aire fresco; saludó a sus hermanitos que la abrazaron en cuanto la vieron allá arriba y luego la siguieron, porque se dirigía al área de la piscina a tomar un poco de sol vespertino para renovar energías, pero estos fueron atraídos por el delicioso aroma de la tarta de manzana que reposaba en la encimera de la cocina.

Valeria continuó sola. No se percató que, tanto Leonora como el ama de llaves, se abrazaron emocionadas por la figura que pasó por ahí; la dejaron que siguiera por su camino, ya sabían hacia dónde iba, los gemelos les informaron tan pronto rodearon como aves de rapiña la tarta. El sol no achicharraba a la joven, brindándole el suficiente calor para que su piel se bronceara; se sentó en el primer peldaño de la escalinata de la piscina, remangó las perneras y se quitó los zapatos para meter los pies en el agua; pequeñas ondas fluctuaron sobre estas con los suaves movimientos que ella hacía, ocasionando que los reflejos de los rayos solares intensificaran allí su brillo. Estuvo a punto de saludar a Dolores y felicitarla por la tarta, pero aún le costaba interactuar. Un paso a la vez...

Miró hacia el *cuarto de cambiado* e hizo un mohín, qué feos recuerdos le traía ese lugar, cada vez que quisiera quitarse el traje de baño, lo haría en su habitación. Las manos asquerosas de Robert Conrad aún le ponían la piel de gallina; él quiso propasarse en su propia casa y con invitados cerca. Ojalá los porrazos propinados con la bandeja por la buena de Dolores le hayan causado una severa migraña que lo hiciera pasar varios días postrado en la cama, a ver si respetaba a las mujeres. El maldito no volvió a atosigarla en prevención de no ser expuesto por los testigos. Pero su padrastro tuvo que renunciar al bufete, las muestras de apoyo se inclinaron más hacia el otro que para él que era honesto.

—¡Valeria! —Fabio la llamó desde la puerta de acceso al área de la piscina y Valeria se volvió, a ver qué quería—. ¡Te buscan! ¡Es...!

—¡*Shhhhhhttt!* —Sabino lo hizo callar al taparle la boca a su hermano con su manita—. Dijo que debía ser una sorpresa.

La joven hizo un mohín.

—Si son periodistas, no estoy de ánimos —jamás se cansan.

—No son, pero *vas a alégrate* de verlos. Eso nos dijeron...

¿Les dijeron? De modo que eran varias personas.

Cielos... Se levantó y secó sus pies con una toalla extraída del cuarto de cambiado, se calzó los zapatos y arregló las perneras de su pantalón con ese cansancio de tener que fingir una sonrisa para que estos no se preocuparan.

—¡Vamos! —Ambos niños la tomaron de las manos y la halaron hacia el interior de la casa. Valeria puso los ojos en blanco, perezosa de tener que recibir visitas.

Sus pies quedaron pegados en el piso al llegar a la sala.

Allí aguardaban Logan y Khloe.

Huy qué veloz... ¿Acaso Logan se teleportó?

—No fue idea mía —la rubia menuda chilló preocupada de que su amiga le guardara rencor por el comportamiento de sus padres. No tuvo el valor de telefonearla para disculparse mientras estuvo en terapia; dependió de ellos durante la etapa de recuperación, y, tan pronto fue capaz de movilizarse por sí misma, llamó a Logan para que fuese su intermediario.

Valeria soltó el llanto y corrió hacia la chica, quien sonrió al observar que la perdonaba. Se fundieron en un fuerte abrazo; Leonora, Dolores y los gemelos presenciaban el encuentro desde el umbral de la cocina. Meses atrás, la imponente mujer habría gritado furiosa por los que pisaban su hogar, pero ahora les daba la bienvenida y las gracias, Valeria recobraba su alegría.

—Lo sé, comprendo: ellos cuidaban de ti —evitó mencionarlos para no causarle incomodidad y la rubia explayó más la sonrisa, aliviada de no enemistarse por las acciones de otros.

Valeria no supo si saludó o sonrió a Logan, en lo único que fue consciente era en ser asaltada por los labios de este al estamparse sobre los suyos. Ella fue cruel en alejarlo cuando la amargura superaba a la tristeza; no le permitió que la consolara ni la informara de a qué acuerdos llegaría la Compañía con los familiares de las víctimas y los demás empleados sobrevivientes. Solo quiso regodearse en su miseria; verlo ahí, apoyando a Khloe, le estrujó el corazón. ¿Cómo pudo alejarlo?, si él poseía los mejores hombros para llorar un buen rato.

—Lamento que Nia y el señor Nalessi... —Khloe expresó mientras Valeria seguía en los brazos del castaño—. Me dijeron que los enterraron juntos y que el funeral estuvo a lo grande.

—Así fue —su nariz pegada al pecho masculino—. Papá habría estado complacido —la miró—, Axel y los muchachos hicieron actos en honor de los dos y hasta hubo fuegos pirotécnicos. Creo que *algunos durmientes* en su tumba se sobresaltaron...

—Qué lástima habérmelo perdido... ¡Digo! —reparó en su comentario—, *d-debió* ser impactante.

Los jóvenes repararon en la estilizada mujer que se acercó, junto con dos pequeños de igual fisonomía, y la saludaron tímidos. Valeria presentó a Khloe, en un primer instante preocupada de que su mamá los echara de la casa, pero su buena disposición la relajó y la unió a la conversación. Fabio se maravilló al enterarse de lo que hacían estos en el circo y Sabino les pidió que hicieran piruetas.

Un «no, déjalos tranquilos, están de visita», brotó de los labios de Leonora; no obstante, el amplio espacio de la sala, animó a Logan en aventurarse en pararse de manos y luego sostener el peso de su cuerpo con una de estas, provocando que los niños jadearan impresionados.

Valeria y Khloe intercambiaron miradas pícaras, y luego en un asentamiento de cabeza acordaron con el tercero en hacer una de las piruetas que solían ejecutar durante las funciones. Khloe corrió primero hacia Logan, su pie se plantó sobre las manos entrelazadas de este, preparadas para impulsarla hacia atrás con fuerza. Su menudo cuerpo se elevó, giró en el aire y cayó con gracia al plantar sus pies en la costosa alfombra.

Los gemelos la ovacionaron.

Valeria estiró los músculos de sus brazos y azotó suave sus piernas para desperezarlos, e hizo una seña a Logan para que comprendiera lo que se propondría.

Se quitó de nuevo los zapatos y se trepó sobre él, sus pies plantados sobre los hombros de su novio; su estatura elevada, casi rozando el techo de allí.

Luego, para sorpresa de los pequeños y de la misma madre, Valeria se paró de manos, sus piernas haciendo un *split* de lado a lado, el pantalón de algodón se lo permitía; Logan extendió sus brazos en la misma dirección que las piernas de la morena y giró lento en sentido del reloj para que su público disfrutase del espectáculo.

Fabio y Sabino daban saltos de alegría. ¡Su hermana era una estrella! Ellos querían hacer lo mismo cuando crecieran.

Leonora consideró que los visitantes ayudarían a su hija a salir de la depresión. Qué buena influencia. ¡Bravo por ellos!

En esa oscuridad en la que su hija se mantuvo, ella llevó un sacerdote para que a esta la aconsejara; no sirvió, lo insultó. El sacerdote le lanzó agua bendita y Valeria en respuesta, los zapatos que tuvo al alcance. Leonora también pagó varias sesiones a un psiquiatra, pero, sin la disposición de Valeria, sería infructuoso que se desahogara. El consejo que recibió la progenitora por parte del *profesional de las dolencias mentales* era demostrarle a la joven que, cuando quisiera, contaba con el apoyo de su familia. No criticarla, no acusarla, no burlarse, no presionarla… Solo darle amor.

Valeria debía saber que sus padres y hermanos la amaban y que por ella se preocupaban.

¿Quería hablar? Ellos la escucharían.

¿Quería Llorar? Ellos la consolarían.

¿Quería culpar? Ellos aguantarían…

Pero se encerró y a todos dejó por fuera.

Así que, si el hijo de Esther Sanders y esa chica de cabello ensortijado, la hacían sonreír. Los acobijaba en su casa.

Los invitó a cenar, del cual aceptaron gustosos. La charla en la mesa del comedor transcurrió amena; los gemelos no paraban de hacerle preguntas a la chica y al muchacho de brazos fuertes. Douglas cenaba tranquilo, sus ojos estudiando detenido a los jóvenes, había un brillo genuino en los ojos de estos y en los de su hijastra, a pesar de la desgracia. Consideraba prudente en no formular alguna pregunta que le borrara a ella la sonrisa, se mantenía a raya, riendo y asombrándose de lo que comentaban. Los chicos eran un bálsamo para Valeria.

Dos horas después, Khloe agradeció a Logan por viajar desde Tampa para acompañarla a ver a su amiga; aunque él aprovechaba también el mismo motivo. Se despidió de los Davis y de Valeria, comentándole que la telefonearía al siguiente día para hacer planes juntas, quizás ir de compras por la ciudad.

Valeria llevó a Logan a la habitación de huéspedes, él aún no se hospedaba en ningún hotel, teniendo que prometer a sus padres, que ella y su novio se comportarían con propiedad. Un morral –que apenas vio– era el equipaje que colgaba del hombro de este, las manos de ambos entrelazadas, el amor fluctuando entre ellos.

La puerta de la habitación del muchacho tuvo que permanecer abierta, para garantizar no cayeran en tentaciones. Leonora era muy desconfiada.

El horizonte de rascacielos adquirió brillo en cuanto la noche cayó en la Gran Manzana, dominando el campo visual de los espectadores. La ciudad se engalanaba con luces eléctricas y anuncios de neón. Era espectacular, albergando bajo su seno a millones de residentes provenientes de los cuatro puntos cardinales del globo terráqueo, y, *una de ellos*, la observaba pensativa, añorando lo que fue su vida: tan solo hacía unos meses atrás lo tuvo todo.

En una mullida mecedora ancha en el balcón de dicha habitación, Valeria reposaba abrazada a Logan, ambos con los pies sobre la baranda, mientras admiraban el paisaje nocturno. A ella ya no le encantaba como antes, imaginando que un día huiría para formar parte de un circo maravilloso. En su mente se mantuvo siempre Amore; la de antaño, la de su infancia.

Suspiró melancólica, recordando a su padre. Le costaría recomponerse, aunque tenía que hacerlo por su mamá y por ella misma. Había llorado lo suficiente para inundar un desierto, creyendo que nunca saldría de ese abismo. A duras penas lo hizo…

Agradecía a su padrastro el haberse encargado de los trámites para reclamar el testamento de su padre. Stefano la dispuso como la única heredera de una fortuna que la ayudaría a salir adelante con cualquier proyecto que ella se propusiera.

La casa ubicada en Tampa era uno de los bienes que se contaba; su padrastro la visitó y clasificó todo: autos, mobiliario, equipos electrodomésticos, obras de arte… Las llaves para su acceso se mantenían en la caja fuerte de la biblioteca hasta que ella fuese capaz de tomar posesión.

Suspiró, ¿tendría las fuerzas para poner un pie en aquella residencia? En cuanto viese sus portarretratos, empacase sus ropas para donarlas a caridad o percibiese su aroma, volvería a derrumbarse.

—Perdón por haber sido mala contigo.

—¿Por qué me odiaste? —Sangraba por la herida. Se había prometido en no reclamarle, pero ella dio paso a que él le formulara esa pregunta.

—No te odié —dijo—, *me odié* por estar viva.

Estremecido por su crudeza, Logan le alzó el rostro y observó en los ojos marrones de su novia el mismo sentimiento de culpa que él tuvo cuando su papá murió, pues no debió haber manejado el auto, sino él, a quien este mismo le había encomendado hacer algunas diligencias. Pero, en su pereza, se negó en obedecerle.

—A veces pasan cosas que ni sabemos por qué sucedieron —le comentó—. Odiarte no te ayudará a sobrellevar la muerte de tu padre, lo empeorarás. Soy partidario de que las almas de los seres queridos se reencuentran y, ¿sabes lo que te dirá el señor Stefano cuando te vea por allá en el cielo?

—No —sollozó.

—«¡Por qué te culpaste, tonta, tú no manejabas la locomotora!». —Valeria alzó la mirada. Sus ojos agrandados—. O tal vez te *zampe* unos cuantos pescozones por llorona. Déjalo ir…

—Me cuesta dejar de pensar en él, nos perdimos de tanto…

—También perdí a papá y lo lloré por mucho tiempo. Casi caigo en las drogas… —Valeria, jadeó—. No quiero que te pase lo mismo, me preocupa.

—Descuida, no fumo ni cigarrillo.

La apurruñó y ella cerró los ojos, tan confortable en ese abrazo de oso que Logan le daba que hasta sonrió apacible.

—Cuando te sientas como una mierda, no me alejes. Búscame, ¿sí? ¿Para qué crees son los novios?, aparte de darse besitos y… —follar rico.

—Te aburriré con mis lamentos.

—Te juró que eso no va a pasar, porque soy el que más te comprende. No lo vuelvas a hacer, *Val*… Por más que estés enojada o que yo esté del otro lado del mundo, me llamas. Cruzaré mares y océanos para acompañarte.

—¿Eso harás? —sonrió.

—Eso haré. Te amo.

—También te amo, *mi guerrero indio*. Eres mi salvador.

Cierto es que la soledad proporciona la privacidad para soltar, sin cohibiciones, los lagrimones. Sin embargo, la calidez de otra persona para consolar al que está abatido es fantástica. Logan logró en un minuto lo que sus padres intentaron durante esos meses de duelo, para animarla; fueron palabras sencillas, pero cargadas de amor; él la comprendía, sería su hombro a llorar, su abrigo cuando se sintiera tan desprotegida... Esperaba que, si algún día, esto lo comentaba a alguien más, no fuese duramente criticada. Ella no les restaba mérito a sus padres, ¡también se ganaron su respeto!, eran como el equipo de apoyo o la caballería que acudía a socorrer al necesitado. No abandonaban al caído, lo aupaban a levantarse y lo increpaban si notaban que se daba por vencido.

Pisaba una realidad que aún le costaba aceptar; aun así, Valeria era consciente de que le sobraban brazos para sostenerla.

Súbito pensó en sus compañeros.

Y a ellos... ¿quiénes los sostenían en sus pesadumbres?

Debía enfrentar un asunto que ha eludido por tanto tiempo.

—Me gustaría ayudar con lo de las demandas para volver a levantarnos...

Logan la estudió para comprobar si estaba en sus cabales.

—No es tuya la responsabilidad de indemnizar las muertes y los daños —dijo—. Esto les compete a los copropietarios.

—Ahora yo *soy una de ellos* —lo que enseguida sintió pena por la señora Esther y él. Qué egoísta fue al no escucharlos.

Sacudió la cabeza.

—Aunque ofrezcas tu herencia y vendas las acciones, no alcanzará a cubrir las cifras —le hizo ver—; aparte de esto, hay que saldar sueldos caídos por contrato, acreedores, más lo que se discute en los tribunales. Los seguros cubrirán parte de las pérdidas en el tren y un porcentaje por cada persona fallecida, pero apenas será la mitad de lo que se calcula. Tendríamos que vender todo lo que tenemos, por lo que...

—Estaremos arruinados. —Por desgracia, su padre fue el accionista mayoritario, lo correcto sería disponer de su herencia para solventar las demandas.

Logan no aceptaba ese hecho, porque tampoco estaban de brazos atados.

—Mientras esperamos por los pagos de los seguros, podemos… —vaciló, ¿era el momento para comentarle su plan? —Ella se incorporó, atenta a lo que le dijera; había un destello en su mirada—. Mira, he estado hablando con mamá y luego lo consulté con los muchachos; todos están de acuerdo…

—Aún no me dices, Logan —se inquietó, ¿qué le insinuaba?

—¿Te animarías a darle clausura a Amore? Sería para recoger fondos…

—¡Sí! —exclamó sin dejarlo terminar—. Cuenten conmigo. —Aunque nunca más volvería a pisar una Arena, el circo merecía su despedida formal.

Capítulo 39

Esto es como una familia: no puedes elegir a tus parientes.
Pero cada uno tiene su grupito de amigos;
algunos están en parejas, intentas llevar una vida más o menos normal.

Luis López, especialista en boleadoras.
Cirque du Soleil.

Otoño - 6 meses después.

—¡Bienvenidos al circo más grande del mundo! —Esther Sanders exclamó a través del micrófono enganchado en su corbata de seda naranja, ella en sustitución de Stefano Nalessi, ante el abarrotado público que allí aplaudía emocionado.

El Nassau Veterans Memorial Coliseum, de Uniondale, en Nueva York, fue el lugar pautado para clausurar la gira interrumpida por la desgracia y bajar el telón para siempre. Al evento –exclusivo para adultos– acudieron miles de personas; la boletería se vendió por completo en internet un mes antes de la fecha anunciada, pagando los asistentes hasta obscenas cantidades de dinero para obtener un asiento en la parte Vip o el doble de su costo para sentarse, aunque fuese en las últimas gradas. Los noticieros anunciaban constante que «Amore se despediría por lo alto». El demoledor sentimiento de ser desarraigados sobrepasaba a cada integrante del circo.

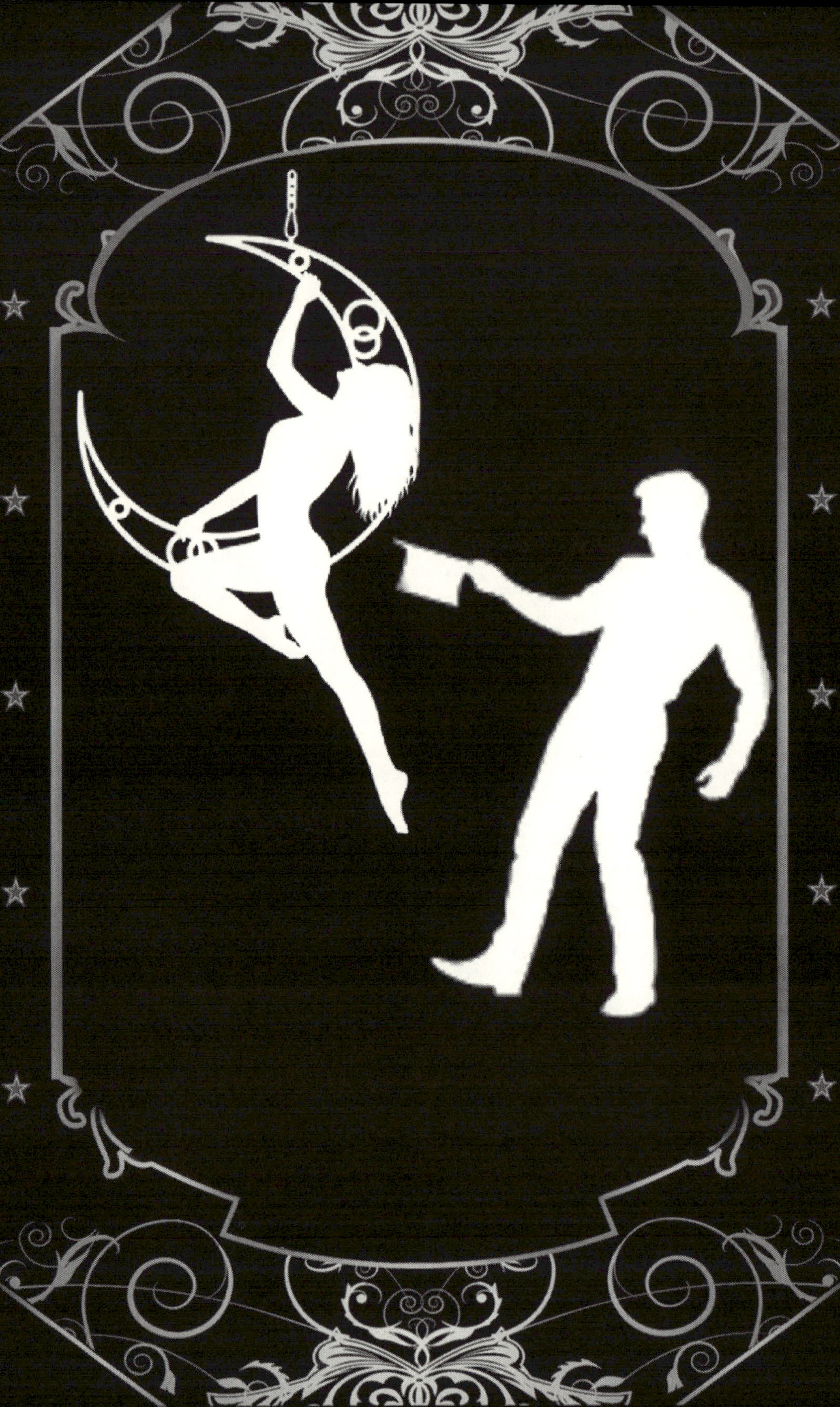

Esther –en un traje adaptado a su medida y del que en más de una ocasión lució Stefano– agradecía la presencia del público. Sus emotivas palabras se incrementaron a través de los parlantes, luego de que todos rindiesen un minuto de silencio por los fallecidos en los trenes. Esa noche Circus Amore brillaría por última vez, sin animales y con un número inferior de artistas.

Al llamado de Logan y los demás líderes de grupo, solo acudieron los que salieron ilesos del accidente y los que no demandaron; por obvias razones, los que estaban en proceso de litigio se negaron a formar parte, aconsejados por los abogados o porque sus heridas aún los tenían apartados por tiempo indefinido.

—¡Prepárense para lo que sus ojos jamás han visto! —Esther incrementaba el misterio para que la gente se emocionara—. ¡Habrá drama, pasión y una gran dosis de temeridad que los harán saltar de sus asientos! —Las lentejuelas en su chaqueta emitían explosiones de brillo bajo el cruce de los haces de luces de los reflectores—. «Amor Celestial» les robará el corazón.

Los vítores y los aplausos resonaron en el Coliseo en cuanto la mujer terminó de hablar.

Valeria añoraba el candor de su padre, arrancándoles sonoros aplausos hasta el más apático de los asistentes. Aunque, claro, la ocasión no invitaba a tal euforia, pero se extrañaba el antiguo maestro de pista.

Entristecida, observaba la Arena. La mayoría de los actos se eliminaron: los elefantes, felinos y purasangres quedarían para el olvido; en cambio, la danza aérea, las argollas, los payasos, los malabaristas y contorsionistas una vez más se lucirían.

—Esto es tan raro —Khloe musitó detrás de ella. Al igual que su amiga, prestaba atención al desempeño de la señora Sanders. Ambas preparadas a salir para la Apertura; las banderas, los banderines, los penachos, los uniformes de las bailarinas, las atractivas mallas que embellecían a algunas chicas.

—Sí, así es —Valeria meditaba el vuelco de los acontecimientos. Un día: felicidad. Y, al otro…, muerte.

Siguiendo lo pautado con lo que ensayaron el mes pasado, se realizó un desfile alrededor de la pista, con breves demostraciones de lo que realizarían en los próximos minutos. Valeria y Khloe volaban en las telas acrobáticas, pasando casi por encima de los espectadores; estos agachaban la cabeza o se aovillaban en sus asientos, cuidando de no ser golpeados por las aerealistas. En esta ocasión, se consideró que los niños no debían asistir a dicha despedida, porque habría lagrimones, y, lo más probable, los alterarían. Otro factor importante, la gente estaba en el conocimiento de que ejecutarían una versión alterna de la historia de «Kiran e Indira», pero sin la interpretación de los espectros; pues tenían una connotación de ultratumba. Así que, a modo de evitar un ambiente lúgubre por los anteriores acontecimientos, optaron para que la fantasía y la sensualidad predominaran en cada acto.

Fue difícil llenar el espacio dejado por los animales, el impacto recaería cien por ciento sobre los artistas; los trajes y los maquillajes eran los mismos a falta de presupuesto y también para no perder la secuencia con el anterior espectáculo de clasificación familiar. En este, Valeria y Logan discutieron repetidas veces con la señora Morgan y Esther, preocupadas las mujeres de ocasionar una ola de abucheos por pretender elevar la clasificación de «Todo Público» a «Mayores de Edad».

La ovación fue general cuando las contorsionistas salieron al escenario, ataviadas en ligeros; hubo silbidos y uno que otro piropo; las muchachas se habían preparado para dichas reacciones, más bien, disfrutaban de lo que en aquellos despertaban. Trepadas en musculosos «árboles» que las sostenían y elevaban, las ninfas llamaban al apareamiento a los guardias del maharajá, para que estos no notaran que la princesa acordó encontrarse a solas con el guerrero de espíritu noble.

Indira –Valeria– se propuso *consumir* lo que sentía por Kiran; siendo este interpretado por Logan, quien se dejaba seducir. La intención de los dos personajes principales no era la de ofrecer una actuación pornográfica, ni los movimientos de las contorsionistas rayaban en lo grotesco. Querían jugar con las emociones de los espectadores; que sus corazones palpitaran acelerados y sus mejillas se ruborizaran, recordando la magia de la *primera entrega* y de sentirse enamorados.

Una tarde, después del entrenamiento, Esther descubrió a Valeria cantar en el camarote que le asignaron; pasaba revista por el reducido tren y escuchó a la chica hacer gala de la claridad de su voz.

Y, siendo conocedora de las habilidades de su hijo, sus ideas bullían en su mente.

Por ese fortuito motivo, la gente mantenía la boca abierta, embelesados por la lírica declaración de amor entre un ser celestial y un gallardo mortal. Valeria y Logan tuvieron que derrumbar lo que pensaban de sí mismos con respecto a sus voces; ella nunca se creyó a la altura de grandes cantantes y él jamás se lo tomó en serio.

El hecho de complementar la potencia de sus cuerdas vocales con las acrobacias era una labor que requería más esfuerzo que el resto de los artistas.

—Yo por ti detendré el tiempo para prolongar este maravilloso momento —Indira cantó a su amado; ambos en medio de la naturaleza arbórea y salpicados por la cascada cercana. Del suelo, neblina y aire salían expulsados hacia arriba para que el cabello rojo de la semidiosa y las sedosas capas de su vestido autóctono se batieran suaves para mayor impacto visual de los que pagaron para verlos.

—Y yo te ofreceré cada uno de los latidos de mi corazón, porque viviré solo para amarte y venerarte —la aterciopelada voz de Kiran hizo suspirar a más de una fémina, pues lo que cantaba se percibía real. ¿Acaso estaban enamorados?

Tras la declaración del guerrero, el vestido de la semidiosa se deslizó por el esbelto cuerpo y se arremolinó a sus pies; Valeria usaba una malla que imitaba el color de su piel, dando la impresión de estar desnuda. El público jadeó, luego se exaltó y aplaudieron por la osadía de la muchacha. Kiran recostó a la princesa en una cama de flores, para él posarse sobre ella y amarla como hombre. Las cámaras de los móviles estaban listas para capturar dicha escena; no obstante, la neblina los cubría; solo los brazos y las piernas de la semidiosa se alcanzaban a ver, acariciando seductora la brumosa espalda de su amante.

Durante el censurado coito, «las flores» que los rodeaban, cobraron vida y danzaron juguetonas por *lo que hacía* la pareja.

Tres horas duró el espectáculo y, para el público, fueron pocas.

¡Clamor! ¡Vítores! ¡Aplausos!

Querían más de lo que apreciaron; sin lugar a dudas fue único. Si bien, la prensa lo reseñaría como atrevido y quizás los puritanos pegarían el grito al cielo, catalogándolo como una asquerosa estrategia para incrementar las ventas, los efusivos aplausos recompensaban el esfuerzo. La coordinadora se limpiaba las lágrimas con su pañuelo y la coreógrafa en jefe sonreía orgullosa. Sí…, puede que a Stefano no le hubiese agradado algunos actos que los chicos realizaron, pero en general habría estado satisfecho. Para un circo polémico, un cierre polémico.

Ya en el camerino…
Sobre el tope de la peinadora de bombillas, Valeria lloraba desconsolada. Eso fue todo, no más entrenamiento, no más gira por el país, no más presentaciones… No volvería a despertar en su litera ni correría a ducharse para aprovechar el agua caliente y gruñirle en su rutinaria pelea matutina a sus compañeras; tampoco volvería a disfrutar del suculento menú que los chefs cocinaban tanto en el cafetín del *campus* como en el restaurante rodante. Le haría falta las fogatas que hacían frente al tren y las charlas que sostenía con sus amigos hasta la medianoche. Aún no estaba preparada para el adiós, Amore seguía circulando en sus venas; fue lo que la motivó a soportar la separación de sus padres; volver a sus raíces, a los suyos…

La vida cotidiana sería una tortura para ella. Esto era como una segunda muerte que le dolía.

—¿Por qué llora si todo salió bien? —Akira miró a Cinthya, quien también se formulaba la misma pregunta, a Valeria le encantaba el drama.

—¿Qué van a saber un par de urracas que carecen de empatía? —Khloe les gruñó por no perder oportunidad de cuestionar los sentimientos o acciones verdaderas de su amiga, si ellas no comprendían lo que esta sufría.

La asiática le pintó el dedo del medio a la rubia menuda, mientras que la rubia alta puso los ojos en blanco, fastidiada de los lloriqueos de la idiota y de las bravuconadas de la otra. Ambas se largaron de allí, cumpliendo con la convocatoria para evitar que las criticaran por egoístas.

En la sección de camerinos, los artistas principales y secundarios se condolían por la melancolía, muchos ya tenían prevista nuevas audiciones para algunas industrias del entretenimiento. La señora Morgan y la señora Esther anunciaron su retiro, los empleados de mayor edad aún batallaban por un puesto de trabajo allá afuera y los que aún conservaban la juventud, ni sabían qué hacer después. Los contactos y la experiencia favorecían a los afortunados.

En Canadá había un famoso circo internacional *no-tradicional* que deseaba contratar a Valeria y a Logan. Por otro lado, Khloe firmaría para uno que se hallaba en México, Axel se uniría a otro en Japón y Jerry ya formaba parte de la filarmónica de Berlín.

La constelación de estrellas se esparcía por el universo…

—Mientras sientas pasión por este bello arte, Amore siempre permanecerá en tu corazón —Logan le expresó en voz baja, acuclillado para estar a su altura, mientras le sobaba la espalda.

—Nos mantendremos en contacto, cada vez que podamos nos vistamos —Khloe agregó, pero ella no respondía, solo lloraba.

El camerino, que hasta hacía unos minutos estuvo abarrotado por compañeros de ambos sexos, se hallaba apenas ocupado por los tres jóvenes atribulados, la mayoría seguía en el vestíbulo del coliseo y los demás se marcharon para no dar más largas a la despedida o terminarían llorando a moco suelto como la hija del señor Nalessi.

Logan la incorporó en su asiento y la obligó a mirarlo, sin ser rudo, Valeria volvía a caer en la tristeza y él no estaba dispuesto a permitirlo.

—¿Qué te habría dicho tu padre de estar vivo? —recurría otra vez a la memoria de Stefano para hacerla razonar y, al parecer, funcionó, ella alzó sus ojos llorosos hacia él, pero no tuvo el valor de responder—. «¡Disfruta la nueva aventura que emprenderás!» Viviremos el cambio y lo disfrutaremos, ¡por él y por los que ya no pueden hacerlo! No temas que no estarás sola, estaré siempre para ti, así no me quieras cuando estés cabreada conmigo —logró arrancarle un amago de sonrisa y Khloe suspiró por sus alentadoras palabras—. Aceptaremos la propuesta de Cirque du Luna; aunque suene cruel, Amore ya cumplió su etapa.

—Tal vez no —la réplica de la señora Morgan, parada ella en el umbral de la puerta del camerino, captó la atención de los tres jóvenes. Su espalda apenas ocultaba una carpeta, cuyos documentos clasificados le darían un vuelco a lo acabado de expresar por el muchacho.

Este se puso en pie y Valeria lo imitó, sin apartar la vista de lo que la anciana pretendía esconder.

—Son los informes de los seguros —extendió la carpeta y Logan la recibió—. Léanlos y luego tomen su respectiva decisión de lo que harán en el futuro. Yo los apoyo.

Logan, Valeria y Khloe inclinaron la nariz hacia lo que se detallaba tipeado con lujo de detalle sobre los pagos realizados en base a lo que por tantos años la Compañía cumplió con las cuotas mensuales para garantizar las pérdidas de vida y los daños materiales por incendio, accidente o inundación, y así las cuentas bancarias de los accionistas no sangraran.

Los jóvenes intercambiaron miradas asombradas y luego, en una expresión sonriente, se enfocaron en la señora Morgan.

—¿Por qué nos mintieron? Logan no comprendía las maniobras de aquellos bastardos.

—Sospecho que *una persona en especial* influyó en los demás para declarar la bancarrota y quedarse con las ganancias netas de esta presentación y de las donaciones millonarias que otros han hecho.

—¡¿Qué?! —Valeria quedó helada.

—Uno que otro millón. No es mucho, pero suma…

—Es una ayuda fabulosa para los que necesitan ese dinero —Logan comentó y la anciana asintió.

—Al parecer, hay unos socios que ya no le ven sentido a continuar; están considerando en producir películas de bajo presupuesto en vez de volver a invertir en nosotros.

—Pero ¡tenemos que hacerles ver que están equivocados: aún hay esperanza!

El arrojo de la muchacha, hizo sonreír a la coordinadora, observaba en esta el espíritu emprendedor de su buen amigo Stefano. Él no se equivocó cuando le comentó que el linaje de los Nalessi era honrado por su única hija. Ella respiraba, comía, soñaba y vivía en pro del circo.

—¿Para cuándo quieren una asamblea?

Valeria agrandó los ojos y Logan sonrió.

—¡Para ya mismo! —contestó él, socarrón. Aunque era consciente que convocar una reunión con los altos dirigentes de la Compañía les tomaría varios días.

—Pautaré para el próximo viernes en la sede. Prepárense ustedes para exponer ante *esos amargados* de que hay circo para rato —se dirigió a Logan y a Valeria, mientras que Khloe consideraba para sus adentros en posponer el viaje a México hasta saber qué resultado lograban con los accionistas.

—¡Lo haremos! —contestaron a la vez, pletóricos de felicidad, porque, lo que consideraron acabado, bien que podría resurgir de las cenizas.

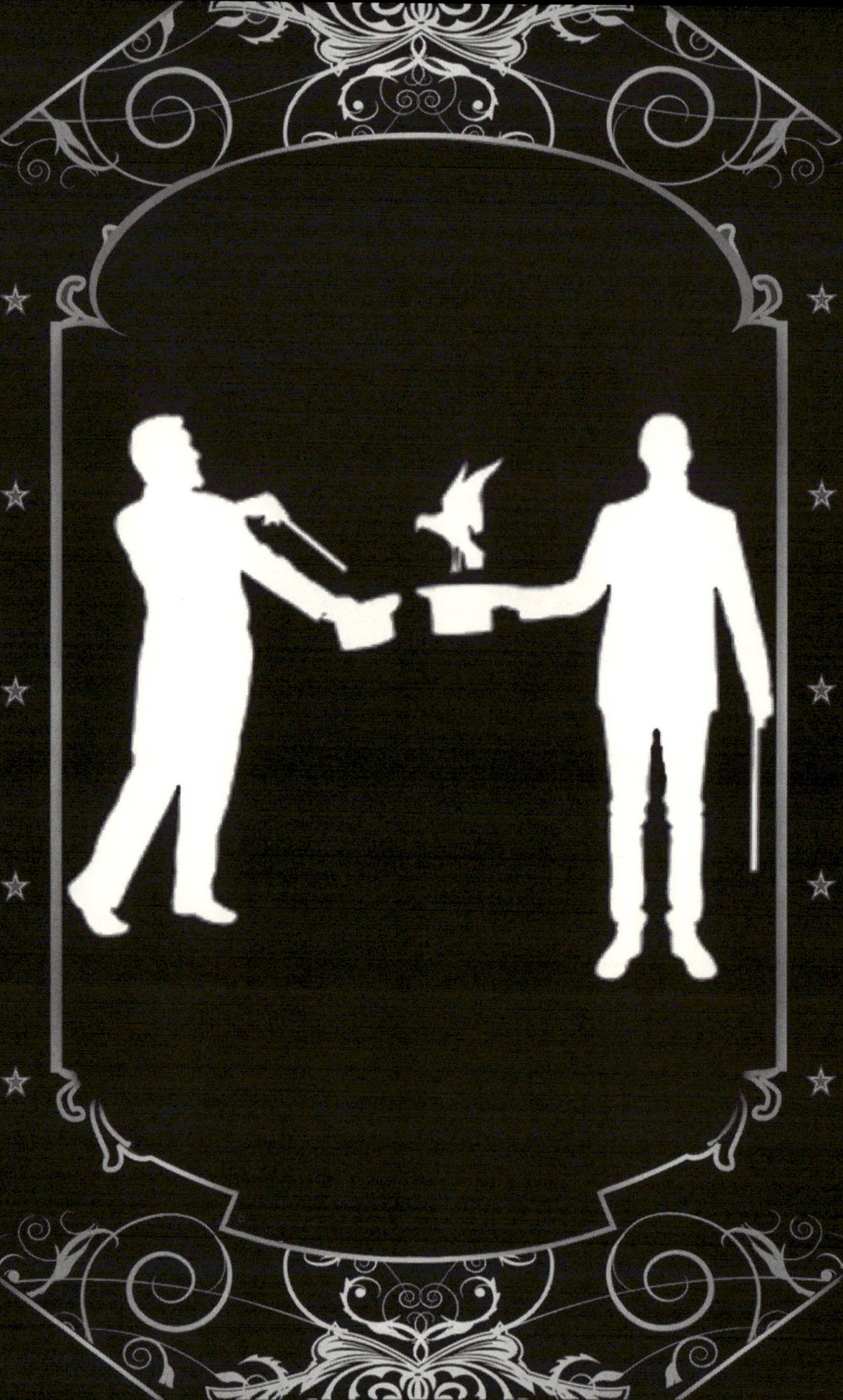

Capítulo 40

La mano de Logan se mantenía entrelazada con la de Valeria, habiendo ella necesitado del apoyo emocional de su novio, en cuanto ambos se bajaron del auto rentado, frente a la casa del señor Nalessi.

Casi un año le tomó a la joven para animarse en poner un pie dentro de la residencia de estilo vanguardista; muy moderna en comparación a las otras construcciones que se erigían a cierta distancia, y, del cual, eran opacadas por su espectacular diseño arquitectónico en desniveles. Douglas Davis los seguía, dos pasos más atrás de ellos, para que su hijastra procesara las emociones que le producían al estar allí; la propuesta de Valeria lo sorprendió, pero aceptó representarlos en la asamblea de socios que se llevaría a cabo en las próximas horas.

Requirió de estudiar los informes de los seguros y de comunicarse con los administradores de la Compañía, para que les presentaran los libros contables durante la reunión. En el asiento trasero del auto, reposaba su portafolios y un folder repleto con documentos que reseñaban las ganancias obtenidas y las diversas donaciones que grupos de buena voluntad organizaron a través de sus respectivas *webs*; algunos actores y cantantes famosos depositaron jugosas cifras que hicieron llorar de alegría a los jóvenes artistas, porque tenían los medios para no dejar a nadie desamparado.

Douglas bordeó a la pareja y extrajo un juego de llaves del bolsillo lateral de su pantalón elegante; introdujo la más grande en la cerradura y luego marcó una clave en un tablero alfanumérico, como medida de seguridad adicional para resguardar la propiedad de invasores sinvergüenzas o ladrones.

Se hizo a un lado para que Valeria pasara, ella sin soltar a Logan, quien también entraba a ese lugar por primera vez. Se detuvieron en medio del vestíbulo, impresionados por la decoración; por tonto que pareciera, tanto Valeria como Logan y el señor Davis, imaginaron que el interior de la casa sería rocambolesco; en cambio, ¡cuánta distinción! Los tonos blancos y cremas predominaban en las paredes y mobiliarios. Esculturas abstractas y uno que otro lienzo de grandes dimensiones en sitios estratégicos para realzar las obras de arte. Claro está que Douglas ya estuvo allí en tres ocasiones y aún causaba buena impresión el exquisito gusto de ese sujeto.

—¡*Wow!*, qué bonita casa… —Logan expresó mientras su mirada se paseaba por lo que alcanzaba a ver en la parte superior. A su mamá le habría encantado conocer el hogar del señor Nalessi; celoso este de su entorno o para nada presuntuoso de sus bienes. Fue muy práctico en construir su casa a unos kilómetros de la sede; Tampa fue la ciudad que lo enamoró, tan pronto pisó suelo estadounidense, porque reunía las condiciones climatológicas y topográficas para albergar a sus animales y empleados.

Valeria se fijó en los portarretratos de marco plateado que se hallaban en una estantería encajada en la pared oeste del vestíbulo y soltó la mano de Logan, para caminar hacia allá; le dolió la garganta y sus ojos le escocieron por las benditas lágrimas que pugnaban por salir; respiró hondo y tomó uno de los portarretratos en la que una fotografía en especial llamó su atención: ella de niña, cargaba en brazos por su padre. Medio sonrió y luego besó la imagen capturada en aquel entonces frente a un carromato de algodón de azúcar. ¡Qué felices lucían! Y qué destino les aguardó después a los dos.

Nia figuraba en esa estantería; daba la impresión de ella haberse encargado de aparecer en casi todas las fotos o quizás su padre quiso recordar los mejores momentos con su prometida. Les deseó a ambos el descanso eterno; la primera parada que hicieron fue en una floristería de camino al cementerio; lloró al volver a ese silencioso Campo Santo, donde sus restos reposaban y les dejó un precioso ramo de crisantemos blancos, bañado con sus lágrimas.

Observar las fotografías casi la desmorona, pero su padrastro la consoló de la misma manera que en el cementerio.

No era su padre de sangre, pero la quería como si fuese su propia hija.

—Si no deseas pasar la noche en este lugar, nos hospedamos en un hotel —sugirió en vista de la aflicción que le causaba.

Deshizo el abrazo y sacudió la cabeza.

—Quiero dormir aquí, me gusta la casa. —Tarde o temprano tendría que habitarla, por lo que, entre más pronto, mejor. En lo único que imploraba para sus adentros, era que su padrastro no le pusiera pegas porque ella dormiría con su novio. No sería capaz de pasar la noche sola, y, no por miedo a que el fantasma de su papá se apareciese y le halara los pies a la medianoche por apropiarse de su dormitorio, sino por sentirse solitaria. Qué vacía se sentía la casa.

El recorrido de esta lo dejarían para después de la asamblea. Por lo pronto, dejarían las maletas y se refrescarían para quitarse el cansancio del vuelo de dos horas y media desde Nueva York. Valeria se lavó la cara en el baño de las visitas y volvió a maquillarse, mientras que Logan hurgaba la nevera de dos puertas, para saciar su apetito que se tornaba voraz a causa de los nervios. Estaba convencido que los accionistas no se dejarían amedrentar por dos jóvenes tercos y un abogado neoyorquino. Por desgracia, la nevera estaba vacía y en las despensas no había ni un paquete de galletas.

—Se desocuparon para evitar las cucarachas. De retorno, pedimos comida a domicilio —Douglas le comentó, tras dejar su maleta en una de las habitaciones de huéspedes. La de Valeria y la de Logan permanecían en el vestíbulo, *sospechando él lo que no quería sospechar*, y prefirió hacerse el desentendido.

Valera se mantuvo en silencio durante el trayecto hacia la sede, Douglas manejaba en una expresión pensativa y Logan tamborileaba los dedos en su muslo por su creciente ansiedad en la medida en que el auto se aproximaba. Valeria torció su torso para mirarlo, ya que ella viajaba en el asiento del copiloto y *su castaño,* junto al portafolios y el folder, en la parte de atrás. Extrañamente una nota de esperanza se reflejaba en los ojos marrones de su amada, contagiándose él de ese sentimiento con respecto al resurgimiento de Amore; le obsequió una sutil sonrisa para indicarle a *su semidiosa* que estaría a la altura de las circunstancias, conocía a esos sujetos, eran tiburones de afilados colmillos que no dudarían en tragárselos de un bocado si percibían el temor, pero ellos les daría batalla si estos se ponían intransigentes con las propuestas. Habría que hablarles con cifras.

—Ya saben lo que tienen qué decir y cuándo callar en caso de no poder responder; yo me encargo por ustedes —Douglas les recordó en el instante en que el auto frenaba en la garita de control de la sede.

Se identificaron al mostrar sus credenciales; el vigilante saludó informal a Logan y le dio la bienvenida a Valeria, inquiriendo este el motivo de la visita, y les permitió a los tres de avanzar hacia el estacionamiento de la directiva, de cual pocos autos se hallaban estacionados. Valeria solo atinaba en observar los vagones del tren y se juró a sí misma que de allí no saldría hasta conseguir el apoyo que requerían.

Al entrar al Edificio Central, tuvieron que esperar en la oficina de la coordinadora a que los accionistas –ocho en total– hicieran acto de presencia.

—¿Esta gente no sabe de puntualidad? —Douglas consultaba su reloj de pulsera, debido a la impaciencia. La falta de profesionalismo de esos sujetos dejaba mucho que desear, creyéndose dueños absolutos y solo eran los accionistas minoritarios.

—Es una forma de crisparles los nervios para intimidarlos —la señora Morgan comentó, con años de experiencia al tratarlos; de ahí que Stefano haya adquirido esa pésima costumbre de llegar tarde a las reuniones.

Logan recostó sus nalgas en el borde del escritorio y se cruzó de brazos, sumergido en sus pensamientos. Muchas veces eludió sentarse en la mesa de los socios, pues aún no deseaba esa carga de responsabilidad sobre sus hombros, pero *cierta soñadora* le hizo tomar la decisión de aceptar las funciones de su madre; tenía la vitalidad y el carácter para respaldar a esa chica inteligente que luchaba contra todo pronóstico de rescatar al circo. Entre los dos conformaban una fuerte falange.

Kimberly Rojas –la secretaria de Alice– anunció la llegada de los accionistas, y, los que convocaron la asamblea, se pusieron en pie, repasando en sus mentes lo que debían decir. Valeria le tomó la mano a Logan, pero el señor Davis le aconsejó que, si deseaban inspirar respeto por parte de aquellos sujetos, tenían que entrar con la frente en alto y exudando seguridad. No obstante, la señora Morgan los contuvo por cinco minutos y luego les permitió dirigirse a la Sala de Reuniones en la cara opuesta de esa planta. Les deseo buena suerte y Kimberly los guio hasta allá, informándoles que ella permanecería afuera en caso de que la necesitaran para tipear algún documento, sacar copias o solicitar café.

Valeria, Logan y Douglas Davis entraron enfilados y saludaron a los ancianos, quienes no se molestaron en levantarse de sus asientos en una cortesía por los recién llegados.

A Douglas le molestó que uno de los accionistas se atreviera a sentarse en la cabecera de la mesa ovalada de diez puestos, por lo que, les pidió a Logan y a Valeria que movieran las sillas disponibles hacia el otro extremo de la mesa y se sentaran como pares. La secretaria se fijó que el abogado pasaría la pena de estar en pie y rápido le acercó una silla que extrajo de la oficina de Administración. Douglas agradeció su diligencia y se ubicó al lado de los muchachos para asistirlos jurídicamente.

El portafolios en el piso.

El folder sobre la mesa.

Evidencias irrefutables para lo que discutirían.

—Bien, señorita Nalessi: tiene nuestra atención —dijo el imponente sujeto que se apropió de la silla principal y Logan identificó en voz baja como Diógenes Black, abuelo paterno de Olivia. El anciano de mirada avinagrada se dirigió a la hija del extinto Stefano Nalessi en vez del abogado o del mentecato hijo de la vieja Sanders, por ser esta la que los convocó con urgencia.

La muchacha se levantó temblorosa y carraspeó para aclarar la voz.

—Primero que todo: *gra-gracias* por atender al llamado —tartamudeó—. Los hemos convocado con la *f-finalidad* de darle una segunda oportunidad a Amore.

Los hombres murmuraron entre ellos.

¿Qué dijo esa tontorrona?

—¡¿Segunda oportunidad?! —Diógenes inquirió con una sonrisita incrédula bailando en sus arrugados labios—. ¿Se refiere a una película? —De haberse presentado el ofrecimiento de un director de importante estudio cinematográfico, tendrían que acordar el porcentaje de ganancias para cada socio. Él se encargaría de llevarse una buena tajada, se contactaría con el director o los productores para él sumarse a ese proyecto, donde moldearía la historia a su conveniencia. A su nieta le haría justicia, solicitaría que una hermosa actriz la representara y que fuese la protagonista, mientras que ese adefesio allí presente sería la contrafigura. Aún le agriaba las quejas de Olivia al teléfono para que expulsaran a Valeria Nalessi. Se arrepentía de no haberla escuchado.

La joven sacudió la cabeza.

—A continuar con las funciones —dijo—. Para el próximo año, claro...

Luego se sentó y se abrumó de las miradas cetrinas de los ancianos, ataviados en sus costosos trajes de diseñador, pues indicaban su pesimismo. ¿Esa chica consume drogas o es idiota? ¿De dónde saldría el dinero para hacer semejante disparate?

—Será imposible —Diógenes hablaba por sus socios—, estamos en números rojos. Aún atravesamos algunas demandas.

—Además, Amore ya no gusta a la gente —agregó otro, en marcado acento texano y cuyo Rolex, en su muñeca izquierda, le hizo meditar a Valeria que con ese lujoso accesorio se pagarían los gastos médicos de uno de los sobrevivientes.

Aun así, ella respondió:

—Sabemos por lo que estamos pasando —pluralizó en nombre de los que la apoyaban—. Sin embargo, los tiempos han cambiado y nosotros debemos hacer lo mismo.

—No tiene caso: hemos cerrado.

—Por breve período, señor Black —Logan respondió muy seguro de sí mismo, mientras que Douglas permanecía en silencio, tomando nota y con la atención al mil por ciento puesta en lo que los demás discutían.

—Digamos que fue... como una «convalecencia» después de la tragedia —Valeria recobraba paulatino su fortaleza—. Retornaremos con otra imagen y nuevos espectáculos.

—¡¿Qué tonterías está diciendo?! —Bill Lennox, el del Rolex, exclamó sin un ápice de confianza en los dos párvulos que, por tener cierta famita se creían unas luminarias.

La propuesta de la muchacha levantó escepticismo en los ancianos, ya ellos tenían negociada la venta de la sede y sus terrenos circundantes a una cadena hotelera que planificaba convertirlo en una villa turística.

—¡Es importante hacerlo o los circos estarán condenados a desaparecer! —Valeria capturó la atención de estos, al levantar la voz para hacerse escuchar por encima de las murmuraciones. Douglas y Logan asintieron, estando de acuerdo con ella. El primero por razones económicas y el segundo por amor al arte circense.

Diógenes rio displicente, sus dientes excesivamente blancos lucían como filtro en fotografía.

Falsos.

—Es loable de su parte abogar por los circos del mundo —espetó—, pero, aunque hiciéramos lo que usted dice, no estamos en condiciones de entretener: la locomotora está destruida, nuestro capital no cubre gastos de reparación. ¿Cómo se supone retornaremos si no tenemos para movilizarnos?

Valeria miró a Logan, y este se acomodó en su asiento de un modo que indicaba a esos sujetos, «a ver, viejos pendejos, los jefes somos nosotros».

—No nos tomen por tontos —expresó él sin que el nerviosismo lo afectara—. Los seguros cubrieron al cien por ciento los daños del accidente, los gastos de hospitalización y las pólizas de vida de las víctimas —señaló hacia el folder y los ancianos comprendieron que algún traidor les suministró los documentos, ellos manejaron en secreto esos asuntos, emitiendo datos no correspondientes para que, los que se hallaban fuera del *círculo de los ocho*, no gozaran del dinero que ellos se embolsillarían con sus engañosas transacciones—. Por ese lado, ustedes no tendrán que pagar nada, y, por el otro, los ingresos obtenidos en la Despedida, alcanza para saldar las demandas y los sueldos pendientes.

—Por lo que no hay ganancias —Diógenes rechistó, con inquina—. ¿Tiene idea a qué se debió?

—¡Por los elefantes! —secundó el señor Lennox y los demás asintieron como autómatas.

—Bueno, eso se debe a…

—¡Exacto! —Diógenes interrumpió a la muchacha—. Al público ya no le interesa un circo decadente sin animales, y, a decir verdad, a nosotros tampoco.

Valeria lanzó una palabrota en su fuero interno, esos sujetos tenían visión de poco alcance o se hartaron de las complicaciones que se les presentaban en el camino. El pretexto de ese vejestorio de mejillas chupadas y ojos hundidos solo era para negarles ese ansiado resurgimiento.

—A ustedes, no. Pero a nosotros, sí.

El anciano se carcajeó de tal manera, que Douglas aconsejó en un gesto silencioso a los jóvenes en no dejarse llevar por el enojo.

—Qué idealista…

—No, señor Black —ella replicó—. Vendimos toda la boletería, eso demuestra que aún hay interés en el público.

—¡Demuestra lástima! Nada más.

—¡¡Se equivoca!! —lo contradijo—. Yo misma observé la emoción que a ellos les produjo cuando apreciaron el espectáculo —casi podría asegurar que hasta se excitaron—. Vieron algo nuevo y les gustó. —Por algo dicen que el sexo vende. Y, de ahí, tenían mil ideas para llevar a cabo.

—¿Quién la apoya en esto? —la retó—. ¿Acaso no se da cuenta de que somos mayoría? —se refirió a él y a los otros siete socios de edad avanzada.

Logan levantó la mano.

—Yo la apoyo. Entre los Sanders y la señorita Nalessi, representamos el sesenta por ciento de las acciones de Amore. El otro cuarenta lo representan ustedes: *la minoría*.

—Sin nosotros no harán nada —replicó el anciano, cabreado por la verdad contundente del muchacho—. ¿Cómo piensan triunfar si en más de cien años no lo hemos conseguido sin animales? Dudo que la gente apruebe a que vuelvan a ser utilizados en los espectáculos después del choque de trenes. Esos bastardos activistas nos harían la vida imposible.

Airada, Valeria alzó la mandíbula una pulgada.

—Como lo hizo *du Luna* —expresó y la asamblea tronó en escandalosas risotadas—. ¡A ellos les ha ido bien!

—Seríamos imitadores. Lo que nos definía: ya no existe.

Los dos jóvenes asintieron, dándole la razón. El tren fue un distintivo que los resaltó de los demás.

—Tenemos el dinero para reparar la locomotora y comprar nuevos vagones. En cuanto a las actuaciones, nos reinventaremos.

—Cirque du Luna ha sido inteligente al adaptarse a los tiempos —expresó Douglas Davis que hasta ese instante se mantuvo en silencio—. Ellos son «océano azul», lo que quiere decir: no tienen competencia. Combinan bien la actuación, el canto y la acrobacia teatral. A la gente le gusta eso y lo aceptaron tal como son: un circo no-tradicionalista.

Valeria agradeció con una amplia sonrisa la excelente intervención de su padrastro, del cual le sorprendió que los haya estudiado con antelación para realizar dicha comparación. Pero comprendía que habría que conocer a la competencia si deseaban sobresalir.

Los ancianos conversaban en voz baja, dejando por fuera a los muchachos y al abogado; gesticulaban dudosos y desconcertados; unos sacudían la cabeza en una negativa contundente y otros asentían a lo que una tercera parte de ellos pugnaban. Por lo visto hubo un quiebre en la falange de cabelleras canosas.

—¿De dónde saldrá el capital si carecemos de liquidez para armar un nuevo espectáculo? —consultó el señor Lennox, abierto a la posibilidad de apoyarlos si les planteaba una buena estrategia—. Se necesitará de mucho dinero para vestuario, publicidad, alquiler de Arenas, contratistas y empleados…

—¡¿Acaso piensas secundar esta locura, Bill?! —Diógenes gruñó a su socio para hacerlo recapacitar de su error. Cumpliría con la promesa hecha en la tumba de su nieta: desmembraría el circo y borraría su nombre de los anaqueles de la historia. Esa sería su venganza.

—Antes de rechazar la propuesta, escuchemos lo que planificaron —replicó el aludido—. Porque tienen un plan, ¿cierto? —Aquí se dirigió a los tres que trataban de convencerlos en lanzar un salvavidas al circo que se ahogaba en bancarrota.

Douglas carraspeó.

Iban a chillar.

—De sus bolsillos —comentó—. Si desean que Amore resurja de sus cenizas, tendrán que sacar sus chequeras. Ningún banco querrá hacerles un préstamo ni tendrán nuevos accionistas que inyecten dinero; esto se saca a flote con sus cuentas personales.

Los ancianos mascullaron.

—El riesgo es grande.

—Y la ganancia mayor —replicó el abogado a Bill Lennox.

—¡No daré ni un centavo! —Diógenes manifestaba su desacuerdo, hallando eco en todos los accionistas.

Logan se preocupó, habían logrado que la mitad de estos vacilara, y, ahora, al tocarles los bolsillos se echaron para atrás.

—Si no desean sacrificar su propio capital, recurriremos a otra alternativa —Valeria intercambió mirada con su padrastro para obtener su aprobación de lo que diría después, y este asintió, ya que ellos lo hablaron antes de emprender el viaje, muy conscientes de los riesgos—: podemos vender algunas hectáreas del Campo de Entrenamiento; no necesitaremos los galpones y los corrales donde se mantuvieron los animales. También algunos objetos antiguos que decoran la sede.

Hubo jadeos.

—¡De ninguna manera! Es la historia de Amore; no permitiremos que caiga en manos de coleccionistas fanáticos.

—Pues, esos «fanáticos», pagarán bien, señor Hanks —Logan le hizo ver, con aplomo, a uno de los que más protestaban. ¡Hipócritas! Les duele unos objetos que, lo más probable, lo venderían por su cuenta al mejor postor—. Además, no serían todas las reliquias, sino las de menor importancia, pero que sean atractivas para los coleccionistas. ¿Qué les parece?

—¿Y cómo efectuamos la venta de los terrenos y las reliquias?, ¿lo anunciamos en los clasificados de la prensa? —inquirió el señor Hanks, manteniéndose reticente a despojar al Edificio Central de dichos objetos que él consideraba invaluables.

—No es mala idea su sugerencia —respondió el abogado en tono condescendiente—. Se anunciará por los medios de comunicación disponibles. Los terrenos mediante venta directa y las reliquias a través de subasta.

Los ancianos volvieron a hablar entre ellos. Diógenes protestaba enérgico por perder liderazgo en una atribución sin derechos. El bando de accionistas se había dividido; unos con intenciones de invertir y otros con echar un paso atrás. Los nervios hacían mella en Valeria, que tamborileaba los dedos de su mano derecha en el tope de la mesa y con la otra se mordisqueaba las uñas. Ni ofreciéndoles alternativas recapacitaban...

Pestañeó ante el contacto de Logan, que detuvo el ritmo nervioso de sus dedos y le hizo un leve fruncido de cejas para que controlase el nerviosismo. Ella dejó de atacar sus uñas y se mordió el labio inferior, la espera la trastornaba y no hallaba como mantenerse calmada. Sin embargo, la afable sonrisa de su novio y su expresión de «te comprendo, estoy igual», la relajó un poco.

Los ancianos se volvieron hacia los jóvenes.

—Cuentan con la aprobación de la mitad de los accionistas minoritarios —informó Lennox, sin preámbulos. Los que estuvieron en desacuerdo, abandonaron la sala de reuniones. Diógenes fue el que les auguró fracasos, gozaría cuando los viese caer por segunda vez. Vendería sus acciones para desligarse de esos incompetentes para evitar que la ruina a él lo arrastrase.

Antes de que los jóvenes saltaran de alegría, Lennox agregó:

—Será con una condición.

—¿Cuál? —Douglas ponía en alerta sus bases legales.

—El anuncio de la venta de las hectáreas y la subasta se realizará en unos meses; hay que esperar a que todo se enfríe. Mientras tanto, nos movemos discretos para contactar posibles comparadores. —Echó atrás su silla y se levantó—. Es todo, nos vemos en una próxima reunión. Pasen una grata tarde.

El señor Lennox abandonó la Sala de Reuniones, seguido por los que dieron su aprobación. Kimberly echó un vistazo al interior y de allí salió pitada hacia el despacho de su jefa, para darle la noticia, adelantándose a los otros que celebraban su victoria.

Lo consiguieron...

Valeria besó a Logan y luego abrazó a su padrastro, los tres jubilosos por salir enteros de esa pelea que sostuvieron con esos dinosaurios de saco y corbata. ¡Sí!, lo habían conseguido.

Amore tendría una segunda oportunidad.

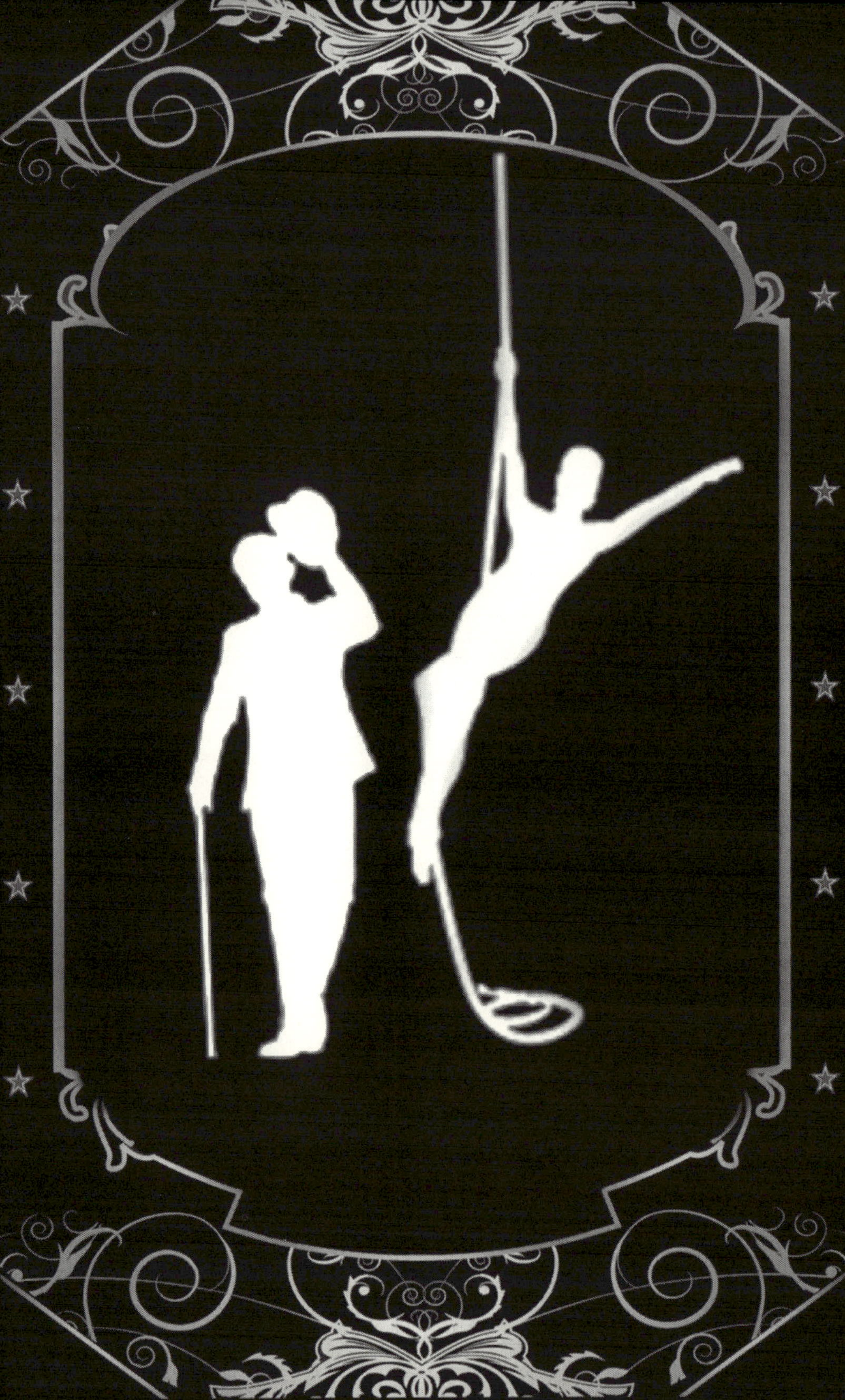

Epílogo

«Hemos reinventado el circo, pero también a veces hemos tenido que reinventar Recursos Humanos».

Guy Laliberté, cofundador de Cirque du Soleil.

Temporada, 2019-2020.

—No puedo con los nervios, ¡me va a dar algo! ¡¡Me va a dar algo!! Cuánta ansiedad...

—Cálmate, Valeria, o te doy de nalgadas... —Logan expresó socarrón, detrás del escenario como si ellos fuesen novatos. La maestra de pista –responsabilidad que recayó una vez más en la señora Sanders– anunciaba en su micrófono y a todo volumen a «Fénix», el nuevo espectáculo con inspiraciones de criaturas mitológicas, magia, acrobacia extrema y romance candente no apta para menores de edad. Los adultos apreciaban más ese tipo de actuaciones, que los niños o adolescentes que solo esperaban a los leones saltar a través de un anillo de fuego o a los elefantes desfilar frente a sus ojos. Estos aún no estaban preparados para un circo sin animales.

—¿Y si no les gustamos? ¿Y sí...?

—Les gustaremos —la interrumpió para que no se dejara dominar por esos nervios locos que de vez en cuando la azotaban. La indumentaria que lucían se complementaba entre sí, identificándose ambos desde lejos como un general romano conquistador y una bella sacerdotisa esclavizada por el ejército que este comandaba. La puesta en escena no sería tan pudorosa como la anterior.

Ante las alentadoras palabras de Logan, Valeria fue consciente que, de ahí en adelante, el camino a recorrer era largo y perdiéndose en un punto infinito del cual les vaticinaba los años que pasarían juntos. Se fijó en Khloe, quien conversaba animada con Axel, ambos de vuelta tras concluir el contrato anual con los otros circos. La señora Morgan les permitió emprender vuelo mientras ellos se organizaban, buena parte de los artistas volvieron a la sede en el período en que debían comenzar los entrenamientos. Las dimensiones del *campus* se redujeron más de lo que calcularon, las deudas y demandas, canceladas, los acosos de *los animalistas* no volvieron a hostigarlos, los socios teniendo fe en lo pautado.

Después del tiempo prudente para anunciar al mundo de que Amore alzaría el telón una vez más, la algarabía estalló en las redes sociales. Y lo hicieron con altas expectativas, retornarían diferente a cómo los tuvieron acostumbrados durante años. Solo el factor humano sería la atracción principal, pues estos vendrían más impactantes y osados.

Valeria observó la multitud y sonrió satisfecha. ¡Aplausos, vítores y miles de exclamaciones ansiosas por apreciar el espectáculo!

Sollozó y, a continuación, la señora Esther los anunciaba para que la Apertura diera pauta a la nueva gira itinerante, esta vez, por la Costa Oeste del país; alternándose cada año las rutas del tren. La joven solo pensaba en una persona a la vez en que su rostro se iluminaba con el *flasheo* de las cámaras y los reflectores en la pista.

Papá…, lo pensó, *aún la gente ama el circo*. Descansa en paz... Descansa feliz.

La respuesta del público es grandiosa.

FIN

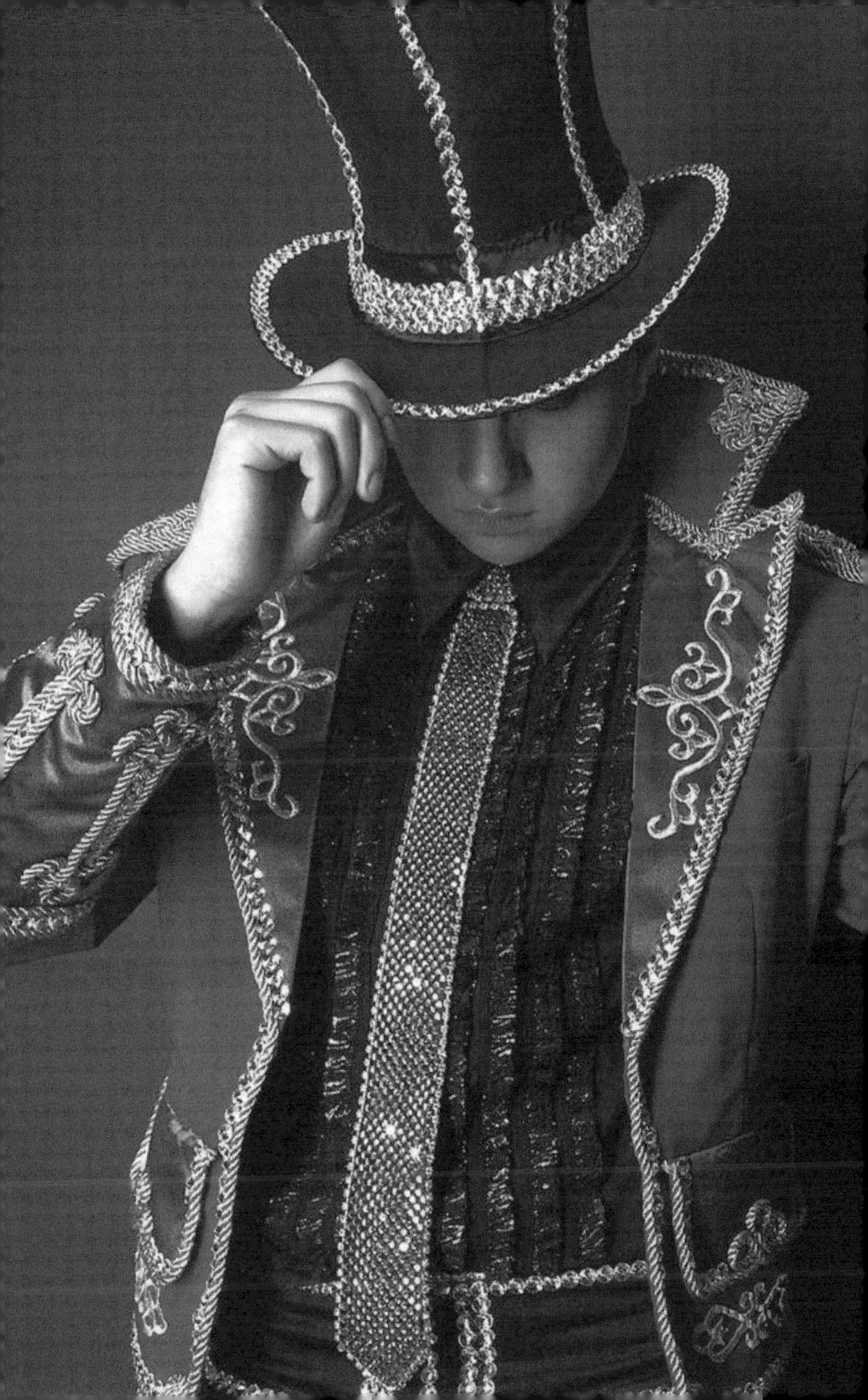

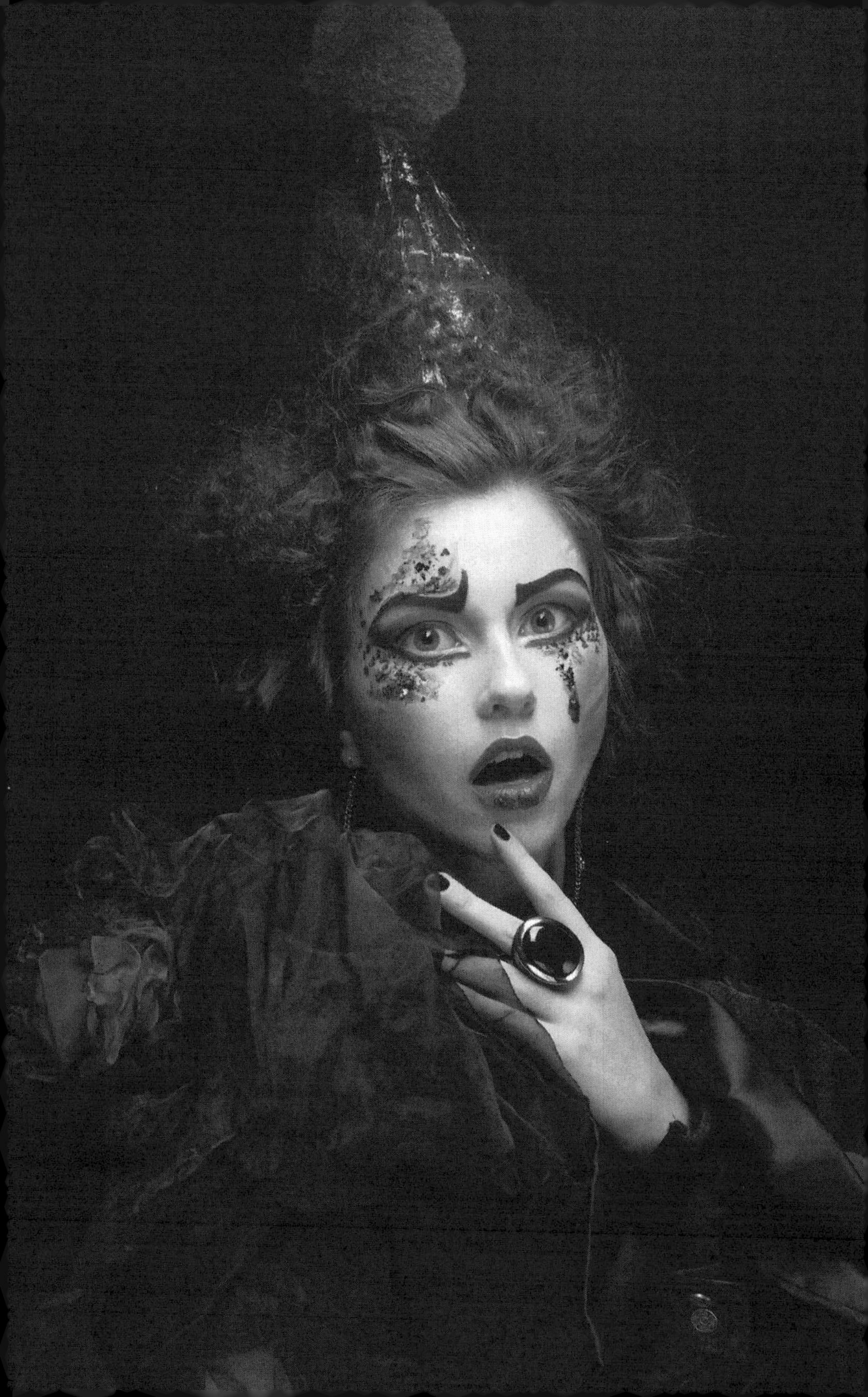

Sobre la autora
Síguela en sus redes sociales

Goodreads: Martha Molina (También buscar por títulos)

Grupo Facebook: Novelas de Martha Molina

Facebook: Martha Molina - Autora

Pinterest: MarthaMolina07

Otros Derechos de Autor

Imágenes en la portada completa:
- Chica casco de cuernos: No. 494376476 – Autor: Stamatoyoshi – iStock.
- Fondo tipo cartelera: No. 45082530 – Fotolia.
- Letras doradas «Circo»: No. 86924085 – Fotolia
- Toldo rojo/blanco y aro: No. 10003687 – Fotolia
- Vector estrellas doradas: No. 6046040 – Autor: 双喜无忧 – pngtree.
- Vectores arabescos luxury: No. 3552697 – Autor: Bewalrus – pngtree.

Imágenes dentro del libro: (Por orden de aparición)
- Pareja acróbatas calavera: No. 615634052 – Autor: abezikus – iStock.
- Fondo tipo cartelera: No. 45082530 – Fotolia.
- Carpa circo / Autor: @pavelkonnikov – Canva Premium.
- Rostro hombre pintado de gato: No. 78974928 – Autor: kopitinphoto – Adobe Stock.
- Muchacha, cornamentas: No. 494376476 – Autor: Stamato-yoshi – iStock.
- Payasita pose: No. 70996331 – Autor: Carlodapino – Depositphotos.
- Maestro de pista: No. 23968553 – Autor: Unique Vision – Adobe Stock.
- Payasita asombrada: No. 90432565 – Autor: Raisa Kanareva – Adobe Stock.
- Hombre maquillaje calavera y flores en la cabeza: No. 94128330b – Autor: vladimirkolens – Adobe Stock.

Vectores siluetas de personas: PNGTREE
- **Set magos / No. 5045796 – Autor: Octopusbee.**
  Capítulos: 35 – 36 – 37 – 39 – 40 – epílogo (muchacha/cuerda)

- **Set artistas de circo / No. 5008008 – Autor: Octopusbee.**
  Capítulos: 4 – 5 – 6 – 11 – 13 – 14 – 16 – 19 – epílogo (mago/bastón)

Vectores arabescos dentro del libro:
- Vector estrellas doradas: No. 6046040 – Autor: 双喜无忧.
- Vectores arabescos luxury: No. 3552697 – Autor: Bewalrus.
- Humo negro abstracto: No. 5474860 – Autor: 七七的 7.

Vectores artistas de circo: ADOBE STOCK
- Acróbatas /No. 15631636 – Autor: Rey Kamensky: Capítulo 17.
- Set aerealistas / No. 448874400 – Autor: Irina Flamingo: Capítulos: 27 y 28.
- Muchacha y Pelota: N. 449105959 – Autor: Daranee: «FIN».

Vectores siluetas personas: CANVA PREMIUM.

- **@wiryani´s-images:** prólogo – capítulos: 1 – 8 (bailarina cabello alborotado) – 9 – 10- 15 – 18 – 20 – 22 – 23 – 25 – 26 – 29 – 32 – 34 – 38 – 39 (mujer luna)
- **@cundra703s-images:** capítulos 7 (chico monociclo /globos) – 8 (bailarina, manos en el suelo) – 21 (elefante y acróbata) - 30
- **@liu-miu:** capítulo 31.
- **@DLC-Studio:** capítulo 25.
- **@Tawng:** capítulo 12.
- **@Magic-Design:** capítulo 3.
- **@Mohamed_hassan de Pixabay:** capítulo 24.
- **@Raphael_jeanneret de Pixabay:** capítulo 2 – 33.
- **@adf-ariatos-images: capítulo 7** (chicos malabarista y manos extendidas en monociclo)
- **@Roman Amanov:** rieles de tren.

Vectores aplicados en el diseño de la distribución del tren del circo:

- **Canva premium:** números en círculo – flechas - figuras geométricas.
- **@wadyab:** autobús.
- **@elionas de Pixabay:** auto.
- **@kreatikar:** grúa.
- **@drh Allex:** jeep.
- **@moodstore:** cúpula sobre vagón (semi arco)
- **@robbin lee:** camión.

Vectores aplicados en el diseño del mapa de la sede del circo:

- **Canva Premium:** figuras geométricas – flechas – casa.
- **@GDJ de Pixabay:** árboles, arbustos y matorrales.
- **@Fitri-nurani´s:** árbol estilizado y copa alta.
- **@Pikgura:** grama.
- **@tghdes:** lago.
- **@cliker-free-vector-imagen de Pixabay:** palmeras de coco, aves y auto.
- **@openclipart-vectores de Pixabay:** palmeras y palmeras de abanico.
- **@gotchagr:** palmera.
- **@demibara:** palmera torcida.
- **@grebeshov:** podio circular (corrales)
- **@krissieStudio:** escalones en la fachada.
- **@iconsy:** rotonda.
- **@gotillustrations:** círculo en la rotonda.
- **@slebor:** cerco del corral.
- **@sketchify:** galpones.

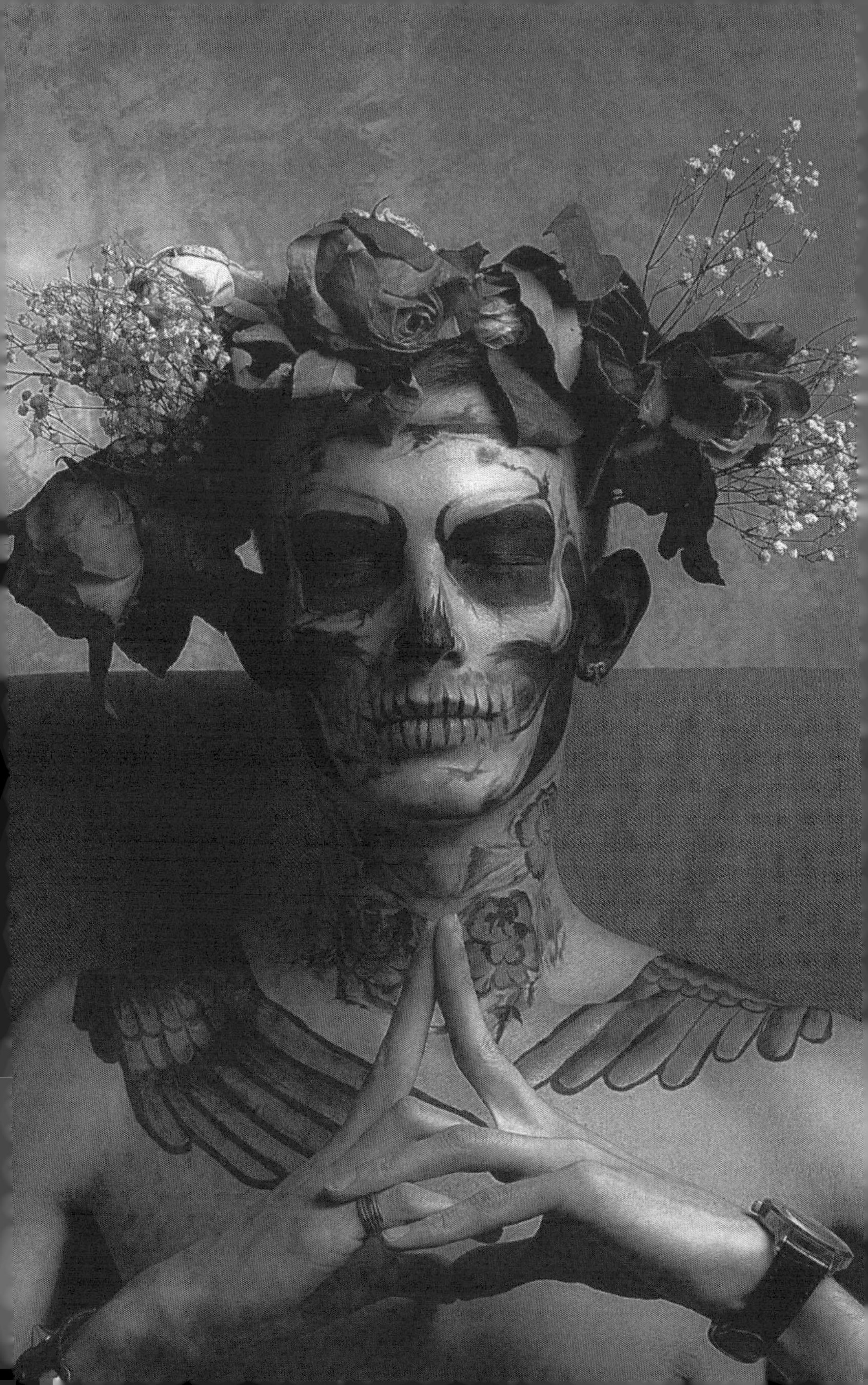

Índice

Prólogo 7
Capítulo 1 17
Capítulo 2 27
Capítulo 3 37
Capítulo 4 49
Capítulo 5 61
Capítulo 6 71
Capítulo 7 79
Capítulo 8 93
Capítulo 9 105
Capítulo 10 113
Capítulo 11 123
Capítulo 12 135
Capítulo 13 149
Capítulo 14 165
Capítulo 15 179
Capítulo 16 195
Capítulo 17 205
Capítulo 18 221
Capítulo 19 229
Capítulo 20 241
Capítulo 21 251

Capítulo 22 263

Capítulo 23 275

Capítulo 24 287

Capítulo 25 299

Capítulo 26 309

Capítulo 27 323

Capítulo 28 335

Capítulo 29 345

Capítulo 30 359

Capítulo 31 373

Capítulo 32 385

Capítulo 33 395

Capítulo 34 409

Capítulo 35 423

Capítulo 36 435

Capítulo 37 441

Capítulo 38 449

Capítulo 39 463

Capítulo 40 473

Epílogo..485

Sobre la autora 489

Otros Derechos de Autor..490

Made in the USA
Middletown, DE
07 November 2023